FANTASY

*Buch*

Das Land Tielmark feiert – nach dreihundert Jahren scheint es endlich befreit zu sein vom dunklen Einfluss des Kaiserreichs Bissanty. Während eines heiligen Rituals, mit dem Prinz Benet seinen Bund mit den Zwillingsgöttinnen besiegeln will, gerät der wiedergewonnene Frieden jedoch erneut durch schwarze Magie aus Bissanty in Gefahr. Ein Meuchelmörder vom Stamm der Sha Muir, in dessen Adern Gift fließt, wurde auf den Prinzen angesetzt. Gaultry Blas, die junge Hexe, die den Segen der Göttinnen besitzt, kann den Anschlag in letzter Sekunde vereiteln. Sie bindet den Attentäter an sich, indem sie einen Teil ihrer Seele auf ihn überträgt, und dringt dann mit ihrem Verbündeten wider Willen tief in das finstere Herz von Bissanty ein. Dort muss sie all ihre Fähigkeiten und magischen Kräfte aufbieten, um die letzten verborgenen Bande aufzuspüren, die Tielmark noch immer mit dem verkommenen Kaiserreich verknüpfen …

*Autorin*

Katya Reimann wurde 1965 als Tochter eines Künstlerehepaars an der Ostküste der USA geboren und studierte im englischen Oxford Geschichte und Literatur des 18. Jahrhunderts, wobei sich viele Motive und Themen aus dieser Zeit in ihren Büchern wiederfinden. Nach dem Studium kehrte sie in die USA zurück, wo sie heute in Saint Paul (Minnesota) lebt.

*Bereits erschienen:*

Die Tielmark-Chroniken: 1. Die göttlichen Schwestern. Roman (24129), 2. Im Herzen des Feindes. Roman (24130)

Weitere Bände sind in Vorbereitung.

FANTASY

# Katya Reimann

# Im Herzen des Feindes

*Die Tielmark-Chroniken 2*

Ins Deutsche übertragen
von Christiane Schott-Hagedorn

BLANVALET

Die amerikanische Originalausgabe erschien unter dem Titel
»Book 2 of the Tielmaran Chronicles. A Tremor in the Bitter Earth«
bei Tor Books, New York

*Umwelthinweis:*
Alle bedruckten Materialien dieses Taschenbuches
sind chlorfrei und umweltschonend.

Blanvalet Taschenbücher erscheinen im Goldmann Verlag,
einem Unternehmen der Verlagsgruppe Random House GmbH.

Deutsche Erstveröffentlichung 2/2002

Published in agreement with the author
c/o Baror International, Inc., Armonk, New York, USA
Umschlaggestaltung: Design Team München
Umschlagillustration: Agt. Schlück/Morrissey
Satz: deutsch-türkischer fotosatz, Berlin
Druck: Elsnerdruck, Berlin
Titelnummer: 24130
Redaktion: Cornelia Köhler
V. B. · Herstellung: Peter Papenbrok
Printed in Germany
ISBN 3-442-24130-8
www.blanvalet-verlag.de

1 3 5 7 9 10 8 6 4 2

*Zur Erinnerung an*
*William Pommerance und L. Parker Lesley,*
*zwei kluge Männer*

Bassorah
Norden
Bissanty
Hoch-
plateau
Lanai-Tal
Clarins Grab
Arciers
Llaras-
Kessel
Haute
Tielmark
Bissanty
Landfinger
Hochstraße
Pontœil
Tielmark
Grenzsee
Border Lakes
Großer Nebelfluss
Verwunschenes Land

Straßen
Grenzen
Princeport
Bellaire
Seafrieg
Basse
Demaine
Seelande
Melaudiere
Lourdes' Manor
Ranault
Gentian House
Carlia
Kanzler-Land
Arleon
Blas Lodge
Paddleways
Tamsannes Hütte
1996

## Danksagung

Zuerst gilt mein Dank den Mitgliedern meiner Autorengruppe: Paul Ferrari, Ed Seksay, Jill Smith und Cecilia Tan. Sie haben mich ermutigt, unterstützt und nicht mit ihrer Kritik hinter dem Berg gehalten. Ihrer Unterstützung verdanke ich viel.

Ein zweites Buch stellt immer eine neue Herausforderung dar: Danke auch an meinen Lektor Jim Frenkel, der mir geholfen hat, sie anzunehmen. Und meiner Agentin Schawna McCarthy, die sich Zeit für Erklärungen genommen hat

Andere Freunde waren ebenfalls eine enorme Hilfe: Leah Bateman hat das meiste davon mit Humor und Geduld ertragen.

Zu guter Letzt danke ich Tom Doherty. Seine Unterstützung hat dieses Buch erst möglich gemacht.

# Erstes Buch

## *Prolog*

Mit dem ersten Pfeil streckte Tullier den blonden Ritter nieder. Den zweiten schoss er ab, als er aus dem Unterholz hervorbrach, und er erwischte den Burschen in der eleganten Livree an der Schulter, verwundete ihn aber nicht tödlich. Das gelang ihm erst beim dritten Versuch. Aber bis dahin hatte Corbulo, Tulliers Lehrmeister, bereits drei Männern den Garaus gemacht und die Begleiterin des Burschen mit einem speziellen Pfeil, dessen Spitze schwarz war, außer Gefecht gesetzt.

»Schnell«, drängte Corbulo.

Der Meister und sein Zögling rannten den flachen Abhang hinunter auf ihre Beute zu.

Tullier zitterte vor Aufregung. Sein Fechtmeister hatte jede Einzelheit, jede Reaktion der Gegner bedacht, und der Überfall war so glatt und routiniert verlaufen wie die Übungskämpfe im Verlauf von Tulliers Ausbildung. Und doch lagen fünf Tote am Boden, Blutgeruch schwängerte die Luft, und die seltsame, mitgenommen aussehende Tielmaranerin, Destra Vanderive, mit ihrem zerzausten, braunen Haar und der sonnengebräunten Haut, lehnte bewegungsunfähig am Stamm der großen Kastanie.

Jetzt hatten die Angreifer den Schatten der breiten Baumkrone erreicht. Der große Baum, unter dem die Tielmaraner ihr Picknick abgehalten hatten, hatte ihnen keinen Schutz geboten. Dass der Überfall offenbar völlig überraschend gekommen war, konnte man deutlich dem ahnungslosen Gesichtsausdruck der toten

Ritter ablesen, die nicht einmal dazu gekommen waren, nach ihren Schwertern zu greifen.

Destra Vanderive stemmte ihren gertenschlanken Körper gegen den Baumstamm und mühte sich vergeblich, auf die Füße zu kommen. In ihren dunklen Augen flackerte Furcht. Ihr jüngerer Sohn vergrub starr vor Schreck das Gesicht in ihren Rockfalten und klammerte sich an ihre schlaff herabhängende Hand, als könnte ihm auf diese Weise nichts geschehen.

Sein Bruder, der eine knappe Spanne kleiner war als Tullier, trat den Heranstürmenden mit dem Mut der Verzweiflung entgegen. »Im Namen der Großen Zwillinge – habt Erbarmen!«, flehte er und hob ergeben die Hände.

Corbulo lähmte ihn mit einem zweiten schwarzen Pfeil. Mit einem Schmerzensschrei fiel der Junge der Länge nach in die heruntergeschwebten Kastanienblüten.

Tullier in seinem Siegesrausch bemerkte es kaum. Er blieb vor der Leiche des blonden Ritters stehen. Der Mann war schon älter, silberne Litzen schmückten seinen Waffenrock an Kragen und Ärmeln. Tullier bückte sich und rammte ihm sein Sha Muira-Messer knapp unterhalb des tödlichen Pfeils tief in die Brust. Blut tropfte von der mit einem eingeritzten Blitzstrahl, dem Wahrzeichen der Donnergöttin Llara, verzierten Klinge. Es war Tulliers erstes Opfer nach seiner langen Ausbildung zum Sha Muira-Krieger. Er tauchte den Finger in das Blut und malte damit vier kurze Striche auf seine rechte Schulter. *Große Llara …* Er schloss die Augen und versuchte sich vorzustellen, wie die finstere Göttin sich zu ihm herabneigte, während sich Überraschung und Freude über das erste Blutopfer Ihres Dieners auf Ihrem Gesicht abzeichneten. *Diesen Mann habe ich für Dich getötet, für den Kaiser, für Bissanty …* Mehr als zehn Jahre lang hatte Tullier diesen Augenblick herbeigesehnt und ihn sich in all seinem Glanz ausgemalt …

»Den zweiten hättest du fast verfehlt.«

Tullier, aus seiner Andacht gerissen, warf erst einen Blick auf sein zweites Opfer, den Burschen, und dann auf seinen Meister. Der breitschultrige Mann in der eindrucksvollen Tracht der Sha Muira huschte behände von einem seiner eigenen Opfer zum nächsten und tauchte sein Messer dreimal ins Blut. Aber Corbulo hielt nicht wie Tullier inne, um seine Schulter zu zeichnen, sondern wischte die Klinge einfach an seinem Gewandsaum ab und steckte die Waffe zurück in die Scheide. Blutzeichen waren etwas für Anfänger, schien er damit sagen zu wollen. »Fertig?«, fragte er dann. »Oder brauchst du noch etwas Blut für die andere Schulter?«

Tullier hob stolz den Kopf. »Ich bin fertig.« Die Frage hatte ihm die Lust genommen, auch noch seine linke Schulter mit dem Blut des zweiten Gefallenen zu bemalen, zumal Corbulo ihn mit seinen dunklen Augen spöttisch musterte und abwartete, ob sein Zögling wohl jedes Einzelne seiner Opfer, und sei es noch so kläglich, der Göttin darbrachte.

Wenn es Tullier auch schwer fiel, es sich einzugestehen: Corbulo hatte Recht. Er hatte schlecht gezielt und vor lauter Hast sein zweites Opfer verfehlt. Das war bestimmt auch der Donnergöttin nicht entgangen. Darüber hinaus war der Bursche unbewaffnet gewesen. Ein wertloses Opfer.

Ernüchtert steckte auch Tullier sein Messer wieder ein.

Lady Vanderives Leibwache war nicht die Art Herausforderung gewesen, auf die der Junge so lange gewartet hatte. Umso unverzeihlicher war es, dass er seinen zweiten Schuss verpfuscht hatte. Enttäuscht betrachtete Tullier das Gesicht des toten Ritters, aus dem jetzt zusehends die Farbe wich. Ein angemessenes Opfer für Llara. Das zweite durch pure Ungeschicklichkeit verfehlt, und das auch noch direkt vor den Augen seines Lehrmeisters. Dafür gab es eigentlich keine Entschuldigung.

Man hatte Tullier stets eingeschärft, dass es viel schwieriger war, freie Männer zu töten, als wehrlose Sklaven abzuschlachten. Gerade Anfänger mussten sich vor übereilten Schüssen hüten und durften vor allem niemals Furcht oder jene mit Furcht gemischte Hochachtung vor der Tapferkeit des Gegners empfinden. Nun hatte er gleich bei seinem ersten Auftrag einen dieser Ratschläge außer Acht gelassen.

Tullier sah sich auf der kleinen Lichtung um und versuchte sich einzureden, dass die übrigen Fehler leichter zu vermeiden waren. Furcht und Hochachtung? Obwohl ihm seine Unbedachtheit den ersten Kampf gegen freie Männer verdorben hatte, wäre Tullier nicht in der Lage gewesen zu sagen, welchen Unterschied es zwischen diesem Überfall und dem Niedermetzeln von Sklaven auf dem Übungsgelände geben sollte. Corbulo hatte das Ganze so sorgfältig vorbereitet, dass es genauso einfach gewesen war. Zwischen den herabgefallenen blutroten und weißen Kastanienblüten lagen die kläglichen Überreste des Picknicks verstreut: Leinenservietten, knuspriges Weißbrot, frisches Obst und Kinderspielzeug. Trotz ihrer Bewaffnung waren die Ritter lediglich zu einem Vergnügungsausflug aufgebrochen. Corbulo, der nichts dem Zufall überließ, hatte genau den Moment abgepasst, in dem sie ihr Mahl ausgepackt und die Waffen weggelegt hatten. Der Tod hatte die Leibwächter ereilt, während sie unbewaffnet mit den Kindern herumtollten.

Vielleicht hätte Corbulo wenigstens einen der Ritter für einen ehrlichen Zweikampf am Leben lassen sollen, dachte Tullier. Die Sha Muira hätten auf jeden Fall gesiegt, aber der junge Zögling hätte auf diese Weise wenigstens Gelegenheit gehabt, sich im Kampf gegen einen ernst zu nehmenden Gegner zu beweisen. Jetzt waren nur noch ein Säugling in einer zusammenfaltbaren Tuchwiege, zwei gelähmte Kinder und eine ebenfalls gelähmte, schmächtige Frau am Leben. Tullier bezweifelte, dass ihr Tod Llara sonderlich zur Ehre gereichen würde. Von der Leiche des Ritters zu seinen Füßen stieg Blutgeruch auf, vermischt mit dem schweren Duft zerquetschter Kastanienblüten. Plötzlich schoss ihm ein Schwall bitterer Galle in die Kehle.

»Enttäuscht, Grünschnabel?« Corbulo drängte sich an ihm vorbei und baute sich vor der zusammengesackten Frau auf.

»Keine Sorge, hier gereichen nicht nur die Toten Llara zur Ehre. Wart's nur ab.«

»Es tut mir nicht Leid um sie«, meinte Tullier gereizt.

»Warum hast du dann beim zweiten Mal danebengeschossen?«

Corbulo wartete die Antwort nicht ab, sondern beugte sich über die Frau, schlug eine Rockfalte zurück und enthüllte den jüngeren Sohn. Das Kind rollte sich mit fest zusammengekniffenen Augen zusammen. Ohne zu zögern hob er die Hand und schoss dem Knaben einen kurzen Pfeil in den unteren Rücken. Das Kind war auf der Stelle gelähmt und ließ wimmernd die Hand der Mutter los.

»Hundesohn! O Göttin …« Die Verwünschung drang nur gepresst aus der Kehle der Mutter, aber der Tonfall ließ Tullier aufhorchen. Sie klang gleichermaßen verängstigt wie zornig. Tullier war überrascht. Er sah genauer hin. Die Frau hatte kein Gramm zu viel auf den Knochen, und das Lähmungsmittel war stark genug, um einen kräftigen Mann außer Gefecht zu setzen. Eigentlich hätte die Frau nicht einmal die Kraft zum Sprechen haben dürfen.

»Hilf mir mal«, befahl Corbulo barsch und zerrte den schlaffen Kinderkörper aus den Rockfalten der Frau hervor.

Unsicher griff Tullier nach seinem Messer.

»Nicht so«, unterbrach ihn der Meister. »Wir müssen sie erst ausziehen.«

Die Knaben trugen Jacken aus Wollfilz, bestickte Kittel und Hosen aus weichem Stoff: Nichts deutete darauf hin, dass sie zum bissantinischen Adel gehörten, der sich ausschließlich in Seide und andere kostbare Stoffe kleidete. Tullier zerrte den älteren Jungen an den Schultern hoch, wich dabei aber seinem Blick aus. Als ihm der tapfere, vergebliche Widerstand des Knaben wieder einfiel, verglich er unwillkürlich dessen Körperbau mit seinem eigenen. Der junge Sha Muira war eher klein und schmächtig für sein Alter, der fremde Junge hingegen kräftig gebaut und hochaufgeschossen. Seine Jacke hätte auch Tullier passen können. In plötzlichem Zorn riss ihm Tullier das Kleidungsstück vom Leib, schleuderte es von sich und schlitzte das Hemd des Knaben in blinder Zerstörungswut mit dem Messer auf. Als er fertig war, lag der Junge nackt und bloß zwischen den Kastanienblüten. Seine zarte Haut zog sich fröstelnd zusammen, und er trug nur noch eine Silberkette um den Hals. Auch diese riss Tullier ihm noch ab, und da er nicht wusste, was er damit anfangen sollte, ließ er sie in die Wiege des Säuglings fallen.

»Den hier auch?«, fragte er.

Corbulo, der noch mit dem jüngeren Knaben beschäftigt war, drehte sich um, sah Tullier neben der Wiege stehen und vollführte eine unwirsche Handbewegung. »Bei Llaras Augen, hetz mich nicht«, schnauzte er ihn an. »Wieso hast du es plötzlich so eilig?«

»Ich wollte nur ...«, protestierte Tullier.

»Wagst du es etwa, mir zu widersprechen?« Corbulos Stimme klang ungläubig.

Tullier schüttelte den Kopf. Er registrierte die Drohung, mochte sie auch noch so ungerechtfertigt sein. Einen Augenblick lang sah er seinen Meister mit den Augen der Frau und ihrer Söhne: eine sehnige, Furcht einflößende Gestalt in blutrotem Gewand, mit flatternden Zöpfen und, was am unheimlichsten war, grausamen Augen, die inmitten der schwarzweißen Totenkopfbemalung seines Gesichtes gefährlich funkelten. Er war dem Jüngeren, der mit nackter Haut dastand und alle Mühe hatte, sich seine Empfindungen nicht anmerken zu lassen, in jeder Hinsicht überlegen. Als er in Corbulos giftsprühende Augen sah, merkte Tullier, dass er zu weit gegangen war.

»Ich wollte nur zu Diensten sein«, sagte er betont unterwürfig. »Llaras Licht erleuchte Euch – sagt mir bitte, was ich tun soll.«

»Du gehst mir auf die Nerven«, fauchte Corbulo. »Steh nicht im Weg herum und sieh gut zu. Ich rufe dich schon, wenn ich dich brauche.«

Tullier tat so, als ob er seine Umgebung aufmerksam musterte, behielt den Älteren aber insgeheim im Auge und versuchte, die Ursache seiner schlechten Laune zu erraten. Es war sonst nicht Corbulos Art, so ungerecht zu sein. Das war ein schlechtes Zeichen. Dabei war der Überfall doch erfolgreich gewesen, und auch Tulliers Missgeschick mit dem Reitknecht hatte diesen Erfolg nur unwesentlich geschmälert. Warum war sein Herr dann so wütend und angespannt?

Corbulo beachtete seinen Zögling nicht weiter. Er beugte sich über den älteren Knaben und zog ein Holzkästchen aus einer Tasche seines Gewandes, das ringsherum mit stilisiert geschnitzten Schilfblättern verziert war. Er betätigte eine verborgene Feder, und der Deckel sprang auf.

Das zielstrebige Vorgehen des Meisters verriet Erfahrung. Trotzdem hatte Tullier den Eindruck, als sei irgendetwas mit dem Kästchen oder seinem Inhalt nicht in Ordnung. Corbulos Handgriffe wirkten übertrieben vorsichtig. In dem offenen Kästchen erspähte Tullier zwei zusammengerollte Riemen aus geschmeidigem, rot gefärbtem Leder mit schwarzen Rändern. Behutsam entrollte Corbulo einen davon und band dem Knaben damit die Knöchel zusammen.

Sobald das Leder die Haut des Knaben berührte, stieg beißender Brandgeruch auf und verdrängte den kräftigen Duft der Kastanienblüten. Tullier verspürte magische Schwingungen. Auf dem Leder lag eine starke Beschwörung. Er reckte den Hals und versuchte zu begreifen, was er sah.

»Kümmere dich gefälligst um deine eigenen Angelegenheiten.« Corbulos Ton war scharf, und er warf seinem Schüler einen warnenden Blick zu. Tullier hatte das unbestimmte Gefühl, dass sein Lehrmeister die Aufforderung, ihm zuzusehen, nicht ganz ernst gemeint hatte und sein Werk lieber unbeobachtet vollenden wollte. »Bedank dich bei Llara, dass bis jetzt alles so glatt gegangen ist. Die Göttin stehe uns bei, wenn wir jetzt …«

Mit einem kräftigen Ruck packte er den wehrlosen Jungen an den Füßen und hängte ihn, den Kopf nach unten, an einem niedrigen Ast der Kastanie auf. Der Brandgeruch wurde stärker. Es roch nach mächtigem Zauber.

Trotz seiner gründlichen Ausbildung ahnte Tullier weder den Zweck des Zaubers noch seinen Ursprung. Er wusste nur, dass der scheußliche Brandgeruch nichts mit Llaras Magie zu tun hatte.

»Mach schon«, knurrte Corbulo, der offenbar die Gedanken seines Zöglings lesen konnte, missmutig. »Lobe Llara dafür, dass du das hier miterleben darfst.« Nachdem er den Knaben am Baum befestigt hatte, spielten seine Finger nervös mit dem zweiten Riemen. Dann beugte er sich zu dem größeren Knaben hinunter. Jetzt war er derjenige, der hastig und nervös wirkte.

»Gepriesen sei die Donnergöttin«, murmelte Tullier gehorsam, aber immer noch verwirrt. Die mit dem Kopf nach unten aufgehängten Knaben und die Methode, mit der ihre Füße gefesselt waren, erinnerten ihn eher an Vieh im Schlachthof als an Menschen, die für ein Blutopfer vorbereitet wurden. Nichts deutete auf die Donnergöttin oder die üblichen Tötungsrituale hin. Nur das Gebet, das Corbulo ihm jetzt aufzusagen befahl, war ihm vertraut. Tullier begann: »Große Llara, wir danken Dir für dieses Blutopfer, den sichtbaren Beweis Deiner Gunst …«

Entsetzt brach er ab. Was Corbulo jetzt tat, schockierte ihn zutiefst. Rasch und sicher zog Sha Muira dem ersten Jungen das Messer durch die Kehle. Es wirkte fast beiläufig. Dann wiederholte er den Vorgang bei dem zweiten Knaben. Ein Schnitt und ein schneller Tod.

»… den Beweis Deiner Gunst«, wiederholte Tullier stotternd und fuhr fort: »… und Deines Segens.« Entsetzt starrte er Corbulo an. Ein Meister durfte kein Blutopfer vornehmen, bevor sein Gehilfe zu Ende gesprochen hatte. Jedenfalls nicht, wenn er diesen zuvor ausdrücklich aufgefordert hatte, den Segen zu rezitieren …

»Diese Kinder hätten eigentlich wohlbehütet hinter Schloss und Riegel sein müssen.« Corbulo wischte sein Messer an einer der auf dem Boden liegenden Jacken ab und schob die saubere Klinge in die Scheide an seiner Hüfte. Er wich Tulliers fragendem Blick aus. »Dass sie hier draußen waren, ist ein Zeichen von Llaras Gunst. Gräm dich nicht, dass alles so glatt gegangen ist, Junge. Es ist nicht Lady Vanderives Schuld, dass die Tielmaraner so sorglos mit den Kleinoden ihres Blutes umgehen. Hauptsache, es hat geklappt. Gepriesen sei die Große Donnergöttin!«

Glatt gegangen? Tulliers skeptischer Blick streifte erst die ausblutenden Leichname und dann seinen Meister. Es war auffallend, wie oft Corbulo sich wiederholte. Irgendetwas musste schief gegangen sein. Dies war nicht die Art zu töten, die man Tullier gelehrt hatte. Hier war etwas faul. Etwas, das tiefer lag als die Dinge, die ein Meister üblicherweise für sich behielt.

»Ich dachte, wir hätten es auf Lady Vanderive abgesehen«, platzte Tullier heraus.

»Richtig.«

»Ich dachte, wir hätten es nur auf sie abgesehen. Ihr habt doch gesagt, dass wir die Tielmaraner nur einschüchtern wollen, um ihnen zu zeigen, dass sie nicht frei sind und dass Bissanty überall ist.«

»Na und?«

»Das hier …« Tullier zeigte auf die aufgeknüpften Leichname. Er zögerte, aber er musste es einfach sagen. »Ich weiß nicht, wie ich diese Arbeit zu Ende führen soll, falls Euch etwas zustößt.« Einen Augenblick lang starrten sich die beiden regungslos an.

Es war Tulliers erste Mission. Er kannte die Vorschrift. Kein Sha Muira durfte auf die heimatliche Insel zurückkehren, bevor er nicht seinen Auftrag zu Ende geführt hatte. Deshalb besagten die Statuten der Sha Muira auch, dass sich der erste Auftrag eines Neulings auf eine einfache Aufgabe beschränken musste, die er notfalls auch allein zu Ende führen konnte.

Corbula wandte als Erster den Blick ab. Er fiel auf die Knie, als wolle er beten. »Du stellst zu viele Fragen, und du stellst sie zu früh«, meinte er ausweichend. »Frag Llara, nicht mich.«

Sprachlos über die Weigerung seines Meisters, ihm eine direkte Antwort zu geben, kniete Tullier neben dem Älteren nieder. Er wandte die Augen zum Himmel und versuchte, sich Llara innerlich ganz hinzugeben. Aber er konnte sich einfach nicht konzentrieren. Seine Gedanken drehten sich im Kreis und sprangen von einer offenen Frage zur nächsten. In dieser Verfassung konnte er keine Hilfe von ihr erwarten.

Corbulo hatte bereits zwölf Feldzüge als Sha-Muira-Krieger absolviert. Eine glückverheißende Zahl. Eine Mission für jeden der zwölf Götter. Zu Hause in der Festung der Sha Muira hatten alle Tullier dazu beglückwünscht, mit einem so erfahrenen Lehrmeister auf die Reise zu gehen. Doch nun musste er sich wirklich fragen, was dessen merkwürdiges Verhalten für ihn selbst bedeuten würde. Hatten die Arkhons beschlossen, die Gunst der Großen Llara auf die Probe zu stellen, indem sie Corbula absichtlich mit einem besonders heiklen dreizehnten Auftrag betrauten? War dieses Unternehmen wirklich so ehrenvoll? Oder würde es sie ins Verderben stürzen, weil Corbulo hier eine Zauberkraft beschwor, die nicht der Großen Llara entsprang? Und warum hatten sie es dann auch noch für richtig gehalten, dabei das Leben eines Neulings aufs Spiel zu setzen?

Es war Corbulos erste Reise nach Tielmark, dem südlichen Nachbarland des Kaiserreiches Bissanty. Er hatte Tullier erzählt, dass es ungewöhnlich für den Kaiser war, ein Sha-Muira-Paar in das Freie Königreich Tielmark zu entsenden. Mehr als ungewöhnlich. So etwas hatte es noch nie gegeben. Trotz seines Alleingangs war Tielmark einst eine anerkannte Provinz des ruhmreichen Kaiserreiches gewesen, ein Viertel von Bissanty. Aufgrund dieser Tatsache hatte Bissanty bislang lediglich Aufklärungsfahrten – ohne Mordauftrag – nach Tielmark unternommen.

Bei ihrer ersten Unterredung nach Eingang des Marschbefehls war Corbulo Tullier gegenüber ganz offen gewesen. »Die Sache gefällt mir nicht«, hatte er gemeint. »Und dir wird sie auch nicht gefallen, wenn wir sie erst einmal hinter uns gebracht haben. Dabei habe ich die große Ehre, dass mir mein dreizehnter Auftrag von Kaiser Sciuttarus höchstpersönlich erteilt wurde. Unglücklicherweise ist es Llaras Wille, dass diese Ehre uns mehr Ärger als Vorteile einbringen wird. Hier geht es nicht einfach nur darum, ein paar Kehlen aufzuschlitzen.«

Tullier war so überwältigt gewesen zu hören, dass Llaras Herz-auf-Erden ihnen diesen Auftrag persönlich erteilt hatte, dass er Corbulos Warnung kaum zur Kenntnis genommen hatte. Aber jetzt, nachdem er selbst gesehen hatte, wie übereilt und nervös sein Meister den Ritualmord an den Söhnen der Tielmaranerin vollzog, bekamen Corbulos Worte eine ganz neue Bedeutung. Offenbar hatte Corbulo, noch ehe er die Einzelheiten seines neuen Auftrages kannte, vorausgesehen, dass sie es weder so leicht haben würden, auf die Sha Muira-Insel zurückzukehren, noch zum Ruhme Llaras ihr Leben lassen würden. Falls die unbekannte Magie des Rituals von einem anderen Gott stammte, konnte Corbulos Nervosität nur bedeuten, dass der Meister selbst Zweifel hegte, ob das, was er tat, auch wirklich in Llaras Sinne war.

Der Säugling in der Wiege wurde jetzt munter und begann zu schreien. Corbulo, dem die Zöpfe ins Gesicht hingen, schien so tief in sein Gebet versunken zu sein, dass er nichts hörte. Sie befanden sich mitten in einem dichten Wald mit moosbedecktem Boden, mehr als zwei Meilen entfernt von dem weitläufigen Anwesen, dessen Hausherrin die Frau war, die jetzt gelähmt zu ihren Füßen lag. Niemand würde das Geschrei hören. Aber es ging Tullier auf die Nerven. Warum war Corbulo jetzt so sorglos, vorhin jedoch, als Tullier etwas hätte lernen können, so übervorsichtig? Der Junge zog sein Messer.

Das Kind zog sich tollpatschig an der Stoffwand der Wiege hoch und sah ihn mit großen Augen an. Es – sie – war ein hübsches Kind; genauso stämmig wie ihr Bruder, mit großen braunen Augen und aschblonden Locken: schon fast ein Kleinkind. Immer noch schluchzend streckte sie ihr Patschhändchen aus. Sie war noch zu klein, um es besser zu wissen. Tullier hielt ihr die Messerklinge entgegen.

»Halt!«, fuhr Corbulo ihn an. »Das ist der Köder für unsere nächste Falle. Lass sie in Ruhe!«

»Köder?« Gekränkt drehte sich Tullier zu ihm um. »Was verheimlicht Ihr mir, Meister?«

»Zu Hause halten dich doch tatsächlich manche Leute für einen Musterschüler«, bemerkte Corbulo kalt, und seine schwarzen Augen funkelten wie geschliffener Obsidian. »Aber hier kannst du anscheinend den Mund nicht halten. Glaubst du vielleicht, sie hört dich nicht?«

Tullier fuhr erschrocken herum und starrte Lady Vanderive hasserfüllt an. Woran lag es bloß, dass er in dieser heiklen Situation einen Fehler nach dem anderen machte?

Die Frau war rücklings ins Gras gesunken. Bevor das Gift seine volle Wirkung entfaltete, hatte sie noch ihre Röcke bis über die Knie gerafft, und nun lagen die langen, schlanken Beine mit den schmalen Knöcheln entblößt da. Tulliers Wangen glühten. Sie würde sowieso nicht mehr lange am Leben sein, sagte er sich und fuchtelte demonstrativ mit seinem Messer vor der Nase des Kindes herum. Doch Corbulo hatte Recht. In den ausdrucksvollen, braunen Augen, die die Frau auf ihre Kinder geheftet hielt, mischten sich Angst und Hass. Sie hatte sich soweit in der Gewalt, ihre Kraft nicht mit sinnlosem Gezappel zu vergeuden, sondern sich auf das Einzige zu konzentrieren, was ihr übrig blieb – ihre Kinder nicht aus den Augen zu lassen.

Eine der ersten Unterrichtsstunden in der Sha-Muira-Festung bestand in einer Demonstration der Auferstehung von Toten. Manchmal fanden die blutrünstigen Anfänger das komisch, manchmal eher traurig, aber sie begriffen am Ende, dass selbst den verstümmelten Leichnamen Mittel und Wege zur Verfügung standen, den Namen ihres Mörders preiszugeben, sofern sie ihn denn kannten.

Es gab nur eine einzige Strafe, die ein Meister beim ersten Mal über seinen Zögling verhängen konnte. Tullier musste sich endlich zusammenreißen.

»Ihr habt eben von einem Köder gesprochen«, stellte er sachlich fest. »Aber daraus kann ich nicht entnehmen, was Ihr als nächstes vorhabt. Störe ich Euch? Dann kann ich auch bei den Pferden warten.«

Corbulo schüttelte den Kopf und lachte boshaft. »So leicht kommst du mir nicht davon«, erwiderte er. »Auch du hast deine Rolle zu spielen, genau wie ich.« Er fuhr sich nervös mit der Zunge über die Lippen, ein verstörender grellroter Farbfleck in seinem bemalten, maskenhaften Gesicht. »Bleib ganz ruhig und vertrau mir. Llara wird uns beschützen.«

Tullier erstarrte. Angst stieg in ihm auf und krampfte ihm den Magen zusammen. Er wusste nicht, ob es an Corbulos nervös zuckender Zungenspitze oder an seinen Worten lag, aber plötzlich spürte er mit absoluter Gewissheit, dass sein Meister sich genauso fürchtete wie ein Sklave, der auf den Todesstoß wartet. Aus irgendeinem Grund hatte Corbulo schreckliche Angst.

Für einen Sha Muira gab es nur einen Grund, sich zu fürchten: wenn er gegen den Willen der Großen Llara handelte und sich Ihre Gunst verscherzte. Wenn sein Meister sich fürchtete, verhieß das auch für den Gehilfen nichts Gutes.

Aber was war an dieser Frau und ihren Söhnen so Besonderes, dass ein Sha Muira gegen Llaras Vorschriften verstieß?

Verglichen mit den bissantinischen Edelleuten, die Tullier kannte, war die Frau unscheinbar: Ihr Wollkleid wirkte schlicht, die gehämmerte Silberkette um ihren Hals fast primitiv. Ihre Hände waren schwielig wie die einer Bäuerin, ihr breites Gesicht anziehend, aber nicht auffallend hübsch, und ihr magerer Körper ließ Tulliers jugendliche Leidenschaft kalt. Ihr Anblick konnte einen Sha Muira wohl kaum in Angst und Schrecken versetzen.

Trotzdem hatte Corbula eine solche Angst, dass er nur mit Mühe ein Zittern unterdrücken konnte.

Unwillkürlich trat Tullier näher heran und reckte den Hals, um besser sehen und begreifen zu können, wobei er allerdings zu vermeiden suchte, das Missfallen seines Herrn zu erregen. Götterrunen schmückten die Fesseln der Knaben. Ein Muster von flüchtendem Wild wechselte mit einem Symbol ab, das Tullier nicht kannte: eine unterbrochene, von einem weißen Kreis eingerahmte Spirale. Das war nicht das Wahrzeichen der Grauen Götterkönigin. Vielleicht gehörte es zu einem der übrigen *Zwölf.* Vielleicht zu der Jägerin Elianté, Llaras ältester Tochter. Elianté und ihre Zwillingsschwester Emiera waren die beiden Göttinnen, die man in Tielmark am meisten verehrte. Tullier warf einen ungeduldigen Blick auf die Frau. Er wünschte, sie wäre schon tot, damit er seinem wenig gesprächigen Meister endlich eine Antwort entlocken konnte.

Corbulo beendete sein Gebet und erhob sich. In der Hand hielt er den letzten Gegenstand aus dem geschnitzten Kästchen: ein Messer mit einer Elfenbeinklinge. Er schwenkte es zweimal im Kreis durch die Luft. Der Knauf der Waffe trug dasselbe Ornament wie die roten Lederriemen: eine zerbrochene Spirale in einem weißen Kreis aus Emaille.

»Gibt mir deine Hand.« Der Meister blickte auf, schien aber nicht erstaunt zu sein, dass Tullier bereits neben ihm stand. Der Geruch der Lederriemen war jetzt noch stärker, beißender als verkohlte Asche. »Der Zauber braucht ein paar Tropfen Blut – dein Blut. Und danach welches von dem Kind da drüben.«

Tulllier erinnerte sich an das, was man ihn gelehrt hatte, und zögerte keine Sekunde. Er streckte die Hand aus und zuckte nicht zurück, als sein Herr sie packte.

Corbulo stieß ihm das Messer tief in die Handfläche.

Ein unangenehmer Energiestoß schoss aus der Klinge durch Tulliers sehnigen Arm bis in seine Wirbelsäule. Eine solch starke Macht hatte der Junge bisher nur einmal gespürt, nämlich als er auf der Sha-Muira-Insel vor dem Hauptaltar gestanden und sich vor Llara in Ihrer düstersten Gestalt verneigt hatte. In seinen Hüftknochen breitete sich ein taubes Gefühl aus. Unwillkürlich zitterte er heftig. Dunkles, purpurrotes Blut spritzte aus seiner Handfläche und hob sich seltsam vom fahlen Weiß der Klinge ab. Das Elfenbein schien das Blut so gierig aufzusaugen, dass Tullier fast übel wurde. Diese Magie entzog sich Corbulos Kontrolle.

»Es will mehr«, meinte Tullier matt.

»Bekommt es auch.« Der Meister zog das Messer aus der Wunde und beugte sich über den Säugling. Die Mutter wand sich verzweifelt, aber das Kind war noch zu klein, um die Gefahr zu erkennen. Fasziniert starrte es in das Gesicht mit der schwarzweißen Bemalung. Es hatte aufgehört zu weinen. Corbulo stieß ihm das Messer so geschickt in die Hüfte, dass das Kind kaum bemerkte, wie die Klinge hinein- und wieder herausfuhr.

Als das Blut des Säuglings sich mit Tulliers Blut vermischte, wurde die Elfenbeinklinge plötzlich pechschwarz.

»Jungfrau zu Jungfrau«, leierte Corbulo. Er drehte sich nach den aufgehängten Leichnamen um. »Blut ruft Blut.« Er beugte den Kopf, sodass die langen Zöpfe nach vorn fielen, und breitete die Arme aus: die Hand gespreizt. Es sah aus, als befürchte er, das Gleichgewicht zu verlieren.

»Bezeugt meine Tat, ihr Großen Zwölf dort droben!«

Die Klinge drang unter dem Brustbein in den Körper des älteren Knaben ein, tief genug, um das Herz zu durchbohren. Ein Windstoß bewegte die schwüle, für die Jahreszeit ungewöhnlich warme Luft, und eine Art Donnergrollen war zu hören, obwohl der Himmel strahlend blau und wolkenlos war. Rasch wandte Corbulo sich dem zweiten Knaben zu. Wieder fuhr die Klinge nieder. Wieder ertönte der Donner. Die Äste der Kastanie und der übrigen Bäume zitterten und ächzten. Das Plätschern des Baches verklang.

Dort, wo eben noch die beiden toten Kinder gehangen hatten, baumelten jetzt zwei junge, übel zugerichtete Hirsche, die mit den Hinterläufen an den Baum gefesselt waren. Sanft schwangen sie in der verebbenden Brise hin und her.

Corbulo hielt das Messer, dessen Elfenbeinklinge jetzt wieder makellos weiß war, mit beiden Händen umklammert und richtete die Spitze gen Himmel. Tullier bemerkte dunkle Schweißflecke auf dem Gewand des Meisters. Schwarze Farbe war ihm vom Gesicht in den Nacken getropft und verschmierte seinen Kragen.

Jetzt fuhr er sich mit der Hand über den Nacken und winkte Tullier zu sich heran. Dann richtete er sich stolz zu seiner vollen Größe auf, warf mit einer Kopfbewegung die Zöpfe über die Schultern und trat vor die Frau hin. Tullier fasste wieder Mut: Die Furcht schien von seinem Meister abgefallen zu sein. Jetzt war er wieder ein echter Sha Muira, ein Todesbringer, der weder Zögern noch Zaudern kannte.

»Dieser Tod ist deine Bestimmung«, wandte sich Corbulo an die Frau. »Bete zu deinen Göttern und heiße ihn willkommen.« Er schloss seine bemalten Finger um ihren weißen Arm und zeichnete ihre Haut mit Gift. Damit war sie so gut wie tot. Sie war nur zu dumm, um es zu begreifen. Eine Bissantinerin hätte in panischer Angst vor den grässlichen, durch Llaras schwarzen Fluch verursachten Qualen aufgeschrien, die unweigerlich zu einem furchtbaren Todeskampf führten. Tullier, dessen Lippen sich schon zu einem höhnischen Grinsen verziehen wollten, nahm überrascht zur Kenntnis, dass die Frau tatsächlich mehr Haltung zeigte als sein Meister. Corbulo dagegen wirkte irgendwie erleichtert. »Sieh mal, was für ein Glück du hast, schönes Kind«, sagte er hämisch. »Du bist Tulliers erste Frau. Ich schenke ihm deinen Tod. Du wirst ihn zu einem echten Sha Muira machen. Er wird versuchen, rasch und geschickt zu sein, aber du solltest lieber mithelfen, sonst wird er noch nervös.«

Das Blut wich aus Tulliers Gesicht. Der Meister hatte seinen Namen ausgesprochen. Er hatte nicht nur zur Durchführung des Zaubers das Blut seines Gehilfen mit dem des Säuglings vermischt, sondern der Frau auch noch seinen Namen preisgegeben. Beinahe hätte er vor Schreck laut aufgeschrien.

»Ich habe nichts getan.« Die Frau gab sich Mühe, deutlich zu sprechen, aber ihre Lungen waren vom Gift schon beinahe gelähmt, und die Worte kamen als unbeholfenes Stammeln über ihre angeschwollenen Lippen. Ihr zorniger, schmerzerfüllter Blick wanderte von Corbulos Totenkopfmaske zu den verwandelten Leichnamen ihrer beiden Söhne. »Und sie auch nicht.«

»Du wurdest geboren, und sie wurden geboren.« Corbulo richtete ihren Oberkörper auf und lehnte sie gegen den Baumstamm. Sie war so schlaff wie eine Puppe. »Das ist Grund genug. Von mir aus kannst du deine Großmutter verfluchen, weil sie dir ihr schlechtes Blut vererbt hat, und dich selbst, weil du einer weiteren Generation das Leben geschenkt hast. Tullier und ich sind hier, um eine Prophezeiung abzuwenden – und selbst wenn uns das nicht gelingen sollte, haben wir wenigstens die Zahl derjenigen verringert, die ihr Kraft verleihen.«

In plötzlichem Verstehen riss Lady Vanderive die Augen auf. »Meine Kinder«, krächzte sie rau. »Getötet um meines Erbes willen.« Verzweifelt bäumte sich ihr Körper auf. Ihre Zungenspitze zuckte heraus, und mit den Fingern zeichnete sie unbeholfen eine Spirale in die Luft, ähnlich derjenigen, mit der Corbulo den Zauber heraufbeschworen hatte, aber nicht ganz dieselbe.

Trotz ihrer schwieligen Hände sah die Frau nicht besonders kräftig aus. Mit dem vergifteten Pfeil tief in ihrem Körper und dem dunklen Giftfleck von Corbulos Messer am Arm hätte sie eigentlich nicht mehr in der Lage dazu sein dürfen, sich zu bewegen oder gar zu sprechen.

»Ich werde euch nicht den Gefallen tun, für euch zu sterben. Auf keinen Fall. Die Göttin steht mir bei – ihr werdet nicht durch meinen Tod die Prophezeiung brechen.«

Sie musste Zauberkräfte besitzen. Nur eine sehr starke Magie konnte dem Gift der Sha Muira derartig lange standhalten. Corbulo hatte Tullier mit keiner Silbe darauf hingewiesen, dass ihr Opfer über magische Fähigkeiten verfügte. Erschrocken blickte der Junge seinen Meister an.

Die Sha Muira waren Llaras Werkzeuge, der Dolch in Ihrer linken Hand, das Gegenstück zu dem Schwert – der Kaiserlichen

Armee – das sie in der Rechten hielt. Aber an Prophezeiungen waren sogar Götter gebunden. Selbst der Kaiser von Bissanty, Llaras Herz-auf-Erden, durfte sich da nicht einmischen.

Mit hämmernden Schläfen sah Tullier zu, wie Corbulo die Tielmaranerin hochzog und mit den Handgelenken an einen dicken Ast band, so dicht neben den verwandelten Leichnamen ihrer Söhne, dass sie sie fast berührte. Er fesselte der Frau die Arme hoch über den Kopf, sodass sie unwillkürlich die Brust vorstreckte.

Zu Hause auf der felsigen Sah-Muira-Insel hätte Tullier die Hand dafür ins Feuer gelegt, dass er Llaras treuester Anhänger war. Seine Ausbildung war der Weg, der ihn zu der verehrten Göttin führen würde. Im Dienst der Götterkönigin waren Leben und Tod eins. In Ihrem Namen konnte er jede Furcht ertragen und besiegen. Ein herrlicher Strom silbernen Feuers erwartete jene, die Ihr dienten. Er war bereit, für Llara zu sterben, denn er war sich dessen gewiss, dass ihn das ewige Feuer belohnen und Furcht und Schmerzen für immer besiegen würde. Er brauchte weder Drohungen noch Treueschwüre. Er hätte niemals riskiert, sich Ihre Gunst und das silberne Feuer zu verscherzen.

Deshalb hatte Tulliers Verstand sich auch gegen das Misstrauen gewehrt, das die letzte Zeremonie vor seinem Aufbruch in seinen Augen darstellte. Die Priester, die ihre Gesichter während der rituellen Vergiftung hinter goldenen Masken verbargen, hatten gleichmütig die schwarzen Perlen auf das silberne Tablett gezählt, ohne den vor ihnen Knieenden auch nur eines Blickes zu würdigen. Das war die letzte, entscheidende Prüfung: sich freiwillig dem gottgeweihten Gift auszusetzen, das während der Unternehmung in seinen Adern kreisen würde.

Tullier hatte sich selbst geschmeichelt, dass er den Giftschwur nicht nötig hatte, um seine Treue zu Llara zu beweisen, dass er lieber freiwillig in den Tod gehen würde, bevor er als Versager zurückkehrte. Aber obwohl der Eifer, im Namen der Sha Muira zu kämpfen und zu sterben, in seinen Augen glühte, hatte ihm der

Arkhon-Priester ungerührt das Tablett mit den giftigen, schwarzen Perlen unter die Nase gehalten. Nur das Beispiel seines Meisters, der neben ihm kniete und die Große Llara bei jeder Perle anrief, die er von der Silberschale nahm, zerbiss und hinunterschluckte, hatte Tullier dazu bewogen, ebenfalls zu gehorchen. Wenn Corbulo mit ruhiger Hand die Perlen mit dem Gegengift abzählen konnte, die auf seine Lebenskette aufgereiht wurden – jede Perle ein weiterer Tag, an dem das Gift während ihrer Unternehmung in Schach gehalten wurde – dann konnte Tullier es auch.

Aber als er jetzt zusah, wie Corbulo die Frau auf den Tod vorbereitete, begriff Tullier, dass erst die Giftzeremonie die Sha Muira in die Lage versetzte, ihre Pflicht zu erfüllen. Die ständige Nähe von Tod und Schmerzen, die wie ein scharfes Schwert über ihnen schwebte, schenkte ihnen die innere Freiheit, ihren Auftrag ohne Zögern und Mitleid auszuführen. Versagten sie, beförderte das Gift sie zu Llara, und ein anderer Sha Muira konnte an ihre Stelle treten, das Werk vollenden und den Dank der Grauen Göttin ernten. Erst das Gift schenkte den Sha Muira Zuversicht und eine ruhige Hand.

»Sie werden kommen und mich rächen«, sagte die Frau. Ihre Stimme war wieder klar, wenn auch kaum mehr als ein Flüstern.

»Genau das ist unsere Absicht«, gab Corbulo zurück und fuhr ihr spielerisch mit der Messerspitze über die Rippen. »Deine Rächer wurden sorgsam ausgewählt. Und sollten sie nicht kommen«, fuhr er achselzuckend fort, »ist das Leben deiner Tochter sogar ein noch besserer Köder.« Er deutete mit dem Kinn auf die Wiege. Das Kind fühlte sich beachtet, gluckste, machte eine Bewegung und lenkte den Sha Muira eine entscheidende Sekunde lang ab.

»Passt auf!«, rief Tullier. Kaum hatte die Aufmerksamkeit des Kriegers einen Moment nachgelassen, verzerrte sich das Gesicht der Frau in gewaltiger Anstrengung und rasendem Zorn. »Da!«

Die Frau warf sich nach vorn in die ausgestreckte Klinge.

Das Messer war zu nah und seine Magie zu stark und gierig. Obwohl Corbulo der Frau die Hände hoch über dem Kopf gefesselt hatte, dass sie sich kaum bewegen konnte, erreichte sie ihr Ziel. Die Klinge schlitzte ihr den Oberkörper auf. Als Corbulo versuchte, das Messer wegzuziehen, wand es sich zischend in seiner Hand.

Es war vorbei.

»Du Aas!« Unbeherrscht hieb der Sha Muira nach der Leiche und versetzte ihr tiefe, gezackte Schnittwunden. »Verdammte Hexenbrut!« Er trat einen Schritt zurück, verbarg das Messer in seinem Ärmelaufschlag und drehte sich abrupt nach seinem jungen Gehilfen um, aber Tullier hatte schon voller Bestürzung erspäht, dass die Klinge zerbrochen und die Waffe unbrauchbar war. »Das kommt davon, wenn man zu viel redet«, fauchte Corbulo. Panische Angst schwang in seiner Stimme mit. »Wirf die beiden Jungen auf das freie Pferd. Ich nehme den Säugling.«

Sie ließen den Leichnam der Frau an dem Ast hängen und gingen zu den Pferden. Die verwandelten Knaben waren schwer zu tragen. Das Packpferd witterte den metallischen Geruch von Blut und Magie und scheute.

Der junge Sha Muira hätte seinem Meister gern Fragen gestellt – viele Fragen. Aber an Corbulos finsterem Gesicht war deutlich abzulesen, dass ihn seine Neugier das Leben kosten konnte.

Am meisten interessierte Tullier, um was für eine Prophezeiung es sich bei dem Ganzen eigentlich handelte.

# 1

Als Gaultry Blas, die junge Hexe und Jägerin aus dem Wald von Arleon, bei den drei heiligen Hügeln ankam, wo die Prinzen von Tielmark das Fest der Göttlichen Zwillinge zu begehen pflegten, konnte man ihre Position bei Hofe bestenfalls als problematisch bezeichnen. Gewiss – sie war eine Heldin und hatte sich zahlreiche Verdienste um Tielmark erworben. Sie hatte den betrügerischen Erzkanzler im Zweikampf besiegt, den bissantinischen Bannfluch, mit dem er den Prinzen zu seiner willenlosen Marionette gemacht hatte, gebrochen und dem befreiten Prinzen eine Braut ausgesucht. Das waren Taten, auf die eine in einer abgelegenen Hütte tief in den südlichen Grenzwäldern aufgewachsene Frau stolz sein konnte. Aber sie ängstigten und verwirrten Gaultry auch. Sie hatten ihr Leben unwiderruflich verändert, nicht zuletzt, weil sie ihr ihre wahre Bestimmung offenbart hatten: nämlich ihrem Prinzen zu dienen und über sein Schicksal zu wachen. Eine alte, mächtige Magie, die lange geschlummert hatte, strömte in ihren Adern, eine Magie, die Tielmark, den Prinzen und sogar die Herrschaft der Großen Zwillinge über Tielmark schützen konnte, sofern Gaultry sich dazu entschloss, sie zu gebrauchen.

Aber nun, da der Kanzler tot und die Bedrohung durch die Bissantiner abgewendet war, fand sich Gaultry in ein Netz alltäglicher höfischer Intrigen verstrickt, in dem ihre besonderen Fähigkeiten kaum von Nutzen waren. Benet, Prinz von Tielmark, hatte Gaultrys magische Großtaten mit den bei Hofe üblichen Vergünstigungen belohnt. Er hatte Gaultry und ihrer Zwillingsschwester Mervion eine weitläufige Zimmerflucht, Pferde, einen Jagdfalken und einen großzügigen Unterhalt zur Verfügung gestellt. Außerdem waren Gaultry und ihre Schwester auserwählt, an Zeremonien wie dieser mitzuwirken, bei der der Prinz und seine Untertanen die Zwillingsgöttin Emiera anflehten, die

Frühjahrsaussaat zu segnen. Aber derartige Belohnungen und Aufgaben, die nicht den direkten Gebrauch der eigentlichen Fähigkeiten erforderten, über die die Zwillingsschwestern verfügten, hatten nur den Neid der übrigen Höflinge erregt, die nicht so tatkräftig mitgehalten hatten, die Anschläge der Bissantiner zu vereiteln.

Es war eine Ironie des Schicksals, dass ausgerechnet Gaultry dafür gesorgt hatte, dass der Pakt mit den Göttern, der Tielmark vor dem mächtigen Kaiserreich Bissanty im Norden schützen sollte, für weitere fünfzig Jahre, einen vollständigen Regierungszyklus, erneuert wurde. Fünfzig Jahre, dachte Gaultry bitter, als sie die flache Kuppe des Feeding-Hügels erklomm, waren eine verdammt lange Zeit, um untätig am Hof herumzulungern, bis man sich vielleicht eines Tages wieder nützlich machen konnte.

Langsam drehte sie sich um sich selbst, um das den Göttern geweihte Gelände zu ihren Füßen zu betrachten. Die Sonne wärmte ihr Gesicht, und eine leichte Brise wehte den Geruch von Meer und Feldern herüber. Trotz ihrer Sorgen besserte sich Gaultrys Laune ein wenig. Seit dreihundert Jahren feierten die Prinzen von Tielmark an dieser Stätte nun schon den Pflanztag der Göttin Emiera. Und der Prinz verdankte es unter anderem Gaultry, dass er ihn heute ein weiteres Mal festlich begehen konnte. Die grünen Hügel krönte eine kleine Erhebung, die die zerklüfteten Klippen an der Küste von dem schmalen Waldstreifen trennte, der sich ins Landesinnere bis zu den Dousallier-Hügeln östlich von Princeport, Tielmarks Hauptstadt, erstreckte. Es war ein ehrwürdiger Ort, dessen Geschichte bis weit in die Jahre der bissantinischen Zwangsherrschaft zurückreichte. Prinz Clarin selbst, der Gründer des Freien Königreichs Tielmark, hatte diesen Landstrich, der einst ein Vorposten der Bissantiner gewesen war, den Großen Zwillingen geweiht. Gaultry sog die Schönheit des Tages und den herrlichen Anblick der grünen Hügel vor dem Meer tief in sich ein und empfand unwillkürlich Stolz, als sie daran dachte, dass sie entscheidend dazu beigetragen hatte, den Versuch der Bissantiner zu vereiteln, diese Hügel für ihre mächtige Donnergöttin, die Große Mutter Llara, zurückzuerobern.

Anhänger und Kritiker der frischgebackenen Prinzessin, treue Vasallen des Prinzen, aber auch Sympathisanten des Kaisers von Bissanty, die die Vertreibungsaktion überlebt hatten – sie alle drängten sich in der hellen Morgensonne auf der Hügelkuppe und erwarteten gespannt die mittägliche Zeremonie. Es wunderte Gaultry nicht, dass sich manche von ihnen nicht sonderlich wohl in ihrer Haut zu fühlen schienen.

Dort stand auch der Prinz mit seiner neuen Gemahlin, um sich selbst mit Leib und Seele sowie auch seiner Braut der Frühjahrsbepflanzung zu weihen. Die Anrufung der Großen Herrin Emiera war Benets erste Amtshandlung als Freier Prinz von Tielmark, nachdem er dem Bannfluch der Bissantiner entronnen war und den Segen der Großen Zwillinge auf seine Eheschließung und künftige Herrschaft herabgefleht hatte. Aber trotz dieses freudigen Anlasses hatte Benet eine gewichtige Bedingung gestellt, ehe er seinen Hofstaat auf den heiligen Hügeln versammelte: Wenn nicht jeder einzelne Landbesitzer in Tielmark seinen Treueid gegenüber dem Prinzen erneuerte, würde dieser die Göttin ersuchen, die Ernte auf dem Halm verdorren zu lassen. Das war keine leere Drohung. Benet war durch seinen Pakt mit den Göttern auf mystische Weise mit dem Land selbst vermählt. Es stand in seiner Macht, die Ernte zu vernichten, wenn er der Zeremonie seinen Segen verweigerte. Obwohl manch einer murrte und meinte, es bestünde immer noch ein Unterschied zwischen einem Gebet und der Entscheidung der Götter, wollte doch keiner das Risiko eingehen, sich zu weigern. Die Hügel konnten die Menge der Edelleute und ihrer Dienerschaft kaum fassen.

Gaultry war überwältigt von all dem Prunk und den leuchtenden Farben. In dem kleinen Dorf im Wald von Arleon, in dessen Nähe sie aufgewachsen war, hatte man das Fest der Herrin Emiera lediglich mit einem kargen Mahl begangen, das eher aus Wurzeln und den Resten des Wintervorrats an getrocknetem Gemüse bestand als aus den spärlichen Frühjahrstrieben. Hier dagegen, beim Festmahl des Prinzen, bogen sich die bunt geschmückten Tafeln unter der Last der Erntegaben, die aus allen Landesteilen von Tielmark geliefert worden waren. Wenn Freigebigkeit ein Maßstab für Loyalität war, durfte sich der Prinz heute von seinen Untertanen wahrhaft geliebt fühlen.

Aber die verschlossenen und angespannten Mienen vieler Höflinge sprachen eine andere Sprache. Einige, die sich an das schwache Regiment eines durch Bannflüche willenlos gemachten Herrschers gewöhnt hatten, sahen nur wenig Anlass, Benets wiedergewonnene Stärke zu feiern. Andere fanden, dass der Prinz seine Herrscherwürde erst wieder unter Beweis stellen müsse, nachdem er eine so leichte Beute für die Bissantiner gewesen war. An einem trüben Tag wären die vielen düsteren Mienen kaum aufgefallen. Aber heute, da die Luft voller süßer Frühlingsdüfte und der Himmel strahlend blau war, fiel die Zwietracht unter den Höflingen besonders ins Auge. Dabei waren viele der Unzufriedenen noch nicht einmal heimliche Anhänger des Kaisers von Bissanty.

Am unverhohlensten trug Tielmarks wieder zu Amt und Würden gekommene Hohepriesterin ihre schlechte Laune zur Schau, fand Gaultry. Die schrille Stimme Dervlas von Princeport, in der unterdrückter Zorn mitschwang, war sogar auf der Seeseite des Hügels, auf dem Gaultry stand, zu vernehmen. Gaultrys Blick folgte der Hohepriesterin, die sich ungeduldig einen Weg durch das Gewühl auf dem Hügel bahnte und sich mit dem Haushofmeister über die Sitzordnung an der Tafel des Prinzen stritt. Obwohl Dervla zu Ehren des Tages in kostbare Gewänder gehüllt war und eine Krone aus Eschenzweigen – Emieras Wahrzeichen – auf dem Kopf trug, wirkte ihr Gesicht unter den knospenden, ineinander gewundenen Zweigen mürrisch und verkniffen. Als oberste Priesterin der Zwillingsgöttinnen von Tielmark, deren Schutz sich der Prinz soeben erst mit knapper Not gesichert hatte, hätte der heutige Tag eigentlich auch für sie ein Anlass zur

Freude sein müssen. Aber als Politikerin, die spürte, dass die bescheidene Rolle, die sie selbst bei der Rettung des Prinzen gespielt hatte, ihrem Einfluss bei Hofe abträglich war, kochte sie innerlich vor Wut und unbefriedigtem Ehrgeiz.

Als sie den Blick der jungen Frau bemerkte, drehte sich die Priesterin um und musterte Gaultry mit zusammengekniffenen Augen. Gaultry fühlte sich ertappt und erwiderte den feindseligen Blick der Frau mit einem schuldbewussten Lächeln. Sofort unterbrach Dervla ihre Auseinandersetzung mit dem Haushofmeister, schubste einen Mann beiseite und schob sich durch das Gedränge in Gaultrys Richtung. Jede Bewegung ihres drahtigen Körpers verriet ihren Zorn. Die Hohepriesterin war keineswegs zu abgeklärt, um ihre Wut an jenen auszulassen, die ihrer Meinung nach ihre eigene Rolle bei der Rettung Tielmarks geschmälert hatten. In ihren eisigen, mandelförmigen Augen las Gaultry, dass Dervla fest entschlossen war, ihr allein die Schuld für ihre schlechte Laune in die Schuhe zu schieben.

»Ich wünsche Euch ein frohes Fest!«, grüßte Gaultry und neigte höflich den Kopf. Sie wollte die Priesterin gern versöhnlich stimmen, obwohl sie Dervla noch nie hatte leiden können. Vor der Wiedereinsetzung des Prinzen hatte die Priesterin jede Gelegenheit ergriffen, um Gaultrys wichtige Rolle beim Sieg über den ränkeschmiedenden, mit den Bissantinern verbündeten Kanzler Heiratikus in Frage zu stellen. Inzwischen war sie die Anführerin jener Fraktion, die Gaultry das Hofleben sauer machte.

»Danke gleichfalls«, erwiderte die Priesterin kurz angebunden. »Was für eine Menge Leute. Lasalle hat alle Hände voll zu tun, für alle einen Sitzplatz zu finden. Diejenigen, die der Prinz nicht ausdrücklich eingeladen hat, wären besser zu Hause geblieben. Das hier ist eine Hofzeremonie, keine Bauernkirmes.«

»Die Leute wollen eben die neue Prinzessin sehen.«

»Sie hätten trotzdem zu Hause bleiben sollen. Ich bin sicher, dass sie dort gebraucht werden. Übrigens ...« Die hellen Augen hielten Gaultrys Blick fest. »... bin ich sicher, dass auch die Dorfbewohner von Paddleways ihre höchsteigenen Zwillinge, die Jägerin und die Herrin, schmerzlich vermissen.«

»Die Leute von Paddleways haben bestimmt genug mit der Frühjahrsaussaat zu tun«, gab Gaultry zurück und machte zwei Schritte den Abhang hinauf, um auf gleiche Höhe mit Dervla zu gelangen. Die schlaksige junge Frau war gut einen Kopf größer als Dervla, und sie wusste genau, dass Dervla sich über diesen körperlichen Vorzug ärgerte. »Genau wie die übrige Bevölkerung von Tielmark. Hafer, Weizen, braune Gerste und Roggen. Die Jagd ist bestimmt das Letzte, woran sie im Moment denken, und deshalb werden sie mich auch nicht vermissen. Und Mervion genauso wenig. Sie wissen, dass ihr Platz hier am Hofe des Prinzen ist. Paddleways hat seine eigene Priesterin, die an Emieras Tag die Rolle der Herrin übernehmen kann.«

Dervla reckte den mit Eschenzweigen bekrönten Kopf zu der jungen Jägerin empor. Ihre Mandelaugen waren ausdruckslos. »Paddleways ist ein kleines Dorf«, sagte sie eigensinnig. »Sie vermissen euch ganz gewiss. Euch alle beide.« Dervlas hochmütige Miene passte zu ihrer hageren, asketischen Gestalt. Ihre angespannten, lebhaften Bewegungen und ihre Haltung erweckten irgendwie den Eindruck, dass sich jedermann ein Beispiel an ihrer Verleugnung fleischlicher Gelüste zu nehmen hätte. Aber trotz ihrer zur Schau getragenen Ablehnung weltlicher Genüsse – oder vielleicht auch gerade deswegen – hatte die Priesterin kaum eine Vorstellung von dem kargen, harten Alltag der Bewohner eines kleinen Grenzdorfes.

Oder davon, was für eine untergeordnete Rolle Gaultry und ihre Schwester, die tief im Wald bei ihrer exzentrischen Großtante Tamsanne, einer Waldhexe, wohnten, in diesem Alltag tatsächlich spielten.

»Keine von uns beiden hat vor, demnächst nach Paddleways zurückzukehren«, verkündete Gaultry. »Nicht, so lange der Prinz uns darum ersucht, hier zu bleiben.«

»Oder die Prinzessin«, fügte Dervla hinzu, die ihre Verbitterung ungewöhnlich freimütig zur Schau stellte. Sie mochte die neue Gemahlin des Prinzen nicht, die ebenso wenig wie Gaultry aus Adelskreisen stammte. »Aber was versprecht ihr euch davon, noch länger in der Nähe des Prinzen zu bleiben?«

»Das wissen die Großen Zwillinge besser als ich.« Oder als du, wäre es Gaultry beinahe herausgerutscht. »In der Zwischenzeit sind Mervion und ich hier, um Benet bei allem zu Diensten zu sein, worum er uns bittet.« Die Priesterin musste blind sein, wenn sie nicht sah, dass sie die Schlacht schon längst gewonnen hatte, jedenfalls was Gaultry betraf. Die wenigen Wochen am Hof hatten die junge Jägerin nur zu schnell erkennen lassen, dass sie dem Prinzen keinen Dienst erweisen konnte, den nicht irgendein anderer besser hätte versehen können als sie. »Eines Tages wird es uns schon noch möglich sein, uns nützlich zu machen«, fuhr sie trotzig fort. »Heute hat mein Tag noch vor dem Morgengrauen begonnen. Ich habe beim Schneiden der Zweige geholfen.«

»Körperliche Arbeit«, spottete Dervla »Du willst mir doch nicht erzählen, dass du deswegen hier bist.«

»Meine wahre Bestimmung wird sich schon noch zeigen.« Gaultry spürte plötzlich die Schrammen, die sie sich beim Schleppen der Zweige zugezogen hatte, und rieb sich die Hände. Allmählich verlor sie die Geduld. »Mir wäre es auch lieber, es wäre meine Bestimmung, dem Prinzen das Leben durch Magie und Gebete zu erleichtern«, fügte sie hinzu. »Mein Pech, dass meine Berufung sich nicht so einfach umschreiben lässt.«

Dervlas eingefallene Wangen nahmen Farbe an. »Mach dich gefälligst nicht über mein Amt lustig«, zischte sie. Sie sah so wütend aus, dass die Umstehenden erschrocken zurückwichen. »Es ist keine leichte Aufgabe, Sprachrohr der Götter zu sein.«

Zu ihrer Bestürzung bemerkte Gaultry plötzlich, dass alle Augen auf sie gerichtet waren. Sie war verblüfft, dass Dervla offenbar so versessen auf einen öffentlichen Auftritt war, dass sie jedes Wort ihres Gegenübers als vorsätzliche Beleidigung auffasste. »Ich respektiere Eure Macht, Hohepriesterin«, sagte sie beschwichtigend. »Das Licht der Großen Zwillinge erleuchtet Euch.«

»Du!« Ihre Worte schienen Dervla nur noch mehr zu erzürnen. »Du respektierst Macht und nichts anderes! Und meine Macht ist groß genug, um dich in die Schranken zu verweisen!« Ihre Hand schoss vor, umklammerte Gaultrys Handgelenk und zwang die junge Frau dazu, die grüne Flamme der Magie zu spüren, die wie ein nie erlöschendes Feuer in ihrem dürren Leib loderte. »Bei Emiera und Eliantë!«, stieß die Priesterin zitternd vor Anstrengung hervor. »Glaub ja nicht, dass du mich zum Narren halten kannst. Du hast zwar gehandelt, wo andere nur darauf hoffen durften zu dienen, aber bilde dir bloß nicht ein, dass das dein eigener Entschluss war.«

Mochte Dervla auch eine Schwäche für Szenen haben, so hatte sie sich ihr hohes Amt doch durch große Verdienste erworben. Gaultrys Sinne wurden von der Energie, die die Priesterin ausstrahlte, förmlich überflutet, und sie fühlte, wie ihr Groll und damit ihr Widerstand in dem göttlichen Licht dahinschwanden. Aber sie würde nicht kampflos klein beigeben. Dervlas Angriffe und ihre Prüfungen überrumpelten Gaultry längst nicht mehr so sehr wie früher. Als sie den Kopf schon halb bezwungen unterwürfig senkte, breitete sich plötzlich eine schmerzhafte Wärme in ihrer Brust aus. Ihre eigene Magie flammte golden und gleißend hell auf und wehrte sich gegen Dervlas Schikanen. Gaultry hatte Angst, die Beherrschung zu verlieren. »Hilf mir, Große Jägerin!«, keuchte Gaultry. »Einer solchen Herausforderung bin ich noch nie begegnet!« Sie versuchte verzweifelt, ihren Gegenangriff niederzukämpfen. »Lass mich los!«

Die Luft zwischen der Hohepriesterin und der jungen Jägerin knisterte vor Spannung. Goldene Energie versengte grüne und bezwang sie. Besiegt ließ Dervla Gaultrys Hand fahren. Sie spreizte die Finger, um den Schmerz abzuleiten, und funkelte

Gaultry hasserfüllt an. Gaultry wandte den Blick ab. In ihren Ohren dröhnte es, als hätte ihr jemand einen Fausthieb auf den Schädel versetzt. Sie schnappte nach Luft und versuchte noch immer, ihre entfesselte Magie wieder in den Griff zu bekommen. Warum konnte Dervla sie nicht endlich in Ruhe lassen!

»Wenn du Elianté und Emiera wirklich verehrtest, wüsstest du, dass es deine Pflicht ist, dich mir zu unterwerfen«, bemerkte Dervla mit gespielter Sanftmut.

Gaultry wurde flammend rot, und ihr fiel keine Erwiderung ein. Wenn die hagere Priesterin immer noch nicht einsehen wollte, dass sie nicht mächtig genug war, um Gaultry und ihrer Schwester ihre Rolle im Kult der Zwillingsgöttinnen streitig zu machen, konnte Gaultry dies auch nicht ändern. Priester verabscheuten jeden, dem die Götter Zauberkraft schenkten, ohne dass er sein ganzes Leben der Ausübung religiöser Handlungen weihte. Diesem Vorurteil war Gaultry schon früher begegnet, und sie wusste, dass es keinen Sinn hatte, die Leute vom Gegenteil überzeugen zu wollen. Aber Dervlas Sturheit musste noch andere Ursachen haben, für die Gaultry ebenso wenig verantwortlich war. Gaultry und ihre Schwester bezogen ihre Zauberkraft zwar auch von den Großen Zwillingsgöttinnen – eine schwache Zauberkraft, die Dervla leicht hätte besiegen können –, aber sie wurde durch eine zweite, mächtigere Magie verstärkt, eine Magie, mit deren Hilfe sogar eine unerfahrene Waldhexe wie Gaultry die Hohepriesterin von Tielmark in die Knie zwingen konnte.

Gaultry und Mervion waren eine Laune der Natur. Sie waren mit *Glamour*-Seelen zur Welt gekommen, einer eigentlich längst ausgestorbenen, primitiven Form der Magie. *Glamour* war eine unberechenbare, gefährliche Magie, und beide Schwestern rangen immer noch darum, sie zu beherrschen und zu begreifen. Als die Götter die ersten Menschen erschufen, hatten sie Fleisch von ihrem Fleisch genommen und es nach ihrem Bilde geformt. Daher war diese Schöpfung zunächst mächtiger, als die Götter es beabsichtigt hatten. Jeder der Großen Zwölf brachte ein anderes Feuer hervor: die Zwillingsgöttinnen Elianté und Emiera grünes, Ihre Mutter, die Donnergöttin Llara, silbernes, Vater Andion, der Sonnengott, rotes und so fort. Da sie aus ihrem Fleisch gemacht waren, erbten die neuen Spielzeuge der Götter einen schwachen Abglanz dieser göttlichen Fähigkeit: ein neuartiges, goldenes Feuer namens *Glamour. Glamour*-Magie manifestierte sich im menschlichen Körper als eine zweite Seele, eine Seele aus verwandeltem, schöpferischem Feuer, die für ihren Besitzer zugleich eine Quelle des Entzückens wie der Qual darstellte. Alle, die diese Magie je besessen hatten, waren von ihr zugleich zerstört und erhöht worden.

Die Götter hatten den Menschen die *Glamour*-Magie so schnell wie möglich wieder weggenommen, indem sie sich so viel von dem goldenen Feuer zurückholten, wie sie konnten. Aber sehr selten, alle paar hundert Jahre einmal, wurde wieder ein Mensch mit einer *Glamour*-Seele geboren. Von Zwillingen hatte man allerdings noch nie gehört ... bis zur Geburt von Gaultry und Mervion Blas.

Als Kinder, die noch nichts von der in ihnen schlummernden Kraft ahnten, hatten die Blas-Zwillinge manchmal versucht, ihre Zauberkräfte auszuprobieren. Aber erst, als die Schwestern in Lebensgefahr schwebten, weil der betrügerische Erzkanzler sie dazu missbrauchen wollte, die Hochzeit des Prinzen und die Erfüllung seines Paktes mit den Göttern zu vereiteln, war die verborgene Kraft erwacht. Die Schwestern waren noch immer blutige Anfänger, die lernen mussten, ihre neuen Fähigkeiten zu beherrschen. Wenn sie unvorsichtig damit umgingen, konnte die *Glamour*-Kraft sie mit ihrem Feuer verzehren. Gaultry warf Dervla einen ärgerlichen Blick zu, als ihr klar wurde, dass die Hohepriesterin sie absichtlich gereizt hatte. Dervla wusste genau, welches Risiko Gaultry einging, wenn man sie dazu zwang, sich ihrer neuen Magie unvorbereitet zu bedienen.

Aber die Priesterin wollte offenbar um keinen Preis zugeben, dass sie die Jüngere bewusst herausgefordert hatte. Sie schüttelte sich leicht und schob die verbrannte Hand in einen ihrer breiten Ärmelaufschläge. »Benet wünscht nun einmal eure Anwesenheit bei Hofe«, seufzte sie und zuckte resigniert die Achseln. »Als könnten du oder deine Schwester hier irgendwem nützen. Aber das soll nicht meine Sorge sein. Er wird es schon noch selbst merken.«

Gaultry, der vom plötzlichen Aufwallen der ungebändigten Magie immer noch übel war, brachte keine Antwort heraus.

»Sieh nur ...« Die Ältere drehte sich um und streckte die Hand aus. »Die Thronsessel sind gleich so weit.«

In der sanften Mulde zwischen den drei Hügeln hatte man in dem glänzenden, hohen Gras einen großen Kreis gerodet. Ein Stück außerhalb davon wanden Handwerker geschickt Efeu und blühende Zweige um die beiden identischen Stühle, auf denen Prinz und Prinzessin die Huldigungen der Höflinge entgegennehmen sollten. Sitzflächen und Rückenlehnen waren schon fertig geschmückt, nur die Armlehnen fehlten noch. Die Handbewegung, mit der die Priesterin auf die Stühle deutete, war auffallend zurückhaltend. Hier schien der wahre Grund für Dervlas Verbitterung zu liegen, zumindest soweit diese Verbitterung den heutigen Freudentag betraf.

»Eure Gehilfen haben diese Zweige geschnitten«, bemerkte Gaultry versuchsweise.

»Stimmt«, erwiderte Dervla leichthin. Aber ihr Blick war hart. »Wie sie es seit Jahrzehnten getan haben und auch in Zukunft tun werden, wenn du und deine hübsche Schwester endlich hier verschwinden.«

Gaultry schwieg abwartend.

»Du sollst hinter ihnen stehen, wenn sie die Frühlingszweige entgegennehmen, nicht wahr?«

Mit »sie« waren offenbar Prinz Benet und seine Gemahlin gemeint.

»Ich und Mervion«, berichtigte Gaultry.

»Du und deine Zwillingsschwester«, wiederholte Dervla unwillig.

»Hattet Ihr für diese Aufgaben zwei andere junge Frauen vorgesehen?«, fragte Gaultry höflich. »Ich versichere Euch, dass Mervion und ich uns nicht vorgedrängt haben. Wir können nichts dafür, dass Zwillingsschwestern in Tielmark als Günstlinge der Göttinnen gelten. Der Prinz hat uns lediglich zu verstehen gegeben, dass er zu Ehren der Großen Zwillinge zwei Zwillingsschwestern bei der Zeremonie dabeihaben möchte. ›Richtige Zwillinge für die Großen Zwillinge‹, waren seine Worte, wenn Ihr es genau wissen wollt.«

Genau das war es ja, was Dervla so kränkte. Die Götter waren grausam. Wer ihnen freiwillig dienen wollte, wurde nicht immer auserwählt. Und wer frei sein wollte, durfte es nicht immer sein.

»Mervion und ich werden uns dem Befehl unseres Prinzen nicht widersetzen«, schloss Gaultry.

Dervlas Augen funkelten wie glühende Kohlen. »Ich bin Tielmarks Hohepriesterin. Wenn Benet die Großen Zwillinge anrufen will, sollte er zuerst an mich denken.«

»Ich bin sicher, das tut er auch«, unterbrach sie eine trockene Krächzstimme mit ironischem Unterton. »Aber Benet ist jetzt wieder sein eigener Herr – und seine Gemahlin und ein paar andere haben auch noch ein Wörtchen mitzureden.«

Gaultry drehte sich nach der Stimme um. Einen Augenblick lang blendete sie das Glitzern der Sonne auf den Wellen. Gabrielle Lourdes, die Herzogin von Melaudiere, schien aus der Mitte dieses Geglitzers aufzutauchen. Sie war in ein Gewand aus abgetragener, blauweißer Seide gehüllt, aber die glänzende Struktur des Stoffes fing das von der Wasseroberfläche zurückgeworfene Sonnenlicht ein, sodass die Wirkung eher prachtvoll als schäbig war. »Du bist ja ganz außer dir, kleine Gaultry«, bemerkte die Herzogin beiläufig. Die absichtsvolle Milde ihrer faltigen Züge strafte den anzüglichen Tonfall ihrer Worte Lügen. »Worüber habt ihr denn gerade gesprochen?«

»Euer Gnaden«, begrüßte Gaultry sie erleichtert. »Ich wünsche Euch viel Freude an Emieras Tag. Wir haben uns über den Ablauf der Zeremonie unterhalten.«

Die Herzogin war eine Frau, die alles im Leben erreicht hatte, jedoch nur, um schließlich zu erkennen, dass ihr Ehrgeiz sie nicht glücklich gemacht hatte, wie sie Gaultry einmal erzählt hatte. In den derzeitigen Debatten bei Hofe waren sie und Dervla zwar vermeintliche Verbündete, stritten sich aber in Wirklichkeit ständig darüber, wie man die Herrschaft des Prinzen am besten wieder festigen könnte. Nach Gesetz und Tradition von Tielmark hätte Gabrielle von Lourdes in diesem Streit eigentlich die Unterlegene sein müssen. Sie bezog ihre Zauberkraft nämlich von Allegrios Rex, dem Herrn der Meere, und nicht von Tielmarks Schutzgöttinnen, den Großen Zwillingen. Allein dieser Umstand hätte ausreichen können, um ihr das volle Stimmrecht im herzoglichen Rat zu verweigern. Aber in fünfzig Jahren Politik hatte die Verbundenheit mit Allegrios der alten Herzogin nur selten, falls überhaupt, zum Nachteil gereicht. Sie hatte bereits Vater, Onkel und Großmutter des Prinzen viele Jahre lang treu gedient, bevor Dervla zu ihrer hohen Position aufgestiegen war. Im Laufe ihres Lebens hatte das Verlangen der Herzogin, sich in die Regierungsgeschäfte einzumischen, der Überzeugung Platz gemacht, dass Tielmark für sein Gedeihen einen starken, vielleicht sogar eigensinnigen Prinzen brauchte, der seine Verbindung zu den Göttern aktiv ausnutzte, ohne ständig gut gemeinte, aber letztlich schädliche Kompromisse einzugehen. Die Herzogin billigte Benets Entschluss, Gaultry und ihre Zwillingsschwester an den Hof zu binden, obwohl Gaultry manchmal den Verdacht hatte, dass Melaudiere sich vor allem darüber freute, dass die Anwesenheit der Schwestern ihrer Widersacherin Dervla ein Dorn im Auge war. Trotzdem war die junge Jägerin in diesem Moment einfach nur dankbar für das Erscheinen der alten Dame.

»Ihr habt über die Zeremonie gesprochen?«, wiederholte die

Herzogin, und ihre scharfen, blauen Augen blitzten unheilverkündend. »Ich habe gehört, dass dieses Jahr Gaultry und Mervion hinter dem Thron des Prinzen stehen sollen. Wer könnte besser geeignet sein?«

»Wer schon!«, gab Dervla zurück. »Wenn meine eigenen Gehilfen nicht gut genug sind, dann niemand.«

Die Herzogin grinste spöttisch. »Wundert Ihr Euch etwa, dass der Prinz es vorzieht, echte Zwillinge an seiner Seite zu haben? Wisst Ihr nicht mehr, was Euren verkleideten Gehilfinnen am Abend der Prinzenhochzeit passiert ist?«

Die beiden verkleideten Frauen, die der verräterische Kanzler beauftragt hatte, bei der Hochzeitszeremonie die Zwillingsgöttinnen Eliantė und Emiera zu verkörpern, hatte es zu Beginn der einschneidenden Ereignisse, die zu guter Letzt Prinz Benet seinen freien Willen wiedergegeben hatten, in Stücke gerissen.

»Diese falschen Priesterinnen waren nicht meine Gehilfinnen«, wandte Dervla ein. Ihre Lippen wurden schmal. »Sie waren von den Bissantinern bestochen.«

»Das ist wohl wahr. Und die Großen Zwillinge haben an ihnen die Höchststrafe für einen solchen Verrat vollzogen.« Die Herzogin schüttelte betrübt den Kopf, aber ihr Blick ließ die Hohepriesterin nicht los. Gaultry, die neben die alte Dame getreten war, bewunderte Melaudieres vorbildliche Gelassenheit, die sie auch dann noch zu wahren wusste, wenn Dervla die Beherrschung verlor. »Benet weiß genau, dass Gaultry und Mervion ihm treu ergeben sind«, fuhr die Herzogin fort. »Das zu wissen, ist schließlich die Aufgabe eines Prinzen – sogar wenn seine wichtigsten Berater anderer Meinung sind.«

»Sie sind nicht ausgebildet …«

»Macht Euch das etwa Kopfzerbrechen, Hohepriesterin?« Die Herzogin lachte. »Dass unsere beiden Landmädel dem Prinzen an Emieras höchstem Feiertag Schande machen könnten?« Der Seitenhieb wegen ihrer Herkunft trieb Gaultry das Blut in die Wangen, aber sie unterdrückte ihren Protest und ließ die Herzogin ausreden. »Ihr wisst genauso gut wie ich, dass wir lediglich zwei hübsche Mädchen benötigen, die hinter dem Stuhl des Prinzen stehen. Entscheidend für den heutigen Tag ist das Opfer, das der Prinz auf Emieras Hügel darbringt – nicht das, was seine Edelleute ihm überreichen.«

»Ihr braucht mir nicht zu erklären, worauf es den Großen Zwillingen ankommt«, fauchte Dervla. »Ich weiß besser als Ihr, worauf Emiera ihr Augenmerk richtet, Meerespriesterin. Aber ich werde nicht tatenlos zusehen, wie Benet seine Chance verschenkt, Tielmark ein für allemal unverwundbar zu machen, was die Bissantiner und ihre Ränke anbetrifft. Ich habe meine Wahl aus gutem Grund getroffen. Ich hatte beschlossen, dass Palamar Laconte hinter dem Prinzen stehen sollte.«

»Palamar?«, sagte die Herzogin leise. Hinter ihrer Stirn schien sich ein Unwetter zusammenzubrauen. »Die Palamar, deren Großmutter Marie Laconte war, die mit mir und fünf anderen Närrinnen den Blutschwur abgelegt hat? Soso –« Sie trat unauffällig Schritt für Schritt vor, bis sie Dervla an den Rand der Klippe gedrängt hatte. »Es missfällt Euch also, Tamsannes Enkelinnen in der Rolle von Tielmarks Bannerträgerinnen zu sehen, weil Ihr auf eigene Faust wieder Hexenblut in den Hofstaat des Prinzen einschleusen wollt.«

Dervla warf einen kurzen Blick auf die glitzernden Wellen. Dann riss sie sich zusammen und trat entschlossen vor, bis sie dicht vor der alten Frau stand. »Tielmarks Schicksal wird von Prophezeiungen bestimmt«, sagte sie. »Jeder Prinz, der diese Prophezeiungen in den Wind schlägt, wird seinen eigenen Thron umstürzen. Aber Prophezeiungen kann man auslegen und ändern. Die Heirat des Prinzen hat uns weitere fünfzig Jahre gesichert, einen neuen Regierungszyklus, bevor die Großen Zwillinge erneut zu uns herabsteigen und ihren Tribut fordern. In diesen fünfzig Jahren können wir es uns nicht erlauben, dass uns naive Landeier unsere Pläne verpfuschen. Wie beim letzten Mal.«

»Wie beim letzten Mal?«, wiederholte die Herzogin. Plötzlich war ihre vorgetäuschte Gelassenheit wie weggeblasen, und Gaultry bemerkte, dass sie ernsthaft erzürnt war. »Als diese Dinge das letzte Mal diskutiert wurden, wart Ihr noch gar nicht geboren. Eure Mutter hätte Euch besser unterrichten sollen. Damals wurde die Geheime Brut zusammengerufen – ein Bund der mächtigen Hexen des Landes, die ihr Leben Tielmarks Wohl verschrieben und sich einer Prophezeiung unterwarfen, die sie dazu verpflichtete. Wir alle – auch Ihr, Hohepriesterin – sind nur Schachfiguren dieser Prophezeiung, nicht etwa Ausführende. Prophezeiungen müssen von Prinzen erfüllt werden. Von Prinzen, Königen und den Göttern selbst. Und vielleicht noch von jenen seltenen Verrückten, die von der Hand der Götter berührt wurden. Erhebt Ihr Anspruch auf Letzteres?«

Der Klang eines Horns kam Dervlas Antwort zuvor. Der schluchzende Klageruf erhob sich traurig und triumphierend zugleich und brachte die Menge auf dem Hügel zum Schweigen, an dessen Abhang, etwas abseits von den anderen, auch die drei Frauen standen.

Eine weiße Rauchsäule stieg mitten aus dem Eschenhain auf Emieras Hügel zum Himmel empor. Emieras Hügel war der westliche der landeinwärts gelegenen Hügel, auf dem der Prinz und seine Gemahlin, von der Menge umringt, ihr Opfer darbrachten. Die dicke Säule erhob sich höher und höher, ohne aber ihre Form zu verändern. Sie ähnelte einem Berggipfel und schien Himmel und Erde zu verbinden. Sie stieg und stieg. Für Gaultry sah es so aus, als würde der Rauch im nächsten Augenblick das strahlend blaue Himmelsgewölbe berühren, die Grenze zum Herrschaftsgebiet der Götter.

»Schon das Wetter ist ein gutes Vorzeichen«, bemerkte die Priesterin knapp, den Blick starr auf die Rauchsäule geheftet. Sie klang resigniert und unzufrieden. »Aber eine solch hohe Rauchsäule habe ich überhaupt noch nie gesehen. Das lässt sich nicht leugnen.«

»Wie kommt das?« Gaultry zupfte die Herzogin am Ärmel.

Sie hatte zwar Rauch erwartet, aber nicht in diesem Ausmaß. »Was hat das zu bedeuten?«

Die alte Frau ließ den Blick entrückt über den Eschenhain schweifen. »Irgendwo auf diesem Hügel«, erklärte sie, »liegen der Prinz und die Prinzessin Arm in Arm auf den Knien und flehen wie eine einzige Seele die Große Emiera im Gebet an, das Land mit reichen Feldfrüchten zu segnen. Sieht so aus, als hätte Emiera sie erhört.« Die Herzogin warf den Kopf in den Nacken und brach in ein unbeschwertes, mädchenhaftes Gelächter aus. Ihre unbestechlichen, blauen Augen funkelten vor Vergnügen.

»Benet und Lily haben ein Feuer entzündet, und Emiera wünscht, dass alle anderen Götter Zeugen dieses Ereignisses werden. Sie hat beschlossen, das Opfer anzunehmen – und nun versichert sich die Große Herrin des Sommers, dass keiner der anderen Götter dieses Versprechen bricht. Tielmarks Bauern werden ihre reine Freude an diesem Herbst haben.«

»Aber nur dann, wenn auch Eliantés Erntefest erfolgreich verläuft«, unterbrach Dervla sie nüchtern. »Reiche Feldfrüchte sind wertlos, wenn niemand sie ernten kann. Und im Herbst wird es nicht Benet, sondern die neue Prinzessin sein, die den heiligen Funken entzündet.«

»Schon wieder so ein naives Landei?«, spöttelte die Herzogin. Lily, Tochter eines armen Fischers, war Wäscherin am Hof des Prinzen gewesen, bevor dieser sie zu seiner Gemahlin gemacht hatte. »Kein Grund zur Sorge. Sie hat noch den ganzen Sommer über Zeit, sich mit der Zeremonie vertraut zu machen.«

»Genug geredet«, knurrte Dervla grimmig, schob ihre Ärmel hoch und entblößte knochige, weiße Handgelenke. »Ich muss zu meinem Prinzen. Das Feuer wird bald niedergebrannt sein. Er braucht mich, um die Asche zu segnen.« Sie drängte sich an der alten Melaudiere vorbei und erklomm den Abhang.

»Die Prinzessin erwähnt sie sonst nie«, bemerkte Gaultry und blickte der immer kleiner werdenden Gestalt nach, »außer natürlich, um sie zu kritisieren.«

Die Herzogin warf der jungen Frau aus dem Süden einen amüsierten Seitenblick zu. »Dervla schätzt es sehr, wenn jemand einen einwandfreien Stammbaum vorweisen kann«, erklärte sie. »Und zwar von väterlicher wie auch von mütterlicher Seite, durch viele Generationen hindurch. Das ist es auch, was sie hier in Tielmark so bekümmert, dass die Götter ausgerechnet die Vereinigung mit dem Volke fordern, um die Wiegen unserer Edelleute mit kräftigen Nachkommen zu segnen. Arme Dervla! Sie ist zwar Tielmark und seinen Göttern treu ergeben, aber im Grunde ihres Herzens sehnt sie sich danach, an der Spitze einer festen Rangordnung zu stehen, in der jeder hübsch auf seinem Platz bleibt.«

Gaultry betrachtete die weiße Rauchsäule. »Das ist wahrhaftig das Letzte, was Tielmark gebrauchen kann«, meinte sie. Tielmark, dieses Land unabhängiger Bauern, war zu arm und zu sehr mit dem Verlauf der Jahreszeiten beschäftigt, um sich einen pompösen Hof leisten zu können. Es brauchte eine Prinzessin wie Lily, mager und von der Armut ihrer Kindheit abgehärtet, aber trotz ihres unscheinbaren Äußeren energisch und stolz. Eine solche Prinzessin erinnerte ihren Hofstaat jeden Tag daran, dass Tielmarks wahrer Reichtum in seinem Land und den Menschen lag, die es bestellten, und nicht in seinen Höflingen und ihren Vergnügungen. »Mit den Intrigen der Bissantiner muss endlich Schluss sein«, fügte Gaultry hinzu. »Es kann dem Land nur gut tun, dass Lily jetzt an Benets Seite regiert.«

»Ich hatte mir schon gedacht, dass du das findest«, bemerkte die Herzogin. »Schließlich warst du diejenige, die Lily Benet in der Prinzennacht buchstäblich in die Arme geworfen hat.«

»Darauf kann ich mir wohl kaum etwas zugute halten«, wehrte Gaultry ab. »Ich hatte keine Ahnung, was ich eigentlich tat. Ich dachte, ich hätte Lily ganz willkürlich aus der Menge herausgegriffen. Ich wäre niemals auf die Idee gekommen, dass Benet und sie bereits ein Liebespaar waren und er sie gern heiraten wollte. Allein die Großen Zwillinge kannten die Wahrheit. In jener Nacht war ich nur ihr Werkzeug.«

»Und da wunderst du dich, dass Dervla so neidisch auf dich ist?«

»Aber warum bloß?«, fragte Gaultry mit entwaffnender Ehrlichkeit. »Die Kraft der Großen Zwillinge lodert in ihr wie grünes Feuer. Auch Mervion und ich verehren die Großen Zwillinge, aber eine solche Kraft ist uns nicht gegeben.«

»Eure Kraft hat einen anderen Ursprung«, erwiderte die Herzogin nüchtern. »Ihr braucht keinen Gott darum zu bitten. Dervla ist nicht die Einzige, die euch deswegen beneidet.«

Inzwischen hatte die Hohepriesterin die Hügelkuppe erreicht. Bevor sie ihren Blicken entschwand, drehte sie sich ein letztes Mal kopfschüttelnd nach den beiden Frauen um.

Melaudiere kniff die Augen zusammen und sah ihr seufzend nach. »Dervla ist eine verbitterte Frau. Sie sieht, dass alles in Veränderung begriffen ist, und weiß, dass sie es nicht aufhalten kann. Ihr wäre es lieber, dass in Tielmark alles so bliebe, wie es ist. Deine Schwester und du, ihr verkörpert einen neuen Menschenschlag – ja, vielleicht sogar den Beginn eines neuen Zeitalters. Das macht Dervla Angst.«

»Aber wir alle stammen doch von der Geheimen Brut ab«, protestierte Gaultry. »Wir können einander zwar nicht leiden, aber uns verbindet der gemeinsame Schwur, den Prinzen in allem zu unterstützen. Dervlas Mutter hat diesen Schwur genauso abgelegt wie meine Großmutter Tamsanne. Und auch Ihr ...«

»Ja, das Blut der Geheimen Brut verbindet uns«, unterbrach die Herzogin sie. »Aber wir sind uns nicht einig, was die alte Hexenprophezeiung eigentlich zu bedeuten hat. Den Prinzen zu unterstützen – was soll das heißen? Wir stimmen darin überein, dass Tielmark endlich von der bissantinischen Geißel befreit werden muss, die unser Land dazu zwingt, sich alle fünfzig Jahre aufs Neue des Beistands der Götter zu versichern. Wie wir das schaffen sollen, weiß niemand. Sicher ist nur, dass die Bissantiner nicht wieder fünfzig Jahre warten werden, bevor sie uns erneut heimsuchen. Wir müssen uns wappnen.

Dervla bittet hundertmal lieber jemanden wie die junge Palamar um Hilfe, die wie ein Schoßhündchen an ihrem Rockzipfel hängt, als ein paar unabhängige, kräftige Provinzhexen wie deine Schwester und dich, die womöglich anderer Meinung sind als sie oder gar ihre eigenen Pläne haben. Schau –«

Gaultry drehte sich um und bemerkte, dass die Herzogin sie schwindelerregend dicht an den Rand der Klippe gezogen hatte. Tief unter ihr brandete die Gischt. Der ständige Ansturm der Wellen hatte tiefe Einschnitte in die Küstenfelsen gegraben, und mit jeder Flut bröckelte der weiße Stein ein Stückchen mehr ab. Gaultry, die im Landesinneren aufgewachsen war, hatte noch nie so deutlich die Kraft des Wassers gespürt, und sie sah die Herzogin erschrocken an.

»Auch wenn Tielmarks Prinzen seit Jahrhunderten an diesem Ort den Göttern huldigen, wird sich das Meer die heiligen Hügel eines Tages zurückholen«, sagte die Herzogin leise. »Die Großen Zwillinge lieben diese Gegend, aber der Tag wird kommen, an dem zumindest dieses kleine Stück Land den Wellen zum Opfer fällt.

Dervla vergleicht sich mit dieser Klippe«, fuhr die alte Frau fort und blickte in die Tiefe, »und sie hat Angst, dass du und deine Schwester eine neue Macht verkörpern, an der sie schließlich zerbricht. Und ihr habt bisher nichts unternommen –«, die blauen Augen bohrten sich in Gaultrys, und ein leiser Vorwurf war in ihnen zu erkennen, »um sie vom Gegenteil zu überzeugen.«

## 2

In der geschützten Senke zwischen den drei Hügeln staute sich die Hitze. Seit über einer Stunde stand Gaultry jetzt schon hinter Prinzessin Lilys Stuhllehne, ihre Schwester zu ihrer Linken hinter Benet. Gaultry war heiß und langweilig. Diese Zeremonie war schrecklich eintönig, und Gaultry hatte allmählich genug davon.

Alles lief genauso ab, wie es die Herzogin angekündigt hatte. Zuerst hatte der Prinz den verborgenen Kräften seines Landes ein Brandopfer geweiht. Das nachfolgende Zeremoniell dagegen wirkte nicht feierlicher als andere Ergebenheitsbekundungen des Hofstaates auch, abgesehen vielleicht von der Tatsache, dass Gaultry Eliantés Eichenblätter und Mervion Emieras Eschentriebe ins Haar gewunden trugen. Von den beiden Schwestern wurde lediglich erwartet, ruhig, aber nicht zu offensichtlich gelangweilt dazustehen, während der Prinz und seine Gemahlin unaufhörlich lächelten und kurze Dankesworte an diejenigen richteten, die an ihnen vorbeizogen. Jedes beliebige hübsche Mädchen hätte diese Rolle übernehmen können, dachte Gaultry missmutig, während Schweißtropfen sie an den Schläfen und auf dem Rücken kitzelten.

Die Luft war so schwer vom Duft der Blüten und Zweige, dass sie im Vergleich zu der frischen Meeresbrise oben auf dem Hügel stillzustehen schien. Die Schlange vor Benets Sessel schien von Minute zu Minute langsamer voranzukriechen. Gerade kniete ein korpulenter Ritter mit eisgrauem Haar schwerfällig vor dem Prinzen nieder, neben sich sein Weib, und entbot Benet entschlossen, aber unbeholfen seinen Gruß und den dazugehörigen Zweig. Eine Ewigkeit später nahm eine dürre Edelfrau seinen Platz ein. Gaultrys Aufmerksamkeit wanderte von der langen Reihe der Bittsteller zu den weißgewandeten Priestergehilfen, die die Zweige einsammelten, sobald der Prinz sie entgegengenommen hatte.

Trotz Dervlas Genörgel beteiligten sich ihre Gehilfen durchaus aktiv an dem Zeremoniell. Sechs Paare, drei davon aus Männern, drei aus Frauen bestehend, hatten alle Hände voll zu tun, dem Prinzen die Gaben der Höflinge abzunehmen – jene grünen Zweige, die Gaultry und die übrigen Pflücker am gleichen Morgen vor Tau und Tag geschnitten hatten. Dervlas Leute waren nämlich für das Aufschichten des Holzstapels verantwortlich, der später als Freudenfeuer verbrannt werden sollte. Auf den ersten Blick wirkten die jungen Gehilfen mit den fließenden, weißen Gewändern und dem sorgfältig frisierten Haar würdevoll und elegant. Doch dieses Bild änderte sich, je mehr der Holzstapel in die Höhe wuchs. Alle zwölf, Männer wie Frauen, bekamen rote Gesichter und begannen zu schwitzen, als seien sie schon damit überfordert, die leichten Zweige ein paar Meter weit zu tragen. So viel zum Abscheu der Hohepriesterin vor körperlicher Arbeit.

Unwillkürlich verzogen sich Gaultrys Lippen zu einem spöttischen Grinsen. Dann fiel ihr wieder ein, dass beinahe eine der Gehilfinnen ihren Platz hinter dem Stuhl des Prinzen eingenommen hätte, und sie musterte sie genauer. Welche der Frauen mochte Palamar Laconte sein, die von Dervla bevorzugte Nachfahrin der Geheimen Brut? Die Herzogin hatte Palamar ein Schoßhündchen genannt. Also konzentrierte Gaultry sich auf eine schüchtern aussehende Frau, ein paar Jahre älter als Gaultry selbst, mit aschblondem Haar, rundlichen Armen und einem von der ungewohnten Anstrengung rosigen Gesicht. Die Arme voller störrischer, grüner Zweige, trottete die Frau in der gnadenlosen Sonne hin und her und wurde dabei zusehends ungeschickter. Ihr starrer Gesichtsausdruck war ernst und ein bisschen traurig.

Ein Schoßhündchen. Während Gaultrys Blick den plumpen Bewegungen der jungen Frau folgte, begann sie zu verstehen, warum die Hohepriesterin Benets Entscheidung für die Blas-Zwillinge so heftig missbilligte. Dervla wollte dem Prinzen und dem Volk von Tielmark wieder einmal ihre eigene Macht demonstrieren und ärgerte sich darüber, dass ihre eigenen Gehilfen bei diesem feierlichen Anlass eine schlechte Figur machten.

Tatsächlich ähnelte die Zweigzeremonie verdächtig einem Defilee aufgeputzter Höflinge, aber trotzdem durfte man die Bedeutung des Treueids der Edelleute an einem solchen Tag, – dem Emiera als Zeugin beiwohnte, nicht unterschätzen. Sicher gab es unter den Anwesenden auch einige, die in Wirklichkeit keineswegs vorhatten, sich an ihren Eid zu halten. In der Vergangenheit war Benet oft zu gutgläubig gewesen, aber sogar er schien der zungenfertigen Versprechungen allmählich überdrüssig zu sein. Jetzt begrüßte er seine Anhänger zwar mit einem freundlichen Lächeln, aber seine ganze Haltung war respekteinflößend. Dass er seine Höflinge an diesem Tag zusammengerufen hatte, damit sie ihren Treueid erneuerten, war gleichzeitig eine Warnung: Diejenigen, die ihr Wort gegenüber dem Prinzen brachen, riskierten zugleich, den Göttern untreu zu werden, und ein solches Verhalten würde nicht folgenlos bleiben.

Indem Benet ausgerechnet Gaultry und Mervion hinter sich stehen ließ, wollte er seinem Hofstaat etwas vor Augen führen: Statt eines harmlosen Schoßhündchens standen ihm zwei mächtige *Glamour*-Hexen ganz selbstverständlich zu Diensten. Das war eine eindrucksvolle Demonstration seiner Macht. Die Erkenntnis traf Gaultry wie ein Schlag, während sie auf den kunstvoll gelockten, weizenblonden Hinterkopf des Prinzen starrte. Ihr von Herzen kommender Wunsch, dem Prinzen zu dienen, konnte sie für den Rest ihres Lebens zu einem sterbenslangweiligen Hofdasein verdammen – der bloße Gedanke jagte ihr einen Schauer über den schweißfeuchten Rücken.

»Nicht vordrängeln!« Eine ärgerliche Stimme lenkte Gaultrys Aufmerksamkeit erneut auf die Schlange schwitzender Edelleute. Dervlas ältester Gehilfe, ein verdrießlich aussehender Mann um die dreißig, war, die Arme voller Zweige, stehen geblieben, um einen der Wartenden zu maßregeln. »Ihr seid noch nicht dran.«

»Falls es so wäre«, entgegnete eine Stimme in trügerisch sanftem Ton, »ist es wohl kaum deine Aufgabe, mich darauf hinzuweisen.«

Drei junge Ritter, Brüder, die gerade an der Spitze der Schlange standen, drehten sich nach dem Sprecher um. Als sie ihn erkannten, murmelten sie hastig den Treueid, warfen ihre Zweige in die bereits vollbeladenen Arme des ältesten Gehilfen und machten sich so hastig aus dem Staub, dass der Mann, der den ganzen Aufruhr verursachte, plötzlich allein vor dem Prinzen stand.

»Mein Prinz«, verbeugte er sich förmlich vor Benet. »Ich habe eine lange Reise auf mich genommen, um Euch heute meinen Treueid entbieten zu können.« Es war Martin, der Enkel der Herzogin von Melaudiere und Gaultrys Vertrauter bei Hofe. Er hatte Princeport im Auftrag der Herzogin, seiner Lehnsherrin, verlassen und wurde eigentlich erst lange nach Emieras Tag zurückerwartet. Als Gaultry oben auf der Klippe mit seiner Großmutter allein gewesen war, hatte diese Martins Rückkehr mit keiner Silbe erwähnt. Gaultry ließ ihren Blick über die Menge schweifen und hielt Ausschau nach dem blauweißen Kleid der alten Dame. Hatte Melaudiere ihr diese Tatsache absichtlich verschwiegen, oder hatte sie selbst nichts davon gewusst?

Der stattliche Krieger trug noch Reisekleidung: eine staubige, schlicht geschnittene Livree in Grau und Grün, den Farben von Melaudiere. Sein schwarzes Haar war so kurz geschoren wie das eines Söldners, deshalb hatte der Gehilfe ihn auch für einen einfachen Wachsoldaten gehalten. Aber kein Wachsoldat trug eine solch eisige und hochmütige Miene zur Schau wie Martin – oder hätte so selbstbewusst vor seinem Prinzen gestanden und gleichzeitig den Obergehilfen mit einem grimmigen Lächeln bedacht.

Der musterte den muskulösen Körper und die breite Brust seines hochgewachsenen Gegenübers. Inmitten der vielen Menschen war Martin eine auffallende Erscheinung. Sein Gesicht mit den breiten, narbigen Wangenknochen und den tiefliegenden, scharfen Augen hatte etwas Wölfisches. Diesen Mann durfte man nicht unterschätzen.

Endlich dämmerte es dem Gehilfen. »Martin Stalker.« Er machte eine Pause, um die Fassung wiederzuerlangen. »Wenn Ihr als Vasall Eurer Großmutter gekommen seid, müsst Ihr zurück zu den übrigen Gefolgsleuten gehen.«

Martin lachte. »Emiera möge dich strafen. Die Rangfolge bei diesem Fest beruht auf Bräuchen, nicht auf Gesetzen. Und selbst wenn …« Der Soldat verneigte sich über die Schulter des Gehilfen hinweg vor Benet und Lily. »Der Prinz selbst hat mich wegen meiner jüngsten Verdienste zu sich befohlen. Frag ihn doch, ob ich zurückgehen soll.«

Völlig verwirrt wirbelte der Gehilfe herum. »Majestät?«

Benet hob hoheitsvoll die rechte Hand und nickte dem Gehilfen zu. Seine Mundwinkel zuckten verdächtig. Der Prinz war noch nicht ganz fünfundzwanzig Jahre alt und wirkte mit seinen sanften Zügen und den geraden, dunklen Augenbrauen sehr jung für sein Alter und sein hohes Amt. An Kiefer und Schläfen begann sich der ausgeprägte Knochenbau seiner Vorfahren abzuzeichnen, aber er konnte noch immer täuschend harmlos aussehen. »Dem Schwert dieses Mannes habe ich es zu verdanken, dass ich heute als euer Prinz vor euch sitze«, sagte er ruhig, aber in dieser Ruhe lag eine härtere Zurechtweisung als in jedem barschen Tadel. »Dieser Mann müsste an erster Stelle unter meinen Rittern stehen – wenn er diese Ehre nur endlich annehmen wollte.«

Angesichts der Verblüffung des Priestergehilfen konnte sich Gaultry eine gewisse Schadenfreude nicht verkneifen. Die Ehre, die der Prinz Martin antrug, war die Belohnung dafür, dass der Recke im letzten Augenblick eine Schwertklinge abgewehrt hatte, die Benet die Kehle durchschneiden sollte. Martins Weigerung, die Reihe der Ritter anzuführen, sollte ausdrücken, dass ihm die Dankbarkeit des Prinzen wichtiger war als irgendeine formelle Rangfolge. Das sorgte natürlich für Probleme im höfischen Zeremoniell.

Der hochgewachsene Krieger verneigte sich vor seinem Prinzen und verzog den Mund zu einer Art Lächeln, aber Gaultry bemerkte trotzdem, dass ihm die allgemeine Aufmerksamkeit peinlich war. Er warf seinen Zweig in die Hände der ihm am nächsten stehenden Gehilfin, eines nervösen Mädchens mit zerzaustem, kastanienbraunem Haarschopf. »Ich mache mir nichts mehr aus Titeln, Euer Hoheit. Aber ich lege großen Wert darauf, Euch weiterhin treu zu dienen.« Er versank in einen tiefen Kniefall. Dann hob er wieder den Kopf und begegnete über Benets Schulter hinweg Gaultrys Blick.

Graue Augen fixierten grüne. In diesen wenigen Sekunden sog Martin Gaultrys Anblick in sich auf: die Krone aus Eichenblättern, den kurzen, grünen Kittel, die bloßen Arme und Füße. Gaultry erwiderte seinen Blick und bemühte sich, ihren feierlichen Gesichtsausdruck beizubehalten.

»Ich und die Meinen werden Euch stets zu Diensten stehen«, versicherte Martin dem Prinzen, während sein Blick noch immer auf Gaultry ruhte. Dann neigte er noch einmal kurz den Kopf und trat ab.

»Dummer Kerl«, murmelte Benet so leise, dass nur seine Gemahlin und die junge Frau hinter ihm es hörten. »Ich würde ihm wirklich gern helfen, wenn er mich nur ließe.«

Gaultry wurde rot und durchbohrte Benets Hinterkopf mit einem scharfen Blick. Sie wollte nicht, dass der Prinz sich in Martins Angelegenheiten einmischte, vor allem nicht in jene, die sie selbst betrafen. Martin und sie hatten schon zu oft unter ungebetener Einmischung zu leiden gehabt.

Vor der Hochzeit des Prinzen hatte zwischen ihr und Martin ein unverbrüchlicher Bund bestanden, aber es war ein Bund, um den sie genauso wenig gebeten hatte wie Martin. Alles hatte mit einem Bannzauber begonnen, der über Martin verhängt worden war und der ihn gegen seinen Willen zu Gaultrys Beschützer bestimmt hatte. Noch bevor sie einander besser kennen gelernt hatten, war durch diesen Bund eine kurze, heftige Leidenschaft zwischen ihnen entflammt. Martin hatte all ihre Qualen und Ängste mit ihr geteilt; und Gaultry wiederum hatte all seine Gefühle unmittelbar mitempfunden, obwohl sie sich verzweifelt bemüht hatte, ihre Verbindung zu durchtrennen. Die Intensität dieser Gefühle, die durch die bei der Befreiung des Prinzen gemeinsam gemeisterten Gefahren noch vertieft wurde, hatte sie manchmal sogar ihre Pflicht gegenüber Tielmark und dem Prinzen vergessen lassen. Sie waren beide erleichtert gewesen, als der Bannzauber nach der Hochzeit des Prinzen wich und sie wieder frei waren. Jedenfalls hatte Gaultry gehofft, dass es eine Erleichterung sein würde. Endlich zwang keine Magie sie mehr dazu, ständig ihre ineinander verstrickten Gefühle zu entwirren. Dafür mussten sie doch beide dankbar sein!

Gaultry folgte Martin mit den Augen, als er zu dem Zeltlager zurückging, das man außerhalb des geweihten Geländes aufgeschlagen hatte. Sie musste zugeben, dass sie den Bannzauber insgeheim ein bisschen vermisste. Sie war inzwischen mit Martins Gefühlen so vertraut, dass sie die ungewohnte Distanz als störend empfand.

Am wenigsten machte ihr die Existenz von Martins Ehefrau zu schaffen, von der er schon seit langem getrennt lebte, jener Frau, der er seinen Titel und seinen Besitz abgetreten hatte, als er seinen Familiennamen ablegte.

Am verwirrendsten dagegen war die geheime Rhasan-Magie, die Gaultry immer noch an Martin band.

Rhasan war eine wilde Magie, älter als die Großen Zwölf, der man nachsagte, dass sie sogar die Geschicke der Götter beeinflussen konnte. Die noch erhaltenen Rhasan-Kartenspiele stammten noch aus jener Zeit, als Nomadenstämme durch Tielmark zogen, bevor es ein eigenständiges Land mit von den Göttern festgelegten Grenzen wurde. Dann aber war das Kaiserreich entstanden, und die alten Wanderpfade waren in Vergessenheit geraten, und noch später war Tielmark ein unabhängiges Land geworden, das seine Grenzen streng bewachte und sich nicht mehr an die alten Mächte erinnerte, die vor dem Kaiserreich sein Geschick bestimmt hatten. Trotz all dieser politischen Veränderungen hatten die Rhasan-Karten der Vorfahren ihre Kraft nicht verloren. Sie waren zugleich eine Versuchung und eine Gefahr, indem sie die tiefsten Begierden und Ängste der menschlichen Seele offenbarten und dadurch die Zukunft ihres Benutzers veränderten.

Gaultry und Martin hatten sich gemeinsam die Rhasan-Karten deuten lassen. In gewisser Weise bedeutete das, dass sie auch eine gemeinsame Zukunft hatten. Ein zweites Mal Karten zu ziehen, mochte diese Verbindung wieder trennen, aber Gaultry wollte sich keinem weiteren Urteil unterwerfen, weil sie sonst vielleicht ihre Beziehung zu Martin aufs Spiel gesetzt hätte. Sie folgte dem hochgewachsenen Krieger so lange mit den Augen, bis er zwischen den Zelten verschwand. Wie so oft schwankten ihre Gefühle zwischen Vergnügen und Ärger, wenn sie über alles, was sie beide verband, nachdachte. Ein Schwertkämpfer wusste genau, womit er seinem Prinzen dienen konnte. Für Gaultry und ihre Schwester Mervion war das schon schwieriger.

Gaultry betrachtete die beiden landeinwärts gelegenen Hügel Emieras Hügel im Osten, mit der Krone aus silbrigen Eschenstämmen, und Eliantés Hügel im Westen mit seinen mächtigen Eichen. Vor zwei Tagen war Gaultry in Eliantés Hain zwischen den knorrigen Stämmen umhergewandert und hatte das schon jetzt dichte Blätterdach aus frischen Trieben bestaunt. Unter diesem Blätterdach waren plötzlich Erinnerungen an Tielmarks entlegene Südgrenze in ihr aufgestiegen. Wie schön war es doch gewesen, ungehindert in den Grenzwäldern umherzustreifen und zu jagen, seine Pfeile dem Wind anzuvertrauen und den Schultersack mit frischem Wildbret für eine ganze Woche stolz auf der Türschwelle ihrer Großtante abzusetzen. Tamsanne hatte stets die Illusion aufrechterhalten, dass ihr freies Leben als Waldläuferin ewig weitergehen würde – ihr Leben und das von Mervion. Dabei hatte Tamsanne schon vor der Geburt der längst verstorbenen Mutter der Zwillinge ihr eigenes Blut und das ihrer Nachkommen durch einen Schwur in den Dienst des Prinzen gestellt. Dieses Erbe schien Gaultrys ganze Zukunft zu bestimmen.

Als sie so den Blick über die Bäume schweifen ließ, welche die Kuppen der heiligen Hügel verbargen, wurde sie erneut von einer heftigen Abneigung gegen Tielmarks Hohepriesterin überwältigt. Dervlas gehässige Bemerkungen über die Blas-Zwillinge, ihre Beleidigungen und kleinen Sticheleien waren belanglos. Dervla wusste genau, dass ein vor fünfzig Jahren abgelegter Schwur die beiden jungen Frauen an den Prinzen band, und sie konnte nicht so tun, als habe sie das vergessen.

Schließlich war sie durch denselben Schwur gebunden.

Sieben Hexen hatten damals einen Pakt geschlossen, der sie durch eine mächtige Prophezeiung unauflöslich aneinander fesselte:

*Rot färben wird sich dermaleinst der Pfad des Prinzen von Tielmark vom Blute der Geheimen Brut.*

Unter dem Schweißfilm auf ihrem Rücken überlief es Gaultry kalt. Eigentlich hätte diese einfache Weissagung eine zweifache Wirkung haben müssen: Sie verhieß den Mitgliedern der Geheimen Brut sowohl Ruhm als auch Verderben, aber bis jetzt hatte sich nur Letzteres erfüllt. Drei der ursprünglich sieben Mitglieder der Geheimen Brut waren tot, und dazu acht ihrer Kinder. Vier davon waren im Kampf gestorben, zwei – die Söhne der Herzogin von Melaudiere –, als sie versuchten, ihrem Prinzen in der Schlacht den Weg freizukämpfen.

In der Generation der Enkelkinder der Geheimen Brut, der auch Gaultry angehörte, hatte bereits das Blut dreier Personen den Pfad des Prinzen rot gefärbt. Die letzte davon, ein junges Mädchen, hatte sich, von dem verräterischen, halb bissantinischen Ex-Kanzler von Tielmark in den Wahnsinn getrieben, von den Zinnen der Burg gestürzt und war auf der gepflasterten Terrasse eines qualvollen Todes gestorben. Dieser Prinzenpfad, wie die Terrasse seit alters her genannt wurde, trug noch immer dunkle Flecken von frischem Hexenblut.

Gaultry blickte zur Kuppe des Feeding-Hügels empor, wo die einsame Silhouette der Herzogin von Melaudiere vor dem weiten Meer aufragte, nicht weit von der Stelle, an der sie zuerst miteinander gesprochen hatten. Ihre blauweißen Ärmelaufschläge flatterten im Wind und ließen sie aussehen wie einen fremdartigen alten Vogel.

Es war die Herzogin gewesen, die Gaultry seinerzeit die Flecken von Lady D'Arbeys Blut gezeigt hatte. Gaultry erinnerte sich noch ganz deutlich.

Zwei Tage, nachdem Martin in Geschäften seiner Großmutter nach Haute-Tielmark aufgebrochen war, hatte die Herzogin Gaultry in ihren Gemächern aufgesucht. Die junge Frau war traurig über Martins Abreise gewesen, nicht zuletzt, weil sie mit ihm über eine Kleinigkeit in Streit geraten war, bevor er sich auf den Weg machte. Als die Herzogin klopfte, bat Gaultry sie erfreut herein, weil sie auf eine Nachricht von deren Enkelsohn hoffte.

Aber erst einmal ließ sich die Herzogin auf das bequemste Sofa im ganzen Salon sinken, fächelte sich mit dem Ärmelaufschlag Kühlung zu und erzählte der jungen Frau Geschichten aus Martins Jugend, bevor er Soldat geworden war. Dann forderte sie Gaultry scheinbar ganz ohne Hintergedanken zu einem kleinen Spaziergang über das Palastgelände auf, um der Hitze zu entfliehen.

Melaudiere führte Gaultry zu einem breiten Weg unter einer hohen Brustwehr. »Dieser Weg wird ›Prinzenpfad‹ genannt«, erläuterte sie. »Hier ist der Blutfleck, wo Lady D'Arbey sich zu Tode gestürzt hat. Und da oben«, sie streckte die Hand aus, »ist die Stelle, wo sie heruntergesprungen ist.« Die Beschreibung der Herzogin, wie die junge Frau viele Stunden lang unbemerkt dagelegen hatte, während das Leben aus ihren Adern rann, war nicht weniger drastisch. »Lady D'Arbey war Dervlas Nichte«, schloss die Herzogin. »Stell dir Dervlas Schuldgefühle vor, als sie merkte, dass es ihr nicht gelungen war, ihr eigenes Blut zu beschützen.«

»Warum habt Ihr mich hierher gebracht?«

Das Blut des Mädchens war schubweise geflossen und getrocknet. Obwohl man das Steinpflaster gründlich geschrubbt hatte, war der dunkle Abdruck des zusammengekrümmten Körpers noch immer zu erkennen.

»Das hier ist bis jetzt das Schlimmste, was einem unserer Nachfahren zugestoßen ist.« Die scharfen blauen Augen begegneten Gaultrys Blick. Die junge Frau las in ihnen, wie bewusst sich die Herzogin ihrer eigenen Macht – und zugleich ihrer Hilflosigkeit war. »Kanzler Heiratikus hatte die entscheidende Bedeutung der Hexenblut-Prophezeiung erkannt. Er hoffte, sie soweit verdrehen zu können, dass er selbst in Tielmark an die Macht käme. Aber da auch in seinen Adern Hexenblut floss, hat er sich ins eigene Fleisch geschnitten und selbst seinen Tod heraufbeschworen.

Die Geheime Brut wurde nicht zusammengerufen, damit wir alle im Dienste des Prinzen zugrunde gehen«, fuhr die Herzogin grimmig fort. »Unsere Gründerin, Prinzessin Lousielle – ach, hättest du sie doch gekannt! –, war keine Verfechterin des Leidens. Noch jetzt, fünfzig Jahre nach ihrem Tod, erscheint sie mir in meinen Träumen. Ihre leuchtenden Augen, in denen das Feuer der Göttinnen glüht, vertreiben meine bösen Ahnungen. Obwohl ich heute weiß, was ich damals nicht wusste, und meine eigenen Söhne habe sterben sehen, würde ich ihr immer noch jederzeit den Treueid leisten.

Trotzdem war auch Lousielles Leben nicht frei von Schmerz, aber sie war fest entschlossen, sich davon nicht unterkriegen zu lassen. Du bist noch zu jung, um das zu verstehen. Vor fünfzig Jahren tanzte man bei Hofe nicht diesen harmlosen Reigen um Macht und Einfluss wie heute. Bissanty hatte Tielmarks Regierung so gut wie gestürzt. Tielmark war nur noch dem Namen nach ein freies Land und brauchte dringend den mit den Göttern geschlossenen Pakt, um sich von der bissantinischen Zwangsherrschaft zu befreien. Ich habe dir die Narben der Schnittwunden gezeigt, die mein eigener Vater mir zufügte, um Bissanty seinen Blutzoll zu entrichten. Lousielle ist noch Schlimmeres zugestoßen. Sie musste während ihrer ganzen Kindheit mit ansehen, wie bissantinische Ärzte ihren kränklichen Vater quälten, und sie lebte in ständiger Angst, dass sie seiner eines Tages überdrüssig werden und sich stattdessen ihr selbst zuwenden würden. Als ihr Vater endlich starb, wurde sie zum Spielball der bissantinischen Kaiser, und sie wusste genau, dass auch sie sterben würde, wenn sie ihnen eines Tages nicht mehr nützlich wäre.

Trotz alledem vertraute sie auf die Liebe der Großen Zwillinge und tröstete sich damit, dass sie Tielmark befreien könnte, wenn es ihr gelang, die heiligen Schwüre vor Ablauf des fünften Regierungszyklus von Tielmark zu erneuern. Jeden Tag ihres Lebens kämpfte sie darum, sich ihre Unabhängigkeit zu bewahren, aber alles musste im Verborgenen geschehen, und niemand konnte sie trösten oder ihr Mut zusprechen. Als sie herangewachsen war, sollte sie eine Zwangsehe mit einem eitlen bissantinischen Laffen eingehen, und niemand in Tielmark konnte ihr beistehen.

Da wäre sie beinahe verzweifelt. In den Augen der Großen Zwölf ist Tielmark ein unabhängiges Land, das die Großen Zwillinge vor weltlichen Gefahren schützen. Zum Dank für diese großzügige Unterstützung muss unser Prinz eine mystische Ehe mit seinem Land eingehen, das besagt eine der drei Bedingungen des Götterpaktes mit Tielmark. Lousielles Heirat mit einem Bissantiner hätte diese Vereinbarung gebrochen, und damit hätten die Bissantiner Tielmark ungehindert wieder an sich reißen können. Dann würde jeder Einwohner des Landes, bis hin zu den ärmsten Bauern, die gleichen Qualen erleiden wie Lousielle jetzt schon, das war ihr klar.

Sie musste es verhindern. Aber wie? Das Land wimmelte nur so von bissantinischen Spionen. Ein Tag nach dem anderen verstrich, der Hochzeitstag rückte immer näher, und Lousielle sah ganz nüchtern, welches Schicksal ihr und Tielmark bevorstand. Sie war eine Gefangene. Ihr Einfluss war verschwindend gering. Es war unvermeidlich. Sie konnte der Zwangsheirat nicht entrinnen, und ihr bissantinischer Gemahl würde ihr ein Kind von gemischtem Blut aufzwingen – ein Kind, halb Tielmaraner, halb Bissantiner, dessen Bestimmung es wäre, Tielmark zurück in die bissantinische Sklaverei zu führen.

Sie hat ihnen einen Strich durch die Rechnung gemacht.«

Tränen liefen Melaudiere über die runzligen Wangen und ließen ihr Gesicht weicher wirken. Sie presste Gaultrys Finger gegen ihr Handgelenk. Die Jüngere spürte die alte Narbe, mit der der Vater der Herzogin seine Tochter vor so vielen Jahren gezeichnet hatte. »Ich will dir ein Geheimnis anvertrauen«, sagte die alte Frau. »Ein Geheimnis, das nur Lousielles Hexenzirkel kennt. Heute möchte ich es mit dir teilen.«

»Bitte nicht«, wehrte Gaultry ab. »Ich will nicht daran denken, wie schwach und hilflos Tielmark war.«

Die Herzogin ignorierte sie, aber sie dämpfte die Stimme zu einem eindringlichen Flüstern. »Lousielle wurde Tag und Nacht von bissantinischen Aufsehern bewacht. Aber am Vorabend ihrer Hochzeit gelang es ihr, sich heimlich aus dem Schloss zu schleichen und nach Princeport hinunterzuwandern.

In Princeport gibt es ein Irrenhaus. Direkt vor den Toren der Stadt, in der Nähe des befestigten Weges, der aus dem Schlossgarten hinausführt. Dorthin ging die tapfere Prinzessin Lousielle. Ein paar Tage später prahlte einer der Verrückten vor sämtlichen Besuchern damit, dass er in dem riesigen Schlafsaal mit der Prinzessin im Bett gewesen sei und die Großen Zwillinge persönlich vom Fußende aus zugesehen hätten, wie er ihr ein Kind machte.«

»Sie hat tatsächlich ...?«

»Wer glaubt schon einem Verrückten?«, wich Melaudiere einer direkten Antwort aus. »Der Hof von Bissanty glaubte ihm natürlich kein Wort. Sie warfen sich in die Brust und erklärten lautstark, sie hätten endgültig gesiegt und der Tag sei nicht mehr fern, an dem Tielmark sich erneut unter das bissantinische Joch beugen werde. Alles schien darauf hinzudeuten, dass sie Recht hatten. Neun Monate nach der Hochzeit schenkte die Prinzessin einer gesunden Tochter das Leben. Sie zog das Mädchen groß, hütete es wie ihren Augapfel und achtete peinlich genau auf das kleinste Anzeichen von Schwäche.

Aber Verzweiflung und Wahnsinn, die das Kind in Lousielles

Leib gezeugt hatten, vermischten sich mit ihrem prinzlichen Blut, und die Götter sprachen zu ihr und trugen ihr auf, eine Prophezeiung zu verkünden. Lousielle wartete so lange, bis sie den Ruf nicht länger überhören konnte. Als ihre Tochter schließlich zur Frau heranreifte, wusste Lousielle, dass sie handeln musste. Heimlich bestellte sie sieben Hexen zu sich. Sie nannte uns die *Geheime Brut*, Hüterinnen der mystischen Vereinigung des Blutes, jenes Blutes, das in den Adern jedes Prinzen fließen muss. Sie wählte uns wegen unserer Willensstärke, unserer magischen Fähigkeiten und wegen der Prüfungen, denen wir unter der bissantinischen Zwangsherrschaft ausgesetzt gewesen waren. Lange, bevor wir selbst es ahnten, wusste Lousielle, wie sehr es uns danach verlangte, uns durch einen Schwur zusammenzuschließen, wie begierig wir auf eine Möglichkeit warteten, unser Leben einer sinnvollen Sache zu widmen, die uns wieder hoffen ließ.

Sie forderte uns auf, gründlich nachzudenken, bevor wir unser Versprechen ablegten. ›Noch bevor ihr eure Arbeit beendet habt, werdet ihr diesen Schwur bereuen‹, warnte sie. ›Ihr werdet sowohl Märtyrer als auch Erlöser sein, also überlegt es euch gut.‹ Aber ihre Worte machten uns nur noch begieriger.

Ich bin sicher, Lousielle hat geahnt, dass wir die ganze Tragweite unseres Entschlusses gar nicht begriffen hatten. Die meisten von uns waren noch jung und trotz aller Leiden sehr von sich überzeugt. Was mich selbst betrifft, hatte sie jedenfalls völlig Recht. In Gegensatz zu ihr hatten wir noch nie unter Schmerzen ein Kind geboren. Anders als Lousielle mit ihrer jungen Tochter Corinne wussten wir nicht, wie schrecklich es ist, ein Kind zu Kraft und Schönheit heranwachsen zu sehen, das bereits durch Blutschwüre gebunden und dessen Schicksal vorbestimmt ist. Vielleicht war deine Großmutter Tamsanne das einzige Mitglied der Geheimen Brut, dem klar war, was Lousielle eigentlich vorhatte – aber das lass dir lieber ein andermal von ihr selbst erzählen.«

Die beiden Frauen standen immer noch auf dem gepflasterten

Weg und betrachteten die dunklen Flecke zu ihren Füßen. Als sie weitersprach, war die Stimme der alten Frau heiser vor Kummer. »Natürlich hat der Schwur unsere Generation überdauert. Ich habe an den Pfad des Prinzen bereits zwei Söhne und einen Enkel verloren. Es scheint, als könnte niemand aus dem Haus Meladiere an der Seite des Prinzen kämpfen, ohne sein Leben für ihn zu lassen. Du weißt nicht, wie ich mich fühlte, als Martin sich in der Prinzennacht unter jenen für Benet bestimmten Schwerthieb duckte. Ich war sicher, dass auch für ihn der Augenblick gekommen war, im Dienst des Prinzen sein Blut zu vergießen.

Das ist es, was diese Blutflecken erzählen.« Die Herzogin tippte vorsichtig mit der Schuhspitze darauf.

»Wir müssen einen Weg finden, den Hexenschwur zu erfüllen, oder noch mehr von uns werden sterben, während Tielmark immer neuen Übergriffen der Bissantiner ausgesetzt ist. Heiratikus ist ein warnendes Beispiel für den selbst zerstörerischen Ehrgeiz, der im Blut der Geheimen Brut schlummert. Manchmal habe ich Angst, dass wir alle tot sind, bevor wir dem Prinzen wirklich von Nutzen sein können.« Die Hände der Herzogin zuckten. Gaultry spürte magische Schwingungen in der Luft und wich zurück. Die Herzogin musste lächeln. »Ich bin nicht Dervla, die ihre Spielchen mit dir treibt. Meine Prüfungen sind von anderer Art – erinnerst du dich an Tielmarks Nationalhymne?«

»Sie handelt vom mutigen Prinzen Briern«, sagte Gaultry zögernd. »Dem Helden aller Kinder. Manchmal singen die Kinder sie noch an Markttagen, wenn sie Ringelreihn spielen.«

»Es ist mehr als ein Kinderlied«, erwiderte Melaudiere. »Jedes Lied, das über zweihundert Jahre alt ist, hat eine viel größere Bedeutung.« Sie schürzte die faltigen Lippen –

»Die blaue Fahne, sie flog hoch,
Der Prinz voll Ruhm und Ehr';
Die purpurrote Fahne starb,
Der Kaiser tobte sehr.«

Die Stimme der Herzogin war hoch und dünn, aber nicht unangenehm.

»Der Scharlachkönig zog ins Feld,
 Und Blau hielt tapfer stand;
 Da einigten die Götter sich
 Und schützten unser Land.

Es ist ein Kinderlied, aber auch Geschichte«, sagte die Herzogin und sah Gaultry fragend an. »Wer war der Scharlachkönig?«

»Ein Krieger der Lanai. Statt gegen uns zu kämpfen, kam er Briern zu Hilfe.« Die Bergbewohner von Lanai galten im Allgemeinen als Tielmarks Feinde.

Die Herzogin schüttelte den Kopf. »Nein, er war kein gewöhnlicher Krieger. Die Lanai haben viele Stämme, aber nur einer davon stellt den König. Dieser König war Algeorn vom Fernen Berg. Kurz bevor Briern kapitulieren musste, eilte Algeorn völlig unerwartet mit seinen Leuten herbei, um sich mit den Tielmaranern gegen die Bissantiner zu verbünden. Mit vereinten Kräften schlugen sie die Bissantiner in die Flucht.

Die Götter hatten Algeorn und seine Truppen über drei hohe Gebirge geschickt, um zu verhindern, dass der Grenzschwur der Großen Zwillinge gebrochen wurde. Nach der Schlacht nahm der König der Lanai Brierns Schwester zur Frau, und sie gebar ihm zahlreiche Erben. Bis zum heutigen Tage fließt ihr Blut in den Adern der Könige vom Fernen Berg.«

»Diesen Teil der Geschichte mochte ich noch nie«, bemerkte Gaultry. »Niemand hat je danach gefragt, ob Briesinne Algeorn freiwillig geheiratet hat.«

Die Herzogin warf Gaultry einen verärgerten Blick zu. Gaultry wollte sich verlegen abwenden, aber sie zwang sich dazu, den Blick zu erwidern, um der Älteren zu zeigen, dass sie zwar Pflicht und Schicksal akzeptierte, aber trotzdem der Meinung war, dass eine Heirat sich nicht nach derartigen Zwängen richten sollte. Die Herzogin verstand, was die junge Frau ihr sagen wollte, und zuckte die Achseln. »Ich habe dir Brierns Lied vorgesungen, um dich daran zu erinnern, wie sich die Götter für einen Prinzen einsetzen, der seine Schwüre ernst nimmt, und für einen König, der es genauso macht. Bevor er der reizenden Briesinne begegnete, wünschte Algeorn sich keine Erben. Als die Götter ihn über all diese Berge schickten, wollten sie ihm damit sowohl zu einer Frau verhelfen, als auch unseren Prinzen unterstützen. Solange Algeorns Geschlecht an der Macht ist, wird kein bissantinischer Soldat ins Hoheitsgebiet des Fernen Berges eindringen. Und solange Algeorns Nachfahren die Götter ehren, wird sein Geschlecht niemals aussterben.

Ein Prinz vermählt sich auf mystische Weise mit dem Land«, fuhr die Herzogin fort. »Seine Macht wird durch die Farbe Blau symbolisiert, die dieses spirituelle Opfer versinnbildlicht. Purpur ist die Farbe des Kaiserreiches und steht dafür, dass der Kaiser seine Seele opfert. Der Schwur eines Königs wird durch das Blut unseres verletzlichen Leibes verkörpert. Außerdem ist Rot in den Augen der Großen Zwölf die Farbe der Könige.

Seit fünfzig Jahren hat der rote Pfad aus Lousielles Prophezeiung den Tod der Träger des Hexenblutes angekündigt. Aber Lousielle hoffte, dass sich die Weissagung noch auf etwas anderes bezog als auf den Tod ihrer fähigsten Magierinnen. Sie wusste, dass sie nicht mehr miterleben würde, wie ihre Tochter die bissantinischen Fesseln sprengte. Aber sie hoffte, dass ein Zusammenschluss von Hexen, verbunden durch einen Blutschwur und die Erinnerung an gemeinsames Leiden, es mit vereinten Kräften schaffen würde, Tielmarks Herrscher vom Prinzen zum König zu erheben, damit wir nicht länger den Übergriffen der Bissantiner ausgesetzt wären.

»Gaultry –« Die Herzogin umklammerte die kräftige Hand der jungen Frau mit ihren zerbrechlichen, vom Alter verkrümmten Fingern. »Du bist immer noch wütend, weil deine Großmutter dir deine Herkunft und das Erbe deines Blutes verschwiegen hat. Das Leben am Hof deines Prinzen bringt dich durcheinander, und du weißt nicht mehr, was du tun sollst. Aber vielleicht hatte Tamsanne Recht. Sie hat dich und deine Schwester die Liebe zur Freiheit gelehrt. Für euch war Bissanty nur ein Kinderschreck, keine ständige Bedrohung, die euch die Luft von Tag zu Tag mehr abschnürte.

Von allen Nachfahren der Geheimen Brut waren einzig und allein deine Schwester und du in der Lage, den sechsten Zyklus von Tielmarks Regierung zu beenden und dem Prinzen seine Unabhängigkeit wiederzugeben. Nicht Dervla, nicht ich und auch kein anderer, der vielleicht gern etwas unternommen hätte. Jetzt, da eure Magie erwacht ist, seid ihr es vielleicht auch, in deren Händen Tielmarks Schicksal liegt – und euer eigenes Schicksal, denn ihr müsst entscheiden, ob ihr den Pfad des Prinzen mit dem Scharlach der Königswürde oder dem Rot eures eigenen Blutes färbt.«

Die Herzogin zog Gaultry an der Hand so dicht zu sich heran, dass sie wie verwurzelt nebeneinander auf den blutbefleckten Steinen standen. »Du hast die junge Lady D'Arbey nie kennen gelernt. Zweierlei kam zusammen und führte zu ihrem Tod.

Erstens war da jener in allem Hexenblut gärende Ehrgeiz, der dem Verräter Heiratikus den Kopf verdrehte.« Wieder blickte die alte Dame Gaultry an, und die junge Jägerin glaubte einen Anflug von Schuldbewusstsein auf ihrem Gesicht wahrzunehmen. »Manche sagen, dass es sich dabei um eine Art ausgleichender Gerechtigkeit handelte. Schließlich hat die Geheime Brut seine Mutter, Melaney Sevenage, im Stich gelassen. Sie war eine von uns, aber wir waren selbstsüchtig genug, um mit anzusehen, wie sie ihr Leben für uns aufs Spiel setzte. Als die bissantinischen Spione, mit denen sie sich zum Schein angefreundet hatte, entdeckten, dass ihr Herz in Wahrheit für Tielmark schlug, hätten wir sie noch retten können. Aber statt zu handeln, diskutierten wir endlos darüber, was wir tun sollten. Unser Zögern – oder unsere Feigheit – gab den Bissantinern die Gelegenheit, sich ihrer zu bemächtigen und sie in der allgemeinen Verwirrung, die auf das Ende von Tielmarks fünftem Regierungszyklus folgte, umzubringen.

Aber, Gaultry – wir von der Geheimen Brut haben wenigstens ein Gesicht. Du weißt, wer wir sind, und kannst dir über uns dein eigenes Urteil bilden. Die zweite Macht, die Lady D'Arbey umbrachte, ist schwerer zu begreifen als bloßer Ehrgeiz. Sie hat kein Gesicht. Es ist das Kaiserreich Bissanty selbst. Es war eine bittere Kränkung für ganz Bissanty, als Llara Tielmark an die Großen Zwillinge abtrat. Der Kaiser, Llaras Erbe, hat sich mit diesem Zugeständnis der Donnergöttin nie abgefunden, und seine Söhne ebenso wenig. Llara ihrerseits scheint ihn dadurch bestraft zu haben, dass Sie ständige Zwietracht unter seinen Erben säte. So kommt es, dass Bissanty noch immer nach unserem Land giert, weil seine Herrscher hoffen, ihre Rückkehr auf Tielmarks Thron könnte die Kluft zwischen Muttergöttin und Kaisersohn wieder schließen.«

»Aber ist das nicht wie mit den Fahnen?«, warf Gaultry ein, durch den Tonfall der alten Frau eingeschüchtert und seltsam beunruhigt. »Oder mit den Farben der Herrscher? Das sind doch alles nur Symbole, nichts Wirkliches.«

»Für diejenigen, die sich etwas davon versprechen, sind sie wirklich genug«, gab die Herzogin zurück. »Genauso wirklich wie die Tatsache, dass wir beide hier auf dem Pfad des Prinzen stehen und dass das rote Blut der Prophezeiung den Stein unter unseren Füßen färbt.

Nimm meine Warnung ernst oder schlag sie in den Wind, das ist deine Sache.« Ganz unvermittelt ließ die Herzogin die Hand der jungen Frau los, eine eher strenge als freundliche Geste. »Wenigstens stirbst du dann nicht so unvorbereitet wie all die anderen, die niemals das Glück hatten, gewarnt zu werden.«

»Die Scharlachfarbe der Königswürde oder das Rot eures eigenen Blutes.« In der schwülen Hitze, die schwer war vom Aroma der frisch geschnittenen Zweige, schienen die Worte der Herzogin in Gaultrys Kopf einem Echo gleich widerzuhallen, während sie jetzt hinter dem Sessel des Prinzen stand. Gaultry riss sich zusammen und versuchte wieder zu lächeln, sich zu konzentrieren und Dervlas im Schneckentempo arbeitende Gehilfen und die endlose Schlange der Wartenden zu ignorieren. Die Herzogin verlangte wirklich ein bisschen viel von ihr, dachte sie verärgert. Sie sollte den Sinn ihrer Erzählungen sofort verstehen und daraus entnehmen, womit sie ihrem Prinzen mehr helfen konnte als dadurch, so wie gerade eben stumpfsinnig hinter seinem Stuhl zu stehen oder höflich seinen Befehlen nachzukommen. Andererseits wies die alte Frau sie sofort zurecht, wenn sie versuchte, sich durchzusetzen, so wie vorhin gegen Dervla ... Warum hackte sie ausgerechnet immer auf Gaultry herum? Hatte sie bei der Jüngeren eine gefährliche Schwäche, einen entscheidenden Charakterfehler entdeckt?

Warum richtete die Herzogin ihre Moralpredigten immer nur an Gaultry, wo Mervion doch genauso einen Weg finden musste, sich bei Hofe nützlich zu machen? Gaultry schielte unauffällig zu ihrer Schwester hinüber. Ruhig und gelassen stand Mervion hinter Prinz Benets Stuhl. Es versetzte Gaultry einen Stich. Mervions Anblick war Antwort genug auf diese Frage.

Obwohl sie schon ebenso lange auf den Beinen war wie Gaultry, ließ Mervion kein Zeichen von Ungeduld erkennen. Sie verkörperte alle Eigenschaften, derentwegen der Prinz die Blas-Zwillinge vermutlich ausgewählt hatte. Selbstvertrauen und Würde. Ihr gelassener, kluger Blick musterte die Vortretenden mit höflicher Aufmerksamkeit, und für jeden, der diesen Blick erwiderte, hatte sie ein angedeutetes Lächeln parat. Trotz der drückenden Hitze wirkte sie kühl und frisch. Ihr goldenes Haar mit den roten Lichtern glänzte wie eine Krone. In die dicken Flechten waren hellgrüne Eschentriebe gewunden. Auch sie hatte genau wie Gaultry den ganzen Morgen geschuftet, aber sie wirkte ausgeruht und munter, jeder Herausforderung gewachsen. Es war ein Bild völliger Selbstbeherrschung. Gaultry dagegen fühlte sich erschöpft, verschwitzt und rot im Gesicht. Ihr Haar, das sie kürzer trug als Mervion und das deswegen schwieriger aufzustecken war, hatte sich hinter den Ohren gelöst und hing über eins der Blätterbüschel herab.

Aber die beiden Schwestern waren nicht nur äußerlich verschieden. So selbstsicher und perfekt, wie Mervion aussah, so ungewöhnlich war auch ihre innere Stärke. Wenn sie Mervion so betrachtete, war Gaultry sonnenklar, warum Melaudiere und Dervla dauernd auf ihr herumhackten statt auf ihrer schönen Schwester.

Als sie noch im Häuschen ihrer Großmutter gelebt hatten, war Mervion als die Ältere immer die Anführerin gewesen, diejenige, die ständig nach neuen Herausforderungen suchte, nach neuem Wissen, neuen Zaubersprüchen, neuen Antworten. Gaultry – nach den turbulenten letzten Wochen konnte sie es ja zugeben – war die Bequemere von ihnen beiden gewesen, die das vertraute Leben im Wald vorgezogen hatte, den immer gleichen Wechsel des Wetters und der Jahreszeiten, die ausgetretenen Pfade der Wildrudel. Tamsanne hatte einmal gesagt, dass jede der beiden Schwestern ihre eigene Methode gefunden hatte, um mit dem frühen Tode der Mutter und der schmerzlichen Abwesenheit des Vaters fertig zu werden. Mervion ging aus sich heraus, Gaultry zog sich zurück. Gaultry hatte menschlichen Kontakt möglichst vermieden und ihre Kräfte in der Tiefe der Wälder mit Hirschen, Füchsen und Wölfen gemessen – und sie hatte bald gelernt, sich deren Stärke und Wissen zunutze zu machen. Mervion dagegen hatte sich mit dem menschlichen Geist, seinen Schwächen und Stärken beschäftigt. Lange, bevor die Schwestern den Wald von Arleon verlassen hatten, hatte sich Mervion auf ein Leben in der Gesellschaft anderer Menschen vorbereitet. Sie hatte Tamsanne mit Fragen gequält und versucht, möglichst viel über das Leben außerhalb der Wälder zu erfahren.

Die vergangenen Wochen waren schwer für Mervion gewesen. Ihr überstürzter Aufbruch aus der abgelegenen Hütte ihrer

Großmutter hatte sie direkt in die Fänge des verräterischen Kanzlers geführt, wo sie grässliche Qualen erdulden musste. Hätte nicht auch in ihr eine *Glamour*-Seele geschlummert, wäre ihr Blut wie das von Lady D'Arbey auf das Pflaster des Prinzenpfades geflossen. Wenn allerdings Gaultry der Schwester nicht zu Hilfe gekommen wäre, hätte nicht einmal mehr die *Glamour*-Magie Mervion retten können.

Aber diese furchtbare Zeit lang jetzt hinter ihnen, und Gaultry hatte nicht den Wunsch, noch nachträglich darüber nachzudenken. Genau wie der Prinz hatte Mervion die Niederlage überlebt und daraus gelernt. Sie wusste jetzt besser, was zu ihrem eigenen und Tielmarks Schutz nötig war. Wenn Dervla und die alte Melaudiere mit Mervion sprachen, waren sie fast so höflich und respektvoll, als sprächen sie mit Tamsanne selbst und nicht mit einer ihrer Enkelinnen. Mervion hatte sich nicht in den Streit zwischen den beiden alten Frauen hineinziehen lassen, sondern Abstand gewahrt und ihre Versuche, sie zu provozieren oder zu verwirren, mit scharfer Zunge und kühlem Kopf abgewehrt.

Auf diese Weise hatte sich Mervion auch viel schneller bei Hofe zurechtgefunden als Gaultry, und der jüngeren Zwillingsschwester blieb nichts anderes übrig, als auf das Urteil der Älteren zu vertrauen. Mervion war es auch gewesen, die darauf bestanden hatte, dass sie beide heute beim Fest des Prinzen erschienen, während Gaultry versucht hatte, sich davor zu drücken. Jetzt aber merkte sogar Gaultry, dass ihre Aufgabe, mochte sie auch noch so unbedeutend scheinen, einem wichtigen Zweck diente. Mervions Anblick machte Gaultry zugleich stolz und neidisch auf das unvergleichlich selbstsichere Auftreten ihrer Schwester.

Plötzlich erwiderte Mervion ihren Blick, als könnte sie Gaultrys zwiespältige Gedanken lesen. Sie lächelte, und Gaultry, die sich ertappt fühlte, errötete und erwiderte das Lächeln schuldbewusst. Bestimmt langweilte sich auch Mervion tödlich, aber sie verbarg es gut. Der jungen Jägerin lief immer noch der Schweiß über den Rücken, und sie hätte schreien mögen vor Langeweile –

und sie wusste auch, dass man ihr das ansah. Auch sie hätte zu gern die Fähigkeit besessen, in jeder Lebenslage derartig gelassen zu wirken.

Aber zugleich hatte Gaultry auch Mitleid mit Mervion, gerade weil die Ältere ihre Gefühle so perfekt zu verbergen wusste.

Obwohl Gaultry ihrer Schwester von Herzen zugetan war, fragte sie sich unwillkürlich, ob Mervion ihr wohl verzeihen konnte, dass sie in der Prinzennacht einmal die Stärkere gewesen war.

# 3

Der Prinz erhob sich und griff nach der Hand seiner Gemahlin. Der letzte Zweig war auf den Stapel für das große Freudenfeuer gelegt worden, und alle Anwesenden hatten rosige Wangen, weil sie so lange der für die Jahreszeit ungewöhnlich warmen Sonne ausgesetzt gewesen waren. Zu guter Letzt hatte das nicht enden wollende Ritual doch noch seinen natürlichen Schlusspunkt erreicht. »Jetzt dauert's nicht mehr lange bis zum Fest«, meinte Benet amüsiert, als er Gaultrys erschöpftes Gesicht sah und bemerkte, wie sie insgeheim von einem Bein aufs andere trat. »Die große Zahl meiner Anhänger freut mich natürlich, aber sogar ich befürchtete allmählich, das wir nie fertig würden. Du möchtest dich sicher gern eine Weile ausruhen.«

»O ja, mein Prinz.« Peinlich berührt durch die Besorgnis ihres Herrschers neigte Gaultry den Kopf zu einem flüchtigen Dank. Mervion neben ihr verneigte sich ebenfalls, allerdings etwas weniger ruckartig.

»Dann setzt euch doch beide ein bisschen hin und genießt das schöne Wetter. Emiera war uns heute gnädig. Hoffen wir, dass es so bleibt.« Benet drehte sich nach Lily um, schloss besitzergreifend die Finger um ihren Arm und zog sie mit ganz unprinzlicher Ungezwungenheit eng an sich. »Wo steckt denn diese Dervla schon wieder, wenn man sie braucht? Hast du sie irgendwo gesehen, Liebste?«

Das war die Entlassung, auf die die Blas-Zwillinge gewartet hatten.

»Ist doch gut gelaufen, oder nicht?« Mervion meinte das nicht eigentlich als Frage, deshalb nickte Gaultry nur und schwieg. »Jedenfalls besser, als ich erwartet hatte«, fügte Mervion leise hinzu. Zu Gaultrys Überraschung klang ihre Zwillingsschwester erleichtert und unsicher zugleich.

Sie warf Mervion einen fragenden Blick zu, aber deren Gesicht war ausdruckslos. Ihr Nasenrücken und ihre Augen waren von der Sonne gerötet, aber trotzdem sah sie längst nicht so verschwitzt und mitgenommen aus wie alle anderen. »Wie meinst du das?«, fragte Gaultry und trocknete sich äußerst undamenhaft mit dem Stoff ihres dünnen Kittels die verschwitzten Achselhöhlen. »Alle haben dich bewundert. Ich war diejenige, die beinahe zerflossen ist. Macht dir die Hitze denn überhaupt nichts aus?«, schloss sie gereizt. Sie überquerten jetzt die sanfte Anhöhe, auf deren anderer Seite der Zeltplatz lag. Vor ihnen kam das fröhlich bunte Damenzelt in Sicht, das zum Umkleiden diente und die ersehnte Zuflucht vor der gnadenlosen Sonne verhieß. Gaultry beschleunigte ihren Schritt.

»Es geht nicht nur darum, wie man aussieht«, meinte Mervion, die ein Stück zurückblieb. »Ich fühle mich genauso unwohl wie du …«

»Bei Elianté!«, unterbrach sie Gaultry, als sie den Mann vor dem Zelt erkannte. »Was macht Martin denn hier? Falls er glaubt, ich halte diese Sonne auch nur eine Sekunde länger aus, um mit ihm zu plaudern …« Der hochgewachsene Soldat winkte. Ohne zu überlegen, winkte Gaultry zurück. Ihre Lippen verzogen sich unwillkürlich zu einem Lächeln, und sie musste sich eingestehen, dass sie sich freute, ihn wiederzusehen. Martin lächelte ebenfalls und ging ihnen entgegen. »Was hast du gerade gesagt?«, drehte sich Gaultry nach Mervion um.

Ihre Schwester runzelte die Stirn und hob anzüglich die hübschen Augenbrauen. »Das hat Zeit. Es war nicht wichtig.« Ihr Blick streifte Martin. »Wenn ihr beide ein Schwätzchen halten wollt, beeilt ihr euch besser. Bald beginnt das Fest, und wir müssen auf unseren Plätzen sitzen, bevor der Prinz kommt.«

Was das Protokoll betrifft, ist auf Mervion Verlass, dachte Gaultry. Und es ist natürlich Verlass darauf, dass sie es hundertprozentig einhält.

Als hätte sie es laut ausgesprochen, bedachte Mervion Martin mit einem knappen Nicken und schritt an ihm vorbei auf das Damenzelt zu.

»Du bist ja schnell zurückgekommen«, begrüßte Gaultry den breitschultrigen Kämpen. »Benet hat sich bestimmt gefreut.«

»Nur Benet?«

Gaultry lächelte kokett und musterte ihn genauer. Nach seinem Treueid hatte er sich offenbar gewaschen und rasiert, aber er war noch immer nicht dazu gekommen, die staubige Reiseuniform abzulegen. Jetzt sah man seinem Gesicht die Müdigkeit deutlich an, und er ging so steifbeinig wie jemand, der zu lange im Sattel gesessen hat. Wie schnell mochte er wohl geritten sein, um rechtzeitig zu Beginn der Zeremonie einzutreffen? In rasendem Galopp vermutlich. »Bleibst du bis nach dem Fest, oder schickt dich die Herzogin gleich wieder los?«

»Es ist nicht mein einziger Lebenszweck, meiner Großmutter zu dienen«, gab Martin verärgert zurück.

»Manchmal hat man aber ganz den Eindruck«, konterte Gaultry. Dann tat es ihr Leid, und sie griff nach seiner Hand. Er konnte schließlich nichts dafür, dass seine Großmutter ihr während seiner Abwesenheit so hart zugesetzt hatte.

Seine Hand fühlte sich glühend heiß an. So heiß, dass Gaultry sie beinahe wieder fahren gelassen hätte. Erschrocken suchte sie seinen Blick und bemerkte eine nur schlecht kaschierte Unruhe in seinen grauen Augen. »Was ist los mit dir?«

»Gaultry«, sagte er. »Wir haben nicht viel Zeit, aber ich wollte dich unbedingt noch vor dem Fest sprechen. Danach ist vielleicht keine Gelegenheit mehr dazu. Es gibt schlechte Nachrichten von der Westgrenze. Phantome und Gerüchte, alles ziemlich rätselhaft, aber beunruhigend. Ich fürchte, der Feldzug in diesem Sommer wird lange dauern.«

Gaultry überlief ein Frösteln. Seit er zum ersten Mal ein Soldatenschwert in der Hand gehabt hatte, war Martin schon zwölfmal gegen die Lanai ins Feld gezogen, eine Schlacht für jeden der zwölf Götter. Dieses Jahr würde es sein dreizehnter Feldzug sein, eine Glückszahl, versuchte Gaultry sich einzureden. Die Zahl der *Glamour*-Magie. »Musst du zurück?«

»Das ist ziemlich wahrscheinlich.« Martin nahm ihre andere Hand, und wieder spürte Gaultry die unnatürliche Hitze, die sein Körper ausstrahlte. »Aber ich wollte eigentlich über etwas anderes mit dir reden.« Er sah sich nach allen Seiten um, als wollte er sich vergewissern, dass ihnen niemand zuhörte. Abgesehen von ein paar Spaziergängern waren sie allein. »Merkst du, das mit mir etwas nicht stimmt?«

»Natürlich.« Diese Hitze hatte nichts mit Fieber und auch nichts mit Magie zu tun. Gaultry hatte eher den Eindruck, als tobte in Martin ein heftiger Zorn oder irgendein anderes starkes Gefühl, das ihn völlig in Aufruhr versetzte. Trotzdem klang seine Stimme ruhig.

»Erinnerst du dich an den Bannzauber?«, fragte er unvermittelt. »Weißt du noch, wie er zustande kam?«

Gaultry zuckte zusammen. Einen schrecklichen Augenblick lang fürchtete sie in Tränen auszubrechen. »Warum musst du ausgerechnet heute davon sprechen?«, sagte sie schließlich bitter. »Scheint die Sonne so hell, dass du es nicht ertragen kannst, wenn andere glücklich sind?« Den Bannzauber hatte ihr Vater ausgesprochen, als er im Sterben lag. Er hatte sich absichtlich in Martins Schwert gestürzt, um sich aus dem quälenden Netz von Bannsprüchen zu befreien, in dem der falsche Kanzler des Prinzen ihn gefangen hielt.

»Ich erwähne den Bann nicht, um dich zu kränken«, erwiderte Martin. »Ich versuche nur, dir etwas Wichtiges zu erklären. Ich weiß nicht, wann ich noch einmal dazu komme.«

»Na schön, sprich weiter«, seufzte Gaultry.

»Vor zehn Jahren starb mein Bruder. Ich war am Boden zerstört. Trotzdem zog sein Tod einen Schlussstrich unter die vier schrecklichen Jahre, in denen ich unter dem Tod meines Vaters gelitten hatte. Als dann auch Morse nicht mehr lebte, hatte ich alles verloren oder aufgegeben, was mir jemals etwas bedeutet hatte. Meine Frau, meinen Grundbesitz, meinen rechtmäßigen Geburtsnamen. Morse hinterließ mir Dinevar, das Schwert meines Vaters. Ich hatte nie gewollt, dass diese edle Waffe auf solche Weise in meine Hände gelangte. Aber trotz meiner Trauer über den Tod meines Bruders verlieh mir Dinevar den Mut zum Weiterleben. Mit Dinevar hatte ich wieder die Kraft, mein Herz zu panzern und auf das Schlachtfeld zurückzukehren, und dadurch wurde ich ein anderer Mensch. Ein ewiger Wanderer.« Er sprach jetzt schnell und zornig. Offenbar fiel es ihm nicht leicht, sich Gaultry zu offenbaren, aber er zwang sich dazu, mit seinen Ausführungen fortzufahren. »Es war mir egal, ob ich selbst dabei draufgehen würde. Vielleicht blieb ich gerade deshalb am Leben. Monate und Jahre vergingen. Mir war es gleich. Ich lebte nur noch für den Krieg, für die langen Sommermonate der Feldzüge im Hochgebirge.

Als meine Großmutter mir letzten Winter erzählte, dass der Prinz von seinem Kanzler bedroht wurde, bedeutete diese Mitteilung für mich nur, dass ich endlich wusste, was meine nächste Aufgabe sein würde. Und dann – dann kam der Neujahrstag mit dieser wahnwitzigen Jagd. Der Prinz preschte voran wie ein Besessener, Heiratikus folgte ihm auf den Fersen wie ein Bluthund, und wir anderen hetzten den mächtigsten Bären, den ich je gesehen habe. Du hast sicher davon gehört. Den Bären zu töten, war der reinste Albtraum. Hunde wurden in Stücke gerissen, Männer schwer verletzt, und der Bär wollte und wollte nicht sterben. Und mitten in diesem Getümmel ritt ein verrückter Graubart auf seinem Klepper auf mich zu und stürzte sich in mein Schwert.

Du weißt, wie erschüttert ich war. Du hast die Bilder selbst gesehen, die der alte Mann mir aufzwang: Bilder von dir und deiner Schwester und eurer Wut, weil ihr euch von dem Alten im Stich gelassen fühltet. Der Zauber erschütterte mich zutiefst. Derartig heftige Gefühle hatte ich bis dahin nicht gekannt. Ich erstickte fast daran, aber der Bann kannte keine Gnade. Er trieb mich unbarmherzig vorwärts, bis ich dich endlich verwundet in einer Mulde aufstöberte, umringt von Heiratikus' Bluthunden.

Ich war wie vor den Kopf gestoßen. Dein Vater hatte euch zuletzt als Kinder gesehen. Außerdem war mir nicht klar gewesen, dass er mich dazu verdonnert hatte, Zwillingsschwestern zu beschützen. Ich wusste nur, dass ich der Aufpasser einer zerzausten Göre sein sollte, und sträubte mich dagegen, weil ich eine solche Aufgabe für unter meiner Würde hielt.

Aber als ich diese Männer sah, begriff ich, dass sie dich schänden wollten und dass du eine erwachsene Frau warst. Einen Augenblick lang war ich völlig verwirrt, so anders hatte ich mir dich immer vorgestellt. Mit einem Mal warst du alles, was ich je hatte beschützen wollen.«

Gaultry starrte in sein verzerrtes Gesicht, und ein Schauer überrieselte sie. Auch sie hatte ihre erste Begegnung nicht vergessen. Sie hatte vor Martin viel mehr Angst gehabt als vor den anderen Angreifern. Sie war fest davon überzeugt gewesen, dass er sie umbringen wollte.

»Ich habe die Männer in die Flucht geschlagen«, fuhr Martin fort. »Dann stieg ich zu dir hinab und berührte dich.« Er hob die Hand und strich ihr sanft über die Wange. »Von diesem Moment an kämpfte ich nicht mehr gegen meine magische Fessel an. Durch den Bannzauber spürte ich alle deine Bedürfnisse, deine leisesten Gefühlsregungen, und ich hatte nur noch den Wunsch, diese Bedürfnisse so schnell wie möglich zu erfüllen.« Er lächelte wehmütig. »Deine Bedürfnisse sind weniger selbstsüchtig als die vieler anderer Leute, Gaultry. Deinetwegen verspürte ich auf einmal wieder den leidenschaftlichen Wunsch, dem Prinzen zu dienen.«

»Warum erzählst du mir das alles«, unterbrach ihn Gaultry wütend. »Warum jetzt und hier, noch dazu in aller Öffentlichkeit. Hat das nicht Zeit bis später?«

Martin schüttelte den Kopf. »Nein. Wir waren fast zwei Wochen getrennt – ich habe schon zu lange warten müssen. Und der Zauber ist sogar schon eine Woche davor erloschen.«

»Was willst du damit sagen?«

»Ohne den Bann fühle ich mich innerlich kalt und leer«, erwiderte Martin schlicht. »Ich fühle nicht mehr dasselbe. Das Schlimmste ist nicht, dass ich etwas verloren habe – sondern, dass ich mich noch so gut daran erinnern kann.« Er begegnete Gaultrys Blick, und Gaultry erschrak über den abgründigen Schmerz in seinen funkelnden, grauen Augen. »Was ich damals fühlte – das kann nicht alles durch Magie bewirkt worden sein. Ich glaube nicht, dass ich in all den Jahren als Soldat verlernt habe, zu lieben und Leidenschaft zu empfinden.« Hilflos sah er sie an. »Ich bin wütend, mein Körper kocht vor Gefühl, aber mein Herz bleibt kühl. Auf dem Schlachtfeld ist das ein Vorteil. Aber jetzt, wo ich dich ansehe und Verlangen spüre und doch weiß, dass dieses Verlangen nicht in mein Herz vordringt, ist es einfach schrecklich.« Er schwieg, dann breitete er die Arme aus wie ein Besiegter. »Hier am Hof gibt es noch so viel zu tun, und ich möchte bei dir bleiben. Aber vielleicht sollten wir einander nicht wiedersehen, bis ich mir über alles klar geworden bin.«

Gaultry schwirrte der Kopf. »Es war nicht nur ein Bann, der uns verbunden hat«, entgegnete sie schließlich. »Unsere Verbundenheit geht tiefer, als es jeder Zauberspruch bewirken könnte.« Spontan streckte sie die Hand nach Martin aus und drückte die Innenfläche auf seine Brust über dem Herzen. Der große Mann zitterte bei der Berührung. Er hatte seinen Zwiespalt nicht übertrieben. Trotz der Hitzewelle, die seinen Körper durchflutete, war sein Herzschlag kaum beschleunigt. »Ich glaube«, Gaultry schluckte und versuchte, mit ruhiger Stimme zu sprechen, »ich sollte dir diesen Zustand lieber ersparen.«

»Dann hast du nicht begriffen, was ich sagen will.« Martin umklammerte ihre Hand und bemerkte nicht, dass er ihr dabei fast die Knochen brach. »Ich bin nicht mehr derselbe Mann, der dich an der Grenze des Bissantinischen Landfingers geküsst hat. Der Zauber ist erloschen. Ich fühle nicht mehr dasselbe wie früher ...«

Gaultry erstarrte. »Das hast du eben schon einmal gesagt«, bemerkte sie gereizt. »Warum reibst du mir das immer wieder unter die Nase?«

Ihr scharfer Tonfall schien den Verzweifelten mehr aufzurütteln als mitfühlende Worte. Martin grinste matt.

»Immerhin kann ich dich noch zum Lachen bringen«, knurrte Gaultry und riss sich los. Sie konnte nicht glauben, dass der Mann, in den sie sich schon fast verliebt hatte, gar nicht existierte, jedenfalls nicht ohne magische Nachhilfe.

»Es geht um mehr als nur um den Bannzauber«, sagte Martin ernst. »Wie kann ich die Selbstbeherrschung wieder loswerden, die ich als Soldat so dringend brauche? Mein Herz, mein Kopf und mein Körper fühlen sich an wie voneinander getrennt.«

»Deine Rhasan-Karte hat gezeigt, dass du ein Wolf bist, kein Automat«, erinnerte ihn Gaultry. »Vielleicht suchst du bei der falschen Adresse nach der Antwort. Aber fürs Erste –«, sie warf nervös einen Blick über die Schulter und bemerkte angesichts einer Gruppe aufgeputzter Festteilnehmer, dass sie schon zu lange geredet hatten. »Fürs Erste sollten wir uns lieber zu Emieras Festmahl umziehen. Wir können ja später weiterreden.«

»Ich bin froh, dass ich dich gefunden habe«, sagte Martin. Gaultry wusste nicht, ob er auf jetzt oder auf früher anspielte. Er küsste ihre Fingerspitzen und ließ sie los. »Du ahnst ja nicht, wie scheußlich es ist, wenn man seine Gefühle wieder unterdrückt und nur noch halb lebendig ist. Nichts macht mir mehr richtig Freude, noch nicht einmal der Dienst an meinem Prinzen.«

Gaultry eilte zum Zelt und hoffte, dass Mervion so vorausschauend gewesen war, ihr schon die Festkleidung zurechtzulegen. Aber in Gedanken war sie ganz woanders und beschäftigte sich nicht mit Bändern und Spitzen. Sie dachte einzig und allein an Martin.

Wenn sie ihn nicht so gut gekannt hätte, hätte sie angenommen, dass er erneut unter dem Einfluss eines mächtigen Bannzaubers stand.

»Hast du gesehen, wie Dervla und die alte Melaudiere uns während der Zweigzeremonie vom Hügel aus beobachtet haben?«, fragte Gaultry und streifte sich den grünen Kittel über den Kopf. Als sie die Bänder ihres Mieders löste, zitterten ihr die Finger. »Vorher hat mir Dervla die Leviten gelesen. Sie wollte eins von ihren Mädchen hinter Benet stellen.« Gaultry plapperte einfach drauflos, damit ihre Schwester nicht merkte, wie aufgewühlt sie war.

»Ich traue beiden nicht über den Weg«, meinte Mervion. Sie hatte ihren Kittel schon ausgezogen, stand nackt vor der Zeltwand und richtete sich das Haar vor dem kleinen Spiegel, den jemand dort aufgehängt hatte. Dann goss sie Wasser in eine Schüssel und bespritzte sich damit Gesicht und Arme, bevor sie nach ihrem Kleid griff. Anscheinend war Gaultry doch nicht so spät dran, wie sie befürchtet hatte. Vielleicht fiel Mervion deshalb nicht auf, wie durcheinander sie war. »Du solltest eine bessere Meinung von Dervla haben. Immerhin gibt sie ihren Ehrgeiz ganz offen zu.«

»Die Herzogin will nur das Beste für den Prinzen ...«

»Gabrielle von Melaudiere ist eine schlaue alte Füchsin. Sie weiß genau, dass du in ihren Enkel verliebt bist – Martin, der durch einen Bannfluch an dich gebunden war, Martin, der dich beschützt hat, als du für den Prinzen kämpfen musstest. Wenn sie dir erzählt, dass sich ihr Ehrgeiz ausschließlich auf das Wohlergehen ihrer Enkelkinder beschränkt, ist das reines Kalkül.«

Gaultry schoss das Blut in die Wangen. Sie hätte ihrer Schwester gern erzählt, dass Martin ihre Gefühle erwiderte, aber sie war sich nicht mehr so sicher, ob das stimmte. »Das ist leicht gesagt. Ob es fair ist oder nicht, ist eine andere Frage. Von der Herzogin mal abgesehen, besteht zweifellos eine gewisse Verbindung zwischen ihrem Enkelsohn und mir.« Nur mit Mühe unterdrückte Gaultry den Unterton von Angst, der sich in ihre Stimme eingeschlichen hatte. »Ob diese Verbindung dazu benutzt werden kann, einen von uns zu manipulieren, steht auf einem anderen Blatt. Das ist alles ziemlich kompliziert. Was Martin und mich verbindet, würde ich nicht unbedingt als Liebe bezeichnen.«

Mervion trocknete sich die Hände ab und drehte sich um. »Warum wehrst du dich dann so gegen dieses Wort?«

Gaultry warf ihrer Schwester einen finsteren Blick zu. Sie war nicht bereit, Mervion alles anzuvertrauen. »Ich dachte, es ginge darum, ob die Herzogin Dervla oder mich manipulieren will.« Die junge Jägerin warf ihren Kittel über einen Stuhl und griff nach Hemd und Hose. Beides war ein Geschenk von Melaudiere und in Grau und Grün gehalten, ihren Wappenfarben. Gaultry war es einfacher vorgekommen, das großzügige Geschenk der alten Dame anzunehmen, als ihre kostbare Zeit bei einem Hofschneider zu vertrödeln. Jetzt aber fragte sie sich, ob ihre Entscheidung richtig gewesen war, da sie in diesem Aufzug bestimmt wie Melaudieres Vasallin aussah. »Warum dreht sich bei Hofe bloß immer alles darum, wer wessen Partei ergreift?«, seufzte sie und setzte sich, um die Hose überzustreifen.

Mervion zuckte die Achseln. Offenbar hörte sie aus Gaultrys Bemerkung heraus, dass die Schwester ihre Warnung vor Melaudiere zur Kenntnis genommen hatte. »Hilf mir mal mit den Knöpfen«, wechselte sie das Thema und wandte Gaultry den Rücken zu. Die Blas-Zwillinge waren die einzigen Frauen im Umkleidezelt, die keine Kammerzofen hatten, deshalb wurden sie auch als Letzte fertig.

Gaultry zog sich das Hemd über den Kopf und schickte sich

an, ihrer Schwester mit dem Kleid zu helfen. Auf diese Weise konnte Mervion wenigstens ihr Gesicht nicht sehen. Sie wollte nicht mit ihr über Martin reden. Sein Problem ging nur ihn selbst etwas an, und er hatte ihr nicht erlaubt, anderen davon zu erzählen. Außerdem ärgerte sie sich über Mervions Unterstellung, sie hätte sich von Martins gerissener Großmutter hinters Licht führen lassen. Die junge Jägerin schloss den Knopf und seufzte. Wahrscheinlich war sie nur deshalb so gekränkt, weil sie insgeheim befürchtete, dass Mervion Recht hatte.

»Was glaubst du, wo Dervla uns platziert hat?«, wechselte Gaultry das Thema und schlüpfte in ihre Jacke. Schließlich musste sie den Rest des Tages neben ihrer Schwester zubringen. Es wäre Mervion gegenüber nicht fair, wenn Gaultry ihr nur aus Sorge um Martin den Tag verdarb.

»Wir sitzen an einem der hinteren Tische«, meinte Mervion und strich Gaultrys Haarband glatt. »Aber ich habe mit Lasalle gesprochen, und er hat uns Plätze auf der Seeseite zugewiesen. Dort ist es erstens kühler, und zweitens haben wir einen guten Blick auf die Tafel des Prinzen.«

Es überraschte Gaultry nicht, dass Mervion wieder einmal an alles gedacht hatte.

Kaum hatten sie ihre Plätze gefunden, ertönte auch schon das Hornsignal, das den Prinzen und sein Gefolge ankündigte. Gaultry und Mervion hatten keine Zeit mehr, sich mit ihren Tischgenossen bekannt zu machen. Sie schlüpften einfach auf die ihnen zugewiesene Bank. Da es auf jeder Seite des Tisches sechs Sitzplätze gab, mussten die zu spät gekommenen Schwestern die unbeliebten Mittelplätze einnehmen.

Die Prozession war wirklich eindrucksvoll. Dervla schritt in der langen grünen Robe der Hohenpriesterin an der Spitze. Benet und Lily, Tielmarks junges Herrscherpaar, trugen ihre prächtige Samtschleppe. Die Priesterin sah steif und würdevoll aus und verzog keine Miene. Prinz und Prinzessin, die die lange Schleppe als Symbol ihres Landes hielten, wirkten dagegen unbeschwert und fröhlich und blickten lächelnd um sich. Benet flüsterte Lily etwas ins Ohr. Sie lachte und nickte. Beide bildeten einen auffälligen Gegensatz zu Dervlas Gemessenheit.

Hinter ihnen folgten streng nach Rangordnung die sieben Herzöge von Tielmark, jeder begleitet von zwei Vasallen. Sie schienen darum zu wetteifern, wer von ihnen am prächtigsten in Samt, Seide und goldene Litzen gekleidet war. In diesem Jahr führte Gabrielle von Melaudiere sie an. Das war Benets Belohnung für ihre Verdienste im vergangenen Monat. Ihr Gesichtsausdruck war genauso ernst und würdig wie Dervlas, und ihr Festgewand lang und fließend. Sie hatte Martin und seine jüngere Schwester Mariette im Gefolge und schritt langsam und leicht hinkend hinter dem Prinzen einher, den Blick starr auf seinen Rücken geheftet. Gaultry hatte den Eindruck, dass der alten Dame die Hitze zu schaffen machte.

»Melaudiere wird noch bedauern, dass sie ihre Enkel mitgenommen hat«, murmelte Mervion so leise, dass nur Gaultry es hörte. »Sie sieht dadurch noch älter aus, findest du nicht?«

Zuerst wusste Gaultry, die die Enkel der Herzogin bewunderte, nicht, was Mervion meinte. Sie sah nur zwei etwas mitgenommene Krieger: Mariette, eine schlaksige Frau mit breiten, muskulösen Schultern und langen Armen; und Martin, der sich rasiert und für die Tafel des Prinzen in Galauniform geworfen hatte. Die beiden waren ein Paar Vasallen, das jedem Edelmann zur Ehre gereicht hätte. Aber dann musterte Gaultry erneut die Herzogin und verstand, was Mervion meinte. Die kräftigen jungen Gestalten unterstrichen noch die Zerbrechlichkeit der Greisin, ihren unsicheren Gang, ihre Todesnähe. Gaultry hätte Mervion am liebsten geantwortet, dass die Herzogin eben ausschließlich für die Zukunft ihrer Enkel lebte, aber sie war sich plötzlich selbst nicht mehr ganz sicher, ob das der Absicht der alten Dame entsprochen hätte. Martin war erstaunlicherweise nichts mehr von seiner vorherigen Aufregung anzusehen.

»Setz dich.« Mervion zupfte sie am Ärmel.. »Der Prinz hat Platz genommen. Und alle anderen auch, außer dir.«

Hastig schwang Gaultry die Beine über die Bank und glitt auf ihren Platz. Sie hoffte nur, dass niemand gemerkt hatte, was sie beschäftigte.

»Dervlas Gehilfen sitzen am Tisch neben der Tafel des Prinzen«, bemerkte Mervion.

Gaultry zuckte die Achseln. »Schließlich hat Dervla die Sitzordnung bestimmt, oder?«

»Das schon. Aber sie hat nicht an alles gedacht. Wenn ihre Gehilfen einen guten Eindruck auf die Versammlung machen sollen, hätte sie sie besser auf die andere Seite gesetzt. Dort, wo sie jetzt sitzen, weht kein Wind, und sie schwitzen wie die Schweine.« Sogar aus dieser Entfernung konnte Gaultry erkennen, wie sich auf dem Rücken der jungen Frau, die sie für Palamar Lacote hielt, die ersten dunklen Schweißflecken bildeten.

»Du bist hier sowieso die Einzige, die nicht schwitzt«, erwiderte Gaultry gereizt. Mervion konnte sich leicht über Palamar lustig machen. An dem fleckigen Gesicht des Mädchens konnte jeder erkennen, wie sehr sie unter der Hitze litt. Im Gegensatz dazu wirkte Mervion mit ihrem blütenweißen Kleid und ihrer Pfirsichhaut geradezu unanständig kühl und frisch. Sogar die Blumen in ihrem Haar waren kein bisschen verwelkt. Das musste Magie sein, dachte Gaultry verstimmt. Solche unbedeutenden Zaubersprüche fielen Mervion so leicht, dass Gaultry den leisen Verdacht hatte, dass ihre Schwester sie ganz unbewusst anwandte. »Es ist heiß. Warum darf man nicht schwitzen?«

Neun Höflinge saßen mit an ihrem Tisch. Dervla hatte ganze Arbeit geleistet. Gaultry kannte keinen Einzigen. Wenn die Hohenpriesterin beabsichtigt hatte, dass Gaultry sich einsam fühlen sollte, dann war ihre Rechnung aufgegangen. Gaultry überließ es Mervion, sie beide vorzustellen. Ihre Schwester hatte sich bereits mit der halben Gesellschaft bekannt gemacht, stellte sie neidisch fest.

Nur der Sitzplatz direkt gegenüber von den Zwillingen war noch leer. »Sollten wir nicht zwölf für die Großen Zwölf sein?«, fragte Gaultry erstaunt. Oder war Dervla so verärgert gewesen, dass sie den Platz absichtlich nicht besetzt hatte? »Wer fehlt denn noch?«

»Vermutlich ich.« Der Nachzügler deutete eine flüchtige Verbeugung an. Gaultry runzelte die Stirn. Diesen Mann kannte sie nur zu gut.

»Coyal Torquay.« Man hörte Gaultrys Stimme die Abneigung an. »Was macht Ihr denn hier?« Bei ihrer ersten Begegnung eine knappe Woche vor der Hochzeit des Prinzen hatte der junge Ritter Gaultry als Feind gegenübergestanden. Damals war er die rechte Hand des verräterischen Erzkanzlers gewesen, der ihn beauftragt hatte, Gaultrys Eskorte in die Flucht zu schlagen und sie selbst gefangen zu nehmen. Damals hatte Gaultry noch nichts von ihrem Hexenblut und ihrer *Glamour*-Magie geahnt. Deshalb hätte Coyal sie auch beinahe zu fassen bekommen.

»Hier ist niemand aus Torquays Geschlecht«, sagte der Mann in gewollt neutralem Tonfall. »Ich heiße Memorant. Coyal Memorant. Den Namen Torquay gibt es nicht mehr. Oder wisst Ihr das noch nicht?«

Gaultry senkte den Blick. Doch, sie hatte davon gehört. Aber sie hatte es verdrängt und gehofft, dass Coyal ihr nie wieder über den Weg laufen würde. Nach dem Sturz des Kanzlers Heiratikus hatte Benet die übrigen Anhänger Bissantys davongejagt. Allen Edelleuten, die Heiratikus offen unterstützt hatten, wurden ihre Adelstitel und Ländereien aberkannt. Andere, denen man keinen Treuebruch gegenüber Tielmarks Krone nachweisen konnte, wurden degradiert. Der Prinz hatte ihnen sogar untersagt, am heutigen Festtag ihren Treueid zu erneuern, obwohl sie ihm auch ein wenig Leid taten. Allerdings hatte er sie aufgefordert, sich am Sommerfeldzug gegen die Lanai zu beteiligen und auf diese Weise ihre Loyalität erneut unter Beweis zu stellen. Auch Martin hatte ja gemeint, dass Tielmark sich lieber auf einen langen Sommer einstellen sollte, und es gab Gerüchte, denen zufolge die Bissantiner die Bergstämme gegen Tielmark aufhetzten. »Eure Ehre kann ich Euch nicht wiedergeben«, hatte Benet gesagt. »Aber Ihr könnt sie Euch selbst in der Schlacht zurückerobern.« Einige Edelleute hatten die Herausforderung des Prinzen bereits angenommen und sich zur Westgrenze von Haute Tielmark aufgemacht. Andere waren am Hofe geblieben und hofften offenbar, dass der Skandal in Vergessenheit geraten würde, wenn sie ihre Unschuld nur oft genug beteuerten.

Coyal Torquay hatte die zweite Möglichkeit vorgezogen. Trotz seiner herausragenden Position unter Heiratikus gehörte der strahlende junge Ritter zu denjenigen, denen man nichts nachweisen konnte. Man munkelte, dass der Einfluss seines Vaters ihn gerettet habe. Coyal selbst hatte diesen Gerüchten ein Ende bereitet, indem er sich in aller Öffentlichkeit mit seinem alten Herrn gestritten und seinem Familiennamen entsagt hatte. Dass er die Stirn hatte, auf Emieras Fest zu erscheinen, überraschte Gaultry nicht – aber sie nahm zur Kenntnis, dass er wenigstens nicht die Frechheit besaß, Benet den Treueid zu entbieten, bevor dieser ihn dazu aufforderte. Aber dass er die Unverfrorenheit hatte, sich an einen Tisch mit den Blas-Zwillingen zu setzen …

»Memorant?«, sagte Gaultry scharf, immer noch verwirrt durch sein unerwartetes Auftauchen. »Wenn Euer Gedächtnis so gut ist, wie Euer Name vermuten lässt, ist es ganz schön unverschämt, Euch zu mir und meiner Schwester zu setzen.« Einen merkwürdigen neuen Namen hatte er sich da ausgesucht. Edelleute, die ihren Familiennamen ablegten, wählten oft symbolische Namen, die eine ihrer Eigenschaften beschrieben. Wie zum Beispiel Martin, als er seine Frau verlassen und sich fortan Stalker, Wanderer, genannt hatte, weil er zwischen allen Fronten umherirrte. Was Coyal dazu bewogen hatte, sich ausgerechnet »Erinnerer« zu nennen, war schwer zu sagen. Wollte er sich selbst damit ermahnen oder vielmehr den Prinzen, der ihn gedemütigt hatte? »Wie Ihr jetzt auch heißen mögt, es ist jedenfalls unverschämt, Euch ausgerechnet hierher zu setzen.«

»Unverschämt?« Coyal verbeugte sich erneut. »Wieso unverschämt? Wo könnte ich meine Verfehlungen besser wiedergutmachen, als zu Füßen jener Frau, die mich ins Unglück gestürzt hat?«

Der junge Ritter brachte Gaultry stets aus der Fassung. Trotz seiner dunklen Vergangenheit war Coyal mit seinem welligen, blonden Haar und den empfindsamen, roten Lippen auf jungenhafte Weise attraktiv. Er sah einfach nicht aus wie ein Verräter. Sein Auftreten war übertrieben lässig, gar nicht wie das eines Soldaten, aber das schien eher Eitelkeit als Verstellung zu sein. Wie immer war er mit äußerster Eleganz gekleidet, das Haar zu glänzenden, langen Locken frisiert und Kragen und Manschetten mit feinster Spitze besetzt.

Wenn sie ihn so ansah, konnte Gaultry sich nur mit Mühe ins Gedächtnis zurückrufen, welche Mordlust Coyals Gesichtszüge damals verzerrt hatte, und noch schwerer fiel es ihr, sich vor einer ganzen Tafel mit aufgeputzten Edelleuten gegen ihn zu behaupten.

»Na, dann setzt Euch meinetwegen«, sagte sie verlegen. »Ich halte Euch nicht davon ab.«

»Ihr seid die Freundlichkeit selbst, Lady.« Coyal verbeugte sich schon wieder. Gaultry merkte, dass sie rot wurde. Sie wünschte, Martin säße neben ihr. Dann würde Coyal nicht solche Spielchen mit ihr treiben. Trotz ihrer kritischen Einstellung zur höfischen Politik verspürte Gaultry nicht das Bedürfnis, dem jungen Mann dabei zu helfen, Benets Gunst wiederzuerlangen. Er hatte ihr zu viel angetan – und versuchte noch immer, sie zum Narren zu halten, als habe zwischen ihnen nicht mehr als eine unbedeutende Meinungsverschiedenheit stattgefunden, ganz zu schweigen von einem richtigen Kampf.

»Ich wusste doch, dass Ihr mich nicht abweisen würdet. Deshalb habe ich den beiden Schönheiten auch ein passendes Präsent mitgebracht.« Auf Coyals Wink trat ein adrett gekleideter Page an den Tisch und hielt ihnen einen Arm voll frischer Zweige hin. Es waren Weidenzweige, die mit blauen Seidenbändern in der Augenfarbe des jungen Ritters zusammengebunden waren. »Manche sagen, dass die Weide der Baum der Trauer ist«, erklärte Coyal und nahm dem Knaben die Zweige ab. »Andere behaupten, sie steht für Erinnerung und Gedenken. Ich dagegen meine, sie bedeutet Vergebung. Was sagt Ihr dazu?« Sein Mund verzog sich wie zu einem siegessicheren Lächeln, aber das unsichere Flackern in seinen Augen strafte seinen munteren Tonfall Lügen.

»Warum sollten wir ...«, begann Gaultry.

Mervion unterbrach sie, streckte die Hand aus und ergriff einen der dargebotenen Zweige. »Bei uns im Wald von Arleon gilt die Weide als Frühlingsbote.« Sie steckte sich den Zweig ins Haar.

Jetzt blieb Gaultry nichts anderes übrig, als ihrem Beispiel zu folgen. Höflichkeitshalber steckte auch sie sich einen Zweig ins Haar. »Man kann Weidenzweige auch für einen Zauber benutzen, um die Füchse tanzen zu lassen«, sagte sie. »Zu mehr taugen sie nicht.« Mervion versetzte ihr unter dem Tisch einen warnenden Tritt. Gaultry tat so, als merkte sie es nicht.

Coyal zwängte sich auf den freien Platz gegenüber von Mervion und Gaultry. Er machte sich zwischen zwei stämmigen Männern breit, die erst protestierten, dann aber doch zur Seite rutschten, als sie sich an den Schulterplatten seines Brustpanzers stachen. Wie alle anderen Festteilnehmer war auch der junge Ritter ohne Waffen gekommen. Aber die Prunkrüstung gehörte zu seiner Soldatenausstattung, und er hatte offenbar beschlossen, sie auch am heutigen Feiertag zu tragen. Die silbernen Schulterplatten waren so blank poliert, dass man sich darin spiegeln konnte. Coyal hatte Kanzler Heiratikus treu gedient, aber jetzt, da der Kanzler tot und entehrt war, war er ein Ritter ohne Lehnsherrn. Dass er trotzdem darauf bestand, in langen Arm- und Beinschienen und kurzem Kettenhemd zu erscheinen, offenbarte das ganze Ausmaß seines verletzten Stolzes. *Memorant.* Gaultry hoffte, dass Coyal aus seinen Erinnerungen wenigstens etwas gelernt hatte. Hätte er damals die Autorität oder die Beweggründe des Kanzlers rechtzeitig in Frage gestellt, wäre ihm dieses Schicksal vielleicht erspart geblieben.

»Ihr bittet mich darum, Eure Frau zu werden?« Mervions Auflachen brachte Gaultry in die Wirklichkeit zurück.

»Warum nicht?«, fragte Coyal zurück. »Euch beide, Euch und Eure Schwester. Was könnte die Großen Zwillinge mehr erfreuen? Es überrascht mich, dass ich anscheinend der Erste bin, der um diese Ehre ersucht.«

Gaultry funkelte ihn wütend an. Nur schade, dass die Hofetikette es ihr verbot, über den Tisch zu langen und ihn zu ohrfeigen. »Ihr seid keineswegs der Erste«, fauchte sie. »Und bestimmt nicht der Letzte. Warum versucht Ihr, Euch bei uns einzuschmeicheln, obwohl Ihr genau wisst, dass Ihr nicht gern gesehen seid?«

»Ihr müsst erst beweisen, das Ihr diese Gunst auch verdient«, fiel ihr Mervion ins Wort und wickelte sich spielerisch das Band von ihrem Weidenzweig um den Finger. Es sah aus, als zöge sie Coyals Vorschlag ernsthaft in Erwägung. Warnend berührte Gaultry unter dem Tisch Mervions Hand. Sie war wütend, dass die Schwester so bereitwillig auf Coyals Neckerei einging.

»Ich bin zu allem bereit«, versicherte Coyal. »Ihr braucht es nur zu sagen. Je schwieriger die Aufgabe, desto besser.«

Gaultry wollte den jungen Ritter schon scharf zurechtweisen, da überfiel sie plötzlich heftige Übelkeit. Es war ein magischer Strahl, der zwar nicht direkt auf sie zielte, aber doch stark genug war, um sich auf sie auszuwirken. »Hilf mir, Große Jägerin!«, keuchte sie mit schmerzerfüllter Stimme. »Was ist das?«

Mervion warf ihr einen ungehaltenen Blick zu, runzelte dann aber die Stirn, als sie merkte, dass Gaultrys Aufschrei nicht gegen Coyal gerichtet war. »Was hast du?«

Die junge Jägerin versuchte, sich zu erheben. Irgendein böser Zauber bedrohte den Prinzen, der weiter oben, von seinen Getreuen umgeben, an der langen Tafel saß. Aber der magische Strahl schien Gaultry an ihren Platz zu fesseln. Sie war ihm ausgeliefert, fühlte sich wie festgebannt. Schweiß brach aus allen ihren Poren aus, die Farbe wich aus ihren Wangen. Zorn über die unerwartete Hilflosigkeit wallte in ihr auf. Coyal, der mit dem Rücken zum Tisch des Prinzen saß, bemerkte ihren Gesichtsausdruck und deutete ihn falsch. Er sprang auf, und seine Hand griff unwillkürlich nach dem Dolch, der nicht an seiner Hüfte hing.

Mervion zog verwirrt an Gaultrys Hand und versuchte sie festzuhalten.

»Wieso machst du jetzt eine Szene?«, fragte sie. »Sag mir doch, was mit dir los ist ...«

»Der Prinz«, krächzte Gaultry. »Die Prinzessin.« Ihre Beine waren bleischwer, und sie konnte nur noch verschwommen sehen. Das Einzige, was sie noch deutlich erkannte, war die kleine Prozession, die gerade am Tisch des Prinzen eingetroffen war: drei Diener, von denen jeder ein gebratenes Hirschkalb auf einem langen Holzspieß geschultert hatte. Die Jungtiere waren zu Ehren des Prinzen mit Kränzen aus Blumen und Gewürzen geschmückt. Bei zweien davon glänzte die knusprige Kruste unnatürlich. »Der Braten ist verzaubert«, stieß Gaultry hervor und versuchte vergeblich, in die Richtung zu zeigen. »Jemand will den Prinzen vergiften. Er darf nichts anrühren.«

Mervion sprang auf. Die merkwürdige Übelkeit schien sie verschont zu haben. »Bleib ganz ruhig.« Sie raffte ihre Röcke und kletterte geschickt über die Bank. »Ich gehe schon.«

»Beeil dich!«, flehte Gaultry.

»Was geht hier vor?« Coyal stand schon neben seiner Bank auf der anderen Tischseite.

»Es geht um den Prinzen«, erklärte Mervion. Ihre Stimme klang in Gaultrys Ohren so dumpf, als käme sie vom Grund eines tiefen Brunnens. »Er darf seinen Braten nicht anrühren.«

Coyal warf einen Blick über die Schulter. »Er hat schon das Tranchiermesser in der Hand ...«, sagte er.

»Wir müssen ihn aufhalten!«

Coyal und Mervion rannten los und versetzten damit die übrige Tischgesellschaft in helle Aufregung. Trotz des Verbots ihrer Schwester rappelte auch Gaultry sich auf und stolperte hinterher.

Ein Höllenlärm brach aus, als der ehemalige Günstling des Kanzlers, gefolgt von Mervion, auf die Tafel des Prinzen zustürmte. Der junge Mann sah aus wie ein Besessener – die Menge wich freiwillig zurück und machte ihm Platz. Hinter ihm sprangen andere Höflinge von ihren Bänken und vergrößerten das Durcheinander noch. Mervion, die im Gedränge steckengeblieben war, breitete die Hände aus und rief einen Zauberspruch. Gaultry sah, wie eine übernatürliche, grün und golden schimmernde Energie durch den Körper ihrer Schwester strömte – *Glamour*-Magie, vereint mit der Magie der Großen Zwillinge. Nicht ohne Neid stellte Gaultry fest, dass ihre Schwester es offenbar bereits verstand, beide Arten von Magie zu einer einzigen Zauberkraft zu verschmelzen. Ein grüngoldener Blitzstrahl schoss über die Köpfe der Menge hinweg. Über der Tafel des Prinzen zerbarst er und hüllte die Diener und das Wildbret, das schon auf dem Tisch lag, in einen bleichen Schimmer. Prinzessin Lily warf sich quer über Prinz Benets Schoß und schützte ihren Gemahl mit ihrem Körper. Benets Hand mit dem Tranchiermesser zuckte automatisch zurück und hätte Lily beinahe aufgeschlitzt.

»Was geht hier vor?«, brüllte er wütend und legte fürsorglich einen Arm über die Prinzessin. »Wer wagt es, Emieras Fest zu stören?«

Metall blitzte in der Sonne. Der Prinz, der noch immer seine Gattin umklammerte, sprang wütend auf und drehte sich nach allen Seiten um. Gaultry drängte sich durch das Gewühl. Sie hatte den Eindruck, dass Mervions Zauber, der Benet doch nur schützen sollte, überall an der Tafel des Prinzen Dolche und kurze Messer zutage gefördert hatte – obwohl doch alle Anwesenden ausdrücklich aufgefordert worden waren, ihre Waffen zu Hause zu lassen.

Benets Zornausbruch löste ein noch größeres Chaos an den unteren Tischen aus. In dem allgemeinen Durcheinander rammte jemand Gaultry so hart an der Schulter, dass sie auf die Knie fiel. Sie glitt zwischen zwei Festgästen zu Boden und versuchte vergeblich, sich an Rücken oder Gürteln festzuhalten. Der Absatz eines Männerstiefels zerquetschte ihr das Handgelenk. Gaultry wimmerte vor Schmerz auf. Plötzlich sorgte sie sich nicht mehr um das Leben des Prinzen, sondern darum, nicht selbst von der Menge niedergetrampelt zu werden.

Dreimal schaffte sie es, sich auf ein Knie aufzurichten, und dreimal wurde sie wieder umgestoßen. Sprich eine Beschwörung, ermunterte sie sich selbst. Eine Beschwörung, die die Ordnung wiederherstellt. Sie schaffte es, sich soweit zu beruhigen, dass sie sich konzentrieren und alle geistige Kraft zusammennehmen konnte, obwohl sie dabei mit den Tränen kämpfte.

Aber bevor sie die Beschwörung aussprechen konnte, wurde sie von einer fremden Magie überflutet. Ein Ausruf in einer alten, unverständlichen Sprache ertönte, und die Menge beruhigte sich fast augenblicklich. Der Mann, der Gaultry aus Versehen getreten hatte, wich zurück, der Druck der anderen Leiber ließ nach. Sogar die missgünstige Magie, die Gaultry gefangen hielt, lockerte ihre Umklammerung, sodass Gaultry ihr Gleichgewicht wiederfand. »Lasst mich aufstehen«, rief sie schwach und griff nach dem Knöchel einer Frau, die beinahe über sie gestolpert wäre.

Die Frau senkte den Blick und erkannte Gaultry. »Rennie!« Ängstlich zupfte sie den Mann mit den Stiefeln am Ärmel. »Das ist die *Glamour*-Hexe des Prinzen! Du bringst sie ja um!«

Gaultry stand schwankend auf.

Über die Köpfe der Menge hinweg erspähte sie Mervion und Coyal, die inzwischen zur Tafel des Prinzen vorgedrungen waren. Coyal hatte einen der drei Braten vom Tisch gerissen, auf den Boden geschleudert und den Schmuck aus Frühlingskräutern zertrampelt. Aber die Leibwächter des Prinzen hatten ihm die Arme auf den Rücken gedreht, bevor er noch das zweite Stück Wildbret außer Reichweite des Prinzen schaffen konnte. Neben ihm balancierte Mervion auf den Zehenspitzen und reckte suchend den Hals. »Meine Schwester hat gesagt, Ihr wärt in Gefahr.« Sie versuchte, den Prinzen zu beschwichtigen. »Wir wollten bestimmt keinen unnötigen Ärger verursachen ...«

»Schande!« übertönte die Hohepriesterin sie. »Ein solcher Aufruhr, und dazu noch Waffen an der Tafel des Prinzen!« Kaum einer der Vasallen der sieben Herzöge an der Tafel des Prinzen war unbewaffnet. »Emiera hat alles gesehen! Ihr solltet euch schämen!«

Während Dervlas Schelte starrte der Prinz wütend auf das Messer in der Hand eines jungen Mannes, das kaum vier Handbreit von seiner Schulter entfernt aufblitzte. Gaultry war inzwischen nahe genug herangekommen, um hören zu können, wie sich der Prinz an den Unglücksraben wandte.

»Soll diese Klinge meinem Schutz dienen oder dem deines Herrn?«, erkundigte sich Benet trocken.

Der junge Mann, der zum Gefolge des Herzogs von Basse Demaine gehörte, erbleichte und schob die Waffe hastig in sein Hemd zurück. »Mein Prinz ...«, stotterte er. »Ich schäme mich so ...« Man konnte Benet leicht unterschätzen, bis ihm der Kragen platzte und sein Gegenüber plötzlich feststellen musste, wie viel Zorn und verborgene Kraft ihm innewohnten. Als er den Gesichtsausdruck des Prinzen sah, verstummte der junge Mann sofort.

Benet hatte den Herzögen unmissverständliche Anweisungen erteilt. Emieras Fest war der erste Anlass, an dem seine Gemahlin offiziell als Prinzessin von Tielmark in Erscheinung trat. Benet wollte an diesem Tag jede Auseinandersetzung vermeiden und hatte deshalb befohlen, dass sein Hofstaat den Innenbezirk der heiligen Hügel nur unbewaffnet betreten durfte. Anscheinend hatten die Herzöge den Befehl zwar dem Wortlaut, aber nicht dem Sinn nach befolgt. Ihre eigenen Hände waren leer, alle ihre Vasallen jedoch bewaffnet.

Nachdem der Prinz seinen Zorn an dem jungen Mann ausgelassen hatte, drehte er sich nach Dervla um. Seine Miene war immer noch finster.

»Genug jetzt«, unterbrach er ihren Wortschwall. »Zieht Eure Bannsprüche zurück. Dieser Haufen Verrückter, der sich mein Hofstaat nennt, muss lernen, von selbst wieder zur Ruhe zu kommen.« Er umklammerte Lilys Hand, und seine junge Frau drückte sie im offenen Verstoß gegen die Etikette zärtlich an ihre Wange. »Am höchsten Feiertag der Göttlichen Zwillinge hat meine Hohepriesterin Wichtigeres zu tun.

Was den Rest von euch anbetrifft ...« Benet funkelte die umstehenden Höflinge an. »Seid ihr kleine Kinder oder erwachsene Männer, dass euch das Geschrei einer einzelnen Frau derartig aus der Fassung bringt?«

Obwohl ihr Handgelenk immer noch scheußlich weh tat, wurde es Gaultry ganz warm ums Herz, als Benet seinen Hofstaat zusammenstauchte. Der Prinz regierte jetzt schon zwei Wochen lang ohne seinen Kanzler. Unter Heiratikus' Einfluss hatte Benet bei seinen Untergebenen jeglichen Respekt eingebüßt, und es fiel ihm noch immer nicht leicht, sich in der Öffentlichkeit durchzusetzen. Viele waren der Meinung, er brauche so schnell wie möglich einen neuen Kanzler, der sein Sprachrohr sein konnte. Aber was dem Prinzen an Redegewandtheit fehlte, machte er durch Temperament wieder wett. Sein Wutanfall hatte die Herzöge dermaßen beeindruckt und beschämt, dass sie ihren Gefolgsleuten Befehle zuzischten, damit die Waffen so schnell wie möglich wieder verschwanden.

»Jetzt zu euch«, wandte sich der Prinz in strengem Ton an Coyal und Mervion. »Was hat dieser traurige Zwischenfall an einem so friedlichen Tag wie heute zu bedeuten?«

»Meine Schwester ...« Ausnahmsweise wusste Mervion einmal nicht weiter. Sie setzte erneut an. »Euer Festbraten ist verzaubert, Hoheit. Dieser Mann und ich wollten Euch nur beschützen.«

»Verzaubert?«, fiel ihr die Hohepriesterin ins Wort. Sie musterte erst den Tisch und dann den Prinzen selbst. »Hier an diesem Tisch? Ich sehe nichts Dunkles. Wie kommst du darauf, dass der Prinz in Gefahr ist?«

Endlich hatte sich Gaultry durch das Gewühl zu ihrer Schwester durchgekämpft. »Das Wildbret ist vergiftet«, erklärte sie laut. »Die Große Jägerin Eliantė sei Euch gnädig, wenn Ihr das nicht sehen könnt.« Sie warf einen Blick auf den auf dem Boden liegenden Braten und schauderte. Von weitem war ihr nur ein seltsames Licht aufgefallen, das auf der mit Honig glasierten Kruste schimmerte. Aus der Nähe betrachtet, verursachte ihr das Stück Fleisch ein seltsames Kribbeln im Rückgrat. Die Hinterläufe des Tieres waren mit einem vom Kochfeuer verrußten Lederriemen zusammengebunden. Unter dem Ruß zeichnete sich ganz schwach eine Rune ab: eine zerbrochene Spirale. Sie erinnerte Gaultry an Eliantés Symbol als Göttin der Frühlingsjagd, die Jungtiere in ihren Höhlen tötet. Aber es war ein anderes Zeichen. Seine Magie war düsterer als die der Großen Zwillinge.

»Spürt ihr es denn nicht?« Zitternd blickte Gaultry von Mervion zu Dervla und dann zum gegenüberliegenden Tischende, an dem Gabrielle von Melaudiere saß. Das feine, weiße Haar fiel der alten Dame ins Gesicht und verdeckte es. »Bin ich etwa die Einzige, die etwas merkt?«

»Wenn hier wirklich ein Zauber am Werke ist, muss er wohl auf dich gezielt sein, mein Fräulein, wenn du die Einzige bist, die ihn spürt. Ich für meinen Teil sehe und fühle nichts«, schnaubte Dervla.

»Wer hat denn behauptet, dass es sich um einen gezielten Zauber handelt«, mischte sich Mervion in scharfem Ton ein. »Dass Gaultry ihn spürt, kann genauso gut daran liegen, dass sie ihr ganzes Leben unter den Tieren des Waldes zugebracht hat. Wer könnte besser merken als sie, ob ein Hirsch vergiftet wurde?

Dass sie es sieht und Ihr nicht, hat nichts damit zu tun, dass der Zauber auf sie gemünzt war. Wann seid Ihr zuletzt in die Seele eines Hirsches eingedrungen, Hohepriesterin?«

»Man braucht nicht nackt in den Wäldern herumzuspringen, um über das Wild der Großen Jägerin Bescheid zu wissen«, fauchte Dervla. »Ich kenne mich genauso gut aus wie deine Schwester.«

»Warum spürt Ihr dann nichts?«, unterbrach Gaultry sie. Sie verstand überhaupt nichts mehr. Sie wusste nur, dass etwas faul war. »Der Zauber ist so stark, dass mir schon vom Geruch des Bratens übel wird.«

»Wir können ihn zurückgehen lassen«, mischte sich Benet ein und hob schon die Hand.

»Nicht anfassen!« Ohne nachzudenken, packte Gaultry die Hinterläufe des zweiten Tieres und wollte es außer Reichweite des Prinzen ziehen. Die glühend heiße Kruste verbrannte ihr die Finger.

»Lass nur«, sagte Benet hastig, als er ihr schmerzverzerrtes Gesicht gewahrte. »Ich rufe einen Diener ...«

»Nicht anfassen!«, schrie Gaultry noch einmal und zerrte wieder an dem schweren Braten, ohne auf den Schmerz zu achten. Ihre Finger glitten von der fettigen Kruste ab und verhakten sich in dem Lederriemen um die Hinterläufe des Tieres. Das Band zerriss und fiel ab.

Ein Donnerschlag ertönte, begleitet von einem mächtigen Windstoß. Die Prinzessin schrie auf. Benets Gesicht entfärbte sich, aber er besaß noch die Geistesgegenwart, seiner Frau die Augen zuzuhalten. Gaultrys Hand brannte, und sie senkte den Blick.

Ein furchtbarer Schreck durchfuhr sie. Ihre Hand umklammerte den Knöchel eines kleinen Kindes. Es war ein Junge, höchstens sieben oder acht Jahre alt. Er war nackt und braun, und die Bratenschnur war so fest um seinen Körper gewickelt, dass sie tief in sein Fleisch einschnitt.

Einen Augenblick lang war Gaultry wie erstarrt, und sie wähnte sich schon gebannt. Gebannt durch einen Zauber, der ihre Hand an den Knöchel des Knaben fesselte. Dann merkte sie, dass es nur der Schreck war: Sie konnte ihre Hand wegziehen.

Sie tat es.

Dann wandte sie sich von der Kinderleiche ab und erbrach sich.

# 4

Was dann passierte, nahm Gaultry, die vornüber gebeugt die Reste ihres Frühstücks herauswürgte, nicht mehr wahr. Eine schlanke Gestalt, ein Junge, der sich mit raubtierhafter Schnelligkeit bewegte, sprang sie von hinten an. Hätte Coyal nicht sofort reagiert, hätte der Angreifer Gaultry einen Dolch zwischen die Schulterblätter gestoßen. Aber der blonde Ritter kam dem fremden Jungen zuvor, packte sein Handgelenk und riss ihn zurück.

Der Attentäter – es war einer der Pagen, die das grässliche Mahl zur Tafel des Prinzen getragen hatten – kämpfte sich los und zielte mit dem Dolch auf Coyals Gesicht. »Bei Llara, misch dich nicht ein, Bastard! Oder stirb an ihrer Stelle!«

Coyal wandte den Kopf gerade noch rechtzeitig ab, sodass die Klinge nur seine Wange streifte, statt ihm das Auge auszustechen.

»Rettet den Prinzen!«, schrie jemand.

Melaudieres Enkel sprangen als Erste auf und setzten im Hechtsprung über die breite Tafel. Teller und Gläser rollten über das Tischtuch. Mariette, jünger und wendiger als Martin, war zuerst bei Benet. Sie warf sich zwischen die Kämpfenden und das Prinzenpaar und hieb mit ihrem langen Dolch wild durch die Luft. Martin folgte ihr auf den Fersen und zielte direkt auf den Attentäter. Der ließ Coyal los und sprang den Bruchteil einer Sekunde, bevor die Klinge auf ihn niederfuhr, zurück. Er fing Martins Hieb mit seinem eigenen Dolch ab, drehte die Klinge geschickt herum und riss sich los. Erschrocken stoben die Umstehenden auseinander und stießen dabei Tische und Bänke um.

»Ihr habt alle Angst vor mir!«, rief der Junge seltsam frohlockend aus. Lachend machte er Ausfälle gegen die bewaffneten Umstehenden und forderte sie zum Kampf heraus. Seine grünen Augen glitzerten wie im Rausch, und die Klinge in seiner Hand zuckte, als sei sie ein lebendiges Wesen. Obwohl seine Verletzung nur oberflächlich war, griff Coyal nicht ein.

Das war nicht Angeberei oder Wehleidigkeit – der junge Ritter war tatsächlich kampfunfähig. Mit aschgrauem Gesicht taumelte er rückwärts, bis er gegen Gaultry prallte. Dabei presste er die Hand gegen die verletzte Wange. Blut tropfte durch seine Finger und färbte sie unnatürlich rosa. »Ich bin vergiftet«, rief er mit dumpfer Stimme aus und sank zu Boden. »Hütet euch vor seiner Klinge!«

Gaultry wollte sich umdrehen und nach Mervion rufen, aber ihre Schwester hatte sich bereits neben Coyal niedergekniet und zog ihm die Hand vom Gesicht. Dann massierte sie seinen Puls, um den Kreislauf in Gang zu halten. »Große Emiera, das Gift ist furchtbar stark!« Mervion war so beschäftigt, dass sie Gaultry gar nicht bemerkte. »Ob ein Zauber ihn noch retten kann?«

Der Fremde überzeugte sich mit einem flüchtigen Seitenblick davon, dass er sein erstes Opfer außer Gefecht gesetzt hatte, und wandte sich dann Martin zu. »Du bist der Nächste«, johlte er und holte aus.

Martin blieb ungerührt und legte seine ganze Kraft in den Gegenschlag. Das Blut spritzte auf, als seine Klinge das Hemd und den Arm des Jungen von oben bis unten aufschlitzte. Dieser erbleichte, erholte sich aber erstaunlicherweise sofort. Er nahm den Dolch blitzschnell in die unverletzte Hand und parierte den Stoß – aber diesmal fing Mariette seinen Hieb ab.

Sie zielte auf seine Kehle. Der Junge wirbelte herum, wich aus und zögerte damit seinen unvermeidlichen Tod noch einmal hinaus.

Unentschlossen blickte er von einem zum anderen. Sein kalter, heller Blick streifte Gaultry, die abseits stand und sich ungeschickt über das Gesicht wischte. Er wollte auf sie zustürzen, aber Martin bemerkte seine Absicht und stellte sich ihm in den Weg. Fast flehend irrten die Augen des Jungen über das Meer von Gesichtern, aber niemand erhörte seine unausgesprochene Bitte.

Jemand warf Martin ein Stück dicken Stoffes zu, eine Satteldecke. Ohne den jungen Angreifer aus den Augen zu lassen, wickelte der Soldat sich die Decke wie einen Schild um die Faust.

Der Junge beobachtete ihn misstrauisch, und diesen Moment benutzte Mariette, um erneut nach seiner Kehle auszuholen. Aber wieder reagierte der Junge sofort. Ächzend vor Anstrengung parierte er den Stoß und schlitzte Mariettes Hemdbluse auf. Beinahe hätte er sie dabei verletzt, aber Martin drang von hinten auf ihn ein und lenkte ihn ab. Verwirrt geriet der Junge ins Stolpern. Allmählich machte ihm auch der verwundete Arm zu schaffen. Die Menge murrte ungeduldig. Sie witterte, dass sein Tod nicht mehr lange auf sich warten lassen würde.

»Mein Blut bekommt ihr nicht!«, schrie der Junge plötzlich, als er den Ernst der Lage erkannte. »Ich bin ein Sha Muira! Mich könnt ihr nicht töten.« Er schleuderte seine Waffe auf den Boden.

Seine Worte zeigten sofort Wirkung. Zu Gaultrys Überraschung wechselten Martin und Mariette einen kurzen Blick, nickten einander zu und traten rasch einen Schritt zurück. Die übrigen Umstehenden fielen beinahe übereinander, als sie zurückwichen und den Jungen allein auf dem Kampfplatz stehen ließen. »Was ist los?«, wandte Gaultry sich verwundert an Mariette, als diese in der Eile gegen sie prallte.

»Los, weg hier!«, warnte Mariette und zog Gaultry mit sich. »Dieser Junge kann praktisch durch Blicke töten.«

»Was soll das denn heißen?«, protestierte Gaultry. »Er macht doch gar nichts mehr.«

Der Junge fummelte an seinem Hemdkragen herum und riss schließlich die Knöpfe ab, um den Ausschnitt zu öffnen. Er zog eine Halskette aus milchigen Perlen hervor.

»Ich weihe mich dem Tod!«, verkündete er. Dann warf er die Arme hoch und hielt die Kette zum Himmel empor. »So wie ich meinen Leib zweimal der Großen Llara dort oben geweiht habe, meiner Beschützerin!« Die Perlen begannen einen bösartigen, schwarzen Qualm abzusondern, der zwischen den Fingern des Jungen hervorquoll. Schließlich brannte seine ganze Hand. Er achtete nicht darauf.

Immer schneller breitete sich der Rauch aus. Er züngelte am Arm des Jungen empor wie ein Nest voller Schlangen. Gaultry betrachtete das Gesicht des Attentäters. Er versuchte tapfer, sich seinen Schmerz nicht anmerken zu lassen, aber Gaultry durchschaute ihn.

»Was geht hier vor?«, schrie sie, aber niemand schien sie zu hören. Alle beobachteten fasziniert den Todeskampf des Jungen, der einem grausigen Tanz glich. Er versuchte, sein unwillkürliches Taumeln durch anmutige Bewegungen zu überspielen, eine bizarre Choreografie, die zu dieser besonderen, qualvollen Todesart dazuzugehören schien. Mariette stand dicht neben Gaultry. Der junge Schwertkämpfer hatte sie am Knie verletzt, und sie presste vornübergebeugt die Finger auf die Wunde, um den Schmerz zu besänftigen. Gaultry packte sie am Arm. Vielleicht konnte Mariette ihr wenigstens erklären, was sich hier abspielte. »Warum hast du plötzlich aufgehört zu kämpfen? Warum lässt du zu, dass er sich selbst umbringt? Sollten wir nicht lieber herausfinden, wer ihn geschickt hat?«

»Wenn der Junge wirklich ein Sha Muira ist, kommt er garantiert aus Bissanty«, gab Mariette grimmig zurück. »Und was seinen Selbstmord anbetrifft – er ist sowieso schon so gut wie tot. Alle Sha Muira sind vergiftet – er braucht das Gift nur in seinem Körper freizulassen.« Den Blick fest auf die sich windende Gestalt geheftet, massierte sie mit schmerzverzerrtem Gesicht ihr

Knie. »Die Gebetskette enthält das Gegengift. Ohne sie ist er verloren.«

»Aber warum unternimmt niemand etwas? Du oder Martin, ihr könntet ihn doch retten!«

Mariette warf ihr einen ungehaltenen Blick zu und strich sich das dunkle, schweißverklebte Haar aus dem Gesicht. »Er ist ein Sha Muira, ein dreifach Todgeweihter. Sein Leben gehört Mutter Llara – nicht uns.«

Die Perlen der Kette waren jetzt nur noch Aschekügelchen, die mit leisem Zischen wie brutzelndes Fett zu Boden tropften. Das Gesicht des Jungen war im Todeskampf verzerrt, aber er gab noch immer keinen Laut von sich. Die Menge wurde still, als warte sie respektvoll auf das Ende.

Gaultry starrte in das junge Gesicht, und plötzlich wallte Zorn in ihr auf. Dieser Junge hatte den Zauber auf dem geschlachteten Knaben weder vorbereitet noch ausgesprochen – dafür hätte Gaultry die Hand ins Feuer gelegt. Abgesehen davon, dass er zum Töten ausgebildet worden war, war er nur das unbedeutende Werkzeug einer größeren Macht. Seine Treue bis in den Tod wurde ihm nicht gedankt.

Gaultry hatte das Gefühl, die Einzige zu sein, die seine Qualen wirklich sah. Der Junge schien ihre Aufmerksamkeit zu spüren, denn er wandte ihr seine eisgrünen Augen im gleichen Moment zu, als eine neue Welle von Schmerz über ihm zusammenschlug.

Plötzlich hatte Gaultry das verwirrende Gefühl, ihn zu kennen. Der Junge unterwarf sich zwar einem fremden Ritual – aber irgendetwas anderes an ihm sprach sie an. Nicht der ausgebildete Meuchelmörder, der dem Tod ins Auge sah, sondern die primitive, animalische Energie, die ihn durchströmte und seine Handlungen stärker lenkte als jedes Training. Und diese Energie wollte mit aller Macht am Leben bleiben. Gaultry antwortete auf den verzweifelten Hilferuf und drang mit Hilfe ihrer Magie tief in den Jungen ein. Seine Qual war fast greifbar, lockte sie, erregte ihr

Mitgefühl. Dann stieß ihre Magie auf einmal auf einen animalischen Kern, und eine Vision tat sich vor ihr auf.

In der Seele des Jungen winselte ein verhungertes, schwarzes Hündchen. Seine ungewöhnlichen Augen in der Farbe von grünem Glas oder dickem Eis verrieten Gaultry, dass es der Junge selbst war. Sein Körper war so mager, dass man jede Rippe sah; sein Fell war dünn, er fror und war hungrig. Um den Hals trug er eine Leine, aber sie war zerrissen. Seine staksigen Beine hatten sich darin verwickelt, und er konnte sich nicht befreien.

Zutiefst erschrocken schüttelte Gaultry das Bild ab. Was hatte ihre Magie so angezogen, dass sie den Jungen plötzlich auf diese Weise sah? Man hatte sein Vertrauen missbraucht und gegen ihn verwendet. Jetzt starb er eines furchtbaren Todes, und es half ihm nicht, dass er diesen Tod bereitwillig akzeptierte. Wer auch immer ihn so hintergangen hatte, musste im Voraus gewusst haben, dass sich sein Sterben qualvoll in die Länge ziehen würde.

Dieser Gedanke war so schrecklich, dass er Gaultry aus ihrer Erstarrung aufrüttelte. »Mervion«, schrie Gaultry. »Ich brauche dich!« Schon drängte sich Mervion zu ihr durch. Gaultry packte sie am Handgelenk und zog sie in den niedergetrampelten Graskreis.

»Was hast du vor?«, protestierte Mervion und versuchte, sich loszumachen.

»Was haben wir vor«, korrigierte Gaultry. »Wir retten dem Jungen dort das Leben. Du musst das Gift aufhalten. Ich weiß, dass du das kannst – wenn du dich meiner Magie bedienst. Von mir aus nimm sogar meine *Glamour*-Seele.«

»Ich habe es ja kaum geschafft, Coyal zu helfen«, widersprach Mervion.

»Nimm alles von mir«, fiel ihr Gaultry ins Wort. »Mir macht es nichts aus.« Die Menschenmenge um sie herum wurde immer aufgebrachter. Alle starrten drohend auf den Jungen, der versucht hatte, ihren Herrscher zu vergiften. »Du kannst ihn heilen. Nimm ein Stück von meiner *Glamour*-Seele. Rette ihn!«

»Und wenn ich es täte?«, gab Mervion zurück. »Sieh dir doch nur die Leute an.« Beide Schwestern beugten sich jetzt über den Jungen. Dieser war entkräftet in die Knie gesunken, obwohl er noch immer anmutige Handbewegungen vollführte. Seine Halskette hatte sich fast aufgelöst, sein Kopf schwankte haltlos, und die hellgrünen Augen schienen nichts mehr wahrzunehmen. Er war sich der Anwesenheit der beiden Frauen kaum bewusst. »Gaultry, es ist nicht so, wie du denkst. Das ist kein gewöhnliches Gift – Llara selbst hat es gesegnet. Er will nicht gerettet werden. Er glaubt, dass er zu seiner Göttin aufsteigt. Du würdest deine halbe *Glamour*-Seele dabei einbüßen – mindestens.«

»Das ist mir egal«, sagte Gaultry. »Probier es einfach. Um alles andere kümmern wir uns später.« Sie bückte sich und zog den zusammengekrümmten Jungen ungeschickt an sich. Große Jägerin, betete sie. *Große Jägerin Elianté. Mildtätige Herrin Emiera. Gebt mir ein Zeichen, dass ich das Richtige tue!*

Ein Bogen aus goldenem Licht flammte vor ihren Augen auf und löschte die Umgebung aus. Wie in einem Spiegel erblickte Gaultry ein blendend schönes, goldenes Gesicht mit hauchdünner Haut und unfreundlichen Schlitzaugen, die brennenden Sternen glichen. Das Antlitz lächelte boshaft und schien sich über Gaultry lustig zu machen. Es war ihre eigene *Glamour*-Seele, ihre zweite Seele. Jene Seele, die ihre Magie verkörperte.

Wie aus weiter Ferne hörte Gaultry Mervions Singsang. Sie öffnete ihren Geist weit und ließ die Schwester ein, obwohl sie eine ungekannte Scheu verspürte, sich so völlig unverhüllt zu offenbaren, selbst vor ihrer geliebten Zwillingsschwester. Einen Augenblick lang rang sie mit sich selbst. Dann rief sie sich wieder das Bild des mageren, schwarzen Hündchens ins Gedächtnis, und es gelang ihr, ihren Widerwillen zu bezwingen.

Mervion war jetzt tief in sie vorgedrungen. Gaultry spürte ihre Anwesenheit, ihre Überraschung und dann ein Zögern, als hielte Mervion gespannt die Luft an, als sie das Bild des zerzausten, abgemagerten Welpen entdeckte, den die goldene *Glamour*-Gestalt schützend in die Arme schloss. *Ist das wirklich klug?* Mervions Frage ging Gaultry durch Mark und Bein und hallte in ihrem Schädel wider. *Bist du ganz sicher, dass du dich für ihn einsetzen willst?*

Gaultry hatte nicht die Kraft zu antworten. Sie versuchte, Mervion ein Bild zu übermitteln, aber sie war zu schwach. Mervion musste ihr einfach vertrauen. Der Tod war eine allzu harte Strafe für das Vergehen des Jungen.

Gaultry wünschte sich Mervions Fähigkeit, mittels Gedankenkraft ganze Wörter und Sätze zu bilden, anstelle dieses plumpen Schwalls von Mitleid, den unbeholfenen Bildern, mit denen sie selbst ihren Wunsch zu helfen ausdrücken musste.

*Ich sehe, was du von mir willst.* Mervions Geist schien den jungen Hund zu streicheln und sein dünnes Fell spielerisch gegen den Strich zu zausen. *Das Gift ist stark. Nur das Feuer einer Glamour*-Seele *kann es bezwingen. Aber du weißt nicht, was du da verlangst, Schwester – das Gift ist nicht nur von der Großen Mutter Llara, der Donnergöttin, gesegnet, sondern der Junge hat es auch noch freiwillig geschluckt.*

*Na und? Rette ihn trotzdem!* Gaultrys Angst war so stark, dass sich ihre Worte zu einem kraftvollen Befehl formten. *Wir dürfen ihn nicht einfach sterben lassen.*

Gaultry wusste nicht, wer von ihnen das auslöste, was dann geschah, Mervion oder sie selbst. Die ätherische, goldene Gestalt, Gaultrys *Glamour*-Seele, wurde brutal in der Mitte durchgerissen. Ihre rechte Hälfte löste sich auf, als Mervion sie mit sich fortnahm. Gaultry spürte ein klaffendes Loch in der Brust. Dann war Mervion verschwunden, und mit ihr das Bild des kleinen Hundes und die Hälfte von Gaultrys zweiter Seele, und die Qual hörte abrupt auf, wie ein Strudel, der sich von einem Augenblick zum nächsten plötzlich beruhigt und eine spiegelglatte Wasseroberfläche zurücklässt.

Gaultry schlug die Augen auf. Das Gesicht des jungen Attentäters war ganz dicht vor ihrem eigenen. Der Schmerz in seinen weit geöffneten Augen war verschwunden, und er schien seine Umgebung wieder zu erkennen. Er sah völlig verstört aus.

»Du heißt Tullier«, sagte Gaultry und ließ ihn los. Als sie die Augen öffnete, wusste sie plötzlich seinen Namen, und sie hätte noch mehr über ihn erfahren können, wenn sie es denn gewollt hätte. »So viel weiß ich jedenfalls.« Sie ergriff seine Hand, jene Hand, die die brennende Halskette hochgehalten hatte. Mit dem Daumen entfernte sie die letzten Ascheflocken. »In deinem Körper kreist noch immer das Gift, aber es kann dir jetzt nichts mehr anhaben. Ich habe dir die Hälfte meiner zweiten Seele geborgt. Ohne meine Zustimmung kannst du nicht sterben.«

Der Junge starrte sie ungläubig an. »Nichts kann das Gift der Sha Muira aufhalten.«

Mervion reichte Gaultry die Hand und zog sie hoch. »Er plappert nur nach, was man ihm eingebläut hat«, seufzte sie müde. »Er wird sich selbst davon überzeugen müssen, dass er noch lebt und gesund ist.«

»Danke, Mervion.« Jetzt erst bemerkte Gaultry die ungeheure Erschöpfung ihrer Schwester, die aussah wie eine Besiegte. »Ich wusste ja, dass du es schaffen würdest.«

»Ach ja?« Mervions Lächeln wirkte wenig überzeugend. Gaultry wunderte sich darüber. Trotzdem schien Gaultrys Lob ihrer Schwester gut zu tun, denn sie warf der Jüngeren einen zärtlichen Blick zu. »Ich bin sehr froh. Ich möchte meine Magie mit dir teilen …«

»Für immer«, stimmte Gaultry zu.

Einen Moment lang kam es Gaultry so vor, als seien sie selbst, Mervion und der Junge der ruhige Mittelpunkt im Auge eines heftigen Sturmes. Hinter ihnen hielten Martin und seine Schwester, unterstützt von den Vasallen des Herzogs von Basse Demaine und einem weiteren Mann, die Menge in Schach. Dann brach Mervion den Zauber des Augenblicks, trat einen Schritt zurück und wischte sich die Hände an ihrem Rock ab.

»Sie haben Coyal zum Zeltplatz gebracht«, sagte sie. »Ich gehe zu ihm. Jetzt, da ich weiß, wie das Gift wirkt, kann ich ihm vielleicht besser helfen.«

»Das wäre eigentlich meine Aufgabe«, wandte Gaultry ein. »Schließlich hat er mir das Leben gerettet.«

Mervion schüttelte den Kopf. »Bleib du lieber hier und pass auf, was sie mit dem Jungen vorhaben. Er hat deine Hilfe nötiger als Coyal.«

Mit diesen Worten strich Mervion ihr Haar und ihr Kleid glatt, dann schob sie sich entschlossen durch das Gewühl. Gaultry blickte ihr nach und wunderte sich über die Launenhaftigkeit ihrer Zwillingsschwester. Sie hatte das beunruhigende Gefühl, Mervion irgendwie enttäuscht zu haben, und ließ sich bereitwillig durch das Chaos auf dem Hügel ablenken.

Man würde wie immer das Freudenfeuer entzünden, aber Emieras Fest war zu Ende.

Immer noch lag die aufgespießte Knabenleiche quer über der Tafel des Prinzen. Die beiden Hirschbraten, die gleichzeitig serviert worden waren, hatten hastige Hände auf den Boden geschleudert.

Der Prinz stand vor seinem Tisch und starrte auf die Leiche. Die Sache war gerade noch einmal gut gegangen. Das Prinzenpaar durfte am Tag der Göttin nicht mit menschlichem Tod in Berührung kommen, sonst wurde Emieras Eschenhügel entweiht. Benet hatte die Prinzessin zum Damenzelt geschickt und ihr befohlen, sich zu waschen. Aber als Dervla ihm vorgeschlagen hatte, sich ebenfalls zurückzuziehen, war er explodiert.

»Erst wenn der Tote anständig gereinigt ist. Eine solche Schweinerei kann ich hier nicht zurücklassen – das kann kein Gott von mir verlangen!«

»Dann macht Platz, damit ich die Leiche säubern kann.«

Der Prinz funkelte die Hohepriesterin wütend an, aber er sah ein, dass sie Recht hatte, und trat ein Stück zurück.

Dervla bestimmte drei ihrer Gehilfen, ihr zur Hand zu gehen, dann entfernte sie Tischtuch und Girlanden von der Tafel und drehte den toten Knaben auf den Rücken. Ein Gehilfe wurde nach einer Schüssel Wasser aus Eliantés Quelle geschickt, ein zweiter musste frische Eschenzweige aus Emieras Hain holen. Dervla schlüpfte aus dem Festgewand mit der langen Schleppe und stand in ihrer einfachen Priesterkleidung da. Sie nahm ein Tuch, rief die Göttlichen Zwillinge an und begann mit der rituellen Reinigung.

Während sie damit beschäftigt war, beruhigte sich die Menge auf dem Hügel allmählich. Die sieben Herzöge schickten ihre Vasallen los, um die Ordnung wiederherzustellen. Sie selbst scharten sich um den Prinzen, und auf ihren Gesichtern zeichneten sich Verlegenheit und Neugier ab. Sie alle, angefangen bei Victor von Haute-Tielmark, einem blonden Hünen, der über Tielmarks westlichste Provinz herrschte, bis hin zu Gabrielle von Melaudiere, schämten sich, weil sie nur an sich selbst gedacht hatten, statt sich ausschließlich auf den Segen zu konzentrieren, mit dem der Prinz ihnen eine reiche Ernte verschaffen wollte. Auf mehr als einem Gesicht entdeckte Gaultrys kritischer Blick eine Spur Erleichterung darüber, dass die grausige Entdeckung die Aufmerksamkeit von ihrem Verstoß gegen Benets Befehl abgelenkt hatte.

Religiöse Formeln murmelnd, strich Dervla behutsam mit feuchten Tüchern über den Körper des Knaben, zerschnitt die Bratenschnur und nahm die Rosmaringirlanden fort. Es roch unangenehm nach gebratenem Fleisch. Endlich war sie fertig und musste nur noch den grausamen Spieß entfernen, der vom Kopf bis zu den Hüften durch den Knabenkörper getrieben worden war.

Mit festem Griff erfasste die Priesterin die Stange. Die Umstehenden gerieten in Bewegung. Es würde eine unappetitliche Angelegenheit sein, den Spieß, der über Stunden in die Leiche eingebacken war, herauszubekommen. Dervla, die die Nervosität ihrer Zuschauer spürte, bewegte die Hände.

Der Zauber manifestierte sich in einem grünen Energiestrahl: Eine kleine Flamme kroch den Holzspieß entlang und ließ ihn zu Asche verkohlen. Die Hohepriesterin gestattete sich ein zufriedenes Lächeln und verstärkte den Zauber, sodass auch der Schmuck aus vergifteten Kräutern und Blumen im Feuer zerfiel. Es gab keine Überreste, kein noch so kleines Zweiglein, das man stehlen und in einen Talisman hätte einbinden können, der dem Prinzen Albträume verursachte. Als Dervla fertig und die Flamme erloschen war, ging ein erleichterter Seufzer durch die Menge.

»Was soll mit ihm geschehen?«, fragte Gaultry und zog den jungen Fremdling mit sich nach vorn. Auch einer der beiden anderen Hirschbraten war an den Hinterläufen mit einem Lederriemen zusammengebunden. In der ehrfürchtigen Stille klang Gaultrys Stimme überlaut.

Der Prinz warf ihr einen eisigen Blick zu und musterte den Attentäter. »Wachen! Nehmt diesen Mörder in sicheren Gewahrsam.« Daran, wie hastig die Männer vortraten, war deutlich abzulesen, wie schuldig sie sich wegen ihres kläglichen Versagens wenige Minuten zuvor fühlten. Zwei von ihnen, angetan mit Panzerhandschuhen und langen Kettenärmeln, zerrten den Jungen von Gaultry weg.

»Euer Hoheit«, begann Gaultry, erschrocken über diese Grobheit. »Er ist ein Gefangener …«

»Ihr überschreitet Eure Befugnisse, Lady Blas«, unterbrach der Prinz sie kalt. »Dieser Junge ist nicht länger Eure Angelegenheit.«

Gaultrys Nerven waren bereits angeschlagen, und der Rüffel kam unerwartet. Als sie sah, wie einer der Wachsoldaten Tullier die Hände auf den Rücken drehte und mit einem Strick fesselte, der zusätzlich um seinen Hals geschlungen war, riss ihr der Geduldsfaden. »Ohne mich hättet ihr jetzt einen Bissen Menschenfleisch zwischen den Zähnen«, schleuderte sie Benet wütend entgegen. »Außerdem habt Ihr meine Frage nicht beantwortet. Was ist mit dem Zweiten?« Sie zeigte auf das kleinere Hirschkalb.

»Der Zweite?« Das Gesicht des Prinzen war weiß vor unterdrücktem Zorn. »Hohepriesterin?«

»Es ist ein Hirsch, Euer Hoheit«, sagte Dervla beschwichtigend. »Bei der Göttin, es ist nur ein Hirsch.«

»Gaultry?«

»Dann beißt hinein«, forderte Gaultry ihn auf. »Die Götter werden sich gewiss freuen.«

Benet trat einen Schritt vor, als wolle er die Herausforderung annehmen. Dann machte er eine unwirsche Handbewegung. »An jedem anderen Tag würde ich keine Sekunde zögern. Aber heute, um der Großen Emiera willen, kann ich nicht tun, was Ihr verlangt«, sagte er. »Also solltet Ihr lieber beweisen, dass Ihr Recht habt, Lady Blas, damit man mir nicht Mangel an Urteilskraft – oder gar Feigheit – nachsagen kann.«

In dem allgemeinen Entsetzen über die erste Entdeckung und während des folgenden Handgemenges hatte niemand auf die beiden anderen Braten geachtet. Man hatte sie lediglich ein Stück von der Tafel weggeschleift.

Gaultry starrte auf die schlanken Läufe des einen Tieres und den halb verbrannten Riemen, der sie zusammenhielt, und schluckte krampfhaft. Bei dem ersten Hirsch war sie sich ganz sicher gewesen. Der Zauber hatte eine Welle von Angst und Entsetzen in ihr ausgelöst und außerdem nach Moschus gestunken, durchsetzt mit Tierenergie. Gaultry hatte ganz deutlich gespürt, dass im nächsten Moment eine dicke Magieschicht wie eine gigantische Schmetterlingspuppe aufbrechen und eine schreckliche Verwandlung offenbaren würde. Aber was genau sie unter der magischen Hülle erwartete, hatte sie nicht geahnt. Diesmal aber fürchtete sie, es zu wissen.

»Bitte«, sagte Gaultry widerstrebend. Es blieb ihr keine andere Wahl, als Dervla um Hilfe zu bitten. »Können wir diesen hier zuerst reinigen?«

Dervla warf ihr einen ungehaltenen Blick zu. Sie war immer noch fest davon überzeugt, dass es sich um einen ganz gewöhnlichen Hirschbraten handelte.

»Ich möchte Euch nicht kränken«, fügte Gaultry eilig in respektvollem Ton hinzu. »Weder Euch noch Euer Hoheit.« Sie verneigte sich kurz in Benets Richtung.

Ungeduldig winkte Dervla einem Diener zu, den Boden rund um den zweiten Hirsch frei zu räumen. Die Vertrauten des Prinzen hielten den Atem an. Dann zog die Priesterin mit raschem Griff den Bratspieß aus dem Fleisch. »Das ist alles«, sagte sie. »Dieses Stück Wildbret ...«

»Nehmt die Fußfesseln ab«, beharrte Gaultry. »Dort sitzt der Zauber.«

Sie zwang sich dazu, genau hinzusehen. Dervla betrachtete zuerst eingehend den Lederriemen und versuchte, die Runen zu entziffern, dann schnitt sie ihn mit ihrem Messer durch.

Das Bratenstück begann zu brodeln und seine Form zu verändern. Ein reißendes Geräusch ertönte, das von dem Tiergeist verursacht wurde, der in dem gemarterten Fleisch gefangen gewesen war. Von Neuem entsetzt, taumelte Gaultry zurück. Kein Wunder, dass gerade sie den Zauber gespürt hatte. Tieren die Energie entziehen, hatte ihr von allen Beschwörungen immer den meisten Spaß gemacht – auf diese Weise konnte man die Gewandtheit und Kraft eines Tieres übernehmen und sich zunutze machen. Wer auch immer die toten Knaben in Hirsche verwandelt hatte, hatte zugleich Tierenergien und ihre Leichname eingeschlossen, ein Trick, der Dervla und die alte Melaudiere über die wahre Natur des Wildbrets hinweggetäuscht hatte.

Gaultry schauderte. Die entfesselte Tierenergie, die sie vorhin gestreift hatte, war einem lebendigen Geschöpf entliehen. Die lange Gefangenschaft in totem Fleisch hatte sie zur Raserei getrieben. Kein Wunder, dass Gaultry ihre Pein sogar vom Fuß des Hügels aus gespürt hatte. Wer war zu so etwas fähig?

Das Kind, das leblos zu Dervlas Füßen lag, war älter als der erste Hirsch-Junge. Abgesehen davon hätten sie Brüder sein können.

»Legt ihn neben den anderen«, ordnete Dervla mit brüchiger Stimme an und wischte sich übertrieben gründlich die Hände an einem sauberen Tuch ab. »Und schickt jemanden nach frischem Wasser.« Rücksichtslos drängten sich die Priestergehilfen zwischen Gaultry und den toten Knaben. Sie hatten die Tafel so hastig für den Leichnam des ersten Jungen freigeräumt, dass Reste des Tischschmuckes auf dem zweiten gelandet waren.

Gaultry trat ein Stück zurück und rannte dabei versehentlich Martin in die Arme, der sich ihr unbemerkt von hinten genähert hatte.

»Sie haben deinen jungen Schützling in die Beichtkammer der Hohenpriesterin gebracht«, sagte er leise und hielt sie fest, damit sie nicht hinfiel. Gaultry war so froh, ihn zu sehen, dass sie ihn am liebsten umarmt hätte. »Das ist das einzige wirklich sichere Gebäude zwischen hier und Princeport. Zwei Priesterinnen haben Anweisung, ihn mit Bannsprüchen zu fesseln.«

»Tullier kann gar nicht fliehen«, zischte Gaultry zurück. »Dafür hat Mervion schon gesorgt.«

»Umso besser. Deiner Schwester ist es mit der Unterstützung von Dervlas Leuten gelungen, das Gift in Coyals Körper zu neutralisieren. Sie hätte deinen Beistand gut gebrauchen können. Coyal ist immer noch nicht wieder auf den Beinen – und Mervion ist nach allem, was sie in den letzten Wochen durchgemacht hat, nicht so kräftig, wie du anscheinend glaubst.«

Der versteckte Vorwurf traf Gaultry umso mehr, als sie ihn für ungerechtfertigt hielt. Martin hatte ja keine Ahnung, wie stark und unverwüstlich Mervion war. Aber Coyal – als sie an den jungen Ritter dachte, spürte Gaultry einen Kloß im Hals. »Dieser Memorant hat mir das Leben gerettet«, sagte sie leise. »Und dabei habe ich ihn noch wenige Minuten vor seiner mutigen Tat wegen seines affigen Getues verflucht. Außerdem fiel mir unser letzter Kampf wieder ein …«

»Wenn Coyal so schnell denken würde, wie er handelt, wäre er ein besserer Mensch«, bemerkte Martin. »Aber heute sei den Großen Zwillingen Dank für seine Schnelligkeit.« Er nahm Gaultrys Hand und legte sie flüchtig an seine Wange. »Mir wäre fast das Herz stehen geblieben, als der Junge mit dem Dolch auf dich zielte.«

»Ich habe es noch nicht mal gesehen …« Martins Hand war

warm, und Gaultry hätte die zärtliche Geste gern erwidert, aber Dervlas Stimme holte sie unsanft in die Wirklichkeit zurück.

»Das wurde aber auch langsam Zeit!«

Die schüchterne, aschblonde Frau brachte endlich frisches Wasser. Sie war gerannt und hatte dabei das Vorderteil ihres Gewandes bespritzt. Sie sah nass und Mitleid erregend aus. Die Hohepriesterin musterte kurz ihr ängstliches Kaninchengesicht und geriet außer sich.

»Hast du alles ausgekippt, oder sind noch ein paar Tropfen drin?«, fauchte sie. »Wenn ja, dann bring es her!« All die aufgestaute Wut, die Dervla nicht an Gaultry hatte auslassen können, brach jetzt über das bedauernswerte Geschöpf herein. »Glaubst du etwa, der Prinz will den ganzen Tag hier herumhocken, bis wir fertig sind? Nun bring's schon endlich her, Palamar.«

Palamar Laconte, Enkelin der Geheimen Brut, zog ängstlich den Kopf ein und hastete zur Tafel des Prinzen, wobei sie noch mehr Wasser verschüttete. »Ich wollte nichts auskippen«, verteidigte sie sich. Dann fiel ihr Blick auf die Knabenleichen, und sie ließ das Wasserbecken fallen und fing an zu schreien.

»Reiffey!«, kreischte sie. »Darden! O Große Zwillinge, macht, dass es nicht wahr ist!«

Dervla wurde kreidebleich. Mit einer Handbewegung befahl sie zwei anderen Gehilfen, die Frau zum Schweigen zu bringen. »Mein Prinz!« Dervla drehte sich nach Benet um. »Ich empfehle Euch dringend, nach Eurer Gemahlin zu sehen. Überlasst es uns, diese Toten ehrenvoll zu bestatten.«

»Wer sind sie?«, fragte der Prinz. Dann sah er Palamar an. »Und wer ist das da?«

»Sie ist eine Nachfahrin der Geheimen Brut«, erwiderte Dervla knapp. »Und die beiden Jungen auch. Aus Palamars Reaktion schließe ich, dass es sich um die Söhne ihrer Schwester Destra Vanderive handelt.«

Wieder einmal färbte also das Blut der Geheimen Brut den Pfad des Prinzen rot.

# 5

»Was ist ihnen zugestoßen?« Palamar beruhigte sich allmählich, aber ihr sanftes Gesicht war von Hass verzerrt. Die junge Gehilfin drehte sich nach Dervla um und krallte ihre Finger in das Gewand der Priesterin. »Ihr habt mir etwas versprochen«, zischte sie und schüttelte die Ältere so heftig, dass Dervla schwankte. In ihrer Erregung schien die sonst so zurückhaltende junge Frau Bärenkräfte zu entwickeln. »Nach dem Tod meiner ältesten Schwester habt Ihr mir versprochen, dass meiner Familie so etwas nie wieder passieren würde. Ihr habt es mir versprochen, und ich habe euch vertraut. Ich habe Euch sogar noch nach Lady D'Arbeys Todessprung vertraut.«

»Palamar«, protestierte Dervla. »Ich habe dich beschützt, nachdem der Kanzler deine Schwester in den Tod getrieben hat. Ich hätte auch Lady D'Arbey vor ihm beschützt, wenn sie es zugelassen hätte. Das hier hat keiner von uns vorhergesehen. Niemand hätte es verhindern können.« Sie warf einen flüchtigen Seitenblick auf den Prinzen, um sich zu vergewissern, wie er auf diesen neuerlichen Aufruhr reagierte. Ihre Gelassenheit angesichts von Palamars Anklage war fast unmenschlich.

»Bei den Großen Zwillingen«, schrie Palamar. »Tut gefälligst nicht so unschuldig. Ihr habt mir versprochen, dass meine Schwester Elsbet die letzte Laconte war, die ihren Blutzoll an Tielmarks Thron entrichtet hat. Ihr habt es mir versprochen!« Einer der Gehilfen fasste nach Palamars Ärmel, um sie aufzuhalten, aber Palamar schüttelte ihn einfach ab. »Wo sind Destra und ihre Tochter? Wo ist mein Bruder Regis? Könnt Ihr mir ins Gesicht sehen und mir versprechen, dass sie in Sicherheit sind?«

Dervla sah, dass sich Benets Gesicht verfinsterte, und hatte plötzlich genug von Palamars Ausbruch. »Ich wäre dir dankbar, wenn du endlich den Mund halten würdest, Palamar Laconte, nach all der Mühe, die ich schon auf dich verschwendet habe!«

»Ich habe ein Recht ...«

Dervlas knochige Hand schnellte vor und krallte sich um Palamars weiche, weiße Kehle. Die junge Frau kreischte vor Schmerz und Wut. Grünes Elfenfeuer schoss aus den Fingerspitzen der Hohenpriesterin und erstickte Palamars Protest. Dieser Anblick versetzte die Zuschauer erneut in Panik.

»Ruhe!«, brüllte der Prinz mit kalkweißem Gesicht. »Ruhe!«

Die Hohepriesterin achtete nicht auf ihn, so sehr war sie mit ihrem Zauber beschäftigt. Benet ließ sich jedoch nicht so leicht entmutigen. Er packte die Alte bei den Schultern, aber ein zorniger Ausruf entfuhr ihm, als er sich die Finger an ihrer Magie verbrannte. Dervla war wieder soweit zur Besinnung gekommen, um Benet zu bemerken, riss sich los und stieß Palamar mit aller Kraft zu Boden. Zu Tode erschrocken hob die junge Gehilfin den Kopf und starrte mit wild rollenden Augen und flehend geöffnetem Mund zu ihrem Prinzen empor.

»Lass sie in Ruhe!«, befahl Benet. Dervla gehorchte nicht, sondern konzentrierte sich wieder ganz auf ihre Beschwörung. Sie sah aus wie eine Spinne, die eine Fliege einwickelt.

Palamars Augen wurden glasig, und sie sackte in sich zusammen. Die Beschwörung hatte Dervla so angestrengt, dass sie es kaum noch schaffte, den Kopf der jungen Frau festzuhalten, bevor er gegen die Tischkante schlug.

Die Gehilfin war bewusstlos, aber noch in ihrer Ohnmacht zeigten sich Verzweiflung und Zorn auf ihren Gesichtszügen. Dervla und der Prinz hatten jeder eine Hand auf den Schultern der jungen Frau. Sie keuchten heftig, und ihre wütenden Gesichter waren kaum eine Handbreit voneinander entfernt.

»Ihr habt meinem Befehl zuwidergehandelt«, sagte der Prinz in eisigem Ton.

»Sie war hysterisch«, gab Dervla zurück. »Wenn sie sich wieder beruhigt hat, kann sie von mir aus erzählen, was sie will. Aber ich dulde nicht, dass meine eigenen Untergebenen in solchem Ton mit mir sprechen. Nicht vor dem versammelten Hofstaat.«

»Das ist keine Entschuldigung«, sagte Benet. »Vielleicht war die Frau hysterisch, aber mir scheint, dass sie durchaus Grund dazu hat. Habt Ihr ihrer Familie einen Schutz zugesichert, den Ihr nicht gewährleisten konntet?«

»Ich habe die Familie Laconte so gut beschützt, wie ich konnte, aber gegen das Schicksal bin auch ich machtlos«, brauste Dervla auf. »Sie haben nun mal Hexenblut. Genau wie ich. Aber anders als die ehrenwerten Lacontes habe ich niemals gegen die damit verbundene Verpflichtung aufbegehrt. Eure Urgroßmutter hat uns ein hartes Los auferlegt, mein Prinz. Nicht alle von uns sind stark genug, es zu ertragen. Es ist nicht meine Schuld, wenn es mir nicht gelungen ist, die Schwachen zu schützen. Auch ich kann nicht überall zugleich sein.«

»Falls Ihr etwas übertrieben habt, was Euren Einfluss oder Eure Macht anbetrifft, so habt Ihr dieser jungen Frau hier jedenfalls keinen guten Dienst erwiesen.« Der Prinz musterte die Hohepriesterin missbilligend. »Noch schlimmer – Ihr habt die Götter, die Euch vertrauten, enttäuscht. Die Großen Zwillinge haben es gut mit Euch gemeint, Dervla von Princeport. Sie haben Euch reich mit Zauberkraft und Macht beschenkt. Ihr solltet Euch damit zufrieden geben und keine falschen Versprechungen machen. Das ist unter Eurer Würde.«

Dervla verschränkte die ausgezehrten Arme vor der mageren Brust. »Mein Prinz ist weise«, sagte sie, aber ihre Haltung strafte ihre Worte Lügen. »Da er seine Diener zur Untätigkeit verurteilt, hat er gewiss seine eigenen Pläne, wie er diejenigen, die ihm bei ihrem Blut Treue geschworen haben, vor Schaden bewahren kann.«

Wütend machte Benet einen Schritt auf sie zu, dann hatte er sich wieder in der Gewalt. »Ich nehme Euren Rat gerne an, Hohepriesterin. Es ist sehr freundlich von Euch, mich so zartfühlend an meine Pflicht zu erinnern. Selbstverständlich schulde ich der Geheimen Brut meine Unterstützung. Vor meiner Hochzeit hat Heiratikus zwei ihrer Mitglieder umgebracht, und jetzt haben wir zwei weitere Tote. Aber damit wird Bissanty sich nicht zufrieden geben. Ich kenne die Prophezeiung – und inzwischen kennt sie auch mein halber Hofstaat. Ihr dürft ganz beruhigt sein, Hohepriesterin. Falls der Kaiser von Bissanty glaubt, er könnte Euer Geschlecht ungestraft ausmerzen, wird er es noch bedauern.

Aber in der Zwischenzeit müssen wir etwas unternehmen, um euch zu schützen. Ich habe euch nie daran gehindert, Kopf und Kragen zu riskieren.« Sein Blick schweifte über die Menge und suchte sie nach weiteren Angehörigen der Geheimen Brut ab. »Die arme Palamar, Melaudiere und ihre Nachkommen, die Blas-Zwillinge und diese beiden Toten – vielleicht ist das ja schon der größte Teil des Hexenblutes, das Tielmarks Schicksal mit meinem verknüpft.«

Widerstrebend schüttelte Dervla den Kopf. »Die Geheime Brut hat viele Nachkommen, und sie sind über das ganze Land verstreut. Nicht einmal ich selbst weiß, wie viele von ihnen noch am Leben sind.«

»Wir müssen sie alle hier in Princeport zusammenrufen und eine Zählung durchführen.« Benets Blick fiel auf den Leichnam des älteren Knaben, und er stieß einen tiefen Seufzer aus. »Wenn ich doch nur wüsste, was sich meine Ahnherrin Lousielle dabei gedacht hat, als sie ihren Hexen und deren Nachkommen diesen Fluch auferlegte. Sicher ist nur eins: Das Schicksal dieser Leute ist untrennbar mit dem Schicksal Tielmarks verknüpft. Wir haben diesen Umstand schon viel zu lange unberücksichtigt gelassen.

Vielleicht sollte ich alle Nachfahren der Geheimen Brut zu ihrem eigenen Schutz – und meinem – unter Hausarrest stellen, bis alle Fragen geklärt sind. Bei den Großen Zwillingen – dann herrschte endlich einmal Ruhe an meinem Hof!« Benet lachte rau, wurde aber wieder ernst, als ihm die vielen Zuhörer einfielen.

»Wenn Ihr für diese beiden jüngsten Todesfälle nicht verantwortlich seid, Dervla von Princeport, nehme ich selbst die Schuld dafür auf mich. Ich hätte wissen müssen, dass der Kaiser sich angesichts unserer letzten Siege rächen würde. Und vielleicht«, er musterte erst Palamars schlaffen Körper und dann mit anklagendem Blick Dervla – »vielleicht kann ich jenen Nachkommen der Brut, die noch am Leben sind, besseren Schutz bieten als Ihr.«

Dervla runzelte zwar die Stirn, widersprach aber nicht.

»Aber nun lasst uns jene armen Geschöpfe, die ihr Leben bereits verloren haben, in Frieden begraben.« Der Prinz hielt seine Hand wie zum Segen über die toten Knaben. Einen Moment lang sah es so aus, als wollte er das erkaltende Fleisch berühren und damit absichtlich die vorausgegangene Reinigungszeremonie wieder aufheben. Die Zuschauer wurden unruhig. Benets schroffe Art machte ihnen Angst. Das war nicht der sanftmütige Prinz, den sie kannten, der sein Land und seine Gattin zärtlich liebte und fest entschlossen war, seine frühere Schwäche wieder gutzumachen. Würde er womöglich den mit Emiera geschlossenen Pakt brechen, um zu unterstreichen, dass er die ganze Schuld an dem Tod der beiden Kinder auf sich nahm? Aber das war doch übertrieben.

Er überlegte es sich jedoch noch einmal und zog die Hand wieder zurück. Mit der Linken zeichnete er eine Spirale, das Symbol der Großen Zwillinge, in seine Handfläche.

»Waltet Eures Amtes und führt die Reinigungszeremonie zu Ende, Hohepriesterin. Wir müssen endlich das Große Freudenfeuer anzünden. Ich –« Er wirkte plötzlich älter und müder, als es seine vierundzwanzig Jahre gerechtfertigt hätten. »Ich werde meine Entscheidung über die Träger des Hexenblutes noch eine Weile zurückstellen. Ich muss mich jetzt um meine Gattin kümmern.«

»Hausarrest?«, wiederholte Gaultry ungläubig. »Sie wollen uns wirklich unter Hausarrest stellen?« Während der kurzen Abwesenheit des Prinzen war der herzogliche Rat im Zeltlager zu einer Krisensitzung zusammengetreten. Martin und Mariette hatten als Vasallen ihrer Großmutter während des ersten Teils der Besprechung teilnehmen dürfen, aber beim zweiten Teil blieben die sieben Herzöge unter sich. Aus Martins knappem Bericht schloss Gaultry, dass die Versammlung zu dem Schluss kommen würde, sämtliche Nachkommen der Geheimen Brut nach Princeport zu befehlen und unter Aufsicht zu stellen.

»Keiner will das Risiko eingehen, dass man dem Prinzen noch mehr Tote vor die Tür legt.«

»Heißt das etwa, dass sie uns zusammen mit Dervla einsperren wollen?« Gaultry fand diesen Gedanken unerträglich.

Martin schüttelte grinsend den Kopf. »Ganz so schlimm ist es nun auch wieder nicht. Aber sogar Grandmère glaubt, dass die Bissantiner fest entschlossen sind, das Hexenblut auszurotten, bevor Lousielles Prophezeiung noch andere Auswirkungen zeigt als weitere blutige Todesfälle. Leider ist den Herzögen bis jetzt nichts Besseres eingefallen, als uns auf einem Fleck zusammenzupferchen, damit der nächstbeste böse Zauberer uns gleich allen auf einmal den Garaus machen kann.« Er zuckte die Achseln. »Der Prinz sagt etwas im Zorn, und sie plappern es ihm gleich nach. Vielleicht kommen sie ja noch zu einem vernünftigeren Beschluss – Grandmère jedenfalls wird solche Dummheiten bestimmt nicht unterstützen.

Außerdem versuchen sie sich einen Begriff davon zu machen, wie viele es insgesamt sind. Grandmère vermutet, dass noch an die zwanzig Nachkommen der Geheimen Brut leben, weil so viele von ihnen heute beim Fest des Prinzen erschienen sind. Deshalb hat der herzögliche Rat beschlossen, den Unseren durch Boten die Warnung zukommen zu lassen, dass Bissanty womöglich noch mehr Sha Muira-Krieger auf sie angesetzt hat.«

»Als es dann aber darum ging, ob die hier anwesenden Nachfahren des Hexenzirkels für den Heimweg nach Princeport Begleitschutz erhalten sollen, haben sie uns Vasallen weggeschickt«, mischte sich Mariette ein. »Und schließlich beraten sie noch über die angemessene Strafe für deinen jungen Attentäter.«

»Sie werden ihn hinrichten«, meinte Martin nüchtern. »Irgendeinen Sündenbock müssen sie ja haben. Sie diskutieren nur noch, auf welche Weise sie ihm am besten den Garaus machen sollen.«

»Aber er hat doch praktisch nichts getan!«, rief Gaultry erschrocken aus. Hatte sie den Jungen etwa nur vor dem Selbstmord bewahrt, um ihn anschließend Benets Henkern auszuliefern? »Er ist doch noch ein Kind. Außerdem haben wir verhindert, dass er Benet vergiften konnte.«

»Nein«, sagte Martin fest. »Du kennst die Gesetze der Sha Muira nicht. Sobald so ein Junge einen Auftrag erfüllen muss, hat er seine kindliche Unschuld ein für allemal verloren. Wenn ein Krieger sich einmal dem Gesetz der Sha Muira unterworfen hat, lebt er nur noch, um Llara zu dienen. Außerhalb dieser Glaubensgemeinschaft kann er nicht mehr existieren.« Mit kalten Soldatenaugen blickte er Gaultry eindringlich an, um sicherzugehen, dass sie ihn verstanden hatte. »Der Junge hätte dich erstochen, ohne mit der Wimper zu zucken. Und dass er Benet heute nicht ermordet hat, kann nur daran liegen, dass der Kaiser Benet einen langsamen und qualvollen Tod zugedacht hat – er sollte eigenhändig, wenn auch ohne Absicht die Götter beleidigen und sich dadurch selbst zugrunde richten. Wegen des Jungen brauchst du dir also keine Gedanken zu machen, aber die Herzöge müssen noch etwas anderes berücksichtigen: Die vielen Zuschauer, die gerade erst ihren Treueid gegenüber Benet und Tielmark erneuert haben, können gar nicht anders, als die Todesstrafe für den Jungen zu fordern. Anderenfalls würden sie sich dem Verdacht aussetzen, insgeheim mit Bissanty zu sympathisieren.«

»Ich möchte mit dem Jungen reden«, bat Gaultry. »Vielleicht verrät er mir, wer sein Auftraggeber ist.«

»Sein Auftraggeber ist der Kaiser von Bissanty.« Martin verlor allmählich die Geduld. »Du hast mir offenbar überhaupt nicht zugehört.«

»Doch«, verteidigte sich Gaultry. »Aber ich kann es nur

schwer glauben. Was du sagst, passt nicht zu dem Bild, das ich von dem Jungen habe. Während seines Todeskampfes habe ich noch etwas anderes in ihm gesehen.«

»Du siehst nur, was du sehen willst, weil du die Sha-Muira noch nicht kennst. Dieser hier ist noch jung. Bestimmt ist das sein erster Auftrag, aber glaube bloß nicht, dass er deswegen weniger gefährlich ist als ein erfahrener Sha Muira-Krieger. Er muss seine Fähigkeiten erst noch unter Beweis stellen, deshalb ist er sogar noch tückischer. Du hast nur Mitleid mit ihm, weil du ihn noch nicht richtig in Aktion gesehen hast. Die Sah Muira kennen weder Mitleid noch Reue.

Manchmal schickt der Kaiser ein paar Sha Muira zu den Lanai. Die Lanai nennen die Sha Muira ›schwarze Teufel‹. Und das nicht ohne Grund. Fertig ausgebildete Sha Muira bemalen sich mit einem Gift, das bei der bloßen Berührung wirkt – sie schrecken vor nichts zurück. Abgesehen von ihrem Gift und ihrer Religion sind sie völlig bedürfnislos. Mehr brauche ich nicht zu erklären«, schloss Martin. »Die Sha Muira sind wandelnde Mordwaffen, keine Menschen.«

»Das werden wir ja sehen«, meinte Gaultry trotzig. »Ich möchte trotzdem mit dem Jungen reden. Vielleicht hast du Recht – aber mein Instinkt hat mir geboten, ihn zu retten – derselbe Instinkt, der mir den Fluch auf dem Braten des Prinzen offenbart hat. Der Junge hat etwas Animalisches – etwas, das lebt und leidet. Ich kann ihn nicht einfach im Stich lassen.«

Einen Augenblick lang schienen Martin und sie ganz allein miteinander zu sein. Gaultry spürte die Hitze, die Martins Körper ausströmte, und die Glut seiner Augen, die sich in ihre bohrten, während er eine zornige Antwort unterdrückte. Ihr Herz vollführte einen Luftsprung. Vielleicht hatte sie ihn ja doch überzeugt.

»Gaultry«, begann er schließlich. Er schien nicht mehr wütend zu sein, und in seiner Stimme schwang jener selbstironische Unterton mit, den Gaultry so mochte, obwohl er sie jedes Mal verwirrte. »Du hast wirklich ein verheerendes Talent, die Tatsachen zu verdrehen, indem du dich einfach weigerst, sie zur Kenntnis zu nehmen. Kein Wunder, dass die arme Grandmère solche Mühe hatte, dir ihre Vision zu erklären. Bei Allegrios Rex! Jetzt tut der Junge mir schon selbst Leid – dabei habe ich wahrhaftig genug Greueltaten der Sha Muira mit eigenen Augen gesehen.«

»Ich möchte zu ihm, Martin.« Gaultry begriff seinen plötzlichen Stimmungsumschwung nicht, aber sie wusste, dass er ihr jetzt keinen Wunsch abschlagen würde. Wie kam er bloß auf die Idee, dass die Verbindung zwischen ihnen zerrissen war?

»Also gehen wir«, sagte Martin und nickte seiner Schwester auffordernd zu. »Ich bin jedenfalls nicht schuld, wenn du diesen Entschluss eines Tages noch bereust.«

Das Beichthaus war ein niedriges Gebäude, das aufs Meer hinausblickte. Die Göttlichen Zwillinge waren Gaultry und Martin gnädig: Einer der Wachposten, die den jungen Attentäter bewachten, war Martin noch einen Gefallen schuldig. Für einen Schilling und einen Handschlag ließ er sie hinein.

Das Beichthaus war nur zweimal im Jahr geöffnet. Obwohl man frische Girlanden aus Blumen und Efeu aufgehängt hatte, roch die Luft in dem einzigen, fensterlosen Zimmer dumpf und schimmelig. Der Junge hockte gegenüber der Tür im Schein einer einzigen Kerze auf der Kante eines mit Segeltuch bespannten Feldbettes. Man hatte ihm die blauweiße Livree abgenommen, die er beim Servieren der verzauberten Braten getragen hatte, und ihm nur einen Stoffstreifen für die Hüften und einen groben Verband für seinen verletzten Arm gelassen. Er steckte den Arm zwischen die Knie, um ihn zu wärmen. Als die Tür aufging, hob er erschrocken den Kopf und blickte Gaultry mit unverhohlener Angst an.

Seine Nacktheit und der Verband ließen ihn noch jünger und verletzlicher aussehen. Fröstelnd zog er die knochigen Schultern hoch. Dann nahm er sich zusammen. Er spannte den gesunden

Arm an und ließ den festen Bizeps unter der hellen Haut spielen. Gaultry wusste nicht, ob hartes Training oder einfach nur mangelnde Ernährung ihn so mager und sehnig gemacht hatten.

»Was für ein Knochengestell!«, platzte Mariette heraus. »Für diesen Anblick haben wir einen Wachsoldaten bestochen? Was haben sich seine Auftraggeber bloß dabei gedacht, so eine halbe Portion an den Hof unseres Prinzen zu schicken?«

»Wahrscheinlich haben sie schon vermutet, dass er es nicht überleben würde«, gab Martin zurück. »Warum bei einem so aussichtslosen Auftrag einen guten Mann opfern?« Gaultry merkte, dass Martin und seine Schwester versuchten, den Jungen aus der Reserve zu locken, so wie sie ihn bei dem vorhergegangenen Gefecht so lange provoziert hatten, bis er sich eine Blöße gab. »Die Sha Muira nutzen ihre Leute aus, so gut sie können, und Minderwertige werden eben aussortiert. Stimmt's, Grünschnabel? Wie sind sie darauf gekommen, dass sie auf dich verzichten können?«

Die hellen Augen des Jungen blickten leer und ausdruckslos.

»Er steht unter Schock«, warf Gaultry ein. Sie hätte die grausamen Neckereien der Geschwister gern unterbrochen, aber sie wollte ihr Mitleid mit dem Jungen nicht allzu offen zeigen. »Schließlich ist er dem Tod nur um Haaresbreite entronnen.«

»Unsinn«, sagte Martin. »Das ist kein Schock. Die kleine Giftratte macht sich Vorwürfe, dass sie nicht noch mehr von uns mit in den Tod genommen hat.

Denk nach.« Die Hand auf dem Schwertknauf, beugte sich der hochgewachsene Soldat drohend über den jungen Attentäter. »Er hatte kein Erbarmen mit Lady Vanderives Kindern. Falls er jemals ein empfindsamer Mensch war, hat man ihm das in zehn oder noch mehr Jahren Ausbildung gründlich ausgetrieben. Also kann er auch von uns kein Mitleid erwarten, oder?«

»So etwas darfst du nicht sagen«, widersprach Gaultry. »Wir wissen nicht, ob er überhaupt etwas mit dem Tod der Kinder zu tun hatte.« Aber sie konnte ihre Neugier nicht bezähmen. Sie sah den Jungen an und fragte direkt: »Hast du sie umgebracht? Warst du dabei?«

»Er wird dir nicht antworten.«

»Unterbrich mich nicht!«

»Warum lebe ich noch?« Der Junge sprach so leise, dass Gaultry ihn kaum verstehen konnte. »Ich bin ein Sha Muira. Wir sind Bissantys mächtigste, gesegnete Waffe. Llara Donnerkeil selbst hält Ihre Hand über uns. Ihrem Gift und Ihrem Segen habe ich mich anvertraut. Warum lebe ich dann noch?«

»Er kann tatsächlich sprechen! Ob wir ihn wohl dazu bringen können, noch mehr auszuplaudern?« Mariettes Gelächter trieb dem Jungen das Blut in die Wangen. Er verstummte und presste die Lippen aufeinander.

»Der Kleine hat Recht«, meinte Martin. »Llara Donnerkeil, die Erste unter den Göttern, ist den Sha Muira gnädig. Sie siegen immer, gerade weil unter ihnen Hinterlist und Verrat herrschen. Und die Götterkönigin wacht über die Ihren – man sagt, einem Sha Muira steht die Tür zu Ihrem Tempel stets offen.«

Martin warf Gaultry einen wider Willen bewundernden Blick zu. »Du weißt ja gar nicht, was du und deine Schwester vollbracht haben, als ihr diesen Jungen davon abgehalten habt, sich seiner Göttin zuzugesellen. Es ist wirklich kaum zu glauben. Ein Sha Muira traut niemandem. Jeder, der ihre Inselfestung verlässt, ist mit Gift vollgepumpt und trägt nur eine begrenzte Anzahl Gebetsperlen mit Gegengift bei sich: eine Perle für jeden Tag, den sein Auftrag dauern soll. Bevor er seinen Auftrag nicht erfüllt hat, darf er nicht auf die Insel zurückkehren. Deshalb hat diese kleine Ratte auch noch immer nicht begriffen, dass sie jetzt wohlbehalten vor uns sitzt und dem Schatten des Todes entronnen ist.«

»Natürlich hat er es begriffen«, widersprach seine Schwester. »Sieh doch nur, wie er Gaultry anglotzt. Er hält sie für seinen neuen Todesengel. Er bereitet sich schon auf die nächsten Schmerzen vor. Schmerzen sind die einzige Sprache, die er kennt.«

Gaultry warf Mariette einen besorgten Blick zu. »Habe ich ihn nur gerettet, um ihn zu quälen? Das wollte ich nicht.« Sie setzte sich resigniert auf eine Ecke des Feldbettes, hielt aber Abstand zu dem Jungen. »Was soll ich dazu sagen? Meine Magie hat mir gesagt, dass etwas in dem Jungen nicht sterben darf. Ich täte es wieder, wenn ich vor die Wahl gestellt würde.«

Tullier hatte der jungen Jägerin das bleiche Gesicht zugewandt und verfolgte jede ihrer Bewegungen. Jetzt huschte ein flüchtiges Lächeln über sein Gesicht. Ein überhebliches Lächeln, als hätte sie soeben eine entscheidende Schwäche eingestanden.

Gaultry verschränkte die Arme. Bei Elianté, dachte sie. Was hatte sie bloß dazu bewogen, diesem jungen Mörder das Leben zu retten? Wie war sie auf die Idee gekommen, dass sie mit ihm eine geheime Seelenverwandtschaft verband? Verglichen mit diesem Jungen hatte sie ein behütetes, idyllisches Leben geführt, zärtlich umsorgt und beschützt von ihrer Großmutter und ihrer Schwester. Als Jägerin hatte sie früh das Töten, aber zugleich auch Respekt vor allem Lebenden gelernt. Ihre Magie, die sie dazu trieb, mit den Füchsen zu tanzen und mit dem Wild zu laufen, hatte schon in jungen Jahren ein tiefes Mitgefühl mit ihrer Beute bewirkt. Dieses Mitgefühl würde der junge Sha Muira mit seinen Opfern wohl niemals empfinden – obwohl er seinesgleichen jagte und keine Tiere.

»Es war kein Gnadenakt, dich zu retten«, erklärte sie und zwang sich dazu, ihm ins Gesicht zu sehen. Das Bild des verhungerten Welpen war verblasst und wurde durch den wirklichen Anblick sehniger Gliedmaßen und schwieliger Hände verdrängt. Jetzt, wo sie wieder klar denken konnte, bezweifelte Gaultry zunehmend, ob es sinnvoll gewesen war, den besten Teil ihrer Magie einem Mörder zu leihen. Aber wenn sie ihm ihre *Glamour*-Kraft wieder entzöge, würde er eines qualvollen Todes sterben. Und diesmal wäre es eindeutig ihre Schuld, da sie sich nun einmal dazu entschlossen hatte, mit Mervions Hilfe einzugreifen. Falls allerdings der herzogliche Rat tatsächlich die Todesstrafe über den Jungen verhängte, musste sie sich auf jeden Fall zurückziehen, sonst würde dadurch ihre halbe *Glamour*-Magie ebenfalls zerstört. Hatte sie vielleicht doch zu vorschnell gehandelt?

»Wahrscheinlich lächelst du zu Recht«, wandte sie sich wieder an den Jungen. »Es war dumm und unüberlegt von mir, deinen Tod zu verhindern. Ich hätte auf meine Schwester hören sollen. Aber ich frage mich trotzdem, warum deine Auftraggeber dein junges Leben so leichtfertig aufs Spiel gesetzt haben. Hast du wirklich angenommen, du könntest dich nach vollbrachter Tat unbemerkt davonschleichen?«

»Wenn der andere sich nicht eingemischt hätte«, erwiderte Tullier gelassen, ohne auf ihre Frage einzugehen, »dann wärt Ihr jetzt tot.«

»Er meint Coyal«, sagte Martin grinsend. »Anscheinend legen die Sha Muira wenigstens Wert auf Ehrlichkeit.« Er schien Gaultrys Bestürzung zu genießen. Aber als er sich wieder dem Jungen zuwandte, war er todernst. »Wenn du dieser Frau auch nur ein Haar gekrümmt hättest, wärst du nicht um Llaras willen gestorben, sondern um ihretwillen. Merk dir das gefälligst. Sie und ich sind miteinander verbunden. So sicher, wie ich dich kampfunfähig gemacht habe, hätte ihr Tod auch den deinen bedeutet.«

Graue Augen bohrten sich in hellgrüne. Die beiden Männer schienen einen stummen Dialog zu führen und die Tiefen des anderen auszuloten. Obwohl der Junge keine Furcht zeigte, war er es, der den Blick zuerst abwandte und dabei instinktiv die gesunde Hand schützend auf den verletzten Arm legte. Zufrieden trat Martin einen Schritt zurück.

»Er glaubt noch immer, dass Llaras Tod auf ihn wartet – wahrscheinlich eher durch die Hand seines unbekannten Reisegefährten als durch Benets Henker. Was auch immer du getan hast, um ihn zu retten, Gaultry, die kleine Ratte ist es nicht wert. Er hofft noch immer, seinen Auftrag durchführen zu können. Er hofft, dass er seine verlorene Ehre wiedergewinnen kann, um am Ende vor seinen alten Lehrmeistern gut dazustehen.« Martin lachte bitter. »Wie kann man nur so kindisch sein.«

Der Junge funkelte ihn wütend an. »Ich werde es schaffen«, fauchte er. »Bei Llara, ich werde das Vertrauen der Göttin nicht enttäuschen.«

Gaultry beugte sich vor und packte ihn bei den Schultern. Sie waren kalt unter ihren warmen Händen. »Mach dich nicht lächerlich«, schalt sie ihn. Sie blickte ihm tief in die Augen und offenbarte ihm sekundenlang ihre Macht, die trotz der fehlenden *Glamour*-Hälfte noch immer groß war. »Mach dir nichts vor. Du unterschätzt die Falle, in der du sitzt. Vorher warst du an der langen Leine, aber jetzt hast du dich in einem Netz verstrickt, aus dem es kein Entrinnen gibt.« Sie drehte sich zu Martin um. »Gib mir dein Messer.«

»An der Klinge klebt das Blut des Jungen.« Mariette legte schützend die Hand über den Knauf der Waffe, die am Gürtel ihres Bruders hing. »Das bedeutet, dass auch sie vergiftet ist.«

Ungerührt streckte Gaultry die Hand aus.

Mariette und Martin wechselten einen nervösen Blick. Schließlich zuckte Martin die Achseln, und Mariette zog das Messer aus der Scheide und hielt es Gaultry zögernd entgegen. »Sei vorsichtig«, warnte sie. »Es muss erst sorgfältig gereinigt werden, bevor es ungefährlich ist.«

»Umso besser.« Gaultry nahm ihr die Waffe aus der Hand und streckte sie Tullier hin. »Hier ist ein Messer«, sagte sie. »Mach damit, was du willst.«

Dann ging alles unglaublich schnell. Der Junge entriss Gaultry die Waffe, sprang auf, stellte sich mit dem Rücken an die Wand und wog das Messer prüfend in der Hand. Seine Lippen bewegten sich wie im Gebet, und mit einem Mal war die gebogene Klinge eine Verlängerung seines Armes, wie eine tödliche Klaue. Der Junge wirbelte herum und blickte die junge Jägerin triumphierend an …

... und dann verwandelte sich sein Triumph in Bestürzung. Er versuchte zuzustoßen. Etwas hielt ihn zurück. Er versuchte es ein zweites Mal – vergebens. In tödlichem Tanz drehte er die Klinge zwischen den Fingern. Aber er konnte sie weder gegen Gaultry noch gegen Martin oder Mariette richten. Wie ein Besessener drehte er sich im Kreis, immer rundherum, wie ein Hund, der versucht, seine eigene Schwanzspitze zu erhaschen.

Martin, der sofort aufgesprungen war, als Tullier das Messer an sich gerissen hatte, warf Gaultry einen fragenden Blick zu. »Was macht er da? Hast du ihn gebannt?«

Gaultry sah fasziniert zu, wie Tulliers Versuche immer geschickter, aber keineswegs erfolgreicher wurden. Traurig schüttelte sie den Kopf. »Sieht er etwa aus, als ob eine von außen kommende Macht ihn antreibt und wieder aufhält? Nein. So einfach ist es nicht. Er selbst behindert sich. Er hat es bloß noch nicht gemerkt.«

Ihre Augen begegneten Martins Blick. »Es stimmt nicht, dass er kein Mitgefühl und kein Gewissen besitzt. Er besitzt es durch mich. Und mein Gewissen würde niemals zulassen, dass er mich oder dich tötet. Nicht einmal sich selbst.«

## 6

Zuzusehen, wie Tullier immer kraftloser seinen seltsamen Tanz mit Martins Messer vollführte, ernüchterte die Tielmaraner. Der Junge wollte einfach nicht begreifen, dass er ihnen nichts anhaben konnte. Er versuchte es immer wieder. Sein junges Gesicht verzerrte sich vor Qual und Selbsthass. »Nimm mich zu Dir, Llara«, keuchte er. »Lass mich das Messer gegen mich selbst richten! Lass mich ein Ende machen!«

»Das ist nicht Recht.« Mariette brach das Schweigen als Erste. »Wir dürfen das nicht länger mit ansehen. Bei Allegrios! Sonst machen wir uns mitschuldig an einer Folter. Wir müssen etwas unternehmen!«

»Die Klinge ist vergiftet«, erinnerte ihr Bruder sie. »Wir kommen nicht an ihn heran, solange er so damit herumfuchtelt. Es ist zu gefährlich. Lasst uns abwarten, bis er müde wird.«

Mariette schüttelte heftig den Kopf. »Es ist zu grausam. Es ist Folter. Sogar ein Sha Muira ...«

»Wenn es Folter ist«, fiel Martin ihr ins Wort, »dann ist er sein eigener Folterknecht. Je härter diese Lektion für ihn ist, desto besser. Er muss selbst seine neuen Grenzen erkennen. Es bringt nichts, ihn zu verhätscheln.«

Tulliers Ausbildung war streng gewesen, und er besaß einen eisernen Willen. Als er begriff, dass alle gezielten Anstrengungen vergeblich bleiben mussten, wurden seine Bewegungen wilder und unkontrollierter, als hoffe er, dadurch die Magie, die ihn fesselte, zu überlisten. Er schien nicht wahrhaben zu wollen, dass er nicht mehr Herr seiner selbst war. Als er schließlich aufgab, stand Verzweiflung in seinen Augen. Es gab Gaultry einen Stich vor Mitleid. Eigentlich hätte der Dolch längst in den Eingeweiden des Jungen stecken müssen, aber ihre *Glamour*-Seele duldete nun einmal keinen Selbstmord.

Schließlich sackte der Junge auf den kalten Steinfliesen zusammen. Unnatürlich dunkler Schweiß bedeckte seine Haut, graue Tränen liefen ihm über die Wangen, aber er schien gar nicht zu merken, dass er weinte. Vielleicht kannte er aber auch noch keine Tränen und wusste nicht, dass sie verrieten, wie hilflos er sich fühlte. Als Gaultry sich voller Mitleid zu ihm hinunterbeugen wollte, packte Martin ihre Schulter und hielt sie zurück.

»Bist du verrückt?«, sagte er kalt. »Sein Körper schwitzt das Gift aus.« Als Gaultry versuchte, sich loszureißen, grub Martin seine Finger so fest in ihre Schulter, dass es schmerzte. »Ich habe dir doch alles über die Sha Muira erzählt. Hast du nicht zugehört? Sie haben ihr Schicksal freiwillig gewählt. Das Gift in seinem Körper hat er aus freiem Entschluss geschluckt, und er weiß genau, dass es ihn umbringt, wenn er versagt. Was auch immer Mervion und du mit ihm angestellt haben, Gaultry, ihr habt das Gift der Kraft beraubt, seinem Leben ein Ende zu setzen. Aber das bedeutet noch lange nicht, dass es euch nicht töten kann, wenn ihr damit in Berührung kommt. Lass die Finger von ihm. Das Risiko ist zu groß.«

Die muffige Luft im Zimmer und die Heftigkeit von Tulliers Gefühlsausbruch waren plötzlich zu viel für Gaultry. Ihr wurde übel. Tulliers verzweifelte Todessehnsucht überstieg ihr Begriffsvermögen. Tief in ihrem Inneren spürte sie wie ein schwaches Ziehen die fehlende Hälfte ihrer *Glamour*-Seele, die Mervion dem Jungen eingepflanzt hatte. Das war ungewöhnlich. Mervions Zauber hätte Gaultry eigentlich betäuben müssen. Gaultry selbst hätte diesen Teil von sich bewusst ausgesperrt, nachdem er ihr Tulliers Namen verraten hatte. Aber jetzt erzeugte Tulliers Willenskraft eine Art Echo in ihr, und sie fühlte sein heißes Verlangen nach dem Gift.

»Du hast Recht«, seufzte sie schließlich und ließ sich gegen Martin sinken. »Ich nehme an, das Gift in seinem Blut würde mich umbringen. Bei Elianté, was sollen wir bloß machen?«

»Stell dich gerade hin«, befahl Martin barsch. Seine Stimme klang zwar unfreundlich, aber seine Berührung war sanft, als er sie losließ und ihr das Haar aus der Stirn strich. »Was soll denn unser Gast von dir denken? Sieh ihn dir doch an.« Er zeigte auf Tullier, der zusammengekrümmt und kläglich keuchend auf dem kalten Steinfußboden kauerte. »Er ist ein wildes Raubtier, aber, bei den Göttern, es ist schon schwierig genug für ihn zu begreifen, was mit ihm vorgeht. Da darfst du nicht auch noch zusammenbrechen. Mervion und du – ihr tragt jetzt die Verantwortung für ihn. Ihr könnt euch nicht erlauben, die Nerven zu verlieren.«

Während Martin sprach, flackerten Tulliers Augen, und er rappelte sich mühsam hoch. »Erklärt mir …« Seine Stimme war ein krächzendes Flüstern. »Erklärt mir, was Ihr mit mir gemacht habt. Warum lebe ich noch?«

Gaultry sah Martin hilfesuchend an, aber der schüttelte den Kopf. »Ich habe nichts damit zu tun. Ich besitze keine Zauberkraft.«

»Ich weiß selbst nicht genau, was Mervion gemacht hat«, gestand Gaultry mit einem Anflug von Reue, »auch wenn ich sie dazu aufgefordert habe.«

Sie ging zu dem zusammengekrümmten Jungen und hockte sich neben ihn.

Das Gift auf seiner Haut sah aus wie eine fettige Rußschicht. Außer nach Schweiß und verschmiertem Blut von seiner Armwunde roch er berauschend nach abgestandenem Weihrauch. Der verletzte Arm war seltsam verdreht, der primitive Verband blutdurchtränkt. Mit der gesunden Hand drückte er immer noch Martins Messer an die Brust. Gaultry nahm einen sauberen Verband und wickelte ihn um ihre Finger. Dann streckte sie vorsichtig die Hand aus. »Martin möchte bestimmt sein Messer zurückhaben.«

Der Junge händigte ihr die Waffe aus, ohne sie dabei anzusehen.

»Du hast viel gelernt während deiner Ausbildung«, begann Gaultry, wickelte das Messer behutsam in den Stoff und reichte es Martin. »Aber solange du unter meinem Schutz stehst, musst du eine neue Verwendung dafür finden.

Wir haben gelernt, dass die menschliche Seele nicht vom Körper getrennt werden kann – außer durch den Tod.« Gaultry berührte ihr Herz. Ihre Großmutter hatte ihr oft erklärt, dass dort der Sitz der Seele war. Immer noch wich Tullier ihrem Blick aus, aber er ließ ihre Hände nicht aus den Augen. Das erinnerte Gaultry wieder an den Welpen in seinem Inneren. Ermutigt fuhr sie fort: »Mein ganzes Leben lang habe ich an dieses Märchen geglaubt.

Aber genau wie Tiergeister können auch menschliche Seelen durchaus von ihrem Körper getrennt werden. Und sie besitzen eine Kraft, einen Abglanz der Magie der Großen Zwillinge, die fast so stark ist wie ein Gebet.«

Tullier erwiderte flüchtig ihren Blick, dann schaute er wieder weg. »Das glaubt Ihr doch selber nicht«, murmelte er.

»Ich würde es nicht glauben«, erwiderte Gaultry, »wenn ich es nicht mit eigenen Augen gesehen hätte.« Sie fröstelte, als sie sich daran erinnerte, wie sie zum ersten Mal begriffen hatte, dass eine menschliche Seele von ihrem Körper abgespalten werden konnte. Immer noch jagte ihr die Vorstellung einen kalten Schauer über den Rücken. Vielleicht hätte sie diese Entdeckung nicht derartig überraschen sollen, dachte sie benommen. Denn schon seit frühester Jugend hatte sie die Macht besessen, Tieren die Lebensgeister zu entziehen, um sich die Fähigkeiten des jeweiligen Tieres auszuleihen, ohne dabei jedoch seinem Körper oder seiner Seele Schaden zuzufügen. Gaultry schätzte diese Macht zwar hoch ein, aber sie hatte sie stets ganz selbstverständlich für sich in Anspruch genommen. Deshalb hätte die Feststellung, dass man Menschen genauso manipulieren konnte, sie eigentlich nicht so sehr erschüttern dürfen. Um einem Menschen die Seele zu stehlen, bedurfte es lediglich einer noch größeren Macht oder eines geeigneten Zauberspruchs, der diese Macht zum Leben erweckte.

Wieder überlief es Gaultry kalt. Sie wusste, dass sie selbst trotz ihrer zweiten Seele, der *Glamour*-Seele, nicht die Fähigkeit besaß, eine menschliche Seele ihrem Körper zu entreißen. Das war ein Privileg der Götter. Trotzdem war Gaultry froh, dass der betrügerische Kanzler Heiratikus, der ihr so nachdrücklich die Verwundbarkeit der menschlichen Seele vor Augen geführt hatte, tot war, und mit ihm seine schrecklichen Bannflüche. Noch besser war, dass sie inzwischen das, was er sie gelehrt hatte, für ihre eigenen Ziele nutzen konnte.

»Eine menschliche Seele kann sich sogar dem Fluch der Götter widersetzen. Zum Beispiel, indem sie dich vor Llaras Gift rettet«, erklärte Gaultry. »Ich habe dir einen Teil meiner zweiten Seele geliehen. Es ist derjenige Teil meiner Seele, der Magie besitzt. Meine Schwester Mervion hat dir diesen Teil eingepflanzt, um das Gift in deinen Adern zu neutralisieren.« Gaultry machte eine Pause. Tullier reagierte nicht auf diese Offenbarung, aber Gaultry spürte sogar aus dieser Entfernung, wie entsetzt Martin und Mariette über das waren, was sie und ihre Zwillingsschwester gewagt hatten.

»Wusstest du über Mervion und mich Bescheid, bevor du nach Tielmark aufgebrochen bist?«, erkundigte sie sich. »Hast du gewusst, dass wir *Glamour*-Seelen haben?«

Die eisgrünen Augen des Jungen funkelten, und sein Gesichtsausdruck veränderte sich unmerklich. Aber er schwieg. Gaultry hätte ihn gern berührt, hätte gern Kontakt zu ihrer halben *Glamour*-Seele aufgenommen und seine Gedanken gelesen. Aber die Angst vor dem Gift auf seiner Haut und ihre Gewissenhaftigkeit hielten sie davon ab. Sie hatte ihn bereits mit einem sehr mächtigen magischen Band an sich gefesselt – noch mehr Kontrolle wäre unfair gewesen. »Diese Hälfte meiner *Glamour*-Seele hat sich um deine Seele gelegt und hindert das Gift daran, dich zu verzehren. Sie wird so lange in dir bleiben, bis dein Körper den letzten Tropfen Gift ausgeschwitzt hat.

Aber eine *Glamour*-Seele ist kein x-beliebiger Zauber. Sie kann zwar das Gift der Sha Muira unschädlich machen, aber sie ist nicht einfach ein besonders starker Bannspruch, der ohne dein Wissen von dir Besitz ergreift. Sie ist ein Teil meines Herzens und meines Gewissens. Du hast sicher schon gemerkt, dass ich nichts von Selbstzerstörung halte.«

Zum ersten Mal ließ Tullier Angst erkennen. »Dann bin ich also jetzt Eure Marionette«, flüsterte er. »Ihr beherrscht mein künftiges Leben. Ihr habt mich bereits meiner göttlichen Herrin entrissen.«

Gaultry runzelte die Stirn. »Das sehe ich anders. Dein Glaube ist deine eigene Angelegenheit.«

»Wenn ich nie mehr töten darf …«

»Wenn das wirklich dein größter Wunsch ist, wirst du sicher eines Tages etwas finden, dessen Vernichtung auch meine Seele zustimmen kann.« Gaultry rückte von ihm ab. Sie war zufrieden und erschrocken zugleich. Seine Seele konnte etwas von ihrer lernen, aber wie würde sich im Gegenzug ihre eigene Seele verändern?

Als sich die junge Jägerin umdrehte, stellte sie fest, dass nur noch Mariette im Zimmer war. »Wo ist Martin?«, fragte sie, obwohl sie insgeheim erleichtert war, dass er nicht mitbekommen hatte, dass sich allmählich Zweifel ihrer bemächtigten.

»Der Junge braucht etwas zum Anziehen«, erklärte Mariette. »Und einen vernünftigen Verband für seinen Arm. Außerdem will Martin sich unten im Zeltlager umhören, was mit dem kleinen Halunken passieren soll.«

Gaultry versuchte, ruhig zu bleiben. »Glaubst du, dass die Herzöge schon einen Beschluss gefasst haben?«

Mariette sah nicht sehr optimistisch aus. »Ich nehme es an. Aber wenn du ihn unbedingt behalten willst ... Vielleicht kannst du den Messertrick noch einmal wiederholen und ihn dazu bringen, für sie zu tanzen. Dann können sie sich selbst davon überzeugen, dass er harmlos ist.«

»Du findest, dass ich zu weit gegangen bin, stimmt's? Ich weiß auch nicht, wie ich auf die Idee gekommen bin, dass Tulliers Rettung uns von Nutzen sein könnte, um ...«

»Du hast getan, was du für richtig hieltest«, beschwichtigte Mariette ihre Schwester. »Keiner von uns hat so etwas erwartet, am allerwenigsten die Auftraggeber des Jungen. Ich an deiner Stelle hätte mich allerdings wohl nicht für ihn eingesetzt ...« Die junge Kriegerin hatte eigentlich ein sonniges Naturell, und ein Lächeln kräuselte jetzt ihre Lippen. Dann zuckte sie die Achseln. »Jedenfalls haben die Bissantiner diese Wendung der Dinge bestimmt nicht eingeplant. Schon das ist ein Vorteil für uns, da hast du sicher Recht. Grandmère wird das in Betracht ziehen, bevor sie ihre Stimme abgibt.«

Während ihrer Unterhaltung war Tullier mühsam aufgestanden und zu seinem Feldbett getaumelt. Er war totenbleich und bewegte sich unbeholfen. Sein Verband löste sich, und man sah die blutverklebten Ränder der Wunde, die sich vom Ellenbogen bis zum Handgelenk zog. Gleichzeitig fing sein Lendenschurz an zu rutschen. Der Junge hielt beides mit der gesunden Hand fest und ließ sich wie ein Stein auf das Lager fallen. Es gelang ihm nicht, gleichzeitig seine Verwundung und seine Blöße zu bedecken, und er sah ziemlich unglücklich aus. Mariette merkte es zuerst und musste grinsen. »Ich würde dir ja gern behilflich sein«, witzelte sie. »Aber ich habe nun mal eine gewisse Abneigung gegen Gift – und außerdem habe ich schon Schlimmeres gesehen als das, was du zwischen den Beinen hast.« Ihr Ton war nicht unfreundlich. Offensichtlich hatte Tulliers vergeblicher Selbstmordversuch bei ihr ein gewisses Mitgefühl geweckt. Gaultry, die keine Brüder hatte, beneidete Mariette um ihren lockeren Umgangston. Ihr war die Situation einfach nur furchtbar peinlich. »Bleib du einen Augenblick bei ihm«, schlug Mariette vor, als bemerke sie Gaultrys Unbehagen nicht. »Ich gehe schnell und hole etwas für seinen Arm.« Schon war sie aus der Tür, Gaultry hörte sie nach einer Wache rufen.

Kaum waren sie allein, wechselten Gaultry und der Junge einen unsicheren Blick. »Du bist ziemlich schmutzig«, bemerkte Gaultry steif. Sie wusste nicht so recht, was sie sagen sollte. Beide erwarteten sie jeden Augenblick das Eintreffen eines Boten vom Prinzen oder vom herzoglichen Rat, der dem Jungen sein Todesurteil verkündete. Gaultry glaubte weder, dass der Junge sich von ihr trösten lassen würde, noch, dass er überhaupt getröstet werden wollte. Zum Glück blieb Mariette nicht lange fort.

Sie kam mit einem Eimer voll trübem Wasser, das sie aus der Regentonne des Beichthauses geschöpft hatte, einem Schwamm und einem Stoffstreifen zurück. Die Beschaffung dieser Gegenstände hatte ihre Stimmung anscheinend noch weiter gehoben.

»Hier.« Sie stellte den Eimer vor den Füßen des Jungen ab. »Martin bringt dir gleich ein paar Kleider. Wie wär's, wenn du in der Zwischenzeit deinen Arm säuberst?«

Tullier verzog keine Miene, aber er befolgte ihren Vorschlag. Wie ein erfahrener Soldat wusch und verband er seine Wunde, als hätte er es in seiner Ausbildung zum Sha-Muira-Krieger gelernt. Gaultry hatte schon befürchtet, dass Martin dem Jungen mit seinem gewaltigen Hieb den Arm völlig zerschmettert hatte, und war erleichtert zu sehen, dass er Handgelenk und Finger vorsichtig bewegen konnte und sie offenbar nicht gebrochen waren. Außerdem hatte die Wunde beinahe aufgehört zu bluten.

Als er mit dem Arm fertig war, begann der Junge, mit dem nassen Schwamm das Gift von seinem nackten Oberkörper abzuwischen.

»Ich musste versprechen, dass wir alles, was er anfasst, entweder säubern oder verbrennen«, bemerkte Mariette. »Die kleinste Unvorsichtigkeit kann lebensgefährlich sein.«

Der Junge drückte den Schwamm im Eimer aus und tat so, als ob er nicht zuhörte. »Ich frage mich, wie das alles enden soll.« Die hochgewachsene Kriegerin ging zur Tür und ließ den Blick über den sanft geschwungenen Hügel schweifen, hinter dem sich das Zeltlager befand. »Wenn Prinz Benet herausfindet, was ihr getan habt, um den Jungen zu retten, wird er nicht begeistert sein.«

»Wenn er mir die Möglichkeit gibt, es ihm zu erklären, versteht er es bestimmt«, meinte Gaultry zuversichtlich und trat zu Mariette. »Das bedeutet ja nicht, dass er die Tat des Jungen gutheißen soll. Er soll nur noch einmal nachdenken, bevor er eine endgültige Entscheidung trifft.«

»Ich glaube nicht, dass Benet damit einverstanden ist, dass auch nur der kleinste Zipfel deiner *Glamour*-Seele im Körper dieses Jungen herumspukt«, wandte Mariette ein. »Er wird denken, dass du damit deine Fähigkeiten in den Dienst Bissantys stellst. Jedenfalls war das mein erster Gedanke.«

»Ich an Benets Stelle fände die Tatsache, dass mein ganzer herzoglicher Rat entgegen meiner Anordnung bewaffnete Vasallen am meine Tafel mitbringt, viel beunruhigender als irgendetwas,

was Mervion oder ich heute zu seinem Besten unternommen haben. Nicht ein Einziger von den Vasallen, ob Mann oder Frau, war unbewaffnet. Nicht einmal dein Bruder und du, die Gefolgsleute deiner Großmutter. Zumindest haben meine Schwester und ich nicht gegen seinen ausdrücklichen Befehl verstoßen.«

»Benet hat zu viel von uns verlangt. Im Land kriselt es. Da greift man eben zu den Waffen. Aber du hast Recht. Was kann Benet schon gegen Grandmère und die anderen tun? Er kann keine Strafe verhängen, der sie nicht selbst zustimmen.«

»Na prima«, spottete Gaultry. »Wenn schon die loyalsten unter den herzoglichen Vasallen Benets Autorität in Frage stellen, wieso wundern sich dann alle, dass das einfache Volk das Vertrauen in ihn verloren hat?«

Mariette reckte trotzig das Kinn. »Mag sein«, erwiderte sie. »Aber hätten Martin, ich und die anderen Benets Befehl befolgt, dann wären Benet und du jetzt höchstwahrscheinlich mausetot. Ich versuche ja nur, dich auf das Schlimmste vorzubereiten – das vermutlich auch eintreten wird. Benet wird nicht damit einverstanden sein, dass die einzige *Glamour*-Magie in ganz Tielmark im Körper eines Staatsfeindes haust.«

»Wenn ich meine *Glamour*-Seele zurücknehme, ist der Junge verloren«, gab Gaultry zurück, aber sie sprach leise, damit Tullier sie nicht verstand. »Wir müssen uns an die Prinzessin wenden. Lily wird uns nicht dazu zwingen, ihn zu töten.« Allerdings war sich die junge Jägerin da durchaus nicht sicher. Lily vertraute ihr zwar und war ihr vielleicht sogar einen persönlichen Gefallen schuldig, aber auch das, was Gaultry von ihr verlangen konnte, hatte Grenzen.

Am anderen Ende des Zimmers ließ sich der Junge mit hängendem Kopf erschöpft gegen die Wand sinken. Mit dem frisch verbundenen Arm sah er bemitleidenswerter aus denn je. Gaultry hätte niemals zusehen können, wie er starb, ohne zu versuchen, ihn zu retten oder wenigstens seine Qualen zu lindern, aber sie musste sich darüber klar werden, wie weit sie gehen wollte.

Durfte sie Benet wegen dieses Jungen hintergehen? Sie wollte nicht, dass der Junge hingerichtet wurde, jedenfalls nicht, bevor der Beweis erbracht war, dass er eine derartige Strafe verdiente.

Gaultry fielen die grässlich entstellten Leichen von Palamars Neffen wieder ein, und sie trat nervös von einem Fuß auf den anderen. Inwieweit war Tullier für den Tod der beiden verantwortlich? Die Knaben waren zu jung zum Kämpfen. War Tullier an ihrer Ermordung beteiligt gewesen? Nach allem, was Martin ihr erzählt hatte, war das ziemlich wahrscheinlich, obwohl es bis jetzt auch dafür keine Beweise gab.

Aber da war noch etwas, was der jungen Jägerin keine Ruhe ließ. Was war das für ein heftiges Verlangen gewesen, das sie dazu bewogen hatte, den Jungen zu retten? Sie hätte es niemals offen zugegeben, aber ein Teil von ihr – jener Teil, der das Hofleben gründlich satt hatte – war mit Feuereifer auf Tulliers Not eingegangen. Sie war nur zu bereitwillig in die Welt der Visionen eingetaucht, in der ihre *Glamour*-Seele ihr als goldene Frauengestalt und Tullier als magerer, grünäugiger Welpe erschienen waren. Es hatte sie nicht besonders überrascht, als Martin ihr erklärte, dass der Körper des Jungen durch Llaras Segen vergiftet war. Sobald sie das schwarze Gift auf seiner Haut sah, war ihr klar gewesen, dass es eines starken Zaubers bedurfte, um es zu neutralisieren. Es war ihr als das Einfachste und Naheliegendste erschienen, Mervion zu Hilfe zu rufen, denn zusammen verfügten sie über große Macht.

Würde ihr der Stolz auf ihre Fähigkeiten nun zum Verhängnis werden? Wenn Tullier sterben musste, bevor sie ihm ihre *Glamour*-Seele wieder entzogen hatte, starb mit ihm auch eine Hälfte ihrer selbst, und ihr ungeschickter Rettungsversuch würde sie teuer zu stehen kommen. Ihr fiel ein, was ihre Großmutter immer gesagt hatte, als die kleine Gaultry noch lernte, Tieren die Energie zu entziehen. *Die bloße Fähigkeit, ihn erfolgreich durchzuführen, ist noch lange kein Grund, einen Zauber tatsächlich anzuwenden.*

Gaultry überlief ein Frösteln. Sie war ein ungehorsames Kind gewesen und hatte genug Gelegenheit gehabt festzustellen, dass Tamsanne Recht hatte.

»Aber diesmal habe ich nicht versucht, von einem Vogel das Fliegen zu lernen«, flüsterte sie. »Es war richtig, dem Jungen Schmerzen zu ersparen, ja ihm sogar das Leben zu retten.«

»Was murmelst du da?« Unbemerkt war Mariette zu ihr getreten und hatte ihre letzten Worte aufgeschnappt.

Gaultry blickte sie herausfordernd an. »Weder Mervion noch ich haben richtig begriffen, was wir heute getan haben, als wir mit Hilfe unserer *Glamour*-Magie einem Sha Muira das Leben retteten. Wir können erst seit knapp zwei Wochen über unsere *Glamour*-Kraft verfügen, und von den Sha Muira hatten wir noch nie etwas gehört – ich jedenfalls nicht. Vielleicht waren wir voreilig. Ich spüre eine schmerzliche Leere in meiner Brust, und vielleicht muss ich sogar dem Befehl meines Herrn und Prinzen zuwiderhandeln, dem ich treu ergeben bin. Und das alles um eines Jungen willen, der mich vermutlich dafür hasst, dass ich ihn ins Leben zurückgeholt habe. Martin und du, ihr werdet sagen, dass ich es mir früher hätte überlegen sollen, bevor ich meine gerade erst erworbene Magie an einen kleinen Schurken verschwende.

Und trotzdem bereue ich keine Minute, dass ich es getan habe.«

Martin stürmte herein und ging rasch zum Feldbett hinüber. Sein Schultergurt war nicht festgezogen, sodass das Langschwert lose gegen seine Hüfte schlug, als wäre er gerannt. Er hatte seine Festkleidung mit einer derben Jacke in den grauen und grünen Farben seiner Großmutter vertauscht.

»Du hast dich umgezogen?«, bemerkte Mariette erstaunt. »Was hast du vor?«

Martin beachtete sie nicht und wandte sich an Tullier. »Dein Spießgeselle hält sich in Seafrieg auf, stimmt's?« Als der Junge nicht gleich antwortete, warf der hochgewachsene Krieger ein Kleiderbündel auf das Lager und streckte die Hand nach dem Arm des Jungen aus.

»Nicht anfassen!« Gaultry trat dazwischen, und Martin packte statt des Jungen sie an der Schulter.

»Palamar ist wieder bei Bewusstsein«, verkündete er und stieß sie weg. Gaultry erschrak über seinen eisigen Blick.

»Na und?«, gab sie gewollt schnippisch zurück. »Deswegen darfst du ihn trotzdem nicht anfassen.«

Martin trat einen Schritt zurück und fuhr sich mit der Hand durchs Haar. »Na schön.« Er fingerte an den Schnallen seines Schultergehänges herum und befestigte das Schwert. »Ich werde ihn trotzdem zum Reden bringen.« Nachdem der Gurt wieder ordentlich befestigt war, glättete er die Falten seines Umhangs. »Ich will dir erzählen, was Palamar gesagt hat.« Er ergriff Gaultrys Hand. »Sie hat aufgehört, Dervla zu beschimpfen, aber sie ist immer noch ganz schön hysterisch. Destra Vaderive, ihre Schwester, hat noch ein drittes Kind. Ein Mädchen. Dervla hat daraufhin auch das dritte Stück Wildbret untersucht, das dem Prinzen serviert werden sollte – selbstverständlich waren sich alle einig, dass nur du es mit absoluter Gewissheit feststellen kannst – aber es ist ein männliches Hirschkalb, und seine Hinterläufe waren nicht zusammengebunden, deshalb sind sie sich ziemlich sicher. Aber Palamar hat vor zwei Tagen einen Brief von ihrer Schwester erhalten. Destra war nach Seafrieg gereist, um Helena zu besuchen. Helena Montgarret. Siehst du jetzt ein, dass ich unbedingt aus dem Jungen herausbekommen muss, wo sich sein Kumpan aufhält?«

Gaultry zog die Hand weg, als hätte sie sich verbrannt. Helena war Martins ehemalige Gattin. Sie hatte sich in Seafrieg niedergelassen, jener Grafschaft an der Ostküste, die Martin gehört hätte, wenn er Frau und Sohn nicht vor über zehn Jahren seinen Titel und seinen Besitz abgetreten hätte. Was hatte es zu bedeuten, dass Martin Helena ausgerechnet jetzt wieder erwähnte, wo er

Gaultry eben erst erklärt hatte, wie schwer es ihm fiel, seine durch den Bannzauber ausgelösten Gefühle für sie aufrechtzuerhalten?

»Helena ist bestimmt in Sicherheit«, tröstete Mariette ihren Bruder. Sie warf Gaultry einen besorgten Seitenblick zu, dann wandte sie sich wieder an Martin. »Sie haben es nur auf Personen mit Hexenblut abgesehen.«

Martin widersprach. »Nicht jeder weiß, dass Helenas Sohn nicht von mir stammt, Mariette. Und die Sha Muira töten Kinder.«

»Ich bin kein Kind«, bemerkte Gaultry leise. »Tullier hat trotzdem versucht, mich umzubringen.«

»Gaultry.« Mit schuldbewusstem Gesicht drehte Martin sich nach der jungen Jägerin um. »Vielleicht sind sie schon tot. Meinetwegen. Wegen des Blutes, das in meinen Adern fließt. Ich muss zu ihnen.«

»Du bist ja ganz durcheinander.« Unwillkürlich hatte Gaultry erneut seine Hand ergriffen. Durch den Hautkontakt spürte sie seine zunehmende Erregung. Nur seine Augen blieben kühl und ruhig. Gaultry wurde plötzlich von heftiger Eifersucht ergriffen. Tapfer versuchte sie, einen Gefühlsausbruch zu unterdrücken. »Wenn du zu Helena willst, komme ich mit. Ich kann dir helfen.«

Martin schüttelte den Kopf. Er schien bereits weit weg zu sein. »Du kannst mir nicht helfen, Helena zu beschützen. Es wäre unpassend.«

Er wandte sich ab und beugte sich wieder drohend über Tullier. »Wart ihr in Seafrieg?«, fragte er. »War Helena Montgarrets Sohn euer nächstes Ziel?«

»Ich weiß nicht«, sagte Tullier ausweichend. Sein Blick streifte das Bündel. »Ich weiß nichts über Tielmark, außer dass seine Bewohner Flegel und Dummköpfe sind. Darf ich mich jetzt anziehen?«

Es war nicht zu übersehen, dass Martin sich mühsam beherrschen musste. »Erzähl mir alles, was du weißt, dann bekommst du die Kleider. Bei Llaras Wort, mach den Mund auf!«

Verbissen starrten die beiden einander an. Es schien eine Ewigkeit zu dauern, bis etwas in Martins Gesichtsausdruck Tullier bewog zu sprechen.

»Das Vaderive-Kind ist nicht tot.« Verwirrt erwiderte Tullier Martins finsteren Blick, als könnte er selbst nicht glauben, dass er soeben geantwortet hatte; als sähe er etwas vor sich, das er respektieren, aber nicht ganz einordnen konnte. »Es lebt, soweit ein Köderwurm eben lebt. Von Eurem Sohn weiß ich nichts.«

»Aber dein Gefährte ist in Seafrieg?«

Tullier nickte. »Vielleicht noch nicht ...«

»Zieh dich an!«, befahl Martin barsch. Als Tullier nach dem Bündel griff, packte er ihn unsanft an der Schulter und zog ihn zurück, sodass er ihm noch einmal ins Gesicht sehen musste. »Dein altes Leben ist vorbei. Es liegt an dir, was du aus dem neuen machst.«

Der Blick des Jungen wanderte von Martins Hand auf seiner nackten Haut zu dem strengen Gesicht des Soldaten und dann wieder zurück zu der Hand. Ein Zittern überlief ihn.

»Ich bin giftig für dich«, sagte er widerstrebend und mit einem Anflug von Selbstekel.

»Kann sein«, gab Martin zurück. »Vielleicht kann ich meine Hand aber auch in ein reinigendes Feuer halten und das Gift wieder loswerden. Dafür, dass du endlich auspackst, muss ich eben ein gewisses Risiko eingehen.«

»Du Schwachkopf –« Bevor Mariette sich einmischen konnte, gebot Martin ihr mit einer herrischen Handbewegung zu schweigen.

»Er muss lernen, dass ein Mensch noch mehr Wahlmöglichkeiten hat als nur Tod oder Leben. Warum soll er das nicht zwanzig Jahre früher begreifen als ich?

Gaultry –« Martins Miene war ernst. »Grandmère versucht noch zu diskutieren, aber die übrigen sechs stimmen dafür, den Jungen zu hängen. Ich weiß, dass du das nicht zulassen wirst – wir können es nicht zulassen. Folge mir nach Seafrieg. Wenn ich die Angelegenheit mit Helena geregelt habe, treffen wir uns unterwegs und reden gemeinsam mit Benet.«

»Ich folge dir nirgendwohin«, sagte Gaultry. »Ich komme gleich mit.« Glaubte er wirklich, das sie ihn allein zu seiner früheren Ehefrau zurückkehren ließ, wenn sie es irgendwie verhindern konnte?

»Du kannst nicht mitkommen.« Martin zog sein Schwert. »Ich befehle dir, auf Gaultry aufzupassen«, wandte er sich an Tullier. »Das ist wenigstens eine sinnvolle Aufgabe.«

Ohne Gaultry weiter zu beachten, drehte er sich zu seiner Schwester um. »Ich habe Helena und den Jungen schutzlos und allein zurückgelassen«, sagte er. Es klang wie eine Frage. »Das war unverzeihlich. Ich muss zu ihnen. Ich habe keine andere Wahl.«

»Mach, was du willst.« Mariettes Antwort klang seltsam bitter. Ihr Gesicht unter der dunklen Lockenmähne war bleich und verschlossen. »Helena hat ja schon den besten Teil von Seafrieg. Warum soll sie nicht auch noch den Rest bekommen?«

»Ich hatte niemals vor, dir Seafrieg wegzunehmen –«

»Und was ist mit Dinevar?« Mariette ballte wütend die Fäuste, als wollte sie ihn schlagen. »Mehr Wahlmöglichkeiten als Tod oder Leben? Frag mich bloß nicht um Erlaubnis. Tu's einfach. Du darfst Helena nicht im Stich lassen.«

Mit einer eleganten Bewegung hob Martin sein Schwert. Dinevar war jene edle Waffe, die sein Bruder an ihn weitergegeben hatte, der letzte Rest seines Erbes. Hätte Martin nicht vor seinem Verzicht auf den Adelstitel Helenas Sohn als seinen rechtmäßigen Nachfolger anerkannt, wäre Mariette jetzt Besitzerin des Schwertes und der Grafschaft Seafrieg dazu. Gaultry fühlte sich bei dieser Auseinandersetzung fehl am Platze. Sie bezwang ihren Stolz und trat zurück, damit die Geschwister die Angelegenheit unter sich austragen konnten.

Bruder und Schwester starrten gebannt auf die schimmernde Klinge. Dann wandte Mariette den Kopf ab, als könnte sie den Anblick nicht länger ertragen.

Dinevar war in magischem Feuer geschmiedet worden. Martin war so sehr in den Anblick versunken, das er Mariettes Geste kaum zu bemerken schien. Er schwang das Schwert über seinem Kopf hin und her. »Für Tielmark«, rief er und weckte damit Dinevars schlummernde Zauberkraft. Auf der Klinge erschienen sechs Kraftrunen, die das dunkle Beichtzimmer der Priesterin wie bösartige, stechende Augen erleuchteten. Martin strich mit den Fingerspitzen über die letzte Rune, die dem Schwertknauf am nächsten war. Sie explodierte mit einem Kraftstrahl und bedeckte seine Hand mit bleichem, blauem Licht. »Allegrios, mein Gott, verleihe mir Macht!«, rief er.

Gaultry spürte einen Kloß in der Kehle. Sie beobachtete, wie der unheimliche Lichtschimmer an Martins Körper entlangkroch, bis er ihn wie eine unsichtbare Rüstung von Kopf bis Fuß umhüllte. Mariette hatte sich unwillkürlich nach ihrem Bruder umgedreht. Ihr Gesicht war schrecklich verzerrt. Dinevar leuchtete noch gleißender. Seine Schneide hatte einen Saum aus weißem Feuer.

»Meinetwegen behalte es!«, schrie Mariette plötzlich. »Bei unserem Vater, du kannst es haben!«

In seinem Panzer aus Licht nickte Martin ihr bestätigend zu. Dinevar zischte. Das blendende Licht pulsierte. Dann erzitterte die Waffe mit einem plötzlichen Aufblitzen und fuhr nieder, gelenkt durch Martins Hand oder eine andere Kraft. Klirrend traf sie den harten Lehmfußboden. Mit einem Aufheulen entlud sich die Magie, und die Klinge zersprang in unzählige, blau glitzernde Splitter. Bevor Gaultry schützend die Hände vor die Augen schlug, war ihr, als würde sich inmitten des Splitterregens ein Kreis aus weißem Licht ausbreiten.

Als sie wieder sehen konnte, war Martin fort, und Dinevars Trümmer übersäten den Boden.

Mariette brach in Tränen aus. »Seafrieg zu verschleudern, reicht ihm nicht. Er musste auch noch Dinevar vernichten. Alles nur wegen seiner kostbaren Ehre!«

Es dauerte lange, bis sie sich wieder in der Gewalt hatte. Dann wandte sich ihr Zorn gegen Gaultry, als wollte sie von ihrem Ausbruch ablenken. »Du hättest ihn zurückhalten sollen!«

Gaultry blickte Mariette so eisig an, wie sie konnte. Sie hatte nicht die geringste Lust, sich in einen Familienzwist verwickeln zu lassen. »Was sollte ich denn tun, bitte schön? Du weißt genau, dass er nicht auf mich gehört hätte.« Sie würde nicht mit Helena um Martins Zuneigung wetteifern. Niemals. »Martin kann seine eigenen Entscheidungen treffen.«

»Das war keine Entscheidung!«, schluchzte Mariette. »Das war Selbstmord. Es ohne Dinevar mit einem Sha Muira aufzunehmen! Das ist Helena nicht wert!«

»Das meinst du nicht so«, erwiderte Gaultry in dem Versuch, die Fassungslose zu beruhigen. »Ob sie es nun wert ist oder nicht – Martin musste gehen. Er wäre nicht dein Bruder, wenn er ruhig in Princeport sitzen würde, während sich in Seafrieg wer weiß was abspielt –« Gaultry brach ab. »Ich muss noch Mervion Bescheid sagen, bevor ich aufbreche.« Sie sah Tullier an und traf ihren Entschluss, während sie sprach: »Zieh dich an, Tullier. Wir haben eine lange Reise vor uns.«

»Nein, es ist nicht dumm, Martin zu folgen.« Während Mariettes Diener die Pferde sattelte, trat die Herzogin von Melaudiere zu ihnen. »Aber du bist dumm, wenn du glaubst, dass du es nur für ihn tust.«

Gaultry war nicht in der Stimmung zum Rätselraten. Die alte Frau wirkte erschöpft. Gaultry fragte sich, wie sie von ihrem Aufbruch erfahren hatte und woher sie den Grund wusste. Aber sie wollte sich nicht schon wieder eine Predigt einhandeln. »Er ist Euer Blutsverwandter«, antwortete sie kurz angebunden. »Aber er ist auch mein Freund. Ich muss gehen.«

»Ja, du musst gehen«, bestätigte die Herzogin. »Aber nicht aus diesem Grund, mein Kind. Es geht um Tielmark, nicht um Martin. Auch ich habe ihn von Herzen lieb, aber es gibt Wichtigeres als das Leben eines einzelnen Mannes.« Es klang wie ein Vorwurf.

Gaultry hatte keine Lust, mit der Alten zu diskutieren. »Kann sein. Aber mein Schicksal ist nun einmal mit dem von Martin verbunden. Tamsanne hat uns gemeinsam die Rhasan-Karten gelesen. Wenn mir mein Leben lieb ist, muss ich mich um ihn kümmern.« Es klang pathetisch, aber das war ihr egal. Während sie den Sattel richtete, dachte sie an jene Nacht mit den Rhasan-Karten zurück. Sie hoffte verzweifelt, dass noch immer ein schwaches Band zwischen Martin und ihr existierte und dass sie eines Tages wieder richtig vereint sein würden.

Gaultry hatte damals fest damit gerechnet, die Karte mit der Jägerin zu ziehen. Diese Karte hatte Tamsanne vor Jahren am Tag vor Gaultrys erster Monatsblutung gezogen. Gaultry mochte die Abbildung: Die stolze, unabhängige Frau stand im Wald, der Quelle ihrer ureigensten Kraft. Als Tamsanne jedoch die Orchideenkarte gezogen hatte, die mit ihren schimmernden Blütenblättern auf keimende Energie hinwies, war Gaultry über das unvertraute Bild so erschrocken, dass sie dessen Deutung zuerst heftig abgelehnt hatte. Die Orchidee war die dreizehnte Karte des Rhasan-Spiels, eine Zahl, die sowohl Glück als auch Unglück bedeuten konnte. Die Zahl der *Glamour*-Magie. Gaultry zuckte die Achseln. Sie selbst sah sich trotzdem als Jägerin, nicht als Orchidee.

Aber noch immer beunruhigte sie die Erinnerung an Martins Karte – den Schwarzen Wolf.

Für einen Krieger konnte der Wolf eine gute Karte sein: Er war ein leidenschaftliches , instinktgeleitetes Geschöpf, in dem Intelligenz und Kraft miteinander rangen. Aber auf Martins Karte war seine düstere Bedeutung abgebildet: der Wolf, der sich selbst zerfleischte, indem er sich in die eigene Schwanzspitze biss. Genau wie Martin sich jetzt zerfleischte, indem er sich die Schuld an etwas gab, für das er nichts konnte.

Gaultry schüttelte die Erinnerung ab. »Nach Seafrieg zu gehen, kann Martins Tod sein«, sagte sie und blickte die Herzogin an. »Ihr werdet mich nicht davon abhalten, ihm zu folgen und zu versuchen, das zu verhindern.«

Die alte Dame musterte sie streng. Gaultry, die sich immer noch vergeblich mit den Steigbügeln von Mariettes Reservesattel abmühte, bemerkte, dass die Alte sie am liebsten geschüttelt oder mit ihren magischen Kräften herausgefordert hätte, so wie Dervla einige Stunden zuvor. Aber die Herzogin bevorzugte subtilere Methoden.

»Es geht nicht nur um Martin«, sagte sie mit müder Stimme. »Es geht um das ganze Hexenblut. Wir müssen endlich handeln, bevor die Bissantiner uns alle ins Grab gebracht haben. Nach dreihundert Jahren des Herumprobierens haben sie jetzt herausgefunden, wie sie uns besiegen können. Es wäre ihnen heute ohne jede Mühe möglich gewesen, den Prinzen umzubringen, aber sie haben nur versucht, ihn zu vergiften – ihn mit dem Fleisch jener Lebewesen zu vergiften, die seinem Schutz anvertraut sind. Sie wollten uns vor den Augen der Götter ins Unrecht setzen und uns dazu bringen, gegen unsere heiligen Schwüre und Prophezeiungen zu verstoßen. Die heutigen Vorkommnisse beweisen, dass die Bissantiner Lousielles Prophezeiung auf dem Sterbebett endlich ernst nehmen.

Vor Benets Hochzeit hatten die Bissantiner einen von uns zu ihrer willenlosen Marionette gemacht: Heiratikus, den Verräter. Nach Heiratikus' Tod hat irgendjemand, vielleicht sogar der Kaiser selbst, beschlossen, das Hexenblut nach und nach auszurotten. Ich vermute, dass sie es außerdem darauf abgesehen haben, einige von uns als Geiseln zu nehmen.«

Gaultry gab es auf, mit dem Sattel zu kämpfen, und winkte Mariettes Diener heran. »Was wollt Ihr damit sagen?«

»Helena ist nur ein Köder«, erklärte die Herzogin. »Genau wie die vermisste Vanderive-Schwester und ihr kleines Kind.«

»Wollen sie etwa Martin umbringen?«

»Wenn sie das wollten«, erwiderte die Herzogin kalt, »hätten sie dazu heute mehrmals eine Gelegenheit gehabt. Sie hätten bloß deinem Tullier einen entsprechenden Befehl erteilen müssen. Aber der Junge hatte nicht den Auftrag, jemanden zu töten, sondern sollte lediglich Angst und Schrecken verbreiten. Hättest du dich ihm in den Weg gestellt, hätte er dich vielleicht erstochen, aber er hatte keinen ausdrücklichen Befehl dazu, sonst hätte keiner von uns ihn daran hindern können. Er hätte sich unbemerkt im Schutz der Dunkelheit angeschlichen, lautlos seine schmutzige Arbeit erledigt und sich wieder aus dem Staub gemacht. Ich glaube vielmehr, dass sie ein weiteres Mitglied unserer Sippe entführen wollen. Sie brauchen eine neue Marionette.«

»Martin ist keine Marionette!«

»Nein. Aber wenn du ihm unbedingt folgen willst, solltest du dich lieber gleich auf einen Ausflug nach Bissanty einstellen. Deine Reise wird kürzer sein, als du denkst. In Bassorah, der Hauptstadt, haben wir Verbindungsleute, die dir weiterhelfen können.«

»Bassorah?«, wiederholte Gaultry verblüfft. »Ich wollte eigentlich nur nach Seafrieg.«

»Du und deine Zwillingsschwester seid die einzigen Personen, die nach Bissanty gehen können und die Chance haben, lebendig wieder herauszukommen«, entgegnete die Herzogin ernst. »Die Bissantiner kennen keine Gnade. Aber du und Mervion – ihr besitzt *Glamour*-Magie. Vielleicht nehmen sie euch gefangen, aber sie werden euch auf jeden Fall am Leben lassen.

Wir müssen endlich in die Offensive gehen. Diesmal dürfen wir uns nicht zurücklehnen und abwarten, bis die Bissantiner eine neue Teufelei ausgeheckt haben. Falls sie Martin nach Bissanty verschleppen, musst du ihm folgen.

Wenn du ihn gefunden hast, gibt es zwei Möglichkeiten: ihn entweder zu retten oder zu töten. Um Tielmarks willen darfst du ihn nicht lebendig in den Händen der Bissantiner zurücklassen.«

Wie vom Blitz getroffen starrte Gaultry die alte Frau an. »Dazu wird es nicht kommen«, erwiderte sie schließlich. »Wir werden ihn in Seafrieg einholen, und das war's.«

Die Herzogin schüttelte den Kopf. »Mein Enkelsohn ist ein Narr, und ich war eine noch größere Närrin, weil ich nicht gemerkt habe, wie viel ihm Helena noch immer bedeutet. Du wirst nach Bissanty gehen. Vielleicht sollte ich den Göttern dafür danken. Auf diese Weise kannst du dich selbst davon überzeugen, dass wir bis zum letzten Atemzug gegen sie kämpfen müssen.« Wie um ihre Worte zu unterstreichen, hustete sie. »Die Bissantiner sind kein Schreckgespenst aus grauer Vorzeit. Du wirst erfahren, was es wirklich bedeutet, sie so zu hassen, wie wir übrigen Mitglieder des alten Hexenzirkels das tun. Vielleicht findest du dann die Kraft, etwas zu ändern. Mit dieser Hoffnung kann ich in Frieden sterben.«

»Seafrieg«, wiederholte Gaultry bestimmt. »Dort treffe ich mich mit Martin.«

»Dann beeil dich«, erwiderte die Herzogin. »Und vergiss nicht, Benet wird seine Leute hinter dir herhetzen. Selbst wenn ich ihn dazu bringen kann, deine Reise im Prinzip gutzuheißen – er wird auf keinen Fall erfreut darüber sein, dass du dir ausgerechnet seinen Attentäter als Reisegefährten ausgesucht hast.«

»Ich muss Tullier mitnehmen«, verteidigte sich Gaultry. »Er darf der aufgebrachten Menge nicht in die Hände fallen.«

»Tu, was du nicht lassen kannst«, meinte die Herzogin. »Aber vergiss nicht: Nur Könige und Kaiser können mit den Göttern verhandeln. Prinzen nicht. Denk immer daran.«

Die alte Frau küsste ihre Enkelin zum Abschied, nickte Gaultry zu und wandte sich dann zum Gehen.

# 7

»Wenn sie uns heute Abend nicht erwischen, sind wir übermorgen in Seafrieg.« Mariette stellte ihre Kerze auf das Bord neben dem breiten Bett mit der dicken Gänsefedermatratze und schickte sich an, ihre schlammverschmierten Stiefel auszuziehen. »Und da sie bis jetzt nicht gekommen sind, bezweifle ich, dass sie uns heute Abend finden.«

Gaultry stand am Fenster, die Hand auf dem Eisenriegel, und starrte auf den dunklen Innenhof des Gasthofes hinaus. Alle anderen Fenster waren dunkel. Sogar der schlechtgelaunte Wirt, den sie geweckt hatten, war wieder zu Bett gegangen und hatte sein Licht gelöscht. Der gepflasterte Hof war menschenleer, die Nacht schwül und totenstill, der Ausklang eines ungewöhnlich warmen Tages. »Ich konnte mich gar nicht richtig von Mervion verabschieden«, gestand Gaultry schuldbewusst. »Die Behandlung dieses Memorant hatte sie sehr angestrengt, und wir waren beide in Eile.« Plötzlich kam ihr das Zimmer zum Ersticken eng und heiß vor. Sie zerrte an dem Riegel und riss das Fenster weit auf.

»Grandmère wird schon auf sie aufpassen«, beruhigte Mariette sie, schleuderte den ersten Stiefel vom Fuß und schnürte den zweiten auf. »Einer muss Benet ja erklären, dass wir nicht zwei geflohene Verräter sind, die ihrer Arreststrafe entgehen wollten. Ich beneide Mervion nicht um diese Aufgabe. Besonders nicht, wenn es darum geht, warum wir ihn mitgenommen haben.« Da ihre Hände beschäftigt waren, deutete sie mit dem Kinn in Tulliers Richtung. »Aber Mervion hat den Zauber schließlich durchgeführt – vielleicht kann sie es Benet besser verständlich machen als du.«

Tullier hatte sich in der Mitte des Bettes zusammengerollt und unter dem dünnen Laken die Knie angezogen. Die Kleider hatte er bis auf ein geliehenes Unterhemd ausgezogen. Trotz seiner hochmütigen Miene hatte er die knabenhaften Schultern abwehrend hochgezogen.

»Wir hätten ihn nicht dort zurücklassen können«, sagte Gaultry. Die Stalltür auf der gegenüberliegenden Seite des Innenhofes war fest verriegelt. »Bestimmt hätte Benet Mervion befohlen, den Zauber wieder zurückzunehmen und den Jungen sterben zu lassen. Das allein ist Grund genug.«

»Ich habe keine Angst vor dem Tod«, warf Tullier ein.

»Das sagst du andauernd.« Verärgert stieß Gaultry die Fensterflügel noch weiter auf und sah Tullier beim Sprechen nicht an. »Die Angst vor dem Sterben ist das Erste, was wir dir beibringen werden.«

Der lange Ritt hatte Gaultrys anfänglichen Eifer gebremst. Sie war eine schlechte und unerfahrene Reiterin. Dass der Lebensgeist ihres Reittieres versuchte, mit ihrer Magie Kontakt aufzunehmen, machte alles noch komplizierter. Das Pferd hatte sie von Anfang an nicht leiden können. Den ganzen Nachmittag über bis zum späten Abend war Gaultry hinter Mariette geritten und hatte sich damit abgemüht, dem Tier ihren Willen aufzuzwingen. Zu ihrem Verdruss war sogar der junge Tullier ein besserer Reiter als sie. Während des ganzen Weges hatte er sein Pferd in immer gleichem Abstand neben Mariette hertraben lassen und sich nicht ein einziges Mal nach der fluchenden Gaultry umgedreht. Trotzdem hatte Gaultry das Gefühl, dass er ihre Schwierigkeiten sehr wohl zur Kenntnis nahm. Stundenlang hatte sie auf die beiden sich im Gleichtakt bewegenden Pferdehinterteile gestarrt, die ihr immer ein paar Meter voraus waren. Währenddessen hatte sie Zeit genug gehabt, ihren überstürzten Entschluss zu bedauern und sich zu fragen, ob sie Martin wirklich nützlich sein konnte. Sie konnte nicht reiten und musste im Falle einer Rauferei Zaubersprüche zu Hilfe nehmen, gar nicht zu reden von einem möglichen Zusammenstoß mit einem Sha Muira. Außerdem war sie zwar eine gute Bogenschützin, hatte aber keine richtige Kämpferausbildung genossen. Und jetzt, da sie Tullier die Hälfte ihrer Zauberkraft geliehen hatte, waren auch ihre magischen Fähigkeiten ziemlich beeinträchtigt. Je weiter sie sich von Princeport entfernten, desto weniger war sich Gaultry ihrer Sache sicher. Hätte es ihr vielleicht nicht doch mit Unterstützung der Herzogin gelingen können, die wütende Menge zu beschwichtigen? Auch über den Abschied von Mervion war sie unzufrieden. Mervion hatte Gaultrys Entscheidung, Martin nach Seafrieg zu folgen, widerspruchslos hingenommen, aber sie hatte erschöpft und abwesend gewirkt und sich über die bevorstehende Auseinandersetzung wegen Tulliers Flucht geärgert. Wahrscheinlich fand sie genau wie Martin und Mariette, dass ihre Schwester sich den ganzen Schlamassel selbst zuzuschreiben hatte.

Gaultry dachte wieder daran, wie Martin ihr seine Sorgen anvertraut hatte. Nein, sie hatte keine andere Wahl. Sie musste ihm folgen. »Lasst das Fenster lieber nicht offen«, bemerkte Tullier, als Gaultry sich schließlich umdrehte, zu ihrer Seite des Bettes ging und sich die Jacke über den Kopf zog, ohne sie vorher aufzuknöpfen.

»Ich schwitze«, erwiderte Gaultry knapp. »Dieses Zimmer liegt im obersten Stockwerk, und unter dem Fensterbrett gibt es keine Klettermöglichkeit.«

Tullier erwiderte nichts, aber sein Gesichtsausdruck verriet, dass er sie für leichtsinnig hielt. Gaultry und Mariette wechselten einen Blick. Gaultry merkte, dass Mariette Tulliers Meinung teilte, es aber nicht laut sagte, damit Gaultry vor dem Jungen nicht das Gesicht verlor. Die junge Jägerin ärgerte sich zwar darüber, dass sie sich von einem halben Kind etwas sagen ließ, aber sie stand widerstrebend noch einmal auf, schloss das Fenster und legte den Riegel vor.

»Bitte sehr«, knurrte sie achselzuckend. »Du schläfst schließlich in der Mitte. Du wirst dich noch nach frischer Luft sehnen.« Es gab nur ein Bett im Zimmer, aber es war groß genug für drei Personen. Mariette hatte zwar angeblich begriffen, dass Tullier durch Magie an Gaultry gefesselt war und nicht fliehen konnte, aber sie hatte trotzdem darauf bestanden, dass der Junge in der Mitte schlief. Diese Vorsichtsmaßnahme bedeutete allerdings, dass Tullier unter einem doppelten Laken schlafen musste, damit Gaultry und Mariette nicht mit seinem giftigen Schweiß in Berührung kamen und es für alle eng und unbequem wurde.

Auch Tullier schien nicht sonderlich erfreut über dieses Arrangement.

»Hast du noch nie mit jemand anderem in einem Bett geschlafen?«, neckte Mariette ihn und lachte über sein pikiertes Gesicht, als sie neben ihm unter ihr Laken schlüpfte.

»Nicht mit jemandem, den ich eben erst umbringen wollte.« Tullier schielte zu Gaultry hinüber.

Obwohl ihr das verschwitzte Nachthemd am Leibe klebte, fröstelte Gaultry plötzlich. »Nach allem, was wir inzwischen wissen, solltest du selbst heute Nachmittag an der Tafel des Prinzen sterben«, erinnerte Gaultry den Jungen. »Also hat mindestens einer deiner Kampfgenossen diese Erfahrung bereits gemacht.«

Tullier wandte sich ab und starrte die Zimmerdecke an.

Gaultry bedrängte ihn nicht weiter.

Ein leises Geräusch weckte sie. Es klang, als ob eine Maus zwischen den Laken raschelte. Das langgestreckte Rechteck aus Mondlicht, das durch das Fenster fiel, verriet der jungen Jägerin, dass es mitten in der Nacht sein musste. Sogar die Grillen waren verstummt. Unter dem dünnen Laken fühlte sich ihr Körper heiß und unruhig an. Gaultry lag ganz still und ärgerte sich insgeheim über das geschlossene Fenster und den abgestandenen Schweißgeruch im Zimmer. Wieder ertönte das Geräusch, diesmal aus der Richtung von Mariettes Kissen. Ohne den Kopf zu drehen, spähte Gaultry aus dem Augenwinkel zu Tullier hinüber.

Der Junge war hellwach. Trotz der Dunkelheit konnte Gaultry erkennen, dass seine Augen weit geöffnet waren. Er starrte wie gebannt auf den Schatten des wackligen Kleiderschrankes, der über die einzige Tür des Zimmers fiel. Gaultry folgte seinem Blick, aber sie konnte nichts erkennen. Ihr Blick wanderte zu dem Jungen zurück. Sie versuchte zu erraten, was ihn beschäftigte und was sie beide aufgeweckt hatte. Tullier hatte das zusätzliche Laken, das zu Gaultrys und Mariettes Schutz diente, so eng um sich gezogen wie einen Schmetterlingskokon. Nur Arme und Hände waren zu erkennen, obwohl seine helle Haut nur eine Spur dunkler war als der weiße Stoff.

Wieder ertönte das merkwürdige Mäusegeraschel.

Dann ein kaum hörbares Wimmern.

Gaultry warf sich auf den Fußboden und riss das oberste Laken mit. Ein kurzer Pfeil – ein Wurfpfeil – verfing sich in dem Stoff, verhakte sich in ihrem Nachthemd und blieb kurz über ihrer Haut stecken.

»Meister!« Tullier kreischte fast, ob aus Entsetzen oder Entzücken, konnte Gaultry nicht sagen.

Eine kehlige Antwort in einer Sprache, die die junge Jägerin nicht verstand, ließ ihn verstummen.

Eher instinktiv als vorsätzlich appellierte Gaultry an den zur Hälfte versiegten Kraftstrom, der in ihrem Inneren floss. Zwar fehlte ein Teil ihrer *Glamour*-Seele, aber trotzdem ballte sich Magie in ihrer Hand wie ein Wasserstrudel. Als grüngoldenen Blitzstrahl schleuderte Gaultry die Energie in Richtung des Schattens.

Der Strahl traf die Wand, die Tür, den Fußboden und ließ alles gespenstisch aufleuchten. Alles außer der schwarzen Gestalt in seiner Mitte. Von ihm – denn es war ein Mann – perlte das Licht ab wie Wassertropfen von einer Ölschicht. Die schwarze Gestalt glich einem Ungeheuer aus einem schrecklichen Wachtraum. Sie spreizte die Finger wie gekrümmte Krallen, und ein Büschel zottiger Zöpfe stand ihr vom Kopf ab.

Gaultry tastete fieberhaft nach ihrem Messergürtel.

Die dunkle Gestalt kam auf sie zu. Das grüne Licht von Wänden und Tür brach sich auf schwarzem Haar und öliger pechschwarzer Haut. Der Mann war groß und schlank und bewegte sich so behände wie eine Raubkatze. Trotz des unheimlichen Lichts erkannte Gaultry, dass er ein rotbraunes Gewand trug, das unterhalb der Taille weiß gestreift war. Im ersten Schreck hielt sie seinen Kopf für einen Totenschädel, dann bemerkte sie ein Funkeln in den Augenhöhlen und begriff, dass Schminke und das trübe Licht sie getäuscht hatten.

»Tullier Sha Muira«, verkündete die Erscheinung, diesmal

auch für Gaultry verständlich. »Mach dich bereit für Llaras letztes Festmahl.«

Gaultry blickte zum Bett auf. Tullier hatte sich in seinen Laken kerzengerade aufgesetzt und riss die grünen Augen weit auf. Neben ihm krümmte sich Mariette zusammen. Ihre dunklen, zerzausten Locken flossen über das Kissen. Ein Pfeil mit einem langen, dünnen Schaft hatte sie durch das Laken tief in den Unterleib getroffen. Das, was Gaultry für das Rascheln einer Maus gehalten hatte, waren Mariettes Fingernägel gewesen, die vergeblich an dem Pfeil gekratzt hatten. Auf ihrem Laken breitete sich ein dunkler Blutfleck aus.

»Tullier gehört jetzt mir«, fauchte Gaultry, um das dunkle Ungeheuer abzulenken. »Du kannst ihn nicht bekommen.« Panik überwältigte sie. Das Messer steckte nicht in ihrem Gürtel, und Mariettes Waffen lagen außerhalb ihrer Reichweite auf der anderen Seite des Bettes.

Der Mann, den Tullier seinen Meister genannt hatte, beachtete sie nicht. Mit zwei langen Schritten war er am Fußende des Bettes. Die Bemalung verbarg seinen Gesichtsausdruck, doch seine Bewegungen hatten etwas seltsam Verhaltenes, aber nicht aus Angst. War es Ehrfurcht? »Sie haben Llara daran gehindert, dich mit Ihrem letzten Segen zu sich zu nehmen. Das hättest du nicht zulassen dürfen«, wandte sich der Mann an Tullier. Sein Tonfall verriet Erstaunen darüber, den Jungen lebendig vorzufinden. Erstaunen, aber kein Mitgefühl.

Der hochgewachsene Sha Muira hielt etwas in der Hand: ein Büschel weißer Blüten an einem vertrockneten, braunrosa Stengel. Er warf das Büschel aufs Bett, und es blieb zwischen den unter dem Laken angezogenen Knien des Jungen liegen.

»Mein Pfand für die Arkhon-Priester, der Beweis, dass ich getötet habe.« Tulliers Stimme klang gequält. »Was tut Ihr da?«

»Sie werden es nie zu sehen bekommen. Du hast es dir nicht verdient.«

»Ihr müsst es ihnen vorweisen«, beharrte Tullier. »Ihr habt

Euer Wort gegeben. Ich habe getötet. Mein Platz an Llaras Tisch –« Er verstummte.

»Dein Gift hat versagt. Du bist kein Sha Muira mehr«, zischte der Mann. Er zog einen Dolch aus einer verborgenen Innentasche seines Gewandes, so elegant, wie eine Katze ihre Krallen ausfährt. »Es müsste schon längst deine Eingeweide zerfressen. Allein der Schmerz hätte dich umbringen müssen.«

»Ich habe nichts Unrechtes getan«, widersprach Tullier mit zitternder Stimme. Seine Hände lagen wie gelähmt auf den Laken. »Ich habe nicht darum gebeten, gerettet zu werden. Bei Llara im Himmel, ich will zurück zu Euch. Die Donnergöttin sei mir gnädig – «

Wie eine Katze machte der andere einen Satz nach vorn.

Gaultry ließ das magische Licht erlöschen und warf sich von hinten auf den Angreifer.

Zuerst verwirrte die Dunkelheit alle Beteiligten. Gaultry versetzte dem Fremden einen Fausthieb und fiel mit ihm auf die nachgiebige Federmatratze. Ihre Hände krallten sich in den losen Stoff seines Gewandes. Das Tuch war grob gewebt und steif und roch nach getrocknetem Blut und altem Schweiß. Irgendwo rechts von Gaultry stöhnte Mariette im Dunkeln vor Schmerz. Der Mann unter ihr wand sich wie eine Katze und führte einen Aufwärtshieb mit seinem Dolch gegen sie. Gaultry wollte ihm gerade das Gewand auf dem Rücken umstülpen und über seinen Kopf ziehen, damit er nichts mehr sehen konnte, da hörte sie ihr eigenes Hemd reißen, als das Messer hindurchfuhr. Aber nur die stumpfe Seite der Klinge streifte sie, und sie merkte, dass der Mann mit ihr spielte. Verzweifelt keuchend versuchte sie sich loszureißen, aber sie versank in der zum Ersticken weichen Matratze. Ihr Gesicht prallte gegen das Kopfteil des Bettes, und ihre Zähne schlugen auf das harte Holz. Als sie sich benommen schüttelte, glaubte sie, ihren Angreifer lachen zu hören.

Er konnte im Dunkeln sehen. Gaultry wurde übel vor Angst. Er lachte sie aus.

»Mariette!«, schrie sie. »Hilf mir, Mariette!«

Die schwarze Gestalt stieß zu.

Auf dem Bett bewegte sich jemand. Der Attentäter knurrte, aber er ließ sich nicht ablenken. Sein Dolch streifte Gaultrys Wange wie ein feuchter, gehauchter Kuss. Gaultry glaubte schon die brennende Säure des Giftes zu fühlen.

Da fiel ganz plötzlich ein Strahl Mondlicht durch das Fenster und ließ die Klinge aufblitzen, als sie aus der Hand des Angreifers glitt und durchs Zimmer flog. Es ging so schnell, dass Gaultry kaum begriff, was geschehen war.

Auf dem Bett trat jemand um sich. Eine reflexartige Bewegung, die allmählich schwächer wurde und dann ganz aufhörte. »O Gott!«, wimmerte es. Gaultry konnte nicht erkennen, ob die Stimme einem Mann oder einer Frau gehörte.

Sie riss sich zusammen und befreite sich aus den Laken. Dann tastete sie ungeschickt auf Mariettes Seite des Bettes nach der Kerze. »Ich komme«, sagte sie beruhigend. »Ich mache Licht.« Der stechende Geruch von Urin, vermischt mit Blut, stieg ihr in die Nase. »Bei Elianté, halt durch. Ich beeile mich!« Sie fand die Zunderbüchse, schaffte es nicht und versuchte es noch einmal. Endlich loderte eine helle Flamme auf. Zitternd richtete sich Gaultry wieder auf und senkte den Blick auf das Bett.

Mariette lag mit totenbleichem Gesicht auf dem Rücken, die Augen flehend auf Gaultry gerichtet. Auf dem Tuch über ihrer Magengegend breitete sich ein dunkler, sternförmiger Fleck aus. Neben ihr saß Tullier, den Rücken steif gegen das Kopfende gepresst. Im Schoß hielt er den als Totenschädel geschminkten Kopf seines Meisters und umschlang ihn fest mit seinen mageren Armen. Zuerst hielt Gaultry diese Umarmung für ein Zeichen der Trauer oder der Zuneigung. Dann sah sie den Pfeil und begriff, dass es Tullier gewesen war, nicht Mariette, der den Angreifer kampfunfähig gemacht hatte. Der Junge umklammerte mit einer Hand noch immer den Pfeil – jenen Pfeil, den er im Dunkeln aus Mariettes Eingeweiden gezogen und tief in die Halsschlagader des Mannes gerammt hatte. Blut tränkte den Schoß des Jungen und die Laken um ihn herum. Das Blut seines Meisters. Noch einmal zuckten die Beine des Sha Muira im Todeskampf, dann rührte er sich nicht mehr.

»Tullier!«

»Ich hätte Euch gleich mit umbringen sollen«, krächzte der Junge. »Wenn ich könnte, würde ich Euch auch noch töten, und dann wäre ich wieder frei.« Sein Gesicht war starr vor Entsetzen. Falls der Junge tatsächlich vorgehabt hatte, zu fliehen und zu den Sha Muira zurückzukehren, waren seine Hoffnungen jetzt endgültig zunichte gemacht worden.

»Schluss jetzt«, sagte Gaultry, erschrocken über so viel Verbissenheit. »Immerhin bist du mit heiler Haut davongekommen. Bei Elianté – sieh dir doch nur Mariette an! Wir müssen die Blutung eindämmen.«

»Wenn Ihr ihr helfen wollt, müsst Ihr sie zuerst ein Stück wegrücken«, erwiderte Tullier mit tonloser Stimme. »Im Blut meines Meisters ist genug Gift, um sie ein Dutzend Mal umzubringen.«

»Soll das etwa heißen, dass sie noch gar nicht vergiftet ist?« Gaultry zog das Laken von Mariettes Körper und streckte unwillkürlich die Hand nach der grässlichen Bauchwunde aus. Tullier sah ihr mit teilnahmsloser Miene zu. »War der Pfeil denn nicht vergiftet?«

»Die paar Tropfen Lähmungsmittel? Davon hat sie sich bald wieder erholt.« Tulliers monotone Stimme und seine unnatürliche Ruhe gingen Gaultry auf die Nerven.

»Woher soll ich das wissen?« Gaultry schob die blutigen Laken auf Tulliers Bettseite hinüber und ließ vor lauter Erleichterung ihrem Ärger freien Lauf. »Im Namen der Großen Zwillinge, woher soll ich das wissen?« Alles war voller Blutspritzer. Bestimmt hatte Mariette doch etwas von dem Gift abbekommen. Gaultry würde einen Zauber anwenden müssen, einen Zauber, mit dem sie sich nicht auskannte, den Mervion aber gewiss durchgeführt hätte, ohne groß darüber nachzudenken.

Den Tränen nahe, zerrte Gaultry Mariette aus dem zerwühlten Bett und legte sie vorsichtig auf den Fußboden. »Bald geht es dir besser«, redete sie auf die Verletzte ein und beruhigte sich damit gleichzeitig selbst. »Wir stillen die Blutung, und gleich geht es wieder besser.«

Die Kriegerin blickte mit aufgerissenen Augen, in die vor Schmerzen die Tränen traten, zu ihr empor. Ihr Körper spannte sich an in dem vergeblichen Versuch, sich aufzurichten, aber das lähmende Mittel in ihren Adern war stärker. Unbeholfen tätschelte Gaultry ihr den Arm.

»Es sieht schlimmer aus, als es ist.« Sie nahm eine Hose von der Rückenlehne des nächsten Stuhles, legte sie zusammen und schob sie Mariette unter den Kopf. »So –« Sie faltete Mariettes Hände über die Wunde. »Lass deine Hände dort liegen, wenn du kannst. Tullier hat gesagt, dass du wieder gesund wirst.« Als Mariette mit einem schwachen, kaum spürbaren Händedruck antwortete, schluchzte Gaultry vor Erleichterung kurz auf.

»Und was ist mit dir?«, wandte sie sich an Tullier, stand dann auf und wischte sich unauffällig die Tränen aus den Augen. Der Junge saß in den blutverklebten Laken wie in einem Nest und hielt immer noch den Kopf seines toten Meisters im Schoß. »Kannst du jetzt aufstehen?«

Der Junge starrte auf das Gesicht des Mannes hinunter, den er getötet hatte. Fast ehrfurchtsvoll strich er ihm das glatte Haar aus der Stirn und verschmierte dabei die Maske aus schwarzer und weißer Farbe. »Ich habe etwas gefunden, das zu töten deine *Glamour*-Seele mir erlaubte«, sagte er. Es klang überrascht. »Und da wollte ich es plötzlich selbst ...«

»Steh jetzt auf, Tullier. Es ist vorbei.« Gaultry war zu aufgeregt, um zuzuhören..

Steifbeinig krabbelte der Junge aus dem Bett. Seine Finger umklammerten immer noch das bis zur Unkenntlichkeit zerquetschte Büschel vertrockneter Blüten. Hand und Blüten waren feucht vom Blut seines Meisters. Im Kerzenschein erkannte

Gaultry, dass die Blüten von einer Kastanie stammten. Sie überlegte kurz, was das zu bedeuten hatte, zog es dann aber vor, nicht nachzufragen. »Ich habe nichts Unrechtes getan«, hatte Tullier zu dem dunklen Mann gesagt. »Ich will zurück zu Euch. Die Donnergöttin sei mir gnädig.« Zu seinem Meister zurückzukehren, war dem Jungen so wichtig gewesen, dass er dafür sogar seinen eigenen Tod in Kauf nahm.

Hätte Gaultry nicht das magische Licht gelöscht und damit Intuition und Instinkt das Feld überlassen, hätte Tullier es sicher nicht über sich gebracht, seinen Meister anzugreifen.

»Bleib vom Bett weg«, befahl Gaultry absichtlich barsch. Sie hatte keine Lust, mit dem Jungen zu diskutieren. »Auch für dich kann das Gift inzwischen tödlich sein.«

Wie vorauszusehen war, reagierte der Gastwirt furchtbar wütend, als Gaultry ihn erneut aus dem Schlaf riss, damit er nach einer Heilerin schickte, die sich sowohl um Mariettes Wunden kümmern als auch das Gift entfernen sollte, das eins seiner besten Federbetten ruiniert hatte. Wütend und äußerst misstrauisch.

»Ich hätte Euch gar nicht erst hereinlassen sollen«, zeterte er und warf einen Mantel über sein weites, zeltartiges Nachthemd, während er aus seinem Zimmer in die Diele hinaustrat. Sein ebenmäßiges Gesicht war anziehend, und sein Mund schien dafür geschaffen zu sein, freundlich zu lächeln, aber gleich zweimal hintereinander in seiner Nachtruhe gestört zu werden, und das zweite Mal noch dazu unter derartig dramatischen Umständen, brachte ihn gründlich aus der Fassung. »Mitten in der Nacht eine Heilerin zu holen!«

»Wir würden keine Heilerin brauchen, wenn Ihr Eure Türen besser abschließen würdet«, fauchte Gaultry wütend. Endlich konnte sie Dampf ablassen. »Wir bezahlen das Bett, wenn es das ist, was Euch Sorgen macht.« Mit der Rechten machte sie das Zeichen der Reisenden, um zu unterstreichen, dass sie den Wirt nicht übervorteilen wollte.

Dieser scheuchte einen seiner Bediensteten aus einem Verschlag neben der Treppe. Was er zu ihm sagte, verstand Gaultry nicht, aber der Junge rannte auf den Hof hinaus zu den Ställen.

»Beleidigt mich nicht.« Der Wirt erwiderte das Zeichen der Reisenden und fuhr sich seufzend mit der Hand über das Gesicht. »Ist es etwa meine schuld, dass ihr den Tod über mein Haus gebracht habt?«

»Niemand in Tielmark ist schuld daran«, sagte Gaultry. »Dieser Mann war von Bissanty geschickt.«

»Von Bissanty!« Der Wirt wurde kreidebleich. »In mein Haus? Die Großen Zwillinge seien gnädig!«

Er folgte Gaultry zu dem Zimmer mit der Leiche und drängte sich an ihr vorbei durch die Tür. »Große Emiera! So viel Blut! Gibt es wirklich nur einen Toten?«

Das Fenster stand zwar offen, aber es stank trotzdem. Als der Sha-Muira-Krieger noch am Leben gewesen war, hatte sein Vertrauen in die große Llara das Gift in seinem Leib in Schach gehalten. Jetzt breitete es sich ungehindert in seinem Leichnam aus und zersetzte ihn gnadenlos. Der immer stärker werdende Verwesungsgeruch, ganz abgesehen von der Hitze, machte es fast unmöglich, sich im Zimmer aufzuhalten.

»Wir müssen Lady Montgarret in ein anderes Zimmer bringen.« Gaultry kniete neben Mariette nieder und fühlte nach ihrem Puls. Sie war erleichtert, als die junge Frau zur Begrüßung den Kopf wandte und versuchte, die Lippen zu einem aufmunternden Lächeln zu verziehen. Mariettes Körper zitterte zwar noch immer wie bei einem Fieberanfall, aber die blauen Augen waren klar, und auf ihrer Bauchwunde bildete sich schon eine dünne Schorfkruste. »Wir haben nach einer Heilerin geschickt«, erklärte Gaultry ihr.

»Mit Tullier?« Der Junge stand neben der Tür. Er war von der Taille abwärts mit vergiftetem Blut beschmiert. »Bevor keine Priesterin gekommen ist, darf er nichts anfassen.«

»Das ist doch Wahnsinn! Er kann nicht so herumlaufen. Das Blut …« Der Wirt blickte von Mariette zu Tullier und wieder zurück zu Mariette. Dann gab er sich einen Ruck. »Lasst die Frau hier liegen. Ich werde ein paar Männer darum bitten, sie an einen bequemeren Ort zu bringen. Der Junge …«, er nickte Tullier zu, »… der Junge soll nach draußen gehen und sich am Brunnen waschen. Emiera hat den Brunnen im vergangenen Winter gesegnet. Das müsste genügen, damit er sich reinigen kann. So kann er jedenfalls nicht bleiben.«

»Es ist besser, wenn er auf die Priesterin wartet«, widersprach Gaultry. »Ich möchte Euren Brunnen nicht vergiften.«

»Habt doch Mitleid!« Der Wirt warf ihr einen empörten Blick zu. »Der Ärmste steht unter Schock.«

Erst jetzt ging Gaultry ein Licht auf. Offenbar hatte der Wirt keine Ahnung, dass Tullier ein Sha Muira war.

Einige Stunden später lagen Tullier und Gaultry Seite an Seite auf einem schmalen Bett und betrachteten die schlafende Mariette. Der Wirt hatte ein Feldbett für die Verletzte aufgetrieben, sodass sie wieder alle drei im gleichen Zimmer schlafen konnten. Schon fiel das graue Licht der Morgendämmerung durchs Fenster, aber es war noch zu früh, um aufzustehen.

Tullier hatte nicht gelogen. Bei dem schwarzen Überzug auf dem Pfeil hatte es sich nur um ein lähmendes Mittel gehandelt, kein tödliches Gift. Nachdem Mariette endlich eingeschlafen war, schöpfte Gaultry Hoffnung, dass die junge Kriegerin bald wieder reiten konnte. Jedenfalls hatte ihr das die im Dorf ansässige Priesterin, eine schüchterne Frau mit freundlichen Augen und sanften Händen, versichert.

Die Priesterin hatte zuerst Mariettes Wunde versorgt und dann den Leichnam des Attentäters gereinigt. Danach hatte sie mit Hilfe einiger Knechte den Toten mitsamt dem giftgetränkten Bettzeug auf ihren Karren geladen, um ihn später zu begraben. Zum Glück hatte sie kaum Fragen gestellt und sich mit der Erklärung zufrieden gegeben, dass Gaultry und ihre Gefährten im Auftrag des Prinzen und der Herzogin von Melaudiere unterwegs waren.

Die Habseligkeiten des toten Sha Muira lagen jetzt auf der

Bettdecke zwischen der Jägerin und seinem ehemaligen Zögling. Es war ein merkwürdiges Sammelsurium: vier verschieden große Dolche, ein schmutziges Stück Würgedraht; eine Hand voll übelriechenden Pulvers in einem seidenen Säckchen; die kurze, am Handgelenk zu tragende Scheide mit dem raffinierten Federmechanismus, aus der der Angreifer seinen Wurfpfeil geschleudert hatte; eine schwere, mit goldenen Reichstalern und silbernen Tielmark-Schillingen vollgestopfte Geldbörse und eine Halskette mit sieben durchbrochenen Silberperlen. Am interessantesten fand Gaultry ein schmales Holzkästchen mit altersdunkler Oberfläche, das mit einem stilisierten Schilfmuster verziert war.

Tullier dagegen war von dem Wurfmechanismus der Scheide völlig fasziniert. Gaultry ließ ihn damit herumspielen, während sie sich mit dem Kästchen befasste.

Außerdem gab es noch ein zweites Büschel verwelkter Kastanienblüten, sorgfältig in ein Stück schwarze Seide eingewickelt, die aber den Jungen längst nicht so zu interessieren schienen wie jene, die sein toter Meister vor ihn hingeworfen hatte.

»Wenn Mariette sich kräftig genug fühlt, reiten wir weiter, sobald sie aufwacht«, verkündete Gaultry. Sie drehte das Kästchen zwischen den Fingern und hörte ein leises Geräusch in seinem Innern, hatte aber noch nicht herausgefunden, wie man es öffnete.

Tullier steckte den kürzesten Dolch in den Federmechanismus. »Man hat mir immer erzählt, ich sei für so etwas noch zu jung.« Damit schlang er sich die Halteschlaufe um das schmale Handgelenk seines gesunden Armes und spannte die Feder.

»Was werden sie mit dem Toten machen?«

»Ihn am Kreuzweg verscharren.« Gaultry griff wieder nach dem Kästchen und schüttelte es probeweise. Jetzt klapperte der Inhalt, als hätte er sich aus einer Umhüllung befreit. Aber es klang nicht metallisch.

Tullier beobachtete sie aufmerksam, während er den Federmechanismus befingerte. Gaultry merkte es an seinen angespannten Schultern und dem rhythmischen Klicken der Feder.

Gaultrys Magie bezog sich eher auf die Tiere im Wald als auf die Bäume, aber es war eine lange Nacht gewesen, und große Anstrengung machte ihre Magie stets noch sensibler. Sie ärgerte sich über Tullier, aber auch über sich selbst, weil sie eine so leichte Beute für den Sha Muira gewesen war. Ja, sie ärgerte sich sogar darüber, dass Mariette nicht rechtzeitig genug aufgewacht war, um sich zu wehren. Während sie mit den Fingerspitzen sanft über das glattgeschliffene Kästchen strich, lenkte sie ihre schlechten Gefühle in ihre Hände, spürte dem letzten Rest Feuchtigkeit und Lebenskraft in dem gealterten Holz nach. Das stilisierte Schilfmuster machte es ihr leichter. Immer fester rieb sie die geschnitzte Oberfläche und stellte sich dabei hohes, wogendes Schilfrohr an einem Seeufer vor. Erinnere dich, beschwor sie das Kästchen. Erinnere dich an den Frühling, die ersten jungen Triebe des Jahres, die jenen gleichen, die vor diesem Fenster wachsen. Erinnere dich, wie es war zu leben.

Das Kästchen gab ein knarrendes Geräusch von sich und bewegte sich. Tullier hob den Kopf und blickte überrascht, aber immer noch geringschätzig zu Gaultry herüber.

Sein Blick machte Gaultry nur noch ungeduldiger. »Erinnere dich!«, befahl sie dem Kästchen erbost.

Das Holz zersplitterte in tausend Stücke, deren Form den Schilfrohren glich, die Gaultry sich vorgestellt hatte. Ein Lederfetzen und ein zerbrochenes Messer mit Elfenbeinklinge fielen auf das Bett. Obwohl die Waffe zerbrochen war, wirkte die Klinge immer noch tödlich scharf. Als sie auf der Bettdecke landete, zerschlitzte sie mühelos den Bezug.

»Was hat das hier in der Tasche eines Sha Muira zu suchen?«, fragte Gaultry verblüfft. »Steht ihr nicht alle im Dienst der Donnergöttin?« Im ersten Moment hatte sie die Verzierung auf dem Messerknauf für das Symbol der Großen Jägerin Elianté gehalten – die zerbrochene Spirale, die die Wildhüter der Edelleute auch auf die Schutzhüllen über den Gehegen der Fasanenküken malten. Das Zeichen verlieh den Jungtieren Kraft und Gesundheit bis zu jenem Augenblick, da man sie freiließ, um Jagd auf sie zu machen. Aber als Gaultry den Knauf in die Hand nahm und genauer betrachtete, runzelte sie die Stirn. Das war nicht Eliante´s Hoheitszeichen. Irgendetwas war anders –

Das gelbliche Elfenbein fühlte sich seltsam hohl und unnatürlich kalt an. Gaultrys Nackenhaare sträubten sich.

»Weißt du, was das ist?«

Der Junge verzog keine Miene. Gaultry war wütend, dass ihr die Frage herausgerutscht war.

»Ich will es dir sagen«, fuhr sie fort und tat so, als hätte sie lediglich eine Feststellung getroffen. »Diese Waffe wurde von einem mächtigen Zauber erfasst und ausgebrannt. Sie ist nur noch eine leere Hülle. Siehst du die Rune auf dem Knauf? Ich bin mir nicht ganz sicher, was sie bedeutet, aber sie ähnelt dem Wahrzeichen der Großen Jägerin in ihrer Eigenschaft als Mutter, die ihre Jungen der Jagd weiht. Das bedeutet die zerbrochene Spirale jedenfalls bei uns in Tielmark. Aber hier ist sie von einem silbernen und einem schwarzen Kreis umgeben. Das könnte das Symbol des Weißen Gottes Tarrin sein. Ich habe die beiden Zeichen allerdings noch nie zusammen gesehen wie auf diesem Messer.« Tarrin, einer der beiden Zwillingskriegsgötter, wurde in Tielmark nicht besonders verehrt.

Tullier beschäftigte sich immer noch so intensiv mit der Scheide, dass er sie gar nicht zu hören schien. Er machte eine abrupte Bewegung mit dem Handgelenk und löste die Feder aus. Der eingespannte Dolch schoss so blitzartig heraus, dass er ihn nicht mehr rechtzeitig auffangen konnte. Die Klinge durchbohrte die Bettdecke zwischen seinen Knien.

»Man braucht viel Übung«, bemerkte er, zog den Dolch aus dem Stoff und schob ihn wieder in die Scheide zurück. »Corbulo war ein wahrer Meister damit. Er konnte die Waffe mit der Hand auffangen oder sie abschießen, ganz wie er wollte. Es war ihm zur zweiten Natur geworden.« Wieder löste der Junge die Feder aus, und wieder griff er zu kurz.

Gaultry sah ihm einen Augenblick lang schweigend zu. Dann wanderte ihr Blick über die schlafende Mariette zum Fenster hinaus, und sie versuchte, Tullier nicht mehr zu beachten. Die Bettdecke war inzwischen zerschlitzt von zahlreichen missglückten Versuchen, aber inzwischen gelang es dem jungen Krieger bei zwei von drei Schüssen, die Waffe aufzufangen. Die ersten trüben Sonnenstrahlen lugten durchs Fenster. Mariette seufzte im Schlaf und bewegte sich unruhig auf ihrem provisorischen Lager.

Corbulo. Der tote Sha Muira hieß also Corbulo.

Gaultry riskierte einen verstohlenen Blick auf das verschlossene Gesicht des Jungen.

Er hatte sein Leben der Großen Mutter Llara geweiht, und er war so jung und unwissend, dass er glaubte, die Magie eines anderen Gottes anzurufen, sei Verrat. Gaultry konnte ihm das nicht übel nehmen. Ihre Großtante Tamsanne hatte sie so behütet erzogen, dass auch sie früher davon überzeugt gewesen war, sie könne nur einer einzigen Göttin – oder einem Göttinnenpaar – dienen, und damit seien alle übrigen Götter nicht mehr für sie zuständig. Seit sie jedoch den Wald von Arleon verlassen hatte, war sie eines Besseren belehrt worden.

Auch Tullier würde diese Erfahrung im Lauf seines Lebens noch von selbst machen. Aber jetzt gab er aus seinem Irrglauben heraus Informationen preis, die er sonst verschwiegen hätte, und das war Gaultry nur recht.

Corbulo. Der Name eines Mannes. Ihr erstes gemeinsames Geheimnis.

# 8

Bellaire war eine malerische, kleine Stadt mit einem schönen Ausblick aufs Meer, und sie lag zwischen zwei felsigen Landzungen, die einen geschützten Hafen umschlossen. Wenn die Sonne so wie jetzt hoch am Himmel stand und die Luft vor Hitze flimmerte, bildete das frische Grün der überwucherten Felsen einen frappierenden Kontrast zu der glitzernden, blaugrauen See. Bellaire war zwar klein, aber trotzdem eine bedeutende Hafenstadt. An Tielmarks zerklüfteter Ostküste gab es nur wenige geschützte Häfen, und Bellaire war in jeder Hinsicht der günstigste, da er das tiefste Becken und das süßeste Wasser hatte. Obwohl die Stadt nie besonders groß gewesen war, hatte sie doch unter den Bissantinern eine mächtige Festung ihr eigen genannt, deren Erdwälle auf der südlichen Landzunge noch zu besichtigen waren.

Auch Bellaires altes Aquädukt, das man schon weit vor der Stadt von der Hochstraße aus sehen konnte, kündete von den Tagen der bissantinischen Herrschaft. Anders als die verfallenen Wälle war das Aquädukt trotz zahlreicher Ausbesserungen immer noch funktionstüchtig. Es folgte dem Verlauf der Straße viele Meilen landeinwärts. Den letzten Teil des Weges legten Gaultry und ihre Gefährten im kühlen Schatten der gewaltigen Bögen zurück, wobei sie dem Gurgeln des Wassers lauschten, das über ihnen durch die verwitterte, geziegelte Rinne strömte. An manchen Stellen konnte man noch die alten Siegel der bissantinischen Zauberer, die den Mörtel für das Bauwerk zusammengebraut hatten, erkennen. Sie waren in die Schmuckziegel auf der durchbrochenen Bekrönung der Bögen eingeprägt.

»Nach Bellaire kommen sogar Schiffe von der Insel Cosicheé«, bemerkte Mariette, als sie die letzte Hügelkuppe erklommen hatten. Von dort aus schlängelte sich die Straße bergabwärts zwischen saftigen Wiesen hinunter in die Stadt. »Hauptsächlich wird es jedoch von Chlamanschenhändlern aufgesucht, die auf dem Weg nach Bissanty sind oder von dort zurückkommen. In Tielmark können sie ihre Wasservorräte auffüllen und Ballen mit Schafwolle eintauschen. Meistens geht es ihnen allerdings um das Wasser. Bellaire wäre nicht so klein, wenn wir wertvollere Waren zu bieten hätten.«

Gaultry ließ den Blick von den dunklen Schieferdächern zu

den anmutigen Schiffsmasten im Hafen schweifen und verspürte plötzlich freudige Erregung. Daheim im Wald von Arleon waren ihr die Erzählungen von der Insel Cosicché immer ganz exotisch und unwirklich vorgekommen. Cosicché, die letzte Insel, bevor sich die mächtige Göttersäule aus dem südlichen Ozean erhob, lag für sie in unerreichbarer Ferne. Es war ein mythologischer Ort, den sie nur aus den Legenden der fahrenden Sänger kannte; für Gaultry und ihre Verwandten beschränkte sich die Welt auf ihren heimatlichen Wald.

Und doch stand sie jetzt hier und blickte auf Schiffe hinunter, die die ganze Welt befahren hatten, Schiffe, die vielleicht als Nächstes jene Länder ansteuerten, die für sie einst Legende gewesen waren.

Obwohl Gaultrys Beinmuskeln von dem zweitägigen Ritt schmerzten, packte sie plötzlich eine unbändige Lust weiterzureiten. Heute hatten sie eine fremdartige Grassteppe durchquert, auf der ungeschorene Schafe und magere, schwarze Rinder weideten. Morgen schon konnten sie sich einfach an Bord eines der Schiffe begeben und irgendwohin fahren. Das war eine aufregende Vorstellung. Dort unten im Hafen lagen vielleicht Schiffe, die schon zu den fernen Küsten von Cosicché gesegelt waren, zur Göttersäule. Gaultry stellte sich vor, wie die Mannschaft in den Nebel hinausstarrte, um die blitzenden Wände des Palastes der Großen Zwölf zu erspähen.

Ihr Vergnügen beim Anblick des reizenden Städtchens und der fremdartigen, stromlinienförmigen Schiffe mit ihren geschnitzten Deckaufbauten wurde allerdings jäh getrübt, als sie Mariettes schmerzverzerrtes Gesicht bemerkte. Die Schwertkämpferin hatte ihr Pferd neben Gaultrys gezügelt und wollte gerade etwas fragen, als heftige Schmerzen sie übermannten.

»Was ist los?«, fragte Gaultry besorgt.

Der lange Ritt am vergangenen Tag und die unruhige Nacht, die sie in einem anderen Gasthof verbracht hatten, waren Mariette nicht gut bekommen. Gaultry und Tullier hatten versucht, abwechselnd Wache zu halten, aber nach dem Überfall in der vorangegangenen Nacht waren sie alle aufs Äußerste angespannt, und keiner von ihnen hatte viel geschlafen. Am nächsten Morgen war Mariette beim Ankleiden in der fahlen Morgendämmerung ungewöhnlich zimperlich gewesen und hatte es rundweg abgelehnt, Gaultry ihre Wunde untersuchen zu lassen. Als sie die junge Kriegerin jetzt ansah, wünschte sich Gaultry, sie hätte sie einfach dazu gezwungen.

»Wir sind bald da«, sagte Mariette, ohne auf Gaultrys Frage einzugehen. »Willst du Martin mit einem Lächeln begrüßen oder ihm gleich eine Szene machen, weil er ohne dich zu Helenas Rettung aufgebrochen ist?«

»Wie weit ist es noch bis nach Seafrieg?«, lenkte Gaultry ab. Auch sie behielt bestimmte Dinge lieber für sich.

»Zu Pferd zwei Stunden. Am späten Nachmittag müssten wir das Haus eigentlich erreicht haben.«

»Glaubst du, dass Martin noch dort ist?«, fragte Gaultry. »Was machen wir, wenn er Seafrieg schon wieder verlassen hat und hinunter in die Stadt geritten ist?« Gaultry schielte zu Tullier hinüber, der wie üblich mit undurchdringlicher Miene im Sattel des großen Ponys thronte, das sie bei ihrem letzten Halt gemietet hatten.Beide Frauen hatten versucht, aus ihm herauszubekommen, was Martin wohl in Seafrieg erwartete, aber Tullier hatte beharrlich versichert, keine Ahnung zu haben.

Mariette fuhr sich mit der Zunge über die Schneidezähne und schüttelte den Kopf. »Ich wünschte, ich wüsste es. Schade, dass wir es aus unserem jungen Freund hier nicht herausprügeln können – da drüben steht so ein schöner Weidenbaum. Er könnte sich seine Rute selbst zurechtschneiden.« Anders als Gaultry, die sich mit Fragen, die Tullier ohnehin nicht beantwortete, absichtlich zurückhielt, hatte sich die Kriegerin trotz ihrer Schmerzen darauf verlegt, ihm wie einem ungezogenen Schuljungen Prügel anzudrohen. Zuerst war Tullier bei ihren Bemerkungen noch zusammengezuckt. Aber allmählich hatte er sich an Mariettes Humor gewöhnt und ignorierte ihr Geschwätz einfach. Gelegentlich blitzte sogar ein Funken von Belustigung in seinen kalten Augen auf.

Diesmal allerdings überraschte er Gaultry damit, dass er auf Mariettes Provokation einging. »Das Auspeitschen habe ich schon während meiner Ausbildung hinter mich gebracht«, sagte er mit unbewegtem Gesicht, den Blick fest auf die Stadt und die Schiffe geheftet. »Mit Weidenruten erreicht Ihr bei mir gar nichts.«

»Ach nein? Vielleicht bringen ein paar kräftige Hiebe wenigstens etwas Farbe in deine hübschen blassen Wangen.« Mariette drehte sich im Sattel um und sah ihn an. Ihr Pferd scheute – nicht sehr, aber so, dass es einen kräftigen Ruck gab. Sofort erstarb ihr Grinsen, und sie presste die Hand auf den Magen.

»Mariette –«, hob Gaultry an.

»Alles in Ordnung.« Die Schwertkämpferin schüttelte den Kopf und zügelte ihr Pferd. »Schon vorbei. Wenn nicht, würde ich dir sofort Bescheid sagen.« Sich ihrem Pferd zuwendend, stieß sie einen kurzen Fluch aus. Die ganze Zeit über nahm sie die Hand nicht von der Wunde. Besorgt registrierte Gaultry, wie lange ihre Gefährtin brauchte, um sich wieder zu erholen, aber zu guter Letzt richtete sich Mariette auf und zeigte auf ein hohes, weiß verputztes Gasthaus am Stadtrand, hinter dem eine Straße in Richtung der südlichen Landzunge führte. »Vielleicht hat man in Tête-de-Garret etwas aus Seafrieg gehört«, meinte sie. »Lasst uns dort Halt machen, bevor wir weiterreiten. Das Haus gehört zwar jetzt zu Helenas Ländereien, aber falls Martin Seafrieg auf diesem Weg wieder verlassen hat, wissen sie dort bestimmt etwas davon.«

Sie machten einen Bogen um das Stadtzentrum und hielten sich auf der Hochstraße, die den am Hang gelegenen Teil der Stadt vom Hafen trennte. Bellaire war größer, als es auf den ersten Blick ausgesehen hatte. Die Häuser mit ihrem seltsamen, bläulich schimmernden Verputz und den dunklen Schindeldächern standen auch in dieser Entfernung vom Wasser noch dicht gedrängt. Ihre Bewohner starrten Gaultry und Mariette mit verschlossenen, unfreundlichen Gesichtern argwöhnisch an, als sie auf ihren großen Pferden an ihnen vorbeiritten. Das passte nicht zu einer Stadt, die eigentlich an Fremde gewöhnt sein musste. Gaultry ritt möglichst dicht neben Mariette und war sich peinlich des Umstandes bewusst, dass sogar ihr Pferd merkte, wie unsicher sie war.

Sie bogen um eine Ecke zwischen zwei weiß verputzten Läden und gelangten auf einen Platz, der mit den gleichen Steinen bedeckt war wie die Dächer. Eine Gruppe von Leuten, die sich um den Brunnen in der Mitte versammelt hatten, drehte sich nach den Ankömmlingen um. Diesmal zeigten die Mienen offene Ablehnung.

»Machen wir irgendwas falsch?«, flüsterte Gaultry.

»Steig vom Pferd«, befahl Mariette, die plötzlich erkannte, was los war. »Los, steig ab. Sie tragen schwarze Armbinden. Etwas Schreckliches muss passiert sein. Die ganze Stadt ist in Trauer.« Während sie noch sprach, glitt sie selbst aus dem Sattel und zog die Kapuze ihres Umhangs über ihr dunkles Lockengewirr. Gaultry machte es ihr hastig nach. Tullier begriff nicht gleich, worum es ging, aber dann spürte auch er die feindselige Stimmung der Menge und folgte dem Beispiel seiner Begleiterinnen.

»Ist jemand gestorben?« Mariette reichte Gaultry ihre Zügel und wandte sich an den Anführer der Gruppe, einen großen Mann in einer Schlachterschürze. »Und warum seid ihr nicht auf der Beerdigung?« Kaum berührten ihre Füße das Pflaster, veränderte sich ihr ganzes Auftreten. Sie reckte hochmütig das Kinn, und ihre blauen Augen blitzten herrisch. Sie sprach im gleichen Kommandoton wie ihre Großmutter, und einen Augenblick lang glaubte Gaultry, die Herzogin selbst in ihren besten Jahren vor sich zu sehen.

Die Züge des Mannes entspannten sich. »Lady Mariette! Den Großen Zwölf sei Dank! Hat die Gräfin nach Euch geschickt –«

Mariette, die nach Helenas Sohn die Nächste in der Erbfolge der Grafen von Seafrieg war, schnitt ihm mit einer ungeduldigen Handbewegung das Wort ab.

»Ist jemand gestorben?«, wiederholte sie, diesmal höflicher, aber mit mehr Nachdruck.

»Vater Piers.« Die Umstehenden murmelten etwas und zeichneten die Doppelspirale der Großen Zwillinge in die Luft. »Unser Oberpriester. Er wurde vergiftet. Die Schwarzen Männer haben ihn nach Seafrieg gelockt und mit einem vergifteten Schwert erstochen. Wir haben nichts davon gewusst. Dann kamen sie zurück nach Bellaire, mit dreisten Gesichtern, die nichts verheimlichten, und setzten Segel für die Rückfahrt nach Bissanty. Gestern früh. Sie sind zusammen mit den Fischern mit der ersten Flut ausgelaufen. Der Hafenmeister konnte sie nicht daran hindern. Als die Reiter uns endlich die Botschaft über das Geschehene brachten, waren keine Schiffe mehr im Hafen, um ihre Verfolgung aufzunehmen.«

»Sie haben nicht nur unseren guten Vater umgebracht«, setzte eine Frau hinzu. »Acht weitere Männer haben bei seiner Verteidigung ihr Leben gelassen.«

»Fünf Ritter«, beantwortete der Schlachter die unausgesprochene Frage, die er in Mariettes Augen las. »Und drei unschuldige Diener.«

»Und dann haben sie noch Lady Vanderive umgebracht, und ihre ganze Leibwache dazu«, ergänzte jemand. »Das war noch vorher …«

Gaultry drehte sich nach Tullier um, aber der hatte bereits seine übliche nichtssagende Miene aufgesetzt.

»Und Piers wird schon heute beerdigt?«, fragte Mariette. »So bald?«

»Unser guter Vater und alle anderen auch. Es geht nicht anders«, erklärte der Schlachter bedauernd. Die Umstehenden nickten bestätigend. »Das Gift zersetzt sie von innen, und das Wetter ist ungünstig. Bei dieser Hitze kann man noch nicht einmal jemanden, der eines natürlichen Todes gestorben ist, lange aufbahren.«

»Habt ihr meinen Bruder gesehen?«, wechselte Mariette das Thema.

Aber niemand hatte etwas von Martin gehört. »Die Gräfin führt den Leichenzug an. Vater Piers wird draußen in Garrets Head beigesetzt.« Der Mann musterte ihre Pferde mit kritischem Blick. »Die Hufe machen zu viel Lärm. Aber wenn Ihr Euch beeilt, Lady Mariette, seid Ihr auch zu Fuß noch rechtzeitig da, bevor die Beerdigung zu Ende ist. Vielleicht kann Euch die Gräfin weiterhelfen.«

Mariette bedankte sich. »Wir gehen zu Fuß«, sagte sie so leise, dass es niemand außer Gaultry hörte. »Aus Respekt vor den Toten. Das sind schlechte Nachrichten.«

»Wer ist Vater Piers?«

»Piers Laconte.« Mariette zuckte die Achseln. »Über ihn selbst hast du vielleicht noch nichts gehört. Aber seine Mutter ist dir bestimmt ein Begriff – Marie gehörte zur Geheimen Brut, zusammen mit unseren Großmüttern.«

»Also hat es wieder einen von uns erwischt«, knurrte Gaultry grimmig. »Wie viele von uns mögen überhaupt noch übrig sein?«

Mariette schüttelte den Kopf. »Vielleicht weiß es Grandmère . Aber das Geschlecht der Laconte muss fast ausgestorben sein. Jetzt, wo der alte Piers und Destra tot sind, bleiben nur noch Palamar – die in Princeport hoffentlich in Sicherheit ist – ihr älterer Bruder Regis und vielleicht noch Destras kleine Tochter. Ich glaube, das sind alle.«

Tullier machte eine unwillkürliche Bewegung.

»Hast du davon gewusst?«, fragte Mariette direkt. »Hast du gewusst, dass der Priester das nächste Opfer sein würde?«

»Nein«, wehrte Tullier ab. »Ich habe nichts mit der Sache zu tun.« Er zerrte an den Zügeln seines störrischen Ponys und verschaffte sich so einen Vorwand, Gaultry und Mariette nicht ansehen zu müssen.

»Er sagt die Wahrheit. Er hat es nicht gewusst«, bestätigte Gaultry. »Wenn es doch so wäre, würde er nicht lügen. Er würde einfach schweigen. Stimmt's, Tullier?« Sie war so enttäuscht, dass es wie ein Vorwurf klang. Tullier ging nicht darauf ein.

Bis zur Landzunge war es noch eine halbe Meile. Keine große Entfernung, aber in der brennenden Mittagssonne konnte Mariette die Beschwerden, die ihre Verwundung ihr bereitete, nicht länger verbergen. Gaultry beobachtete sie besorgt.

»Wir haben jetzt genug Rücksicht auf die Leute genommen«, sagte sie schließlich. »Du solltest lieber reiten. Wenn Tullier und ich zu Fuß gehen, erweisen wir den Toten damit genug Respekt.«

»Ich bin eine Montgarret«, erwiderte Mariette mit kühlem Blick, obwohl ihr Gesicht vor Anstrengung verzerrt war. »Ich werde meine Pflicht nicht vernachlässigen, schon gar nicht unter Helenas Augen. Nicht, wenn Piers von Bellaire tot ist. Eher würde ich meinen guten Namen aufgeben.«

»Da wärst du nicht der erste Montgarret, der seinen Namen wegen einer Ehrensache aufgibt«, entgegnete Gaultry ärgerlich. »Und sieh dir an, was sich Martin damit eingebrockt hat.«

Mariette faltete die Hände über ihren Leib. »Martins Entscheidung war unter den gegebenen Umständen durchaus angebracht.«

Vom Friedhof aus hatte man einen guten Blick aufs Meer. Sie standen auf einem hohen, windgepeitschten Gelände. Die Grabsteine waren in unregelmäßigen Reihen im Schatten verwitterter Lehmmauern aufgestellt. Schon von weitem hörten sie den Gesang: Die frische Brise trug ihnen die silberhelle Stimme der Vorsängerin zu, in die zum Schluss jeder Phrase andere Stimmen einfielen. Es klang so rein und süß, dass Gaultry bald einen Kloß am Hals hatte. Dann ließen sie eine Reihe verkrüppelter Bäume hinter sich und erblickten das frische Grab: einen Hügel aus heller, mit Kieseln durchsetzter Erde. Es war eine große Prozession, geleitet von zwei älteren Männern in weißen Kitteln. Zwischen ihnen stand eine schmale, schwarz gekleidete Gestalt.

»Das ist Helena«, zischte Mariette. Gaultry zuckte zusammen, und es versetzte ihr einen Stich. Die betörende Stimme gehörte also Helena.

Ein schwarzer Schleier verbarg ihren Kopf und ihre Schultern, aber ihr silberblondes Haar lugte darunter hervor.

»Sie ist wunderschön«, flüsterte Gaultry.

»Schon möglich«, erwiderte Mariette und kniff missbilligend die Lippen zusammen.

Ein hochaufgeschossener, magerer Knabe, vielleicht ein oder zwei Jahre jünger als Tullier, stand neben der Gräfin Montgarret und schwenkte ein Weihrauchgefäß an einer Messingkette. Helenas eine schwarz behandschuhte Hand ruhte leicht, aber besitzergreifend auf seiner Schulter.

Der zerzauste Blondschopf des Knaben war schon lang genug für den lockigen Pferdeschwanz eines Soldaten. Aber Helenas Sohn war noch nicht zum Manne herangereift. Er schwenkte das Räuchergefäß mit kindlichem Eifer und versuchte, ein gleichmäßiges Rauchmuster zu erzeugen. Gaultry konnte den Blick nicht von ihm abwenden. Martin hatte ihr zwar erklärt, dass der Junge nicht sein leiblicher Sohn war, aber Gaultry suchte trotzdem in seinen Zügen und Bewegungen nach einem Hinweis auf Verwandtschaft.

Mittlerweile hatte der Gesang seiner Mutter alle Anwesenden zu Tränen gerührt.

»Warte hier«, befahl Gaultry Tullier, als sie das niedrige Friedhofstor erreicht hatten und in Sichtweite der Trauergemeinde gekommen waren. »Bleib mit den Pferden draußen. Wenn du mit hineingehst, gibt es bestimmt Ärger.«

Tullier protestierte nicht, als sie ihm die Zügel übergab.

Lady Helena beobachtete unbewegt, wie Gaultry und Mariette den Friedhof überquerten und sich in die Schlange der Bürger einreihten, die darauf warteten, dem toten Priester die letzte Ehre zu erweisen. Ihre dunklen Augen streiften Gaultry, die sie nicht kannte, nur flüchtig und blieben auf Mariette haften. Eine einzige Note lang schwankte ihre Stimme, dann hatte sie sich wieder in der Gewalt.

Aus der Nähe war deutlich zu erkennen, dass Martins Gattin völlig übermüdet war. Ihre Stimme war zwar klar und kräftig, aber sie wirkte gramgebeugt. Sie legte ihrem Sohn eher die Hand auf die Schulter, um sich zu stützen, als um ihre Macht zu demonstrieren. Gaultry hatte wegen ihrer Unterstellung ein schlechtes Gewissen. Helenas Augenbrauen unter dem dichten, silberblonden Haar waren ungewöhnlich dunkel und ausdrucksvoll geschwungen und verliehen ihr ein liebenswürdiges Aussehen, aber um Mund und Augen zeichneten sich verhärmte Falten ab. Gaultry hatte gehört, dass Helena in jenem Jahr, in dem Martin um ihre Hand anhielt, als Tielmarks größte Schönheit gegolten hatte. Das war noch immer zu ahnen, besonders jetzt, da sie den Kopf stolz in den Nacken legte und beim Singen den Mund weit öffnete. Gaultry bezweifelte zwar nicht, dass Martin sich tatsächlich vor über zehn Jahren von Helena getrennt hatte, aber beim Gedanken an den jungen Martin, der sich in diese Schönheit verliebt hatte, musste sie schlucken.

Sie war so in Gedanken versunken, dass sie früher vor dem Grab stand, als sie erwartet hatte. Sie starrte in die gähnende Grube. Der einfache Sarg war aus frischen, noch feuchten Eschenbrettern gezimmert. Schon häufte sich kalkige Erde auf der verschlungenen Doppelspirale der Jägerin und der Herrin, die in den Sargdeckel geschnitzt war. Die gramgebeugte Frau vor Gaultry schleppte sich schluchzend an den Rand des Grabes. »Vater«, wisperte sie mit einer Stimme wie raschelndes Papier. »Ihr habt meine Kindeskinder gesegnet.« Mit ihren verkrümmten, von harter Arbeit schwieligen Fingern warf sie zwei Hand voll Erde auf den Sarg. »Die Großen Zwillinge mögen Euch Frieden schenken.«

Ein Gebet murmelnd, ging sie weiter und drückte einem der weißbekittelten Priester einen Silberschilling in die Hand.

Gaultry trat vor.

Der Verwesungsgeruch, der aus dem Grab drang, traf sie wie eine Ohrfeige. Selbst der intensive, unangenehm süßliche Weihrauchduft konnte ihn nicht überdecken. Dazu hätte es schon eines Zauberspruchs bedurft. Corbulo, Tulliers Lehrmeister, hatte den gleichen Geruch, nur ein wenig schwächer, auf den Bettlaken des Gasthofes hinterlassen. Gaultry würgte und bückte sich hastig nach einer Hand voll Erde. Dann bemerkte sie, dass Lady Helena sie beobachtete. Helena sang noch immer und stand dabei so dicht neben dem Grab, dass ihr der Gestank in die Nase dringen musste, aber das schien sie nicht weiter zu stören. Das brachte Gaultry wieder zur Besinnung. Sie wollte sich vor der Frau keine Blöße geben, indem sie die Flucht ergriff.

Deshalb trat sie so dicht an den Rand des Grabes, dass der Boden unter ihren Füßen nachzugeben drohte, und streckte eine Hand voller mit Kieseln vermischter Erde aus. Mit geschlossenen Augen rief sie die Große Jägerin an. Gib, dass Martin nicht tot ist, betete sie. Hilf mir, seiner Spur zu folgen und ihn bald zu finden, so wie er mich damals gefunden hat. Er hat sein Leben riskiert, um mir zu helfen. Führe mich auf den richtigen Weg, bis ich wieder mit ihm vereint bin, so wie es die Rhasan-Karten prophezeit haben.

Erschrocken über ihre eigene Kühnheit – es war verboten, die Rhasan Karten im Gebet zu erwähnen – öffnete sie ohne hinzusehen die Hand und hörte, wie die Kiesel auf den Sargdeckel prasselten.

»Worum hast du gebetet?« Mariette packte sie am Ellenbogen. »Worum, Gaultry?«

Gaultry öffnete die Augen und blickte in die Grube. Ihre Hand voll Erde hatte sich über den ganzen Sarg ausgebreitet, und weiße Kristalle glitzerten zwischen den dunklen Krumen. Das in den Sargdeckel eingeritzte Symbol der Zwillingsgöttinnen flackerte.

»Ich hätte lieber darum beten sollen, dass du wieder gesund wirst«, sagte Gaultry zerknirscht, als sie merkte, dass die abrupte Bewegung Mariette starke Schmerzen bereitete. »Ich wollte –« Die Worte kamen ihr nicht über die Lippen. »Martin …«

Obwohl der Gesang auf der anderen Seite des Grabes unverändert klang, ließ Martins Gattin Gaultry keine Sekunde aus den Augen. Helena wusste ganz genau, dass Gaultrys Gebet eine Kampfansage gewesen war. Gaultry sank der Mut. Plötzlich kam es ihr schrecklich kindisch vor, sich am Grab eines frommen Mannes von Eifersucht hinreißen zu lassen.

»Sprich du mit Lady Helena und versuche herauszufinden, was passiert ist«, sagte sie zu Mariette. »Ich halte es hier nicht länger aus. Ich gehe Tullier suchen.«

Sie hatte Tränen in den Augen und musste blinzeln, während sie sich raschen Schrittes entfernte.

Am Tor angekommen, fand sie zwar die Pferde vor, aber keinen Tullier. Er hatte die Zügel um einen Pfosten geschlungen und spazierte über den seewärts gelegenen Teil des Friedhofes. Hier trugen die Grabsteine sowohl Tielmaraner als auch bissantinische Namen. Als Gaultry ihn endlich eingeholt hatte, beugte er sich gerade über einen Grabstein und zog mit den Fingerkuppen das verwitterte Blitzsymbol der Donnergöttin Llara auf dessen Oberfläche nach.

»War das die Frau Eures Liebsten?«, fragte er, ohne sich umzudrehen.

»Martin ist nicht mein Liebster!«, fauchte Gaultry und bereute im nächsten Augenblick, überhaupt reagiert zu haben. »Was machst du da überhaupt?«

Tullier nahm die Hand von dem Grabstein und heftete den Blick auf das Meer und den fernen Horizont, hinter dem Bissanty lag. »Ich habe noch nie gesehen, dass Leute ihre Toten begraben und ihnen zum Gedenken solche Steine errichten. Seht Euch den hier mal an …« Ohne den Kopf zu wenden, zeigte er auf den Stein, vor dem er stehen geblieben war. *Nimm meinen Sohn zu Dir, o Llara. Ich habe ihn sehr geliebt.* »Dieser Stein stammt noch aus der Zeit vor Tielmarks Befreiungskampf.«

Gaultry kam näher, wobei sie auf dem unebenen Boden beinahe gestolpert wäre, und las die Inschrift ebenfalls. »Er muss sogar noch älter sein«, meinte sie. »Zwei oder drei Regierungszyklen. Noch fünfzig Jahre, und er ist ganz zerfallen. Was machen denn die Sha Muira mit ihren Toten? Werfen sie sie ins Wasser?«

Tullier zuckte die Achseln.

»Erzähl mir nichts!«, protestierte Gaultry ungläubig. »Wirklich ins Wasser?«

»Unsere Festung steht schließlich auf einer Insel«, gab Tullier kühl zurück. »Sollen wir da etwa stundenlang Löcher in die Erde buddeln?«

»Keine Ahnung«, erwiderte Gaultry schnippisch. »Aber ich nehme an, dass dem Bissantiner, der diesen Stein errichtet hat, sein Sohn die Mühe wert war.«

Ein Windstoß wehte Tullier das schwarze Haar ins Gesicht. Er würdigte den Stein keines Blickes mehr.

»Gaultry Blas! Lady Gaultry Blas!«

Gaultry hob den Kopf. Helena Montgarrets Sohn rannte auf sie zu und wedelte mit den Armen. Hinter ihm hatten sich die Trauergäste inzwischen zerstreut. Nur noch wenige Menschen waren am Grab zurückgeblieben.

»Kommt schnell! Lady Mariette ist ohnmächtig geworden!«

Ohne zu zögern rannte Gaultry hinter ihm her. Sie hatte die persönliche Begegnung mit Martins Gattin und ihrem unehelichen Sohn um jeden Preis vermeiden wollen. Aber jetzt blieb ihr nichts anderes übrig. Als sie bei Mariette ankam, hatte man die Kranke bereits auf den Rasen gebettet. Einer der Priester hatte ihr das Hemd aus der Hose gezogen und den flachen, weißen Bauch mit der roten Pfeilwunde entblößt. Die Wunde war klein, aber der Haufen blutgetränkter Verbandskompressen, die jemand aus Mariettes Hemd gezogen und ins Gras hatte fallen lassen, verriet, dass sie in den anderthalb Tagen seit ihrem Aufbruch nicht aufgehört hatte zu bluten.

»Du Närrin!«, fuhr Gaultry die am Boden Liegende an und

kniete sich neben den Priester. »Warum hast du dir nicht helfen lassen?«

»Sie ist eine Montgarret.« Lady Helenas scharfe Sprechstimme klang längst nicht so einschmeichelnd wie ihr Gesang. »Eine Montgarret bittet weder um Hilfe noch nimmt sie sie an.«

»Wir müssen die Blutung stillen.« Der Priester fuchtelte mit einem Gebetbuch und einer frischen Kompresse herum. »Sie ist sehr schwach. Seit wann hat sie diese Wunde?«

»Seit zwei Tagen«, gab Gaultry zurück. Sie bettete Mariettes Kopf behutsam in ihren Schoß und starrte in die verschleierten, blauen Augen. »Warum hast du bloß nichts gesagt?«

Mariette schloss die Augen und schüttelte mühsam den Kopf.

»Die Montgarrets sind berühmt für ihre Sturheit«, bemerkte Martins Frau mit einer Gelassenheit, die Gaultry wütend machte. »Und für ihre Verwegenheit. Ihr seid die berühmte Jägerin aus dem Wald von Arleon, nehme ich an. Wo ist denn Euer Hokuspokus-Zwilling?«

Gaultry blickte auf. »Ich bin Gaultry Blas«, korrigierte sie Helena barsch. »Was ist passiert? Haben die Sha Muira nicht nur die Vanderives, sondern auch Euch überfallen? Martin –« Sie stockte, als sie seinen Namen aussprach. »Martin glaubte Euch in Gefahr.«

Lady Helena schüttelte verneinend den Kopf. »Sie hatten es weder auf mich noch auf meinen kleinen Martin abgesehen.« Sie nickte zu dem Knaben hinüber, der Gaultry geholt hatte. »Tielmarks Hexenblut birgt kein Geheimnis für die Bissantiner.«

Die junge Jägerin zwang sich dazu, den Knaben eingehender zu betrachten. Sein Gesicht war genauso fein geschnitten wie das seiner Mutter, und er hatte ihre anmutig geschwungenen, dunklen Augenbrauen und die gleiche unbestimmbare Miene, die ständig zwischen Liebenswürdigkeit und Hochmut wechselte. Der typische Sohn eines Höflings, schoss es Gaultry durch den Kopf. Die beiden wollten so gar nicht zu dem bescheidenen Begräbnis eines kleinen Landpriesters hier im grellen Sonnenlicht des rauen Felsenfriedhofs passen. Gaultry senkte den Blick wieder und strich Mariette das zerzauste Haar aus der Stirn. Noch in diesem Augenblick, da sie sich vor Schmerzen am Boden wand, wirkte Mariette wie der personifizierte Kampfgeist, den man von der Erbin einer unwirtlichen Küstengrafschaft erwarten konnte, die sich gegen alle Widrigkeiten des Lebens, seien es nun Piraten oder Wirbelstürme, zu behaupten hatte. Dass diese Grafschaft jetzt der zierlichen Helena und ihren Nachkommen gehörte, war eine seltsame Vorstellung.

»Ist Martin bei Euch gewesen?«, bohrte Gaultry weiter. »Und was ist passiert?«

»Was passiert ist? Alles Mögliche ist passiert. Nur heute oder in den letzten Tagen? Erst wurde die arme Destra ermordet. Sie baumelte an einem Ast und war von oben bis unten mit einem scharfen Messer aufgeschlitzt. Dann drangen an Emieras Pflanztag vier Sha Muira in mein Haus ein. Sie –« Lady Helena zögerte. »Sie haben einige meiner besten Leute umgebracht und sich dann im alten Burgverlies verschanzt. Sie hatten das Vanderive-Töchterchen bei sich. Sie schickten Vater Piers eine Haarsträhne der Kleinen und lockten ihn damit vom Altar der Großen Emiera fort in mein Haus.

Piers – ich kenne Piers seit meiner Kindheit, noch bevor er den Priesterornat anlegte. Er war ein herzensguter Mann. Er hatte keine Chance gegen sie, aber er hätte sich ohnehin nicht gewehrt, denn die kleine Marina war seine Nichte. Noch bevor er durch die Tür geschritten war, erschossen sie ihn mit ihren schwarzen Pfeilen. Er lag den halben Tag auf der Veranda in der Sonne, weil niemand ihn anzurühren wagte, so lange die Sha Muira sich noch im Haus aufhielten.

Martin kam am Abend, als es schon dämmerte. Er brach über die Sha Muira herein wie ein magischer Blitzstrahl. Sie waren nicht darauf vorbereitet und kannten sich im Gegensatz zu ihm im Haus nicht aus. Er tötete einen und verwundete einen zweiten.«

Helena warf Gaultry einen bitteren Blick zu. »Schließlich hatten sie eine schlaue Idee. Sie zwangen Martin dazu, sich zu ergeben, indem sie mein Leben bedrohten.«

»Und?«

»Als er sich ergab, durchsiebten sie ihn mit schwarzen Pfeilen.«

»Ist er –?« Der Schmerz durchzuckte Gaultry wie ein Messerstich. Nein. Das konnte einfach nicht sein. Bestimmt hätte sie es gespürt, wenn Martin tot wäre.

Seine Gattin schüttelte den Kopf. »Nein. Sie haben ihn mitgenommen. Gestern früh sind sie mit der Flut ausgelaufen. Hat man Euch das in Bellaire nicht erzählt?«

Gaultry fuhr herum und starrte auf das graue, wogende Meer, das ihr in Bellaire noch so verlockend erschienen war, als sie sich die Freuden einer Seereise ausgemalt hatte. Hoch über ihren Köpfen kreiste eine Silbermöwe und ließ ein höhnisches Krächzen hören. Gaultry vergaß alles andere um sich herum: die auf dem Boden ausgestreckte Mariette; Lady Helenas abweisendes Gesicht; den besorgten Priester, der Mariettes Wunde untersuchte.

Die Herzogin hatte sie gewarnt, aber sie hatte nicht zugehört. *Gib, dass Martin nicht tot ist,* hatte sie am Grab des ermordeten Priesters gefleht. *Hilf mir, seiner Spur zu folgen und ihn bald zu finden, so wie er mich damals gefunden hat.*

Um nicht als Heuchlerin vor Emiera dazustehen, würde sie ihrem Geliebten wohl aufs Meer hinaus folgen müssen.

Man musste aufpassen, worum man bat, dachte Gaultry. Man konnte nie wissen, ob die Götter nicht gerade ein offenes Ohr hatten und einen erhörten.

»Wann verlässt das nächste Schiff nach Bissanty den Hafen?«, fragte sie.

Keiner der Anwesenden hatte es geschafft, Gaultry ihren Plan auszureden, und die Münzen aus der Börse von Tulliers totem Meister hatten ein Übriges getan. Nichts stand ihrem Vorhaben mehr im Wege.

Nur Mariette auf ihrem Krankenlager in Tête-de-Garret äußerte höflichkeitshalber Bedenken. »Ich kann dich nicht daran hindern zu gehen«, sagte sie. »Und es wird dich auch nicht abhalten, wenn ich dich leichtsinnig finde. Wenn ich nur mitkommen und dich mit meinem Schwert verteidigen könnte –«

Sie presste die Hand auf die Seite, und ihre Stimme wurde schwach. »Dann wird eben die kleine Giftratte deinen Beschützer spielen müssen. Ich hoffe, er ist dieser Aufgabe gewachsen.«

Tullier senkte tatsächlich den Kopf und protestierte mit keinem Wort gegen den Schimpfnamen – und auch nicht gegen seinen neuen Auftrag.

»Ich werd's überleben«, beruhigte Gaultry Mariette. »Mit dem Beistand der Großen Zwillinge sogar noch mehr als das.«

»Wenn du es bis nach Bassorah schaffst, können Grandmères Mittelsmänner dir weiterhelfen. Arnolfos Familie wohnt dort.«

»Gut zu wissen.«

»Wer ist Arnolfo?«, fragte Tullier.

»Ein Getreuer der alten Herzogin«, erklärte Gaultry. Arnolfo war ein Mitglied der Eskorte gewesen, die ihr auf dem langen Weg nach Haute-Tielmark, wo ihre schlummernde *Glamour*-Magie erwacht war, Geleitschutz gegeben hatte. Gaultry strich Mariettes Laken glatt. »Das ist die beste Nachricht seit langem.«

»Ich kenne mich auch in Bassorah aus«, warf Tullier ein. »Gaultry braucht dort keine fremde Hilfe.«

Mariette rollte die Augen. »Ich kann mir lebhaft vorstellen, wie deine Hilfe aussieht. Was ist deine Lieblingsmethode? Ein Messer in die Rippen oder in den Rücken?« Der Schmerz erstickte ihr Lachen. Es dauerte einen Augenblick, bis sie sich wieder gefangen hatte.

»Wenn Tullier sich wirklich in Bassorah auskennt, kann er dir helfen, Arnolfos Haus zu finden. Es liegt im alten Teil der Stadt, irgendwo in der Nähe der Siegesbrücke.«

Gaultry fand es beinahe beunruhigend, dass ihr sonst niemand widersprach. Sie war an Reisegefährten gewöhnt, die mit ihr diskutierten und ihr vorwarfen, dass sie zu impulsiv handelte. Aber diesmal brauchte sie nur den Wirt um den Namen eines Kapitäns bitten, und mit einem Mal schien ganz Bellaire voller Hitzköpfe zu sein, die darauf brannten, den Tod ihres Priesters zu rächen – besonders, wenn jemand anders, wie zum Beispiel Gaultry, den Kopf dafür hinhielt. Der Wirt war ziemlich zurückhaltend, als sie ihn fragte, welchem Kapitän sie am ehesten vertrauen konnte. Gaultry musste die Seeleute selbst ausfragen und versuchen, ihr Seemannsgarn und ihre Prahlereien zu durchschauen. Keine leichte Aufgabe für jemanden wie Gaultry, die wenig Erfahrung mit Seeleuten und ihren Angewohnheiten hatte. Umso beunruhigender, dass sie schon in kurzer Zeit die nötigen Informationen beisammen und keinen Vorwand mehr hatte, nicht unverzüglich aufzubrechen.

In der Morgendämmerung nach Mariettes Zusammenbruch verließ ihr Schiff den Hafen.

# Coda

Mervion beugte sich über Coyal Memorants Bett. Sein Gesicht war mit gelblichen Blutergüssen übersät, und er hatte immer noch Fieber, aber die furchtbaren Schmerzen, die ihn drei Tage lange gequält hatten, waren endlich erträglicher geworden. Die lange Schnittwunde, die von seiner Augenbraue bis zum Ohr verlief, war verschorft. Mervion tupfte den Schnitt mit einem sauberen Tuch ab und lächelte flüchtig, als ihr wieder einfiel, wie prahlerisch und selbstsicher Coyal beim Fest des Prinzen ihr und Gaultry gegenüber aufgetreten war. Coyal war auf eine kindliche, von keinerlei Selbstzweifel geplagte Weise eingebildet, die ihre Schwester Gaultry jedes Mal aufbrausen ließ.

Mervion selbst fand Coyals Art anziehend. Trotz seiner Demütigungen bei Hofe war der Optimismus des jungen Ritters ungebrochen. Dabei war Coyal kein Dummkopf. Er ging seinen Feinden einfach lieber aus dem Weg. Dass er immer noch um sein Ansehen bei Hofe kämpfte, lag daran, dass der Prinz ihn vor den Augen jener Höflinge gerügt hatte, die sich diebisch darüber freuten, dass er in Ungnade gefallen war.

»Mit dir hat man mehr Mühe, als du wert bist«, sagte Mervion, ohne sich darum zu kümmern, ob Coyal sie hörte oder nicht. »Und du bist meiner Schwester ähnlicher, als du ahnst.«

Wenn er seine Kräfte wiedererlangte und die Schwellung zurückgegangen war, würde die Narbe Coyals gutes Aussehen nicht beeinträchtigen. Dafür hatte Mervion gesorgt.

Alle waren pikiert gewesen, als Mervion den jungen Ritter in die elegante Zimmerflucht im alten Flügel des Schlosses hatte bringen lassen, die sie zusammen mit ihrer Schwester bewohnte. Auch Mervion selbst hätte eine offene Solidaritätsbekundung mit dem Außenseiter lieber vermieden. Aber während der zwei Tage auf der Krankenstation des Prinzen hatte sich niemand ordentlich um Coyal gekümmert. Das Zerwürfnis mit seinem Vater und sein Verzicht auf den Adelstitel waren allen noch zu gut in Erinnerung. Hinzu kam noch die herausragende Position, die Coyal unter der Regierung des verräterischen Kanzlers Heiratikus bekleidet hatte. Niemand wollte etwas mit dem jungen Mann zu tun haben.

»So sind wir Blas-Zwillinge nun mal«, seufzte Mervion und straffte die verspannten Schultern. »Kümmern uns um jeden Verräter und Attentäter. Benet sollte uns lieber nicht über den Weg trauen!

Ich wünschte bloß, Dervla würde uns das endlich auf den Kopf zu sagen.«

Dervla. In den letzten Tagen hatte Mervion immer besser begriffen, warum Gaultry Dervla nicht leiden konnte. Bei allem was sie tat, war die Hohepriesterin ausschließlich auf ihren eigenen Vorteil bedacht. Sie hatte Mervion zwar geholfen, die Wirkung des Giftes einzudämmen, aber sie hatte sich geweigert, Coyal darüber hinaus zu pflegen – oder wenigstens einen ihrer Gehilfen damit zu beauftragen. Als Coyals Zustand nach zwei Tagen wieder halbwegs stabil war, hatte Dervla angeordnet, den jungen Ritter in den Gasthof in Princeport zurückzubringen, in dem er logierte, seit er seine Vorrangstellung bei Hofe eingebüßt hatte.

Wäre Mervion nicht zufällig im Zimmer gewesen, hätte sie sich wohl nicht weiter mit Coyals Schicksal befasst und ihre Aufgabe als beendet angesehen.

Aber sie hatte Dervlas Befehl gehört. Und sie hatte Coyals aufgedunsenen und vom Fieber geschüttelten Körper auf der wackligen Trage liegen sehen und den ängstlichen Blick seines Pagen aufgefangen, dem plötzlich bewusst wurde, dass er von nun an allein für seinen kranken Herrn verantwortlich sein sollte.

»Er hat genug Geld«, hatte Dervla unbarmherzig gesagt. Sie hatte dem Kranken noch nicht einmal eine Decke für den Transport durch die Straßen mitgeben wollen. »Das Schlimmste hat er überstanden. Er braucht nicht mehr im Schloss zu bleiben.«

»Durch seine mutige Tat hat er Benets Pakt mit den Göttern gerettet!«, hatte Mervion protestiert.

»Na und? Dafür habe ich ihm auf Befehl des Prinzen das Leben gerettet. Damit sind wir quitt.«

Mervion war den Dienern mit Coyals Trage in den Schlosshof gefolgt und hatte ihnen befohlen, den jungen Ritter in ihre eigenen Gemächer zu bringen. Dann hatte sie in dem kleinen Arbeitszimmer neben ihrem Salon ein Feldbett aufstellen lassen. »Hier bleibst du«, hatte sie zu dem jungen Mann gesagt. »Bis du die Augen wieder aufmachst und mir selbst sagen kannst, wo du hinwillst.«

Durch diesen Akt der Barmherzigkeit hatte Mervion es sich endgültig mit dem übrigen Hofstaat verdorben.

Mervion betrachtete Coyals geschwollenes Gesicht und zog eine Grimasse. »Es ist ganz praktisch, dass ich mich um dich kümmern muss«, meinte sie. »Jetzt, wo Gaultry weg ist, langweile ich mich hier, aber ohne die Erlaubnis des Prinzen darf ich den Hof leider nicht verlassen.«

Am Tag nach Emieras Fest hatte Benet unverzüglich gehandelt. Er hatte den Befehl ausgegeben, dass sich alle noch lebenden Nachfahren der Geheimen Brut bei Hofe einzufinden hätten. »Wenn Tielmarks Schicksal nun einmal mit diesen Leuten verknüpft ist«, hatte er erklärt, »werde ich nicht hier sitzen und ruhig mit ansehen, wie sie einer nach dem anderen abgeschlachtet werden.«

Daraufhin war hinter verschlossenen Türen ein heftiger Streit zwischen Benet und der Herzogin von Melaudiere wegen der überstürzten Abreise von Martin, Mariette und Gaultry entbrannt. Gerüchte besagten, dass der Prinz Gabrielle Lourdes damit gedroht hatte, sie aus dem herzoglichen Rat auszuschließen, wenn sie nicht sofort nach Gowan schicken ließ, dem Erben ihres Adelstitels und Martins und Mariettes engstem Cousin. Die Höflinge tuschelten miteinander und fragten sich, warum die Herzogin so halsstarrig war.

Was das betraf, wusste Mervion ausnahmsweise einmal mehr als der übrige Hofstaat.

»Sie will nicht, dass Benet schlecht über einen von ihnen denkt«, erklärte sie Coyal und drückte eine frische Kompresse auf seine tränenden Augenlider. »Die alte Kupplerin will, dass ihr Enkel Martin Gaultry zur Frau bekommt.« Mervion bemerkte, dass der Kranke jetzt wacher war und redete munter weiter, um sich die Einsamkeit zu vertreiben. »Das wäre wahrhaftig ein ergiebiger Stammbaum für Benets Ahnenforscher!« Unwillkürlich musste sie grinsen, als sie sich ihre freiheitsliebende Schwester als Zuchtstute der alten Herzogin vorstellte, aber diesen Gedanken äußerte sie nicht laut. »Natürlich wird sie sich wie immer durchsetzen. Schließlich hat sie Benet auch davon überzeugen können, dass ihr Enkelsohn nicht aus purer Abenteuerlust aufgebrochen ist und dass Gaultry und Mariette ihm unbedingt folgen mussten.

Emiera allein weiß, wie sie ihm das Verschwinden des bissantinischen Attentäters plausibel gemacht hat.

Aber es wird nicht leicht sein, die Nachkommen der Geheimen Brut zusammenzutrommeln. Die Hohepriesterin tut so, als sei ihre Mutter die Prinzessin höchstpersönlich gewesen und nicht eine von sieben gleichrangigen Hexen. Dervla hat sich für ihre eigenen Verwandten nie besonders verantwortlich gefühlt. Aber jetzt liegt sie dem Prinzen ständig damit in den Ohren, dass die Herzogin es bis jetzt trotz ihrer Zusicherung versäumt hat, ihren jüngsten Enkel nach Princeport zu bringen.

»Benet hat Boten in den Wald von Arleon geschickt, um Tamsanne holen zu lassen. Zwei Tage brauchen sie mindestens.« Mervion nahm die Kompresse ab und warf sie in einen Eimer. Später würde sie diesen in die Kapelle tragen und den Inhalt dort verbrennen. Sie hatte am eigenen Leib erfahren müssen, dass das Gift der Sha Muira seine Wirkung auch nach mehreren Tagen nicht verloren hatte. Zum Glück war Coyal durchtrainiert und zäh. Da der Einfluss des Giftes verlangsamt worden war, würde er es ausschwitzen, bevor es ihn umbrachte. Aber auch jetzt waren die Rückstände noch so gefährlich, dass sich Mervions Hände mit Blasen bedeckten, wenn sie direkt damit in Berührung kam. »So wie ich Tamsanne kenne, wird sie sich Zeit lassen. Sie reist niemals ohne sorgfältige Vorbereitungen.« Stirnrunzelnd stellte Mervion sich vor, wie ihre Großmutter Benets Boten in ihrem ordentlichen kleinen Haus empfing. Mervion war es immer so vorgekommen, als lebte ihre Großmutter in ihrer eigenen Welt. Einer gefährlichen Welt voller Magie, an der Grenze zum Verwunschenen Reich – jenem magischen Land auf dem anderen Flussufer, wo wilde Zauberkraft sich heimtückisch menschlicher Seelen und der Lebensgeister von Tieren bemächtigte. Außerhalb des Waldes konnte sich Mervion Tamsanne nur schwer vorstellen.

»Auch mit Palamar Lacontes Bruder gibt es Schwierigkeiten. Die Grafschaft Tierce ist nur zwei Tagesreisen entfernt, aber er hat bereits eine Brieftaube mit der Nachricht geschickt, dass er sich verspäten wird. Du kennst ihn persönlich, nicht wahr?« Nur ein Flusslauf trennte die Ländereien der Lacontes und die Besitztümer von Coyals Vater. »Was mag ihn ausgerechnet jetzt aufgehalten haben, wo eine seiner Schwestern einen Nervenzusammenbruch erlitten hat und die andere samt ihren Kindern grausam ermordet wurde?

Julie von Basse Demaine müsste morgen ankommen. Aber sie hat bereits angekündigt, dass sie ihre Kinder zu Hause lässt. Aus irgendwelchen Gründen kann Benet ihr nicht böse sein.

Und das sind auch schon alle Nachfahren von Prinzessin Lousielles Hexenzirkel, die der Prinz noch auftreiben kann. Drei der alten Hexen sind tot und drei hier bei Hofe versammelt, jedenfalls sobald Julie von Basse Demaine und Tamsanne eingetroffen sind. Die siebente – Richielle, die Ziegenhirtin – ist verschollen. Dervla behauptet, sie sei gestorben. Sie hat sich seit fünfzig Jahren nicht mehr hier blicken lassen, seit dem Ende des letzten Regierungszyklus, als die Geheime Brut die alte Prinzessin Corinne auf den Thron brachte.« Mervion legte ein frisches Tuch auf Coyals Gesicht und trat einen Schritt zurück. »Aber das hat nichts zu bedeuten. Während der letzten fünfzig Jahre wusste auch kaum jemand bei Hofe, wo Tamsanne sich verkrochen hatte.«

Mervion setzte sich auf die Bettkante und presste die Hände an die Schläfen. Sie kämpfte gegen die Niedergeschlagenheit an, die sie zu überwältigen drohte. Princeport war ein goldener Käfig. Ohne Gaultry fühlte Mervion sich schrecklich einsam. Wie lange würde es ihr noch gelingen, nach außen hin stark und ruhig zu erscheinen, wenn jeder Tag doch nur neue Demütigungen brachte? Mervion hatte darum ersucht, dass der Bote auf dem Weg zu Tamsanne bei ihrem Halbbruder vorbeiritt und dort Bericht über die jüngsten Vorfälle erstattete. Dervla – Mervion wusste genau, dass Dervla dahinter steckte – hatte dafür gesorgt, dass der Beamte, der solche Anfragen bearbeitete, ihr diese Bitte abgeschlagen hatte. »Gilles und Anisia sind beim Prinzen in Ungnade gefallen«, hatte der Mann erklärt. »Wenn Ihr ihnen eine Botschaft schicken wollt, müsst Ihr die Kosten selbst tragen.« Mervion hatte nicht genug Kraft gehabt, um sich durchzusetzen, denn sie wusste, dass schon dieser gescheiterte Versuch, ihren Bruder und seine junge Frau Anisia, die mehrere Wochen vor Benets Hochzeit Mervions Mitgefangene gewesen war, zu benachrichtigen, für noch mehr Klatsch und Tratsch sorgen würde.

»Ich bin so müde, und niemand kümmert sich um mich!«, seufzte sie. Sie wusste allerdings auch, dass das zum Teil ihre eigene Schuld war. Nach der körperlichen und geistigen Zerreißprobe bei Benets Hochzeit hatte Mervion versucht, ihre Angst und Verzagtheit vor ihrer Zwillingsschwester zu verbergen. Das war ihr leider nur zu gut gelungen.

»Wach auf!«, nörgelte sie Coyal an. »Wach endlich auf und leiste mir wenigstens ein bisschen Gesellschaft.«

Der junge Ritter bewegte sich, schlief aber weiter.

Mervion erhob sich und ging unruhig auf und ab.

Sie machte Gaultry keine Vorwürfe, das sie die Gelegenheit ergriffen hatte, den ermüdenden Hofintrigen den Rücken zu kehren. Aber es wäre ihr lieber gewesen, wenn die Jüngere nicht so überstürzt aufgebrochen wäre. Mervion hatte noch so vieles mit ihr besprechen wollen. Dinge, die Tamsanne ihr erzählt hatte; Mutmaßungen über Dervla, die Herzogin und den Prinzen; und das Allerwichtigste: den Zauber, mit dem sie dem jugendlichen Attentäter das Leben gerettet hatte. Aber Gaultry war fort.

Es war zu spät.

# Zweites Buch

## 9

»Sie nehmen euch mit nach Bassorah.«

Gaultry warf einen skeptischen Blick an der Tielmaranerin vorbei auf das Sklavenschiff aus Bissanty. Es war ein plumper, unförmiger Kasten, der schwerfällig im Wasser des Hafenbeckens herumdümpelte, von dem sie erst kürzlich erfahren hatte, dass es der Fischereihafen von Tielmark sei. Sie waren einen ganzen Tag lang hinter dem Schiff hergejagt, während der Kapitän seine Mannschaft ununterbrochen fluchend und brüllend an Deck hin- und hergescheucht hatte – nur um den Kahn in Gang zu bringen. Trotz ihrer Angst vor dem Meer hatte das Gaultrys Stimmung beträchtlich aufgeheitert, denn solch eine kleine Hetzjagd war selbst zu Wasser nicht zu verachten. Nachdem sie das Schiff jetzt allerdings eingeholt hatten, war ihre Stimmung erneut umgeschlagen, und diesmal nicht gerade zum Besseren.

Das hier war nicht Martins Schiff. Es würde lediglich denselben Weg nehmen wie er, im Gegensatz zu dem Fischerkahn aus Tielmark.

»Sie wollen uns mitnehmen?« Das Schiff der Bissantiner war groß und breit, aus fleckigem dunklem Holz gezimmert, und seine dunkelbraunen Segel trugen den schwarzen Doppelstreifen des Kaiserreichs. »Einfach so?«

Die Kapitänin aus Tielmark, eine Frau mit harten Gesichtszügen, die zwischen dreißig und fünfzig Jahre alt sein mochte, zuckte mit den Achseln. Der Wind war nicht geeignet gewesen, überhaupt irgendein Schiff einzuholen, das nach Norden fuhr, und sie wusste, im Gegensatz zu Gaultry, nur zu gut, dass sie ihrem Gefährt alles abverlangt hatte, um wenigstens diese lahme Ente einzuholen.

»Drei Goldtaler haben die Sache stark vereinfacht«, meinte sie. »Zusammen mit dem Anblick Eures Jungen an der Reling.«

Tulliers Blick war unverwandt auf das andere Schiff gerichtet, doch Gaultry wusste genau, dass er jedes Wort hörte.

»Was ist denn so Besonderes an ihm?«

Die Frau spuckte ins Wasser. Vor zwei Tagen, in Bellaire, war sie hin- und hergerissen gewesen. Einerseits hatte sie Gaultry unbedingt mitnehmen wollen, aber gleichzeitig hatte sie misstrauisch auf Tulliers unverkennbar bissantinische Gesichtszüge geschielt. »Sie erkennen die ihnen eigene arrogante Ader«, sagte sie schließlich. »Die trägt man in Bissanty nur zur Schau, wenn man zu denen gehört, die einen Haufen Sklaven halten und ein bequemes Leben führen.«

Tulliers Ohren glühten, aber das kam vielleicht nur vom Widerschein des Lichtes auf den Wellen.

»Lasst uns rüberfahren!«, sagte Gaultry.

»Gut. Das Boot steht schon bereit.«

»Der Dank der Großen Jägerin wird Euch begleiten.«

»Sagt ihr, sie soll sich gehörig beim Meeresgott bedanken!« Die Kapitänin grinste breit und schüttelte Gaultry zum Abschied die Hand. »Damit er uns einen ordentlichen Fang beschert.«

Kein Seemann hätte von starkem Wellengang geredet, als Gaultry und Tullier jetzt in das winzige, mit Schafshaut bespannte Boot kletterten, das mit zwei Matrosen an den Riemen im Schatten des Fangschiffes auf den Wellen tanzte. Doch Gaultry fürchtete bei jeder Bewegung, die schäumende Gischt könnte das schaukelnde Gefährt verschlingen. Als sie die letzte Sprosse der Strickleiter erreicht hatte und den Fuß ausstreckte, reichte ihr einer der beiden die Hand und zog sie grinsend ins Boot.

»Möge die Große Jägerin sich zu dem Meeresgott gesellen«,

murmelte sie verdrossen, während sie unbeholfen zu ihrem Sitzplatz am Bug stolperte. »Damit diese hier heil ihr Ziel erreicht.«

Tullier, der sich jetzt neben ihr niederließ, schien das Geschaukel kein bisschen zu beunruhigen. Ob beim Reiten, Segeln oder Kämpfen – ihn konnte nichts aus der Ruhe bringen. Gaultry gab sich alle Mühe, sich ihre Panik nicht anmerken zu lassen. Nie zuvor war sie dem Meeresgott so eindeutig ausgeliefert gewesen. Plötzlich musste sie daran denken, wie erschüttert Tullier gewesen war beim Anblick der Grabsteine auf dem Friedhof in Bellaire.

Mit diesem Bild vor Augen konnte sie seine äußere Gelassenheit besser ertragen.

Die beiden Matrosen legten sich in die Riemen, und schon bald hatten sie das Boot aus den Brandungswellen, die gegen das Mutterschiff schlugen, in ruhigere Gewässer hinausbugsiert. Gaultry, vom gleichmäßigen Auf und Ab ein wenig eingelullt, verrenkte sich den Hals, um zu sehen, wohin die Fahrt ging. Die Sonne stand hoch über ihren Köpfen und warf glitzernde Reflexe auf die Wasseroberfläche. Vor ihnen wälzte sich das Schiff aus Bissanty schwerfällig in der Brandung. Der robuste Zweimaster trug eine höchst komplizierte Takelage zur Schau. Die gerafften Segel waren mit unzähligen Linien überzogen. Am höchsten Punkt des Hauptmastes, wo die Takelage auf die Mastspitze traf, befand sich eine kupferne Nachbildung von Llaras Donnerkeil.

Zwei rötliche, sonnenverbrannte Gesichter, eingerahmt von fettigem schwarzem Haar, starrten vom Achterdeck auf sie herab, eine Hand voll dunkelhäutiger Matrosen wartete am oberen Ende der Strickleiter, die man über die Bordwand herabgeworfen hatte. Eine Reihe Ruder – insgesamt zwanzig Stück – ragten dicht über die Wasseroberfläche aus dem Schiffsrumpf hervor. Die Ruderluken, die gerade nicht benutzt wurden, waren fest verschlossen.

Als das Boot noch hundert Schritt von dem Sklavenschiff entfernt war, schlug Gaultry mit einer Windböe eine Wolke von Blut-, Schweiß-, Teer- und Uringeruch entgegen, das Ganze mit

Salzluft geschwängert. Das Schiff lag mit verrammelten Luken tief im Wasser, denn es war angefüllt mit unfreiwilliger menschlicher Ladung.

»Dieses Ding war in Bellaire?«, fragte sie. »Darf denn so ein Schiff überhaupt in Tielmark anlegen?«

»Zwei Tage im Außenhafen«, nickte einer der Matrosen. »Bei dem Gestank würde sie der Hafenmeister wohl auch kaum näher heranlassen.«

»Warum lässt er sie mit dieser Ladung überhaupt in Bellaire vor Anker gehen?«

»Sie haben dafür bezahlt. Die Fracht interessiert den Hafenmeister nicht.«

Inmitten des vielen Wassers um sie herum befiel Gaultry plötzlich ein Gefühl der Beklemmung. Sie kannte dieses Gefühl des Ausgeliefertseins. Jeder, der sich mit Zauberei befasste, kannte – und fürchtete, sofern er auch nur ein Fünkchen Verstand besaß – die Gewalt der höheren Mächte. Die Götter belohnten ihre Jünger dafür mit ungeahnten Kräften, dass sie ihnen ihren freien Willen unterwarfen. Und bestimmte magische Fesseln wurden einem auch unfreiwillig auferlegt. Ein Fluch schlug sein Opfer unweigerlich in Bann, und eine Prophezeiung verfolgte die Beteiligten hartnäckig bis zu ihrer Erfüllung. Doch all diese Zwänge wurden durch die Liebe eines Gottes wieder wettgemacht. Im Gestank und Elend menschlicher Sklaverei dagegen winkte keinerlei göttliche Belohnung, schlimmer noch, die Götter nahmen nicht einmal Notiz davon. Man konnte sich abrackern und unbemerkt zu Grunde gehen.

*Du hast deiner Göttin ins Antlitz geschaut,* versuchte sie ihre Nerven zu beruhigen. *Elianté und Emiera haben dir Ihren Segen erteilt. Was der Mensch dem Menschen antut, darf dich nicht ins Schwanken bringen.* Sie klammerte sich an diesen Gedanken wie an ein Gebet oder einen Zauberspruch, der sie abschottete, sodass sie ihren Abscheu vor der Mannschaft aus Bissanty verborgen halten konnte.

Tulliers Gletscherblick musterte sie aufmerksam. Der junge Mordbube witterte ihre Angst wie ein Hund, und sein Körper reagierte instinktiv darauf.

Kehr lieber um, wenn du die Bissantiner nicht ertragen kannst, schien seine spöttische Miene zu sagen.

Einen Moment lang schien dieser Gedanke wirklich verlockend. Sie konnte immer noch zurück. Ein Wort, und die beiden Matrosen würden sie wieder sicher zu dem Schiff aus Tielmark zurückbringen. Es hing allein von ihrem Willen ab, ob sie es mit den Bissantinern aufnehmen wollte.

Die Herzogin hatte gesagt, Gaultry hätte keine Ahnung, welche Gefahr von Bissanty ausginge und wie nah diese bereits gerückt sei. War es das, was sie damit gemeint hatte?

Die junge Jägerin schloss die Augen und versuchte sich zu beruhigen, indem sie sich Martins Gesicht vorstellte. Einen Augenblick lang schien er bei ihr zu sein und sie mit seinen grauen Wolfsaugen aufmunternd anzusehen. Sie würde als Passagier an Bord gehen, während Martin auf einem anderen dieser Schiffe als Gefangener vor ihnen herfuhr.

Ein Matrose rief ihnen von oben etwas zu und riss sie aus ihren Tagträumen. Die Stimme eines Bissantiners. Gaultry schlug die Augen auf. Sie hatten das Sklavenschiff bereits erreicht. Eine Welle ließ das zerbrechliche Boot an dem Schiffsrumpf entlangschrammen. Einer der Matrosen streckte die Hand aus und brachte das Gefährt fluchend in Sicherheit.

»Reisen erweitert den Horizont«, meinte Gaultry und blickte in Tulliers verdutztes Gesicht. Der Junge spürte, dass ihre Angst verflogen war, und das brachte ihn aus dem Konzept.

Sie gab den beiden Ruderern ein paar Kupfermünzen und schickte sich an, die triefende Strickleiter hinaufzuklettern.

Was hatte dieser Junge nur an sich, das den Kapitän des Sklavenschiffs so untertänig machte? Ein kurzer Blick in Tulliers Gesicht, und schon gab er eilig Befehl, ihr Quartier zu verlegen.

»Hält er dich immer noch für einen Sha Muira?«, fragte Gaultry, während sie darauf warteten, dass der Schiffsjunge die beiden abgeschlossenen Kojen neben der Kombüse herrichtete. »Hat er deshalb solche Angst vor dir?«

Tullier schüttelte den Kopf. »Er denkt, ich stehe über ihm«, sagte er. »Das reicht, um uns ein besseres Quartier einzuräumen. Ihr könnt ja darauf bestehen, dass wir im Frachtraum bleiben, wenn Ihr wollt. Dann hocken wir direkt neben der Ladung.«

»Ich mag es nicht, wenn jemand ohne Grund vor mir herumkriecht«, entgegnete Gaultry. Die Vorstellung, unten im Sklavenbereich zu nächtigen, war ihr ausgesprochen zuwider, aber die Selbstverständlichkeit, mit der Tullier die Unterwürfigkeit des Kapitäns quittierte, fand sie ebenfalls abstoßend. »Ich will wenigstens wissen, warum.«

»So sind die Bissantiner eben.« Tullier verzog missmutig das Gesicht. »Könnt Ihr's nicht einfach damit gut sein lassen?«

»Nein. Selbst wenn du über ihm stündest, warum sollte er deshalb das ganze Schiff auf den Kopf stellen?«

»Er hat Angst, ich könnte meine Stellung ausnutzen und ihn dazu zwingen.«

Sie sah ihn lange an. »Ich würde so etwas nie mit dir tun«, sagte sie leise. Der Junge wandte sich mit finsterer Miene ab. Sie wussten beide nur zu genau, dass er ihr ausgeliefert war. Sie brauchte nicht auch noch dauernd an der Leine zu rütteln, um ihn daran zu erinnern.

Ihre Kojen befanden sich am Bug, neben der Kombüse und dem Hühnerstall. Es waren zwei schmale Verschläge von der Länge eines menschlichen Körpers, deren hölzerne Türläden man zurückklappen konnte, sodass ein angenehm frischer Luftzug hereinkam. Die obere Koje war zwar weniger bequem zu erreichen, bot dafür aber eine bessere Aussicht auf das Deck sowie schmale Lüftungsschlitze. »Ich nehme die da«, sagte Gaultry und hievte ihre Reisetasche hoch. Der Geruch des Hühnerstalls machte ihr nichts aus. Sie kletterte hinauf und verstaute die Tasche, dann schwang sie die Beine über die Bettkante und ließ ihren Blick über das Schiff schweifen, um sich zu orientieren.

Auf dem erhöhten Achterdeck hielt der Kapitän gerade eine Besprechung mit den Offizieren und dem Steuermann ab. Die beiden waren richtige Seebären mit wettergegerbten Gesichtern, während das Kleeblatt sonnenverbrannter Offiziere neben ihnen noch grün wirkte und nicht einmal den Anschein geübter Krieger erweckte. Dabei waren sie überaus adrett gekleidet, und Gaultry konnte sich vorstellen, dass sie die verhutzelte Schiffswaschfrau gehörig auf Trab hielten.

»Sieht ganz so aus, als müsste ich von jetzt an dein Gepäck tragen«, meinte Gaultry. Sie hatten zwei Taschen und das längliche Stoffbündel mit Gaultrys Bogen bei sich. »Und du wirst den Mund aufmachen und mir erzählen, wie ich mich möglichst unauffällig bewegen kann. Nach allem, was ich gehört habe, ist Bassorah so groß, dass wir beide darin verschwinden. Allerdings nur, wenn ich nicht aus dem Rahmen falle wie ein geschmückter Maibaum.«

»Es wird Euch gar nicht gefallen«, sagte Tullier boshaft.

Damit hatte er zweifellos Recht. Im alten Kaiserreich hatten Frauen viel weniger Freiheiten, als Gaultry gewöhnt war. Mit Ausnahme jener, die in den höchsten Adelsrängen beheimatet waren, galten Frauen dort nur als jederzeit austauschbarer Familienbesitz. An Tulliers Seite, so viel war klar, würde sie weit weniger auffallen als allein. In Bissanty reisten Frauen nicht ohne Begleitung.

»Ihr könnt Euch nicht als meine Sklavin ausgeben«, sagte der Junge kaltschnäuzig. »Es sei denn, Ihr wollt Euch das Brandzeichen des Kaisers auf den Rücken brennen lassen. Wenn Ihr ein Schwert hättet – und damit umgehen könntet – könnten wir Euch als Marotte von mir durchgehen lassen: als Barbaren-Leibwächter. Das Einfachste wäre natürlich, Euch als meine Hure zu verkleiden.«

»Soso.« Gaultry streifte ihn mit einem kühlen Blick und versuchte, sich ihr Erstaunen darüber nicht anmerken zu lassen, dass er sich offenbar für alt genug hielt, um mit einer bezahlten Gespielin zu reisen. »Die jungen Herren in Bissanty müssen ja ziemlich frühreif sein. Nein, ich glaube ich spiele lieber dein Kindermädchen. Oder noch besser deine Anstandsdame. Das heißt, wenn du wirklich der Meinung bist, du wärst alt genug für eine Geliebte.«

Das nahm Tullier für eine Weile den Wind aus den Segeln.

... *Euch das Brandzeichen des Kaisers auf den Rücken brennen lassen.* Als die »Ladung«, wie es die Bissantiner nannten, an Deck gebracht wurde, stellte Gaultry fest, dass Tulliers Bemerkung wörtlich zu verstehen war. Die »Ladung« bestand aus siebzig Kriegsgefangenen aus einer Schlacht, die tief im Süden stattgefunden hatte und deren besiegte Krieger von beiden Seiten an die Sklavenhalter aus Bissanty verkauft worden waren: vierzig Mann eines Wüstenstammes und dreißig Soldaten verschiedenen Geschlechts von einem anderen. Mehr als die Hälfte von ihnen trug noch Kampfwunden, die sich in verschiedenen Stadien der Heilung befanden. Dessen ungeachtet war jeder der Gefangenen am rechten Schulterblatt mit einem durchkreuzten Viereck gebrandmarkt worden, dem Hoheitszeichen des Kaiserreichs. Unter ihren Lumpen erkannte Gaultry kaum verheilte, rötlich schimmernde Brandwunden.

Trotz ihrer schlechten Verfassung wehrten sich viele der frischgebackenen Sklaven noch heftig gegen ihre Zwangslage. Um das zu verhindern, hatte man sie jeweils zu dreien aneinandergekettet, was das Gehen mühsam und eine Flucht unmöglich machte, auch wenn sich einige von ihnen bemerkenswert schnell an die Reichweite ihrer Ketten gewöhnt hatten und fast anmutig in unheimlichem Gleichschritt einher liefen.

Es dauerte eine Weile, bis Gaultry sah, dass man eine Anzahl der Zusammengeketteten mit einem durch die Zungenspitze getriebenen Metallring versehen hatte. Das waren offenbar die aggressiveren von ihnen. In die Zungenringe der einen Dreiergruppe war außerdem noch ein geflochtener Draht eingelassen. Der bullige Mann in der Mitte dieser drei sah aus, als würde er auf jeden losgehen, der ihm zu nahe kam. Er hatte ein mürrisches Gesicht und einen unverheilten Riss im Mundwinkel. Als er ausspuckte, war sein Zungenring nicht zu sehen, so weit hinten war er angebracht.

»Ziemlich rabiater Bursche«, bemerkte Tullier. »Er muss sich das Ding schon mehr als einmal herausgerissen haben. Ich bezweifle, dass von seiner Zunge noch mehr als ein Fetzen übrig ist.« Er sah Gaultry forschend an. »Macht Euch das etwas aus? Er kommt aus Chauduk. Sie gehen roher mit ihren Frauen um als sonst irgendeiner in Bissanty.«

»Wenn er sich noch wehrt«, sagte Gaultry, »dann hat er noch Hoffnung. Warum sollte mir das etwas ausmachen?« Es machte ihr natürlich etwas aus. Sie war Jägerin und wusste, dass selbst das wildeste Tier jahrelang elendiglich in einem Käfig dahinvegetieren konnte. Ihrer Erfahrung nach gab es nur wenige Lebewesen, die willentlich ihren Tod herbeiführten, wenn man ihnen die Freiheit entzog.

Sie betete, dass sie zu diesen wenigen gehören möge, sollte man sie jemals in Bissanty entdecken und gefangen nehmen.

»Chauduk und Ardain führen wieder Krieg.« Der Schiffskoch war aus der Küche gekommen und gab vor, die Hühner zu füttern. Er war ein geschwätziger Mann, der ständig vor sich hin redete – mit seinen Hühnern oder den Kochtöpfen oder sonst wem. Anstatt es ihnen übel zu nehmen, dass er seine Koje für sie hatte räumen müssen, freute er sich, dass sie ihm Gesellschaft leisteten. »Und auf beiden Seiten werden Sklaven verkauft. Und die sind sich sogar in Ketten noch spinnefeind – junger Herr«, fügte er hastig hinzu, als er Tulliers Blick begegnete, und deutete eine Verbeugung an, als müsse er sich dafür entschuldigen, dass er unaufgefordert den Mund aufgemacht hatte. Gaultry sah belustigt, dass die Hühner nur eine Hand voll Körner bekamen, ehe der kleine Mann den Futtersack wieder zuband.

»Wer kommt denn besser dabei weg?«, wollte Tullier wissen.

»Vorläufig Chauduk. Noch einen Monat, und es ist zu heiß bei ihnen zum Kriegführen. Aber der nächste Winter kommt bestimmt.«

»Worum kämpfen sie denn?«, mischte Gaultry sich ein. Der Mann sah sie erstaunt an, und ihr fiel ein, dass sie eigentlich Tullier das Reden überlassen sollte.

»Ein Tal, in dem es Wasser gibt. Das und die Überzeugung der Chauduks, dass ein Mann, der es seinen Frauen erlaubt, in die Schlacht zu ziehen, gegen sämtliche Gebote der Großen Zwölf verstößt. Da –« Er streckte den Zeigefinger aus. »Das da ist eine echte Seltenheit. Die Frau war eine Sharif – eine Heerführerin der Ardanäer. Die fangen sie fast nie lebendig.«

Die Frau stand in der Mitte einer Dreiergruppe, angekettet an einen stämmigen, gutmütig aussehenden Mann und ein Mädchen mit verbundenem Fußknöchel. Sie war groß und schlank und hatte die muskulösen Beine einer Reiterin. Das verfilzte schwarze Haar hing ihr in Strähnen bis zu den Hüften hinab. Anders als bei dem Mann mit der abgerissenen Zunge war ihre Haltung eher gefasst. Trotz der unpassenden Körpergröße ihrer beiden Gefährten gehörte dieses Trio zu den behänderen. Sie waren selbstständig an Deck auf und ab gegangen, wobei das Mädchen mit dem verletzten Knöchel sich schwer auf die Frau in der Mitte stützte.

»Es heißt, die Sharifs verstehen sich auf Gedankenübertragung«, meinte der Koch. »Das macht sie zu gefürchteten Anführern. Vielleicht können sich die drei deshalb so gut aufeinander einstellen – wahrscheinlich gibt sie ihnen im Geiste den Marschrhythmus vor.«

Die Sklavin, die spürte, dass sie beobachtet wurde, wandte den Kopf und heftete ihren Blick auf Gaultry. Ihre Augen hatten einen unerwartet goldenen Farbton, ein leuchtend bräunliches Gelb, wie eine Mischung aus Sonne und Sand. Ihre Miene war verschlossen, doch unter dem stolzen Bogen ihres Unterkiefers sah Gaultry eine entsetzliche Verdickung an ihrem Hals, und ihre Haut war übersät von Schmutzflecken und schlechtverheilten Schnitten und Abschürfungen.

»Es geht ihr nicht gut«, sagte Gaultry.

»Sie war schon fast tot, als die Chauduks sie erwischten.« Der Koch, der sich langsam an Gaultrys Manieren gewöhnte, warf Tullier einen vorsichtigen Blick zu, ehe er fortfuhr: »Um sie gefangen zu nehmen, mussten sie erst ihre gesamten Mitstreiter umbringen, bis hin zum Fahnenträger. Die Ardanäer bringen ihren Sharifs noch mehr Ehrerbietung entgegen als ihrer Flagge.«

Die Frau war also tatsächlich die Anführerin gewesen. Sie hatte mit ansehen müssen, wie ihre Krieger zu ihren Füßen niedergemetzelt wurden in dem vergeblichen Versuch, sich für ihre Freiheit zu opfern. Gaultry bezweifelte, dass eine solche Frau sich so ohne weiteres mit dem Dasein einer Sklavin abfinden würde.

»Braucht Ihr die Speisekammer für die Wäsche Eures Herrn?«, fragte sie der Koch jetzt. »Die Waschfrau der Offiziere benutzt die Kajüte des Steuermanns, aber ich nehme an, Ihr werdet nicht oft oben an diesem Ende des Schiffes sein.«

Gaultry gelang es mit Mühe und Not, ruhig zu bleiben. »Gute Idee«, sagte sie nur.

Das war allerdings noch das Geringste, was sie nach Meinung der Bissantiner für Tullier zu erledigen hatte. Seine Wäsche waschen, ihm das Essen auftragen – der Koch namens Arion war bass erstaunt, weil sie nicht darauf bestand, es vorzukosten. Aber das, so sagte sie sich, war eine ausgezeichnete Übung für das, was noch vor ihr lag.

Keine angenehmen Aussichten für die lange Überfahrt.

»Du musst dich doch auch langweilen«, sagte sie am Morgen des dritten Tages zu Tullier. »Wir sind schon ganz eingerostet. Können wir nicht ein bisschen Kampftechnik üben? Ich spiele deinen Gegner. Ich will noch etwas über den Umgang mit dem Messer lernen.«

»Da müsst Ihr erst den Kapitän fragen«, meinte dieser mürrisch. Er hatte sich noch nicht an seine enge Koje gewöhnt. »Kampfhandlungen an Bord könnten seine Ladung in Aufruhr versetzen.«

»Was kann es schon schaden, wenn man ihnen ein bisschen Unterhaltung bietet? Sie sind schon über einen Monat lang in Ketten und langweilen sich bestimmt noch mehr als wir. Ein bisschen Abwechslung wird ihnen gut tun und sie eher beruhigen.«

»Mag sein«, sagte Tullier. »Aber sie können ja nicht wissen, was mit uns los ist. Ich bin doch sowieso der Überlegene, warum sollte ich mich da einem Kampf aussetzen?«

Gaultry sprang von ihrer Koje hinab und lachte. Sie fand es amüsant, dass er lieber schmollte, als etwas zu tun. Das passte so gar nicht zu einem harten Sha-Muira-Krieger, als der er sich für gewöhnlich ausgab. »Ich glaube nicht, dass es ihnen schwer fallen würde, sich vorzustellen, dass es dir einfach Spaß macht, mich zu demütigen.«

Um Tulliers Mundwinkel zuckte es verräterisch, und er presste trotzig die Lippen aufeinander. »Ihr versucht mich zu beleidigen«, murrte er.

Gaultry grinste. »Ich versuche nur zu denken wie ein Bissantiner. Wo ist da der Unterschied?«

Der Junge wurde kreideweiß. Einen Augenblick lang dachte sie, er wäre wütend auf sie, doch dann wurde ihr klar, dass ihre Bemerkung ihn ebenso aus dem Gleichgewicht gebracht hatte wie die Grabsteine draußen in Garret's Head. Irgendwie hatte sie damit ins Schwarze getroffen.

Seine Miene wurde hart. »Ich bring's Euch schon bei«, sagte er. »Wenn ich den Kapitän frage, erlaubt er es uns bestimmt.«

Der Kapitän stellte lediglich ein paar Bedingungen: Sie durften nicht kämpfen, wenn die Sklaven an Deck waren, und mussten sich auf den kleinen Bereich vor der Kombüse beschränken – das Küchendeck, wie Arion es zu nennen pflegte.

Gaultry zog von Anfang an den Kürzeren. Tullier war viel zu versessen darauf, sich an ihr zu rächen, als dass es ein echtes Training hätte werden können. Zuerst verschwendete er seine Kräfte damit, dass er versuchte, sie empfindlich zu treffen – Gaultry konnte es ihm ansehen –, doch er merkte bald, dass diese Stöße unweigerlich von ihrer *Glamour*-Seele abgefangen wurden. Dann aber kam er zu Gaultrys Verdruss dahinter, dass er so kräftig auf sie losgehen konnte, wie er wollte, solange er nicht versuchte, sie wirklich zu verletzen.

Es war eine schmerzhafte Niederlage. Tullier scheuchte sie auf dem Deck herum und ließ ihr keinen Platz, um zurückzuschlagen, während er ihr die flache Seite des hölzernen Übungsmessers in die Eingeweide, die zarte Haut des Oberarms und sogar seitlich gegen die Kehle rammte. Zum Angriff überzugehen war ausgeschlossen, und so konnte Gaultry sich lediglich wappnen und die Treffer einstecken, während ein halbes Dutzend Möwen, die von den Küchenabfällen des Schiffes lebten, kreischend und krächzend auf der Bug-Reling hockten und aus hellgrünen Augen den Kampf verfolgten. Bei jedem Schlag, der Gaultry traf, gab ihr Leitvogel, ein zänkisches Männchen mit einem verkrüppelten Fuß und einer Art Kragen aus schwarzen Federn um den Kopf herum, ein beifällig gurgelndes Geräusch von sich.

»Bittet um Gnade!«, verlangte Tullier, noch immer verärgert. Er hatte sie in die Ecke vor dem Hühnerstall gedrängt. Sie schüttelte den Kopf. Er wich zurück und weidete sich an ihrer Hilflosigkeit. Als er sich den Schweiß aus dem Gesicht wischte, war seine Hand von fettiger Asche verschmiert. Obwohl seit dem Fest der Emiera schon mehr als eine Woche vergangen war, hatte Tulliers Schweiß noch immer die schwarze Farbe des Sha-Muira-Giftes. Beim Anblick seiner Hand stieß er einen leisen Fluch aus. »Wir machen eine Pause«, sagte er. »Ich muss mich erst waschen.«

Dankbar für die Unterbrechung, lehnte Gaultry sich gegen den Hühnerstall. Sie war ebenfalls schweißgebadet. Nun war sie froh, dass Mariette darauf bestanden hatte, dass Helena ihnen noch ein paar zusätzliche Kleider auf die Reise nach Bissanty mitgab. Ihr Hemd war verdorben – die Messerklingen wurden in flüssigen Teer getaucht, und Tullier hatte sie wieder und wieder markiert. Wenn sie so weitermachte, würde es in Fetzen hängen, bis sie in einer Woche in Bassorah ankämen.

Aber der Junge war schon wieder da, bereit zu neuen Taten.

»Wievielmal hast du mich inzwischen umgebracht?«, fragte sie.

»Lohnt es sich denn zu zählen?«, meinte er spöttisch, während er großspurig zu dem Teereimer hinüberschlenderte und die Messerspitze hineintauchte, um sie dann am Rand abzustreifen.

Gaultry wurde zunehmend ungehaltener. Sie hatte keine Lust, ganze vier Wochen lang nur seine Wäsche zu waschen und ihn zu bedienen, aber wenn er sich nicht damit begnügte, ohne Rachegelüste einfach mit ihr zu trainieren, dann hätte sie keine andere Wahl. Seine unübersehbare Schadenfreude darüber, dass er ihr endlich ein Messer in den Bauch stoßen konnte, solange er es nicht umdrehen und sie verletzen würde, war einfach zu viel.

Erleichtert stellte sie fest, dass sie wenigstens nicht mehr lange weitermachen konnten. Die Mittagssonne stand bereits hoch über ihnen am strahlend blauen Himmel. Man hatte die Gitter über dem Frachtraum geöffnet, um frische Luft in das stinkende Unterdeck hineinzulassen, und die Sklaven warteten auf ihren täglichen Ausgang. Das nächstgelegene Gitter war so befestigt, dass sie das Küchendeck überblicken und Tullier und Gaultry beim Kämpfen zusehen konnten. Als die beiden angefangen hatten, war nur eine einzige Dreiergruppe zu sehen gewesen, die teilnahmslos auf ihren Ausgang an Deck wartete.

Jetzt drängten sich dort mehr Köpfe, und Gaultry hätte sie ohne Anstrengung nicht mehr zählen können. Der Kapitän hatte gesagt, dass sie die Ladung mit ihrem Training nicht in Unruhe versetzen durften – vielleicht würde es ja einen Tumult geben, der sie daran hinderte fortzufahren, dachte sie. Aber die Zuschauer, die zu ahnen schienen, dass ihre Zerstreuung ein Ende hätte, wenn sie auch nur einen Mucks taten, benahmen sich ungewöhnlich gesittet. Chauduks und Ardanäer drängten sich in schöner Eintracht an dem kleinen Ausguck zusammen, und ihre Schaulust schien vorübergehend stärker zu sein als die gegenseitige Abneigung.

Der chaudukische Hüne mit der abgerissenen Zunge und die Sharif hatten die besten Plätze eingenommen, und Gaultry wurde klar, dass die beiden die jeweiligen Anführer waren. Als Gaultry dem Blick der Kriegerin begegnete, nickte ihr diese kaum merklich zu. Der Mann indessen …

Der Mann grinste unangenehm, und Gaultry dachte, dass er sich wollüstig die Lippen geleckt hätte, wenn von seiner Zunge noch etwas übrig gewesen wäre. Er spreizte die Finger seiner Hand und schloss sie dann wieder zur Faust – ein Götterzeichen, das Gaultry nicht kannte. Dennoch war ihr klar, was er damit meinte. Er wollte sie auf den Knien sehen. Obwohl er selbst in Ketten lag, wollte er sie verlieren sehen. Die Chauduks hielten es für gottlos, wenn ein Mann mit einer Frau kämpfte – und noch viel heilloser war es, gegen sie zu verlieren. Tulliers Überlegenheit gefiel ihm sehr.

»Gebt Ihr auf?«, fragte dieser.

»Was glaubst du denn, schließlich will ich hier etwas lernen«, gab Gaultry zurück. Ihr Blick war noch immer auf den Mann unter Deck gerichtet. Was wusste der schon darüber, wie es wirklich zwischen ihr und diesem Jungen aussah? Was würde er denken, wenn sie jetzt klein beigab? Der Mann, der ihre Wut und vermeintliche Hilflosigkeit zu spüren schien, fuhr sich mit der Hand zwischen die Beine und zeigte dann direkt auf sie.

Tullier befand sich viel zu sehr im Siegesrausch, um die Veränderung zu bemerken, als sie sich plötzlich mit glühenden Wangen wieder zu ihm umwandte.

»Was gibt es hier schon zu lernen«, meinte er spöttisch. »Außer dass Ihr mich sowieso nicht schlagen könnt?«

»So?« Gaultry steckte das hölzerne Messer in ihre Schärpe, um die Hände frei zu haben, und funkelte ihn wütend an.

Tullier, dem man beigebracht hatte, was Wut bei einem bereits überwältigten Gegner bedeutete, lachte nur. Über ihm auf der Reling krächzten die Möwen, als lachten sie mit. Es waren kluge und von Natur aus angriffslustige Vögel. Sie hatten sich auf eine Seite geschlagen und fanden sichtliches Vergnügen daran, diese Seite siegen zu sehen.

Gaultrys Schläfen hämmerten. »Man sollte sich nie zu früh freuen.«

»Ihr könnt mir nichts mehr anhaben«, meinte Tullier. »Ich weiß jetzt, wo die Leine endet.«

Die Möwe mit dem schwarzen Kragen setzte unter spöttischem Gekreisch zu einem Sturzflug über das Deck an.

Gaultrys magischer Strahl traf sie mitten in der Luft und nagelte sie auf die Schiffsplanken, bevor sie wusste, wie ihr geschah. Als sie zugreifen wollte, pickte das Tier bösartig nach ihr. Sie wollte es bei der Kehle packen, da schlitzte es mit dem schwarzen Schnabel blitzschnell ihre Handfläche auf. Aber dann hatte sie es erwischt. Ein erstaunlich kräftiger Körper wand sich unter den schwarzweißen Federn in ihrer Hand und schlug mit den Flügeln, um sich zu befreien. Sie bohrte ihren Blick in die blassblauen Augen und belegte den Vogel mit einem Bann. Diesmal kreischte er vor Angst.

Angefeuert von ihrer Wut, riss sie seine Lebensenergie unsanft an sich. Ohne sich um sein erschrockenes Gekrächz zu kümmern, öffnete sie einen Kanal in ihrem Innern und sog den Geist des Tieres gierig ein. Als sie keuchend die Augen wieder öffnete, lag der warme gefiederte Körper leblos in ihrer Hand. Sie setzte das kleine Ding neben der Reling auf den Boden und starrte zu Tullier hinüber. Es war eine schnelle, vogelartige Kopfbewegung. Die fünf übrigen Möwen, die von der Reling herabglotzten, merkten, was da vor sich ging, und ergriffen kreischend und flügelschlagend die Flucht.

Jetzt ging Gaultry zum Angriff über.

Zwar konnte sie jetzt auch nicht besser mit dem Messer umgehen, aber sie war bedeutend schneller, und Tullier war allzu siegessicher geworden. Er konnte sich auf ihre schnellen, tierartigen Bewegungen einstellen, aber er verstand nicht, welche Veränderung mit ihr vorgegangen war. Die Möwe, die schnell begriff, dass das Messer ihr neuer Schnabel war, und die Gelegenheit witterte, sich für ihre Niederlage zu rächen, schoss vorwärts. Gaultry ließ ihr freien Lauf, ohne sich darum zu scheren, ob Tullier merkte, was da in ihr ablief und dass die Angriffslust der Möwe in ihren Augen funkelte. Jetzt konnte sie die größere Reichweite zu ihrem Vorteil nutzen und ihn zurückdrängen. Tullier stieß zu, und sie parierte –

Das Messer flog ihm aus der Hand, und sie hatte seine Deckung durchbrochen und stand gewaltig und todbringend vor ihm. Dann warf sie ihr eigenes Messer zu Boden und trat zurück. Wenn die Messer echt gewesen wären, hätten sich seine Eingeweide jetzt über das Deck ergossen. Gaultry, die am ganzen Leibe zitterte, zwang sich zur Ruhe.

Die Möwe wollte weiterkämpfen, aber sie selbst hatte genug. Sie öffnete den inneren Kanal wieder und entließ den Geist des Vogels. Er kehrte hastig zu seinem Körper zurück und schwang sich dann unter ohrenbetäubendem Gezeter in die Lüfte.

Auf Gaultrys Brustkorb prangte ein neuer Teerstrich. Sie rieb mit den Fingern darüber und war erleichtert, dass dort keine neue Prellung zu spüren war. Tulliers letzter Stoß war danebengegangen. »Genug für heute«, meinte sie. »Der Kapitän will die Sklaven nach oben bringen.«

Sie warf einen Blick zurück zum Unterdeck. Der Mann mit der abgerissenen Zunge war verschwunden. Aber die Sharif war noch da. Goldene Wüstenaugen trafen auf ungezähmtes Waldesgrün.

Keiner der beiden Frauen verzog eine Miene, aber Gaultry hatte das unbestimmte Gefühl, dass sie sich anlächelten.

Der Riss, den die Möwe in ihrer Handfläche hinterlasen hatte, musste mit vier Stichen genäht werden. Zum Glück war es nicht die Hand, mit der sie das Messer führte. Gaultry ließ sich von Arion verarzten, den sie trotz seiner gelegentlichen merkwürdigen Vorstellungen inzwischen ganz gern hatte.

Als Gaultry und Tulllier am nächsten Tag um die Mittagszeit wieder zum Kampf antraten, war es nicht mehr und nicht weniger als eine normale Übungsstunde.

Diesmal gewann Tullier jede Runde.

# 10

Die Stadt Bassorah galt als eines der Weltwunder. Erbaut auf drei kleinen Hügeln, die sich in der Mitte eines großen Salzsees erhoben, beherrschte sie bald das Land um die Einmündung des Flüsschens Polonna in den Großen Bas. Generationen von Bissantinischen Herrschern hatten granitene Fundamente in den Morast legen lassen, bis auf den Grund des Felsens hinab, und so nach und nach dem Sumpf das Land wieder abgetrotzt. Kolossale Bauwerke zeugten von Glanz und Gloria eines tausend Jahre alten Kaiserreiches. Bauwerke, deren Front mit weißem, schwarzem oder exotisch goldgestreiftem Marmor verkleidet war, den man als Lehenszins aus den Steinbrüchen hoch oben in den Bergen herabgeschafft hatte. Da sich die mächtige Flussmündung in trägen Windungen vom Meer aus bis zur Stadt erstreckte, konnte man die roten Ziegeldächer und weißen Turmspitzen, die hoch über das graugrüne Sumpfland mit seinen verstreuten Hügeln emporragten, bereits Meilen entfernt sehen.

Einen ganzen Tag lang beobachtete Gaultry nun schon vom Schiff aus, wie Bassorah dort oben über der kargen Flusslandschaft mit jeder neuen Flussbiegung ein Stückchen näher rückte.

Diese Kargheit war ihr als Erstes aufgefallen. Vereinzelte Dörfer hinter dem Flussufer, dazwischen abwechselnd sumpfige und ausgedörrte Landstriche und staubige, Wind und Sonne schutzlos ausgesetzte Schotterstraßen, die nicht sehr einladend aussahen.

Der Gedanke an die mächtige Stadt, die mitten in dieser unwirtlichen Umgebung auf sie wartete, machte ihr mehr Angst, als sie sich eingestehen mochte. Bassorah saugte sein Umland, was Abgaben und Güter anbetraf, förmlich aus. Nach allem, was sie bisher beobachtet hatte, zog diese Abwanderung des materiellen Wohlstands in Richtung Hauptstadt noch etwas anderes nach sich. Tielmark war, das wusste sie, im Vergleich zu Bissanty ein armes Land. Doch diese Armut erzeugte dort einen Gemeinschaftsgeist, der in Bissanty ganz offensichtlich nicht vorhanden war. Nicht dass die Tielmaraner völlig selbstlos gewesen wären. Gaultry hatte in ihrem Leben schon viele habgierige Bauern gesehen. Aber die Armut zwang sie dazu, sorgfältig mit ihren Beständen umzugehen, die sie als Gemeingut ansahen. Diesen Umgang hatten die Bissantiner, gebeutelt von Steuern und gierigen Kaufleuten, offensichtlich verlernt.

Als sie das offene Meer verlassen und begonnen hatten, sich den Fluss hinaufzuschlängeln, hatte Gaultry Tullier gefragt, warum es hier keine Bäume gäbe. Er hatte nur gelacht und gesagt, kein Bauer würde einen Baum stehen lassen, der nicht gut bewacht hinter der Mauer eines Herrenhauses stünde.

»Aber man kann Bäume doch auch beschneiden«, hatte Gaultry eingewandt. »Wenn man die Bäume pflegt, dann hat jeder genug Holz, Jahr für Jahr.«

Tullier hatte nicht gewusst, was sie damit meinte, worauf sie ihm erklärt hatte, wie man die Äste beschneidet, damit der Stamm kräftiger werden und neue Triebe entwickeln kann, und am Ende war sie nicht einmal sicher gewesen, ob er die Sache wirklich begriffen hatte. Da war ihr klar geworden, dass er nicht die geringste Ahnung hatte, wie man Nahrungsmittel anbaut und Wild jagt, damit die Felder nicht geplündert werden, und wie man sich einen Vorrat an Brennholz für einen langen Winter anlegt – oder um eine Weile den Herd beheizen zu können –, alles Dinge, die Gaultry, der man in den kargen Verhältnissen an der Südgrenze von Tielmark Lebenstüchtigkeit beigebracht hatte, meistens tat, ohne weiter darüber nachzudenken. Und nun war sie auf dem Weg in eine Stadt, die von Leuten wimmelte, die an ein Leben mit Sklaven gewöhnt waren, ein Leben mit einem Heer, das von einer Klasse von Erbsoldaten angeführt wurde – Männern, die sich stark von den Edelleuten und Höflingen unterschieden, die in den Sälen des kaiserlichen Hofes um ihren Herrscher herumscharwenzelten.

Aber Tullier hatte ihr gesagt, dass in Bissanty alle Fäden in Bassorah zusammenliefen. Wenn sie herausfinden wollten, wohin man Martin verschleppt hatte oder ob neue Komplotte gegen Tielmark geschmiedet wurden, dann mussten sie irgendwo in den engen Gassen von Bassorah mit seinen sieben Bronzetoren und seinen strengbewachten Schleusen anfangen.

Der Binnenhafen der Stadt, um den diese einst von den entlegensten Ländern beneidet wurde, war inzwischen völlig verschlammt. Der Seehandel des Reiches hatte sich den Gezeitenfluss hinab in den Hafen von Bassorah verlagert. Heute zwängten sich nur noch die Sklavenschiffe durch den immer enger werdenden Kanal mitten in die Stadt, wo sie ihre Fracht an der Sklavenwerft entluden. Dort befand sich ein Tempel der Llara mit ein paar Priestern, deren Hauptaufgabe darin bestand, die ankommenden Sklaven der Göttin zu weihen. Diese Priester – wohlhabende, einflussreiche Männer – weigerten sich, mit ihrem Gotteshaus aus der Stadt hinauszuziehen. Es zeugte von der Macht dieser Sekte – und von ihrer Unnachgiebigkeit – dass der lange Kanal zum Binnenhafen seit mehr als einem Jahrhundert allein um ihretwillen offengehalten wurde.

Das bedeutete aber auch, dass Gaultry und Tullier sich glücklich schätzen konnten, weil sie auf einem Sklavenschiff hergekommen waren, das im Gegensatz zu anderen Handelsschiffen innerhalb der Stadtmauern vor Anker gehen würde. Sie hatten vor, abzuspringen, sobald das Schiff den inneren Hafen erreicht hätte. Tullier hatte ihr erklärt, sie müssten unbedingt innerhalb der Stadtmauern an Land gehen, wo sie am leichtesten im Gewimmel der Leute untertauchen konnten.

Vielleicht ahnte der Kapitän schon, dass sie von Bord gehen wollten, bevor sie auf die Zollbeamten trafen – Arion, der Koch, wusste es jedenfalls, da war Gaultry sicher – aber vorläufig lenkte die Unruhe unter den Sklaven seine Aufmerksamkeit noch von ihnen ab. Die siebzig Gefangenen waren noch unter dem Schock ihrer Niederlage in Ketten gelegt und gebrandmarkt worden, doch während der langen Schiffsreise hatten sie die Gelegenheit gehabt, sich von diesem traumatischen Erlebnis zu erholen. Als sich das Schiff nun der Stadt näherte, schien sie diese Aussicht darauf, sich der Göttin der Bissantiner unterwerfen zu müssen und die Heimaterde niemals wiederzusehen, immer mehr umzutreiben. Fünf von ihnen – zwei Chauduks und eine Ardanäische Dreiergruppe – rissen sich im Laufe der Zeit die Zungenringe heraus, wie Gaultry und Tullier in allen grausigen Einzelheiten von Arion erfuhren, der sich darüber beklagte, dass er ihnen jetzt Extraspeisen zubereiten müsste.

»Ist der Götterbann so stark?«, fragte Gaultry Tullier, als sie erfuhren, dass der Chaudukische Rädelsführer ein weiteres Stück seiner Zunge eingebüßt hatte, als man ihn durch eine Ruderluke zurückgezerrt hatte, die er heimlich mit seinen beiden Spießgesellen vergrößert hatte.

Die Frage überrumpelte den Jungen. Er nickte zunächst, aber dann runzelte er die Stirn, was deutlich zeigte, dass er keine längeren Erklärungen abgeben wollte.

»Wie stark denn?«, fragte sie hartnäckig, während sie die Kelle Wasser entgegennahm, die ihr Arion hinhielt. Die Übungsstunden hatten ihnen beiden gut getan, nachdem er es aufgegeben hatte, sie ernsthaft verletzen zu wollen. Ohne dieses Ventil wäre die Anspannung wahrscheinlich unerträglich geworden. Seit dem Fest der Emiera waren inzwischen mehr als vier Wochen vergangen, und aus Tulliers Poren trat unglaublicherweise noch immer giftiger grauer Schweiß. Das Gefühl, dass sich die Hälfte ihrer *Glamour*-Seele in ihm befand, zermürbte sie immer mehr. Zuweilen überwältigte sie die Einsamkeit, und sie sehnte sich danach, wieder ihre ganze Macht zu gebrauchen und das magische Siegel abzureißen, mit dem Mervion das Stück von Gaultrys *Glamour*-Seele über die Giftquelle in Tulliers Körper befestigt hatte. Doch die gemeinsamen Trainingsstunden halfen ihr, damit umzugehen. Die beiden Hälften ihrer *Glamour*-Seele, die jetzt verschiedene Seelen beherrschten, hatten zwangsläufig ein Gefühl der Vertrautheit zwischen ihr und Tullier erzeugt – und Gaultry in ihrer Entschlossenheit bestärkt, geduldig den rechten Zeitpunkt abzuwarten, um ihre Leihgabe zurückzufordern. Sie hatte versucht, ihn in Ruhe zu lassen, auch wenn es ihr manchmal schwergefallen war, und den Energiefluss zwischen ihnen einzudämmen, mit dem die zerrissene Seele nach ihrer anderen Hälfte rief. Doch die Übungsstunden hatten sie einander unweigerlich nähergebracht.

»Es sind nur Sklaven«, meinte er schließlich. »Ihr solltet Euch nicht über sie den Kopf zerbrechen.«

In solchen Augenblicken fiel es ihr nicht schwer, sich vorzustellen, an was für ein Leben er gewöhnt war.

»Allerdings«, sagte sie, und es tat ihr Leid, dass sie das Thema vor Arion angeschnitten hatte – obwohl der Koch, der das Aufflackern von Unmut bemerkt hatte, sich unter dem Vorwand, den Eimer nachfüllen zu müssen, diskret in die Küche zurückgezogen hatte. »So wie du es bei den Sha Muira warst. Und wie du es jetzt bei mir bist – wenn du willst. Ich will nur wissen, was der Götterbann genau bedeutet. Sag es mir!«

»Llaras Bann fesselt sie an den Boden von Bissanty«, erklärte Tullier. »Danach können sie ohne den Segen desjenigen, dem das Land gehört, an das sie gebunden sind, nirgendwo anders hingehen.«

Gaultry drehte sich um und starrte die weißen Türme von Bassorah an, die immer noch in weiter Ferne hinter den sanft ansteigenden Hügeln lagen.

Irgendwo in dieser Stadt befand sich Martin. Der Gedanke an ihn schnürte ihr das Herz ab.

»Machen sie das auch mit Martin?«, fragte sie beklommen.

»Nicht, wenn sie vorhaben, ihn nach Tielmark zurückzuschicken. Deshalb können wir unsere Soldaten auch nicht brandmarken, wisst Ihr? Wenn sie ihn zum Sklaven machen, schränken sie damit seine Verwendbarkeit ein.«

»Und nur die Gutsherren können in Bissanty Sklaven halten?«

»Richtig.« Tullier schaute weg. »Nicht jeder Sklave bleibt bei seinem ersten Herrn.«

»Und dann?«

»Wenn sie sich nicht in ihr Schicksal ergeben, kann ihr Herr sie jederzeit an einem anderen Ort mit einem neuen Bann belegen. Vorzugsweise auf den Felsen der Sha-Muira-Insel.«

»Und was geschieht dort mit ihnen?«

»Gaultry«, sagte Tullier schwach. »Was meint Ihr wohl, wie wir das Töten lernen?«

Es war heiß in den Sümpfen von Bassorah. Nach einer Woche frischer Meeresluft kam es ihr hier unerträglich stickig vor. Gaultry atmete schwer, als ihr Blick über das Sumpfland glitt und sie an die Männer und Frauen dachte, die sich unter Deck abrackern mussten.

Aber sie war nicht nach Bissanty gekommen, um ihre Mission zu gefährden, indem sie Praktiken in Frage stellte, die seit tausend Jahren ausgeübt wurden. Sie war um Martins willen gekommen. Um des Hexenblutes willen.

Und um Tielmarks willen.

»Ich bezweifle, dass die Sharif oder dieser Chaudukische Riese sich jemals in ihr Schicksal ergeben werden«, sagte sie laut.

Tullier nickte zögernd.

Gaultry kannte sich so wenig mit der Seefahrt aus, dass es ihr zu Anfang gar nicht aufgefallen war, dass die Offiziere des Sklavenschiffes offensichtlich nichts zu tun hatten. Sie hatte angenommen, sie wären zur Beaufsichtigung der Gefangenen an Bord, doch die vier hochwohlgeborenen Bissantiner verbrachten die meiste Zeit trinkend und kartenspielend in ihrer Kajüte, und allmählich wurde ihr klar, dass sie eher wie Gäste behandelt wurden. Obwohl sie Schwerter trugen – kostbare silberverzierte Klingen mit erlesenen Korbgriffen – und Gaultrys Trainingsrunden mit Tullier interessiert als Zuschauer verfolgten, hielten sie selbst offenbar nicht viel von Geschicklichkeitsübungen. Gaultry dachte an Mariette und die unermüdlichen Trainingsstunden, die die junge Edelfrau mit ihrem Waffenmeister absolviert hatte, und sie wünschte sich, Tullier hätte Mariette dabei zugesehen. Das hätte ihm mehr Respekt vor den kämpferischen Künsten der Tielmaraner beigebracht.

Am Morgen, bevor das Schiff in Bassorah eintreffen sollte, steuerte es eine unbeschilderte Anlegestelle an, und auf einmal tauchte das Offizierskleeblatt gestiefelt und gespornt an Deck auf. Zuerst verstand Gaultry das Ganze nicht. In der Nacht hatte es Ärger gegeben: Zwei Matrosen waren bei dem Versuch, eine Rauferei unter den Gefangenen zu schlichten, verletzt worden. Wenn man an Bord jemals bewaffnete Männer hätte brauchen können, dann jetzt auf diesem letzten Stück des Flusses vor der Stadt. Doch die Absicht der Offiziere war klar, denn im Hintergrund des Piers warteten schon zwei prächtige, goldverzierte Kutschen mit Brokatvorhängen auf sie.

Der hart arbeitende Kapitän und seine Mannschaft – einschließlich des Koches Arion – nahmen ehrerbietig an der Achterreling Aufstellung. Als die Offiziere an ihnen vorbeigingen, beugten sie mit unbeweglicher Miene das Knie.

Die Offiziere stolzierten schwatzend an ihnen vorbei, ohne sie eines Blickes zu würdigen, und konnten es offensichtlich kaum erwarten, das Schiff zu verlassen.

»Noch mal sechs Monate!«, hörte Gaultry einen von ihnen zetern. »Du liebe Llara, ist es das wert?« Sein affektiertes Gehabe und die schrille Stimme erweckten den Eindruck, als rede er eher mit dem Trupp von Männern, das ihn unten am Pier erwartete, als mit seinen Kameraden.

»Mein Bruder hat es auch getan«, antwortete ein anderer ebenso laut. »Und jetzt hat er einen Posten im Gefolge des Kronprinzen. Beißt die Zähne zusammen, mein Lieber! Ihr schafft es auch noch an den Hof des Pallidon.«

»Alles für das Reich«, meinte ein Dritter spöttisch. »Dafür ist einem doch nichts zu schwer.«

Bei der letzten Bemerkung brachen sie in albernes Gelächter aus, und die Mannschaft teilte, nach den mürrischen Gesichtern zu schließen, ihren Humor ganz und gar nicht.

Lärmend gingen die vier jetzt zu ihren Kutschen, sichtlich froh, dass sie die Tage an Bord hinter sich hatten. Der Kapitän erlaubte seinen Leuten nicht, sich zu rühren, ehe der Letzte sein Gefährt bestiegen hatte und die Kutschen knirschend im Staub der Straße verschwunden waren, die in das Sumpfland führte.

»Immer noch besser als die Halunken, mit denen wir zuletzt zusammengepfercht waren«, murmelte Arion, während er sich steifbeinig wieder erhob. Er befand sich am äußersten Ende der Reihe, außerhalb der Hörweite des Kapitäns.

»Ahoi, Käptn!« Ein Mann trat jetzt winkend an die Kante des Piers. Er hatte eine dunklere Haut als die Offiziere mit ihren blassen, von der Sonne geröteten Gesichtern und trug elegante Kleider, wenn er auch in seinen enganliegenden Hosen auf dünnen Storchenbeinen daherkam. Zwei kräftige, muskelbepackte Burschen begleiteten ihn, außerdem ein etwas vornehmerer Diener und ein kurzbeiniger Junge, der mit einem dicken Buch unter dem Arm die Nachhut bildete. »Käptn Odipo! Seid Ihr bereit für den Rechenschaftsbericht?«

»Angolis Trier.« Der Kapitän warf seinen Leuten einen scharfen Blick zu und bedeutete ihnen, wieder an die Arbeit zu gehen. »Willkommen an Bord!«

Er überließ es dem Steuermann, die Leute zu überwachen, und verschwand mit dem Storch und seinem Tross in der Kapitänskajüte.

»Waren denn die Bissantiner Offiziere nicht dazu da, die Ladung zu kontrollieren?«, fragte Gaultry, als Arion wieder in seine Kombüse trat.

»Die hätten keinen Finger gerührt, und wenn Kurkut selbst an Deck gekommen wäre, um ihnen die Kehlen aufzuschlitzen.« Kurkut war der Chaudukische Krieger mit der abgerissenen Zunge. »Vielleicht nicht ganz so schlimm. Sie sind die Leute des Seeprinzen und müssen sich bewähren, indem sie Reisen unternehmen. Die einen sind besser, die anderen schlimmer. Die Letzten waren einfach nur faul.«

»Des Seeprinzen?«, fragte Gaultry.

»Ihr habt keine Ahnung, was?« Arion machte sich daran, aus einem fast leeren Sack Zwiebeln in einen Eimer zu füllen. »Ein Wunder, dass er sich getraut hat, Euch hierher zu bringen.« Er machte eine Kopfbewegung zu den Kojen hinüber, wo Tullier saß und das Messer an seinem Stiefel abzog.

»In Tielmark haben wir nur einen Prinzen«, gab Gaultry lächelnd zurück. »Das ist nicht so schwer nachzuvollziehen.«

»Schwerer als Ihr denkt«, meinte Arion. »Hier, die müssen geschält werden.« Er schob ihr den Eimer hin. »Euren Prinzen nennen wir Usurpator, müsst Ihr wissen. Hier in Bissanty haben wir unseren eigenen Prinzen von Tielmark. Nicht dass er etwa viel zu tun hätte mit Regieren, wohlgemerkt.«

»Warum wollt Ihr denn überhaupt den Titel behalten? Wir sind nicht gerade das reichste Land. Warum gebt Ihr Euch überhaupt mit uns ab?«

»Wir haben keine andere Wahl«, sagte Arion und machte das Zeichen des Donnerkeils. »Llara hat bestimmt, dass das Reich fünf Prinzen haben soll, für jede Windrichtung einen und einen für die Mitte des Landes. Tielmark ist immer noch unser südlicher Teil, ob der Kaiser es nun regiert oder nicht.« Er sah Gaultry scharf an. »Unser Kaiser, Llaras Herz-auf-Erden, muss immer noch unter Beweis stellen, dass er die Gunst der Großen Llara besitzt, indem er fünf Söhne zeugt. Und einer davon bekommt immer noch den Titel Prinz von Tielmark.«

»Wir sind bereits seit dreihundert Jahren frei!«, sagte Gaultry, die versuchte, ihn ernst zu nehmen. »Unser Prinz stammt direkt von dem letzten Prinzen von Bissanty ab. Wie könnt Ihr ihn als Usurpator bezeichnen? Im Übrigen ist unser Prinz durch einen göttlichen Pakt an unsere Heimaterde gebunden. Was hat es für einen Sinn, ihn zu verleugnen?«

»Der erste Usurpator von Tielmark hat Llaras Blut verraten – sein eigenes kaiserliches Blut – um Tielmark zu besitzen. Ihr braucht nur Euren Götterpakt zu brechen, und Llaras Blut – der fünfte Prinz des Kaiserreichs – ist da, um das Land zurückzunehmen.«

»Na schön«, meinte Gaultry und zerkleinerte grimmig ihre Zwiebeln. »Aber vor weniger als einem Monat hat unser Prinz den Götterpakt erneuert, Bissantys Pläne müssen also wohl noch eine Weile warten. Jetzt dauert es wieder fünfzig Jahre, bis Tielmark Gelegenheit hat, seinen Schwur zu brechen. Euer so genannter Prinz von Tielmark muss ziemlich viel Geduld haben.«

Arion schüttelte eine Hand voll Salz über die Zwiebeln und rührte sie um. »Nur keine Aufregung«, erwiderte er schmunzelnd. »Glaubt Ihr vielleicht, irgendeiner auf diesem Schiff schert sich darum, ob unser Prinz-ohne-Land wieder zu seinem Thron kommt? Ihr habt mich nach ihm gefragt, und ich habe Euch eine Antwort gegeben. All das hat überhaupt nichts mit unserem täglichen Leben zu tun – es sei denn, unseren Kaiser sticht der Hafer und er schickt uns los, um uns an Eurer Grenze umbringen zu lassen.«

»Für mich ist das schwer zu verstehen.« Gaultry stellte den Eimer mit den kleingeschnittenen Zwiebeln auf den Boden. »In Tielmark interessieren wir uns für unseren Prinzen, und sei es nur, weil er Opfer bringt und für eine reiche Ernte sorgt.«

Arion verdrehte die Augen, während er sich nach dem Eimer bückte. »Bei uns bringen die Sklaven die Ernteopfer dar. Was interessieren denn den Kaiser solche gewöhnlichen Dinge?«

Gaultry geriet unwillkürlich in Rage. Wie konnte Arion so

respektlos über heilige Pflichten reden! Als ihr klar wurde, dass er es nicht als persönliche Beleidigung gemeint hatte, lachte sie gezwungen. »Schätzungsweise genauso wenig wie Eure feinen Leute echte Seefahrerarbeit.«

Arion machte den Mund auf, um etwas zu entgegnen, dann schloss er ihn wieder. »Ich finde, das kann man nicht vergleichen«, sagte er liebenswürdig. »Aber wenn Ihr meint.« Das kann auch nur so ein Provinzgänschen aus Tielmark sagen, teilte sein Blick unmissverständlich mit.

»Eure Offiziere waren also Männer des Seeprinzen.« Gaultry beschloss, sicherheitshalber zu ihrem ursprünglichen Thema zurückzukehren. »Ist der Seeprinz Bissantys östlicher Prinz?«

Arion zeigte auf den gestreiften Wimpel, der am Großmast über der schwarzgoldenen Flagge des Kaiserreichs wehte. »Genau. Er beherrscht den Seehandel und die großen und kleinen Inselgruppen. Das da ist sein Hoheitszeichen.«

»Dann ist der Seeprinz also der Sohn des Kaisers?«

»In gewissem Sinne ja.«

»Was soll das heißen?«

»Der Seeprinz ist Siri Caviedo. Der Onkel des Kaisers.« Wieder machte der Koch das Zeichen des Donnerkeils. »Gelobt sei Llara, unser Kaiser hat zwei Söhne zu wenig. Deshalb haben sein Onkel und sein Bruder den Titel inne, so lange, bis er mehr Erben gezeugt hat.«

Gaultry nickte. »Ich glaube, das wusste ich schon«, sagte sie. »Zu wenig Söhne heißt, die Kinder Eures Kaisers können den Thron nicht übernehmen, richtig?«

»Keineswegs«, meinte Arion. »Es heißt lediglich, dass sie noch warten müssen. Sciuttarus ist noch jung. So Llara will, wird er noch mehr Söhne bekommen.« Er schüttete die Zwiebeln in seinen größten Suppentopf und fing an, Mehl darüber zu sieben, um den Sud anzudicken.

»Wie alt ist er denn?«

»Zweiundvierzig.« Arion lächelte. »Genauso alt wie ich. Und

meine Frau hat mir letzten Winter eine Tochter geschenkt. Holt mir mal den Mehlsack — da, neben dem linken Schrank.«

Sie tat, wie ihr geheißen wurde, und schnitt den Sack oben mit dem Messer auf, mit dem sie die Zwiebeln geschält hatte. »Wer ist eigentlich der Mann da beim Kapitän?«

»Das ist Angolis Trier, Prathe Lendras Verwalter.«

»Und wer ist Prathe Lendra?«

Um ein Haar hätte Arion das Sieb mit dem Mehl in den Kochtopf fallen lassen. »Er ist der Herr dieses Schiffes. Und beinahe aller Schiffe, die in diesem Frühjahr aus Basorah ausgelaufen sind.« Er war blass geworden unter seiner rötlichen Gesichtsfarbe – eine solch deutliche Reaktion hatte er die ganze Zeit über noch nicht gezeigt. »Seinen Namen müsst Ihr doch kennen –«

»Warum sollte sie?« Tullier stand an der Kombüsentür und starrte ihn wütend an. Er nahm sonst selten an den Gesprächen der beiden teil, aber jetzt schäumte er förmlich.

»Was weiß ich.« Arion, der den gereizten Tonfall des Jungen hörte, zuckte nervös die Achseln. »Lasst mich in Ruhe kochen!«, sagte er zu Gaultry. »Ich habe keine Zeit für solches Geschwätz!«

»Was sollte das denn?« Gaultry folgte Tullier, der jetzt wieder zu ihren Kojen zurückstapfte.

»Ihr habt doch keine Ahnung.« Tullier war ernsthaft verärgert. »Sie werden uns noch beide umbringen.«

»Was haben wir denn mit diesem Prathe Lendra zu schaffen?«, fragte Gaultry. »Der Name klingt nicht bissantinisch. Ist er fremd hier?«

»Jedenfalls nicht, wenn es um die Macht geht«, sagte Tullier. »Llara behüte! Wer ist Lendra? Er ist der Mann, der den Kaiser dazu bewogen hat, den Sha Muira die Zulassung zu entziehen. Er hat behauptet, unsere Abgesandten schaden dem Handel.«

»Ich könnte mir vorstellen, dass er damit Recht hat«, sagte Gaultry trocken. Sie fragte sich, aus welchem Grund Arion alle ihre Fragen so ruhig beantwortet hatte, um dann bei dem Namen Prathe Lendra in Panik zu geraten. »Ich nehme an, selbst irgendein weit entfernter König würde es sich überlegen, bevor er sich mit einer Macht auf Geschäfte einlässt, die es für ihr gottgegebenes Recht hält, ihren Gegnern Mörder auf den Hals zu schicken.«

»Bissanty ist kein Königreich«, erklärte Tullier. »Sondern ein Kaiserreich, regiert von den Abkömmlingen der Höchsten Mutter. Prathe Lendra hat große Schande über sich gebracht, als er versuchte, Llaras Tempel aufzulösen.«

Gaultry hatte sich schon an den starren Ausdruck gewöhnt, der manchmal in Tulliers Augen trat, wenn er über die Sha Muira und die Große Llara sprach. Das geschah immer dann, wenn er den Bann des Giftes und seine Glaubensgenossen am meisten vermisste. In solchen Augenblicken zog sie es vor, ihn nicht zu bedrängen. Aber es gab auch Momente, in denen es ihr falsch erschien, klein beizugeben. »Das mag ja alles richtig sein. Aber ganz abgesehen davon, ob Prathe Lendra Ehre im Leib hat oder nicht, so verfügt er offensichtlich über Macht, und alle Bissantiner, selbst diejenigen, die an ihre göttlichen Rechte glauben, haben Angst vor ihm. Weshalb es auch sein Name ist und nicht der des Kaisers, der einen Mann wie Arion zittern lässt.«

Tulliers eisiger Blick flackerte auf. »So ist es nicht!«

Gaultry, die einsah, dass es keinen Sinn hatte, diese Unterhaltung fortzusetzen, bückte sich, um das Bündel zu inspizieren, zu dem sie ihre gemeinsamen Habseligkeiten zusammengeschnürt hatte. Sie hatte alles in ein Stück Segeltuch eingewickelt, das sie bei einem der Matrosen eingetauscht hatte. Wetterfest, aber nicht wasserdicht.

Aber Tullier war noch nicht fertig. »Ihr braucht mich, um durch die Stadt zu kommen«, zischte er. »Also müsst Ihr mir auch zuhören. Vielleicht habt Ihr uns ja schon längst ans Messer geliefert.«

Sie hatte ihn noch nie so aufgebracht erlebt. »Willst du damit sagen, Arion wird uns verraten, bloß weil ich ihn gefragt habe, wer Prathe Lendra ist? Was kümmert es ihn?«

»Es interessiert ihn nicht die Bohne, dass wir uns an den Zollbeamten vorbeimogeln wollen«, sagte Tullier. »Niemanden interessiert das. Es gibt mindestens eine Million Menschen in Bassorah, was machen da zwei mehr oder weniger aus? Aber wenn wir so wenig von den Angelegenheiten seines Herrn verstehen, dass wir ihm womöglich in die Quere kommen – dann könnte es ihn den Kopf kosten, wenn er die Sache nicht weitergibt. Lendra ist ein rachsüchtiger Mensch. Wenn wir ihm über den Weg laufen und er irgendwann feststellt, dass unser Koch uns nicht gemeldet hat, landen Arions Kinder womöglich in der Sklaverei.«

»Aber unsere Angelegenheit hat doch gar nichts mit Prathe Lendra zu tun«, widersprach Gaultry. »Was könnte ein Sklavenhalter von den Verschwörungen von Bissanty in Tielmark haben?«

»Ich sollte ihn töten«, meinte Tullier, ohne hinzuhören. »Ihr habt ihm schon zu viel erzählt.«

Es war schon später Nachmittag, als sich das Schiff in den Binnenhafen von Bassorah zwängte. Zwei schmutzig weiße Türme bewachten die Zufahrt. Stundenlang war die Stadt nur ein flacher Fleck aus roten Ziegeldächern und weißen Türmen am Horizont gewesen, nun lag sie groß und breit vor ihren Augen. Schlammverkrustete Mauern markierten einen seichten Kanal, der am Stadtrand entlang nach Westen verlief. Vor ihnen wetteiferten die das Hafenbecken umgebenden hellen Lehmziegelmauern mit den marmornen Häuserfassaden um die Vorherrschaft.

So etwas hatte Gaultry noch nie gesehen. Schon die Unmenge von Menschen wirkte überwältigend. Es war gerade Markttag in Bassorah, und die gesamte Bevölkerung der Sumpfgebiete schien ihre flachen Kähne entlang der beiden Hauptflüsse der Stadt aufgereiht zu haben, um ihre Waren anzubieten. Der ganze Hafen war vollgestopft mit Booten, die einen lärmenden Marktplatz auf dem Wasser bildeten für diejenigen, die nicht an den Kais anlegen durften. Nur die enge Durchfahrt zur Sklavenwerft wurde freigelassen.

»Hast du das gewusst?«, fragte Gaultry.

Tullier nickte. »Die Sha-Muira-Novizen müssen einen Sommer in Bassorah verbringen.« Er lehnte sich neben ihr über die Reling und betrachtete das Spektakel ebenso fasziniert wie sie. »Ich war nie da. Die Arkhons haben mich für einen anderen Dienst ausgewählt. Aber das heißt nicht, dass ich nichts über die Stadt und ihre Gepflogenheiten erfahren hätte.«

Eine Frau paddelte mit ihrem Boot zu ihnen heran, der Mann war am Bug über einen Stapel Dörrobst gebückt. »Köstliche Äpfel!«, rief sie ihnen zu. »Fünf Stück einen Penny, ein Dutzend für zwei!«

»Die sind gut«, sagte Tullier.

Gaultry griff in ihre Geldbörse und warf der Frau einen Penny hinunter. Es stellte sich heraus, dass die Äpfel winzig, sauer und hart waren.

Vor ihnen führten eine Anzahl Marmorstufen zum Wasser hinunter, wo gerade ein Fischmarkt stattfand. Dahinter lag die Sklavenwerft, ein kurzer, gepflasterter Landungssteg mit einer einzigen Anlegebucht. Ein anderes Sklavenschiff war ihnen zuvorgekommen, ein rotgestrichenes Gefährt mit geschwungenem Bug. Hinter der Reling konnte Gaultry die Köpfe der Sklaven sehen, die gerade ausgeladen wurden. Dabei gab es einiges Geschubse und Gedränge, und das Ganze sah gefährlicher aus, als sie erwartet hatte. Es waren viele Soldanten im Einsatz, um die Angelegenheit unter Kontrolle zu halten. »Was machen sie denn da?«

»Die Priester versehen die Ladung sofort mit dem Bann«, erklärte Tullier. »Bassorah hat gern ein bisschen Unterhaltung. Die Leute haben so lange keinen Sieg mehr erlebt, dass ihnen ein Zug von Sklaven genauso recht ist wie eine Siegesparade. Aber bevor sie sie in die Stadt lassen, müssen sie die Sklaven erst sicher unter den Bann gestellt haben, das ist so vorgeschrieben.«

Ihr eigenes Schiff zog jetzt bis auf zwei Paar alle Ruder ein und kam an der Einfahrt zum inneren Hafenbecken langsam zum Halten. Ein kleines Boot näherte sich längsseits, vom Gewicht der zwölf Wachsoldaten tief ins Wasser gedrückt. Der Anführer des Trupps verlangte vom Kapitän formell Zutritt, den dieser ihm auch sofort gewährte. Nun kletterten die Soldaten behände an Bord, den Hauptmann, einen dicken Mann in braunen Gewändern, dicht auf den Fersen.

»Die Ware!«, brüllte der Dicke, und seine Stimme schallte über den ganzen Haufen. »Zeigt mir die Ware!«

Eilfertig riss die Schiffsmannschaft die eisernen Gitter auf. Mit Hilfe der zwölf zusätzlichen Männer führten sie die Sklaven aufs Hauptdeck hinaus. Dort angekommen, lief der Dicke ununterbrochen unter lautem Gebrüll auf und ab, um die Sklaven in Reih und Glied aufzustellen.

»Die Ware!«, brüllte er jetzt erneut. »Kommt her und seht sie euch an!«

Bald war das Schiff von schmucken schlanken Vergnügungsbooten umringt, die von prunkvoll gekleideten Lakaien gerudert wurden. Gaultry erhaschte einen kurzen Blick auf die Bissantiner Lebemänner, die zart gepudert in ihren Plüschkissen lehnten und so taten, als interessiere sie das alles überhaupt nicht.

Sie standen beide an der Reling, das Bündel mit ihren Habseligkeiten zwischen sich. Jetzt musste Tullier nur noch das Zeichen geben, und schon würde es losgehen. Fünfzehn Fuß tief unter ihnen schwappten die bräunlichen Fluten. Die Lücke zwischen dem Schiffsrumpf und der Ansammlung von Marktbooten betrug nur zwei Körperlängen. Sie würden nicht viel schwimmen können, hatte Tullier gewarnt. Unter der Wasseroberfläche war der Kanal eng. Nach zwei Metern müssten sie über einer unterirdischen Schlammbank durch seichtes Wasser gründeln und versuchen, sich zwischen den schaukelnden Booten zu verstecken, bevor irgendjemand sie entdeckte und Alarm schlug.

Man hatte inzwischen die letzten Chauduks, den Hünen Kurkut mit seinen beiden Gefährten, an Bord geschafft, umringt von einer Horde Soldaten. Hinter ihnen kamen die Ardanäer, angeführt von der Sharif und ihren Mitgefangenen, dem stämmigen Kerl und dem Mädchen mit dem verbundenen Knöchel.

Ein gewaltiges Hornsignal schallte über das Wasser. Das Schiff vor ihnen hatte seine Fracht abgeladen und wurde in Ermanglung seiner rund fünfzig Ruderer, die jetzt mit hängenden Köpfen auf der steinernen Plattform standen, von zwei kleineren Schiffen wieder aus der Werft geschleppt. Langsam glitt es davon, hoch auf den Wellen, und gab dabei nach und nach den Blick auf die drei Priester in silbernen Gewändern frei, die am Landungssteg standen. Zwei von ihnen hielten weiße Schalen in den Händen, der dritte unterhielt ein Kohlebecken mit silbernem Deckel, alle in Erwartung der nächsten Schiffsladung Sklaven.

Jetzt bemerkte Gaultry, dass sie unter den Gefangenen nach der Sharif Ausschau hielt. Die hochgewachsene Frau war nicht schwer zu erspähen, denn sie stand in vorderster Reihe und verfolgte interessiert das Schauspiel der Boote im Hafen. Ihre kleine Gefährtin zitterte, während der stämmige Mann unbeeindruckt vor sich hin starrte. Doch die Kriegerin blickte umher, trug noch immer eine gebieterische Miene zur Schau und berechnete noch immer ihre Fluchtmöglichkeiten.

Gaultry wollte diesen unerschrockenen Blick noch ein letztes Mal einfangen. Ihr unsichtbarer magischer Pfeil fuhr suchend in die Menge und berührte die Schulter der Wüstenfrau. Sie fuhr herum, und der Blick ihrer sandhellen Augen begegnete dem von Gaultry. Falls sie erschrocken war, so ließ sie es sich nicht anmerken. Aber nach dem zu schließen, was Arion gesagt hatte, war die Frau ja mit magischen Praktiken vertraut. Wenn sie sich im Geiste mit ihren Soldaten verständigt hatte –

Die Wüstensandaugen brannten sich in die ihren ein, verschlangen sie –

Sie verspürte einen magischen Schauer, dann offenbarte sich der Geist der Frau. Es war eine Raubkatze, wie Gaultry sie nie zuvor gesehen hatte, ein gelblichbraunes Wüstentier. Die Augen waren von demselben flammenden Goldbraun und schienen in unendliche Fernen zu blicken und die Welt in den Weiten des Himmels zu betrachten. Hätte die Frau einen Schwanz besessen, so hätte sie damit wütend gegen ihre Beine gepeitscht, stolz und unbeugsam.

*Ich könnte dir helfen,* ließ die Wüstenfrau sie wissen.

Wie ein unerwarteter Peitschenschlag übertrug der zauberische Funke die Worte zwischen ihnen. Gaultry wäre zurückgefahren, wenn sie nicht so tief in ihrer Entdeckungsreise verfangen gewesen wäre.

*Es sind zu viele Bewacher, zu viele Bissantiner,* gab sie zurück, während sie verzweifelt versuchte, die Verbindung wieder zu lösen. Plötzlich durchzuckte sie gleißend hell ein Bild von Martin, der in Ketten in einem düsteren Kerker schmachtete. Seinetwegen war sie hier. Sie durfte sich nicht davon ablenken lassen. *Ich kann dir nicht helfen.*

*Darum habe ich auch nicht gebeten.* Die Stimme der Frau war reine Zauberkraft, die sie festhielt – allerdings nicht so fest, dass Gaultry Angst bekommen hätte. Wenn sie wollte, konnte sie sich befreien. – *Ich kann dir helfen. Ich gebe dir mein Schwert, mein Leben, alles. Du sprichst die Sprache dieser Leute, kennst die Worte, die mich verstecken könnten. Und ich könnte dir helfen. Ich bin stark, mein Herz ist nicht besiegt. Ich kann dir helfen.*

Der Teil von Gaultry, der Martin liebte, schrie protestierend auf. Ein Bild nach dem anderen zog an ihr vorbei: Martin als grausamer Krieger, düster und dämonisch und schließlich als zärtlicher Beschützer an ihrer Seite. Er war ihr ausgeliefert durch den Bannfluch, die Rhasan-Karten und durch Bande jenseits aller Magie, irgendetwas zwischen Liebe und Pflichtbewusstsein. Nichts durfte sie daran hindern, ihn zu finden und zu befreien.

Der andere Teil in ihr aber blieb ganz nüchtern. Die Frau bat sie um Hilfe, denn sie war nicht bereit, sich stillschweigend dem seelischen Tod der Sklaverei auszuliefern. Wie konnte sie sich dieser Bitte verschließen? *Befreie dich selbst,* sagte dieser Teil zu der Frau. *Wenn du es schaffst, kannst du mitkommen.*

Quer über das Deck hinweg nickte die Sharif ihr zu. Sie schaute auf die beiden Gefährten hinab, und Gaultry konnte sehen, wie sie die Lippen bewegte –

Dann riss sie die Arme hoch und brüllte den riesigen Kurkut unflätig an.

Gaultry konnte ihre Worte nicht verstehen, aber Kurkut reagierte prompt. Er fuhr herum und riss sich dabei einen rosafarbenen Fleischklumpen aus dem Mund. Ohne sich darum zu kümmern, bellte er sie wutentbrannt an und schrie den Männern um ihn herum etwas zu.

Nun fielen die Chauduks trotz ihrer Ketten mit wildem Geheul über die Ardanäer her. Die Bissantiner Soldaten in der Mitte wurden durch den plötzlichen Aufeinanderprall in alle Richtungen gestoßen und hatten Mühe, ihre Waffen wiederzufinden.

Tullier packte Gaultrys Handgelenk. »Jetzt!«, sagte er.

»Warte noch!«

»Was?«, fragte er völlig entgeistert. »Worauf denn?«

Nun stolperte die Sharif aus dem Handgemenge heraus auf sie zu. Sie war allein. Die Ketten baumelten an ihr herab wie die Bänder am Umhang einer feinen Dame. Die leeren Handschellen ihrer Gefährten klirrten gegen ihre Handgelenke, die rechte war offen.

Die linke war unversehrt und blutverschmiert.

»Seid Ihr verrückt?«, jammerte Tullier, als er sah, dass die Frau zu ihnen wollte. »Was habt Ihr vor?«

Gaultry stopfte ihm das Bündel in den Arm. »Du nimmst das hier. Ich muss ihr helfen.«

»Was!?«

»Mach schon!« Sie schubste den noch immer Protestierenden über die Reling und sprang hinterher, dabei versuchte sie, möglichst weit vom Schiff weg zu kommen.

Das Wasser war warm und roch stark. Gaultry versank und kämpfte sich dann keuchend wieder zur Wasseroberfläche empor. Sie strampelte im Kreis herum und hielt Ausschau nach der Sharif. Nun tauchte auch Tullier mit dem Bündel wieder auf – im

Schwimmen schien er ebenso geschickt zu sein wie in allen anderen Dingen. Er steuerte eine Lücke zwischen zwei schmalen Booten mit bunten Wimpeln an. In dem allgemeinen Aufbruch der Ruderboote, die sich möglichst schnell von dem Aufstand auf dem Sklavenschiff entfernen wollten, bemerkte sie niemand. Um sie herum brodelten die Wellen des von ungeschickten Händen aufgewühlten Wassers.

Oben an der Reling stand die Sharif und zögerte, hin- und hergerissen zwischen Freiheit und Sklaverei, während ihre Ketten klirrten. Irgendetwas an dem Wasser ließ sie zurückschrecken.

»Spring!«, rief Gaultry, die nicht daran dachte, dass die Frau sie nicht verstehen konnte. Sie machte eine einladende Handbewegung. »Los! Hierher!«

Die Frau landete mit einem harten Bauchklatscher neben Gaultry und spritzte ihr eine Ladung Brackwasser ins Gesicht. Sie tauchte unter und strampelte verzweifelt. Gaultry brauchte einen Moment, um zu begreifen, dass die Kriegerin nicht schwimmen konnte, und einen weiteren, bis ihr bewusst wurde, dass es nichts nützte, ihr zuzurufen, sie solle keine Angst haben.

*Hör auf, um dich zu schlagen!* Sie versuchte, sich zu beruhigen und die Sharif auf der geistigen Ebene zu erreichen. *»Halt still! Ich ziehe dich an Land.* Die unkontrollierten Bewegungen der Frau ließen nach, und Gaultry gelang es, nach ihr zu greifen. Der Blick der goldbraunen Augen zeigte ihr, dass der Sharif die Hilflosigkeit im Wasser mehr Angst machte als alles, was sie vorher erlebt hatte.

»Tullier!«, rief Gaultry jetzt. »Komm her und hilf mir!« Widerwillig kam er zurück mit dem Bündel im Schlepptau, das gerade noch oben schwamm.

»Das ist blödsinnig«, sagte er.

»Es ist grässlich!«, gab Gaultry zurück und spuckte erneut einen Mund voll Schlamm aus, während sie sich abmühte, den Kopf der Sharif über Wasser zu halten. »Ich wusste ja nicht, dass sie nicht schwimmen kann«

»Was dachtet Ihr denn bei so einer Wüstenpflanze?«

Gemeinsam zerrten sie die Frau über den Kanal zum harten Rand der Schlammbank. Sie ruderte vergeblich heftig mit den Beinen, um ihnen zu helfen, kam ihnen dabei jedoch lediglich in die Quere.

*Halt still!* meinte Gaultry grimmig. *Das hättest du mir sagen müssen –*

Jetzt erreichten sie die Deckung der Ansammlung von Vergnügungsboten und gerieten in Gefahr – eher versehentlich als mit Absicht –, von einem Ruderblatt getroffen zu werden. Irgendwo links von ihnen kenterte ein Boot. Die aufgeputzten Passagiere kreischten und verlangten danach, augenblicklich gerettet zu werden. Gaultry, die mit einer Hand die Sharif und mit der anderen das Bündel festhielt, ließ sowohl die Frau als auch das Gepäck los, um zu verhindern, dass ihr ein Ruder die Schneidezähne ausschlug.

»Auf die linke Seite!«, fuhr Tullier sie an, der neben ihr herpaddelte. »Weiter!«

Unter ihnen waren kaum fünf Handbreit Wasser und darunter gut drei Fuß losen Schlammes, der täuschend stabil aussah, was sich jedoch als Illusion erwies, sobald sie versuchten, sich vom Grund abzustoßen. Unbeladen hätten sie gerade noch festen Boden unter den Füßen gehabt – sofern man eine Schlammbank unter Wasser überhaupt als festen Boden bezeichnen konnte. So bepackt und in Eile hastete Gaultry mühsam vorwärts, das Gesicht im Wasser.

Plötzlich ertönte hinter ihnen ein Schrei. Ganz von oben, vom Deck ihres Schiffes herab. Gaultry schlug das Herz bis zum Hals. Irgendjemand hatte bemerkt, dass die Sharif geflüchtet war. Durch den Tumult hindurch hörte sie die wohlbekannte Stimme von Kapitän Odipo. Ein Ruderblatt traf ihr Ohr, als sie mit einem Boot zusammenstießen. Gaultry hob den Kopf und schaute in die Augen eines geschniegelten Lakaien. Der Hieb mit dem Ruder war kein Versehen gewesen.

»Schlag noch mal zu!«, rief sein Herr.

»Hilf mir!«, rief sie Tullier zu. Das Boot war völlig überladen, mit drei Bissantiner Adligenpaaren und zwei Dienern, die die Ruder bedienten. Es lag schon gefährlich tief im Wasser. Als sie nach den Ruderhalterungen griff, holte der Lakai erneut zum Schlag aus. Sie hängte sich mit aller Kraft an die Dollen und versuchte, sie nach unten zu ziehen. Zuerst sah Tullier nicht, was sie vorhatte, doch dann grinste er und kam ihr mit seinem Körpergewicht zu Hilfe. Und selbst die Sharif versuchte, es ihm gleichzutun. Wasser schwappte über den Bootsrand. Die Insassen schrien vor Schreck auf. Der junge Edelmann, der den Diener zum Zuschlagen aufgefordert hatte, stand auf, um ihnen die Hände wegzutreten, doch es war bereits zu spät. Er hatte das Boot aus dem Gleichgewicht gebracht, sodass es umkippte.

»Schon wieder!« Gaultry watete mühsam durch besonders zähen Schlamm, um ein weiteres Boot zum Kentern zu bringen. »Hilf mir mal!«

Die Insassen des umgekippten Kahnes zogen bei dem panischen Versuch, sich aus dem trüben Wasser zu retten, ein anderes Boot in die Tiefe.

»Mein gutes Seidenkleid!«, kreischte jemand.

»Lasst mich rauf!«

In dem sich ausbreitenden Durcheinander zerrten Tullier und Gaultry die Sharif und ihr zunehmend aufgeweichtes Bündel fort. Tullier zeigte auf eine Brücke, die durch einen Einschnitt in den Hafenanlagen hindurch zu sehen war. Sie war flach und wies viele Bögen und hübsche weiße Kolonnaden auf.

»Wenn wir es bis dahin schaffen, sind wir in Sicherheit«, prustete er.

Mit einem festen Ziel vor Augen war die Sache nur noch halb so schwer. Als sie erst einmal aus dem Gewühl der Vergnügungsboote, die sich in der Sklavenwerft zusammendrängten, heraus waren, hatten sie nur noch gutmütige Markthändler um sich, die von den Schwimmern keinerlei Notiz nahmen, sondern froh waren, dass sie trocken in ihren Booten sitzen und sich, ohne einen Finger zu rühren, das Schauspiel der feinen Bissantiner anschauen konnten, die da krampfhaft im trüben Wasser herumpaddelten. Die Sharif hatte sich wieder beruhigt und ließ sich von ihnen mitziehen.

Nachdem sie die Marktkähne hinter sich gelassen hatten und die kurze Strecke zu den harten Schlammbänken unter den Brückenbögen überqueren mussten, hatte Gaultry das Gefühl, in größter Gefahr zu schweben.

»Warum verfolgt uns eigentlich niemand mehr?«, fragte sie und wagte einen Blick über die Schulter.

»Weil es keinen interessiert außer den Sklavenhändlern«, meinte Tullier. »Keiner will damit etwas zu tun haben.«

Als sie im Schatten der Brücke ankamen, schaute Gaultry vorsichtig hinauf. Obwohl es oben von Menschen wimmelte, blickte niemand herab oder schlug Alarm. Sie schwammen das letzte Stück unter einem der Brückenbögen hindurch und gingen auf der anderen Seite an Land, wo der Schlamm hart genug war, um herauszuklettern. Die verdreckten Kinder, die auf einem verlassenen Bootssteg in der Nähe in der Sonne lagen, starrten sie zwar an, aber keines von ihnen zeigte weitergehendes Interesse, selbst dann nicht, als Tullier und Gaultry die Sharif in ihrem scheppernden Aufzug aus der braunen Brühe zogen.

»Sie merken sich, was sie gesehen haben«, sagte Tullier, als er Gaultrys Blick folgte. »Aber sie werden nichts unternehmen, weil sie nicht wissen, worum es geht.«

»Seltsam.« Gaultrys Bekanntschaft mit dem Stadtleben beschränkte sich auf die zwei Wochen, die sie nach der Prinzenhochzeit in Tielmarks Hauptstadt verbracht hatte. Dabei hatte sie auch einmal im Gefolge von Prinzessin Lily einen Ausflug zum Hafen gemacht – das Fischerkind hatte seinen alten Jagdgründen einen Besuch abstatten wollen. Die Hafenkinder von Princeport waren nicht besonders vorwitzig gewesen und hatten argwöhnisch Abstand gehalten von der prunkvollen Gesellschaft, die da ohne Vorwarnung zu ihnen herabgestiegen war. Aber sie waren laut und neugierig gewesen, ganz im Gegensatz zu diesen Bissantiner Kindern, die ihnen völlig lethargisch zuschauten – etwas, das Gaultry mit Unbehagen erfüllte. Wo war die Ausgelassenheit dieser Kinder?

Und doch musste sie dankbar sein für diese Teilnahmslosigkeit. Tielmark war jetzt weit weg. Das Desinteresse der Markthändler, das ihnen die Flucht ermöglicht hatte, hätte sie hoffnungsfroh stimmen müssen. Wenn die politischen Zusammenhänge nur den Kaiser und eine Hand voll seiner engsten Freunde interessierten, dann standen ihre Chancen gut, Martin bald ausfindig zu machen und sicher nach Tielmark zurückzubringen. Aber dieses Land – als sie hinter Tullier herschaute, wie er ihr Bündel vom Wasserrand nach oben hievte, wurde ihr klar, dass hier etwas nicht stimmte.

Dieser Junge, dem man vor allem das Töten beigebracht hatte, sprühte vor Tatkraft. Diese Kinder waren aus irgendeinem ihr unverständlichen Grunde ganz anders. Ein Zeichen dafür, dass es hier völlig anders zuging, als sie es für möglich gehalten hätte. Und das erschreckte sie.

# 11

Sie zogen die Sharif am Ufer unter einen der Brückenbögen, wo sie nicht mehr im Blickfeld des Verkehrs auf der Brücke waren, und ließen sich auf den warmen Erdboden fallen. Auf der stillen, sonnengebleichten Sandbank, im kühlen Schatten der steinernen Brücke, war der Tumult an der Sklavenwerft nicht mehr zu hören.

»Was fällt dir eigentlich ein, dich an uns dranzuhängen?«, fragte Tullier die Kriegerin. Er setzte sich auf und wischte sich die schlammverschmierten Hände an den Hosenbeinen ab. »Und was hat Euch geritten, ihr auch noch dabei zu helfen?« Die Sharif quittierte seine Frage mit einem verwunderten Achselzucken, während Gaultry eine andeutungsweise schuldbewusste Handbewegung machte. »Sie spricht nicht mal unsere Sprache!«, fuhr Tullier fort. »Llara behüte, was soll –«

»Wir können uns verständigen«, fiel ihm Gaultry scharf ins Wort. »Sie wird uns nicht zur Last fallen. Schließlich hat sie uns einen Dienst erwiesen mit dem Tumult, den sie entfacht hat.«

»Ein bisschen viel Tumult«, brummte Tullier. »Wir hätten auch klammheimlich verschwinden können, und keiner hätte es gemerkt.«

Gaultry hatte da ihre Zweifel, aber sie wollte sich nicht streiten. »Vorbei ist vorbei«, meinte sie. »Wir lassen sie sowieso nicht im Stich, also hör auf zu nörgeln. Lass uns lieber zusehen, dass wir sie aus diesem Eisenverhau rauskriegen, bevor er zusammenrostet.«

Tullier presste verärgert die Lippen aufeinander, aber er bückte sich ohne Widerspruch.

Die Handschellen waren ein Durcheinander aus altem und neuem Metall. Tullier nahm eins von Corbulos Messern und brach damit die Schlösser der Fußfesseln auf. Als sie aufschnappten, brach die Klinge ab.

»Pass doch auf –«

Der Junge sah Gaultry ungerührt an und klaubte die Stücke aus dem Dreck.

»Das hast du mit Absicht getan –«

Er würdigte sie keiner Antwort. Langsam und bedächtig steckte er den längsten Metallsplitter in das Schlüsselloch der rechten Handschelle der Sharif. Nach einigem Herumstochern gelang es ihm, den Riegel zu bewegen, und der eiserne Ring sprang auf.

Der letzte Teil rührte sich nicht. Die Handschelle am linken Handgelenk der Frau, an der der geschlossene, blutverschmierte Ring baumelte, der einen ihrer beiden Gefährten gefesselt hatte, war von besserer Qualität als alle anderen. »Ich krieg's nicht auf«, meinte Tullier schließlich, nachdem er den zweiten Splitter abgebrochen hatte. »Vielleicht hat es eine neue Art von Verschluss.«

Gaultry griff nach dem zweiten Eisenring, der lose an der Handschelle baumelte. Der Fluss hatte ihn ein wenig abgespült, aber draußen auf dem Schiff hatte jemand teuer für die Freiheit seiner Anführerin bezahlt.

Die Wüstenfrau nahm Gaultry den Ring aus der Hand. Ihre Finger waren hart und kräftig. Die Blicke der beiden Frauen trafen sich, und die Sharif nickte. *Janier hat seine rechte Hand für mich zerquetscht,* bestätigte sie und sah Gaultry unerschrocken ins Gesicht. *Wenn sie die Handschellen vertauscht hätten, hätte es Liethas Linke erwischt. Das wäre besser gewesen.*

Janier. Gaultry erinnerte sich an den kräftigen Kerl, der mit der Sharif am Ruder gesessen hatte. Sie hatte seine kräftigen Handgelenke und die breiten, klobigen Hände gesehen, die zu seinem Körperbau passten. Sie betrachtete prüfend den engen Metallring, durch den er das gequetscht haben musste, was von seiner Hand noch übrig war. Er hatte die Größe ihres eigenen Handgelenks. *Das ist ja widerlich*, meinte sie.

Die Sharif packte ihren Arm und hinderte sie daran, sich abzuwenden. Ihre Körpergröße, ihre Kraft und Eindringlichkeit legte sich auf Gaultry wie ein materielles Gewicht. *Er hat dieses Opfer nicht nur für mich gebracht*, sagte sie. *Janier hat drei Töchter und einen Sohn. Auf diese Weise sind sie in meine Obhut gefallen. Wenn ich dir geholfen habe und aus Bissanty freikomme, muss ich diese Schuld begleichen. Kannst du das verstehen?*

»Vielleicht«, sagte Gaultry, die es nicht fertigbrachte, der Frau ehrlich zu sagen, wie unbegreiflich sie das fand. Sie fragte sich, wie man so felsenfest daran glauben konnte, dass es möglich war, ein solches Opfer wiedergutzumachen. »Vielleicht.«

»Ihr redet miteinander«, entfuhr es Tullier, und er sah sie argwöhnisch an. »Hat sie Euch gedroht?«

»Wir sind uns einig, dass die Handschelle vorläufig noch dranbleibt«, erklärte Gaultry kurz angebunden und bückte sich, um ihr durchweichtes Bündel aufzuschnüren. »Sie kann sie ja unter meinem Reserveumhang verstecken.«

Das befriedigte Tullier zwar nicht, aber er schien an ihrem Tonfall zu merken, dass sie sich nicht umstimmen ließ.

»Wir sollten hinaufgehen und uns unter die Menge mischen«, sagte er. »Wenn wir hier bleiben, werden wir irgendwann doch noch jemandem auffallen.« Er zog ein trockenes Hemd aus dem Bündel hervor. »Wenn wir sie mitnehmen wollen, braucht sie etwas Anständiges zum Anziehen.«

Das zerlumpte Oberteil und die grobgewebten Hosen der Frau fielen nach der monatelangen Gefangenschaft förmlich auseinander. Als Gaultry ihr die teerfleckige Trainingskluft hinhielt – das einzige Kleidungsstück, das lang und weit genug für sie war – entkleidete sie sich hastig und versetzte ihren alten Lumpen einen kräftigen Fußtritt. Sie schämte sich nicht ihres nackten Körpers, der schlank und muskulös war. Gaultry bemerkte eine tiefe Narbe über ihren Schultern, die überdeckt wurde von dem unverheilten Brandzeichen des Sklavenhändlers. Eine zweite zog sich über ihre Hüfte und eine dritte ihren rechten Arm entlang. Das grässliche Geschwür an ihrem Hals hatte sich gebessert, aber der halbe Rücken war mit einem Hautausschlag überzogen und bot einen äußerst unappetitlichen Anblick. Es kam ihr nicht in den Sinn, sich zu waschen, bevor sie die neuen Kleider über den Kopf zog.

»Sie hat Läuse«, stellte Tullier fest. »Da halte ich lieber Abstand.«

Während Gaultry ihr Bündel wieder zusammenpackte, schleuderte er die Sklavenketten weit in den Fluss hinaus.

»Das ist die neue Triumphbrücke«, sagte Tullier, als sie die kleine Treppe in dem nächstgelegenen Brückenpfeiler hinaufstiegen. »Sie verbindet die alten Stadtbezirke mit den neuen.«

»Dann könnte es also sein, dass wir hier irgendwo auf den Verbindungsmann der Herzogin treffen?« Das wäre eine willkommene Erleichterung.

Der Junge nickte. »Wenn Eure Freundin Mariette uns richtig instruiert hat.«

Die weißen Kolonnaden, die Gaultry schon vom Wasser aus gesehen hatte, teilten die Brücke der Länge nach in zwei entgegengesetzte Spuren. Auf diese Weise ging der Verkehr der Stadt in verblüffendem Tempo vonstatten. Gaultry fand das Menschengewimmel nervtötend. Es gab so viel zu sehen, und sie liefen so schnell daran vorbei. Tullier lotste sie, wie er sagte, in die Richtung der älteren Bezirke, aber für Gaultry sahen die Gebäude auf beiden Seiten des Flusses alt aus. Alt, mächtig, viel größer und mit viel mehr Fensterreihen, als sie es gewöhnt war.

Bald hatte sie jede Orientierung verloren. Auf beiden Seiten von einer Vielzahl von Leuten und Gefährten eingekeilt, wurde ihr ziemlich unbehaglich zumute. Doch der Anblick der Sharif, die trotz der zusätzlichen Schwierigkeit, dass sie kein Wort von dem verstand, was um sie her gesprochen wurde, hocherhobenen Hauptes einherschritt, zwang sie dazu, ebenfalls Haltung zu bewahren. Dieses Gewimmel, sagte sie sich immer wieder, bot den besten Schutz für sie alle. In Bassorah mischten sich an Markttagen so viele Menschen aus den unterschiedlichsten Gegenden, dass ihre blonden Haare und die olivfarbene Haut der Sharif gar nicht auffallen würden.

Sie wünschte, sie hätte die verschiedenen Gesichter, die an ihnen vorbeizogen, einordnen können. Es waren überwiegend Bissantiner – mit blasser Haut, hängenden Schultern und knochigen Gesichtern – aber vermischt mit exotischeren Typen. Viele hochgewachsene Männer mit grauen Augen drängten sich an ihr vorbei. Sie hatten die kurzgeschorenen Köpfe von Söldnern und einen kräftigen Körperbau. Sie hätten sie an Martin erinnert, wäre da nicht wieder diese teilnahmslose Haltung gewesen.

»Was sind das für welche?«, fragte sie schließlich und zog Tullier dabei am Ärmel.

»Wer?«

»Die großen Männer.«

Er schaute in die Richtung, in die ihr Finger zeigte. »Das sind Rekruten aus Dramcampagna – Bissantys nördlichstem Fürstentum.« Er dachte nach. »Die meisten sind Bauern, aber in diesem Jahr sind sie an der Reihe, die Truppen aufzustellen.«

Was soviel bedeutete, dass diese Truppen schon bald an der südwestlichen Grenze von Bissanty aufmarschieren konnten, um die dort ansässigen Gebirgsstämme bis nach Tielmark hineinzutreiben. »Erzähl mir etwas über die anderen«, sagte sie schnell, um nicht weiter darüber nachdenken zu müssen. »Ich will wissen, was ich sehe.«

»Sagt *Ihr* mir das lieber«, meinte Tullier schroff. »Ich kenne die Hälfte davon sowieso nicht, außerdem muss ich diese Adresse suchen.«

Ihr blieb also nichts anderes übrig, als zu staunen. *Das ist wie ein Spiel*, sagte sie zu der Sharif.

*Es ist wie ein Albtraum*, gab diese zurück.

Es tröstete Gaultry ein wenig, dass die Ardanäerin die vielen Menschen ebenfalls beängstigend fand. Die Leute strömten so zahlreich an ihr vorbei, dass es unmöglich war, sie alle im Auge zu behalten. Zu ihrer Linken sah sie drei hübsche Frauen mit Glöckchen an den Ohren. Rechts schleppte ein verhutzeltes, bleichgesichtiges Männlein aus Korb geflochtene Windräder mit sich herum, an denen bunte Papierstreifen flatterten. Als sie um eine Ecke bogen, umringte sie eine Gruppe von Gauklern mit gefärbten Haaren, geschminkten Gesichtern und farbenfrohen Kostümen.

Doch trotz der vielen exotischen Landsleute, die sich zum größten Teil eher für ihre eigenen Angelegenheiten interessierten als für die drei Fremdlinge, wurde es Gaultry doch immer klarer, dass sie hier ein gefährliches Schauspiel boten. Je weiter sie sich den Wohnvierteln näherten, desto mehr fahle Bissantinergesichter sahen sie mit der verschlossenen, fast mürrischen Miene an, an die sich Gaultry inzwischen schon beinahe gewöhnt hatte. Es waren nur noch wenige Müßiggänger dabei – die meisten wirkten sehr beschäftigt – und jedesmal, wenn sie stehenblieben, weil Tullier jemanden nach dem Weg fragte, spürte Gaultry die abschätzenden Blicke unzähliger Augen.

Als sie endlich die Adresse von Arnolfos Familie gefunden hatten, die ihnen Mariette gegeben hatte, überwältigte sie beinahe die Verzweiflung: das kleine, adrette Haus war leer und verschlossen.

»Sie erwischen uns noch, bevor wir irgendwo Unterschlupf finden«, meinte Gaultry grimmig. Sie waren an zu vielen Gesichtern vorbeigekommen, hatten zu viele neugierige Blicke geerntet. »In dieser Stadt gibt es keinen Ort, an dem wir uns verstecken können.«

»Haltet den Mund!«, sagte Tullier und starrte die verrammelte Tür an. »Ihr macht mich ganz nervös.«

»Klopf noch einmal!«

»Es ist keiner da.« Er trat wütend gegen das untere Brett. »Der Riegel ist auf der Außenseite – und das Schloss auch.«

»Was sollen wir also machen?«

Er sah sie forschend an. Der Blick seiner grünen Augen war scharf und eindringlich. »Ihr habt Angst vor dem Gewühl.«

»Du merkst auch alles«, meinte sie bissig. »Natürlich habe ich Angst davor. Ich hätte nie im Leben gedacht, dass ich einmal in solch eine Stadt gehen müsste. Die Hälfte meiner Zauberkraft –« Sie verstummte. Tullier brauchte nicht zu wissen, wo die Grenzen ihrer Zauberkraft lagen.

»Was ist mit Eurer Zauberkraft?«

»Keine Sorge, die Jagdgöttin Elianté leitet mich«, gab Gaultry schroff zurück. »Das genügt. Ich kann die Jäger in dieser Stadt riechen. Sie sind überall um uns herum. Ich kann nur ihre Spuren nicht lesen, um sie zu sehen, und das macht mir Angst.«

»Mir nicht«, meinte Tullier altklug. »Die Ausbildung der Sha Muira –«

Gaultry musste lachen, ein bitteres, erschöpftes Lachen.

»Was ist?«

»Ein Mörder ist nicht dasselbe wie ein Jäger«, sagte sie.

Der Junge lief rot an. »Warum müsst Ihr immer alles besser wissen?«, meinte er vorwurfsvoll. »Ich kenne mich in dieser Stadt aus –«

»Dann such uns einen Platz, wo wir unterkriechen können. Martins Spur kühlt langsam ab, und ich bin viel zu müde zum Nachdenken. Wir brauchen ein bisschen Schlaf. Und –« Sie überlegte. »Du hast Recht. Ich muss mich erst in dieser Stadt zurechtfinden, bevor wir nach Martin suchen können.«

Es stellte sich bald heraus, dass es weniger mühsam war, einen Unterschlupf zu finden, als sie befürchtet hatten. Eine Nachbarin, die gesehen hatte, wie sie an die Tür klopften, kam herüber, um sich zu erkundigen, was sie wollten. Nachdem sie sie davon überzeugt hatten, dass Gaultry Arnolfo kannte, sagte sie ihnen, dass der zweitjüngste Sohn der Familie zu einem unerwarteten Dienst einberufen worden war und die ganze Familie in ein Militärlager westlich der Stadt mitgenommen hatte. Keiner von ihnen würde vor Ablauf eines Monats zurückkehren. Überall in der ganzen Stadt schien man überraschend Soldaten mobil zu machen.

Als die Nachbarin merkte, dass sie eine Bleibe brauchten, schickte sie die drei zu einem anderen Haus, einem stuckverzierten Gebäude, das über der Flussbiegung aufragte. Es gehörte zwei ältlichen Schwestern, von denen eine verwitwet war und einen Sohn bei der Armee hatte. Sie zahlten die Miete für eine Woche im Voraus und sicherten sich ohne große Mühe eine Dachstube hoch oben im vierten Stockwerk. Die Suche nach Arnolfos Familie hatte sie in ein bodenständiges, ruhiges Stadtviertel geführt, das von kinderreichen Soldatenfamilien bewohnt wurde, die nur mit Mühe und Not ihr Leben fristeten, während der Haushaltsvorstand zu einem unerwarteten Frühjahrsdienst abkommandiert war. So kamen zu diesem Zeitpunkt vielen Leuten ein paar Mieter sehr gelegen.

Tullier sagte ihr, dass sie das Zimmer unter der Hand gemietet hatten, denn ihre Vermieterinnen wollten gern die Steuerabgabe sparen – ein Mittel, mit dem die Regierung die Übervölkerung der Stadt zu verhindern versuchte. Die Frau, die sie hergeschickt hatte, würde auch ihren Anteil von dem Geld abbekommen. »Niemand wird etwas sagen«, meinte er. »Sie haben alle lieber ein bisschen Geld in der Hand, als eine Geldstrafe zu riskieren.« Jedenfalls konnten sie sicher sein, dass ihnen die beiden alten Schwestern keine unangenehmen Fragen stellen würden. Sie boten ihnen sogar an, dass ihre Köchin gegen ein geringes Entgelt das Essen für die drei mit zubereiten könnte. Später boten sie ihnen auch noch die Dienste ihres eigenen Tuchmachers an. Hinter ihrer gespielten Würde waren sie auf Bargeld aus und nur zu froh darüber, ihre Gäste mit allem versorgen zu können, was diese in der Nachbarschaft möglichst unauffällig wirken ließ.

Am nächsten Morgen schaute Gaultry nach dem Frühstück aus dem einzigen Fenster der Dachstube, hörte zu, wie jemand Geschirr spülte, und seufzte zufrieden. Satt und ausgeschlafen, wie sie jetzt war, konnte ihr die Stadt nichts mehr anhaben, und sie konnte es kaum erwarten, hinauszugehen und die Jagd aufzunehmen.

Es konnte nichts schaden, dass sie alle drei jetzt so gekleidet waren, dass sie keine unnötige Aufmerksamkeit auf sich ziehen würden. Der Tuchmacher hatte ganze Arbeit geleistet und Gaultry und der Sharif adrette silbergraue Kleider und Tullier neue Hosen und eine feine Jacke verpasst, die ein anderer Kunde nicht abgeholt hatte. Aus seiner verbitterten Miene und der erleichterten Reaktion, als sie schließlich die Jacke nahmen, schloss Gaultry, dass es bei den besseren Leuten in Bassorah an der Tagesordnung war, solche Waren zu bestellen und dann nicht zu bezahlen.

Das Einzige, wobei ihnen ihre ach so tüchtigen Vermieterinnen nicht hatten helfen können, war die letzte Handschelle der Sharif gewesen. Diese Angelegenheit mussten sie heimlich erledigen, indem sie bei einem Schmied in der Nähe ein paar Werkzeuge ausliehen und dann einen kurzen Spaziergang an den Fluss unternahmen, wo sie sich dieses letzten Hindernisses entledigten.

Die Sharif. Sie saß am Frühstückstisch und kämpfte mit der letzten Portion Brot und Haferbrei, die ihr Agrippilia, die junge Köchin, aufgetragen hatte. Oberflächlich betrachtet sah sie gut aus, aber sie war in einer erbärmlichen Verfassung und konnte kaum Nahrung bei sich behalten. Je mehr Gaultry ihr schlechter Gesundheitszustand auffiel, desto mehr beeindruckte sie der scheinbar unbeugsame Wille dieser Frau.

Die Zeit der Gefangenschaft hatte schlimme Spuren hinterlassen. Nachdem die letzte Handfessel entfernt war, hatte Gaultry sie überredet, ein Bad zu nehmen. Dabei waren Läuse und noch Schlimmeres aus ihren Haaren gekrabbelt. Der Hautausschlag auf ihrem Rücken entpuppte sich als eingenistete Maden. Diese Entdeckung brachte die Sharif beinahe um ihre hoheitsvolle Haltung. Mit kaum verhohlenem Ekel ließ sie sich von Gaultry das verfilzte schwarze Haar dicht über der Kopfhaut abschneiden und anschließend verbrennen, dann rieb sie sich den ganzen Körper mit Spiritus ab in dem verzweifelten Bemühen, die Maden zu töten. Aber es genügte nicht. Gaultry musste mit Tulliers Hilfe mit Nadel und Pinzette ihren Rücken absuchen, dann wuschen sie sie noch einmal mit Spiritus ab, um auch den letzten Maden den Garaus zu machen, die ihnen beim erstenmal entwischt waren.

Gaultry hoffte inständig, diese Prozedur nicht wiederholen zu müssen. In der darauffolgenden Nacht lag sie neben der Sharif in dem einzigen Bett der Dachstube, während Tullier auf einem Strohlager an der Tür schlief. Obwohl die Wüstenfrau erschöpft schlief, tobten in ihrem Kopf Albträume. Nachdem Gaultry lange wachgelegen und Läuse und Maden vor sich gesehen hatte, fiel sie endlich in unruhigen, von Träumen durchsetzten Schlaf, um immer wieder von der schreienden und um sich schlagenden Sharif aufgeschreckt zu werden, die das Grauen ihrer letzten Schlacht noch einmal im Traum durchlebte und ihre Angst herausschrie, was sie im Wachzustand niemals zugelassen hätte. Keine der beiden sprach am nächsten Morgen darüber, aber die Frau protestierte nicht, als Gaultry ihr vorschlug, im Bett zu bleiben.

Trotz der unruhigen Nacht war Gaultry putzmunter und unternehmungslustig. Jetzt, da der Markttag vorbei war, würden die Straßen ruhiger sein, und sie wollte sich ein wenig umsehen.

Das Fenster ihres Dachstübchens ging auf den Fluss hinaus, oberhalb der Brücke, wo sie die Sharif an Land gezogen hatten. Eine wässrige Morgensonne wurde von den weißen Häuserfassaden zurückgeworfen und vertrieb den leichten Nebel, der über den Fluten hing. Ein paar Schiffe zogen gemächlich und ohne Eile mit der trägen Strömung dahin. Am anderen Ufer erhob sich ein niedriger, gestrüppbewachsener Hügel aus den Nebelschwaden, auf dem die Ruinen eines Säulentempels in den Himmel ragten.

Dieser Tempel war über einer Quelle erbaut worden – jahrhundertelang die einzige Trinkwasserquelle in dem ganzen Sumpfgebiet –, die an der Stelle dem Erdboden entsprungen war, wo die Große Llara dermaleinst Ihren sterblichen Sohn Meagathon, den Reichsgründer, zur Welt gebracht hatte. Jetzt war der Hügel wüst und verlassen, von Bäumen und Buschwerk überwuchert, und hatte seinen heiligen Zweck verloren. Als das Kaiserreich sich entwickelte und die Verehrung der Llara allmählich prunkvoller wurde, war der Hochaltar des alten Tempels über den Fluss geschafft und in dem mächtigen neuen Tempel mit seiner silbernen Kuppel im Osten der Stadt aufgestellt worden.

»Warum haben sie ihn woanders aufgebaut?«, fragte Gaultry Tullier, als er neben sie trat.

»Den Tempel?«

Sie nickte. »Warum lassen sie diesen Ort so verwildern?«

»Im neuen Tempel gibt es eine größere Quelle«, sagte Tullier. »Und inzwischen hat er aus der Sicht des Kaiserreichs genauso viel Tradition. Die Quelle wurde entdeckt, als man den Reichsbezirk aufbaute – vor siebenhundert Jahren. Die Stadt brauchte mehr Wasser, aber das Wasser der neuen Quelle war ungenießbar. Llaras Herz-auf-Erden, Kaiser Livius der Erste, schickte alle seine fünf Söhne hin, um sie zu reinigen. Sie tranken alle davon, aber nur einer hat es überlebt. Das war Demetrius der Löwe.« Tullier zeichnete mit der Hand den Umriss der mächtigen Kuppel nach.

»Ich zeig's Euch«, sagte er und sah sie erwartungsvoll an. »Wir sehen uns die Stelle an, wo er die Leichname seiner Brüder in den Brunnen geworfen hat, auf dass ihr Götterblut das Wasser reinigt.«

Nach allem, was sie erfahren hatte, wusste Gaultry, dass das vielgerühmte Götterblut sich wie die *Glamour*-Kraft als eigenständige Seele manifestierte. Nun fragte sie sich, ob die vier Prinzen diese Seelen wohl freiwillig geopfert hatten. Nach Tulliers Beschreibung war das zu bezweifeln.

»Willst du dir die Stadt ansehen?«, fragte sie ihn.

»Ihr müsst unbedingt Euren erstaunten Provinzlerblick ablegen.«

»Und du willst unbedingt in die Stadt«, meinte Gaultry beharrlich. Irgendetwas in seiner Stimme war merkwürdig, und es schien ihr, als ob es hier um mehr ging als um Sehenswürdigkeiten.

Tullier reagierte nicht. Er sah aus wie jemand, dem man schon einmal etwas abgeschlagen hat, vielleicht etwas, das er sich besonders stark gewünscht hatte.

Das Schweigen hielt an. Die Sache hatte etwas mit seiner Sha Muira-Ausbildung zu tun. Etwas, das er ihr nicht offen sagen konnte. Eine Weile waren sie beide still und schauten den Schiffen auf dem trägen Fluss zu ihren Füßen zu.

»Lass uns gehen«, sagte sie schließlich. »Natürlich gehen wir.« Und sie wünschte sich, dass sie ihn hätte anfassen können – sein Haar zerzausen oder ihm auf den Rücken klopfen. Irgendetwas jenseits aller Worte, um ihm ihre Zuneigung zu zeigen. »Ich will mir auch die Stadt ansehen.«

Bassorah war gewaltig. Sie hätten Wochen gebraucht, um die Stadt vollständig zu erkunden, zumal die Sha Muira-Meister ihrem jungen Zögling eine Unmenge Einzelheiten eingetrichtert hatten. Tullier kannte offenbar zum Tod eines jeden Kaisers und Prinzen der letzten hundert Jahre und darüber hinaus eine Anekdote. Für jedes Bauwerk, jeden Platz, jede Brücke und jeden Brunnen, an denen sie vorbeikamen, fiel ihm irgendeine Geschichte von Mord und Totschlag mitsamt den darin verwickelten Personen und den angewendeten Methoden ein. Zuerst fand Gaultry das noch auf makabre Weise amüsant, aber als es immer so weiterging, setzte es ihr zunehmend zu. Ihre Stimmung erreichte ihren Tiefpunkt, als sie am Ende einer langen, marmorgepflasterten Straße vor der Statue einer Frau in fließenden Gewändern anlangten. Es war ein hübscher Standort. Gaultry schaute entzückt zu dem lachenden Gesicht und den fröhlich gen Himmel gestreckten Händen empor und fragte Tullier, wer denn hier ermordet worden sei.

»Niemand«, erwiderte er. »Aber das ist Sylvie Aronlolia. Ich nehme an, die Leute trauen sich deshalb nicht näher heran. Sie war die Frau von Livius dem Siebten, vor rund hundert Jahren.«

»Und?«

Tullier schüttelte den Kopf. »Alles weiß ich nicht mehr. Sie war äußerst umtriebig. Fünf Morde konnte man ihr nachweisen, aber es sollen noch mehr gewesen sein. Sie hat ihren Mann dazu gebracht, ihre Kinder zu unterschlagen.«

»Unterschlagen?«

»Man nennt es so, wenn ein kaiserlicher Prinz, der nicht thronfolgeberechtigt ist, heimlich eine Frau schwängert und seine Kinder, oder wenigstens einige davon, versteckt. Wenn er noch vor dem Thronerben fünf Söhne bekommt, geht das Götterblut auf ihn über, und der andere muss ihm den Vortritt lassen.« Tullier starrte die Statue an. »Sie muss ziemlich eitel gewesen sein. Als sie einflussreich genug war, um sich von der Stadt dieses Standbild errichten zu lassen, war sie schon eine alte Frau.«

»Was meinst du damit, wenn ein Prinz seine Kinder versteckt?«

»Llara schenkt nur einem Prinzen in jeder Generation fünf Söhne. Aber ein echter Kaiser braucht nun mal fünf Söhne«, erklärte er. »Das ist nicht immer der Älteste, aber der ist für gewöhnlich in der Position, zu verhindern, dass seine Brüder es versuchen. Habt Ihr Euch noch gar nicht über die vielen Bauwerke gewundert, die Tarrin gewidmet sind?«

»Wie meinst du das?« Gaultry verspürte ein flaues Gefühl in der Magengrube. Tarrin, der weißgesichtige Kriegsgott, wurde auch der Kastrierte genannt.

Tullier zeigte die Straße hinab. »Seht mal da«, sagte er. »Und da. Seht Ihr die Tafeln da oben am zweiten Stockwerk dieses Gebäudes? Tarrins Zeichen ist darauf.« Gaultry hatte diese Gedenktafeln schon vorher an vielen älteren Gebäuden bemerkt. Sie stammten von Soldaten, die unversehrt aus dem Krieg zurückgekehrt waren. »Die beiden da sind von Kastratenprinzen gestiftet worden.«

»Du machst Witze!«

»Das versteht Ihr nicht.« Tullier verzog das Gesicht. »Llaras Liebe zu Meagathons Erben ist sehr stark. Das Kaiserhaus war immer äußerst fruchtbar. Sie tun nur, was nötig ist, um die Dinge im Griff zu behalten.«

»Und niemand findet das fragwürdig?«

Tullier zuckte die Achseln. »Unser Kaiser und seine Kinder sind nicht wie andere Männer. Sie sind Llaras Herz-auf-Erden.«

»Jetzt haben wir aber genug Bauwerke besichtigt«, sagte Gaultry. »Ich bin ganz erschöpft.«

»Können wir noch zu Llaras Tempel gehen? Ich möchte Demetrius' Quelle sehen.«

»Wo er die Leichname seiner Brüder reingeschmissen hat?«

Tullier wurde rot. Er fühlte sich auf den Arm genommen, dabei war ihre Ironie doch nur Selbstschutz. »Der Brunnen, den man über der Quelle errichtet hat, soll sehr schön sein. Er ist der Großen Llara geweiht.«

»In Ordnung«, sagte Gaultry, der es Leid tat, dass sie ihn in Verlegenheit gebracht hatte. »Aber Schluss jetzt mit den Schreckensgeschichten. Und lass uns zuerst zu Mittag essen.«

Zu Hause in Tielmark hatte Gaultry sich nie große Gedanken darüber gemacht, was es für das tausendjährige Kaiserreich bedeutete, die Herrschaft über sein eigenwilliges südliches Fürstentum verloren zu haben. Die Bissantiner waren die Feinde, Tielmark das Opfer. Tielmarks größte Fürsten waren diejenigen, die den Kaisern von Bissanty ordentlich eins ausgewischt hatten: Briern der Kühne, der die Armee der Bissantiner am hundertsten Jahrestag der Befreiung kurz und klein geschlagen, oder Corinne die Holde, die am zweihundertundfünfzigsten einen Spross des Kaiserhauses verschmäht hatte. Oder Clarin selbst, der große Gründer des Freien Tielmark, der gegen Götter und Kaiserreich ins Feld gezogen war, um sein Land zu befreien.

Jetzt, nachdem ihr Tullier die Gedenktafeln der Soldaten für Tarrin gezeigt hatte, sah sie sie fast an jeder Straßenecke. Tarrins Signum, ein dunkler Kreis, der mit einem silbernen und weißen Streifen umrandet war – der Mond, der sich verfinstert – nahm einen großen Teil dieser Steinplatten ein, die kaiserliche Prinzen gestiftet hatten.

Aber während sie nach diesen Platten Ausschau hielt, fiel ihr noch etwas anderes auf. An etlichen anderen Straßenecken befanden sich Denkmäler für das verlorene Fürstentum – das die Bissantiner offenbar keineswegs als verloren ansahen. Viele dieser Denkmäler waren Jahrhunderte vor der Entstehung des Freien Tielmark errichtet worden, und die frühen Insignien des Reiches – ein dickstämmiger Baum mit fünf Ästen sowie eine spangenbewehrte Hand mit ausgestreckten Fingern – waren nicht besonders beeindruckend. Doch die jüngeren Monumente, die in den letzten dreihundert Jahren dazugekommen waren, bestachen allein schon durch ihre große Anzahl.

Schließlich kamen sie zu einem öffentlichen Badehaus, das die Widmung trug: »Der Großen Llara, dem Herrscherhause und den fünf Prinzen des Meagathon.« Es handelte sich um ein nagelneues Gebäude mit marmornen Türmen an den Ecken. Die Kuppel in der Mitte war dem fünften kaiserlichen Prinzen gewidmet.

Die Inschrift, die das glänzende Marmorportal zierte, brachte es auf den Punkt: das Badehaus sollte an die Geburt des ältesten Sohnes des regierenden Kaisers, Prinz Insequire Pallidonius, vor siebzehn Jahren erinnern.

Die Tielmaraner, von denen viele keine Vornamen trugen, kannten ihren ersten Prinzen einfach als Clarin. Oder, wenn es förmlich zuging, Clarin der Große, Clarin der Erste oder Clarin der Verwegene. Für Bissanty aber war der aufständische Prinz von Tielmark Clarin Pallidonius, der jüngste Sohn von Demetrius dem Elften. Wie die eingemeißelten Lettern deutlich machten, hatte sich dieser Name trotz allem in der Kaiserfamilie erhalten.

Ein leiser Schauder lief ihr über den Rücken. Tullier zupfte sie am Ärmel. »Wenn Ihr ein Badehaus sehen wollt, es gibt noch ein größeres an der Triumphstraße. Da dürfen auch Damen rein.«

»Es ist nicht das Gebäude«, sagte Gaultry. »Es ist die Inschrift. Tullier, hat der älteste Sohn des Kaisers ein eigenes Land?«

»Er ist der Prinz von Dramcampagna.«

In Gaultrys Gesicht kehrte die Farbe zurück. Tullier, der plötzlich verstand, was ihre Frage zu bedeuten hatte, grinste unfreundlich. »Habt Ihr gedacht, der Erstgeborene des Kaisers wäre der Schattenprinz von Tielmark?« Er lachte. »Das ist der unglückselige Titel, den sich der niedrigste Prinz von Bissanty bei jeder offiziellen Zusammenkunft anhören muss, wisst Ihr. Nein, heute ist der Bissantiner Prinz von Tielmark der jüngere Bruder des Kaisers. Sciuttarus' Söhne haben die drei höchsten Fürstentümer inne:Dramcampagna, Montevia und Averios. Dann ist da noch der Seeprinz – des Kaisers Onkel, der über die Inselwelt regiert –, und der letzte ist der arme Tielmark.«

»Bissanty wird Tielmark niemals aufgeben«, sagte Gaultry unbeirrbar.

»Freie Fürstentümer können wieder vereinnahmt werden.« Tullier zog sie an dem Badehaus vorbei. »Averios war auch mehr als hundert Jahre lang unabhängig.«

»Ist Averios das Tal, das sie in Bissanty ihren Brotkasten nennen?«

»Allmächtige Llara!«, meinte Tullier. »Habt Ihr denn überhaupt keine Ahnung? Lange bevor Tielmark sich rührte, hat Averios sich Llaras Sohn Rios, dem Schwertgott, verschworen. Dafür machte Llara sie so lange zum freien Fürstentum, wie das Geschlecht ihres Heldenprinzen sich fortpflanzen konnte. Der erste Sciuttarus, der Namensvetter des gegenwärtigen Kaisers, metzelte den Letzten seines Stammes – den Enkel dieses Prinzen – in der Wiege nieder und brachte das Land wieder in den Schoß des Reiches zurück. Tielmarks Bande sind viel zerbrechlicher – die Heirat mit einer Braut von einfachem Tielmaraner Blut. Man sollte meinen, dass ein solcher Schwur viel leichter zu brechen ist –«

»Clarin hat sich dem Blut seines Volkes verschworen, nicht dem einfachen Blut«, verbesserte ihn Gaultry. »Dieser Schwur soll das Land ehren, nicht seine außergewöhnliche Fortpflanzungsfähigkeit. Wir in Tielmark verehren unser Land, nicht das göttliche Erbe unseres Herrschers. Das war auch der Grund dafür, uns vom Kaiserreich zu trennen. Unsere Prinzen regieren zum Wohle des Landes und nicht im Interesse ihrer Stammhalter.«

Während sie sprach, durchzuckte sie ein kalter Blitz. Sie blieb stehen und kreuzte die Hände über ihrem Herzen. »Spürst du das auch, Tullier?«, fragte sie.

Er schüttelte den Kopf.

Um sie herum herrschte geschäftiges Treiben, Krämer und Kaufleute, all die fleißigen Bürger des Reiches gingen ihrem Tagewerk nach. Nur Gaultry stand plötzlich da wie angewurzelt und rang nach Atem. Ein schmerzhafter Stich fuhr durch ihren Körper, und etwas drückte ihr den Brustkorb zusammen, kein Zauber, denn das hier ging tiefer. Ein langsamer Energiestrom pulsierte in ihr, und das strahlende Bild der Donnergöttin, die auf einem feuerlodernden Hügel Ihr einziges sterbliches Kind zur Welt brachte, flammte vor ihr auf. Die Göttin hatte Ihrem Sohn diesen Hügel gegeben und damit für immer auch Bissanty.

In Tielmark hatte die Große Llara Ihren Töchtern das Land übereignet und ihnen erlaubt, Clarin und seinen Nachfahren die Prinzenkrone aufs Haupt zu setzen. Doch dem Prinzen von Tielmark gehörte sein Land nicht – er besaß lediglich das Recht, es zu verteidigen, solange er sich an seinen Schwur hielt. »Nur Könige und Kaiser können mit den Göttern verhandeln. Prinzen nicht«, flüsterte Gaultry. Es waren die Worte, die ihr die alte Herzogin von Melaudiere ins Ohr gekrächzt hatte am Abend, bevor sie nach Bellaire aufgebrochen war.

»Was ist?«

»Ich will jetzt den Tempel sehen. Wir müssen doch schon fast da sein.« Gaultry fuhr herum und versuchte, die mächtige silberne Kuppel über den Dachfirsten auszumachen. Oh, Ihr Großen Zwölf, dachte sie, und das Herz schlug ihr bis zum Hals. Die Herzogin hatte Recht gehabt. Während Tielmark von einem Prinzen regiert wurde, würde Llara Ihren irdischen Sohn, den Kaiser, mit fünf Söhnen segnen. Und der fünfte würde stets nach Tielmark schielen. »Da lang?«, fragte sie Tullier und versuchte, diese Erkenntnis beiseite zu schieben.

»Nicht da. Da kommen wir wieder zum Fluss.«

Der Große Llara-Tempel, das spirituelle Zentrum von Groß-Bissanty, war ein ungeschlachtes Bauwerk. Um die riesige silberne Kuppel zu tragen, musste er so plump sein. Diese wurde an sechs Seiten von massiven Pfeilern gestützt. Die in die makellosen weißen Marmorplatten des Eingangsgewölbes hineingehauenen Türen ragten mehr als vierzig Fuß empor. Gaultry hatte noch nie ein so riesiges Bauwerk gesehen. Selbst der Palast des Prinzen von Tielmark, ein weitläufiger Gebäudekomplex, der sich an einem Berghang erhob, hätte daneben zwergenhaft gewirkt.

»Halten sie gerade eine Andacht ab?«, fragte Gaultry. Irgendwo in den Tiefen des Tempels war ein Chor zu hören, die Stimmen klangen hell und rein.

»Ich glaube nicht. Aber geht lieber nicht hinein«, meinte Tullier. »Dieser Bereich ist der Donnergöttin geweiht, und es könnte sein, dass Ihr Ihre Berührung spürt. Es ist wie Feuer und Eis auf einmal. Ihr könnt hier zu jedem der Großen Zwölf beten, und doch wird es stets Llara sein, die Euch antwortet. Das könnte Euch auf die Nerven gehen.«

»Wie kommst du darauf, dass ich noch nie das Feuer der Großen Llara verspürt habe?«, fragte Gaultry und verschränkte die Hände. Sie standen jetzt vor den mächtigen Marmortüren, und ein kalter Luftzug streifte ihre Wangen und fuhr ihr durchs Haar. Das kam sicher durch die Bewegung der Menge im Inneren, sagte sie sich. Oder durch das fließende Wasser.

Tullier sah sie fragend an. »Was meint Ihr damit?«

»Gar nichts.« Sie verschränkte die Arme, verbarg ihre Handflächen und erwiderte seinen Blick nicht. »Lass uns hineingehen!«

Die schwindelnde Höhe der gold- und silbergestreiften Kuppel ließ ihr den Kopf schwirren. Die Fresken an den Seitenwänden zeigten Triumphszenen, Llaras Hand, die auf unzähligen Kaisern ruhte, und im Hintergrund desTempels schleuderte auf einem älteren, ungelenk ausgeführten Bild ein Riese vier kleinere Gestalten in einen reißenden Strom.

Es war töricht von ihr, hierher zu kommen. Llara hatte Ihre Augen überall und würde Gaultry, die Feindin Ihres Reiches, mit Sicherheit sehen. Sie hatte Llaras Macht bereits zu spüren bekommen, wie sie Tullier angedeutet hatte. Das waren andere Kräfte als die der Großen Zwillinge, wenn sie zu Elianté oder Emiera betete.

Sie hatte Llaras Hand gespürt, als sie an Tielmarks Grenze eine Felswand zur Hälfte erklommen hatte. In diesem Augenblick hatte sie nur zwei Möglichkeiten gehabt: sich der Donnergöttin anzuvertrauen oder abzustürzen.

Die junge Jägerin aus Tielmark starrte zu der mächtigen Kuppel hinauf, voller Ehrfurcht angesichts der enormen Höhe, der Lichtflut, dem Tempel, den die Bissantiner ihrer Göttin errichtet hatten. *Damals hast Du mir Deine Größe nicht so eindrucksvoll vor Augen geführt, erhabene Llara*, sprach sie im Geiste in die luftigen Höhen. *Vielleicht hätte ich ja nur die Hand auszustrecken brauchen, um mich selbst zu retten. Aber darauf wollte ich mich nicht verlassen. Ich wollte leben, und so habe ich mich lieber Dir anvertraut. Hast Du mich an diesem Tag verschont, auf dass ich hierher käme?*

Ihre Hand trug noch immer die Narbe von der scharfen Felskante, die ihr das Leben gerettet hatte. Eine Narbe, gezackt wie ein Blitzstrahl. *Warum hast Du mich damals verschont?*

Keine Antwort. Tullier, der nicht so recht aus ihr schlau wurde, trat unruhig von einem Bein aufs andere. Ein Priester rempelte Gaultry im Vorübergehen demonstrativ an.

»Wir dürfen hier eigentlich nicht stehen«, flüsterte Tullier. »Wir stehen im Weg. Lass uns lieber in eine leere Seitenkapelle gehen!«

Als Gaultry dort neben Tullier niederkniete, brachte sie es nicht über sich, zu Llara zu beten. *Elianté, Große Jägerin!* flehte sie. *Führe mich zu Martin, führe mich zu dem Schwarzen Wolf von Tielmark. Mach, dass ich ihn befreien und sicher nach Hause zurückbringen kann!*

Dann fügte sie eher ungewollt hinzu: *Und mach doch, dass Eure Mutter bald von mir ablässt, denn ich fürchte mich davor, Ihr noch etwas schuldig zu sein.*

Neben ihr kniete Tullier mit geschlossenen Augen und bewegte lautlos die Lippen. Seine Gebete schienen endlos zu sein. Als Gaultry längst fertig war und er noch immer nicht reagierte, wurde sie allmählich unruhig.

Als sie schließlich eine Bewegung machte, brach er seine Andacht erschrocken ab und sah sich um, als habe er Angst, sie könne verschwunden sein. Plötzlich sah er verblüffend kindlich aus. »Sie hat mich nicht im Stich gelassen«, sagte er zu Gaultry, und seine eisigen Augen leuchteten vor Glück. »Ich wusste gar nicht, dass ich Sie darum gebeten hatte, aber Sie hat mich nicht verlassen.«

»Bissanty hat viele Probleme«, meinte Gaultry und spähte durch die schmiedeeisernen Gitter der Seitenkapelle in das Hauptgewölbe hinüber. »Die Angst, ihre Göttin könnte sich von ihnen abwenden, scheint aber nicht dazuzugehören.«

Auf dem Rückweg zu ihrem Dachzimmer gingen sie über einen Obstmarkt in der Hoffnung, hier etwas Frisches zu finden, das die Sharif schneller wieder gesund machen würde. Gaultry war verblüfft von der Vielfalt der angebotenen Früchte. Sie kannte nicht einmal die Hälfte davon, und andere waren in Tielmark um diese Zeit noch gar nicht reif. Ihr lief das Wasser im Munde zusammen. Hier gab es sicher etwas, das selbst dem angegriffenen Magen der Sharif gut täte. Köstliche Frühlingsbeeren stapelten sich in geflochtenen Schilfschachteln, es gab schon Melonen, Erbsen, Zuckerrohr – und die winzigen Äpfel, die Gaultry schon auf dem Sklavenschiff gekostet hatte. »Sieh mal da!«, rief sie. »Holen wir uns welche.«

»Es gibt tatsächlich etwas in Bissanty, was Ihr mögt?«, meinte Tullier und sah zu, wie sie versuchte, sich die süßesten Exemplare herauszupicken. »Wirklich erstaunlich!«

»Ich mag vieles in Bissanty«, sagte Gaultry. Sie bezahlte die Äpfel und nahm sie an sich. »Zum Beispiel Arion auf dem Sklavenschiff. Auf alle Fälle mag ich diese Äpfel. Mir gefällt sogar euer silberner Tempel – auch wenn eine Quelle, wo man Menschen ermordet hat, nicht gerade verlockend auf mich wirkt. Und dann diese komischen alten Jungfern, die hinter jedem Penny her sind – so was ist doch immer nett, egal in welchem Land.«

Tullier sah sie leicht betreten an. »Was ist mit –«

Eine Schimpfkanonade hinter ihnen schnitt ihm das Wort ab. Ein paar Gassenjungen hatten beim Balgen einen Karren mit getrockneten Pfirsichen umgekippt, und der Besitzer rannte zeternd und händeringend um sein Gefährt herum, beschwor abwechselnd Llara, die Wache und den Kaiser und konnte sich nicht entscheiden, ob er zuerst sein Obst wieder einsammeln oder hinter den Missetätern herlaufen sollte.

Die Bengels waren bereits am anderen Ende des Marktplatzes angelangt und rannten von dem Wachtposten weg. Sie hätten sich gar nicht weiter anzustrengen brauchen, dachte Gaultry. Die Soldaten in dem Wachhäuschen erhoben sich träge und griffen gemächlich nach ihren Waffen, ehe sie ebenso gemächlich die Verfolgung aufnahmen. Die übrige Menschenmenge stand einfach nur da und sah dem Schauspiel ungerührt zu.

»Das ist etwas«, murmelte Gaultry, »was mir hier gar nicht gefällt, auch wenn es mir sehr zugute kommt. Die Leute achten auf gar nichts.«

Tullier schüttelte den Kopf. »Da irrt Ihr Euch aber. Sie achten auf sich selbst. Sie wissen genau, dass es nur Ärger bringt, wenn sie sich einmischen.«

»Nehmen wir unsere Äpfel und gehen wir!«

»Ich weiß, wie wir Martin finden«, sagte sie zu Tullier. Sie saßen in ihrem Dachzimmer und verspeisten die Äpfel. Die Sharif war auf und sah schon bedeutend besser aus. Und Gaultry hatte langsam eine Idee entwickelt. »Die kleinen Diebe haben mich darauf gebracht. Keiner macht hier einen Finger krumm, wenn es nicht ein Gesetz vorschreibt. Und selbst dann haben sie es nicht besonders eilig.«

»Die Sha Muira sind da ganz anders«, meinte Tullier ein bisschen altklug.

»Da sind sie aber die Einzigen im ganzen Reich. Kein Wunder, dass euer Kaiser bei seiner Außenpolitik auf sie angewiesen ist. Auf sie und auf diesen Prathe Lendra, dem die Schiffe unterstehen.«

»Die Schiffe unterstehen dem Seeprinzen.«

»Willst du mir etwa erzählen, das Schiff, auf dem du und dein Meister nach Tielmark gefahren sind, gehört nicht Prathe Lendra?«

Sein Schweigen war auch eine Antwort.

»Wo wohnt dieser Lendra?«, fragte sie. »Hier in Bassorah?«

»Er hat eine Villa in dem neuen Bezirk vor der alten Stadtmauer. Prathe Lendra war einer der Männer, die die Gründungsurkunde unterschrieben haben, in dem Jahr, als Titus Vargullis, der jüngste Sohn des Kaisers, geboren wurde. Sie haben das neue Viertel ihm zu Ehren Vargullin genannt.«

»Vargullis ist der Dritte Prinz?«

Tullier nickte. »Es gibt auch noch eine Tochter.«

»Aber sein Vater braucht noch zwei Söhne, um Llaras Segen zu erhalten.«

»Die bekommt er schon noch«, meinte Tullier zuversichtlich. »Sein Vater hat zwanzig Jahre gebraucht. Es ist sicherer für die jüngeren Prinzen, wenn der Abstand größer ist.«

»Warum denn? Er könnte sie doch unterschlagen.«

Tullier zuckte die Achseln. »Die Gefahr besteht immer. Aber wenn der Erstgeborene selbst schon drei oder mehr Söhne hat, bevor der fünfte Sohn seines Vaters zur Welt kommt, können ihm seine jüngeren Brüder weniger gefährlich werden. Die Männer unseres Herrscherhauses werden zwar früh geschlechtsreif, aber Kinder können bekanntlich keine Kinder zeugen.«

»Ihr seid ja ganz versessen aufs Kinderkriegen.«

»Im Gegenteil«, meinte Tullier. »Es ist der Fluch unseres Kaisers. Er hat gar keine andere Wahl, als fünf Söhne in die Welt zu setzen. Tielmark hat dieses Problem nicht. Eure Prinzen sind ja praktisch unfruchtbar.«

»Hast du eigentlich bei deinem Aufenthalt in Tielmark überhaupt nichts gelernt?«

»Corbulo hat mir gezeigt, was es zu sehen gab.«

»Du hast Corbulo Lügen gestraft, als du ihm einen Pfeil in die Kehle gebohrt hast.«

»Ihr verdreht die Dinge, die mir die Sha Muira beigebracht haben, so wie es Euch gerade passt«, sagte Tullier. »Woher wollt Ihr das wissen?«

*Warum streitet ihr euch?* Die Sharif, die sie die ganze Zeit über von ihrem Bett aus beobachtet hatte, stand mit zitternden Knien auf und trat zwischen die beiden. Der Ruhetag hatte ihr gut getan, aber sie hatte noch immer Schwierigkeiten, Nahrung bei sich zu behalten. *Wenn ihr weiter so herumschreit, hören sie es bis unten.*

Gaultry, die sich ertappt fühlte, rammte missmutig die Schuhspitze eines ihrer neuen Stiefel gegen den Fußboden. *Wir wollten einen Plan machen,* sagte sie. *Und stattdessen hacken wir aufeinander herum.*

Die Sharif grinste, und dabei wirkte ihr Gesicht ganz entspannt. *Er tut sowieso, was du ihm sagst,* meinte sie. *Das sieht doch jeder. Aber er hat seinen Stolz. Sag ihm einfach, dass er ein feiner Kerl ist. Und schlau. Dann hört er auch auf dich.*

Gaultry verzog das Gesicht. »Das ist wohl das Letzte, was man ihm mitteilen sollte«, sagte sie laut.

»Was hat sie gesagt?«

»Das interessiert dich doch nicht.«

»Und ob! Was soll die Geheimniskrämerei –«

*Sieh ihn dir doch an!* Die Sharif setzte sich wieder aufs Bett, und ihre Augen funkelten übermütig. *Er ist eifersüchtig.*

*Was?* platzte Gaultry heraus. *Er mag mich doch nicht mal. Ich hab dir das mit dem Seelenbund doch erklärt. Dagegen wehrt er sich. Es fällt ihm schwer –*

*Und noch schwerer, wenn seine Herrin seine Zuneigung nicht zur Kenntnis nehmen will.*

»Sie ist unmöglich!« Gaultry drehte sich wieder zu Tullier um. »Und du bist auch nicht besser. Natürlich brauche ich deine Hilfe. Wir werden so lange aneinandergeschweißt sein, bis du keine Spur Sha Muira-Gift mehr in dir hast, und Elianté allein weiß, wann das sein wird. Du schwitzt ja jetzt noch schwarze Asche. Vielleicht hätte ich dich besser in Princeport zurückgelassen, vielleicht hätte ich mich auf das Wort meines Prinzen verlassen sollen, dass er nicht zulässt, dass sie dich lynchen.

Aber es liegt mir nicht, das Leben eines Menschen aufs Spiel zu setzen. Das ist eine Schwäche, ich weiß. Auf jeden Fall kann ich meine Kraft nicht dazu missbrauchen, dich zu schikanieren, obwohl Eliante weiß, dass du es darauf anlegst.«

»Dann gebt Ihr es also zu! Ich bin Euer Sklave!«

»Hör auf zu winseln!«, sagte Gaultry, die allmählich die Geduld verlor. »Ich werde mein Seelenstück nicht zurückfordern, ehe du darauf verzichten kannst.«

Es klopfte leise an der Tür, und Aggrippilia beendete den Disput, indem sie das Essen hereinbrachte: gebackenes Huhn mit Reis und ein gelbliches Gemüse, das nach Möhren schmeckte. Für den Magen der Sharif war nur der Reis bekömmlich, und so bekamen Gaultry und Tullier ihre Portion dazu. Die drei aßen schweigend. Zum Nachtisch gab es eine Art Erdbeergrütze. Die konnte die Sharif essen.

»Was habt Ihr also vor?«, fragte Tullier und wischte sich den Mund an seiner Serviette ab. Das Essen hatte sein Gemüt besänftigt. »Warum interessiert Ihr Euch für Prathe Lendra?«

»Er besitzt den Löwenanteil der Schiffe, die nach Tielmark hinüberfahren. Du hast mir doch selbst erzählt, dass du auf einem davon nach Tielmark gekommen bist. Die Sha Muira, die Martin verschleppt haben, müssen auch eins von seinen Schiffen benutzt haben, um nach Bissanty zurückzukehren. Erinnerst du dich an den Morgen, als die Schiffsoffiziere von Bord gingen und der alte Mann mit den dünnen Beinen aufs Schiff kam?«

»Angolis Trier?«

Gaultry nickte. »Lendras Verwalter. Er hatte ein dickes Protokollbuch bei sich. Es sah ganz so aus, als würde es ihn überallhin begleiten. Ich wette, es enthält einen Eintrag über Martins Ankunft und vielleicht auch darüber, wohin sie ihn gebracht haben.«

»Das nützt uns nichts«, meinte Tullier. »Diese Bücher liegen bestimmt fest verschlossen in Prathe Lendras Amtsstube.«

»Es kann ja nicht so schwer sein, in ein Arbeitszimmer einzubrechen.«

»Ich gehe nicht in Prathe Lendras Nähe!«

»Das verlange ich ja gar nicht«, sagte Gaultry. »Wir werden einen großen Bogen um ihn machen. Aber Trier hatte nicht viele Leibwächter bei sich. Es würde wahrscheinlich gar nicht auffallen, wenn wir ihn auf der Straße abfangen und ihm das Dienstbuch wegnehmen.«

»Tolle Idee! Lendra würde es nie zulassen, dass man einen seiner wichtigsten Beamten auf offener Straße überfällt.«

»Deshalb wäre es auch sinnvoller, heimlich einen Blick in das Buch zu werfen, ohne dass es irgendjemand merkt.« Die Sharif hatte Recht, dachte Gaultry. Sie musste ihm einfach ein bisschen schmeicheln. »Überleg mal, Tullier. Schlösser zu knacken ist doch eine Kleinigkeit für dich. Die Handschellen hattest du doch auch im Nu offen, sogar ohne Werkzeug. Stell dir vor, um wie viel einfacher es sein wird mit der richtigen Vorbereitung.«

»Das ist keine gute Idee«, erwiderte Tullier. »Prathe Lendras Räumlichkeiten befinden sich alle auf dem Grundstück der Villa Lendra. Der Palazzo, die Werkstätten, die Arbeitszimmer und die Ställe. Wir können nicht die Amtsstube seines Verwalters durchsuchen, ohne Lendra viel zu nahe zu kommen.«

»Wir können ja erst einmal feststellen, wo das Amtszimmer liegt«, meinte Gaultry. »Vielleicht ist es die falsche Idee, aber einen Versuch ist es immerhin wert. Im Übrigen« – ihr Blick musterte kurz die Sharif – »kann es nicht schaden, wenn wir noch einen Tag auf Entdeckungstour gehen. Dann kann sie sich ausruhen, und wir können uns noch ein bisschen in Bassorah umsehen.«

»Sie ist wirklich eine große Hilfe!«

»Sei nicht so kratzbürstig!«, sagte Gaultry. »Noch einen Tag Ruhe, und sie ist wieder auf den Beinen.«

Gaultry trat ans Fenster und schaute schmunzelnd zu Lllaras Hügel hinüber. Indem er sich wieder auf sein Genörgel über die Sharif verlegt hatte, hatte er ihr das Feld überlassen.

Schon der erste Anblick der Villa Lendra erklärte ihr Tulliers Vorbehalte nur zu deutlich. Das Anwesen befand sich auf der anderen Seite der Stadt, weitab von ihrem gemütlichen Quartier. Sie konnten entweder mit einer Fähre über die Polonna dorthin gelangen, oder aber Bassorah über die alte Brücke verlassen und durch ein neueres Stadttor auf der anderen Seite wieder betreten. Da sie es vermeiden wollten, irgendwelche Passierscheine auszufüllen, entschieden sie sich für die Fähre. Schon von dort aus konnten sie die Villa sehen: die kunstvoll angelegten Marmorterrassen des gepflegten Gartens mit seinen Zierbäumen waren hinter einer trutzigen Einzäunung verbarrikadiert. Gaultry hatte es auch nicht anders erwartet.

Aber das Anwesen war viel ausgedehnter, als sie es sich vorgestellt hatte. Es war kein einzelnes Haus, sondern eine Stadt en miniature: Werkstätten, Arkaden, miteinander verbundene Palazzi und Lagerhäuser erstreckten sich bis zum Fluss hinunter. Allmählich begriff sie, was Tullier gemeint hatte.

Die Fähre setzte sie am Vargullin-Pier ab, einer großen, halbrunden Marmorplattform. Sie folgten den gepflasterten Stufen bis zu einer breiten Straße hinauf, die auf beiden Seiten von gut befestigten Grundstücken gesäumt wurde und auf der lebhafter Fußgängerverkehr herrschte. Sie schoben sich durch die Menge vorwärts, und Gaultry stellte überrascht fest, dass sie sich schon fast an das Gedränge gewöhnt hatte. Bald steuerten sie auf die Vorderseite von Prathe Lendras Villa zu. Zur Straße hin umrahmte ein zentrales Gebäude u-förmig einen anmutig proportionierten Innenhof. Hinten in der Mitte führte eine prachtvoll geschwungene Marmortreppe zum Haupteingang in der zweiten Etage empor.

Durch die großen Doppeltüren fiel Gaultrys Blick ins Innere, wohin sich zwei Lakaien vor der Hitze geflüchtet hatten.

Nichts trennte den Hof vom Gewimmel der Straße, und doch war das Areal aus glänzenden kühlen Steinplatten und Pflanzenkübeln völlig leer.

»Das ist doch keine Zauberei«, meinte Gaultry, der es vorkam, als hielte eine unsichtbare Absperrung die Menge zurück.

»Die ist auch gar nicht nötig. Kein Mensch in Bassorah würde sich freiwillig dort hinein begeben, ohne ausdrücklich vorgeladen zu sein.«

Obwohl Gaultry wusste, dass er sie damit einschüchtern wollte, war sie noch nicht bereit, ihren Plan aufzugeben.

Sie standen herum und warteten ab. Hin und wieder ging jemand von der Straße aus zu dem Gebäude, läutete die goldene Glocke an einem Pfeiler am Fuße der Treppe und wartete, bis ein Lakai ihn einließ. Bedeutendere Besucher wurden durch den Haupteingang hineingeführt, weniger bedeutende mussten die Tür benutzen, die sich unter der Freitreppe befand.

Als sie sich gerade wieder zurückziehen wollten, schlenderte Angolis Trier an ihnen vorbei. Seine Storchenbeine steckten in engen schwarzen Hosen mit Goldstickerei, über eine Schulter hatte er lässig einen kostbaren Brokatrock gehängt. Gaultry hatte Recht gehabt – der Mann wurde kaum bewacht. Heute hatte er lediglich zwei Pagen bei sich, einen in roter und einen in blauer Seidenlivree.

Der Junge in Blau schleppte sich mit dem Dienstbuch ab, das Gaultry schon auf dem Schiff gesehen hatte, und drückte es unbeholfen an die Brust. Es war nicht derselbe Junge wie vor zwei Tagen, für dieses Kind hier war das Buch viel zu schwer. Aber das Buch war dasselbe.

»Mach schon!«, rief Angolis Trier, als der Junge hinter ihnen zurückblieb. Dann verschwand er, gefolgt von den beiden Pagen, in der Tür unter der breiten Treppe.

»Geht es da zu den Amtsstuben?«, überlegte Gaultry laut, »oder ist das nur der Dienstboteneingang?«

Tullier schüttelte den Kopf. »Keine Ahnung. Wir können ja mal fragen.«

»Ob das eine so gute Idee ist?«

»Die ganze Sache ist keine gute Idee.«

Zwei Minuten später kam der Junge in Rot – nicht der, der das Buch getragen hatte – aus der Tür oben an der Treppe hervorgeschossen. Er hüpfte vergnügt die Treppe herab und über den Hof, wobei er es so eilig hatte, dass er unten mit dem Gärtner zusammenstieß, der gerade die Blumenkübel verschieben wollte.

»He, Godo!«, schnauzte der Mann ihn an und versetzte ihm eine ordentliche Ohrfeige. »Pass auf, wo du hinläufst!«

»Master Trier hat gesagt, ich soll mich beeilen«, winselte der Junge. »Er muss überraschend fort, und ich soll ihm sein Pferd holen.«

»Na, dann lauf!« Der Junge nahm die Beine in die Hand und verschwand in einem überdachten Durchgang, der auf der einen Seite vom Hof abging.

Tullier stieß Gaultry an. »Wartet an der Ecke«, meinte er. »Wenn Trier gegangen ist, frage ich irgendjemanden, ob ich in seiner Amtsstube auf ihn warten kann.«

»Frag den Gärtner«, schlug Gaultry vor. Tullier sah sie finster an, nickte aber.

Als er wiederkam, wusste er Bescheid. »Ihr hattet Recht«, meinte er, während sie sich wieder auf den Weg zur Anlegestelle machten. »Es ist hinter der unteren Tür, mehr oder weniger. Das Dumme ist nur, dass der Hof des Nachts bewacht ist.«

»Wir würden sowieso nicht die Vordertür nehmen.«

»Der Rest des Hauses ist sicher auch bewacht.«

»Wir haben ja nicht vor, etwas zu stehlen«, sagte Gaultry. »Wir wollen lediglich etwas herausfinden.«

»Prathe Lendra würde das ganz anders sehen«, meinte Tullier. »Im Übrigen haben wir ihm bereits etwas gestohlen, nämlich die Ardanäerin.«

»Die Sharif hat ihm nie gehört«, erklärte Gaultry. Inzwischen waren sie bei der Fähre angelangt. Das marmorne Halbrund war menschenleer. Sie hatten das Schiff verpasst und würden auf seine Rückkehr warten müssen. Gaultry rümpfte die Nase. Die Polonna war schmaler als der Bas, und damit träger und schmutziger. Tullier hatte ihr erklärt, dass dieser Teil der Stadt über einem ausgedehnten Sumpfbett erbaut worden war. Man hatte die Pfähle für die Fundamente der Gebäude mehr als zwanzig Fuß tief in Morast und Geröll getrieben.

»Die Villa ist wirklich beeindruckend«, bemerkte Gaultry und schaute das Flussufer entlang auf die verbarrikadierte Rückseite des Gebäudes. »Prathe Lendra muss ziemlich reich sein. Aber warum genau fürchten sie sich so vor ihm?«

»Er ist ein Erpresser«, erklärte Tullier. »Er wirft mit Geld um sich und sammelt dabei Informationen. Das hat ihn reich gemacht. Jeder, der seine Gunst annimmt, stellt bald darauf fest, dass er ihm auf Gedeih und Verderb ausgeliefert ist. Er kennt jedermanns Geheimnisse.«

»Sogar die des Kaisers?«

»Ich glaube, so weit sind wir noch nicht heruntergekommen«, sagte Tullier. »Llaras Herz-auf-Erden hat seine eigenen Ratgeber.«

»Wo wir gerade von ihm reden«, meinte Gaultry. »Wir haben jetzt Llaras Tempel gesehen, die Märkte – und jetzt noch Prathe Lendras Haus. Wann sehen wir uns das des Kaisers an?«

»Es ist nicht wie der Tempel«, sagte Tullier. »Oder wie die Villa Lendra. Von außen sieht man nicht viel davon. Außerdem«, fügte er hinzu, »liegt es ganz im Norden der Stadt.«

»Willst du es denn nicht sehen?« Sie verstand sein Zögern nicht.

»Wir können ja hingehen«, erwiderte Tullier unentschlossen. »Vielleicht ist es interessant.«

Am anderen Ufer hatte die Fähre neue Passagiere aufgenommen. Sie sahen zu, wie das Gefährt schwerfällig beidrehte und ihnen seinen stumpfen, strohgepolsterten Bug entgegenstreckte. Tullier fixierte das Schiff mit starrem Blick.

»Ich hatte es ganz vergessen«, meinte er. »Ich hatte vergessen, dass ich jetzt hingehen kann. Manchmal – manchmal denke ich nicht dran.«

Gaultry wartete und hoffte, er würde zu Ende reden, ehe die Fähre zu nah herankäme.

»Nach den Sha Muira-Gesetzen des Reiches würde ich es nicht überleben, in die Nähe des Obelisken zu kommen, der im Vorhof des Palastes steht. Aber –« Er zögerte wieder. »Aber jetzt beherrschen mich diese Gesetze nicht mehr.« Er sah Gaultry todernst an. »Jetzt bin ich ja Euer Gefolgsmann, mit Leib und Seele.«

Sie trat verlegen von einem Bein aufs andere. »Du bist nicht mein Gefolgsmann«, sagte sie schließlich. »Wir sind Kampfgenossen. Wenn du so willst, bin ich deine Beschützerin. Solange du eine brauchst. Dein Leib und deine Seele gehören dir.« Sie hielt inne und suchte nach weniger pathetischen Worten. »Lass uns erstmal etwas essen. Dann kannst du, wenn du willst, nach Hause gehen, während ich mir allein den Palast des Kaisers ansehe.«

Tullier schüttelte den Kopf. »Wo Ihr hingeht, gehe auch ich hin.«

# 12

»Es wirkt nicht gerade einladend«, meinte Gaultry. »Aber man bekommt einen Eindruck von der Macht des Kaisers.«

Der kaiserliche Palast war weniger ein Prunkbau als eine Festung. Er befand sich an der Rückseite eines eingefriedeten Hofes, den man von der Straße aus kaum einsehen konnte. Die Villa Lendre gaukelte den Vorübergehenden nachgerade arrogant Offenheit vor, als wolle man sie hereinlocken. Dieser Hof dagegen ignorierte seine Umgebung vollständig. Eine hohe, marmorverkleidete Mauer schottete ihn völlig vor den Blicken der Öffentlichkeit ab. Sie war völlig schmucklos und wies als einzige Verzierung eine Reihe von Statuen oben auf der Brüstung auf, von denen viele so verwittert waren, dass sie kaum noch als menschliche Gestalten zu erkennen waren. Der beschränkte Ausschnitt, den man durch das Haupttor sehen konnte, gab den Blick auf zwei vergoldete Fontänen und den mächtigen Obelisken dazwischen frei, von dem Tullier gesprochen hatte. Gaultry hatte das unbestimmte Gefühl, dass der Palast ebenso pompös war, aber der schmale Streifen der Fassade, den sie erspähte, konnte ihr keinen Gesamteindruck vermitteln.

»Zeigt sich der Kaiser jemals in der Öffentlichkeit?«, fragte sie Tullier, während sie die Mauer nach einem anderen Eingang absuchten, durch den sie den Bau besser sehen konnten. Ein paar andere Leute nahmen denselben Weg und nach ihrem Aufzug zu schließen, waren es ebenfalls Besucher von außerhalb.

»Nicht oft.« Die Straße vor der Mauer war eng und musste dringend neu gepflastert werden. Tullier, der beinahe eingeschüchtert vor dem Tor gestanden hatte, ging auf die Mauer zu und strich ehrfürchtig mit der Hand über den glatten Marmor. »Ich hätte nie gedacht, dass ich mal hier stehen würde«, meinte er.

»Hör auf damit!«, gab Gaultry zurück, die fürchtete, er könnte die Aufmerksamkeit der Leute auf sie lenken. Sie hätte nicht sagen können, warum sie diese einfache Handbewegung nervös machte. Vielleicht war es sein wehmütiger Tonfall, seine unbewusste Sehnsucht nach der Sha Muira-Gemeinschaft. Sie spähte die Straße hinauf. »Da kommt jemand.« Die anderen hatten es ebenfalls bemerkt und machten Platz. Man hörte Trommeln, Pfeifen und stampfende Schritte. »Komm hierher!«

Tullier drehte sich um, aber es war bereits zu spät.

Plötzlich brandete eine Horde Menschen beinahe im Laufschritt durch die enge Gasse und trennte sie so schnell wie eine Flutwelle. Gaultry versuchte krampfhaft, Tulliers Kopf nicht aus den Augen zu verlieren, während sie von der Menge mitgerissen wurde. Viele von ihnen verbargen ihre Gesichter unter bemalten Lederhauben, andere trugen silberfarbene Armbinden und Kronen aus Draht und Lumpen. Hinter ihr lachte jemand, und überall um sie herum grölten heisere Stimmen.

In ihrer Angst versuchte sie, gegen den Strom anzukämpfen. »Tullier!«, rief sie verzweifelt. »Tullier!« Aber ihre Rufe gingen in dem allgemeinen Getöse unter.

Dann brach die Menge plötzlich wie aus einem Munde in eine Art Singsang aus:

*Sciuttarus hat drei Söhne, die machen ihm viel Ehr.*
*Der eine kriegt die Jacke voll im Westen in der Schlacht.*
*Der andre hat ein Liebchen fein, das ihn zum Narren macht.*
*Der dritte hat Reißaus genommen vor seines Bruders Hand.*
*Ein Hoch auf unsre Prinzen und ihr stolzes Vaterland!*
*Haha-haha!*
*Sciuttarus hat drei Söhne, die machen ihm viel Ehr.*
*Der eine brennt die Ernte ab, der andre bricht die Treu.*
*Der dritte bringt sein Bräutchen um, das gibt ein groß Geschrei.*
*Llara sei uns gnädig, die Donnergöttin grollt.*
*Bissanty ist ein Höllenschlund, wo uns der Teufel holt.*

»Gaultry!« Tullier brach mit schreckgeweiteten Augen durch das Gewühl und packte sie am Ellbogen. »Wir müssen hier raus! Die Wachen fallen jeden Moment über sie her!«

»Was geht hier vor?« Sie hatten alle Mühe, sich überhaupt auf den Beinen zu halten. Die Menge gewann immer mehr an Schwung und riss die beiden mit sich, dann staute sie sich plötzlich, weil ein Krämerladen in die Straße hineinragte.

»Da hinein – neben dem Laden! Los!«

Mit diesem Ziel vor Augen schafften sie es, sich zwischen den Musikanten durchzuzwängen und dem Menschenknäuel zu entrinnen. Gaultrys Herz hämmerte wie wild, aufgepeitscht von der Musik, dem Gedränge und ihrer Angst. »Was sind das für Leute? Was machen sie hier?«

»Sie machen sich über Llaras Herz-auf-Erden lustig!«, antwortete Tullier. Ungläubig starrte er hinter der Menge her, die an der Abzweigung vorbeischoss. »Sie halten nicht viel von Sciuttarus' Söhnen. Habt Ihr verstanden, was sie singen?«

Gaultry schüttelte den Kopf.

»Sie wollen, dass Der Erhabene endlich wieder einen Sohn bekommt oder den Thron an einen seiner Brüder abtritt. Als ob der Kaiser sich vor denen rechtfertigen müsste.« Die Vorstellung widerte ihn sichtlich an. »Sciuttarus hat eine Steuer für seine Kinder erhoben. Das macht sie so wütend.«

Draußen auf der Straße wurde jetzt Alarm geblasen. Metall klirrte auf Metall. »Nichts wie weg hier!« Tullier wich weiter in die Gasse zurück und stolperte in der Aufregung über einen Stapel Kisten und Abfall. Gaultry stolperte außer Atem hinter ihm her. Wieder erklangen Hornsignale. Einer der Aufrührer hatte sich aus der Menge befreit und setzte ihnen mit angstverzerrtem Gesicht nach, dann noch einer. »Schneller!«, trieb Tullier Gaultry an. »Sie dürfen uns nicht einholen!«

Zusammen liefen sie durch das Gewirr schmutziger Gassen und Gässchen, und Gaultry war erstaunt über den krassen Unterschied zu den schmucken Hauptstraßen, die sie gesehen hatte. Sie spürte, dass Tullier blindlings durch die Gegend lief, doch seine Eile hielt sie davon ab, ihn zu fragen, ob sie noch auf dem richtigen Weg waren. Nach und nach ließen sie jedenfalls den lärmenden Pöbel hinter sich, und bald darauf kamen sie aus einem schlammigen Seitenweg wieder auf einen breiten Boulevard.

Nach links führte die Straße zum Bas hinunter. Gegenüber erhob sich die Kuppel von Llaras Tempel über den Dächern der Stadt. »Ich weiß, wo wir sind«, keuchte sie erleichtert.

»Sie hätten uns umbringen können!« Tullier war immer noch verärgert. »Wenn ich nicht so schnell bei Euch gewesen wäre und die Wachen uns mit den anderen zusammen erwischt hätten, wären wir jetzt reif für das Fallbeil.«

»Wie konnte das passieren?«, fragte Gaultry. »So dicht neben dem Palast!«

»Es war Wahnsinn, was sonst? Die heilige Woche der Sciuttari – der Kinder des Kaisers – steht kurz bevor. Da feiern sie die Geburtstage der beiden älteren Prinzen und ihrer Schwester. Diese Leute haben gegen die Abgabe für die Festlichkeiten protestiert.«

Gaultry blieb unvermittelt stehen. »Was passiert während dieser heiligen Woche in der Stadt?«

»Es gibt sieben Nächte lang festliche Umzüge. Fackeln in den Straßen, Opfer für Llara und Festgelage. In drei Tagen ist es soweit.« Er zögerte, als er bemerkte, dass er das Gaultry schon eher hätte sagen sollen.

»Wir müssen in Triers Amtsstube, bevor der Trubel losgeht«, sagte sie unbehaglich. »Prathe Lendras Haus wird ein Bienenstock sein, sobald das Fest beginnt. Wir müssen uns beeilen. Wir nehmen den Rest des Tages, um uns vorzubereiten. Und heute Nacht brechen wir ein und werfen einen Blick in das Dienstbuch.«

»Das ist viel zu früh«, widersprach Tullier. »Wir haben bessere Erfolgschancen, wenn wir uns Zeit nehmen für die Vorbereitungen.«

»Tullier.« Gaultry sah ihn unverhohlen bekümmert an. »Das ist zu riskant. Die Zeit läuft uns davon. Ich könnte es mir nie verzeihen, wenn Martin in den Sklavenbann geschlagen würde, nur weil ich einen Tag zu lange gewartet habe. Im Übrigen, was können wir schon tun, wenn wir noch warten, außer uns verdächtig zu machen?«

»Die gesamte Stadt wird jetzt auf der Hut sein.«

»Glaubst du, dass dieses Problem so weit um sich greift?«

»Ich weiß nicht. Aber ein Aufruhr ist eine ernste Angelegenheit. Die Bevölkerung hat Angst. Die Wache wird heute Nacht mit Sicherheit besonders wachsam sein.«

»Ich bin keine Närrin«, erklärte Gaultry. »Aber wir müssen es heute Nacht versuchen, und sei es nur, um festzustellen, ob es möglich ist. Wenn an jedem Fenster ein Wachposten steht, sehe ich ein, dass wir noch warten müssen.«

Schweigend setzten sie ihren Heimweg fort, jeder in seine eigenen Gedanken versunken. Gaultry fragte sich, wie sie Tulliers Unmut über die Aufrührer verstehen sollte. War seine kaisertreue Haltung normal für einen Sha Muira, oder entsprang sie einem unwillkürlichen Impuls aller Bissantiner? In gewisser Hinsicht war der Junge so behütet aufgewachsen, dass er wahrscheinlich nicht die Ansichten eines typischen Bissantiners vertrat. Als Sha Muira-Zögling hatte er nie selbst für Essen, Kleidung und ein Dach über dem Kopf sorgen müssen. Gaultry hatte festgestellt, dass die Bissantiner Bevölkerung hinter ihrer selbstgefälligen Fassade zutiefst unzufrieden war. Während sie ihre Kraft aus der Verehrung der Göttin und des Kaisers zogen, waren sie gleichzeitig höchst sensibel für die Spaltung in ihrer Gesellschaft. Dass der Kaiser Llaras-Herz-auf-Erden war, besänftigte ihre Unzufriedenheit, aber sobald er ihnen das Gefühl gab, dass er unbefugt den Platz des wahren Auserwählten eingenommen hatte, ...Sie fragte sich, wie lange Sciuttarus wohl noch an der Macht bleiben würde, wenn sein Volk erst einmal das Vertrauen in die Rechtmäßigkeit seiner Herrschaft verloren hatte.

Als sie in die schäbige Gasse einbogen, die zur Hintertreppe ihrer Behausung führte, stellte sie Tullier eine letzte Frage. »Könnte es sein, dass die Leute Recht haben und Sciuttarus gar keinen Anspruch auf den Thron hatte?«

Tullier schüttelte nachdrücklich den Kopf. »Ihm gebührt die Herrschaft. Er ist der älteste überlebende Sohn seines Vaters – und niemand bezweifelt, dass sein Vater Llaras Segen hatte.«

»Aber es erbt doch nicht unbedingt der älteste Sohn den Thron, oder?«, fragte Gaultry. »Sondern der Erste, der fünf Söhne hat. Vielleicht hat ja einer von Sciuttarus' Brüdern seine Söhne verheimlicht. Du hast doch gesagt, er hat einen Bruder – euren Prinzen von Tielmark.«

»Es kann immer nur ein Mann in jeder Herrschergeneration fünf Söhne bekommen«, verbesserte Tullier sie. »Wenn es erst einmal einer geschafft hat, lässt Llara die anderen nicht mehr zum Zuge kommen. Ansonsten habt Ihr Recht, Sciuttarus hat noch etliche Brüder.« Er stand hinter ihr, während sie in ihrer Rocktasche nach dem flachen eisernen Schlüssel für das Tor zur Hintertreppe herumsuchte. »Aber er hat dafür gesorgt, dass sie seine Ältestenrechte nicht antasten.« Er machte eine Pause. »Ich erspare Euch lieber die Einzelheiten. Mit Sciuttarus hat uns Llara einen Herrscher beschert, der mit allen Mitteln darauf achtet, dass ihm niemand seine Position streitig macht. Seine Brüder hatten nie eine Chance, Llaras Segen teilhaftig zu werden. Alles, was seinem Ruhm gefährlich werden könnte, bekämpft Der Erhabene rigoros. Selbst sein Onkel, der Seeprinz, hat das schon zu spüren bekommen.« Damit wollte er die Treppe hinaufsteigen, doch sie versperrte ihm den Weg.

»Erklär mir das wenigstens«, sagte sie. »Angefangen damit, warum der Seeprinz Sciuttarus' Onkel ist und nicht einer seiner Brüder.«

»Wenn der Kaiser zuwenig Söhne hat, gibt es keine strengen Vorschriften darüber, welche seiner männlichen Verwandten die Prinzenthrone besetzen müssen. Manchmal bleibt einer sogar einfach aufgrund seiner Tüchtigkeit dort. Deshalb ist der Onkel des Kaisers noch immer Seeprinz.« Tullier fuhr sich mit den Fingern durchs Haar, und seine gletschergrünen Augen schimmerten im Dämmerlicht der Treppe. »Siri Caviedo hat Bissanty bereits unter drei Herrschern als Seeprinz gedient – vor allem, weil es während der ganzen Zeit keinen Kaisersohn gab, der alt genug gewesen wäre, aber auch, weil er ein tüchtiger Seemann und Befehlshaber ist.

Was das andere angeht – als Sciuttarus den Thron bestieg, hatte er noch keine Kinder. Ein Jahr darauf, nach seinen Siegeshochzeiten, bekam er zwei Söhne. Der Seeprinz machte den Fehler, im selben Jahr eine seiner Geliebten, Luka Pallia, zu schwängern, und die machte den Fehler, ihr Kind einen Monat eher zur Welt zu bringen als die Frauen von Sciuttarus. Das empfand dieser als Beleidigung, und als Luka am Tag der Geburt an Gift starb, waren alle überzeugt, dass Sciuttarus dabei seine Hand im Spiel hatte.«

»Das verstehe ich nicht«, sagte Gaultry. »Warum hat er sie umgebracht?«

»Das ist schwer zu erklären«, erwiderte Tullier. Sie spürte, dass es da irgendetwas gab, das er sich auszusprechen genierte. »Luka war der Stern des kaiserlichen Theaters in Bassorah. Der Seeprinz hatte ihr schon eine ganze Weile nachgestellt, bevor das Verhältnis zu Stande gekommen war. Siri Caviedo war damals schon in mittleren Jahren und hatte nie irgendwelches Interesse an Kindern gezeigt. Als Luka dann schwanger wurde, machten die Leute auf der Straße Witze über die unerwartete Manneskraft des Seeprinzen, was ihm Sciuttarus, den es große Mühe gekostet hatte, seine Frauen in andere Umstände zu bringen, übelnahm. Und als sie Wetten darauf abschlossen, wer zuerst niederkommen würde, fand er das noch weniger lustig. Als Luka Pallia dann das Kind des Seeprinzen zuerst zur Welt brachte, war er endgültig beleidigt.« Tullier drückte sich an ihr vorbei, ohne sie anzusehen. Gaultry folgte ihm dicht auf den Fersen. Etwas von der Geschichte hatte er ihr verschwiegen, das war klar.

»Jetzt wundert es mich nicht mehr, dass die Leute sich fragen, ob Sciuttarus wirklich Llaras Segen hat«, meinte sie. »Er scheint sich dessen ja selbst nicht ganz sicher zu sein.«

»Ein Kaiser muss sich schützen.« Sie waren am obersten Treppenabsatz angekommen, und Tullier stieß die Tür auf. Die Sharif schlummerte unter dem Fenster, und die letzten goldenen Sonnenstrahlen fielen auf ihr Gesicht. Sie erwachte, als die Tür aufging, und lächelte zur Begrüßung. Der Junge runzelte die Stirn. »Ob er Ihren Segen hat oder nicht, was ändert das schon.«

Den Rest des Tages verbrachte Tullier damit, sich Gedanken über ihren Plan zu machen. Nach allem, was sie schon mit ihm erlebt hatte, war sein Einlenken beunruhigend. Als er aus seiner Versenkung wieder auftauchte, rief Gaultry sein Gesichtsausdruck unangenehme Erinnerungen an seinen Versuch ins Gedächtnis, Prinz Benet beim Fest der Göttin Emiera zu entweihen. Zielstrebig und entschlossen schnallte er sich Corbulos Schleuder um das Handgelenk. Zu ihrer großen Verwunderung hatte er eine vollständige Kehrtwendung vollzogen, was ihr nächtliches Vorhaben betraf, und seinen Widerstand sogar soweit aufgegeben, dass er verkündet hatte, er wolle allein in Prathe Lendras Villa einbrechen und nach Hinweisen auf Martins Verbleib suchen.

Als Gaultry das rundweg abgelehnt hatte, war er wütend geworden.

»Ihr seid nicht für so etwas ausgebildet«, erklärte er. »Ihr wärt nur ein zusätzliches Risiko.«

»Ich befinde mich meist in Gefahr«, meinte Gaultry. »Das ist nicht dein Unternehmen.«

»Es genügt Euch also nicht, dass ich mein Leben riskiere«, sagte Tullier grob. »Ihr wollt die Sache unbedingt noch durch Eure Anwesenheit erschweren.«

»Bleib ruhig zu Hause, wenn es dir zu gefährlich ist«, entgegnete Gaultry, wütend darüber, dass er es so schnell gelernt hatte, ihr das Wort im Mund umzudrehen. »Du kannst der Sharif Gesellschaft leisten. Ich gehe inzwischen allein zu Lendra.«

Tullier verzog den Mund zu einem Grinsen. »Und wer knackt die Schlösser?«

Gaultry zuckte die Achseln. »Vielleicht brauche ich deine Hilfe, aber ich werde sie nicht von dir verlangen.« Sie fuhr sich zerstreut mit den Fingern durchs Haar. Ein Risiko hatte er sie genannt. Es verletzte ihren Stolz, aber sie musste sich eingestehen, dass er Recht hatte. Zumindest teilweise.

In ihr klaffte eine Lücke, wo eigentlich ihre *Glamour*-Kraft hätte sitzen sollen. *Meinst du vielleicht, es macht Spaß, nur mit halber Kraft zu laufen?* hätte sie ihn am liebsten gefragt. *Glaubst du, es macht mir Spaß, schwach zu sein? Die Hälfte meiner Glamour-Kraft hält dich am Leben. Denkst du, es macht mir Spaß, auf diese Kraft zu verzichten?* Und sie war erstaunt, dass sie es trotz ihrer Gereiztheit schaffte, ihm diese Fragen nicht an den Kopf zu werfen.

Mit Hilfe ihrer *Glamour*-Seele hatte sie mühelos und ohne große Anstrengung zaubern können. Bei der Erinnerung daran überfiel sie nur sinnlose Verbitterung.

Jetzt, da die Hälfte ihrer *Glamour*-Seele in Tulliers Körper festgenagelt war, beherrschte sie nur noch die einfachen Verwünschungen, die sie bereits damals im Wald von Arleon gelernt hatte. Solcher Zauber besaß auch Kraft, aber es war die Kraft von Eliante und Emiera, und sie war unflexibler und begrenzter als die *Glamour*-Kraft. Jetzt wieder in den Zauber der Großen Zwillinge zurückzufallen, war eine Qual.

Der Übernahmezauber zum Beispiel. Mit der *Glamour*-Magie war es ein Leichtes, einem Tier den Lebensgeist zu entziehen, sich dessen Willen untertan und seine Kraft, Schnelligkeit oder Klugheit zunutze zu machen. Wenn sie dasselbe mit Hilfe der Großen Zwillinge versuchte, ging es nie so glatt. Sie geriet in Gefahr, von aufgebrachten Seemöwen zerfleischt zu werden, und hatte alle Mühe, die Geister, die sie rief, unter Kontrolle zu halten. So konnten die negativen Auswirkungen leicht die positiven überwiegen.

Aber ohne diesen Zauber würde Tullier Recht behalten, und sie wäre heute Nacht ein Risiko für ihn. Sie hatte ihre Pläne nicht bis ins kleinste Detail mit ihm besprochen, aber sie war fest entschlossen, sich, wenn sie zur Villa Lendra aufbrachen, mit den Energien der gerissensten Straßenkatze auszurüsten, die sie auftreiben konnte.

Sie presste die Hände gegen die Schläfen. Die Streiterei mit Tullier erschwerte ihr die Vorbereitung noch zusätzlich. Es fiel Gaultry immer schwer, sich einer Katze zu bemächtigen, was an der eigenwilligen, unabhängigen Wesensart dieser Tiere lag. Eine halbwilde Straßenkatze würde das Ganze nicht gerade einfacher machen. Dummerweise waren die scharfen Augen, der ausgezeichnete Gleichgewichtssinn, das feine Gehör und die Wachsamkeit des nächtlichen Jägers, die sie damit gewinnen würde, ein überzeugendes Argument dafür, die Unannehmlichkeiten, die ihr solch ein kleines widerspenstiges Tier bereiten würde, in Kauf zu nehmen. Die Aussicht war jedenfalls alles andere als erquicklich. Sie würde den ganzen Abend Herzklopfen und Kopfweh haben.

Ihre Großmutter Tamsanne hätte sie wieder einmal ausgelacht. Sie hatte Gaultry häufig damit aufgezogen, dass sie nur deshalb mit Katzen so schlecht zurechtkäme, weil sie ihnen zu ähnlich war.

Sie versuchte sich damit zu trösten, dass ihre Großmutter schließlich nicht viel über das Naturell einer typischen Straßenkatze von Bassorah gewusst haben konnte.

Die mächtige Fassade der Villa Lendra schimmerte weiß im Mondlicht. Die Nachtluft war mild, und die leuchtende Scheibe des Mondes erhellte Straßen und Himmel. Das Pflaster glänzte silbrig zwischen tiefen Schatten und lud zum Spaziergang ein – keine gute Nacht für Einbrecher.

»Wo sind die Wolken geblieben?« Gaultry malte Beistand heischend die Doppelspirale der Großen Zwillinge in die Luft.

Tullier, wie ein Schatten an ihrer Seite, schüttelte den Kopf. »Wenn wir erstmal drin sind, ist es egal«, meinte er. Eine seltsame Entschlossenheit hatte von ihm Besitz ergriffen. »Wenn wir es heute nicht machen, müssen wir eine ganze Woche warten.«

Die Sharif, wohl die auffälligste Erscheinung von den dreien, tätschelte Gaultry von hinten beruhigend die Schulter, als spüre sie ihre Nervosität. Gaultry hatte versucht, ihr das Mitkommen auszureden, aber die hochgewachsene Ardanäerin hatte hartnäckig darauf bestanden, wenigstens zu erfahren, wo sich Prathe Lendras Haus befand. Dagegen war Gaultry kein schlagkräftiges Argument eingefallen.

*Aber du kommst nicht mit hinein*, sagte Gaultry jetzt noch einmal zu ihr. Sie hatten über diesen Punkt gestritten, seit Gaultry ihr erzählt hatte, was sie vorhatten. *Wir wissen doch, dass sie versuchen werden, dich wieder einzufangen. Bis jetzt gibt es für sie keine Verbindung zwischen uns, und das bleibt am besten auch so.*

»Gotri«, sagte die Sharif, der die Konsonantengruppe nicht so recht über die Zunge wollte. »Ich warten an der Fähre auf euch.« *Wenn ihr bis Sonnenaufgang nicht zurück seid, komme ich euch suchen,* fügte sie noch hinzu, sodass nur Gaultry es hören konnte.

»Mit Eliantés Hilfe ist das hoffentlich nicht nötig.« Damit trennten sie sich, und die Sharif machte kehrt.

Ein Teil von Gaultry wünschte sich, sie könnte mitgehen.

Da riss sie ein lautloses Fauchen aus ihren Gedanken. *Gib Ruhe!* fuhr sie die Katze an, die sie in der Gasse hinter ihrem Quartier in die Falle gelockt hatte, um sich für diese Nacht ihrer Instinkte zu bedienen. Das schildplattfarbene, angriffslustige Tier hatte sie nicht gerade freundlich empfangen. Nachdem es sich eine Zeitlang mit allen vieren gegen die magische Vereinnahmung gewehrt hatte, hatte es diesen Versuch schließlich aufgegeben und stattdessen ein schrilles Wehklagen angestimmt, das Gaultrys ohnehin schon angespannte Nerven noch weiter zermürbt hatte. *Gib gefälligst Ruhe!* schimpfte sie. *Du hast schließlich eine entschieden gemütlichere Nacht vor dir als ich.* Der Körper der tief und fest schlummernden Katze ruhte fest zusammengerollt auf einem Kissen in der Dachstube – wo er höchstwahrscheinlich Fliegen, Würmer und die Läuse verbreitete, die sich Gaultry bis jetzt erfolgreich vom Hals gehalten hatte. Sie verbannte den Katzengeist wieder in die Tiefen ihres Inneren, wo er sie nicht aus dem Konzept bringen konnte. *Gib Ruhe, und mach dich lieber ein bisschen nützlich.*

Sie versuchte sich einzureden, dass der entsetzliche Lärm aufhören würde, sobald sie den Instinkt des vermaledeiten Tieres gebrauchen und es nicht mehr einfach nur gefangen halten würde.

Über dem ganzen Tohuwabohu hätte sie um ein Haar Tulliers Schatten aus den Augen verloren. Während sie sich darum bemühte, mit ihm Schritt zu halten, lieh sie sich die scharfen Augen der Katze. Sie verlor zwar ihr Vermögen, Farben zu sehen, aber das Dunkel war plötzlich viel durchsichtiger. Die Katze, die eine Jagd witterte, gab ihr Wehklagen auf und konzentrierte sich auf Tulliers Rücken.

Sie liefen seitlich an der Villa entlang, bis zu einer Stelle, wo die weißen Wände nur noch aus Putz bestanden. Gaultry hätte das Gebäude für einen Stall gehalten, hätte nicht der Geruch nach Pferden gefehlt. Hier traf der ausladende ovale Bogen eines von zwei miteinander verbundenen Gebäuden im spitzen Winkel auf die gerade Kante seines giebelverzierten Gegenstücks. Tullier zeigte nach oben.

Drei Stockwerke über ihnen befand sich ein Glasdach. »Das hab ich gestern entdeckt«, sagte er leise. »Da versuchen wir's zuerst.«

»Wie wollen wir das denn anstellen?«

»Ich klettere hinauf«, erklärte Tullier. »Wie Ihr es macht, weiß ich nicht.«

Es sah ganz einfach aus. Er schmiegte sich in die Ecke, wo die beiden Wände zusammenstießen, und arbeitete sich hurtig in die Höhe. Die ersten paar Fuß waren am leichtesten zu bewältigen. Dann versperrte ihm in ungefähr fünfzehn Fuß Höhe ein dünner Vorsprung – genauer gesagt, eine schmale steinerne Verzierung – den weiteren Aufstieg. Doch das konnte ihn kaum aufhalten. Er drehte sich um, sodass er mit dem Gesicht zur Ecke gewandt war, und machte einen gekonnten Klimmzug, dann drehte er sich wieder zurück und suchte oben nach einem Halt für seine Füße.

»Pass gut auf!«, flüsterte Gaultry dem Katzengeist zu. »Das müssen wir auch gleich machen.«

Über ihr balancierte Tullier jetzt auf den Fußballen. Sein grauer Schatten hob sich scharf von der weißen Mörtelwand ab. Sie konnte sehen, wie seine Hände nach einem Halt suchten, dann kletterte er in erstaunlichem Tempo noch einmal zehn Fuß empor bis zu gefährlich unsichtbaren Haltepunkten. Das Glasdach befand sich jetzt unter ihm – in einem äußerst ungünstigen Winkel, aber so, dass er es erreichen konnte, wenn er sehr beherzt war.

Dann sprang er. Der Katzengeist zuckte aufgeregt zusammen und behielt das Geschehen genauestens im Auge. Ohne sich nach Gaultry umzusehen, lief Tullier ein paar Schritte über das Dach, dann kauerte er sich hin und fing an, mit seinem Messer die weichen Bleistreifen hochzubiegen, welche die Fensterscheiben einfassten.

Ohne die Katze wäre sie nie in der Lage gewesen, ihm zu folgen. Tulliers Herumhantieren auf dem Dach erregte die Neugier des Tieres – es hatte es beinahe noch eiliger, nach oben zu kommen, als Gaultry selbst. Vorsichtig schmiegte sie sich ebenfalls in die Ecke und tastete sich hinauf, den Blick ängstlich auf das Pflaster am Fuße der Wand geheftet. Die Katze, die ihre Nervosität spürte, wurde dadurch erst recht angestachelt und trieb sie immer höher empor. Als sie den Vorsprung erreicht hatte, schaffte sie es mit Hilfe der Katzenreflexe irgendwie, sich hinaufzuhangeln. Einen Augenblick lang geriet sie ins Schwanken, als sie sich umdrehen musste, um den Fuß auf die dünne Kante zu setzen. Erleichtert stellte sie fest, dass die Fassade oben stabiler war und sie die Haltepunkte leichter finden konnte.

Der Sprung auf das Dach war weniger gefährlich, als es von unten ausgesehen hatte. Das Dach war jetzt dicht unter ihr, und die Lücke wirkte nicht mehr so riesig. Tullier, der immer noch damit beschäftigt war, die Bleirahmen zu lösen, hatte seinen Umhang ausgebreitet, um ihre Landung zu dämpfen. Er selbst war geräuschlos gelandet, ohne dabei auch nur eine einzige Glasscheibe einzutreten.

Gaultry hatte allerdings weniger Glück.

Sie kam nur mit einem Bein auf dem Umhang auf, das andere rutschte weg und brach mit ziemlichem Getöse durch zwei Fensterscheiben.

Die beiden erstarrten vor Schreck. Erleichtert, dass sie sich wenigstens nicht geschnitten hatte, zog Gaultry das Bein langsam wieder aus dem scharfkantigen Loch hervor. Es klirrte erneut, und irgendwo unten rieselten die Glassplitter auf eine harte Oberfläche. Dann herrschte wieder Ruhe.

»Was war das?« Sie kroch näher zu Tullier hinüber, fort von den zerbrochenen Scheiben.

»Seht Euch mal an, wo Ihr gelandet seid!«, meinte dieser schweratmend. »Ihr hattet verdammtes Glück.«

Als sie genauer hinsah, bemerkte sie die Zweige eines üppig wuchernden Baumes, die von unten gegen die Glasscheiben stießen und das Geräusch der herabfallenden Scherben gedämpft hatten.

»Das ist ja ein Gewächshaus.«

»Hier bei uns heißt es Solarium«, klärte Tullier sie auf. »Es ist für Pflanzen da, die Wärme brauchen, um auszutreiben.« Er steckte sein Messer wieder in den Gürtel und arbeitete mit bloßen Händen weiter. »Helft mir mal!« Die Fenster waren aus vielen kleinen Segmenten zusammengesetzt. Er hatte die Köpfe der Metallstifte, die sie festhielten, abgeschnitten und die Bleieinfassungen gelöst und auf diese Weise schon einen Abschnitt nahezu freigelegt. Das Dach bestand aus hunderten – vielleicht sogar tausenden – solcher Segmente. Gaultry betrachtete das riesige Dach und versuchte vorsichtig abzuschätzen, was der ganze Spaß wohl gekostet haben mochte. Als der Junge ihren ehrfurchtsvollen Gesichtsausdruck bemerkte, lachte er kurz auf. »Das ist erst das Dach«, meinte er spöttisch. »Jetzt könnt Ihr Euch vorstellen, wie es da drinnen aussieht.«

»Beeil dich!«, entgegnete sie schroff. Es war zu spät, um sich von Prathe Lendras Reichtum einschüchtern zu lassen. »Und red nicht soviel!«

Die Öffnung, die entstand, als er die Glasscheibe herausnahm, war groß genug für einen menschlichen Körper. Tullier hatte in weiser Voraussicht eine Stelle ausgesucht, unter der sich ein stämmig wirkender Baum befand. Nachdem er Gaultry bedeutet hatte, sie solle das Loch hinter sich wieder schließen, ließ er sich vorsichtig auf den nächstliegenden Ast hinab und prüfte, ob dieser seinem Gewicht standhielt.

Befriedigt nickte er ihr zu, ließ den Fensterrahmen los und verschwand raschelnd aus ihrem Blickfeld.

Während Gaultry wartete, warf sie einen letzten Blick gen

Himmel. Obwohl es eine sternenklare Nacht war, stellten die unzähligen Lichter der Stadt das Firmament noch in den Schatten. Zwar konnte sie das helle Auge des Andion erkennen, den Navigationsstern der Seefahrer – aber die vertrauten Sternbilder ihrer Heimat schienen unendlich fern zu sein, und die gezackte Umrisslinie der Dächer am Horizont war ihr fremd.

Aus dem Treibhaus schlug ihr der schwüle Geruch der tropischen Pflanzen entgegen, die man aus irgendeinem weit entfernten Land hierher gebracht hatte. Für sie waren es beides fremde Welten.

Der in ihr gefangene Katzengeist fauchte ungeduldig. Sie musste weitermachen. Während sie noch einen kurzen Blick auf die Stelle am Himmel warf, wo sie die Sterne der Großen Zwillinge vermutete, malte sie das Zeichen der Doppelspirale in die Luft. »Unerschrockene Jägerin, steh mir bei!«, murmelte sie. »Mach, dass ich hier heil wieder herauskomme!« Dann steckte sie die Beine durch die Öffnung im Dach und angelte mit den Fußspitzen nach dem Ast.

Unten im Halbdunkel des Gewächshauses lag ein geheimnisvoller Dschungel, den das Mondlicht mit gespenstischen Mustern überzog. Der Baum, über dem Gaultry die Fensterscheibe zerbrochen hatte, war ein Nachtblüher mit blassen, sternförmigen Blüten. In seinen Zweigen hockten winzige schwarzsilberne Vögel, einige davon schlugen schlaftrunken mit den Flügeln, während die übrigen fest schliefen oder vor Schreck wie erstarrt dasaßen. Die Katze setzte unwillkürlich zum Sprung an.

Tullier war inzwischen auf einen anderen Ast übergewechselt, der so dünn aussah, als könnte er selbst Gaultry kaum tragen. Jetzt streckte er sich gerade nach dem Geländer der Galerie aus, die auf Höhe des zweiten Stockwerks innen um das Treibhaus herumlief. »Du kleiner Gauner!«, murmelte Gaultry und hielt Ausschau nach einem anderen Weg auf die Galerie.

Die Bäume waren so zurechtgesetzt, dass sie sich wie ein Baldachin über dem Boden aufspannten. Einige hatten kräftige Äste, die bis über die Galerie hingen – der, auf dem Gaultry gerade hockte, gehörte unglücklicherweise nicht dazu. Innerlich fluchend stieg sie hinab, so leise sie es in der Eile und Dunkelheit vermochte, und lief zu einem anderen hinüber, dessen Zweige bis zur Galerie hinaufragten. Ein Namensschild, ungefähr fünf oder sechs Fuß hoch über dem Boden angebracht, sah robust genug aus, um ihrem Fuß als erste Stufe zu dienen. Sie kniff die Augen zusammen, um die Aufschrift zu entziffern, und las:

FEUERMILCH-HONIGBAUM.

Als sie sich die Rinde genauer ansah, fielen ihr die dünnen Harzspuren auf, mit denen der Stamm überzogen war, und sie überlegte.

»Beeilt Euch!«, zischte Tullier von oben.

»Das sagst du so!«, zischte sie zurück und suchte sich einen anderen Baum.

»Was war denn los?«, wollte er wissen, als sie endlich bei ihm ankam.

»Keine Vögel«, sagte sie. »Ich glaube, der Baum ist giftig.«

»Tatsächlich?« Tullier lief die Galerie entlang, brach einen Zweig ab und hielt sich die Bruchstelle unter die Nase. »Er ist nicht giftig«, meinte er dann. »Jedenfalls nicht nach hiesiger Auffassung, was soviel bedeutet, dass er einen nicht umbringt. Aber man kann einen schweren Hautausschlag davon bekommen.«

»Du auch?«

Tullier schüttelte den Kopf. »Ich nicht. Ich bin gegen alles immun außer dem Sha Muira-Gift. Vor allem anderen schützt mich Llaras Segen.«

»So wie die Kaiser von Bissanty?«, spöttelte Gaultry. »Kein Wunder, dass ihr alle so von euch überzeugt seid.«

Tullier steckte den abgebrochenen Zweig unter seinen Umhang. »Wir müssen Angolis Triers Arbeitszimmer suchen«, sagte er.

Von der Galerie gingen zwei Türen ab. Beide führten auf einen mit einem aufwändig gemusterten Läufer ausgelegten Gang. Das Mondlicht, das durch eine hoch angebrachte Fensterreihe herabfiel, beleuchtete einzelne Stellen des Musters: eine kunstvoll verschlungene Ranke in Grün und Schwarz. Gaultry, die eher blanke Fußböden oder Schilfteppiche gewöhnt war, betrachtete das Kunstwerk unfreiwillig beeindruckt.

»Da lang.« Tullier wandte sich nach links und hielt sich im Schatten.

»Warum nicht da?« Der wollene Läufer dämpfte ihre Schritte.

Er runzelte erbost die Stirn. »Weil –«. Er deutete auf die kahle Wand auf der anderen Seite und dann nach unten. »Triers Arbeitszimmer liegt genau da, nur zwei Stockwerke tiefer. Ich habe das im Gefühl, das gehörte zu meiner Ausbildung.« Er wurde still, wie so oft, wenn er von den Sha Muira redete.

Der Gang endete an einer offenstehenden Flügeltür, hinter der ein Raum lag, der von einer marmornen Treppe beherrscht wurde, außerdem gab es einen weiteren Gang, der nach links führte. Das Licht zweier Kandelaber fiel auf rotgestrichene Wände und eine kunstvolle Holztäfelung. In tiefen Nischen rundeten marmorne Blumenschalen mit sprießenden Ablegern aus dem Treibhaus das Bild ab. Aus dem unteren Stockwerk hörte man leise Stimmen. Tullier machte einen Bogen um die Treppe und nahm den Gang, der weiter ins Innere des Hauses führte.

»Sieh mal, die schöne Kassettendecke!«, flüsterte Gaultry. Sie nahm an, dass sie sich in einem Bereich des Hauses befanden, der festlichen Anlässen vorbehalten war, mit prunkvoll möblierten Räumen, die verschlossen gehalten und regelmäßig abgestaubt wurden, um erst zu solchen Gelegenheiten wieder geöffnet zu werden. Ihre Erfahrung mit solchen Orten beschränkte sich auf ein herzogliches Schloss und den Palast des Prinzen von Tielmark. In beiden Fällen hatte ein einziger Handwerksmeister das Ganze ausgeführt. Das hier war jedoch so umfangreich, dass dafür wohl eine kleine Armee am Werke gewesen sein musste. Der Boden unter ihren Füßen bestand aus erlesenem Parkett. Dann durchquerten sie ein weiteres Gewächshaus, kleiner als das erste und strenger gehalten, mit einem schwarz-weißen Schachbrett-

Fußboden. Kunstvoll unterteilte Türen trennten diesen Raum von einem Durchgang mit weiteren Glasfenstern an der hinteren Wand. Die Türen zum Korridor standen offen und ließen einen köstlich fruchtigen Duft herein.

»Orangen«, sagte Tullier.

Gaultry zupfte ihn am Ärmel. »Ich habe noch nie eine Orange gegessen«, meinte sie. »Du etwa?«

Tulliers helle Augen funkelten, als er sich zu ihr umdrehte. »Ihr seid ja närrisch!«, erklärte er. »Wir sind schließlich aus einem ganz bestimmten Grund hier. Denkt daran!«

»Pssst!«

Sie standen wie erstarrt. Aus den Tiefen des Korridors war Stimmengemurmel zu hören, das immer näher kam. Mit einem Satz sprangen sie in die Orangerie und kauerten sich dort zusammen. Mit Ausnahme einer doppelten Reihe von Pflanzenkübeln, in denen die akkurat gestutzten Orangenbäumchen standen, enthielt dieser gläserne Raum keine Möbel. Die einzige Stelle, wo sie sich verstecken konnten, war an den Wänden.

Die Stimmen zweier Männer kamen näher, gingen an ihnen vorbei und verloren sich langsam wieder.

Sie hockten eine ganze Weile da, mit dem Rücken an die Wand gedrückt, wo sie niemand vom Korridor aus sehen konnte. »Sie haben sich nicht aufgeregt angehört«, flüsterte Tullier schließlich. »Das kann nichts mit uns zu tun gehabt haben.«

Gaultry nickte. »Warten wir noch ein bisschen, ob sie zurückkommen.«

Unterdessen sah sie sich den Raum etwas genauer an. Die Orangerie ging auf eine kleine Terrasse mit einer anmutigen Marmorbalustrade hinaus. Von dort überblickte man die Gärten, die sie schon von der Fähre aus gesehen hatten, und dahinter die Polonna. Es war eine traumhafte Aussicht. Das helle Mondlicht erzeugte bizarre Schatten und verlieh dem Ganzen eine friedliche und zugleich geheimnisvolle Note, von den Umrissen der kunstvoll gestutzten Büsche im Garten bis zum silbrig glänzenden

Fluss. Am anderen Ufer nahm die Silhouette von Bassorah den gesamten Horizont ein, aus der die mächtige glänzende Kuppel des Llara-Tempels, der grimmige Klotz der alten Festung und auf der rechten Seite die weiße Fassade des kaiserlichen Palastes mit dem Obelisken aufragte. Als Krönung des Ganzen erhob sich im Hintergrund wie ein Theaterprospekt der Hügel, auf dem die Göttin Ihren Sohn zur Welt gebracht hatte.

»Über diesem Raum liegt ein alter Zauber«, sagte sie leise, während sie bei diesem Anblick die Geschichte Bissantys an sich vorüberziehen sah. »Aber er ist nicht auf den Orangen.« Sie pflückte eine der prallen, leuchtend gelben Früchte und steckte sie in die Tasche. Tullier funkelte sie wütend an. »Nur eine einzige«, sagte sie. »Ehrenwort, ich lass dich auch probieren, wenn wir erst wieder sicher zu Hause sind.«

Tullier verzog das Gesicht. »Gehen wir«, meinte er. »Wir haben lange genug gewartet.«

Flink huschten sie durch lange Korridore und kurze Treppen hinauf, bis sie schließlich in einen prunkvollen Saal gelangten. Lange Banner hingen in Dunkel gehüllt von hohen Fahnenstangen herab. Die Seiten entlang verlief eine doppelte Galerie, und am anderen Ende befand sich eine prächtige Tür. »Da muss es nach vorn hinaus gehen«, sagte Gaultry. »Zu dem Haupteingang an der Freitreppe.« Dieser Raum war groß genug, um sämtliche Edelleute von Tielmark auf einmal aufzunehmen, mitsamt ihren Dienern. Er wetteiferte mit Clarins Großem Festsaal im Prinzenpalais von Tielmark. Das war ein beunruhigender Gedanke. An seinem Ende befand sich eine zweite geschwungene Treppe, die das architektonische Pendant zu der äußeren Freitreppe bildete.

»Triers Botenjunge ist unten hineingegangen und oben am Haupteingang wieder herausgekommen«, sagte Tullier. »Wir wissen also, dass wir von hier aus in die Amtsstube kommen.«

»Wenn es da eine Tür gibt, dann wird sie gut versteckt sein«, meinte Gaultry. »Lendra will sicher nicht, dass seine Gäste denken, er könne Arbeit und Vergnügen nicht auseinanderhalten.«

Das war ein scharfsinniger Gedanke. In einem Seitengang, vor den Blicken der Öffentlichkeit verborgen, fanden sie die besagte Tür. Eine lange, schlecht beleuchtete Treppenflucht führte auf einen schlichteren, schmucklosen Korridor, und von dort aus gelangten sie durch eine unverschlossene Tür in einen fensterlosen, muffigen Raum, der eindeutig bürokratischen Zwecken diente.

Sobald Tullier die Tür hinter ihnen geschlossen hatte, standen sie völlig im Dunkeln.

»Wartet!«, flüsterte er barsch, als sie nach Zunder und Feuerstein griff.

Sie standen jetzt nebeneinander, mit dem Rücken an die Tür gelehnt. Schließlich berührte er ihre Hand zum Zeichen, dass sie es wagen konnte. »Nur eine kleine Flamme. Und kein Wort. Ich glaube, nebenan ist eine Kammer mit Strohlagern. Für die Botenjungen.«

Sie hatten eine Kerze in einem Drahtkorb mitgebracht. Vorsichtig zündete Gaultry sie an, wobei sie dicht an der Wand stand und die Flamme mit ihrem Körper schützte, bevor sie einen Rundblick riskierte. »Wir müssen nahe dran sein«, flüsterte sie. »Meinst du, Triers Zimmer hat ein Fenster?«

Der flackernde Lichtschein fiel auf vier Stehpulte und Regale, die sich unter dicken Papierstapeln und versiegelten, mit Seidenquasten verzierten Schriftrollen bogen. Am hinteren Ende des Raumes befand sich eine massive Doppeltür, deren Riegel auf ihrer Seite herabhing. Tullier huschte flink hinüber und legte den Riegel vor.

»Nur für den Fall, dass uns doch jemand hört«, meinte er.

»Aber jetzt haben wir nur noch einen Fluchtweg.«

»Die andere Tür verbarrikadiere ich auch noch.«

Das hieß, sie hatten dann gar keinen Fluchtweg mehr, dachte Gaultry, sagte aber nichts.

Sie schlichen sich noch durch zwei weitere Amtsstuben, ehe sie Angolis Triers Refugium entdeckten. Das Mobiliar war gediegen, wenn auch nicht so luxuriös wie anderswo in der Villa. Sie erblickten ein Bücherregal voller Journale, wie sie eines bei dem Botenjungen gesehen hatten. Gaultry übergab Tullier die Kerze und zog triumphierend eins davon heraus, schlug es auf und überflog die fein säuberlich ausgefüllten Spalten auf der Suche nach einem Eintrag über Martin.

»Das kann ich nicht lesen«, stellte sie bestürzt fest. Es war in einer Geheimschrift oder einer fremden Sprache geschrieben.

»Vielleicht ist es Gallianisch«, meinte Tullier. »Das ist der Stamm von Lendras Vater. Seht zu, dass Ihr das neueste Buch erwischt!« Er schaute nach der Tür. »Sucht am besten den Eintrag von unserem Schiff.«

Der aktuelle Band stand nicht bei den anderen im Regal. Er lag auf Triers Schreibtisch unter einem Stapel loser Blätter. Vorsichtig zog sie ihn hervor und versuchte, sich die Anordnung einzuprägen, um hinterher alles wieder so hinzulegen, wie sie es vorgefunden hatte.

Schließlich fand sie den Eintrag. Die Zahl Siebzig stand da, und dann die Zahlen Dreißig und Vierzig für die Anzahl von Ardanäern und Chauduks.

Darunter befand sich eine Anmerkung in roter Tinte und dann die Zahl Neunundzwanzig, hervorgehoben durch einen Kringel. »Das muss sich auf die verloren gegangene Sharif beziehen«, vermutete Gaultry.

Tullier nickte. »Jetzt sucht nach einer seltsam aussehenden Eintragung obendrüber. Niedrige Zahlen. Das könnte sich auf Euren Martin und die vier Sha Muira beziehen, die ihn nach Bissanty gebracht haben.«

»Drei«, verbesserte Gaultry. »Einen hat er in Seafrieg getötet.«

»Na schön«, erwiderte Tullier ungerührt. »Ich schätze, es ist die einzige niedrige Zahl.«

In der Zeile, die das Datum vier Tage vor ihrer Ankunft darstellen mochte, fand Gaultry eine Drei und eine Eins, begleitet von einer weiteren, nicht zu entziffernden roten Anmerkung.

»Schreibt es auf einen Papierschnipsel ab!«, empfahl Tullier.

»Die Anmerkung über die Sharif auch. Dann können wir später herausfinden, was es heißt.«

Auf Triers Schreibtisch standen Tintenpulver und Wasser, um die Tinte anzurühren. Gaultry holte ein Stückchen unbeschriebenen Papiers aus dem Vorzimmer und begann, die Buchstaben abzuschreiben.

»Ich glaube nicht, dass man das entziffern kann«, meinte Tullier, der ihr dabei über die Schulter sah.

»Woher willst du das wissen? Kannst du es etwa lesen?«

»Nein, aber ihr zieht die runden Buchstaben viel zu gerade. Lasst mich mal –«

Jetzt musste Gaultry die Kerze halten, während Tullier es noch einmal abschrieb.

Als er damit fertig war, hatten sie es beide eilig, wieder aus der Villa hinauszukommen. Sie sorgten dafür, dass alles wieder an seinem Platz lag, und als sie ins Vorzimmer gingen, hatten beide das Gefühl, der andere wäre unnötig laut und tolpatschig.

Tullier entriegelte die Tür zu dem dahinterliegenden Raum, und sie wandten sich wieder der Treppe zu.

»Denselben Weg zurück?«

Tullier nickte. »Wenn die Luft noch rein ist.«

Sie schlichen auf Zehenspitzen die schmale Treppe hinauf, aus dem nüchternen Arbeitsbereich zurück in den prunkvollen Festsaal mit den Bannern. Der riesige Raum schien völlig ruhig, doch der feine Katzeninstinkt, der eine Zeitlang stumm geblieben war, ließ Gaultrys Kopf in die Höhe fahren. Hoch droben blähte sich kaum merklich das Fahnentuch in einem leisen Luftzug. »Tullier!«, flüsterte sie. »Hier ist gerade jemand vorbeigegangen.«

»Wir müssen uns beeilen.«

Sie kamen nur bis zu der Abzweigung des Korridors, der wieder in Richtung Orangerie und Treibhaus führte, als das Unheil nahte. Vor sich hörten sie aufgebrachte Stimmen, begleitet vom Läuten einer Glocke. Gleich darauf erschallten noch weitere Stimmen, deren Herkunft sie nicht genau ausmachen konnten.

»Wir sind abgeschnitten!« Tullier packte geistesgegenwärtig Gaultrys Handgelenk und zog sie hinter sich her, die geschwungene Treppe zu den oberen Galerien hinauf.

Sie hatten kaum den oberen Treppenabsatz erreicht, als aus zwei gegenüberliegenden Korridoren zwei verschiedene Gruppen von Dienstboten auftauchten. Sie begrüßten sich lauthals und sammelten sich am Fuße der Marmortreppe. Keine der beiden Gruppen wirkte aufgeregt. Gaultry, die über den Rand der obersten Stufe hinwegspähte, konnte sehen, dass keiner von ihnen bewaffnet war. Doch irgendetwas musste sie auf die Beine gebracht haben. Jetzt zündeten sie an der Tür zum Korridor der Orangerie eine Lampe an. Zwei Lakaien in aufgeknöpfter Livree bezogen gähnend am Türrahmen Posten, offensichtlich als Wächter.

»Wenn wir an den beiden vorbeikommen, finden wir den Weg nach draußen, ohne gegen verschlossene Türen zu rennen«, sagte Tullier. »Wir müssen abwarten. Aber nicht hier.«

Der offene Treppenabsatz war alles andere als ein sicheres Versteck.

»Wo dann?«

»Wir müssen versuchen, ein leeres Zimmer zu finden.«

»Und wenn nun jemand drin ist?«

»Ich bringe jeden zum Schweigen, der uns aufhalten will.« Gaultry schluckte angesichts von Tulliers unbedachter Kaltblütigkeit, aber jetzt war nicht der richtige Zeitpunkt für Zurechtweisungen.

Im ersten Stockwerk über dem Festsaal gab es viele leere Zimmer. Die ersten drei Türen führten in unbenutzte Schlafgemächer mit gespenstisch verhüllten Betten und zugezogenen Fenstervorhängen. Dort fühlte sich Tullier gar nicht wohl. »Wir können nicht hierbleiben.«

»Warum denn nicht?«

Tullier konnte es nicht so recht erklären. »Es ist zu leer hier«, meinte er und trat nervös von einem Fuß auf den anderen. »Ich komme mir vor wie ein Eindringling.«

»Und was ist mit dem Einbruch ins Solarium?«

»Das war nicht zu vermeiden«, sagte er.

»Dieses Haus ist das reinste Labyrinth«, stellte Gaultry fest, während sie in den Korridor zurückkehrten. »Gibt es nicht irgendeinen anderen Weg auf die andere Seite? Es muss doch irgendwo eine Dienstbotentreppe geben.«

Tullier schloss die Augen, als versuche er, sich die Aufteilung der Villa vorzustellen, und überlegte einen Augenblick. »Der Festsaal«, meinte er dann. »Auf dieser Etage führte die Galerie ganz herum. Vielleicht gibt es am anderen Ende eine zweite Treppe.«

»Einen Versuch ist es wert.« Sie waren einen kurzen Gang entlanggelaufen, um in den Flügel mit den leeren Schlafgemächern zu gelangen. »Gehen wir wieder zurück!«

Die Galerie des Festsaals war ebenso wie die Orangerie schwarzweiß gefliest, wodurch jedes Geräusch zurückgeworfen und jede auch noch so leise Erschütterung übertragen wurde. Die beiden hielten sich möglichst weit vom Geländer entfernt, außer Sichtweite der Posten unten an der Tür. Aber trotz aller Vorsicht verriet ein leises Beben der Banner ihre Anwesenheit.

Obwohl die Galerie breit und geräumig war, herrschte dort ein erstaunliches Durcheinander. Der erste Abschnitt des Fußbodens war mit Holzkisten vollgestellt, sodass es schwierig war, sich geräuschlos fortzubewegen. Zwei Stufen darüber befand sich ein relativ übersichtlicher Bereich mit Klappschemeln und Notenständern, die ordentlich ans Geländer gelehnt waren, und zahlreichen Instrumentenkoffern. Zwei Stufen darunter lagen die buntbemalten Einzelteile eines Puppentheaters, die offenbar dafür gedacht waren, über das Geländer gehängt zu werden. Dann kamen ein paar Reihen künstlicher Bäume und ein viereckiges Stück Fußboden, auf dem man zu Ballen aufgerollte Metallfolienbänder gelagert hatte.

»Was hat das alles hier zu suchen?«, fragte Gaultry, überwältigt von der Anhäufung von Dingen, die alle zur Unterhaltung der Leute vorgesehen waren.

»Prathe Lendra muss vorhaben, in der heiligen Woche ein großes Fest zu veranstalten«, vermutete Tullier. »Sonst wären all diese Sachen sicher in einem Lagerraum.«

Nachdem sie auf der Galerie zwei Wände des Festsaales passiert hatten, standen sie schließlich vor zwei steinernen Türen in Metallrahmen. Die eine davon stand gerade weit genug offen, um einen hellen Streifen Mondlicht hereinfallen zu lassen. »Ist das der Weg zurück zum Solarium?«, flüsterte Gaultry.

»Es liegt jedenfalls auf der rechten Seite des Hauses«, meinte Tullier zuversichtlich.

Hinter den Türen standen keine Gegenstände mehr herum. Alles war reich verziert, und der Boden bestand aus glattem weißem Marmor mit schwarzen Adern. Warme Nachtluft strich ihnen über die Wangen, als sie auf eine überdachte Veranda hinaustraten. Zwei Stockwerke weiter unten befand sich ein ovaler, gepflasterter Hof, der an allen Seiten von einem überdachten Säulengang eingerahmt wurde.

Mitten in dem Hof stand ein Geiger, das Instrument unter dem Kinn, den Bogen angehoben. Er hatte den Kopf in den Nacken gelegt, sein vom Mondlicht beschienenes Gesicht war bleich und fast schmerzlich verzogen. Prüfend zupfte er mit den Fingern der freien Hand die Saiten an. Die Töne waren scharf und klar, und es lag ein wenig von der Unbändigkeit eines Wandergesellen darin. Tullier zog Gaultry am Ärmel.

»Los jetzt! Bevor er anfängt zu spielen. Wenn wir zu der anderen Tür hinübergehen, sind wir, glaube ich, wieder in der Nähe des Solariums. Zwar eine Treppe zu hoch, aber immerhin.«

Gaultry blieb keine Zeit mehr für eine Antwort, denn nun passierten mehrere Dinge auf einmal. Der Musikant hatte sein Instrument gestimmt und fing an, erstaunlich laut und ausgelassen zu spielen. Ein hochgewachsener Mann, dessen geschmeidige Silhouette in schimmernde Seide gehüllt war, kam auf die Veranda geschossen wie ein Rachedämon und beugte sich über die Balustrade, wobei er ihnen unbeabsichtigt den Weg versperrte. Tullier stieß ohne weiteres Nachdenken die nächstbeste Tür auf und schob Gaultry hinein. Während er die Tür hinter sich zuzog, hörten sie draußen die hohe krächzende Papageienstimme des Mannes, der den Geiger anschrie.

In dem Raum flackerten Lichter. Gaultry zog Tullier hastig auf die Knie, und das Herz schlug ihr bis zum Hals. Sie hatten nicht bemerkt, dass sie durch eine Nebentür in eben den Raum geflüchtet waren, aus dem der aufgebrachte Mann gerade gekommen war, und sie waren nicht allein.

Zuerst dachte sie noch, sie hätten Glück gehabt, denn sie standen hinter einer Reihe von Dienern. Der Raum war nur schwach beleuchtet, und zunächst sah es so aus, als hielte man sie einfach nur für Nachzügler. Dann wurde ihr klar, warum niemand ihren Eintritt bemerkt hatte.

Vor den Dienern standen zwei halbwüchsige Knaben, engumschlungen, die Gesichter bemalt, und warteten geduldig auf das Ende der Störung. Schönheitstänzer. Gaultry lief vor Verlegenheit ein kalter Schauer über den Rücken. Die beiden Knaben waren am ganzen Körper bemalt und trugen jeder einen perlenbesetzten Kopfputz – sonst nichts.

Aber was noch schlimmer war: Hinter ihnen saßen gemütlich auf luxuriösen Bergen von bestickten Kissen zwei Männer und rauchten langstielige Tonpfeifen. Der eine trug eine mitternachtsblaue Kapuze, die sowohl sein Gesicht wie auch sein Haar verbarg. Das Mundstück der Pfeife steckte in einem Schlitz im Stoff, und er sog daran, ohne dass man ihn sehen konnte. Den Kopf hatte er zu der Tür gedreht, durch die er den Mann draußen zu beobachten schien, und er war in sich zusammengesunken, als wäre er ziemlich betrunken. Der andere, der aufrechter dasaß, hatte ebenmäßige, aber grausame Gesichtszüge. Er war mittleren Alters und kräftig gebaut. Seine Haut sah gesund und gut durchblutet aus, nicht so fahl wie die der Bissantiner.

Draußen war die Musik verstummt. Man hörte die Geräusche eines Handgemenges, dann herrschte Stille.

»Llara sei Dank!« Der Mann, der jetzt in der Tür erschien, war auf aufdringliche Weise hübsch. Er hatte lange, dunkle Wimpern und trug leuchtende Seidengewänder sowie die lange, schwarz glänzende Perücke, die bei vielen der jungen Edelleute von Bissanty so beliebt war. Er kam wieder herein und knallte die Tür hinter sich zu. »So eine Katzenmusik!«

»Ich bin sicher, unser Gastgeber hätte das auch selbst erledigen können, Dati. Du hättest dich wirklich nicht zu bemühen brauchen.« Der Mann mit der Kapuze hatte die Stimme eines Greises.

»Er hat wahrscheinlich für das Fest geübt.« Gaultry bemerkte an der überheblichen Art des Mannes sofort, dass es sich bei dem zweiten Pfeifenraucher um den Hausherrn handelte. Seine Stimme klang verbindlich, aber kühl. Prathe Lendra raffte die Falten seines schlichten Gewandes aus grüner Seide eng um seinen Körper und lächelte, wobei er kräftige weiße Zähne sehen ließ. »Aber er hätte wissen müssen, dass er uns stört. Ich werde den Mann morgen früh bestrafen lassen.«

»Das hat Dati doch bereits erledigt. Außerdem, wo wollt Ihr so schnell einen Ersatz hernehmen?«

»Dann also nicht? Nun, vielleicht hast du Recht.«

»Gar keine Frage. Und schon gar nicht Dati zuliebe.«

Dati, der jetzt zu ihnen zurückkehrte, warf dem Vermummten einen vorwurfsvollen Blick zu.

Jetzt bedeutete Lendra den Tänzern mit einer Handbewegung, mit ihrer Darbietung fortzufahren. Der linke Junge legte seinem Partner die Hände auf die Schultern und nickte den Musikern zu, während er sein Gleichgewicht verlagerte und ein Knie anhob. Zwei helle Soprane stimmten einen Ton an und zogen die anderen in einen langgezogenen, säuselnden Singsang hinein. Es hörte sich an wie das endlose Spiel der Wellen, die eine auf die andere folgen und die Zuhörer in ihren Bann ziehen. Der Tanz ahmte die Auf- und Abbewegung der Stimmen nach. Gaultry schluckte schwer. Die jungen Tänzer waren erstaunlich geschmeidig und kräftig. Ihre Körper verschlangen sich ineinander, und jede ihrer

Bewegungen erweckte spielerisch den Eindruck eines erotischen Höhepunktes, ehe sie sich im nächsten Moment wieder zurückzogen. Sie hatte schon häufig balzende Tiere gesehen, doch so etwas noch nie.

»Deine Brüder kommen morgen Abend«, sagte Lendra jetzt leichthin, gerade laut genug, um die Stimmen der Sänger zu übertönen.

»Sie sind ja auch noch jung genug, um sich auf Gesellschaften zu amüsieren«, meinte der Kapuzenmann knapp. »Ich bin schon lange über solche öffentlichen Spektakel hinaus. Komm her, Dati!«

Der empfindliche Jüngling kam zurück und ließ sich in den Schoß des Mannes fallen. »Ihr denkt nie an mich!«, erklärte er weinerlich, während er sich ein paar Kissen zusammenraffte, um es sich bequem zu machen.

Der Kapuzenmann lachte und strich ihm mit der Hand über die hohen Wangenknochen unter der schwarzen Perückenmähne. »Ich denke sehr oft an dich«, sagte er. »Da kannst du Prathe selbst fragen.«

Gaultry, die in der hintersten Reihe kniete, warf Tullier einen nervösen Blick zu. Sie fragte sich, ob das wohl auch seine erste Begegnung mit solchen öffentlichen Sympathiebekundungen war – ihr jedenfalls gefiel es gar nicht. Es war viel zu warm, und die Weihrauchschwaden, die in der Luft hingen, brannten ihr in den Lungen und erhitzten ihre Haut. Niemand schien sich besonders zu amüsieren – Dati nicht, der herumsaß und schmollte, und die Tänzer erst recht nicht. Der kleinere der beiden wirkte unter seiner Schminke wie erstarrt. Gaultry sah ihm an, dass der ältere ihm wehtat, so wie er seinen Körper mit festem Griff verdrehte, hin- und herbog und an sich presste. Doch der Kleine verstand es, sich so gut zu beherrschen, dass seine Bewegungen dem Schmerz zum Trotz immer noch anmutig und lasziv wirkten.

»Du hättest mir alles von Anfang an erzählen sollen«, sagte Lendra, während der größere Knabe den anderen herumschob und ihm dabei seine Finger in die Gesäßbacken grub. Der Vorfall mit dem Geiger hatte offensichtlich ihr Gespräch unterbrochen. »Unterschlagung! Wer war es? Claudio? Coronne? Ich kann mir nicht vorstellen, dass es Coronne gewesen ist. Aber was kann ich jetzt noch tun, wo der Junge tot ist?«

Der Vermummte, der fasziniert die Tänzer anstarrte, gab keine Antwort. Dati, dessen Finger eifrig im Schoß seines Herrn beschäftigt waren, bedachte Lendra mit einem vorwurfsvollen Blick.

Prathe Lendra gab den Blick mit abweisend herabgezogenen Mundwinkeln zurück. Eine Weile hielt Dati ihm stand, dann machte er eine ungehaltene Handbewegung und gab auf. Lendra lächelte triumphierend, und ein grausamer Zug umspielte seine Lippen. Dann ließ er seinen Blick quer durch den Raum schweifen und begegnete wie von ungefähr Gaultrys Augen. Es war ein kalter, durchdringender Blick. Sie fühlte sich nackter als die beiden Knaben, die zwischen ihnen tanzten, und wand sich innerlich ebenso verbissen wie diese.

Er hatte die ganze Zeit gewusst, dass sie da war, von dem Augenblick an, als sie beide hereingekommen waren.

In wilder Panik sprang sie auf und zog Tullier mit sich. Als sie sich umdrehte, ging die Tür hinter ihr auf.

»Herr!« Ein Wachsoldat stand mit gezogenem Kurzschwert da. »Es ist ein Fremder im Haus!«

Erschrocken sprangen die Sänger auf, die Tänzer fuhren schlagartig auseinander, und der kleinere schrie vor Schmerz auf. Der Kapuzenmann sprang von seinen Kissen in die Höhe und stieß Dati dabei unsanft zu Boden.

Mit einem schnellen, gezielten Messerstich tötete Tullier den Wächter.

Gaultry stolperte zur Tür hinaus, noch ehe der Körper des Mannes den Boden berührte.

Draußen auf der Veranda stand noch ein Trupp Soldaten am Geländer und wartete auf ihren Anführer. Sie waren zwar bewaffnet, aber nicht darauf gefasst, dass die beiden Einbrecher ausgerechnet aus den Vergnügungsgemächern ihres Herrn hervorbrechen würden. Gaultry stürmte an ihnen vorbei, bevor sie wussten, wie ihnen geschah.

»Geradeaus!«, rief Tullier, der neben ihr herrannte. »Die Tür da!« Er zeigte vor sich hin. »Die können wir hinter uns zumachen.«

Der kleine Vorsprung genügte gerade noch, um die Tür zu schließen, bevor die Wachen sie eingeholt hatten. Sie hatte kein besonders massives Schloss, doch Tullier schaffte es irgendwie, sie zu verriegeln.

»Und jetzt?«

»Nach allem, was wir eben gehört haben«, der Junge schüttelte heftig den Kopf, »wird Lendra uns nie und nimmer entkommen lassen.«

»Hör auf, Tullier!«, sagte sie. »Wir müssen uns beide so lange zusammenreißen, bis wir hier draußen sind.«

Sie befanden sich in einem neuen Korridor mit Türen auf beiden Seiten. In jedem Wandleuchter flackerte ein Licht. Unter ihren Füßen befand sich ein langer roter Läufer mit einem verschlungenen Weinrankenmuster. Bei der hellen Beleuchtung brauchte Gaultry einen Augenblick, bis sie es wiedererkannte. Irgendwie waren sie im Kreis herumgelaufen und befanden sich jetzt wieder im Solariumsflügel.

»Da vorn müsste eine Treppe sein«, schnaufte sie. Sie hatte Recht. Es war die Treppe, auf der sie aus dem Treibhaus hereingekommen waren. Sie vergaßen alle Vorsicht und nahmen drei Stufen auf einmal, bis sie sich auf einem wohlbekannten Treppenabsatz wiederfanden. Ein rotgestrichener Raum mit Nischen für Blumentöpfe in der Holztäfelung. Vor ihnen lag der Korridor, der zum Solarium führte.

»Haltet die Diebe!« In dem Korridor wimmelte es von Wachsoldaten.

Außer Atem wirbelte Gaultry herum und Tullier mit ihr. »Die

Orangerie!«, keuchte er. »Durchs Fenster in den Garten und dann zum Fluss!«

Hinten an der roten Treppe tanzten Lichter über die Stufen. Ihre Verfolger waren ihnen dicht auf den Fersen.

Als sie in den nächsten Korridor einbogen, klapperten ihre Stiefel schließlich über Parkettboden. Verglaste Wände taten sich zur Rechten vor ihnen auf. Die Türen zur Orangerie waren nur noch wenige Schritte entfernt –

»Sie sind hier!« Der Korridor vor ihnen füllte sich mit Dienstboten, die ihnen den Rückzug versperrten. Hinter ihnen schnitten ihnen die Wachen den Weg ab. Die beiden stürzten auf die Türen der Orangerie zu. Als sie um die letzte Ecke bog, streifte Gaultry eine Hand.

Vor Schreck stand ihr fast das Herz still. In der Orangerie wimmelte es von Soldaten, es waren mehr als zwanzig. Prathe Lendras Männer mussten diese Falle ziemlich überstürzt eingerichtet haben, sonst hätten sie das Aufgebot vielleicht nicht so übertrieben.

Gaultry schlug nach allen Richtungen um sich und verlor Tullier dabei aus den Augen, über den sieben oder acht Männer gleichzeitig herfielen, so viele, dass sie sich gegenseitig in die Quere kamen. Ein Orangenbäumchen kippte mit seinem Kübel um, und irgendjemand brüllte den Missetäter an, er solle gefälligst die Augen aufmachen.

Unzählige Hände zerrten an ihr herum. Sie stieß einen halberstickten Schrei aus. Die Reihen hinter dem Knäuel um sie herum drängten nach, um auch noch mitzumischen, und diejenigen, die sie festhielten, hatten alle Mühe, nicht loszulassen, während sie versuchten, die anderen wieder zurückzudrängen.

Auf einmal fing links von ihr noch jemand an zu schreien. »Er hat mich erwischt, er hat mich erwischt! Llara hilf, meine Augen, meine Augen brennen wie Feuer!«

Tullier war es gelungen, sich loszureißen. Mit dem Zweig, den er von dem Feuermilchbaum abgerissen hatte, hielt er sich seine Angreifer vom Leibe.

»Lasst sie los!«, brüllte er. »Ich bin ein Sha Muira! Ihr könnt mich nicht kriegen!«

Sofort erstarrte alles vor Entsetzen. Jene, die Tullier angefasst hatten, schrien vor Angst auf. Gaultry entwand sich ihren Häschern und büßte dabei ihren neuen Umhang und einen Ärmel ihres Kleides ein. Misstrauische Blicke folgten ihr, als sie sich zu ihm durchkämpfte.

»Das kann doch nicht wahr sein!« Ein kleiner, stämmiger Kerl zwängte sich durch die Menge hindurch nach vorn. »Er hat kein Sha Muira-Schwert, und sie kann nicht behaupten, eine Sha Muira zu sein. Und trotzdem sind die beiden Komplizen!«

Mit ebenso plötzlicher wie überraschender Kraft schob Tullier sie auf den Balkon hinaus. Die Wachen machten einen Satz hinter ihnen her, und als Gaultry mit den Knien an die Balustrade stieß, schwang sie sich hinüber, ohne erst nachzusehen, was sie unten erwartete.

Als nächstes merkte sie, wie sie unbeholfen über raue Dachziegel stolperte und versuchte, ihren Schwung aufzuhalten, ohne dass sie auch nur Zeit gehabt hätte, ihre Unvorsichtigkeit zu verfluchen. Schließlich verlor sie den Halt und sah sich bereits mit zerschmetterten Gliedern auf dem weißen Marmor liegen, der unter ihr aufblitzte.

Doch im nächsten Moment schnappte sie strampelnd nach Luft und versuchte, wieder an die Oberfläche zu gelangen. Das Wasser funkelte kristallklar im Licht des Vollmonds.

»Tullier!«, rief sie und versuchte mit allen vieren, den Rand des Marmorbeckens zu erreichen, während sie verzweifelt nach dem Balkon Ausschau hielt. Sie sah gerade noch seinen Kopf über dem Geländer auftauchen, doch der Junge drehte sich erst um und schaute in die Tiefe, bevor er sprang – und das besiegelte sein Schicksal. Jetzt sah sie die Köpfe der Soldaten und hörte Füßescharren, aber der Junge tauchte nicht wieder auf. Unbeholfen und durchnässt kletterte sie aus dem Wasser. »Los, Tullier! Komm schon!«, rief sie dabei immer wieder im Geiste.

Irgendwo links von ihr hörte sie jetzt tiefes Bellen. Im Garten liefen offenbar Hunde frei herum. Der Katzengeist, der die ganze Zeit über vor sich hin gedämmert hatte, nutzte ihre augenblickliche Irritation und wurde schlagartig aktiv. Später erinnerte sie sich vage daran, wie sie sich ein paar Marmorstufen hinaufgezogen und triefend zu einer Gartenmauer geschleppt hatte. Dort übernahmen ihr eigener und der Katzeninstinkt das Kommando, und sie floh Hals über Kopf quer durch die Gärten, über zwei steinerne Veranden hinab, durch einen piekenden Rosengarten und schließlich einen rauen Eisenzaun hinauf, der ihr die Hände aufriss, dann sprang sie.

Sie landete bis zu den Hüften im Schlamm, und die alles andere als kristallklaren Fluten der Polonna schäumten um sie herum. Der Katzengeist, der sich außer Gefahr sah, aber kein Wasser mochte, erhob wieder sein Wehgeschrei.

Sie erstickte es mit unnötiger Gewalt, denn Wut und Hilflosigkeit zermürbten sie. »Warum bist du nicht gesprungen?«, sagte sie verzweifelt und starrte auf die hohe Wand, über die sie gerade entkommen war. Als ob Tullier sie hören könnte. »Warum musstest du erst noch hinunterschauen?«

Das ganze Grauen dieses Verlustes brach über sie herein, während sie das Ufer entlangstolperte auf der Suche nach trockenem Boden unter den Füßen. Sie griff panisch nach ihrer Westentasche und suchte den Papierfetzen, für den sie Tullier geopfert hatte, um ihn vor der Nässe zu schützen. Mit der gestohlenen Information konnte sie endlich ernsthaft anfangen, nach Martin zu suchen. Das Bild seines scharfkantigen Gesichtes mit den tiefgrauen Augen, die ihr geradewegs in die Seele zu blicken schienen, blitzte vor ihr auf, und Tränen der Sehnsucht liefen ihr übers Gesicht.

Das Herz schlug ihr bis zum Halse, als vor ihr etwas im Wasser herumplatschte. Doch es war nur eine Ratte. Der Anblick brachte sie irgendwie dazu, dass sie wieder klarer denken konnte. Sie hatte Tullier überschätzt. Seine Sha Muira-Ausbildung hatte ihn darauf trainiert zu töten, aber dabei waren seine Selbstschutzinstinkte verkümmert. Das hatte sie gewusst, bevor sie in die Villa eingedrungen waren, und sie hätte nicht so überzeugt sein dürfen, dass seine Fertigkeiten ihr helfen würden. Sie hätte an den Preis denken müssen, den er möglicherweise für ihre nächtliche Exkursion zahlen musste.

Abgesehen davon hatte Tullier immer noch die Hälfte ihrer *Glamour*-Seele. Und solange das so war, konnte sie ihn nicht in Lendras Klauen lassen, selbst wenn sie das wollte.

Ein Risiko hatte er sie genannt. Und sie hatte in sein Jungengesicht geschaut und war einfältig genug gewesen, auf ihn zu hören.

Die Orange in ihrer Tasche war zerquetscht. Sie warf sie im hohen Bogen in den Fluss, wütend darüber, dass ihr nicht einmal diese winzige Beute vergönnt war.

## 13

Es war eine Stunde nach Tagesanbruch. Die Sonne hatte die Kuppel des Tempels vergoldet und die Dächer der Stadt in bleiches Morgenlicht getaucht. In den Straßen war es noch kühl und still, nur vereinzelt gingen Dienstboten ihren frühen Besorgungen nach. Auf dem Markt drängte sich noch keine Menschenmenge. Nur auf dem Weg zum Flussufer hinab waren Gaultry und die Sharif an einer kleinen Prozession vorbeigekommen, die sich in frommen Ritualen erging. Die schäbig ausgestatteten Teilnehmer hielten zerbrechliche Speere aus geflochtenem Schilf gen Himmel, während sie mit feierlicher Miene zwischen den fest verschlossenen Fensterläden der frühmorgendlichen Straßen einherzogen. Ohne Tullier konnte sie nur raten, was das Ganze bedeuten sollte. Die bescheidene Aufmachung dieses Umzugs ließ sie allerdings bezweifeln, dass er irgendetwas mit dem stolzen Kaiser oder den Geburtstagsfeierlichkeiten für seine Kinder zu tun hatte, von denen ihr der Junge in der vorangegangenen Nacht erzählt hatte. Dieses Ritual wirkte so alt wie die Sümpfe, auf denen Bassorah erbaut worden war: die zumeist älteren Frauen trugen skurrile Kränze aus Sumpfgras, die Männer hatten sich die Stirn mit gelbem Lehm beschmiert. Der Verkehr auf der Straße machte Platz, aber niemand, mit Ausnahme einiger uralt aussehender Leute, nahm Notiz von der zerlumpten Prozession.

Unten am Fluss, wo man Wasserbecken in den Lehm gegraben hatte, breiteten die Frauen der Stadt ihre Wäsche aus.

Gaultry und die Sharif leisteten ihnen Gesellschaft. Sie hatten sich das am weitesten von der Brücke entfernte Becken ausgesucht. So mussten sie ihre Siebensachen zwar ein bisschen weiter schleppen, aber dafür hatten sie ihre Ruhe. Ihre nächsten Nachbarn, in etwa vierzig Fuß Entfernung, waren zwei Frauen, die damit beschäftigt waren, die Kleider ihres Herrn unten am Flussufer auf einem geriffelten Waschbrett zu schrubben. Gaultry befand sich in einer miserablen Gemütsverfassung. Sie klatschte die Hosen, die sie sich im schlammigen Fluss schmutzig gemacht hatte, so wütend gegen den flachen Waschstein, dass sie sich die Hände anschlug. »Ich glaube – nein, ich weiß genau, dass Tullier einen der Wächter getötet hat.«

Die Sharif stand hinter ihr, beugte sich über die primitive Pumpe und versuchte zu begreifen, wie diese funktionierte. Sie versetzte dem Schwengel einen kurzen Stoß, dann noch einen. Die Tonröhre spuckte Wasser aus, zuerst braunes, dann klares, dann wieder braunes.

»Hörst du nicht?«, fragte Gaultry verdrossen. »Tullier hat einen der Wächter umgebracht!«

»Ich gehört, Gotri«, sagte die Sharif. Und nicht zum ersten Mal, schienen ihre hochgezogenen Augenbrauen hinzuzufügen. »Tullier jemanden getötet.« *Kommt das Wasser hier in dem Rohr aus dem Fluss oder aus einer Quelle? Ganz schön schlau, find ich. Das Ufer kann verschlammt sein, und doch hat man klares Wasser.*

*Es kommt aus dem Fluss,* antwortete Gaultry ungeduldig und zeigte auf einen schmalen Streifen, der sich in der Mitte des trägen Gewässers kräuselte, wo man noch so etwas wie eine Strömung sehen konnte. *Aber Tullier –*

*Der Mechanismus ist erstaunlich einfach,* fiel ihr die Sharif ins Wort. Sie fuhr prüfend mit den Fingern über den kleinen Hebel, wo das Gelenk in einem Kupferrohr verschwand. Als sie sich vereinbarungsgemäß wieder am Fährhafen getroffen hatten und Gaultry ihr erzählte, was passiert war, hatte sie völlig gelassen reagiert. Nur als Gaultry gesagt hatte, dass sie fest entschlossen wäre, Tullier da wieder herauszuholen, war sie ein wenig zusammengezuckt. Nun schien sie sich mit dem Gedanken abgefunden zu haben, wollte aber auch nicht weiter darüber nachdenken. Sie ignorierte Gaultrys wiederholte Anläufe, über Tullier und als nächstes über die schlimmsten Fehler der vergangenen Nacht zu reden, und pumpte verbissen das Waschbecken voll, wobei ihre lebhaften Augen jeden Schwall Wasser genau fixierten, um herauszufinden, wie viel Kraft nötig war, um das kostbare Nass an die Oberfläche zu befördern.

Gaultry rubbelte verdrossen an ihrer Hose herum. »Er ist doch noch ein halbes Kind. Ich hätte ihn nicht mitnehmen sollen.«

Die Sharif starrte stumm auf das Wasser.

»Aber er wollte doch.«

»Ja, er wollte so«, nickte die Sharif.

»Es war zu riskant.« Die Sharif gab keine Antwort. Gaultry blickte auf und sah, dass die andere sie nicht verstanden hatte. *Riskant!* wiederholte sie mürrisch.

Die stattliche Kriegerin nickte. »Wir ihn holen.« *Das Ding hier,* fuhr sie geistesabwesend fort. *Vielleicht finden wir ja den Mann, der sich das ausgedacht hat.*

*Aber Tullier –*

*Die letzte Nacht ist vorbei.* Die Sharif stand auf und spritzte sich Wasser ins Gesicht und über die Arme. Man konnte ihr ansehen, wie viel Vergnügen ihr dieser einfache Vorgang bereitete.

*Du hattest gute Gründe, das Risiko einzugehen. Ihr habt beide dabei etwas gewonnen und etwas verloren. Wir holen Tullier raus, wir holen deinen Martin raus. Aber hinterher bringt ihr mich zurück nach Ardain, und dieses Ding – die Idee – nehme ich mit.*

Zum ersten Mal an diesem Vormittag musste Gaultry lächeln. Je besser sich die Sharif erholte, desto mehr kamen ihre Intensität und ihre Wissbegier, die Gaultry so zu ihr hingezogen hatten, wieder zum Vorschein. Und sie hatte Recht:Es brachte sie nicht weiter, immer wieder über die Fehler der vergangenen Nacht nachzudenken. Sich über die Konstruktion einer Wasserpumpe den Kopf zu zerbrechen, lohnte sich für eine Frau, die darauf hoffte, eines Tages in ihre Wüstenheimat zurückzukehren, allemal mehr.

*In Tielmark,* meinte Gaultry, *kann dir ein Pumpenmacher alles beibringen, was du wissen willst. Das verspreche ich dir. Aber bei allen Göttern – ich bin hin- und hergerissen. Ich muss Martin Stalker sicher nach Tielmark zurückbringen, das bin ich meinem Land schuldig. Diese Mission darf ich nicht aufs Spiel setzen. Aber Tullier kann ich auch nicht einfach im Stich lassen.*

Die Sharif nickte. »Tullier sein dein Mann. Du lassen Mann im Stich, die Götter dir nicht vergessen. Wie bei mir in der Schlacht.«

»Mein Mitstreiter«, verbesserte Gaultry gereizt und warf ihre Hose in das Spülbecken. »Ich kann meinen Mitstreiter nicht im Stich lassen.« Den Unterschied konnte die Sharif natürlich nicht nachvollziehen. Sie merkte nur an Gaultrys Tonfall, dass etwas nicht stimmte.

»Gotri«, sagte sie und lächelte besorgt. »Du sagen, ich ausruhen. Jetzt du auch ausruhen.«*Mach dir nicht soviel Sorgen,* fügte sie noch hinzu. *Die Häuptlingsfrau, die dich hergeschickt hat – vertraut deiner Entscheidungskraft. Erweise dich ihres Vertrauens würdig und trau dir selbst.*

Gaultry verzog das Gesicht und schlug die Hose noch wütender aus. Wenn es doch bloß so einfach wäre.

Als der Tuchmacher merkte, was sie wollten, war er entsetzt. »Bis morgen?«, rief er aus. »Unmöglich!«

»Ihr versteht nicht, was wir meinen«, sagte Gaultry. »Im Übrigen können wir eine Sicherheit hinterlegen.«

»So?« Die Augen des Mannes funkelten begehrlich. Es waren harte Zeiten. »Was für eine Sicherheit?«

Gaultry nickte der Sharif zu, und die hochgewachsene Frau griff in ihr Mieder und warf eine prallgefüllte Geldbörse auf den gepolsterten Tisch, der dem Manne als Werkbank diente. *Das musst du machen*, hatte sie der Sharif gesagt, als sie ihren Plan besprochen hatten. *Sonst merkt er etwas.*

Der Tuchmacher zupfte an der Schnur des Säckchens und schüttelte den Inhalt aus. Die Münzen blitzten auf wie lauter winzige goldene Sonnen, während sie auf der weichen Decke umherrollten.

Gaultry musste sich abwenden. Sie wagte es gar nicht, sich ihr Werk anzusehen, jetzt, da sie nur über eine halbe *Glamour*-Seele verfügte und ihre Zauberkräfte nur noch ein matter Abglanz dessen waren, was sie früher zuwege gebracht hatte. Sicher hatte sie es mit der Farbe übertrieben, mit der sie die Silbermünzen überzogen hatte. Sie und die Sharif hatten zuerst geschwankt zwischen der Möglichkeit, die anderen Waschfrauen zu bestehlen, und dieser Variante. Nun war sie auf einmal überzeugt, dass sie die falsche Wahl getroffen hatten. Dieser Mann, der seine Kunden tagtäglich mit den Attributen der feinen Gesellschaft ausstattete, die diese sich eigentlich gar nicht leisten konnten, würde sicher jeden Trick durchschauen. Nie und nimmer würde er auf die falschen Münzen hereinfallen.

»Was ist das für Geld?«, fragte er jetzt.

»Chaudukisches Gold«, erwiderte die Sharif. »Noch nie gesehen?«

»Sollte ich?«

»Vielleicht«, meinte die Sharif spöttisch und baute sich respektheischend vor ihm auf. Der Mann machte einen Schritt rückwärts. Die Sharif grinste frech und entblößte dabei ihre makellosen weißen Zähne. Dann nahm sie eine der Münzen und biss sie in der Mitte durch. Es sah so einfach aus, als wäre das Stück wirklich aus weichem Gold. Sie warf die beiden Hälften wieder auf den Tisch und fixierte den Tuchmacher mit einem belustigten Blick. »Seht Ihr?«, meinte sie und zeigte auf die Bruchkanten, an denen sich die goldene Farbe durch das gesamte Metall zog.

Sie hatten sechs Silberlinge verdorben, bis es ihnen endlich gelungen war.

Und den halben Vormittag damit verbracht, die Sharif auf ihre Rolle vorzubereiten.

»Viel zu viel für ein paar Kleider. Aber wenn uns Rest nicht freiwillig zurückgeben, Ihr werdet bereuen.« Sie trat zurück und ließ dem Tuchmacher wieder etwas mehr Platz.

Gaultry beneidete sie um ihre Fähigkeit, selbst bei ihrem Gestammel in einer fremden Sprache auf andere immer noch stolz und furchterregend zu wirken.

»Nicht zu viel, wenn Ihr mir die Ware verderbt.« Der Mann schniefte pikiert und nahm die beiden Hälften in die Hand, um sie genauer zu betrachten. Nachdem er sie eine Weile in den Fingern hin- und hergedreht hatte, stopfte er sie zusammen mit den restlichen Münzen gierig in das Säckchen zurück.

»So ist es gut«, meinte Gaultry ein wenig voreilig, drehte sich um und nickte der Sharif zu. Sofort biss sie sich auf die Lippen und fügte schnell hinzu: »Findest du nicht?«

»Erstmal sehen, was er uns bringen.« Verglichen mit Gaultrys Nervosität war die Sharif unerträglich langsam und entspannt. »Dann vielleicht gut.«

Das dürre Bürschchen blickte abwägend zwischen den beiden hin und her. Dann nickte er der Sharif bedächtig zu. »Ich will sehen, was sich machen lässt«, sagte er vorsichtig.

Als Gaultry den Festsaal in Prathe Lendras Villa zum ersten Mal gesehen hatte, waren ihr seine Ausmaße vollkommen übertrieben erschienen. Jetzt, wo sie dort in der Menschenmenge eingekeilt stand zwischen kichernden Frauenzimmern und den Soldaten aus der Ehrengarde irgendeines Bissantiner Fürsten, stellte sie fest, dass der Platz gerade eben ausreichte oder dass es zumindest so aussehen sollte. Die Streifen aus Metallfolie, über die sie am Abend zuvor mit Tullier gestolpert war, wanden sich jetzt um jeden Pfeiler und jede Marmorbalustrade und hingen unter der Saaldecke wie ein gigantisches funkelndes Spinnennetz, das zehnfach das Licht jeder einzelnen Kerze zurückwarf. Es war, als stünden sie unter einem schimmernden Zelt.

*Du musst auch lachen!* sagte die Sharif an ihrer Seite. *Und fröhlich aussehen wie die anderen.*

*»Ha, ha!«*, machte Gaultry grimmig. *»Ha ha ha.« Denk dran, hier nichts in den Mund zu stecken! Es kann gut sein, dass alles vergiftet oder mit Drogen versetzt ist.*

Die Sharif, in schlichtes Grau gewandet, hatte ihr kurzgeschnittenes Haar unter einer schwarzen Perücke versteckt, die pomadisiert und zu langen Kavalierslocken eingedreht war, und wirkte mindestens ebenso männlich wie die Hälfte der jungen Edelleute, die sich in der Menschenmenge um sie herum drängten. Gaultry fand, dass sie ganz fabelhaft aussah, und mit dieser Meinung stand sie offensichtlich nicht allein da, denn die stattliche Ardanäerin zog immer wieder verstohlene Blicke auf sich. In ihrer Miene lag eine Respekt einflößende Kühnheit, die das schlichte Gewand adelte, und niemand wäre auf die Idee gekommen, dass sie sich gerade erst von einer vierwöchigen Gefangenschaft auf einem Sklavenschiff erholt hatte.

Gaultry, mit einer schwereren Rosshaarperücke auf dem Kopf und einer kirschroten Robe über einem lächerlichen weißen Tüllunterrock – eine Ausstattung, die sie sich bei dem Tuchmacher aus zwei verschiedenen Garnituren zusammengestoppelt hatte – flatterte wie ein verschrecktes Huhn. Sie hatte das Gefühl, dass ihr Aufzug im Gegensatz zu dem der Sharif ein Fehlgriff war. Sie würde aus dem Rahmen fallen, und das nicht im besten Sinne, denn es erschien ihr hoffnungslos, sich die dazu passenden affektierten Manieren zuzulegen. Weder vermochte sie die steifen Bewegungen der Bissantiner Edeldamen anzunehmen noch die einstudierte Apathie ihrer diversen Begleiter. Der Tuchmacher hatte ihr einen bemalten Fächer gegeben, den sie nicht richtig zu halten verstand, und eine kleine Halbmaske an einem Stab, die ihr jetzt schon lästig war. Ihre Füße steckten in viel zu engen zerbrechlichen Pantöffelchen, die ihr die Zehen einquetschten.

Und zu allem Überfluss befand sie sich hier schließlich in Prathe Lendras Haus. Sie erinnerte sich nur zu genau an den eiskalten, zynischen Blick dieses Mannes und fürchtete, er würde sie auch in diesem albernen Aufzug erkennen.

Die Sharif stieß sie an. *Mach nicht so ein Gesicht!*

»Lass uns rübergehen zur Treppe!«, schlug Gaultry vor. »Da ist nicht so ein Gedränge.«

Auf den ersten Blick hatte die festlich gekleidete Menge wie bunt durcheinandergewürfelt ausgesehen. Doch dann merkte Gaultry, dass es hier ein klares Schema gab. Am Fuße der großen Freitreppe, die in den Saal hinabführte – und über die sie sich mit Tullier auf die Galerie geflüchtet hatte, als das Verhängnis über sie hereingebrochen war – herrschte eine unsichtbare gesellschaftliche Abgrenzung gegenüber der Galerie und den Vergnügungsräumen. Oben spielte irgendwo Musik, und Lachen drang zu ihnen herab, das viel lustiger und verlockender wirkte, als die drangvolle Enge in dem riesigen Festsaal. Doch auf den untersten Stufen waren Wächter postiert, die etwaige Übertritte höflich und wenn nötig mit Nachdruck verhindern sollten. Die Öffentlichkeit, so schien es, durfte sich lediglich in der unteren Etage amüsieren, während ihr der Zutritt zu den weiteren Bereichen des Hauses nicht gestattet war. Gaultry sank der Mut. Wenn alle Türen so gut bewacht wurden, dann war ihre ganze Vorbereitung auf diese Gelegenheit, in die Villa zu gelangen, Zeitverschwendung gewesen.

Es war ihnen nicht schwergefallen, herauszufinden, dass Prathe Lendra zu Ehren der Sciuttari-Geburtstage ein Fest geben würde. Seine eigenen Anspielungen in der vorausgegangenen Nacht hatten sich leicht bestätigen lassen. Von diesem Augenblick an war klar gewesen, dass sie die Gelegenheit nutzen mussten, um herauszufinden, wo Tullier steckte. Denn sie wussten, dass er sich noch in der Villa befand. Prathe Lendra hatte ihn nicht fortgeschafft und – den Großen Zwillingen sei Dank – auch noch nicht hinrichten lassen. An diesem Nachmittag hatte Gaultry zur Jägerin gebetet und schließlich alle Vorbehalte fallenlassen und ihre zerrissene *Glamour*-Seele auf die Suche nach ihrer anderen Hälfte geschickt. Es war eine schmerzliche Erfahrung gewesen, die ihr mehr Aufklärung gebracht hatte, als beabsichtigt. Sie hatte lediglich einen kurzen Blick auf den Jungen werfen wollen, um festzustellen, wo er sich aufhielt. Dabei war sie auf die geballte Seelenqual seines geschundenen Innenlebens gestoßen, die sich verzweifelt und dem Wahnsinn nahe an ihre *Glamour*-Seele geklammert hatte wie ein verängstigtes Kind an die Mutterbrust.

Sie hatte keine Ahnung gehabt, dass Tullier so viel Angst in sich trug. Er war ihr vorgekommen wie – bei dem Vergleich war sie innerlich zusammengezuckt – wie der kleinere der beiden Tänzer: so sehr an Schmerz und Angst gewöhnt, dass man ihm kaum etwas davon ansah. Sie hatte an den Händen des Sha Muira gesehen, welche Prüfungen Tullier erlitten – und glücklich überstanden hatte, und es hatte sie ganz krank gemacht. Nur eines hatte ihre Sorge ein wenig gedämpft: Das Stück ihrer *Glamour*-Seele, das noch immer fleißig sein Sha Muira-Gift in sich aufsog, absorbierte gleichzeitig auch seine schlimmste Panik.

Nachdem sie ihn ausfindig gemacht und den Raum gesehen hatte, in dem sie ihn gefangen hielten, hatte sie bestürzt die Verbindung zu ihrer anderen *Glamour*-Seelenhälfte abgebrochen. Schweißgebadet und tief bekümmert war sie wieder zu sich gekommen, und sie hatte sich gewünscht, sie hätte vorher gewusst, wie verletzlich er war.

»Gotri!« Die Sharif stieß sie an. »Da!«

Unter einer Arkade an der Seite des Festsaales schenkten Lakaien Getränke aus drei kristallenen Punschschüsseln aus. Ein paar junge Leute hatten gerade aus der ersten getrunken. Zuerst war Gaultry nicht sicher, was die Sharif meinte. Jetzt sah sie, dass die Gruppe übertrieben laut lachte, was offensichtlich auf die Wirkung des Getränkes zurückzuführen war. Das Mädchen leerte sein Glas, dann stieß sie einen kurzen Schrei aus und sank gegen die Schulter ihres Begleiters, dabei hing ihr die Zunge heraus, und bläulicher Speichel lief ihr über die Lippen. Ihr Begleiter, ein hochgewachsener junger Mann mit vornehm grauer Gesichtsfarbe, stieß sie angewidert von sich, und das Mädchen, das jetzt keinen Halt mehr hatte, sackte in sich zusammen. »Werft sie in die Gosse!«, rief der Junge höhnisch, als ein Lakai hinzukam, um sie zu entfernen. »Die taugt höchstens noch für einen von der Stadtwache. Was fällt ihr überhaupt ein, hierher zu kommen?« Die anderen feuerten ihn lachend an.

»Noch eine Runde!«, rief der Bursche jetzt, und ein unangenehmer Ausdruck überschattete sein Gesicht. Er wandte sich wieder den Punschgefäßen zu. »Jetzt das Rote!« Er ging an der ersten Schüssel vorbei zu der zweiten und ließ sich ein Glas einschenken, das er ebenfalls in einem Zug hinunterkippte.

Diesmal schwankte er anschließend, als hätte ihn der Trunk an den Rand seiner Kräfte gebracht. Das musste der Sharif bereits bei der ersten Runde aufgefallen sein. Jetzt lehnte er sich schwer gegen den Tisch und versuchte, sein Gleichgewicht wiederzufinden. Schließlich trat ein wenig Farbe in seine fahlgrauen Wangen, und eine wilde Euphorie durchzuckte ihn. Mit triumphierendem Grinsen richtete er sich wieder auf. Seine Augen glänzten fiebrig. »Cori! Roma! Kommt her!«

Die beiden Burschen, die er beim Namen gerufen hatte, warfen ihm mürrische Blicke zu. Widerwillig schüttelten sie den Kopf. »Jetzt noch nicht«, maulte der Dunkelhäutigere. »Wir hatten ja gerade erst von dem Blauen. Gehen wir erstmal hinauf. Wir brauchen doch –«

»Shirker!« Seine Begleiterin, eine junge Frau mit einem fröhlichen, aber oberflächlichen Lächeln, drängte sich an ihm vorbei und streckte dreist ihren Becher aus. »Wenn du nicht willst, dann nehme ich es!«

Der Schankdiener, ein Mann mit ausdruckslosem Gesicht und nervösen Händen, reichte ihr ein randvolles Glas mit leuchtend rotem Inhalt. Sie nahm es schwungvoll an sich, doch ihr Lächeln wirkte leicht verkrampft. Als sie energisch den Kopf in den Nacken legte, um es auszutrinken, durchfuhr ihre Begleiter ein erwartungsvoller Schauer. Sie war sehr hübsch, sehr vergnügt und trug ein kostbares smaragdgrünes Kleid. Ihre Haut war so weiß, dass an ihren Schläfen, ihrem Hals und ihren schlanken Händen blaue Äderchen hindurchschimmerten. Der Punsch sah beinahe wie Blut aus, als sie jetzt das Glas an die Lippen setzte, um es in einem Zug auszutrinken.

Lachend hielt sie das leere Glas hoch und drehte es über ihrem Kopf um, sodass alle sehen konnten, dass kein Tropfen mehr übrig war. Die anderen klatschten Beifall. Aber sie hatte noch immer nicht genug.

»Claudi hat seine Freundin verloren«, meinte sie und drehte sich wieder zu ihrem Begleiter um. »Aber er wird bestimmt nicht lange allein bleiben.« Sie lächelte noch immer ihr hübsches, vergnügtes Lächeln, aber ihre Augen waren grausam.

Der dunkelhäutige Bursche erwiderte ihr Lächeln ziemlich selbstbewusst, aber sein Blick irrte nervös zu den anderen hinüber, um ihre Reaktion abzuschätzen.

Sie warteten ungerührt ab.

Da fand er sich mit dem Unvermeidlichen ab und hielt sein leeres Glas ebenfalls dem Schankdiener hin.

»Llara behüte dich, Scalia!«, sagte er und trank es kurz entschlossen aus.

Im nächsten Augenblick schoss ihm das Blut ins Gesicht, und er krümmte sich und hielt sich den Bauch. Was auch immer in dem Getränk enthalten war, er vertrug es jedenfalls nicht. Um ihn herum wichen die Leute zurück. Alles grinste hämisch und starrte spöttisch auf den Unglücklichen, dessen Verlegenheit und Demütigung damit zum öffentlichen Amüsement geriet.

Am meisten missfiel Gaultry die Reaktion seiner Begleiterin. Die sah den Anführer der Gruppe, der zuvor die anderen zum Trinken aufgefordert hatte, mit ihren dunklen Kulleraugen abschätzend an. Einen Moment lang herrschte Schweigen. Dann bot ihr der Bursche seinen Arm. An der Spitze der anderen stolzierte das neue Zecherpärchen sodann an Gaultry und der Sharif vorbei zum Fuße der Treppe hinüber, wo sie der Lakai mit einem kleinen Kratzfuß begrüßte, ihnen die Gläser abnahm und sie an sich vorbeikomplimentierte. Gaultry betrachtete ihre strahlenden Gesichter, als sie die Stufen erklommen. Die Wirkung des Punsches berauschte sie so sehr, dass sie ihren unglücklichen Gefährten bereits vergessen hatten. Vielleicht waren sie aber auch von Natur aus so kaltschnäuzig, jedenfalls existierte er für sie gar nicht mehr. Sie sahen nicht, wie hinter ihnen ein Diener den Zusammengebrochenen vom Punschtisch wegzerrte, um die Nachfolgenden nicht zu belästigen.

Nun betrachtete Gaultry die drei Schüsseln mit anderen Augen. Ganz gleich, wie überzeugend oder unglaubwürdig sie und die Sharif aussahen, man würde sie nicht eher die Treppe hinauf lassen, bevor sie nicht vor den Augen der Wachtposten ein Glas gelehrt hätten.

Als sie einen Seitenblick auf die Sharif warf, sah sie, dass diese zu derselben Schlussfolgerung gelangt war. *Wir müssen so tun, als ob*, sagte Gaultry. *Es gibt keine andere Möglichkeit. Vielleicht ist es auch schon zu spät.*

Tatsächlich war die erste Punschschüssel, von der Gaultry annahm, dass sie am wenigsten von den giftigen Substanzen enthielte, inzwischen fast leer.

Je länger sie warteten, desto geringer wurde die Chance, noch etwas abzubekommen, das sie vertragen konnten. Unterdessen trank ein elegantes Paar, ein Mann und eine Frau, von dem schwächsten Punsch und wurde daraufhin prompt unter Zuckungen hinausgetragen.

»Parvenüs!«, meinte eine fette Dame, die jetzt mit ihrem Begleiter an Gaultry und der Sharif vorbei die Treppe hinaufstieg. Ihre Wurstfinger umklammerten den Stiel eines Glases mit rotem Bodensatz. »Ich wundere mich, dass Prathe sie überhaupt eingeladen hat.«

»Möchtet Ihr ein Gläschen, Lady Gaultry?«

Gaultry erstarrte. Sie kannte diese Stimme. Wenn die Sharif ihr nicht zuvorgekommen wäre und nach ihrem Arm gegriffen hätte, wäre sie vor Schreck Hals über Kopf davongestürzt.

»Lord Issachar Dan«, sagte sie und schluckte den Schrecken herunter, so gut es ging. Der Mann war ein wahrer Albtraum: finster, schlank wie ein Windhund, mit gezackten Narben auf den Wangen und einem sadistischen Funkeln in den Augen. Er war der ranghöchste Beamte, den die Bissantiner seinerzeit nach Tielmark geschickt hatten, um den Kanzler Heiratikus bei seinen Intrigen gegen den Prinzenthron zu unterstützen. Die beiden hatten versucht, Mervion ihrer Seele zu berauben und sie dazu zu bringen, den Prinzen zu übertölpeln. Gaultry hatte es geschafft, sich nicht entseelen zu lassen – aber seiner animalischen Grausamkeit, mit der er versucht hatte, ihren Widerstand zu brechen, war sie nicht entkommen. Und die Narben, die sein Angriff hinterlassen hatte, waren erst notdürftig verheilt. Als sie ihn jetzt ansah, sträubten sich ihre Nackenhärchen.

Er war nur mit dem Leben davongekommen, weil sie Erbarmen gezeigt hatte. Wenn sie jetzt Angst vor ihm hatte, so durfte sie es sich jedenfalls nicht anmerken lassen. Seine dunklen Augen hefteten sich auf sie, wachsam, neugierig, aber es waren die Augen eines Raubtiers, das noch nicht soweit war, zuzuschlagen.

»Was macht Ihr hier?«, fragte sie ihn.

»Das könnte ich Euch auch fragen. Hier, nehmt mein Glas. Ich hole mir ein anderes«, sagte er und war verschwunden, ehe sie sich versah.

»Nicht weglaufen!«, sagte die Sharif, die sah, wie sich Panik auf Gaultrys Gesicht ausbreitete. »Nicht jetzt.«

»Es ist aus«, sagte diese. »Wenn er hier ist, dann ist alles aus.«

Issachar stach selbst unter den auffallenden Bissantiner Edelleuten noch hervor. Auch wenn die herausgeputzte Masse um sie herum verschlagen und gewalttätig war, so hatte sie doch etwas Feiges, Kleinmütiges an sich, das sie dazu veranlasste, sich ständig aufzuspielen. Issachar hingegen verschwendete seine Energie nicht mit leerer Schaumschlägerei. Er handelte und machte dabei keinen Hehl aus seinen Triumphen. Und dann schritt er gleich zur nächsten Tat.

Während er nach einem neuen Glas anstand, erlagen zwei weitere Unglücksraben der vernichtenden Wirkung ihres Getränks und wurden erbarmungslos fortgezerrt. Die Schüssel mit der blauen Flüssigkeit war jetzt leer.

Issachar stand da, mit seiner unnatürlich fahlen Pergamenthaut, die sich straff über die Muskelpakete spannte, das Gesicht unter dem schwarzen Haarschopf von Ritualnarben entstellt, und wartete auf ein neues Glas Punsch. Seine primitive, archaische Erscheinung wirkte völlig deplatziert zwischen all den gekünstelten Städtern. Aber der Unterschied zwischen ihm und seiner Umgebung war viel elementarer, wie Gaultry wusste.

»Er sieht aus wie ein Mensch, aber was ihn bewegt, ist keine menschliche Seele«, murmelte Gaultry vor sich hin. »Irgendjemand hat seine Seele gespalten und mit dem Instinkt eines Falken zusammengefügt.« In gewisser Weise war seine Brutalität so unschuldig wie die natürlichen Impulse eines Raubvogels. »Seine Seele ist ein Verbrechen an der göttlichen Schöpfung –« Eine Erinnerung stieg in ihr auf. Und plötzlich wurde ihr klar, dass hier der Kernpunkt lag, der ihr manches erklären würde. Die Lösung eines Rätsels, dessen sie sich noch gar nicht bewusst gewesen war.

Die Sharif rüttelte an ihrem Ellbogen. »Wer das sein?«, sagte sie unbeholfen. »Wer das sein?«

Die kurze Eingebung zerstob. »Wer es ist?« Gaultry, die merkte, dass die andere kaum etwas verstanden hatte, versuchte, Bilder von ihren Erlebnissen mit Issachar heraufzubeschwören und auf die Sharif zu übertrgen: *Bilder von Sturm, Donner und Regen. Issachar, der ihr seine Faust in den Bauch hieb, und dann sie selbst, wie sie hilflos wie ein gerissenes Lamm in den Klauen des riesigen Adlers hing – diesen Klauen, die sie erbarmungslos davonzerrten.*

»Er hätte beinahe Tielmarks Thron gestürzt«, sagte sie laut. »Ich konnte es gerade noch verhindern.« Unwillkürlich rieb sie sich den Oberschenkel. Die Wunde, die die Klauen von Gyviere, Issachars Reitadler, dort hinterlassen hatten, hätte sie fast das Bein gekostet.

*Er hat Angst vor dir,* sagte die Sharif. *Im Moment grübelt er gerade darüber nach, was er jetzt tun soll.*

»Wirklich?«, meinte Gaultry. »Ein Mann, der so viele Möglichkeiten hat?« Issachar ging jetzt zu der dritten Schüssel, der erlesenen Kristallschale mit dem stärksten Gebräu. Der Schankdiener dort war eine Frau mit milchigen Augen. Sie nahm ein sauberes Glas, füllte es nach Gewicht und hielt es blind vor sich hin, bis Issachar es ihr aus der Hand nahm. Die tiefrote Flüssigkeit schwappte in dem kristallenen Pokal hin und her.

Ein ehrfürchtiges Raunen ging durch die Menge. Issachar hob das Glas an die Lippen und drehte sich zu Gaultry um. Einen kurzen Augenblick lang trafen sich ihre Blicke, dann flackerte es nervös in seinen Augen, und er schaute wieder weg.

Die Sharif neben ihr lachte lautlos, sodass nur Gaultry es hören konnte. *Sieh ihn dir doch an! Er hat solche Angst vor dir, dass er dir unbedingt seine Stärke beweisen will. Warum sollte er sonst dieses Glas trinken?*

»Er könnte mich zerquetschen«, meinte Gaultry, aufrichtig erstaunt. »Es wäre ja nicht das erste Mal.«

Der finstere Bissantiner bahnte sich jetzt wieder seinen Weg zu ihnen herüber. Das lenkte einige Aufmerksamkeit auf sie, aber wenigstens hatte Gaultry jetzt auch ein Glas in der Hand, sodass sie nicht mehr ganz so auffällig wirkte.

»Warum seid Ihr nach Bassorah gekommen?«, fragte er, und seine düstere, kalte Ausstrahlung jagte ihr einen Schauer über den Rücken. Sie hatte alle Mühe, nicht auf das purpurne Getränk in seiner Hand zu starren und ihr Zittern zu unterdrücken.

»Ich habe zuerst gefragt«, sagte sie leichthin.

»Man hat mich eingeladen«, erwiderte er honigsüß, und sein Tonfall ließ keinen Zweifel daran, dass er dies bei ihr bezweifelte. »Ich bekleide den dritten Rang im Orden des Sturms.« Sein Blick glitt zu einem stämmigen Krieger auf dem Treppenabsatz über ihnen. »Wir sind Llaras Soldaten. Vier von uns sind heute Abend hier. Master Lendra beliebt, der Mutter aller Bissanty öffentlich seine Ehrerbietung zu bezeigen.« Gaultry warf einen neugierigen Blick auf den stämmigen Burschen. Er hatte dieselben gezackten Narben wie Issachar und war ebenfalls in silberverbrämtes Schwarz gekleidet. Aber obwohl er kräftig aussah, konnte er sich nicht mit Issachars unheilverkündender Ausstrahlung messen. Ja, er war so beflissen in das Geplauder irgendeines Prahlhanses vertieft, als käme es ihm gar nicht in den Sinn, dass ihn irgendjemand für das personifizierte Verhängnis halten könnte.

Als sie Isaachar wieder ansah, blitzte der unterbrochene Gedanke noch einmal auf.

Sie hatte immer gedacht, dass der finstere Falkenmensch einzigartig war. Zauberische Mächte hatten seine Seele verstümmelt und ihn zu einem Wesen gemacht, ganz anders, als es die Götter vorgesehen hatten. Er war gefangen zwischen Mensch und Tier und litt entsetzlich darunter. Und es war ihr tröstlich erschienen, dass sein Zustand ein Einzelfall und der Mann, der ihm dies angetan hatte, ein für allemal tot war.

Doch in letzter Zeit hatte sie noch weitere Dinge gesehen, die es darauf abgesehen hatten, die Grenze zwischen Mensch und Tier aufzuheben.

Zum Beispiel die Hirschknaben. Die Vanderive-Knaben in Tielmark, die man dem Prinzen als Festtagsbraten hatte auftischen wollen. Ihre menschlichen Anteile waren so tief verborgen gewesen, dass nicht einmal Dervla, die Hohepriesterin von Tielmark, sie noch aufzuspüren vermochte.

Nun überfiel sie eine erschreckende Erkenntnis: Am Tage von Emieras Fest hatte sie den Zauber spüren können, der die beiden Kinder verwandelt hatte, denn er ähnelte in seiner Art dem Bann, von dem sie Issachar befreit hatte. Und nicht nur diesem. Es war dieselbe Kraft, die auch den Prinzen und Mervion in ihren Bann geschlagen und zu hilflosen Schachfiguren im Spiel um Tielmarks Thron gemacht hatte.

Diese Verbindung war ihr bisher entgangen, denn sie war sich sicher gewesen, dass Heiratikus, der frühere Kanzler von Tielmark, die Verantwortung für diesen Spuk trug – und Heiratikus war tot.

Nun aber wurde ihr alles klar. Wer auch immer die Körper der beiden Knaben geschändet hatte, indem er die Tiergeister an ihre Seelen gebunden und ihre nackten Leichname verwandelt hatte, musste in irgendeiner Verbindung zu Heiratikus gestanden haben. Dieser Hexer hatte den Kanzler nur für seine Zwecke benutzt. Ohne Zweifel hatte er ihn wegen seines Hexenblutes für diese Aufgabe ausgewählt. Die Bissantiner hätten keinen der ihren mitten ins Herz von Tielmark platzieren können, ohne unerwünschten Argwohn zu erregen. Heiratikus aber hatte seine ausgeliehene Macht nicht überzeugend genug ausüben können. Er hatte es nicht geschafft, Gaultry in die Falle zu locken, und das hatte seine Pläne zum Scheitern verurteilt.

Dafür konnte sie den Großen Zwillingen nur dankbar sein – dass sie ihr genügend Kraft verliehen hatten, die gefährlichen Tage zu überstehen, als ihre *Glamour*-Seele sich geöffnet und sie mit Kräften konfrontiert hatte, die sie noch gar nicht beherrschte. Ein neuer beängstigender Gedanke durchfuhr sie. Wenn sie schon die mittelbare Macht dieses Hexers an den Rand des Verderbens gebracht hatte, wie musste es dann sein, ihm direkt gegenüber zu stehen?

»Ihr seid mir noch etwas schuldig«, sagte sie und schaute den finsteren Fürsten herausfordernd an.

»Nicht allzu viel«, gab er zurück.

»Ich verlange auch nicht viel«, erwiderte sie. »Nur den Namen des Magiers, der den Bann verhängt hat.«

»Ihr seid sehr von Euch überzeugt«, meinte Issachar. »Da kann man nichts machen.«

»Die Götter nennen das Tapferkeit.« Sie hielt seinen Blick fest. »Sie haben es mir ins Gesicht gesagt«, erinnerte sie ihn.

»Davon habt Ihr auch nicht viel. Die Götter mischen sich nicht oft ein«, entgegnete er. »Menschen können ihre eigenen Wege gehen. Und Kaiserreiche auch. Andererseits, warum sollte die Göttin des Sturmes und Himmelsfeuers das hier zulassen?« Er schüttete den Inhalt seines Glases herunter und hielt sich schwankend am Treppengeländer fest. Das purpurne Gebräu gelangte schnell in seinen Magen. Nach seinem Gesichtsausdruck zu schließen, musste es mehr als scheußlich sein. Er schluckte krampfhaft. Einen Augenblick lang trat ein menschlicher Farbton in sein Gesicht, der in grässlichem Kontrast zu seiner aschfahlen Haut stand. Dann wischte er sich, schon sichtlich erholt, über den Mund. Seine dunklen Augen flackerten fiebrig. Der Schmerz war vorüber. Euphorie stieg für Augenblicke in ihm auf, erhitzte seine Frostigkeit und besänftigte das Raubtier.

»Wie heißt der Hexer, der mit menschlichen Seelen sein Spiel treibt?«, versuchte Gaultry den Moment seiner Schwäche zu nutzen. Dabei kümmerte es sie nicht, wer gerade zuhörte. Das hier war zu wichtig, zu entscheidend. »Wer hat Eure Seele auf dem Gewissen, Issachar? Wer hat sie mit einem Falken gepaart? Und selbst diese Seele noch von Eurem Körper getrennt?«

Issachar sah sie scharf an. Die Droge passierte seinen Körper schnell, und die Kälte seiner halben Falkenseele kühlte ihre Wirkung beträchtlich ab. »Ich würde Euch nicht raten, ihm zu nahe zu kommen«, sagte er. »Er ist nicht so eine Memme wie Heiratikus, der an seinen eigenen Kräften gezweifelt hat. Er würde selbst Euch in Stücke reißen.«

»Hat er noch immer Gewalt über Euch?«

»Wenn er wüsste, dass Ihr hier seid, würdet Ihr nicht mehr so einfach da stehen«, versetzte Issachar. »Dann würde ich die Hände um Euren Hals legen und Euch auf Knien zu ihm schleifen. Aber da Ihr den Bissantinern bis jetzt entkommen seid, kennt Ihr ja sicher unsere Gewohnheiten. Wir handeln nicht, bevor wir nicht den ausdrücklichen Befehl erhalten haben.«

Gaultry, die sich unwillkürlich an die Kehle gegriffen hatte, blieb die Antwort erspart, denn jetzt erklang Schellengeläut.

»Der Prinz! Macht Platz für den Prinzen!« Die Menge am Haupteingang des Festsaals stob auseinander, berauschte Edelleute stolperten über ihre eigenen Füße. Dann marschierten acht Gardisten ein, gefolgt von sechs Männern in purpur-goldener Livree, die paarweise auftraten. Dann entstand eine Pause, und die Menge drängte sich irritiert zusammen. Irgendetwas hatte die Ordnung des Aufmarsches durcheinandergebracht.

»Der Pallidon!«, rief ein Mann aufgebracht. »Platz da für den Thronfolger –«

»Halt's Maul!«, fiel ihm ein anderer ins Wort. »Das ist der Seeprinz!«

»Allmächtige Llara!Das sind ja alle beide!«

»Das war noch nie da!«, keuchte Issachar. »Lendra kann sich auf etwas gefasst machen, wenn er sie beide eingeladen hat.«

Hinter ihnen auf der Treppe bewegte sich etwas. Als Gaultry hinaufschaute, trat Prathe Lendra gerade auf den Treppenabsatz hinaus. Sein Gesichtsausdruck war eine Mischung aus Belustigung und Langeweile. »Die rote Schüssel ist fast leer«, sagte er beiläufig zu seinem Haushofmeister, als gäbe es im Augenblick nichts Wichtigeres. Angolis Trier, der neben ihm herstelzte, dienerte beflissen. Im Gegensatz zu Lendra wirkte er äußerst beunruhigt. »Seht zu, dass sie wieder aufgefüllt wird! Wir blamieren uns als Gastgeber, wenn wir den Hoheiten keinen angemessenen Willkommenstrunk anbieten können.«

Trier, kreideweiß im Gesicht, stürzte eilig die Treppe hinunter zu den Punschgefäßen.

Lendra hatte vier Männer im Schlepptau, die ein schmächtiges Bürschchen in prächtiger grünsamtener Livree bewachten.

Tullier. Sein Gesicht war bleich und erschöpft. Die gletschergrünen Augen wirkten riesig. Gaultry, deren zerrissene *Glamour*-Seele einen Luftsprung machte, hatte unwillkürlich einen Schritt vorwärts getan. *Oh, Elianté!* flehte sie aus tiefster Seele, sodass nur die Sharif es hören konnte. *Wie sollen wir ihn jetzt nur in Sicherheit bringen –*

Laute Stimmen hallten durch den Saal. Die beiden Prinzentrosse, die draußen unerwartet aufeinandergeprallt waren, hatten es offensichtlich geschafft, sich über die Reihenfolge ihres Eintritts zu einigen. Zwei Gestalten tauchten im Rahmen der mächtigen Doppeltür auf.

»Ihr hier, Onkel?« Prinz Insequire Pallidonius, der Erste Prinz von Bissanty und Herrscher über Dramcampagna, schlenderte gelangweilt auf die Festgesellschaft zu. Die lässige Pose passte vortrefflich zu seiner jugendlich-unbekümmerten Ausstrahlung. Im Eingang hielt er einen Augenblick inne und gähnte demonstrativ wie eine überdimensionale Katze, dann wischte er sich mit dem goldenen Ärmel über den Mund. Gaultry fand ihn nicht besonders attraktiv, aber der schwarzhaarige Kindmann gab ein Bild ausgesprochener Selbstgefälligkeit ab. »Seid Ihr etwa auch eingeladen?«

»Ich glaube nicht.« Der Seeprinz entließ über den Kopf seines Großneffen hinweg den Rest seines Gefolges, bevor er sich vollends dem jungen Prinzen zuwandte. Er war ein hochgewachsener Mann mit einem wie aus Stein gemeißelten Gesicht und weißem Haar, gut einen Kopf größer als der Kronprinz von Bissanty. »Aber ich dachte, es könnte mir Spaß machen, trotzdem zu kommen.«

Die Stimme war nicht zu verkennen. Gaultry brauchte gar nicht erst Datis hübsches Gesicht neben seiner Schulter zu entdecken, um zu wissen, dass dies der Kapuzenmann vom Vorabend war. Es war dieselbe Stimme, dieselbe überhebliche Art, mit der er sich jetzt über seinen Großneffen hinwegsetzte.

»Aber ich bin sicher, du bist eingeladen«, sagte der Seeprinz. »Prathe ist ein großzügiger Gastgeber, der weiß, was sich gehört.« Er wandte seinen struppigen weißhaarigen Kopf zur Treppe und durchbohrte Prathe Lendra mit einem fragenden Blick.

Als sein Blick Tullier streifte, funkelten seine gletschergrünen Augen einen Augenblick lang zornig, dann sah er wieder zu dem Hausherrn zurück.

Es waren Tulliers Augen. So, wie sie in fünfzig Jahren aussehen würden. Die Feststellung entfachte in Gaultry einen brennenden Schmerz, der sie fast wie eine magische Entladung überrollte. Alles in ihr wehrte sich gegen ihre Entdeckung. Dieser Mann – eines der mächtigsten Mitglieder der kaiserlichen Familie – konnte unmöglich Tulliers Vater sein.

»Lendra!« Dem Kronprinzen war die Gemütsaufwallung des alten Mannes nicht aufgefallen. »Segen über Euer Haus –« Er stand jetzt am Fuße der Treppe, nur wenige Schritte von Gaultry, Issachar und der Sharif entfernt, und wartete auf das Zeichen zum Aufstieg.

»Und über Euch, mein Prinz!« Er machte eine Handbewegung, und sein Haushofmeister drückte dem jungen Prinzen einen kristallenen Pokal in die Hand.

Pallidonius leerte ihn in einem Zuge und gab Trier das Glas mit einem kurzen Kopfnicken zurück. »Wirklich köstlich!«, sagte er und wischte sich den Mund mit dem Handrücken ab. Der Punsch, der selbst Issachar ins Schwanken gebracht hatte, rief bei ihm keinerlei derartige Wirkung hervor. Trier dienerte und schlurfte eilig davon, um den Seeprinzen zu bedienen.

»Also dann, Prathe!« Der Prinz rauschte in einer Wolke aus Goldbrokat die Treppe hinauf. Lendra ging ihm entgegen. Auf halber Höhe trafen sie sich, und Pallidonius küsste seinen Gastgeber überschwänglich auf die Wange und schüttelte ihm die Hand. »Auf das Fest des Belsarius!« Nun konnte Gaultry auch die gelben Streifen auf seiner Stirn erkennen, die sie schon am Morgen bei den Teilnehmern der seltsamen Prozession unten am Fluss beobachtet hatte. Der schmutzige Lehm stand in merkwürdigem Kontrast zu seinen kostbaren Kleidern. »Und darauf, dass Ihr, mit Llaras Segen, der bessere Kaufmann seid!«

Der Angesprochene lächelte, und es war ein aufgesetztes, undurchschaubares Lächeln. »Willkommen in meiner bescheidenen Hütte, Herr meiner Ländereien!«

»Wen versteckt Ihr denn da vor mir?« Der Kronprinz war weder so einfältig noch so unaufmerksam, wie er vorgab. Sein Blick glitt über Lendras Schulter hinweg die Treppe hinauf zu Tullier. Einen Augenblick lang lächelte er noch verbindlich, dann fiel die Maske unvermittelt, und zum Vorschein kam ein Gesicht, so düster und kalt wie der Winter.

»Meine neueste Errungenschaft«, meinte Lendra, ohne mit der Wimper zu zucken, und trat einen Schritt zurück. Seine Stimme war ruhig und sein Gesicht unbekümmert. Gaultry wurde klar, dass er Pallidonius entgegengegangen war, um zu verhindern, dass dieser Tullier und den Seeprinzen zusammen sähe, ein Umstand, den der Kronprinz intuitiv gespürt haben musste.

»Ich will ihn haben!« Der Erstgeborene des Kaisers gab ein Handzeichen, und einer seiner Leibwächter sprang rasch mit gezogenem Schwert an seine Seite.

Lendra stand unbeweglich da und starrte den jungen Prinzen an, während ein Lächeln um seine Mundwinkel spielte. »Da seid Ihr vermutlich nicht der Einzige hier«, meinte er nur.

Langsam drehte sich der Prinz um und sah seinen Großonkel an. »Was sagt Ihr dazu, Onkelchen? Soll Lendra ihn mir geben? Oder habt Ihr bereits Ansprüche angemeldet?«

Der alte Mann antwortete, ohne zu zögern. »Ich? Was soll ich denn mit Kindern anfangen?« Dati, der noch immer an seinem

Rockzipfel hing, schmiegte sich noch enger an seine Schulter und sah den jungen Prinzen vorwurfsvoll an.

»Euer Gesicht sagt etwas anderes«, meinte Pallidonius bissig.

»Wie du willst.« Der Seeprinz wandte sich wieder dem Hausherrn zu. »Ihr könnt ihm das nicht abschlagen, Prathe. Gebt ihm den Jungen!«

Lendra nickte unmerklich, wobei sein Gesicht undurchschaubar blieb. Die Wachen stießen Tullier vorwärts.

Die schmächtige Gestalt taumelte eine Stufe hinab. Er bewegte sich, als stünde er unter Drogen, und schien nichts um sich herum wahrzunehmen. Weder den Seeprinzen noch Gaultry oder die Sharif, auch nicht den Mann in Gold, der vor ihm stand, und den Leibwächter mit dem blitzenden Schwert in der Hand.

»Was hast du zu deiner Verteidigung zu sagen, Junge?«, fragte der Kronprinz und gab dem Soldaten ein Zeichen. Sein Gesichtsausdruck war höchst merkwürdig. Er schien gleichzeitig unschlüssig und wild entschlossen. »Was hast du zu sagen, was mich davon abhalten könnte, dich auf der Stelle zu töten?«

Tullier starrte Pallidonius, der fünf Stufen tiefer stand, benommen an. Er sah ihm an, dass er es ernst meinte, aber er spürte gleichzeitig die Bande, die ihn daran hinderte, zu fliehen oder sich zu wehren. Er reckte sich zu seiner vollen, wenn auch schmächtigen Größe auf.

»Ich bin ein Sha Muira!«, sagte er monoton und stieß einen Fluch in einer unverständlichen, kehligen Sprache aus. Es klang, als würde Metall auf Stein kratzen. »Ich weihe mich dem Tod, wie ich meinen Körper schon zweimal zuvor der Großen Llara geweiht habe. Die über mich wacht! Wer von Euch begleitet mich auf meinem Weg in Llaras Reich?«

Die Menge unten im Saal, deren Sinne vom Rausch verwirrt waren, verfiel in heillose Panik. Der Prinz selbst wich erschrocken zurück und rief nach seinen Leibwächtern.

Nur Gaultry rannte vorwärts. Sie packte Tullier am Ärmel und wollte ihn mit sich fortziehen.

Doch er rührte sich nicht vom Fleck. Seine Füße waren mit einem nagelneuen Zauber an die Treppenstufen geschmiedet.

Sie blickte auf und begegnete dem finsteren Abgrund von Prathe Lendras Augen. Zwar war er zusammen mit den anderen zurückgewichen, doch er hatte keine Angst. Er hatte Tullier bereits einen vollen Tag lang in seiner Gewalt und glaubte wahrscheinlich nicht, dass der Junge ein Sha Muira war. Er stand da und rieb an einem goldenen Armreif an seinem Handgelenk. Einem Armreif aus geflochtenem Draht.

Gaultry, durch die halbe *Glamour*-Seele mit Tullier verbunden, spürte plötzlich ganz deutlich die magische Fessel, die von dem Armreif ausging.

Sie starrte in Lendras selbstsicheres, spöttisches Gesicht, und irgendetwas in ihr riss auf wie ein goldener Blitz. Ihre verwundete *Glamour*-Seele brach aus ihrer Umhüllung, mit der Mervion sie versehen hatte, und griff nach ihrer fehlenden Hälfte. »Tullier!«, hörte sie sich schreien. »Tullier! Sie sollen dich nicht haben! Das lasse ich nicht zu!«

Dann nahm sie ihn in die Arme. In seiner Benommenheit schien er sie nicht zu erkennen, doch er wehrte sich auch nicht. Sein Körper war wie ein lebloses Bündel. Die entfesselte Hälfte ihrer *Glamour*-Seele suchte verzweifelt nach einem Eingang. Auf einmal traten die beiden Hälften vorübergehend miteinander in Verbindung. In diesem kurzen Augenblick erwachte ihre ganze *Glamour*-Kraft zum Leben. Sie flammte mit elementarer Gewalt auf und versetzte ihr einen solch heftigen inneren Stoß, dass sie beinahe gestolpert wäre und Tullier fallengelassen hätte. Sie schoss wie eine Furie aus ihr hinaus und walzte Lendras Fessel nieder, als wäre diese ein dünner Grashalm. Sie hatte so lange untätig in ihr geruht, dass sie jetzt Energien freisetzte, die Gaultry kaum zu beherrschen vermochte.

Als sie sich wieder umsah, war jede Kerze, jede Fackel und jede Öllampe in dem riesigen Saal erstickt. Ein dumpfes Grollen stieg zum Gebälk empor. Panische Schreie tobten um sie her. Ihr wurde bewusst, dass sie Tulliers zarten Körper noch immer an sich drückte, dann merkte sie, dass jemand an ihrem Rücken zog. Ihr Kopf schlug gegen das steinerne Treppengeländer.

*Gotri*, vernahm sie die besorgte Stimme der Sharif, deren Hände sie fest umklammert hielten. *Lebst du noch, Gotri? Beim Auge des Andion – was war das?*

»Ich bin am Leben«, sagte Gaultry, und im Dunkeln rannen ihr Tränen übers Gesicht. Die Kälte in ihrem Brustkorb sagte ihr, dass ihr noch immer die andere Hälfte ihrer *Glamour*-Seele fehlte. Mervions Zauber hatte es irgendwie geschafft, den irrwitzigen Kraftausbruch zu überstehen. Tullier besaß noch immer die Hälfte ihrer Zauberkräfte.

»Wo sind wir?«, fragte er jetzt benommen. Man hatte ihn gründlich betäubt, und er konnte sich kaum allein auf den Beinen halten. »Was in Llaras Namen ist passiert?«

# Coda

»Schick ihn rein!«, sagte Prathe Lendra ungnädig. Der Untersekretär verneigte sich tief und eilte davon. Es kam selten vor, dass sein Herr seine Gemütsverfassung so deutlich zur Schau stellte, aber er war unberechenbar, und die Dienstboten sahen sich lieber vor. Nach dem Desaster der vorangegangenen Nacht und der Flucht des jungen Gefangenen – der Kronprinz war außer sich gewesen und hatte das Ganze als gefährlichen Leichtsinn und Pflichtvergessenheit bezeichnet –, war es kein Wunder, dass Lendra übelster Laune war. In der Villa Lendra herrschte Durcheinander, denn man hatte alle Hände voll zu tun, den Flurschaden zu beseitigen, den der panische Aufbruch der fünfhundert Gäste hinterlassen hatte – von den Verlusten durch etliche Souvenirjäger, die die Gunst der Stunde genutzt hatten, ganz zu schweigen. Zwei der kristallenen Punschschalen waren verschwunden, doch Prathe Lendra hatte noch genug Humor, um über die Ironie der Sache zu schmunzeln. Diesen Leuten war der Trunk und damit der Aufstieg in die oberen Gefilde verwehrt worden – und nun hatten sie sich eine bleibende Erinnerung an ihre gesellschaftliche Unzulänglichkeit verschafft.

Lendra erhob sich und ging nachdenklich auf und ab. Der Seeprinz würde in wenigen Minuten bei ihm sein. Mochten die Dienstboten auch darüber klagen, dass er sich mit seinem Arbeitszimmer in den hintersten Winkel des Gebäudes zurückgezogen hatte, in solchen Fällen kam ihm die Entfernung vom Haupteingang immer ausgesprochen entgegen. Dadurch blieb ihm immer noch ein wenig Zeit zum Nachdenken, und darüber hinaus war der lange Marsch durch die prunkvoll eingerichteten Korridore wohl für jeden Gast eine beeindruckende Demonstration seiner Macht.

Er rückte die Ziergegenstände auf seinem Schreibtisch zurecht. Den kleinen Drachen aus Jade, die goldene Kröte mit den Augen aus Rubinen, die erlesene Schnitzerei aus Gallianischem Holz. Alles Erinnerungsstücke an seine Heimat. Geistesabwesend nahm er den Drachen in die Hand und stellte ihn gleich darauf wieder hin, während er versuchte, sich für die bevorstehende Auseinandersetzung zu wappnen. Es war noch früh am Tage, und die Tatsache, dass Siri Caviedo bereits seinen prinzlichen Pfühlen entstiegen war, um Prathe Lendra zur Rede zu stellen, verhieß nichts Gutes. Der Seeprinz war eingebildet, rücksichtslos und bequem und liebte nächtliche Gelage, aber er konnte auch ausgesprochen nachtragend und dickköpfig sein. Lendra musste sich eingestehen, dass er sich aufgrund der Leichtlebigkeit dieses Mannes in Sicherheit gewiegt hatte. Siri Caviedo hatte sich schließlich nicht durch die Regentschaftszeiten dreier Kaiser hindurch auf dem Thron des Seeprinzen gehalten, weil er dumm oder allzu nachgiebig war. Unter der Maske des sinnlichen Genussmenschen verbarg sich eine echte Herrschernatur, von eiskalter Glut durchlodert.

Lendra beschloss, nicht länger solch unliebsamen Gedanken nachzuhängen, und begab sich zum Diwan unter dem Fenster. Über der seidenbespannten Lehne lag eine kirschrote Robe mit einem weißen Tüllunterrock ausgebreitet. Im Schoß des Kleides lag eine Handvoll seltsamer Gold-Silbermünzen – eine davon in zwei Hälften zerbrochen.

Es wäre keine gute Idee, den Prinzen das hier zu Gesicht bekommen zu lassen.

Lendra steckte die Münzen ein, dann nahm er das Kleid und drückte den Stoff an seine Nase. Sie war nicht parfümiert gewesen, diese Jägerin aus Tielmark, aber er konnte sie immer noch riechen. Und sich dabei vorstellen, sie stünde wieder vor ihm.

Als er sie zum ersten Mal gesehen hatte, an jenem Abend im trüben Licht seines Vergnügungsgemaches, hatte er sie und ihren Begleiter nur als undeutliche Umrisse wahrgenommen. Dass die beiden nur versehentlich dort hineingestolpert waren, war ihm sofort klar gewesen, aber er hatte sich so sicher gefühlt, dass er das Spiel noch eine Weile hatte mitspielen wollen. Die Reaktion der Frau hatte ihn köstlich amüsiert. Beim Anblick der beiden Tänzer war sie sichtlich erstarrt. Zwar hatte er ihr Gesicht hinter der Maske nicht sehen können, aber ihre Reaktion war unmissverständlich gewesen. Und er hatte sie für einfältig gehalten und sich gefragt, wie sich so ein Unschuldslamm wohl in sein Haus verirrt haben mochte.

Um sie bloßzustellen, hatte er es darauf angelegt, ihrem verhüllten Blick zu begegnen. Es war der Blick eines wütenden, gehetzten Tieres gewesen, der ihn getroffen hatte, kurz bevor sie davongelaufen war. Und dieser hypnotische Katzenblick hatte ihn einen Moment lang zum Gejagten gemacht wie einen in die Enge getriebenen Vogel. Sobald sie fort war, hatte sich dieses Gefühl allerdings gelegt, und er hatte dummerweise nicht weiter darüber nachgedacht.

Als man ihm später den Jungen gebracht hatte, war er voreiligerweise überzeugt gewesen, zu wissen, warum die beiden sich in seinen Hoheitsbereich vorgewagt hatten. Ein Blick in die gletschergrünen, vor Stolz und Zorn flackernden Augen und das schmale Gesicht mit den hohen Wangenknochen hatte ihm verraten, dass es sich bei diesem Jungen um den des Seeprinzen handelte. Die Ähnlichkeit war unverkennbar. Siri Caviedo war am selben Abend zu ihm gekommen, um ihn zu überreden, ihm sein Spionagenetz zur Verfügung zu stellen, um herauszufinden, wo sich der Junge aufhielt, und ihn tot oder lebendig zurückzubringen. Prathe Lendra hatte dieses zufällige Zusammentreffen für einen ausgeklügelten Plan gehalten und angenommen, der Junge wäre in sein Haus gekommen, um auf diese Weise wieder mit seinem Vater vereint zu werden – ein gefährliches Unternehmen, aber so hätte der Kaiser höchstwahrscheinlich keinen Wind davon bekommen.

Der unglaubliche Zufall, dass der Junge Prathe Lendra in die Hände gefallen war, noch bevor er an der Seite seines Vaters in Sicherheit gewesen wäre, hatte bei diesem jeden Gedanken an dessen Begleiterin ausgelöscht, die er lediglich für eine gedungene Untergebene gehalten hatte. Es war von Anfang an klar gewesen, dass der Junge nichts von seiner Herkunft ahnte – er hatte sich in keiner Weise auf seine kaiserlichen Privilegien berufen. Und noch merkwürdiger war, dass er, um sich Lendras Inquisition zu entziehen, behauptet hatte, ein Sha Muira zu sein. Lendra hatte ihm diese Behauptung nicht abgenommen, da der Junge gesund und munter war und weder ein Sha Muira-Amulett trug noch ein Halsband, um die Wirkung des göttlichen Giftes zu unterdrücken, das sich, wäre er ein Sha Muira, mit Sicherheit in seinem Körper befunden hätte.

Rückblickend musste sich Prathe Lendra jetzt sagen, dass er sich getäuscht hatte in seiner Annahme, der Junge wäre eigens zu ihm geschickt worden, um sich unter den Schutz des Seeprinzen zu begeben, auch wenn er nichts von seiner Herkunft wusste. Die Sha Muira-Geschichte hatte er lediglich für einen verzweifelten Versuch des Jungen gehalten, Zeit zu gewinnen bis zum Eintreffen des Seeprinzen.

Nun aber sah er klar. Dieser Junge war tatsächlich ein Sha Muira, und zwar derjenige, den der Kaiser höchstselbst nach Tielmark hatte verschiffen lassen. Als Lendra damals den Befehl auf dem Schreibtisch gehabt hatte, war er ihm merkwürdig vorgekommen, aber jetzt ergab das Ganze einen Sinn. Der Kaiser hatte – Llara mochte wissen, auf welche Weise – von der Existenz des Jungen erfahren und ihn kurzerhand auf diese tödliche Mission geschickt. Auf diesem Wege hätte er zwei Fliegen mit einer Klappe geschlagen, sinnierte Lendra. Er hätte in Tielmark für neuen Unfrieden gesorgt und sich gleichzeitig eines potentiellen Thronanwärters entledigt. Sciuttarus musste das für einen todsicheren Plan gehalten haben. Die Sha Muira waren ihm ergeben. Wenn er von ihnen verlangte, einen ihrer Zöglinge im Stich zu lassen, so würden sie seiner Anordnung, ohne mit der Wimper zu zucken, Folge leisten.

Wenn es geklappt hätte, wäre der Junge im Verlauf einer Mission der Sha Muira zu Tode gekommen oder irgendwo zurückgelassen worden, von wo aus es ihm unmöglich gewesen wäre, rechtzeitig auf die Insel der Sha Muira zurückzukehren, um die Perlen seiner lebensrettenden Gebetskette zu erneuern. Und der Seeprinz hätte daraus niemandem einen Vorwurf machen können außer sich selbst, denn er hatte den Jungen aus Sicherheitsgründen zu den Sha Muira verbannt und ihn damit den Gefahren solcher Unternehmungen ausgesetzt.

Der fatale Irrtum des Kaisers – den er wohl kaum vorausgesehen haben konnte – hatte darin bestanden, den Jungen ausgerechnet nach Tielmark zu schicken, wo er der einzigen Zauberin der Welt begegnet war, die seine Sha Muira-Fesseln sprengen konnte, ohne ihn damit umzubringen. Irgendwie musste er es geschafft haben, sie zu überreden – Lendra konnte sich kaum vorstellen, was er ihr als Gegengabe für seine Freiheit versprochen hatte –, mit ihrer *Glamour*-Kraft das Sha Muira-Gift in seinem Körper zu vernichten.

Es war ihm ein Rätsel. Was konnte der Junge, der nichts von seinem Erbe wusste, dieser *Glamour*-Hexe für ihre Hilfe versprochen haben? Vielleicht war sie ja eine Hellseherin und hatte irgendwie seine Zukunft vorausgesehen?

Oder war sie womöglich gar nicht so mächtig, und er hatte sie dazu gezwungen, ihm zu helfen? Nein – das war eine vergebliche Hoffnung. Sie kannte ihre Kräfte genau. Er rieb sich das Handgelenk. Gestern Nacht hätte er sich seines Armreifs beinahe nicht mehr rechtzeitig entledigen können. Sie hatte die Fessel, mit der er den Jungen so mühsam belegt hatte, mit solcher Leichtigkeit gesprengt. Der Armreif war zusammen mit seinem Zauber zerstört worden.

Gaultry Blas. Die Frau mit der *Glamour*-Seele. Der Name ging ihm leicht über die Zunge. Er machte ein wenig Platz in der Zedernholztruhe neben seinem Schreibtisch und faltete das Kleid ordentlich zusammen, ehe er es hineinlegte. Er war nicht immer ein reicher Mann gewesen und konnte Unachtsamkeit selbst so geringfügigen Dingen wie diesem Kleid gegenüber nicht ertragen.

Der Gedanke an die junge Hexe beruhigte ihn. Er steckte die Hand in die Tasche und klimperte mit den Münzen, dabei wurde ihm die Ironie bewusst, die darin lag, dass die erste Frau in der dreihundertjährigen Geschichte des erbärmlichen Bissantinerreiches, der die Kraft im Blut lag, es mit den Göttern aufzunehmen, zu solchen Taschenspielertricks gegriffen hatte. Die Kräfte, die sie in der vorangegangenen Nacht entfesselt hatte, um den magischen Panzer des Jungen zu durchbrechen und den Festsaal im Handumdrehen in ein Schlachtfeld zu verwandeln, waren unvorstellbar. Dieses Kleid aber – Lendra musste schmunzeln. Es beantwortete ihm wenigstens eine Frage. Wenn sie sein Haus in diesem Kleid betreten hatte, konnte sie das Ausmaß ihrer magischen Käfte jedenfalls noch nicht vollkommen begriffen haben. Der billige Samt war am Saum und an den Kanten bereits durchgescheuert.

Er würde ihr ein neues Kleid anfertigen lassen. Er sah es genau vor sich. Nicht rot. Er lächelte in sich hinein. Kein Rot, kein Blau, kein Purpur, sondern ein tiefes Waldesgrün, als Symbol ihrer Herkunft und ihres ungezähmten Geistes. Waldgrün, und das Unterkleid müsste hauchdünn sein wie Spinnenfäden –

»Master Lendra!«

»Euer Hochwohlgeboren! Was verschafft mir die Ehre Eures Besuches?« Lendra trat rasch hinter seinen Schreibtisch und fuhr mit den Fingern über die glatte Lederkante.

»Ich will meinen Jungen abholen.« Der alte Mann in der imposanten blau-silbernen Uniform ließ sich mit anmutigem Schwung in den freien Sessel fallen, als wäre er um Jahrzehnte jünger. »Und was habt Ihr Euch eigentlich dabei gedacht, ihn gestern abend Pallidonius vorzuführen? Dieser junge Haudegen hätte ihn glatt an Ort und Stelle umgebracht, und Ihr hättet ihn gewähren lassen.«

Prathe Lendra musste schmunzeln. »Ihr wart ja selbst nicht gerade versessen auf ihn, wenn ich mich recht erinnere. *Was soll ich denn mit Kindern anfangen?* Schlauer Fuchs! Hättet Ihr nicht einen solchen Trubel veranstaltet, als Ihr, ihm auf den Fersen, hier ankamt, dann wäre die Sache ganz anders ausgegangen, das versichere ich Euch.«

Der Seeprinz verzog das Gesicht. »Ich wusste schon, dass Ihr etwas im Schilde führt, als Ihr mich und Dati in der vorangegangenen Nacht so sang- und klanglos hinauskomplimentiert habt. Man konnte es förmlich riechen. Ihr seid nicht so geschickt, wie Ihr glaubt, Prathe.«

Dieser neigte den Kopf zum Zeichen, dass er den kleinen Rüffel akzeptierte. In Wirklichkeit war er heilfroh, dass Siri wieder zu der vertraulichen Anrede zurückgekehrt war. Er nahm hinter dem Schreibtisch Platz, zuversichtlich, dass er die Unterhaltung zu seinen Gunsten würde zurechtbiegen können. Immerhin hatte der Seeprinz einen ganzen Tag gebraucht, um sich von seinem Kater zu erholen. Und erst dann hatte er sich auf den Weg gemacht.

»Wer war denn das Kindermädchen?«, fragte dieser jetzt. »Und wo hat sie ihn hingebracht?«

Das Kindermädchen. Lendra nahm den Brieföffner und tippte sich damit an die Zähne. Er sah die Frau aus Tielmark wieder vor sich, wie sie die Treppe hinaufstürmte, mit fliegendem schwarzem Haar – sicher eine Perücke – und weißgepuderter Haut, ihre Augen ein grünes und gelbes Feuerwerk, ihr Gesicht wild entschlossen. Er nahm einen tiefen Atemzug in Erinnerung an die Urgewalt, die sie umgeben und deren sengende Hitze unerbittlich die Fesseln des Jungen gesprengt und jede Kerze im Saal erstickt hatte.

»Das Kindermädchen? Das war Gaultry Blas, die *Glamour*-Hexe aus Tielmark. Habt Ihr Euch nicht gewundert, Euren Sohn am Leben zu sehen, nachdem ihn die Sha Muira seinem Schicksal überlassen hatten?«

»Doch«, sagte der Seeprinz trocken. »Schon wieder Tielmark.

Wird diese Stechfliege uns denn nie in Ruhe lassen? Obwohl – diesmal muss ich wohl dankbar sein. Was glaubt Ihr wohl, was er ihr dafür versprochen hat?«

»Keine Ahnung.«

»Wo hat sie ihn hingebracht?«

»Auch das weiß ich nicht.«

Die Gletscheraugen funkelten. »Diese Antworten gefallen mir nicht, Prathe. Ihr habt das einzige funktionstüchtige Spionagenetz in Bissanty und wollt mir erzählen, Ihr wüsstet nicht, wo sie sind?Das glaube ich nicht.«

Lendra zuckte die Achseln. »Ihr habt ja gesehen, was gestern Abend hier los war. Es wird eine Weile dauern, bis alles aufgeräumt ist. In diesem Durcheinander kann jeder entkommen sein. Natürlich haben meine Vögelchen ein bisschen gesungen. Ich weiß, wo Euer Sohn mit seiner Hexe war, und kann mir vorstellen, wo sie jetzt hingehen.« Außerdem habe ich zwei neue Informanten, dachte er insgeheim. Der arme Schneider, der nur noch sechs Ballen billigen Samtes sein eigen nannte, und die Köchin einer Soldatenfamilie waren heilfroh gewesen, als man ihre Auskünfte mit Silbermünzen belohnt hatte.

»Wohin denn?«

Prathe Lendra sah den Prinzen mit erstaunlicher Gelassenheit an. »Es erstaunt mich wirklich zutiefst«, meinte er mit leisem Spott, »dass Ihr der Vater dieses Jungen seid.«

»So?« Der alte Mann erhob sich unvermittelt und trat ans Fenster. Wie er da so stand, wobei das Morgenlicht den Umriss seines Körpers nachzeichnete, schweifte sein Blick in die Ferne zu Llaras Tempel. Draußen regnete es, und dicke Sturmwolken hingen am Himmel. Die silberne Kuppel schwebte als bloße Silhouette über dem Dunst und Nebel, der von der Stadt aufstieg. »Nun, wahrscheinlich habt Ihr Recht. Ich bin nicht dafür geschaffen, mein Vergnügen im Bett einer Frau zu finden. Das ist allseits bekannt.«

»Wer wäre besser geeignet, ein Kind zu unterschlagen?« Prathe Lendra spielte mit einer der halbierten Münzen in seiner Tasche und dachte wieder an die Frau, die weiche Haut ihrer Arme und an ihr Gesicht.

Der Seeprinz hob die Hand, als wolle er den Tempel in der Ferne umfassen. Dann schüttelte er inbrünstig den Kopf. »Nein, nein. Ich bin nun mal als fünfter Prinz geboren. Das passt zu mir. Mein Vater war kein Mörder – und mein ältester Bruder auch nicht. Sie haben mich gut behandelt und mir beigebracht, sie zu ehren. Ich bin in dem Bewusstsein aufgewachsen, dass ich mein Leben am besten damit verbringen würde, meinem Vergnügen nachzugehen, und dass es mir ein Vergnügen sein sollte, Bissanty zu dienen. Siri Caviedo und ein Kind unterschlagen? Ach nein. Ein Kaiser braucht Söhne, und ich hegte nie den Ehrgeiz, Söhne zu bekommen.«

»Ehrgeiz ist nur ein Grund dafür«, meinte Lendra. Der Seeprinz sagte die Wahrheit. Aber so schnell wollte er sich nicht geschlagen geben. »Es gibt noch andere Gründe.«

»Ihr meint, ich wollte mich an Sciuttarus rächen?« Der alte Mann klang belustigt.

»Luka Pallia hat Euch einen Sohn geboren. Das könnte Euch einen Grund gegeben haben.«

Zwanzig Jahre zuvor war Luka Pallia eine Sensation auf der Bühne des kaiserlichen Hoftheaters gewesen, ein schönes Kind, dessen bizarrer, sowohl Knaben- wie auch Mädchenkörper die Sinne der abgestumpften Bissantiner Hofgesellschaft gereizt hatte. Der Kaiser hatte ihn umbringen lassen, weil er die Unverschämtheit besessen hatte, im selben Jahr das Kind des Seeprinzen zur Welt zu bringen, in dem sein eigener Kronprinz geboren wurde.

Der Seeprinz nickte. »Der arme Junge war eine Missgeburt, und die Große Llara hat meinen Samen stark gemacht.« Er seufzte. »Ich lebe schon lange genug und habe gelernt, dass die Götter die menschliche Natur nicht verstehen. Sie wissen nur, dass sie das Schicksal der Menschen bestimmen können. Genau wie der Kaiser ein Opfer Llaras ist und dem Zwang unterliegt, in jeder Generation in seine Familie ein Abbild Ihres einzigen sterblichen Sohnes hervorzubringen – so ist Luka Ihr zum Opfer gefallen, als Sie ihm seinen Herzenswunsch erfüllte und ihn schwanger werden ließ. Sciuttarus hätte dafür Verständnis aufbringen und meinen armen Jungen in Ruhe lassen sollen. Ich würde eine Menge tun, um ihn dafür zu bestrafen, dass er seine Wut an ihm ausgelassen hat. Aber Ihr vergesst Euch und redet Unsinn. Ich bin ein alter Mann und befinde mich nicht in der Position, Söhne zu unterschlagen. Dieses Wettrennen habe ich längst an meinen Bruder Ighion verloren – Sciuttarus'Vater. In meiner Generation gibt es bereits fünf Söhne. Das Blut der Göttin ist an mir vorbeigegangen. Es ist an Sciuttarus und *seinen* Brüdern, für den nächsten Kaiser zu sorgen, nicht an mir und den meinen.«

»Warum dann dieses Kind?«, fragte Prathe Lendra. »Erzählt mir bloß nicht, Ihr wärt einem zweiten Luka Pallia begegnet. Die Mutter dieses neuen Jungen muss eine Frau gewesen sein.«

Der alte Mann ließ sich wieder in den Sessel fallen. Er wirkte jetzt erschöpft. Schließlich sagte er so leise, dass ihn der andere nur mit Mühe verstehen konnte: »Llara hat mir in Ihrer großen Güte diesen ersten Sohn geschenkt. Ich hatte so etwas nicht gewollt, aber Luka hatte mit seiner ganzen einfältigen Seele dafür gebetet, und die Große Donnergöttin hat sein Flehen erhört. Sciuttarus hätte gut daran getan, die Sache auf sich beruhen zu lassen. Stattdessen hat er Luka vergiften und unseren Sohn kastrieren lassen. Damit hat er gegen Llaras Willen verstoßen.« Die Augen des alten Prinzen waren zornerfüllt – und dieser Zorn schien ihm neue Kraft zu verleihen. »Wenn ich mich dazu entschlossen habe, noch einen Sohn zu zeugen, um dieses Unrecht zu sühnen, dann ist das ganz allein meine Angelegenheit – und die von Llara – und geht Sciuttarus nichts an!

Ich bin jetzt seit fünfzig Jahren Seeprinz und habe Bissanty immer gute Dienste geleistet, und zwar in jedem Hafen, in den ich unsere Schiffe geschickt habe. Ich habe drei Kaisern gedient – Sciuttarus inbegriffen –, was niemand erwartet hätte. Und –« Die gletschergrünen Augen streiften den Hausherrn mit einem kalten Blick. »Seit zwanzig Jahren lasse ich Euch freie Hand bei Euren Geschäften, Prathe, weil ich es so am bequemsten fand. Wenn man Sha Muira nach Tielmark geschickt hat, unter anderem meinen Sohn, dann hättet Ihr mir darüber im letzten Monat Bericht erstatten müssen.«

Lendra lief ein kalter Schauer über den Rücken. »Ich wusste ja nicht, dass er Euer Sohn ist.«

»Das war nicht Eure Sache. Eure Sache war es, Eure kleinen Händel zu treiben, dabei reich und fett zu werden und mir alles zu erzählen, was mit den Sha Muira zu tun hatte. Als Ihr beim Kaiser die Eingabe machtet, die Verschiffung der Sha Muira zu beenden, habt Ihr es getan, weil ich es Euch gesagt habe.«

»Wegen Eures Sohnes«, vermutete Prathe Lendra. »Ihr wolltet Euren Sohn zurückholen, ehe sie ihn auf seine erste Mission schicken würden.«

Der Seeprinz nickte. »Damit habe ich mich zu weit vorgewagt. Sciuttarus ist kein Dummkopf. Das muss ihn auf den kleinen Tullirius aufmerksam gemacht haben. Aber Llara ist noch immer auf meiner Seite – der Junge konnte entkommen. Doch nun müsst Ihr mir verraten, wo er sich versteckt.«

Prathe Lendra griff nach dem kleinen Jadedrachen auf seinem Schreibtisch. Siri Caviedo war ein geschickter Lügner. Besser, als er es vermutet hätte. Er vermischte Lüge und Wahrheit so raffiniert, dass selbst Lendra nicht genau erkennen konnte, wo genau die Grenze verlief. Eine schöne Geschichte hatte der alte Mann ihm da erzählt, von ewiger Liebe und vom Respekt vor dem Wunsch der Göttin. Aber Lendra war sicher, dass es da noch eine ganz andere Geschichte gab – die finstere Geschichte einer von langer Hand geplanten Rache.

Seit vielen Jahren war Kaiser Sciuttarus nun schon verzweifelt darum bemüht, weitere Söhne zu zeugen. Diese Verzweiflung hatte ihn schließlich zu Lendra getrieben, den er – bis zu einem gewissen Grade – ins Vertrauen gezogen hatte. Zwölf Herrscher, so wollte es scheinen, hatten seit der Befreiung Tielmarks das Kaiserreich regiert, einer für jede Gottheit. Der Mann, der nach Sciuttarus den Thron besteigen würde, wäre der dreizehnte, und Sciuttarus war besessen von dem Gedanken, dass der dreizehnte Herrscher die alte Einheit Bissantys wiederherstellen oder endgültig verspielen würde. Dreizehn war die *Glamour*-Zahl – und es war Clarin Pallidonius, der aufständische Glamour-Prinz, der den Götterpakt gebrochen hatte, der Tielmark zuvor an das Kaiserreich geschmiedet hatte.

Nun war diese *Glamour*-Kraft wieder über das Land gekommen – in Gestalt der *Glamour*-Zwillinge aus Tielmark – und Sciuttarus war sich gewiss, dass der Zeitpunkt gekommen war, Tielmark zurückzuerobern oder es für immer zu verlieren. Der Kaiser wartete verzweifelt auf Llaras Segen, der ihm die zwei fehlenden Kinder bescheren würde, die es seinem Sohn ermöglichen würden, die Thronfolge anzutreten. Er war sicher, dass seine Brüder ihm nichts vorgemacht hatten, und doch bekam er keine weiteren Söhne. Und so hatte ihn die Verzweiflung inzwischen so weit getrieben, bis in das Haus eines untergeordneten Stammesangehörigen. Prathe Lendra war ein Kaufmann aus Gallia, und Gallia hatte nie ganz zu Bissanty gehört. Und doch hatte sich der Kaiser dazu gezwungen gesehen, wie schon vor ihm der Seeprinz, Prathe Lendra zu Rate zu ziehen, denn nur dieser konnte ihm die Informationen beschaffen, die er benötigte.

Prathe Lendra stellte den Drachen wieder neben die goldene Kröte am Rande des Schreibtisches. Er atmete flach und verbarg sorgfältig seine Erregung, indem er eine möglichst gleichmütige Miene aufsetzte. Der Kaiser war zu Prathe Lendra gekommen, weil er befürchtete, dass er nicht in Llaras Gnade stünde und sein Anspruch auf den Thron haltlos wäre. Warum sollte die Göttin ihm sonst die Söhne verwehren?

Nun war Lendra sicher, dass er die Antwort auf diese Frage gefunden hatte. Der Seeprinz hatte gelogen. Er musste noch mehr Söhne besitzen, die er irgendwo weitab von Bassorah in Sicherheit gebracht hatte, ähnlich wie Tullirius. Die Risikobereitschaft, die er dabei aufbrachte, fand Lendra atemberaubend.

»Verschwendet Eure Zeit nicht damit, zu überlegen, was Ihr mir erzählen wollt!« Der Seeprinz nahm ihm den Drachen, nach dem Lendra gerade wieder greifen wollte, weg. »Ich dulde keine Ausflüchte. Ich will eine klare Antwort: Wo ist mein Sohn jetzt?«

Prathe steckte die Hände in die Taschen und ließ die Münzen durch seine Finger gleiten. Er musste sich entscheiden, und zwar schnell. Der Seeprinz hatte ihm die Wahrheit gesagt: Nachdem sein Bruder *fünf* kaiserliche Söhne gezeugt hatte, konnte Siri Caviedo nicht ebenfalls in der Lage sein, fünf Söhne zu bekommen. In seinen Adern konnte eigentlich kein Herrscherblut fließen.

Und doch hinderte irgendetwas Sciuttarus daran, genügend Söhne zu zeugen, und das waren nicht seine eigenen Brüder.

Eines war Prathe Lendra klar: Entweder Sciuttarus oder der Seeprinz würden sich als Vater des dreizehnten Kaisers von Bissanty erweisen, von dem Sciuttarus glaubte, er würde die Wunde wieder heilen, die dem Kaiserreich durch *Glamour*-Magie und die Gleichgültigkeit der Götter zugefügt worden war. Er blickte dem alten Mann intensiv ins Gesicht. Er war schließlich ein Kaufmann, sagte er sich, und ein Kaufmann war selten ein guter Spieler. Wollte er seine Wette auf den Seeprinzen abschließen, dessen Sohn – sei es nun der zweite oder der fünfte – von der *Glamour*-Kraft der Frau aus Tielmark ergriffen war, oder lieber auf Sciuttarus, dessen Anspruch auf den Thron zwar groß war, der aber in zwanzig Jahren eifrigen Bemühens nur drei Söhne zu Stande gebracht hatte?

»Wir haben uns in den letzten zwanzig Jahren gegenseitig gute Dienste geleistet«, meinte er, sorgfältig darauf bedacht, sich nicht zu verraten. »Keiner von uns hat dem andern mehr zugemutet, als er von ihm verlangen konnte.«

»Wo hat die *Glamour*-Hexe meinen Sohn hingebracht?« Der

Seeprinz sah Lendra scharf an, und seine grünen Augen glitzerten erbarmungslos.

Lendra hatte nicht die Absicht, sich auf irgendwelche neuen Verstrickungen einzulassen. Aber wenn er Siri sagte, wohin die beiden unterwegs waren – das konnte ihm wenig schaden.

»Dunsanius' Furt.« Es war nicht schwierig gewesen, den hilfsbereiten Priester aufzutreiben, der für Gaultry die Gallianischen Schriftzeichen seines Verwalters entziffert hatte.

»Der Götter-Kreuzweg?« Der Seeprinz konnte seine Überraschung nicht verbergen.

»Die *Glamour*-Hexe ist der Meinung, dass sie dort noch etwas zu erledigen hat. Es hat irgendetwas mit der Prophezeiung zu tun, die sie beherrscht. Tielmark träumt davon, ein eigenes Königreich zu werden. Sciuttarus tut, was er kann, um das zu verhindern.«

»Törichtes Frauenzimmer!« Der Seeprinz zweifelte nie daran, dass Lendra die Wahrheit sagte. Er spie aus dem Fenster in die trübe Polonna tief unter ihm. »Sie marschiert geradewegs durch Sciuttarus' Ländereien.«

»Und Eurem Erstgeborenen in die Arme. Was meint Ihr, wird der eine Bruder den anderen erkennen?«

»Lukas Sohn ist kein lebendiger Mensch mehr«, sagte der Prinz. »Dafür hat Sciuttarus schon vor langer Zeit gesorgt.«

»Seine Zauberkraft gegen die der *Glamour*-Hexe, da darf man gespannt sein. Opfer erwirken Macht, so ähnlich versprechen es uns die Götter.«

»Mein erster Sohn ist mächtig. Und er hasst mich«, meinte der Seeprinz mit bebender Stimme. »Er wird die *Glamour*-Hexe gefangen nehmen und an Sciuttarus ausliefern, und dann hat der ganze Spuk ein Ende. Aber die Rückeroberung Tielmarks wird Sciuttarus' Kind auch nicht auf den Kaiserthron setzen.« Seine Stimme wurde hart, und er lächelte beinahe. »Dazu können ihm nur zwei weitere Söhne verhelfen.«

Er schickte sich an, wieder aufzubrechen. Prathe Lendra, der immer noch mit den Münzen in seiner Tasche spielte, war erleichtert, dass er nichts weiter von ihm verlangte. »Werdet Ihr ihn verfolgen?« Die Frage konnte er sich nicht verkneifen.

Der Seeprinz bedachte ihn mit einem strengen Blick. »Das geht Euch nichts an.«

Lendra rief nach seinem Untersekretär und befahl ihm, den Prinzen zum Ausgang zu begleiten. Als sich die Tür hinter den beiden geschlossen hatte, ließ er sich mit einem Stoßseufzer hinter seinem Schreibtisch nieder.

Der Seeprinz sah nicht, was einem förmlich ins Auge sprang. Seine Vorurteile und die Anstrengung, die es ihn gekostet haben musste, die Mütter seiner verheimlichten Söhne zu begatten, hatten ihn blind gemacht.

Tielmark mochte Sciuttarus keine Söhne verschaffen – aber vielleicht würde die junge *Glamour*-Hexe diesen Zweck erfüllen. Sie brauchte vermutlich nur die Macht ihrer zweiten Seele und nicht Llara, um schwanger zu werden.

Der Plan des Kaisers, den Sohn des Seeprinzen umzubringen, war gründlich fehlgeschlagen. Aber alles andere entwickelte sich, soweit Lendra es beurteilen konnte, wie beabsichtigt. Der junge Tullirius Caviedo – Tullier, wie die *Glamour*-Hexe ihn genannt hatte – war ein unvorhergesehener Faktor. Aber die Frau hatte er jedenfalls erfolgreich nach Bissanty gelockt.

Er dachte an den Vormittag zurück, als er zum Sklavenkai hinunter gegangen war, um das Ergebnis der Sha Muira-Expedition in Augenschein zu nehmen. Es war ein merkwürdiges Unternehmen gewesen – von dem er den Seeprinzen tatsächlich erst sehr viel später unterrichtet hatte –, und offensichtlich von einiger Bedeutung. Lendra hatte schon vor langer Zeit gelernt, dass es sich meist auszahlte, seiner Neugier nachzugeben, und so war sein Besuch auch diesmal ausgesprochen aufschlussreich gewesen, selbst ohne die neuesten Erkenntnisse.

Martin Stalker. Der Mann war als Edelmann geboren. Von Vaterseite her hatte er das Blut einer mächtigen Zauberin geerbt, und dieses Blut würde dem Kaiser die Macht über den Prinzen von Tielmark zurückgeben.

Bei Lendras Visite hatte er nicht gerade ausgesehen wie der Spross eines Adelshauses. Die Priester hatten ihn für den Sklavenbann vorbereitet – sie hatten ihm die Kleider vom Leib gerissen und ihm die Hände auf dem Rücken gefesselt. Lendra hatte sie unterbrochen. »Bringt ihn her, ich will ihn mir ansehen!«

Der Körper des Mannes war über und über mit Kampfnarben bedeckt. Das schwarze Haar war kurzgeschnitten wie bei einem einfachen Söldner, und seine Muskeln waren stahlhart, als er sich gegen den Griff der Priester wehrte. Er hatte sein unrasiertes Gesicht zu Lendra emporgehoben und geheult wie ein wildes Tier; ein langgezogenes Heulen, das einem das Blut in den Adern gefrieren ließ. Nachdem man ihn zu dem Kohlenbecken mit den rotglühenden Brandeisen zurückgebracht hatte, mussten ihn vier Männer festhalten, während die Priester versuchten, den Götterbann anzubringen, um ihn an den Boden von Bissanty zu binden.

Sie hatten es nicht geschafft. Der Donnerkeil hatte ihm die Haut verbrannt, aber der Zauber wollte nicht Gestalt annehmen.

»Was glaubst du, ist es der Boden von Tielmark, der den Bann abstößt?«, hatte er den Mann gefragt. »Oder dein eigenes Blut, das dich an den Prinzen von Tielmark bindet?«

»Es ist eine viel tiefere Verbindung«, hatte der Tielmaraner keuchend geantwortet, während ihm ungewollt Tränen des Schmerzes über die Wangen rannen. »Und ein freiwilliger Seelenbund. Im Übrigen«, fügte er hinzu, und ein eigenartiges Lächeln huschte über seine Gesichtszüge, »habe ich diese Seelenbande endgültig satt. Ich will endlich nur noch frei sein.«

»Versucht es mit der anderen Schulter!«, hatte Lendra gesagt und den Gefesselten scharf angesehen. Die Worte des Mannes klangen ihm zu selbstbewusst. »Vielleicht hält der Bann da besser.«

Er hatte nicht gehalten.

»Was meinst du, ob sie dir nachlaufen wird?«, hatte Lendra

spöttisch gefragt. Die Widerstandskraft dieses Mannes war nervtötend, und es erboste ihn, dass ihn ein Gefangener unsicher machte, den vier Mann festhielten. »Die *Glamour*-Hexe? Wenn sie das tut, wird sie bald genauso in Ketten liegen wie du.«

»Wenn sie zu mir gelangt, wird es jedem in Bissanty Leid tun«, hatte der Mann geantwortet.

An diesem Tage hatte Prathe Lendra die Worte des anderen nur als leere Prahlerei abgetan.

Inzwischen war er sich da längst nicht mehr so sicher. Gaultry Blas verfügte über Kräfte, die ganze Reiche erschüttern konnten, so viel war klar. Würden diese Kräfte Bissanty heilen oder lediglich die blutende Wunde versiegeln, die Tielmarks Freiheit hinterlassen hatte?

Er würde das grüne Kleid für sie anfertigen lassen, beschloss er, während er die Münzen erneut durch seine Finger gleiten ließ. Grün wie ihre Wahlheimat und ihre Ungezähmtheit. Grün wie die Livreen von Lendras Lakaien. Und grün als Symbol ihrer Fruchtbarkeit, deren er sich fast sicher war.

# Drittes Buch

## 14

Gaultry trottete verdrossen die aufgeweichte Straße entlang, und der Regen rann ihr über das Gesicht und den Körper. Das scheußliche Wetter kam ihr wie ein zusätzliches schlechtes Vorzeichen vor. Tatsächlich hatte sich seit ihrer Flucht aus Bassorah nichts, aber auch gar nichts ereignet, was man als gutes Omen verstehen konnte. Tullier sprach kein Wort mit ihr. Er schien noch immer unter Schock zu stehen, verursacht durch das, was man in Prathe Lendras Haus mit ihm angestellt hatte, und durch die plötzliche Begegnung mit seinem Vater. Der Sturm, mit dem sie jetzt kämpften, hatte sich bereits angekündigt, als sie die Stadttore passierten, so als würde die Große Llara mit dem Gedanken spielen, sie nicht fortzulassen. Doch sie hatten der Herausforderung getrotzt und waren mit einem Tross von Getreidefuhrwerken bis zum ersten Dorf nördlich von Bassorah gezogen. Dort war der Sturm losgebrochen. Der Donner hatte so erbarmungslos über ihnen getobt, begleitet von sintflutartigen Wolkenbrüchen und krachenden Blitzen, dass die Fuhrleute sich geweigert hatten, weiterzufahren. Als das Unwetter bis zum Morgen noch immer nicht nachgelassen hatte, waren sie allein weitergezogen, um gleich darauf festzustellen, dass der Sturm sämtliche anderen Reisenden vertrieben hatte, sodass sie sich völlig schutzlos durch den zunehmenden Morast vorwärts kämpfen mussten. Das Beste daran war noch, dass der Regen warm war. So konnte wenigstens keine Kälte an ihren Kräften zehren. Das Schlimmste war, dass die Straße, die auf einem erhöhten Damm aus Kies und festgeklopfter Erde durch den Sumpf führte, in wenigen Stunden überflutet sein würde. Tullier hatte sie darauf hingewiesen, dass hier niemand bei einem solchen Regen vor die Tür ginge. Und mit Sicherheit würde sich kein Mensch in einem derartigen Sturm nach Einbruch der Dunkelheit auf die Straße wagen, nachdem es den ganzen Tag geregnet hatte.

»Umso besser für uns, dann können wir einen ordentlichen Vorsprung gewinnen, falls uns jemand folgt«, hatte sie geantwortet.

»Der Sumpf saugt den Regen auf«, sagte Tullier. »Am Ende jedenfalls. Deshalb warten alle in ihren Dörfern, bis der Sturm drüberwegfegt. Bis dahin ist es gefährlich. Wenn wir von der Straße abrutschen, verschluckt uns das Moor.«

*Was sagt er?* Dass die Sharif, die den ansteigenden Wasserstand die ganze Zeit mit scheinbarer Gelassenheit beobachtet hatte, in Wirklichkeit auch nervös war, machte ihnen Angst. Nachdem sie aus Lendras Villa entkommen waren, hatte die Sharif sie zunächst aus der Stadt hinausdirigiert. Während Gaultry und Tullier noch an den Nachwehen der enormen magischen Entladung litten, hatte die Sharif ihren überstürzt geschmiedeten Fluchtplan in die Tat umgesetzt, die beiden in ihre Reisekleider gesteckt und sie sicher durch die ganze Stadt geschleust und schließlich hinten auf das Getreidefuhrwerk verfrachtet. Angesichts ihrer Geistesgegenwart und Leistungsfähigkeit vergaß Gaultry manchmal fast, dass die andere von ihrer Unterhaltung bestenfalls jedes fünfte Wort verstand.

Und auch, dass sie ein Wüstengeschöpf war, das der Anblick steigender Wasserfluten nervös machte.

*Er sagt, dass es bald wieder sinkt,* flunkerte sie.

*Wir sollten uns einen Hügel suchen und so lange warten,* meinte die Sharif. *Da – es hat schon die Markierungssteine erreicht.* Das war nicht übertrieben. Das Wasser war schon bis zur unteren Kante der weißbemalten Steine angestiegen, die die Straße auf beiden Seiten begrenzten.

*Wir können noch eine ganze Weile das Tageslicht ausnutzen. Wir müssen weitergehen.*

»Nein«, erklärte die Sharif beharrlich. »Hier warten!«

»Ich kann ihr nicht widersprechen«, mischte Tullier sich ein.

»Hat Lendra dir auch den Verstand ausgepeitscht?«, erkundigte sich Gaultry. Mit Entsetzen hatte sie, als sie sich umzogen, unter der kostbaren Livree die Striemen auf seiner Haut entdeckt. »Was meinst du wohl, was er mit dir macht, wenn er uns erwischt?«

Tullier, dessen Schultern noch steif waren von den Schlägen, schlug schaudernd den Kragen seiner Jacke hoch.

Gaultry kam sich niederträchtig vor. Aber dies war nicht der richtige Zeitpunkt, um Liebenswürdigkeiten auszutauschen.

»Tullier, Prathe Lendra ist nicht der Schlimmste von denen, die möglicherweise hinter uns her sind. Vielleicht sind uns auch die Männer des Kaisers auf den Fersen. Nur die Großen Zwölf wissen, was der Kronprinz aus dem Auftritt der letzten Nacht machen wird.« Oder Issachar Dan. Der finstere Lord hatte angedeutet, dass es nur eines entsprechenden Befehls bedurfte, um ihn auf die Beine zu bringen. Sie sprach es nicht aus, aber in den letzten Stunden hatte ihre vorrangige Sorge Issachar gegolten. Dieses Wetter war genau richtig für den Falkenmenschen, um sich auf seinem stahlfedrigen Adlerreittier in die Lüfte zu schwingen. Und inzwischen konnte er längst – von wem auch immer – den Befehl dazu erhalten haben. »Und nicht nur die Männer des Kaisers. Was ist mit dem Seeprinzen? Es sei denn, du erwartest, dass er dich beschutzt.«

»Mich beschützen?«, stieß er verbittert hervor. *Nimm meinen Sohn zu dir, o Llara. Ich habe ihn sehr geliebt.* Das war die Inschrift, die er auf dem Grabstein in Bissanty gesehen hatte. Die Worte klangen schroff aus seinem Munde. »Mein Vater hat mich so sehr geliebt, dass er mich bei den Sha Muira lebendig begraben hat.«

»Wenn du dir keinen Schutz von ihm erhoffen kannst, musst

du begreifen, dass wir Bassorah so weit wie möglich hinter uns lassen müssen.«

»Ich bin müde«, sagte Tullier. Es klang erschöpft. Der Regen bewirkte, dass sein schwarzes Haar dicht an seinem Kopf anlag, was ihn jünger und verletzlicher aussehen ließ. »Ihr versteht nicht, was ich empfinde.«

Gaultry strich ihm sanft über die Schulter und suchte nach Worten, um ihn zu trösten. Er hatte so viel übereinander an, dass ihn ihre Berührung nicht schmerzte. »Ich gebe mich gar nicht erst der Hoffnung hin, ich könnte die Motive deines Vaters erraten«, sagte sie zu ihm. »Aber er hat dich an einem Ort zurückgelassen, an dem du im Falle deines Überlebens letzten Endes nahezu unverwundbar gewesen wärst. Er wollte sicher nicht, dass du umkommst, und er hat sicher gewusst, wie gefährlich es gewesen wäre, dir irgendeinen Hinweis auf deine Herkunft zu hinterlassen.« Als sie spürte, wie Tulliers Schulter ein wenig gegen ihren Arm drückte, fasste sie Mut und zog ihn näher an sich heran. »Auch ich habe meinen Vater verloren, als ich kaum älter war als du, Tullier. Er hat mich auch ohne irgendeine Erklärung allein gelassen. Aber er tat es zu meinem Schutz, das glaubte er zumindest. Es hätte mir sehr geholfen, wenn er mir etwas davon gesagt hätte, bevor er fortging.«

»Ihr versteht immer noch nichts«, sagte Tullier und riss sich los. »Mein Vater bedeutet mir nichts. Ich will Llaras Liebe, nicht die irgendeines alten Päderasten. Ihr seid so sicher, dass die Götter auf Eurer Seite sind. Wie könnt Ihr so überzeugt sein von der Liebe Eurer verdammten Zwillingsgöttinnen? Woher wollt Ihr denn wissen, was die Götter denken?«

Erschrocken versuchte sie ihn wieder in die Arme zu nehmen, ihn zu trösten, ihn sich ausweinen zu lassen, was auch immer. Aber Tullier konnte sein Elend nicht mit ihr teilen. Er stöhnte laut auf vor Zorn, riss sich erneut los und rannte ein paar Schritte die Straße hinab, bis er stolperte und beinahe in eine Pfütze gefallen wäre. Einen Moment lang hielt er inne und drehte sich zu ihr um. Da fuhr am Horizont wieder ein Blitzschlag krachend zur Erde und erhellte die Landschaft mit einem grellen Silberfunken. Der Junge rappelte sich auf und lief davon. Gaultry machte halbherzig ein paar Schritte hinter ihm her, dann gab sie es seufzend auf.

»Er kann ja nur immer geradeaus gehen«, meinte sie. »Er weiß, wie gefährlich die Sümpfe sind. Wir holen ihn schon wieder ein, wenn er so weit ist.«

Die Sharif nickte und nahm ihren triefend nassen Hut ab, um ihn auszuwringen. Gaultry wusste nicht genau, ob die Frau sie verstanden hatte.

»Wir weitergehen«, meinte sie nur. »Wir ihn finden.«

Nachdem eine Stunde vergangen war, machte sich Gaultry allmählich Sorgen. Der Sturm tobte unvermindert heftig, und von Tullier war weit und breit nichts zu sehen. Bald würde die Nacht hereinbrechen. Obwohl der Himmel silbrig glänzte, als hätte sich das Unwetter verzogen und als könnte es jeden Moment aufklaren, heulte der Wind unter dem leuchtenden Himmel so grimmig wie zuvor. Sie spürte, dass die Dunkelheit schnell hereinbrechen würde, verstärkt von dicken Sturmwolken. Sie mussten einen Unterschlupf finden, bevor die Straße in Finsternis und Regen versank.

Die Markierungssteine am Wegesrand lagen schon zur Hälfte unter Wasser, und die ansteigenden Fluten drohten, die Straße zu überschwemmen.

»Da!«, sagte die Sharif auf einmal und zeigte vor sich in den strömenden Regen.

»Tullier?«

»Hügel«, sagte sie. »Vielleicht Tullier da.«

Die Sharif, an die Dimensionen ihrer Wüstenheimat gewöhnt, konnte beeindruckend weit sehen. Gaultry brauchte noch zehn Minuten, bis sie auch nur verschwommen den Felsbrocken vor ihnen erkennen konnte. In jeder anderen Lage wäre es einfach nur ein unscheinbarer Hügel gewesen, nun aber war es eine wahre Wohltat, einmal etwas anderes vor sich zu sehen als das vom Regen gepeitschte Sumpfgras, die überflutete Straße und die halbversunkenen Begrenzungssteine. Ein überwucherter Pfad mit freiliegenden Markierungen führte zu der Anhöhe hinauf. Oben, halb versteckt zwischen den Felsen, ragten die Überreste eines kleinen Gebäudes hervor.

»Ein Unterschlupf!« Gaultry ging unwillkürlich schneller. Trotz ihres verbissenen Durchhaltewillens war sie erschöpft vom eintönigen Trommeln des Regens und dem Heulen des Sturms und hatte eine Verschnaufpause bitter nötig. Hoffnungsvoll liefen die beiden auf die Ruine zu.

»Tullier!« Er hockte wie ein Häufchen Elend mit angezogenen Knien in einer Ecke unter den Überresten des Daches. Auf seinem Gesicht spiegelten sich sowohl Trotz als auch blankes Entsetzen. Obwohl er tropfnass war, überzog ein schwarzer, klebriger Film Gesicht und Hände. Durch die Gefühlsaufwallung hatte sein Körper erneut das Gift ausgeschieden. Es war so kräftig und dunkel wie am Tage von Emieras Fest.

»Ich werde niemals von den Sha Muira loskommen«, sagte er, und seine Stimme klang bleiern müde. »Ich bin immer noch so voll von dem Gift wie an dem Tag, als Ihr mir Eure *Glamour*-Seele geliehen habt. Es wird nie vorbei sein, und eines Tages werdet Ihr Eure Seele zurückhaben wollen. Ich weiß das seit dem Augenblick, als Ihr mich auf der Treppe in der Villa Lendra berührt habt. Ich konnte spüren, wie sie versucht hat, sich loszureißen und zu Euch zurückzukehren.« Er sah sie an. »Ihr hättet mich in Tielmark sterben lassen sollen. Jetzt habe ich Angst davor. Warum habt Ihr mir das angetan?«

Gaultry besah ihn sich genauer. Er war ein Bild des Jammers. Das Gift war ihm wie eine ölige Schicht über Gesicht und Hände gelaufen und ein wenig auch über die Vorderseite seines Hemdes. Sie hätte ihn gern in den Arm genommen, wagte es aber nicht.

»Die Sharif und ich versuchen, ein Feuer anzuzünden. Geh hinaus und versuch dich ein bisschen zu waschen.« Sie wünschte sich, es wäre ihr etwas eingefallen, um ihn zu trösten.

Die beiden Frauen gingen hinaus und suchten ein Bündel durchweichten Sumpfgrases zusammen. Drinnen schichteten sie es in einer Vertiefung in der Mitte des Fußbodens auf, die offensichtlich schon vorher als Feuerstelle benutzt worden war, vielleicht von anderen Reisenden, die hier gerastet hatten. Die Sharif wollte nicht glauben, dass es ihnen gelingen würde, das nasse Gras anzuzünden, aber Gaultry bewies ihr das Gegenteil. Zu Hause im Wald von Arleon hatte sie gelernt, wie man selbst das feuchteste Gras zum Brennen brachte – und das Sumpfgras, das noch trocken gewesen war, bevor es angefangen hatte zu regnen, war ein ausgezeichneter Brennstoff. Zuerst waren die Flammen nur klein, aber die Tatsache, dass sie überhaupt Licht und Wärme hatten, reichte aus, um ihre Stimmung erheblich zu verbessern.

Als das Feuer kräftiger loderte, konnte man auch das Innere des Raumes genauer erkennen. Die Ruine bestand aus krümeligem gelblichem Sandstein, kaum härter als ungebrannter Lehm. Die Flammen beleuchteten einen bemalten Fries hoch oben an den eingestürzten Wänden. In besseren Tagen war das Gebäude offenbar ein kleiner, Llara geweihter Tempel gewesen. Im Dach, das zuerst ausgesehen hatte, als wäre es eingebrochen, befanden sich drei gleichgroße Löcher, die den Tempel zum Himmel hin öffnen sollten.

»Ich hoffe, sie haben ihn ordentlich wieder entweiht«, meinte Gaultry und suchte den Fries beklommen nach einem Anzeichen dafür ab, dass das Auge der Großen Llara nicht länger auf diesem gottverlassenen Ort ruhte. Die Aschespuren in der Feuerstelle wiesen darauf hin, dass sie nicht die Ersten waren, die hier Schutz suchten. Aber die Vorstellung, dass die Donnergöttin hier noch immer anwesend sein könnte, war ihr unheimlich. Mit zitternden Knien und einem Büschel brennenden Grases in der Hand erhob sie sich, um den Fries näher zu betrachten. Das blasse blaugraue Serpentinenmuster gab kaum einen Hinweis auf seine tiefere Bedeutung. Dann fiel das Licht auf einen Kratzer, und sie hielt den Atem an. Über der ausgeblichenen Bemalung des Frieses war ungelenk die Silhouette eines Vogels in den weichen Stein geritzt. *Wir können hier nicht bleiben,* gab sie der Sharif zu verstehen. *Erkennst du diese Figur?*

*Das ist Rhasan-Magie*, erwiderte diese nicht weniger erschrocken. *Das Zeichen der Großen Llara.*

Gaultry nickte. *Das ist ein Zauber, der nur darauf wartet, ausgelöst zu werden.* Sie kannte das Prinzip von den Hexenmalen her, mit denen ihre Großmutter daheim ihre Behausung vor Eindringlingen schützte. *Es ist nicht nötig, in Panik zu verfallen. Wenn wir leise sind und schnell wieder fortgehen, wird nichts passieren. Wir warten, bis Tullier fertig ist, und dann brechen wir auf. Zeig es ihm lieber nicht. Er hat schon genug Probleme mit sich selbst und ich will ihn nicht noch zusätzlich erschrecken. Er soll sich abtrocknen, und dann nichts wie weg hier.*

Die Sharif nickte verständnisvoll. *Er ist ziemlich verzweifelt.*

Nach einer Weile kam Tullier wieder herein. Er rubbelte sich mit einer Handvoll rauem Sumpfgras ab und sah blass und ein bisschen sauberer aus als vorher. Die Blässe kam allerdings nicht vom Schrubben.

»Das hier ist Llaras Haus«, sagte er und blieb zögernd an der windschiefen Tür stehen. »Ich habe eine Gotteslästerung begangen, als ich herkam.«

»Sie wird es dir verzeihen«, meinte Gaultry, um ihn zu beruhigen. »Du warst zu Recht aufgebracht.«

»Nein«, sagte Tullier. »Das meine ich nicht. Ich war schon einmal hier. Vor drei Jahren, als ich sechs Monate von der Sha Muira-Insel fort war. Sie haben mich lieber in ein großes Haus auf einem halbverfallenen Landsitz gesteckt, als mich ein Jahr lang nach Bassorah zu schicken. Ich schätze, wir wissen inzwischen auch, warum. Mein Vater wollte kein Risiko eingehen.«

»Ist dieses Haus hier in der Nähe?«

»Nicht weit weg. Ich hätte die Straße schon viel eher wiedererkennen müssen. Und diesen Ort hier auch. Aber damals war der Tempel gerade erst aufgegeben worden und sah ganz anders aus als jetzt. Vor allem mit den Wasserfluten drumherum.«

»Wem gehört das Haus?«, fragte Gaultry neugierig. »Könnten wir dort Unterschlupf finden?« Ihr Blick glitt zu dem Rhasanzeichen hinüber. Sie hätte ihm jeden Vorschlag gemacht, der sie möglichst schnell von hier fortbrachte.

Tullier hing seinen Erinnerungen nach und bemerkte die Nervosität der beiden nicht. »Vielleicht. Ich weiß nicht. Damals war es an einen Trunkenbold mit vier lärmenden Söhnen vermietet. Sie haben die ganze Zeit über Feste veranstaltet. Eigentlich hätte ich bei ihnen gutes Benehmen und höfische Sitten lernen sollen. Aber alles, was ich von ihnen lernen konnte, habe ich in der ersten Woche gelernt. Danach wäre mein Aufenthalt pure Zeitverschwendung gewesen, wenn sie nicht eine große Bibliothek gehabt hätten – und gute Pferde im Stall.« Er sah sich in der Ruine um. »Ich bin damals hierhergekommen, weil ich einsam war«, sagte er. Er hatte sich neben Gaultry gesetzt und hielt die Hände übers Feuer. »Ihr habt ja gesehen, was bei Lendras Gesellschaft los war. Die Leute geben vor, Götterblut zu besitzen, und trinken zur Probe den giftigen Punsch. Naja, sechs Monate lang war es dort jeden Tag dasselbe. Ich konnte nicht verstehen, warum die Arkhons mich nicht in die Stadt lassen wollten. Ich hätte nie gedacht, dass Llara mich hören würde –«

»Wenn Sie dich gehört hat«, warf Gaultry ein, während sie aufstand und ihre Sachen zusammensuchte, »dann hat Sie sicher gewusst, dass du noch sehr jung und harten Proben ausgesetzt warst. Wollen wir losgehen? Das Gras ist fast aufgebraucht.« Sie warf der Sharif einen auffordernden Blick zu, und die Ardanäerin erhob sich ebenfalls.

»Warum könnt Ihr mich nicht einmal ernst nehmen?«, fragte Tullier aufbrausend.

Gaultry bemerkte, dass es ein Fehler gewesen war, ihm das mit dem Rhasanzeichen zu verschweigen. »Das ist nicht der richtige

Moment, Tullier«, sagte sie. »Um Llaras willen, sei ruhig. Es ist gefährlich, hier die Stimme zu erheben –«

»Das ist nicht wahr!«, rief Tullier. »Ich bin alt genug, um die Launen der Götter zu kennen. Woher wollt Ihr überhaupt wissen, was Llara denkt?Ich bin verflucht –«

Seine Stimme erzeugte eine merkwürdige Schwingung. Gaultry sah sich um und vernahm ein Summen wie von einem seit langem brachliegenden Zauber, der in den Steinen des Hauses pulsierte. »Sei still, Tullier!«, sagte sie und streckte die Hand nach ihm aus. »Im Namen der Großen Zwölf, halt den Mund! Da ist ein Zauber –«

»Ich lasse mich nicht zum Schweigen bringen!«, schrie er so außer sich, dass er gar nicht mehr auf das hörte, was sie sagte. »Ich bin verflucht!«

In diesem Augenblick erschütterte eine Windbö das Fundament des Gebäudes, gefolgt von einem krachenden Blitz, der irgendwo in der Nähe in den Sumpf einschlug, und einem ohrenbetäubenden Donnerschlag. Das Licht fiel grell durch das Dach und die offene Tür hinter Tullier und ließ alles zu einer grässlichen schwarz-silbernen Kulisse erstarren. Tulliers letzter Satz hallte durch den Raum, der auf einmal viel offener und bedrohlicher wirkte als die flache Sumpflandschaft, die sie den ganzen Tag lang umgeben hatte.

*Ich bin verflucht!* sang der Wind und riss das Feuer auseinander, sodass die Funken stoben und brennende Grasbüschel umher flogen. *Ich bin verflucht!* Er fachte die fast erloschenen Flammen zu einer sich aufblähenden Feuergarbe an, deren weiße Glut von strahlenden Adern reinen Lichts durchzogen war. Als die letzten roten und gelben Reste des Feuers erloschen waren, barst der ganze Raum im gleißenden Licht eines silbernen Zaubers.

Eine neue Stimme aus Wind und Feuer übertönte den Sturm: *Ich habe die Große Llara angefleht, mich zu retten, aber ich bin noch immer verflucht!*

Die Sharif wich an die nächstbeste Wand zurück und rief etwas in ihrer eigenen Sprache. Gaultry stolperte umher und rief Tullier zu, er solle in Deckung gehen.

»Große Jägerin!«, keuchte sie. »Hilf mir, große Jägerin!« Der Wind trug ihr Gebet davon. Gaultry hatte schon einmal die Hand der Sturmgöttin gespürt, in der eiskalten Narbe, die noch immer ihre Handfläche zierte. Nun zog sich dieses eiskalte Gefühl durch ihren gesamten Körper. Halb blind von der gleißenden Entladung, konnte sie sich nicht von dem Flammenmeer abwenden, das ihr Lagerfeuer verschlungen hatte.

Eine Gestalt zeichnete sich in dem Lichtkegel ab. Ein gespenstischer Vogel, ein Falke mit schwarzen, von Silberstreifen durchzogenen Schwingen kämpfte energisch gegen den Wind an und kam auch tatsächlich ein wenig voran. Ein zweiter Vogel gesellte sich zu ihm, diesmal gespenstisch weiß und zu schwach, um gegen den Sturm anzukommen. Der schwarze Falke versuchte ihn zu erwischen, aber der Wind johlte nur und riss die beiden noch weiter auseinander. *Hilf mir!* rief eine schwache Stimme, kaum hörbar durch das Tosen des Sturmes. *Oh, Göttin, hilf mir!* Das war der kleine Vogel, eine weiße Taube, deren Stimme fast erstarb, als sie zur Erde sank.

*Verflucht seist Du Göttin, dass Du diesen Frevel zugelassen hast!* Das war der schwarze Falke, und er sprach mit einer Stimme, die Gaultry nur zu gut kannte: Issachar Dan. Der finstere Lord hörte sich ungewohnt verzweifelt an. *Lass mich sterben!* rief die Stimme. *Erlöse mich von diesem verfluchten Leben!Oh, Göttin, warum hast Du diesen Frevel zugelassen? Ich war doch immer Dein treuer Diener –*

Auf einmal wirbelte der Flammenkegel zum Dach empor. Als hätte der Himmel einen Atemzug getan, wurde die Erscheinung durch die Öffnungen hinausgesogen und war verschwunden.

Der Zauber war vorbei. Die Umrisse der Rhasanzeichnung an der Wand waren schwarz verbrannt, die Steine darunter zerbröselt, sodass nichts mehr zu erkennen war.

Die Sharif lag auf den Knien und war, die Hände nach oben

gestreckt, im Gebet versunken. Tullier stand kreidebleich und verstört da und starrte zur Decke empor. »Was war das?«, fragte er zitternd. »Habe ich das ausgelöst?«

»Schon gut, Tullier«, sagte Gaultry mit müder Stimme. »Es war meine Schuld. Ich hätte dich rechtzeitig warnen sollen. Das wäre nicht nötig gewesen.« Doch dann kamen ihr Zweifel. »Oder vielleicht sollte es so sein. Ich weiß nicht. Du scheinst jedenfalls nicht der Einzige gewesen zu sein, der hier die Götter verflucht hat.« Sie zitterte, unsicher, ob sie das Ganze als Strafe oder als Warnung auffassen sollte. »Was das war? Ein Rhasan-Zauber. Irgendjemand hat sich hier die Karten deuten lassen und dieses Zeichen angebracht, damit andere nach ihm Zeugnis davon ablegen würden, was passiert ist. Warum allerdings die Große Llara zugelassen hat, dass ein Rhasan-Magier hier die Karten legt, das weiß ich nicht.«

»Die Sha Muira halten nichts von Rhasan-Magie«, meinte Tullier. »Sie glauben, dass Llara die höchste Macht ist –«

»Die Sha Muira würden ihre eigene Nase verleugnen, wenn es ihnen der Kaiser befohlen hätte«, erklärte Gaultry. »Ich will hoffen, dass du niemals eine Rhasan-Karte ziehen musst, Tullier. Diese Karte besiegelt dein Schicksal. Sie verfolgt dich – und es ist Wahnsinn, sich dagegen zu wehren.« Sie schüttelte ratlos den Kopf. Was hatte die Erscheinung zu bedeuten? Sie war sich nicht sicher, ob die beiden Vögel Rhasanbilder waren oder etwas anderes. Der gemeinsame Flug zweier Vögel deutete eine Verbindung ihrer Schicksale an – so wie sie und Martin miteinander verbunden waren, die Orchidee mit dem Wolf.

»Lasst uns gehen«, sagte sie laut. »Wir suchen nach diesem Haus. Vielleicht lassen sie uns herein, vielleicht auch nicht. Es ist jedenfalls alles besser, als hier zu sitzen, bis der Sturm aufhört.«

Ausnahmsweise waren Tullier und die Sharif völlig einer Meinung mit ihr.

Sie sahen die Mauer schon lange, bevor sie den Eingang des Grundstücks erreicht hatten. Sie bestand aus dem inzwischen schon gewohnten gelben Sandstein und zog sich über mehr als eine Viertelmeile bis zum Tor hin. Die Wipfel ausgewachsener Zypressen ragten über die obere Kante hinaus, während sie den Weg neben der Mauer entlangtrotteten. Tullier erklärte ihnen, dass das Anwesen auf einem Gesteinsplateau läge, das zum größten Teil von dieser Ziegelmauer umgeben sei, bis auf die Rückseite, wo ein tiefes Sumpfloch solche Sicherheitsvorkehrungen überflüssig machte.

Der Wind hatte geringfügig nachgelassen, aber es regnete noch immer in Strömen, und sie begannen zu frösteln. Die Nacht brach herein, und die Stimmung der drei Gefährten hatte ihren Tiefpunkt erreicht.

»Wie lange noch?«, fragte Gaultry.

»Wir sind gleich da.«

Sie waren fast am Tor angelangt, als das Gebell losging. Erst ein Hund, dann zwei, dann ein ganzes Rudel. Der Lärm war ohrenbetäubend, und es machte sie nervös, dass sie die Hunde nicht sehen konnten. Gaultry stellte sich riesige, zähnefletschende Bestien vor. Die Tiere folgten ihnen hinter der Mauer Schritt für Schritt.

»Als ich hier war, gab es noch keine Hunde«, meinte Tullier, als ihm ein leises Knurren sichtlich durch Mark und Bein ging.

Gaultry, die sich selten vor Tieren fürchtete, zuckte die Achseln und wünschte sich, sie hätte ihre Angst besser verbergen können. »Wenn sie auf uns losgehen, versuche ich, sie aufeinander zu hetzen.«

Schließlich hatten sie das schwere Eisentor erreicht. Das Hunderudel sprang von innen dagegen, und die kräftigeren Tiere stießen ihre nassen Schnauzen zwischen den Gitterstäben hindurch. Gaultry hatte noch nie derart große Hunde gesehen. Sie hatten massive, schwere Köpfe, und an Hals und Körper hingen lose Hautfetzen, um zu zeigen, dass sie zum Kämpfen gezüchtet worden waren. Feindselig hefteten sie ihren Hundeblick auf die Eindringlinge und ließen sie nicht aus den Augen. Gaultry tat es bereits Leid, dass sie so forsch behauptet hatte, mit ihnen fertig zu werden. Sie hatten die Größe von gescheckten, muskulösen Zwergponies, und sie konnte ihre aggressive Ausdünstung schon von draußen riechen.

Im Hintergrund schlängelte sich ein Kiesweg auf die dunkle Silhouette eines gedrungenen, unförmigen Hauses zu, das weit von der Straße zurückgesetzt hinter beschnittenen Hecken und ausladenden Terrassen verborgen lag. An dem ganzen finsteren Gemäuer war nicht ein einziges Licht zu entdecken.

»Sehr einladend«, meinte Gaultry. Sie sah sich noch einmal die Hunde an und überlegte, ob es irgendeinen Vorteil haben könnte, sich ihrer Energien zu bemächtigen. Der Rudelführer war eine schlanke, knochige Hündin, etwas kleiner als ihre Gefährten, aber offensichtlich allen überlegen. Als sie Gaultrys Blick begegnete und die magischen Schwingungen spürte, zog sie die Lefzen hoch, und auf ihrem Rücken sträubte sich das Fell. *Siehst du*, gab ihr Gaultry zu verstehen, während sie dem Tier den engen Kanal zeigte, durch den sie ihm die Lebensgeister hätte entziehen können. *Auch wenn ich nicht dein ganzes Rudel bezwingen kann, dich kriege ich allemal.* Dann fragte sie laut: »Und nun?«

»Da ist eine Glocke«, sagte Tullier. »Wir könnten läuten.« Er zeigte auf eine lange Schnur hinter dem Tor, an der ein Ring befestigt war. Das andere Ende der Schnur verschwand oben in einem Kästchen.

»Meinst du, sie nehmen Reisende auf?«

»Wenn sie mich noch kennen, werden sie mich reinlassen.«

»Ob das wirklich eine gute Idee ist?«

»Wir können ja auch auf der Straße übernachten oder es uns im nassen Gras gemütlich machen«, meinte Tullier patzig. »Aber ich dachte, wir wären uns einig.«

»Mir kalt«, mischte sich die Sharif ein, die angestrengt versuchte, zu verstehen, worum es ging. »Warum warten?«

»Wir brauchen jemanden, der die Hunde zurückpfeift«, überlegte Gaultry. »Anders kommen wir nicht an ihnen vorbei.« Immer noch im Zweifel griff sie nach der Klingelschnur und zog ein paarmal kurz daran.

Nach längerer Zeit kam eine einzelne Gestalt mit hochgezogenen Schultern aus dem Haus geschlurft, in der Hand eine abgeblendete Laterne. »Kusch«, fuhr eine Männerstimme die knurrenden Hunde an. »Kusch, sag ich!«

Widerwillig gehorchte das Rudel und wich vom Gitter zurück.

»Wer da?« Der Pförtner öffnete die Laterne, und der Lichtkegel fiel direkt auf Tulliers Gesicht, sodass seine hellgrünen Augen aufleuchteten. Der Mann schnappte nach Luft und hätte beinahe die Laterne fallengelassen.

»Domitius!«, sagte Tullier, als er den Mann erkannte. »Lass uns rein!«

»Sha Muira Tullier!« Der Pförtner wich einen Schritt zurück. Er war in einen hellgrauen Umhang gehüllt, der bereits fleckig war vom Regen, und hatte einen klimpernden Schlüsselbund in der Hand. »Was führt Euch denn her – noch dazu in solch einer Nacht?«

»Wer ist im Haus?«, erkundigte sich der Junge gebieterisch. Der Tonfall machte seinen erbärmlichen Zustand vergessen.

»Der neue Herr. Aron Masonillius. Er ist erst seit zwei Monaten hier.«

»Ich brauche eine Unterkunft. Meine Begleiter ebenfalls. Mach das Tor auf!«

»Da muss ich erst den Herrn fragen –«

»Es ist kalt hier draußen.« Tulliers Stimme war höflich, aber bestimmt. »Lass uns rein!«

»Der Herr darf nicht gestört werden«, sagte der Mann entschuldigend. »Er gibt eine Gesellschaft.«

»Dann lass uns eben so rein«, wiederholte Tullier. »Wenn er eine Gesellschaft gibt, wird es ihm nichts ausmachen, ein paar Gäste mehr zu haben. Morgen früh – oder Mittag ist immer noch Zeit, ihm Bescheid zu sagen.«

Der Gesichtsausdruck des Pförtners deutete darauf hin, dass es damit schon seine Richtigkeit haben könnte. Nachdenklich wog er seinen Schlüsselbund in der Hand. Dann nestelte er daran herum auf der Suche nach dem Torschlüssel. Die Laterne klemmte er dabei zwischen seine spindeldürren Beine. »Ich sollte das wirklich nicht tun«, murmelte er vor sich hin. »Aber, Llara steh mir bei, es schüttet ja wie verrückt. Der Herr kann euch genauso gut morgen noch sehen.«

»Wenn es ihm dann schon wieder beliebt«, kommentierte Tullier. Seine vollendeten Umgangsformen ließen nichts mehr von seiner kürzlichen Verzweiflung ahnen. Die Ergebenheit des Pförtners ließ den Jungen wirken, als wäre er bereits seit einer Stunde wieder trocken und frisch umgekleidet.

Kreischend ging das Tor auf. Das Hunderudel machte unter leisem Knurren den Weg frei, dann umringte es sie schnüffelnd und starrte sie feindselig an. Die Leithündin warf Gaultry aus sicherer Entfernung bösartige Blicke zu und sorgte dafür, dass die drei von dem Rudel im schwachen Lichtkreis der Laterne unbehaglich eng zusammengedrängt wurden.

Als sie zu einer niedrigen, mit Tonkübeln geschmückten Terrasse dicht vor dem Haus gelangten, hörten sie schon die Musik. Ein leiser, markerschütternder Singsang, der Gaultry unangenehm an die Sänger erinnerte, die in Prathe Lendras Villa die beiden jungen Tänzer begleitet hatten. Ein paar Schritte weiter drangen die ersten heiseren Lachsalven an ihr Ohr. Obwohl die Fensterläden gegen Wind und Regen geschlossen waren, hatte das Wetter der Feststimmung offensichtlich keinen Abbruch getan. Gaultry warf Tullier einen ängstlichen Blick zu. Sie hatte noch genug von Prathe Lendras Fest und verspürte keinerlei Wunsch, schon wieder an einer solchen Orgie teilzunehmen, die sich diesmal auch noch über Tage hinziehen würde. Sie wollte sich gar nicht erst vorstellen, welche Ausschweifungen sie hier erwarteten.

Als Tullier ihre Gedanken erriet, sagte er zu dem Pförtner gewandt: »Bring uns direkt zu unserem Quartier. Meine Begleiterinnen sind ehrbare Frauen, ich will nicht, dass sie mit den Gästen zusammentreffen.«

Der Mann nickte. »Ich glaube, das ist auch besser so. Im langen Saal lassen sie gerade Thalia auf dem Tisch tanzen.« Er hielt inne und machte eine wegwerfende Handbewegung. »Eure alte Unterkunft ist noch frei. Ich bringe Euch hin und schicke jemanden, der die Betten bezieht.«

»Thalia? Ihr habt immer noch dieselben Dienstboten?«

Der Mann seufzte. »Wir sind hier auf dem Lande, Master Tullier. Natürlich sind die Dienstboten noch dieselben. Nur die Herrschaft wechselt.«

Sie standen jetzt vor der Eingangstür. Es war eine seltsame Konstruktion aus dick lackiertem Schilfgeflecht. Gaultry nahm an, dass es widerstandsfähig genug war, um einen Axthieb abzufangen. Der Pförtner wollte die Tür aufstoßen, schaffte es aber nicht und nestelte wieder mit seinen Schlüsseln herum. »Wenn es Euch lieber ist, können wir Euch auch in der grünen Suite unterbringen«, meinte er. »Dort sind die Betten schon hergerichtet – für Gäste, die nicht gekommen sind.«

Tullier schüttelte den Kopf. »Gib mir meine alten Zimmer!«

Der Pförtner nickte. »Gut. Der vordere Flügel ist voll, und dort habt Ihr es auf alle Fälle bequemer. Die Damen können das Hinterzimmer haben –«

Plötzlich wurde die Tür so ruckartig von innen aufgerissen, dass der Diener vorwärts taumelte und lang hinschlug, während zwei feixende Gesichter zum Vorschein kamen. »Hast du dich nicht gewundert, dass wieder abgeschlossen war, Domo?«, grölte der größere von beiden. Im Kontrast zu den unzähligen seidenen Rüschen, die seine Hemdbrust verzierten, war er ein Mann mit einem harten Gesicht und breiten Schultern, die ungewöhnliche Körperkraft vermuten ließen. Seine Haut hatte den merkwürdigen grauen Schleier, der sich für Gaultry inzwischen mit den Bissantinischen Edelleuten verband, die ungerührt tödliches Gift in sich hineinschütten konnten.

»Edle Herren«, sagte der Pförtner nervös, während er sich wieder aufrappelte und die Laterne aufhob.

»Was für ein hübsches Bürschchen!« Das war der andere, ein glatzköpfiger Unhold, dessen Gesicht und kahler Schädel vom Trunk rot angelaufen waren. Er starrte Tullier mit speichelfeuchten Lippen an.

»Verschwinde, du widerlicher Kerl!«, sagte Tullier kaltschnäuzig und maß den Mann mit einem verächtlichen Blick. »Du bist hier nicht gefragt.«

Der Glatzkopf lief rot an. »Bürschchen!«, schnarrte er.

Tullier schoss vorwärts und packte das Handgelenk des Mannes. Was immer er auch dabei tat, es musste scheußlich weh tun. Die Augen des Trunkenboldes wurden glasig, und er pfiff asthmatisch durch die Zähne. »Geh wieder zu deiner Gesellschaft!«, zischte Tullier. »Schnapp dir Arno oder Grissius. Wir sind nicht für deine Spielchen hier.« Er ließ den Mann wieder los und trat zurück.

Der Kahlkopf sah ihn vorwurfsvoll an und rieb sich sein Handgelenk. »Los, das ist nichts für uns«, meinte er und zupfte seinen Begleiter am Ärmel.

»Die Frau ist sehr hübsch«, meinte dieser jetzt und starrte Gaultry unverhohlen an. »Ich könnte sie –«

»Die ist nichts für dich«, sagte der Kahlkopf fast ängstlich. »Los, komm schon!«

Trotz seiner Trunkenheit spürte der andere die Besorgnis seines Freundes. Doch das stachelte seine Neugier erst recht an. Er sah sich die drei Gefährten genauer an. »Masonillius hat uns da vielleicht ein paar Langweiler serviert. Das Spiel gefällt mir nicht mehr. Aber eine Frau, die keine Sklavin ist, das wäre doch –«

»Um Llaras willen, lass sie in Ruhe!«

Der Graugesichtige warf ihnen einen letzten Blick zu und ließ sich von seinem Begleiter davonzerren.

»So geht das schon den ganzen Tag«, keuchte der Diener und schob sie hastig einen schön gekachelten Korridor entlang. »Bei dem schlechten Wetter langweilen sie sich.« Unverputzte massive Steinmauern erstreckten sich vor ihnen. Anstelle einer Holzverkleidung waren sie mit dick lackierten Schilfpaneelen versehen, die aus kunstvoll ineinander verwobenen Halmen bestanden, die ein scheinbar endloses Muster ergaben. Im Gegensatz zu Bassorah mit seinen stolzen Bauwerken aus Marmor und Granit, die aus den entlegensten Steinbrüchen stammten, war dieses Gebäude scheinbar vollständig aus hiesigen Materialien erbaut. Gaultry nahm an, dass die unterste Etage und die Fundamente sehr alt waren, vielleicht die Überreste eines noch viel älteren, stark befestigten Gebäudes. Die Wände waren dick, als wären sie dafür vorgesehen gewesen, ein größeres Gebäude zu tragen als dieses Haus, so wie es vom Tor aus gewirkt hatte.

»Hier«, sagte der Pförtner. Die Wand war so dick, dass die Tür, die er jetzt aufstieß, tief im Rahmen zu sitzen schien. Domitius huschte hinein und entzündete eine Tischlampe an der Flamme seiner Laterne. »Kommt herein, zieht eure nassen Sachen aus und macht es euch bequem. Und schließt die Tür ab«, fügte er nervös hinzu. »Ihr habt ja gesehen, was hier heute Abend los ist. Ich lasse euch aus der Küche etwas zu essen bringen. Soll ich jemanden rufen, der Feuer macht?«

»Meine Frauen können das erledigen«, meinte Tullier.

Noch ehe sie sich bedanken konnten, war der Diener verschwunden.

»Nicht schlecht«, sagte Gaultry und sah sich in dem Zimmer um. Hier waren die Schilfpaneele zu einer eleganten Darstellung aus galoppierenden Pferden verwoben, die auf ein einfaches geometrisches Muster reduziert waren, das zu dem Material passte. Die Läden der beiden Fenster, ohne Glas, wie in Bissanty üblich, waren bei dem Wetter fest geschlossen. »Hier hast du also damals gewohnt?«

»Ja.« Tullier zog seine Jacke aus und warf sie auf ein Trockengestell unter dem Fenster. »Und das ist nicht der einzige Vorteil, den wir davon haben, dass uns der alte Domo hierher gesteckt hat.« Er rümpfte die Nase, als er sein Bündel aufschnürte und das Ersatzhemd herauszog. Es war fast genauso nass wie das, was er am Leib gehabt hatte.

»Was meinst du damit?«

»Moment.« Tullier schüttelte den Inhalt aus und sortierte seine Kleider. »Habt Ihr es nicht auch langsam satt, nass und zerlumpt zu sein?«

»Tullier!«

»Schon gut«, beschwichtigte er sie. »Ich zeig's Euch.« Dann ging er zu einem der lackierten Paneele neben der Tür und drückte kräftig gegen das Hinterteil des einen Pferdes.

Quietschend sprang das Brett auf und gab einen schmalen, verstaubten Geheimgang innerhalb der dicken Wand frei.

»Wir brauchen gar nicht bis morgen zu warten, um festzustellen, was für ein Patron dieser Aron Masonillius ist, oder wie er uns wohl empfangen wird. Wir können gleich einen Blick riskieren, wenn Ihr es so eilig habt. Oder –« Er ließ das Paneelstück wieder zuschnappen, »wir können auch warten, bis Domitius in der Küche war, und erst etwas essen.«

Das war die einfachste Entscheidung, die Gaultry seit langem hatte fällen müssen.

»Lass uns Feuer machen«, sagte sie. »Und erst etwas essen.«

# 15

Tulliers Abendessen bestand aus gebratenen Wachteln, Rosinenbrötchen und einem Glas Wein. Für Gaultry und die Sharif gab es Schüsseln mit Graupen-und-Gemüse-Eintopf und grobkörnige Brotkanten. Ersteres hatte man aus den Resten des Festmahls zusammengestellt, letzteres stammte aus der Verpflegung des Küchenpersonals.

Der Mann, der ihnen das Essen brachte, war ein grauhaariger

Hüne mit Händen wie Kohlenschaufeln, dessen anmutiger Gang seine Körperfülle und sein Alter Lügen straften. Er konnte nicht reden, und seine Gesichtszüge verrieten, dass er kein gebürtiger Bissantiner war. Als er Tullier die Leckerbissen vorsetzte und den anderen das einfache Mahl, drohte er ihnen mit dem Finger.

»Er will Euch daran erinnern, dass wir nicht tauschen dürfen«, sagte Tullier.

»Mir braucht man nicht alles zweimal zu sagen«, meinte Gaultry erbost. Immer wenn sie dachte, sie hätte sich an die Gepflogenheiten in Bissanty gewöhnt, erinnerte sie irgendetwas penetrant an die hoffnungslos unmenschlichen Zustände in diesem Lande:ein alter Mann, der schon sein halbes Leben in der Sklaverei verbrachte, Speisen, die den Privilegierten vorbehalten waren. Den Bissantinern war zuzutrauen, dass sie bestimmte Speisen vergifteten, sodass nur die Hochwohlgeborenen in den Genuss von Fleisch und Kuchen gelangten.

Trotz allem schmeckte ihnen das Eintopfgericht nach einem langen Tag in Wind und Regen köstlich. Gaultry, die sich noch immer um den Gesundheitszustand der Sharif Sorgen machte, freute sich, als sie sah, wie die Frau ihre Schüssel mit dem Brotkanten auswischte. Die Wüstenbewohnerin schien kälteempfindlicher zu sein als Gaultry und Tullier, und Gaultry hoffte inständig, dass sie keinen Rückfall erleiden würde, nachdem sie so lange dem Regen ausgesetzt gewesen war.

Vor dem Essen hatten sie das Trockengestell ans Feuer gerückt. Als sie fertig waren, hatten ihre Kleider angefangen zu dampfen, und Gaultry stand auf und zog das Gestell etwas zurück.

»Wollen wir uns jetzt mal den Hausherrn ansehen?«, fragte Tullier, nachdem sie sich ein Weilchen vor dem Feuer ausgeruht hatten.

»Ist es nicht besser zu warten, bis es im Haus ruhig wird?«, gab Gaultry zu bedenken.

»Sicher«, meinte Tullier. »Wenn Ihr die ganze Nacht aufbleiben wollt. Das geht hier mindestens noch bis zum Morgengrauen.«

»Dann lass uns gehen!«

Der Junge ließ die Wandverkleidung wieder aufspringen und zeigte ihnen, wie der Trick funktionierte. »Die Gänge ziehen sich durch fast alle Wände des älteren Gebäudeteils im Erdgeschoss«, erklärte er. »An ein paar Stellen gelangt man ins zweite Stockwerk. Über den Türöffnungen führen Stufen auf und ab, an einer Stelle auch darunter. Es gibt nur einen Gang, der in den neuen Flügel führt, aber der endet direkt in den Privatgemächern des Hausherrn. In früheren Zeiten müssen die damaligen Bewohner die Gänge dazu benutzt haben, ihre Gäste zu bespitzeln. Jetzt können wir auf diesem Wege dem neuen Herrn einen Besuch abstatten.«

»Weiß er denn nichts von den Geheimgängen?«

»Zu meiner Zeit wusste er es jedenfalls nicht«, sagte Tullier. »Ich glaube, sie sind schon lange nicht mehr in Gebrauch. Als ich sie entdeckt habe, setzte ich meinen Fußabdruck in jahrzehntealten Staub.«

Sie hätte ihn gern gefragt, wie er damals dahinter gekommen war, aber nachdem er schon ihre anderen Fragen nach dieser Zeit abgewimmelt hatte, ließ sie es lieber bleiben. Hatte er diese Geheimgänge als Versteck vor seinen abscheulichen Gastgebern betrachtet oder als spannendes Abenteuer? Vielleicht beides.

Tullier schlüpfte seitwärts und mit eingezogenem Kopf hinein, und Gaultry tat es ihm nach. Es war ein schmaler, verstaubter Kanal mit niedriger Decke. Die Sharif zwängte sich hinter ihnen ungefähr vier Fuß weit in den Hohlraum, dann streikte sie. *Es ist zu eng*, protestierte sie. *Ich bin zu groß. Da war ja mein Verschlag auf dem Sklavenschiff noch bequemer.*

Gaultry sah sich um. Die Sharif war mindestens einen halben Kopf größer, als der Gang hoch war.

»Du musst dich ducken.« Sie machte es vor. »Zieh den Kopf ein!«

*Nein, ich warte hier*. Sie zog sich wieder in das Zimmer zurück. Ihr hübsches Gesicht zeigte leichte Panik. *Es ist zu eng. Warum muss ich überhaupt mitgehen? Ihr wollt ja nur etwas auskundschaften.*

*Ich will nicht, dass wir uns trennen.*

»Geht allein«, sagte die Sharif eigensinnig. *In die Villa Lendra seid ihr ja auch ohne mich gegangen.*

»Das war, bevor –« Es half alles nichts. Wenn die Sharif Angst hatte, war es sinnlos, sie zum Mitkommen zu zwingen. »Na schön. Lass die Tür verschlossen.«

»Alle betrunken. Vielleicht ihr könnt mir Schwert mitbringen.« Grinsend zeigte ihnen die Sharif, wie lang die Klinge sein sollte.

Ein Schwert. In Bassorah war selbst die dürftigste Klinge unerreichbar gewesen.

»Tullier?«, fragte Gaultry.

»Können wir machen«, meinte er, und sein Gesicht hellte sich auf. »Da ist ein Lagerraum, in den ich hineinkomme – wenn sie ihn nicht in den letzten drei Jahren ausgeräumt haben.«

»Das hört sich wichtiger an, als den Hausherrn zu bespitzeln. Gehen wir zuerst dorthin.«

Die Sharif schloss das Paneel hinter ihnen, und sie waren in dem dämmerigen Gang eingesperrt. Obwohl das Schilfgeflecht an den meisten Stellen mindestens fingerdick war, fielen doch an einigen Stellen Lichtflecke herein, sodass sie genug sehen konnten, wenn sie neben gut beleuchteten Korridoren entlang liefen. Wenn es draußen finster war, hielt sie sich an Tulliers Hemdzipfel fest, denn die durchbrochenen Wände verboten ihnen den Gebrauch einer Kerze oder Fackel. Zum Glück konnten sie die meiste Zeit über etwas sehen, und draußen herrschte genug Lärm, sodass Gaultry bezweifelte, dass sie irgendjemand gehört hätte, selbst wenn sie Tullier unentwegt in die Hacken getreten wäre.

»Das muss dir doch damals einen Riesenspass gemacht haben«, flüsterte sie Tullier zu, während sie in den angrenzenden Raum lugte, wo flinke Diener die Reste des Gelages abräumten.

»Ich habe ein paar Dinge gesehen, die ganz gewiss nicht für meine Augen bestimmt waren«, erwiderte Tullier.

Der letzte Teil ihres Weges führte duch einen stockfinsteren Gang und raue, unbehandelte Stufen zwischen grobverputztem Mauerwerk hinauf. Hier gab es keine geflochtenen Paneele oder kleinen Öffnungen, durch die Licht in das Dunkel gefallen wäre. Auf der engen Treppe war es heiß und stickig und die Luft abgestanden. Gaultry, die auf beiden Seiten an den rauen Wänden entlangschrammte, spürte, wie Staub und Schweiß ihre Haut verklebten. Sie stieß sich die Stirn an einen steinernen Vorsprung und zuckte zusammen, während die Sternchen, die sie vor Augen sah, für einen Augenblick die Dunkelheit aufhellten.

»Ist es noch weit, Tullier? Ich habe mir schon wieder den Kopf gestoßen.« Die erdrückende Finsternis zerrte allmählich an ihren Nerven. Obwohl sie schützend die Hand über sich hielt, stieß sie immer wieder gegen Steine. Tullier hatte es leicht. Nicht nur, dass er den Weg kannte, seine schmächtige Gestalt passte auch bedeutend besser zu dem engen Durchgang.

»Wir sind da«, flüsterte er ihr zu. »Streckt die Hand aus!« Sie tastete vorsichtig nach vorn. Ihre aufgerauten Fingerspitzen strichen über eine glatte Lackschicht, und sie verspürte einen leisen Luftzug, als befände sich hinter der Verkleidung ein Hohlraum. »Leise! Wenn das Zimmer inzwischen anders genutzt wird, ist vielleicht jemand drinnen.«

Sie warteten, an das Paneel gedrückt, im Dunkeln und lauschten auf irgendein aufschlussreiches Geräusch. Schließlich flüsterte Tullier: »Ich höre nichts. Wir wagen es.« In der Dunkelheit hörte Gaultry jetzt ein Klicken, als er die Halterung löste. Das Paneel sprang mit beängstigend lautem Quietschen auf.

Tullier zwängte sich vorsichtig an ihr vorbei und trat in die Lücke hinter dem Paneel. Es kam ihr furchtbar laut vor, als er Feuer schlug – dann hatte er endlich die Kerze entzündet.

»Ihr könnt kommen«, sagte er. »Es ist niemand da.«

Der Lagerraum war ein viereckiges Zimmer mit grob verputzten Wänden und einer gewölbten Decke. Sie standen an der Seite, die der einzigen Tür gegenüberlag. Auf dem Boden lag eine dicke Staubschicht, und überall waren Kisten aufgestapelt, einige davon mit Tüchern bedeckt, andere mit Bündeln von Papier und Schriftrollen. Tullier stellte die Kerze auf eine der Kisten und ging zielstrebig auf einen großen Kasten zu, der in der Nähe des Geheimeingangs an der Wand lehnte. »Ich glaube nicht, dass irgendjemand seit meinem letzten Besuch hier war. Seht mal, hier«, sagte er. »Ich habe damals oft hineingeschaut und mir vorgestellt, was sie mit mir machen würden, wenn ich einfach etwas mitnähme, ohne zu fragen.«

»Jetzt fragen wir jedenfalls nicht vorher«, meinte Gaultry.

»Die Umstände haben sich geändert.« Tullier zuckte die Achseln. »Als ich wieder daheim war, wusste ich, dass es keinen Sinn gehabt hätte. Sha Muira-Zöglinge dürfen nichts besitzen. Ich hätte sowieso nichts davon behalten können, wenn ich wieder auf der Sha Muira-Insel gewesen wäre.«

Neugierig öffnete er den großen Kasten.

Er war mit dickem rotem Samt ausgeschlagen und enthielt Ausbuchtungen für zwölf Klingen, und sieben davon enthielten gefettete Schwerter in seidenen Hüllen.

»Wer die hier deponiert hat, wusste, dass er nicht so bald zurückkehren würde.« Gaultry griff auf gut Glück nach einem davon und zog es aus der Umhüllung.

Es war ein wunderschönes, sorgfältig ausbalanciertes Stück, dessen Griff ein wahres Prachtstück war, was Schmiedearbeit und Edelsteinschmuck anbetraf. Die abgeschrägte Klinge war mit äußerster Kunstfertigkeit geschmiedet worden. Ob sie allerdings im Kampf etwas taugte, war eine andere Sache. Sie schwenkte sie versuchsweise und wünschte sich, sie hätte mehr von Waffen verstanden. »Was meinst du?«, fragte sie Tullier und hielt ihm den Griff hin. »Es ist anders als bei einem Messer, wo man das ganze Gewicht in der Hand und im Handgelenk hat.«

Er nahm die Klinge und prüfte ihre Elastizität. »Noch nagelneu«, sagte er und fuhr liebevoll mit der Hand über die flache Seite. »Soweit ich mich erinnere, sind sie alle schön. Aber vielleicht sollten wir etwas weniger Auffälliges nehmen.«

»Warum nehmen wir nicht gleich zwei?«, schlug Gaultry vor. »Dann kann sich die Sharif eins aussuchen. Und eins für dich.«

»Wirklich?«

»Warum nicht? Wenn wir eins nehmen, können wir auch gleich noch eins mitnehmen. Zusammen mit allem anderen hier drin, was uns nützlich sein könnte.« Sie strich mit der Hand über den Staub des glatten Schwertkastens. »Ich will heil aus dieser Sache herauskommen und dann wieder nach Hause fahren, und damit sieht es immer schlechter aus, denn mein Geld geht langsam zur Neige. Tielmark –« Sie brach ab, denn sie hatte plötzlich einen Kloß im Hals. »Ich werde in Tielmark gebraucht, und Martin auch. Wir dürfen kein Hexenblut an den Kaiser verlieren. Er wird jedes Mittel benutzen, das er kriegen kann –«

»Und ich?«, fragte Tullier. »Was wird dann aus mir?«

»Du kommst mit nach Tielmark. Und wenn du das letzte bisschen Sha Muira-Gift ausgeschwitzt hast, nehme ich meine *Glamour*-Seele wieder an mich, und du –« Sie zeigte auf die Kisten. »Du nimmst dein schönes Bissantinerschwert und alles, was dir hier sonst noch gefällt, und entscheidest selbst, was du machen willst.«

Tullier wog jetzt ein anderes Schwert in seiner Hand, diesmal eins mit einem flachen Griff. Mit gesenktem Kopf, die Augen niedergeschlagen, prüfte er angelegentlich den Schliff. »Und wenn ich nun bei Euch bleiben will?«, fragte er so leise, dass Gaultry ihn nur mit Mühe verstehen konnte.

Verblüfft stieß sie gegen den Kasten. »Wie kommst du denn auf die Idee, dass du so etwas wollen könntest, wenn meine *Glamour*-Seele dich nicht mehr an mich bindet?«

Der Junge schob die Waffe mit einer ärgerlichen Handbewegung wieder in ihre Hülle. »Vergesst es!«, sagte er trotzig. »Vergesst, dass ich überhaupt etwas gesagt habe!«

Gaultry presste die Lippen aufeinander und unterdrückte ihr Bedürfnis, etwas zu sagen, was ihm nur falsche Hoffnungen gemacht hätte. Kein Mensch konnte wissen, was Tullier empfinden würde, wenn sein Körper von dem Gift befreit war und sie ihr Stück der *Glamour*-Seele wieder zurücknahm.

Seit fast einem Monat wirkte die *Glamour*-Seele nun schon als Schild gegen das Gift, das seinen Körper schüttelte. Sie hatte ihn von dem seelenzermürbenden ständigen körperlichen Schmerz befreit, der sein Los als Sha Muira war. Aber sie hielt auch seine Gewalttätigkeit im Zaum. Was würde passieren, wenn er erst wieder von der Leine gelassen wurde? Würde er dann immer noch bei ihr in Tielmark bleiben wollen?

»Tullier«, sagte sie schließlich. »Du bist nun mal ein Sha Muira. Du bist als Sha Muira aufgewachsen – so wie ich als Waldjägerin. So etwas legt man nicht so einfach ab.«

»Meine Sha Muira-Meister haben auch behauptet, ich könnte den Orden nie wieder verlassen.« Seine Stimme bebte. »Nie wieder. Nicht mal durch den Tod. Und, dass ich ewig als Mörder leben müsste, immer mit diesen Schmerzen. Im Tode würde ich zu Llara eingehen, und Ihre Berührung würde mich von allen Schmerzen befreien – zur Belohnung für meine guten Dienste. Die Arkhons nannten dieses Phänomen das silberne Feuer – ihr silbernes Feuer. Aber Ihr habt die Schmerzen, die das Gift in meinem Blut auslöst, viel gründlicher beseitigt als Llaras Segen.

Ich konnte das verkraften, als ich Euch noch verachtet habe. Ihr habt meine Sha Muira-Fesseln zerstört, und ich habe mir eingeredet, Ihr wolltet meine Verbindung zu Llara in den Schmutz ziehen. Ich dachte, ich könnte mich dagegen wehren. Aber jetzt – jetzt wissen wir beide, dass ich aus politischen Gründen zu den Sha Muira gelangt bin und dass das wenig damit zu tun hatte, Llara die Treue zu halten. War Llara denn niemals wirklich da, um mir zu helfen? Waren das alles Lügen, was mir die Meister erzählt haben?«

»Tullier«, sagte Gaultry hilflos. »Wie kannst du nur daran

zweifeln, dass Llara dich liebt? Nicht alle Ihre Gaben sind giftig.« Der Junge stand noch immer unter dem Schock der plötzlichen Erkenntnis seiner Identität. Es war alles viel zu schnell gegangen: die Folterungen in Prathe Lendras Haus, die unerwartete Begegnung mit seinem Vater, das Unwetter auf der Straße. Er war vorläufig noch völlig mit seiner eigenen Seelenqual beschäftigt und musste sich erst langsam über die Bedeutung seiner Herkunft klar werden. Das kaiserliche Blut erlegte einem Menschen wahrscheinlich noch viel unwägbarere Fesseln auf als der Sha Muira-Kult, dachte Gaultry. Aber sie war sicher, dass Tullier mit der Zeit begreifen würde, welche Verantwortung sein Erbe mit sich brachte.

Und, dass es dabei sicher nicht in Frage käme, dass sie ihn in Tielmark weiter unter ihre Fittiche nähme.

»Ich bin genauso wenig auf die Geheimnisse meines Blutes vorbereitet worden wie du und bin genauso irritiert«, räumte sie ein in der Hoffnung, ihn mit diesem Geständnis wenigstens zum Schweigen zu bringen, denn sie wusste genau, dass es ihn nicht sonderlich trösten würde. »Aber als Jägerin konnte ich wenigstens den Kampf um die Freiheit des Prinzen von Tielmark überleben. Vielleicht hilft dir deine Ausbildung ja auch irgendwie dabei, mit den verzwickten Herrschaftsverhältnissen in Bissanty fertig zu werden.«

»Das ist ganz etwas anderes«, sagte Tullier und verbarg sein Gesicht vor ihr. »Ihr habt nie daran gezweifelt, dass die Großen Zwillinge Euch beistehen würden. Deshalb könnt Ihr mich überhaupt nicht verstehen.«

»Ich zweifle manchmal auch«, erwiderte Gaultry. »Aber ich versuche, mich nicht von diesen Zweifeln aufhalten zu lassen. Und genau das tun wir mit dieser Diskussion hier.«

Tullier stieß einen Stapel Teppichbrücken um und tat so, als suche er etwas. Dabei zeigten seine trotzig hochgezogenen Schultern nur zu deutlich, wie ihm zumute war.

Ganz unten in einem Stapel fanden sie ein Rüstungsarsenal. Das meiste davon war zu groß und unhandlich, aber zuunterst lag ein Kettenhemd, von dem Gaultry annahm, es könnte der schlanken, hochgewachsenen Sharif passen und vielleicht sogar gut funktionieren. Sie legte es auf den Stapel von Sachen, die sie mitnehmen wollten. Abgesehen von den Waffen war das Zimmer bis zur Decke vollgestopft mit Möbeln, Papieren, zusammengerollten Teppichen, vergoldeten Bilderrahmen, geschnitzten Holzmasken und metallenen Ständern. Sechs Truhen aus Zedernholz, ausgestopft mit duftenden Papierschnitzeln, enthielten erlesene Männerkleidung, das meiste davon kostbarer als alles, was Gaultry bisher gesehen hatte, selbst bei der Hochzeit des Prinzen von Tielmark. Mit Goldborten eingefasste Samtroben lagen auf hauchdünner Seide, manche Stücke waren schon so alt und empfindlich, dass die leiseste Berührung das Gewebe angriff. In der Hoffnung, dass sie ihr Glück nicht aufs Spiel setzte, indem sie den Ereignissen vorgriff, zog Gaultry das einfachste Hemd und die schlichteste Hose heraus, die sie finden konnte.

»Für Martin«, sagte sie zu Tullier. »Wenn wir ihn jemals finden.« Während sie ihren Fund eng zusammenfaltete, strich sie über den weichen Samt und stellte sich den stattlichen Krieger darin vor: die glänzenden grauen Augen, seine unsteten Gesichtszüge und seine kämpferische Unerbittlichkeit. Aber sie dachte auch an seine Zärtlichkeit und das Vertrauen, das er ihr eingeflößt hatte.

In den Wochen, die der Prinzenhochzeit vorausgegangen waren, als der Bann Martin noch dazu gezwungen hatte, sie zu beschützen, hatte sie ihm viel Kummer bereitet mit ihrem Ehrgeiz, es ihm bei jedem gefährlichen Unternehmen gleichzutun. Sie hatte damals noch nicht begriffen, dass ihn der Zauber auf diese Weise hin- und hergerissen hatte und zwischen dem Bedürfnis, einerseits ihren Körper und andererseits ihre Gefühle zu schützen. Stirnrunzelnd rieb sie mit dem weichen Samt über ihre Wange. Er hatte ihr erzählt, dass ihm dieser Kummer und das Glücksgefühl, das ihm als Belohnung daraus erwachsen war, erst den Mut gegeben hatten, wieder etwas zu empfinden und sich aus der Erstarrung der letzten zehn Jahre im Dienste als Soldat des Prinzen frei zu machen. Ja, erst durch diesen Kummer würde er möglicherweise zu einem anderen Lebenszweck finden als dem des Soldaten, wenn er nur die gewohnheitsmäßigen Reflexe ablegen könnte, die ihn zu einem so guten Soldaten gemacht hatten.

War es das, was Tullier jetzt erlebte? Zwang ihn ihre *Glamour*-Seele, so wie Martin der Bann gezwungen hatte, ungewohnten Empfindungen nachzugeben?

Sie schaute auf und stellte fest, dass Tulliers grüne Augen sie traumverloren betrachteten. Als ihn ihr Blick traf, wich er ihm schuldbewusst aus.

»Durch Zauberei entstehen manchmal seltsame Bande«, meinte sie leichthin, so als hätte sie sein Blick überhaupt nicht berührt. »Aber wahre Freundschaft übersteht diese Verquickungen. Für Martin Stalker würde ich bis ans Ende der Welt gehen, ganz abgesehen vom Hexenblut.«

»Warum hat er dann für seine Frau sein Schwert zerbrochen?«

Gaultry zuckte die Achseln. Sie wollte nicht auf die Herausforderung des Jungen eingehen. Tulliers Inbrunst war ihr unbehaglich, und sie fühlte sich durch seine Worte bedrängt. Sie legte die Kleider oben auf den Stapel und strich darüber. »Er hat das Schwert nicht zerbrochen, um Helena zu retten«, sagte sie nachdrücklich. Sie schloss die Augen und dachte an den blauen Magieschub, der ihr Martin entrissen hatte, und die Kaskade glitzernder Metallstückchen, die alles waren, was von ihm zurückgeblieben war. »Er hat es getan, um sich selbst zu retten. Wenn die Sha Muira Helena getötet hätten, hätte er sein ganzes Leben der Aufgabe weihen müssen, sie zu rächen.« Sie lächelte wehmütig. »Ich wünschte, er hätte mich mitgenommen. Das hätte uns beiden diese Reise erspart.«

Als ihr dämmerte, dass sie mehr gesagt hatte, als ihr lieb war, errötete sie. »Steh nicht so herum!«, fuhr sie ihn an. »Sieh lieber nach, was wir sonst noch brauchen könnten. Du kennst dich hier schließlich besser aus als ich.«

»Eigentlich nicht«, sagte Tullier. »Als ich damals hier war, haben mich nur die Waffen interessiert.«

»Dann solltest du erst recht nicht dumm herumstehen.«

Tullier begann, in einem großen Stapel von Möbeln herumzuwühlen, und Gaultry schloss hinter ihm die Truhe, die sie geplündert hatte, und schob sie wieder an ihren Platz.

»Das hier könnte interessant sein.« Tullier tauchte mit einer zierlichen Kassette wieder auf, die gut versteckt unter ein paar Schachteln und einem Mahagoni-Sofa mit zerbrochener Rückenlehne gelegen hatte. Als er sie schüttelte, klimperte es, als wären Münzen darin.

»Das ist nützlicher als die ganzen schweren Sachen da«, meinte er und fummelte an dem Schloss herum. »Die krieg ich bestimmt auf –«

Mit einem Klicken schnappte der Deckel auf. Ein kleiner Dorn schoss hervor und stach Tullier in den Daumen. Er fluchte, steckte den Daumen in den Mund, um ihn abzulecken, und spuckte aus.

»Da hab ich ja noch mal Glück gehabt«, scherzte Gaultry nervös. »Dieses ganze Gift-Training bei den Sha Muira muss ja wenigstens für etwas gut gewesen sein.« Dann sah sie plötzlich das Gesicht des Jungen. Seine Wangen waren völlig farblos. »Tullier!«

Er ging schwankend in die Knie und ließ die Kassette zu Boden poltern. Gaultry packte ihn bei den Schultern und schaffte es kaum, ihn festzuhalten. Seine Hände krallten sich in ihr Hemd. »Es tut weh!«, wimmerte er überrascht. »Llara steh mir bei, es tut so weh!«

Gaultry zog ihn an sich, verblüfft von der schnellen Wirkung des Giftes, und versuchte, ihn mit der ihr verbliebenen *Glamour*-Kraft zu erreichen. *Hilf ihm!* flehte sie die Hälfte an, die sich in seinem Körper befand. *Mervion hat dich ihm eingepflanzt, damit du das Gift vertilgst, warum tust du es nicht?* Sie drückte, ungeachtet der Gefahr, ihre Wange an die seine, um ihn zu wärmen, und betete zu den Großen Zwillingen – da sah sie auf einmal, wie das Gift wie eine schwarze Schlange durch seinen Körper schoss und auf sein Herz zusteuerte. Keuchend vor Anstrengung presste sie ihm die Handflächen auf die Brust und versuchte mit allen Kräften, die ihr noch zur Verfügung standen, ihn zu schützen. Die schwarze Macht des Giftes prallte auf sie, verdoppelte sich und schoss fast ungehindert weiter vorwärts.

Doch der kurze Widerstand hatte offenbar genügt. Nun erhob sich die *Glamour*-Kraft wie aus einem Hinterhalt und umhüllte das Ungeheuer mit goldenem Feuer. Die schwarze Giftschlange schillerte in allen Regenbogenfarben, während sie sich dagegen wehrte.

*Töte sie!* befahl Gaultry mit aller Kraft. *Töte sie!*

Der Kopf der Giftschlange schnappte auf wie das Maul einer Kobra und umgab einen Moment lang die *Glamour*-Kraft, aber die Bewegung erzeugte eine Durchlässigkeit, die vorher nicht dagewesen war – goldenes Feuer drang hindurch. Die Ränder leuchteten vor Energie, doch die schwarze Schlange wehrte sich noch immer und versuchte, die goldenen Flammen in dem brennenden Schlund zu ersticken.

Gaultry stieß einen gedämpften Schrei aus, als sie merkte, dass die *Glamour*-Kraft allein nicht ausreichte. »Tullier!«, rief sie. »Du musst mithelfen!« Der Junge schauderte, als würde er sie kaum hören, aber aus seinem Inneren kam plötzlich eine Reaktion. Während die schwarze Schlange immer stärker wurde, sprang der goldene Schlund wie eine Schmetterlingspuppe auf, und ein purpurnes Feuer brach daraus hervor.

Zuerst war es nicht mehr als ein flackernder Funke, aber dieser Funke erwuchs in Windeseile zu einer brüllenden Feuersbrunst. Die schwarze Schlange duckte sich wie ein lebendiges Tier, schrumpfte zusammen und machte sich klein, aber das Purpurfeuer kannte kein Erbarmen. Es holte kräftig aus und zertrümmerte das schwarze Ungeheuer in tausend Stücke.

Dann machte es kehrt und verschwand wieder in seinem Versteck aus goldener Energie – einer Energie, die dem Jungen gerade noch einmal das Leben gerettet hatte. Gaultry sah goldene und purpurne Formen vor sich, die sich miteinander verbanden wie seidene Fäden. Sie verspürte wie aus weiter Ferne das Echo einer pulsierenden Wärme. Die purpurne Kraft schien die goldene förmlich wieder aufzupäppeln –

Dann war die Erscheinung verschwunden. Nur langsam nahm sie ihre Umgebung wieder wahr und Tullier, der erschöpft in ihren Armen lag.

Er presste sein aschfahles Gesicht an das ihre, und seine hellen Augen starrten sie voller Entsetzen an.

»Es ist vorbei«, sagte Gaultry und strich ihm übers Haar. »Es ist vorbei.« Dabei brannten ihre Wangen wie Feuer, denn sie hatte ihn noch nie so belogen. Das Gift war bezwungen, aber es hatte eine gefährliche Kraft geweckt. Konnte er es selbst spüren? Wusste er, was es war? Sie selbst glaubte es zu wissen: Es musste sich um das Herrscherblut der Göttin handeln, das sich endlich in ihm manifestiert hatte. Was mochte das bedeuten? Hatte die Ausbildung bei den Sha Muira absichtlich sein Bluterbe unterdrückt? »Du fängst an zu schwitzen«, sagte sie. »Das ist gut, aber ich kann dich nicht anfassen, wenn du schwitzt.« Sie trat beiseite, dann machte sie kehrt, aus Angst um ihn und um sich selbst. Was bedeutete das für den Teil ihrer *Glamour*-Seele, den sie ihm geliehen hatte? Würde es jetzt noch schwerer sein, sie von ihm zurückzufordern? Sie bettete den erschöpften und verängstigten Jungen auf eine Decke, die sie über einen Stapel zusammengerollter Teppiche geworfen hatte. »Ruh dich ein bisschen aus!«, sagte sie.

»Das hätte den Kaiser selbst umbringen können«, flüsterte er matt.

»Das glaube ich auch«, sagte Gaultry und betrachtete ihn, als suche sie nach einer Veränderung, doch er sah aus wie zuvor. »Tullier –« Sie konnte ihm nicht erklären, was sie soeben gesehen hatte. Die purpurne Kraft, die in ihm zum Leben erwacht war – das war nicht ihre Zauberkraft gewesen. Sie setzte sich einen Augenblick lang zu ihm, um zu verschnaufen, und lauschte auf seinen Atem. »Hoffentlich ist jetzt wenigstens etwas Wichtiges in dieser Schatulle«, sagte sie und rang sich ein Lächeln ab.

Vorsichtig musterte sie den Behälter von weitem. Der Deckel war gerade weit genug aufgesprungen, dass man mit einer Klinge hineinfahren konnte. Sie stand auf und nahm ein kurzes Schwert aus der großen Kiste, denn sie wollte keine ihrer eigenen Waffen beim Aufbrechen ruinieren.

In der Schatulle lagen lose Münzen – der Köder, der sie in Versuchung geführt hatte –, ein kleines Kassenbuch und zwei Schriftrollen. Neugierig öffnete sie die erste, die ihr in die Hände fiel.

»Fructibus Arbis«, las sie vor. »Was ist denn das?«

»So heißt dieses Anwesen«, sagte Tullier. »Es hat früher von seinen Obstgärten gelebt. Die meisten Bäume hat man inzwischen abgeholzt.«

»Ich glaube, das ist die Ernennungsurkunde des Gutsherrn.« Gaultry, die versuchte, die archaische Schrift zu enträtseln, erkannte nicht sofort die Bedeutung des Papiers, das sie da in der Hand hielt. Dann aber sprang ihr ein einzelner Name ins Auge.

»Tullier«, sagte sie und hielt ihm die Urkunde vor die Nase. »Dieses Anwesen gehört deinem Vater!«

»Unmöglich«, meinte Tullier. »Er ist der Seeprinz, und das hier sind die Verwaltungsbezirke des Kaisers.«

»Möglich oder nicht, es steht jedenfalls hier. Glaube ich zumindest.« Sie zeigte auf die Zeilen. »Sag mir, was du davon hältst. Er hat es vor zwanzig Jahren unter einem anderen Namen gekauft und auf einen Schlag bezahlt – aber ich denke, dass es seine Richtigkeit hat. Warum hat er das wohl getan?«

Tullier setzte sich benommen auf und griff nach dem Dokument. »Keine Ahnung«, meinte er mürrisch. »Gebt mal her!«

Sie händigte es ihm aus und machte sich daran, den restlichen

Inhalt der Schatulle zu inspizieren. Das Kassenbuch war bis zur letzten Seite vollgeschrieben mit Zahlenkolonnen, deren Datum zwanzig Jahre zurück lag. Scheinbar handelte es sich um die Abrechnungen des damaligen Besitzers. Das Geld bestand aus Gold- und Silbermünzen, die aus einem seidenen Säckchen herausgefallen waren. Gaultry steckte sie ein, ohne lange zu überlegen. Die letzte Schriftrolle war in ein Blatt Wachspapier eingewickelt und versiegelt. Die Siegel, schwarze wächserne Klumpen, sahen giftig aus.

»Was meinst du, was das hier ist?«, fragte sie Tullier und tippte die Rolle mit der Spitze des überzähligen Schwertes an.

»Trägt das Siegel ein Hoheitszeichen?«

»Eine Krone«, sagte Gaultry, der es gar nicht behagte, dass sie sich so dicht darüber beugen musste. »Und darüber zwei Blitze und ein kleiner Vogel.«

»Fasst es nicht an!«, sagte Tullier plötzlich und machte schwankend Anstalten, aufzustehen. »Ich weiß, was das ist. Fasst es nicht an!«

Gaultry klappte den Deckel mit der Schwertspitze zu und setzte sich neben ihn. »Bleib noch ein bisschen sitzen. Aber erzähl mir –«

Tullier verzog das Gesicht und nickte zustimmend. Mit klammer Hand strich er sich das Haar aus dem Gesicht. »Wisst Ihr, was es bedeutet, dass mein Vater Kindesunterschlagung betrieben hat?«

»Ich glaube schon. Es heißt, man versteckt seine Söhne, weil man es auf den Kaiserthron abgesehen hat.«

»Genau«, bestätigte Tullier. »Das ist normalerweise der Sinn. Aber wozu das Ganze, wenn man gar nicht dafür in Frage kommt? Nach Llaras Gesetzen ist mein Vater gar nicht in der Position, einen Thronanwärter zu stellen.

Kindesunterschlagung nützt doch nur den Brüdern des Kaisers etwas, wenn sie es auf diese Weise schaffen, eher als er fünf Söhne zu bekommen. Aber mein Vater ist Sciuttarus' Onkel, nicht sein Bruder. Er hat von Rechts wegen seine Chance verloren, als sein Bruder, der alte Kaiser, seinen fünften Sohn bekam.«

»Tullier«, sagte Gaultry behutsam, denn sie wollte seinen Redefluss nicht bremsen. »Ich glaube aber, der Seeprinz muss fünf Söhne gehabt haben. Irgendetwas hindert Sciuttarus daran, noch mehr Kinder zu bekommen. Und es gibt noch andere Anzeichen –« Das Bild der purpurnen Kraft, die sich schützend um ihre geschundene *Glamour*-Seele legt, stand ihr wieder vor Augen, und sie schauderte unwillkürlich.

Tullier nickte sachlich. »Hier hat Llara Ihre Hand im Spiel«, sagte er. »Sciuttarus muss durch sein schändliches Vorgehen bei der Donnergöttin in Ungnade gefallen sein. Es liegt im Wesen der Prinzen von Bissanty, untereinander um die Macht zu wetteifern, aber Sciuttarus hat es entschieden zu weit getrieben, als er den Erstgeborenen meines Vaters kastrieren ließ. Dieses Kind hätte ihm gar nicht gefährlich werden können. Vielleicht hat Llara ihn dafür gestraft, indem Sie meinem Vater fünf Söhne schenkte.«

»War dieses Kind Luka Pallias Sohn?«, fragte Gaultry. »Das Kind der Schauspielerin, von der du mir in Bassorah erzählt hast?«

Tullier zuckte zusammen. »Ich habe Euch nicht alles erzählt. Das Wichtigste habe ich Euch verschwiegen: Luka Pallia war keine Frau – oder vielmehr, es war ein Wesen zwischen Mann und Frau. Es war vollkommen klar, dass der Seeprinz nie damit gerechnet hatte, dass Luka ihm einen Sohn gebären könnte. Sciuttarus hat sich also in etwas eingemischt, was der Seeprinz überhaupt nicht beabsichtigt hatte.«

»Die Mutter des Kindes war ein Junge?«, fragte Gaultry hin- und hergerissen zwischen Mitleid und Abscheu.

»Größtenteils.«

Nun wurde ihr schlagartig einiges klar. »Luka Pallia muss lange und inbrünstig zur Großen Mutter gebetet haben, um dieses Kind zu bekommen.«

»Kann schon sein«, meinte Tullier.

»Wenn es so ist, war Lukas Schwangerschaft ein göttliches Wunder und eine besondere Gnade als Antwort auf sein Flehen.« Sie sah Tullier ernst an. »Sciuttarus muss verrückt gewesen sein, ein solches Wunder zu entweihen. Dein Vater muss sich anschließend an Llara gewandt und Sie um Vergeltung angefleht haben. Deshalb hat er wahrscheinlich trotz allem sein Glück versucht.«

»Vielleicht«, meinte Tullier zögernd. Es fiel ihm sichtlich schwer, seinen Vater aus diesem Blickwinkel zu betrachten. »Der Seeprinz soll Luka Pallia außerordentlich geliebt haben. Vielleicht hat er es ja getan, um seinen Tod zu rächen.

Was auch immer ihn dazu veranlasst hat«, Tullier starrte auf die Schriftrolle, »für gewöhnlich führen solche Leute geheime Bücher, in denen die Geburten ihrer Söhne verzeichnet sind. Ich schätze, dass diese Rolle die Aufzeichnungen des Seeprinzen enthält. Wahrscheinlich komme ich auch darin vor.«

»Dann müssen wir sie uns ansehen«, sagte Gaultry aufgeregt. »Damit wir nicht mehr an deinen Familienverhältnissen herumrätseln müssen. Ob auch drin steht, wer deine Mutter ist?«

»Das interessiert mich gar nicht«, meinte er. »Das schwarze Siegel bedeutet, dass irgendetwas an der Rolle vergiftet ist – mit einem Gift, das wahrscheinlich jeden Geringeren umbringt als den Kaiser.«

»Tullier«, erwiderte sie todernst. »Was meinst du, was du gerade überstanden hast? Selbst kaiserliches Gift wird dich nicht angreifen. Du hast ein berechtigtes Interesse daran, und das Risiko lohnt sich. Du musst doch wissen, wo sich deine Brüder versteckt halten.«

Tullier nahm die versiegelte Schriftrolle in die Hand und runzelte ängstlich die Stirn. »Vielleicht habt Ihr Recht.«

»Hast du Angst, dass sie nicht nur vergiftet ist, sondern auch noch verzaubert?«, fragte Gaultry. »Ich kann ja versuchen, dich mit meiner Magie abzuschirmen. Ich glaube, bei dem Gift des Schlosses hat das geholfen.«

Der Blick seiner hellen Augen, der sie über die Schriftrolle hinweg traf, wirkte erleichtert. »Wir wollen es gemeinsam lesen.«

Gaultry stellte sich hinter ihn und legte behutsam die Arme um ihn, dabei vermied sie es, seine nackte Haut zu berühren. Sie presste die Handflächen gegen seinen Brustkorb und spürte, wie sein Herz hämmerte. Dabei ging ihr durch den Kopf, dass der Junge in seinem ganzen bisherigen Leben wahrscheinlich noch nie einem Menschen so nahe gekommen war.

Außer natürlich, wenn dieser Mensch ein Sha Muira war und ebenso dem Tode geweiht wie er.

Eine ganze Weile standen sie so aneinandergeschmiegt da, und Gaultry versenkte sich tief in sich selbst und versuchte einen Kanal zu öffnen, durch den sie ihm, wenn nötig, ihre Zauberkraft übermitteln konnte.

Tullier riss das Wachspapier auf und warf es ein wenig zu hastig von sich.

Nichts geschah. Die beiden standen da und warteten angespannt.

Tulliers Körper bebte; ob vor Anstrengung oder vor Neugier, konnte Gaultry nicht feststellen.

Immer noch nichts.

»Also gut, fangen wir an!« Sie ließ ihn wieder los.

Tullier entrollte das Schriftstück vorsichtig und hielt es so, dass sie über seine Schulter hinweg mitlesen konnte.

Es enthielt eine kurze Namensliste mit Datumsangaben und Anmerkungen.

Der letzte Name lautete Tullirius Caviedo und trug ein Datum, das über 14 Jahre zurück lag. Daneben stand, dass man das Kind zu den Sha Muira geschickt habe.

Eine Anmerkung darunter besagte, dass seine Mutter unmittelbar nach der Geburt erdrosselt und heimlich begraben worden war.

»Große Jägerin, steh mir bei!«, keuchte Gaultry in Tulliers Haar und drückte seinen fröstelnden Körper an sich, während sie den Rest der Liste überflog. »Sieh dir das an! Deine armen Brüder!«

Die drei Söhne, die vor Tullier geboren waren. Alles Halbbrüder. Alle zusammen mit ihren Müttern erdrosselt, sobald sie das Licht der Welt erblickt hatten – im Beisein eines Priesters der Llara.

»Das hat er schlau angefangen«, meinte Tullier mit tonloser Stimme. »Auf diese Weise konnte der Kaiser nichts merken.« Er hielt nachdenklich inne. »Warum hat er ausgerechnet mich am Leben gelassen?«

Gaultrys Blick kehrte zur ersten Zeile zurück. »Lukas Cavie-do«, las sie vor. »Sohn von Luka Pallia, kastriert am Tage seiner Geburt von der Hand des Tarrin-Priesters Enolias.« Ihre Kehle war wie ausgedörrt. Hier stand die Antwort auf Tulliers Frage. Nachdem man sein erstes Kind kastriert hatte, musste der Seeprinz wenigstens noch einen anderen Sohn am Leben lassen.

»Im Sommer seiner Krönung von meinem Kaiserlichen Bruder, Sciuttarus V., nach Dunsanius' Furt geschickt«, las Tullier weiter. »Bruder gilt hier als Titel. Er meint Sciuttarus.«

»Da wollen wir doch auch hin«, sagte Gaultry unbehaglich. »Da hat Prathe Lendra Martin hingeschickt. Was ist eigentlich Dunsanius' Furt?«

»Ein Kloster«, sagte Tullier. »Die Mönche verehren Tarrin, den Weißen Gott. Sciuttarus hat den Jungen einem der niedrigeren Götter geweiht, sodass er nie eine übergeordnete Rolle in Bassorah würde spielen können, selbst wenn er als Priester einmal einen hohen Rang bekleiden sollte.«

»Ein Kastratenhaus?«, fragte Gaultry entsetzt. »Und da haben sie Martin hingebracht? Wollen sie etwa – können sie denn –« Sie brachte die Frage nicht über die Lippen.

Tullier, der erriet, was sie meinte, sah sie irritiert an. »Warum sollten sie sich die Mühe machen, wenn sie nur sein Blut wollen? Es sei denn, er stellt sich freiwillig in den Dienst des Weißen Gottes«, meinte er. »Dunsanius' Furt ist nicht weit von hier.« Er überflog noch einmal die Liste mit den Namen seiner toten Brüder, dann zeigte er auf den Eintrag über Luka Pallias Sohn. »Meint Ihr, er hat deshalb dieses Haus gekauft? Damit er in der Nähe –« Tulliers Stimme war heiser – »in der Nähe von Lukas ist?«

»Ich weiß es nicht«, erwiderte Gaultry. Sie hielt das Papier nahe an die Kerze auf der Suche nach weiteren Hinweisen. »Was ist das hier?« Die Schrift des einen Eintrages war kaum zu entziffern. Die Tinte war ganz blass, gerade so, als hätte jemand versucht, sie zu entfernen. Gaultry las laut vor: »Lukas' Schwester ist das Ebenbild von Luka Pallia. Ich konnte sie einfach nicht umbringen lassen. Das klingt persönlicher als alle anderen Einträge. Lukas hatte also eine Schwester. Ich denke, man hat Luka Pallia gleich nach der Geburt vergiftet?«

»Von einem Mädchen habe ich noch nie etwas gehört«, sagte Tullier. »Aber das will nichts heißen. Für das Kaiserhaus spielen weibliche Kinder keine Rolle. Der Kaiser – und Llara – wollen Söhne, keine Töchter. So ist es nun mal«, fügte er achselzuckend hinzu, als er Gaultrys Blick bemerkte.

»Wir wollen dieses Papier verbrennen«, sagte sie. »Es ist zu gefährlich. Es genügt, dass die Großen Zwölf seinen Inhalt kennen.«

»Es ist sicher nicht das einzige Exemplar«, meinte Tullier. Er sah aus, als wolle er das Schriftstück nicht hergeben. »Und vielleicht ist ja auch das Papier vergiftet.«

Gemeinsam beschlossen sie, dass es am sichersten wäre, die Aufzeichnungen dort zu lassen, wo sie sie gefunden hatten. Sie klappten den Deckel der Schatulle zu und ließen das Schloss aus sicherer Entfernung wieder einrasten. Dann schoben sie den Kasten wieder zuunterst unter den Stapel.

Nun machten sie sich daran, ihre Beute so zusammenzupacken, dass sie die Sachen bequem tragen konnten, was sich als unerwartet schwierig herausstellte. Am Ende machten sie mit verstaubten Möbeldecken zwei unhandliche Bündel daraus.

»Willst du weiter nichts haben?«, fragte Gaultry und musste niesen von dem vielen Staub. Sie sah sich noch einmal um, und ihr Blick fiel im letzten Moment auf eine kleine Kiste, die zwischen zwei Teppichrollen gerutscht war. »Was ist denn das da?«

In der Kiste lagen zwei zusammenpassende Dolche. Ihre Griffe glitzerten vor blauen und weißen Edelsteinen, und die Scheiden waren aus Elfenbein und getriebenem Silber. »Die solltest du mitnehmen«, sagte sie zu Tullier. »Als Geschenk deines Vaters.«

»Ich will sie nicht – nicht von ihm!«

Das begehrliche Leuchten seiner Augen strafte seine finstere Miene allerdings Lügen.

»Dann nimm sie eben als Beute.«

Es bedurfte keiner weiteren Ermunterung, damit er sie in sein Hemd stopfte.

Sie konnten es nicht ändern, dass sie Spuren im Staub hinterlassen hatten, aber sie brachten alles, so gut es eben ging, wieder in Ordnung und versuchten, den Staub bis zur Zimmertür hin aufzuwirbeln, damit es so aussah, als wäre jemand von dort hineingelangt. Durch die Wandverkleidung hindurch konnten sie noch immer die Musik hören.

»Lass uns jetzt nachsehen, wie der Mann aussieht, an den dein Vater im Moment das Haus vermietet hat«, sagte Gaultry. »Und ob wir bis morgen früh hierbleiben wollen oder lieber nicht.«

»Das ist kein Problem«, meinte Tullier. »Es ist nicht weit von hier bis zu seinem Zimmer.«

Obwohl sie durch die Tür des Lagerraums noch Musik gehört hatten, stellten sie fest, dass es im Haus ruhig geworden war, sobald sie in den Gängen mit dickeren Wänden angelangt waren. Die Gäste waren inzwischen so schwer betrunken oder berauscht, dass die Stimmung abgeflaut war und man sich allmählich zur Ruhe begab. Im Schlafzimmer des Hausherrn lag eine Frau ausgestreckt und halb entkleidet auf dem Bett. »Jemand muss bei ihr gewesen sein«, sagte Gaultry angewidert. »Was meinst du, ob sie überhaupt etwas davon gemerkt hat, oder war sie zu betrunken?«

Tullier bückte sich und spähte durch das Guckloch. »Wahrscheinlich. Aber ich schätze, das ist auch egal.«

»Was redest du da?«

»Ich kenne sie. Sie ist mit dem jüngsten Sohn des Mannes verheiratet, der das Haus bewohnte, als ich hier war. Ich habe sie schon oft in diesem Zustand gesehen.«

Gaultry sah Tullier scharf an.

»Wir sollten wieder umkehren«, sagte Tullier unbeeindruckt. »Hier können wir doch nichts mehr erfahren.«

»Ich habe bereits mehr erfahren, als mir lieb ist«, meinte Gaultry.

»Wir sind nicht alle so behütet aufgewachsen wie Ihr.« Wenn sein Ton weniger zynisch gewesen wäre, hätte er ihr Leid getan.

Schweigend machten sie sich wieder auf den Weg zu der Abzweigung, an der sie ihre Bündel liegengelassen hatten. Von dort aus konnten sie bequem in einen gut beleuchteten Salon hinausspähen, der leer war bis auf einen ältlichen Diener, der am Feuer eingenickt war, und zwei Männer, deren Köpfe auf einen kleinen Tisch gesunken waren, während am Boden Weinflaschen um ihre Füße herumrollten.

»Am besten, wir sehen zu, dass wir hier wegkommen, bevor irgendeiner von diesen Dummköpfen wieder aufwacht.« Tullier hörte sich immer noch verärgert an.

»Da hätten wir wirklich Glück.« Gaultry nahm das Bündel mit den beiden Schwertern für die Sharif.

»Glück? Das ist ein Kinderspiel«, schnaubte Tullier. »Niemand außer den Dienstboten wird vor dem Mittag auf sein.« Er machte ein paar Schritte den Gang entlang, dann hielt er inne und kam zu ihr zurück. »Es gibt von hier aus eine Abkürzung«, sagte er spöttisch. »Aber sie wird Euch sicher nicht gefallen.« Obwohl sie den Spott heraushörte, konnte sie nicht umhin, darauf einzugehen.

»Warum nicht?«, fragte sie.

»Weil wir dabei an ein paar Schlafzimmern vorbeikommen.«

Gaultry gefiel sein Ton noch weniger als diese Aussicht. »Wenn es eine Abkürzung gibt«, sagte sie schroff, »dann sollten wir sie nehmen. Wir müssen ja nicht hinsehen.«

»Wie Ihr wollt.«

»Wir verschwenden unsere Zeit mit diesem Geschwätz.«

Tullier nahm sein Bündel wieder in die Hand und nickte ihr zu, ihm zu folgen.

Die Abkürzung führte über eine enge Treppe, die über den breiten Türen entlangführte, die die beiden großen Festsäle, in denen es vorhin so hoch hergegangen war, miteinander verbanden. Das bedeutete, dass sie nicht erst um den größeren der beiden Säle herumzulaufen brauchten. Selbst Gaultry, die inzwischen die Orientierung verloren hatte, war klar, dass sie auf diese Weise ein ganzes Stück des Rückwegs in ihr Quartier einsparten.

Aber, wie Tullier ihr bereits vorhergesagt hatte, führte dieser Weg direkt hinter der Treppe an etlichen Schlafzimmern vorbei. Durch eine fest eingesetzte Innentür gelangten sie in einen etwas breiteren Hohlraum mit ausgedehnten Paneelen auf beiden Seiten, der einen beinahe bequemen Durchgang bot. Dieser war ganz offensichtlich als Beobachtungsraum gedacht. Unzählige kleine Gucklöcher boten Einblick in die beiden angrenzenden Schlafzimmer. Im linken saß ein gutgekleidetes Paar und sah mit glasigem Blick zwei Dienern zu, die mechanisch und mit stumpfer Miene einen Geschlechtsakt in Szene setzten. Im rechten wälzten sich zwei Männer und eine Frau auf einem Bett herum, der Körper der Frau zwischen den beiden eingezwängt. »Sie tun ihr ja weh«, sagte Gaultry, als sie den Gesichtsausdruck der Frau sah. »Macht eigentlich irgendjemand in diesem Lande solche Dinge zum Vergnügen?«

»Was glaubt Ihr wohl?«

Sie sah Tullier streng an, wohl wissend, dass er sie absichtlich hier entlang geführt hatte, um ihr zu zeigen, was er als Kind gezwungenermaßen mitangesehen hatte. Aber es war mehr als das. Ihre Bemerkung vor dem Schlafzimmer des Hausherrn hatte ihn wütender gemacht, als sie vermutet hatte. Jetzt wollte er sie in Verlegenheit bringen, bis sie sich wand, und sie damit bestrafen.

»Beeil dich!«, zischte sie, als er ergebnislos an dem Paneel herumhantierte, das ihnen den Weg versperrte.

»Pst!«, machte er. »Ich kann die Feder nicht finden.«

Das kann ich mir vorstellen, dachte sie grimmig. Scheinbar wollte Tullier sie ewig in diesem schrecklichen Verschlag festhalten, während von beiden Seiten grunzende Geräusche auf sie eindrangen.

Endlich öffnete er den Durchgang, und sie konnten ihren Weg fortsetzen.

Sie schlichen sich noch eine Weile an mucksmäuschenstillen Zimmern vorbei, deren Bewohner entweder sturzbetrunken oder noch gar nicht eingetroffen waren.

Als sie eine weitere Innentür hinter sich ließen, hörten sie auf einmal ganz deutlich jemanden schluchzen.

»Halt den Mund!«, sagte jemand so laut, dass es nicht zu überhören war.

Es folgte ein hässliches Klatschen, und das Weinen brach ab.

Gaultry zupfte Tullier am Ärmel. »Was war das?«, fragte sie.

Dann hörte man ebenso deutlich wie vorher ein Geräusch wie von zerreißendem Stoff.

»Gehen wir«, meinte Tullier und griff nach ihrem Bündel, um sie daran mit sich zu ziehen. Sein Bedürfnis, sich an ihr zu rächen, schien sich gelegt zu haben. »Wir haben genug gesehen.«

»Das hast du mit Absicht gemacht!« Gaultrys Wangen glühten ebenso vor Wut wie vor Scham. »Du dachtest wohl, du könntest dein Spiel mit mir treiben.«

»Gar nicht –« Die Art, wie er halb schuldbewusst, halb trotzig die Schultern hochzog, zeigte deutlich, dass sie Recht hatte.

»Aber so etwas ist kein Spiel. Hier werden überall Menschen gequält.« Wieder hörten sie das Weinen. Es klang hoch und verzweifelt. Und da war noch etwas, etwas Magisches, das sie das ganze Grauen in dieser Stimme spüren ließ. »Und das hier ist das Schlimmste von allem!«

»Das geht uns nichts an –«

»Du hast dafür gesorgt, dass es uns etwas angeht«, sagte sie heftig, »indem du mich hierher gebracht hast.« Sie wich vier Schritte zurück, dann sah sie Licht durch das Paneel hindurchblitzen und entdeckte einen schmalen Spalt in der Wand. Ein paar lackierte Paneele führten einige Fuß weit hinein. Sie boten Einblick in das Zimmer, aus dem das Weinen gekommen war. Sie zwängte sich in den Spalt hinein. Widerwillig folgte Tullier ihr.

Durch das Paneel hindurch sah sie den Trunkenbold, der ihnen hinter der Tür aufgelauert hatte, als sie angekommen waren. Es war der Hüne, den Tullier zurechtgewiesen hatte. Er war nicht zu verkennen, obwohl sein kahlköpfiger Begleiter nicht bei ihm war. Er kehrte ihnen seinen nackten Rücken zu, der von ungesund grauer Hautfarbe war und die gekrümmte knorpelige Wirbelsäule erkennen ließ. Die ausladenden Schultern waren angespannt, als würde er etwas festhalten. Er hatte die Peitsche beiseite gelegt. Das kurzgeschorene Haar auf seinem Schädel glänzte vor Schweiß.

Gaultry kam die Galle hoch.

Sein bulliger Körper verdeckte das zierliche Mädchen fast völlig, das sich verzweifelt unter ihm wand. Er hatte ihr das Kleid weit über die Hüften geschoben, und ihre nackten Beine versuchten zuckend, sich ihm zu entziehen. Ihr schmerzverzerrtes Gesicht, umrahmt von vorzeitig weiß gewordenen Locken, war halb in den Kissen vergraben.

»Das ist Columba«, sagte Tullier ungerührt und versuchte, Gaultry fortzuziehen. »Eine Schwachsinnige. Sie gehört zum Haus. So etwas passiert öfter. Morgen früh weiß sie nichts mehr davon.«

Wie betäubt tastete Gaultry die Wandverkleidung ab. Irgendetwas brannte auf ihrer Handfläche – war das Llaras Narbe? »Geht das auf?«, fragte sie leise. »Kannst du es aufmachen?«

»Ja«, sagte Tullier. Dann hielt er die Hand über die Feder, um sie davon abzuhalten. »Aber es lohnt sich nicht, uns einzumischen. Sie kennt das schon.«

»Was willst du damit sagen?«, zischte Gaultry. »Er bringt sie um!«

»Seid nicht albern«, flüsterte Tullier. »Er will doch nur –«

Plötzlich wurde der Mann im Bett wild. »Du kleine Hexe!«, fauchte er. »Du miese kleine Hexe! Llara hat dich geschickt, um mich zu verführen, stimmt's?«

In seiner Hand blitzte ein Messer mit einem kupfernen Griff auf. Er zog die Spitze an der Kehle der Frau entlang, sodass eine Blutspur entstand. »Sie kann dich gleich haben, wenn ich mit dir fertig bin!«

Gaultrys Hand fuhr zum Heft eines der Schwerter, die sie für die Sharif mitgenommen hatten. »Mach auf!«, sagte sie zu Tullier.

»Gaultry –«

Das Mädchen fing an zu schreien. Hohe, durchdringende, angsterfüllte Schreie, in denen Scham und Hoffnungslosigkeit mitschwangen. Eine rote Dunstwolke legte sich über Gaultrys Blick. Irgendetwas in ihr bewegte sich – etwas, das stärker war als ihr eigener Wille. Die Handfläche, in der sie das Schwert hielt, wurde kalt. Die Kälte schoss ihr durch den Arm bis in den Kopf. Sie merkte, dass sie auf Tullier losgegangen war und mit ihm rang. Dann stand sie plötzlich in dem Zimmer. Das Mädchen im Bett schrie auf und versuchte, das Messer abzuwehren.

»Oh, Llara, Llara, verlass mich nicht!«

Irgendetwas in Gaultry reagierte jetzt wie von selbst. Sie hielt das Schwert in der Hand, vor sich den breiten, graufleckigen Rücken des Mannes. Das Mädchen schrie noch immer –

Dann schrie der Mann ebenfalls auf. Gaultrys Klinge stieß ihn vorwärts auf das Bett. Sie hieb besinnungslos auf seinen Rücken ein, prallte an den Schulterblättern, den Wirbelknochen ab, da ihr die Zielsicherheit des geübten Kriegers fehlte. Keiner der Treffer war tödlich. Der Mann bäumte sich auf und versuchte, sich umzudrehen. Doch das Mädchen hielt krampfhaft seinen Arm mit dem Messer umklammert.

Dann landete Gaultry einen Treffer irgendwo in seinem Nacken, und er brach zusammen.

»Elianté, steh mir bei!« Sie starrte entgeistert auf ihre Hände hinab. Der Schwertgriff, den sie in der linken Hand gehalten hatte, leuchtete silbrig und trug den Abdruck der Narbe in ihrer Handfläche. Bestürzt warf sie das Schwert aufs Bett.

Jetzt kam Tullier herein und warf einen Blick auf den Mann. Dabei schien er weder die Waffe noch das schnell verblassende Mal auf dem Heft zu bemerken. Er beugte sich über den Verletzten und horchte auf seine letzten röchelnden Atemzüge. Dann ging er zur Tür und drehte den Schlüssel um.

»Der Lärm dürfte sie kaum interessieren«, meinte er und warf den Schlüssel aufs Bett. »Aber es könnte sein, dass irgendjemand Lust bekommt mitzumachen.«

Gaultry wankte mit zitternden Knien auf die Waschschüssel zu, die auf dem Toilettentisch stand, denn ihr hob sich der Magen. Doch Tullier hielt sie umbarmherzig davon ab. »Das könnt Ihr hier nicht machen«, sagte er. »Viel zu verdächtig. Ihr habt getan, was Ihr wolltet, jetzt müssen wir zusehen, dass wir alles wieder in Ordnung bringen.«

# 16

Das Genick des Mannes war gebrochen. Tullier zerrte das schreckensbleiche Mädchen unsanft vom Bett und beförderte es in den einzigen Stuhl des Zimmers. Dann wickelte er den Leichnam in das Bettlaken ein. »Bleib da sitzen!«, sagte er barsch.

»Was machst du denn da?«, fragte Gaultry. Sie hielt sich an dem reich verzierten Toilettentisch fest und unterdrückte das Bedürfnis, von der Schüssel Gebrauch zu machen. Das Blut rauschte in ihren Ohren. Die Hand mit der Narbe fühlte sich an wie ein Eisblock. Sie klemmte sie sich unter die warme Achselhöhle und hoffte, dass Tullier es nicht bemerkte und daraus ersähe, wie wenig sie sich selbst unter Kontrolle gehabt hatte.

»Es dürfen keine Blutspuren zurückbleiben«, sagte er. »Wir ziehen ihn hinter die Wand und lassen ihn dort liegen. Das verschafft uns die nötige Zeit, um uns zu verdrücken.«

»Ich helfe dir.« Gaultry ließ das Möbel los und versuchte, sich nichts aus den Fünkchen zu machen, die vor ihren Augen tanzten.

»Halt ihn an den Schultern fest, ich nehme die Beine!« Der warme, weiche Körper ließ ihre Hand noch kälter und härter erscheinen. Als Tullier ihr schmerzverzerrtes Gesicht sah, warf er ihr einen verächtlichen Blick zu.

Gemeinsam zerrten sie den Leichnam durch den schmalen Spalt in der Wand. Dabei schrammten die breiten Schultern des Mannes scheußlich an den rauen Steinen entlang. Gaultrys Magen rebellierte aufs Neue, und sie war froh, dass es jetzt dunkel war und Tullier sie nicht sehen konnte. Sie schleppte ihre Last bis zu einer Stelle des Ganges, an der die Verkleidung nicht durchbrochen war. Dort, im Stockfinstern, wirkte der Leichnam noch riesiger und sperriger. Bei dem Versuch, ihn nicht fallen zu lassen, schrammte Gaultry wiederholt an den unverputzten Wänden entlang. Sie war einer Ohmacht nahe, gebeutelt vom Grauen über den Mord und die Urkräfte, die ihre Hand geführt hatten – aber da war Tullier, der erbarmungslos am anderen Ende zerrte und ihr keine Verschnaufpause gönnte.

Endlich blieb er stehen, und sie hörte ihn durch das staubige Dunkel sagen: »Hier können wir ihn liegen lassen. Es ist so gut abgedichtet, dass man mindestens eine Woche lang nichts riechen wird.«

Gaultry ließ die Schultern des Toten los und sank gegen die Wand. Sie war schweißgebadet. Als sie sich vorstellte, es wäre sein Blut, das ihre Haut überzog, schauderte sie.

»Sollen wir ihn an die Wand lehnen oder einfach so liegen lassen?«

»Einfach liegen lassen«, meinte Tullier und kletterte über den Leichnam hinweg. Gaultry tastete nach seiner Hand. Ihre Finger streiften seinen Ärmel. »Fasst mich nicht an!«, sagte er. »Ich schwitze. Es ist immer noch giftig.« Seine Stimme klang müde.

Einen Moment lang standen sie im Finstern und versuchten, ihre fünf Sinne wieder zusammenzusuchen. Tulliers keuchender Atem wurde bald wieder ruhig und gleichmäßig. Das war das Sha Muira-Training. Sie beneidete ihn um diese Fähigkeit.

Sie sackte gegen die raue Wand, und ihr schwirrte der Kopf bei der Erinnerung an die kalte Glut, die sie durchzuckt hatte. Sie sah wieder den bulligen Rücken des Mannes vor sich und schauderte schuldbewusst. Sie hatte zugelassen, dass die Göttin ihr die Hand zum Töten geführt hatte. Um den Gedanken zu verscheuchen, stellte sie sich wieder vor, wie der Unhold dem wehrlosen Mädchen das Messer an die Kehle gesetzt hatte. Das beruhigte sie ein wenig. Er hätte sie umgebracht, wenn Gaultry nicht eingegriffen hätte. Dieser Gedanke hatte etwas Tröstliches.

Doch selbst jetzt spottete der eisige Abdruck in ihrer Handfläche noch ihres inneren Aufruhrs. Was hatte sie an dem Tag, als sie sich hoch oben an der Klippe dem Schutz der Göttin anvertraut hatte, für die Rettung ihres eigenen Lebens verpfändet? Und wann würde sie den Preis dafür vollends abgezahlt haben? Sie war froh, dass die Dunkelheit ihre Angst und Unsicherheit verbarg. Unwillkürlich stieg ein Gebet in ihr auf. *Ich gehöre Tielmark und Eliantè, der Großen Jägerin.* Ihre Seelenqual verlieh dem Bekenntnis Kraft und machte es beinahe zu einer Beschwörung. Sie spürte, wie es sich in der Dunkelheit entfaltete und sich lindernd über ihre abgeschürfte, brennende Haut legte. In einer plötzlichen Anwandlung von Zuversicht tastete sie nach der eingewickelten Gestalt und presste ihre Handfläche gegen den kühlen Schädel. *Das ist Dein Werk, Große Llara.* Sie wusste nicht, woher sie den Mut zu solchen Vorhaltungen nahm, die Worte strömten einfach aus ihr heraus, ohne dass sie etwas dagegen tun konnte. *Du hast mich gerufen, Deinen Schützling zu retten, und ich habe Dir gehorcht.*

*Ich hätte mich dagegen wehren können, dann hätte er das Mädchen umgebracht. Doch ich habe Deinen Willen erfüllt, und nun ist dieser Mann tot.*

Da, wo ihre Hand den Schädel des Toten berührte, schien sich jetzt die Dunkelheit zu lichten. Gaultry konzentrierte sich auf diese Stelle zwischen Licht und Dunkel. Irgendetwas spreizte ihre Finger, als wolle irgendeine fremde Macht die Totenmaske des Mannes befühlen.

Und plötzlich wurde Gaultry überdeutlich klar, dass die Große Llara tatsächlich von ihr Besitz ergriffen hatte und sich mehr als nur ihre Hand aneignen würde, wenn sie sich nicht wehrte.

*Meine Seele gehört Tielmark,* begann Gaultry von Neuem mit ihrer Litanei und versuchte, einen klaren Gedanken zu fassen. *Und der Jägerin Elianté. Auf Llaras Leiter hat mir die Große Donnergöttin Ihre Gnade erwiesen, und dafür stehe ich in Ihrer Schuld. Diese Schuld werde ich zurückzahlen. Aber ich werde mich nicht zum Spielball irgendeiner Gottheit machen, auf gar keinen Fall. Ich werde mir nie mehr von irgendeiner Gottheit die Hand führen lassen, auch nicht, um ein wehrloses Mädchen zu retten.*

*Große Donnergöttin, dieser Mann war ein Ungeheuer.* Sie zwang sich dazu, ihre Hand zurückzuziehen, und ballte sie zur Faust. *Wenn es zum Kampf gekommen wäre, hätte er mich vielleicht umgebracht. Dennoch war es nicht gerecht, ihn hinterrücks zu ermorden.*

Der Schmerz zwang sie, ihre Finger wieder zu spreizen. Keuchend bemerkte Gaultry, dass hier eine Kraft am Werke war, die sie nicht bezwingen konnte. Wer konnte auch hoffen, die Götter zu besiegen –

Dann war die stechende Kälte in ihrer Handfläche auf einmal verschwunden, und das silberne Licht erlosch.

Sie sank blindlings gegen die Wand und wünschte, sie hätte genau gewusst, was die plötzliche Besserung zu bedeuten hatte. Eine Erklärung schien ihr jedoch über alle Zweifel erhaben: In Llaras Augen hatte sie jedenfalls keinen Menschen ermordet, sondern einer Frau das Leben gerettet.

»Wir müssen uns um das Mädchen kümmern«, sagte Gaultry und wunderte sich selbst über ihre Entschiedenheit.

Tullier zwängte sich grob an ihr vorbei und quetschte sie dabei gegen die Wand. Einen Moment lang spürte sie die unterdrückte Wut, die seinen jungen Körper hart machte. »Columba ist eine Sklavin, die an dieses Land gebunden ist«, sagte er. »Sie ist nicht wie die Sharif. Wir können sie nicht einfach mitnehmen. Das Einzige, was wir noch für sie tun können, ist, ihr die Kehle durchzuschneiden und ihrem elenden Leben ein Ende zu bereiten.«

»Wir kehren um.« Gaultry versetzte ihm im Dunkeln einen Stoß.

»Ihr seid hier, um Euer kostbares Hexenblut aus den Fängen des Kaisers zu befreien.« Tullier versperrte ihr den Weg. »Ihr habt gesagt, Ihr wärt nach Bissanty gekommen, weil Ihr Martin Stalker etwas schuldig seid. Und jetzt, wo Ihr ihm schon so nah seid und Waffen und Gold in der Tasche habt und die Chancen besser stehen denn je, da wollt Ihr schon wieder alles aufs Spiel setzen. Ohne dass es irgendjemandem nützt.«

»Dieser Streit ist reine Zeitverschwendung«, erklärte Gaultry und quetschte sich an ihm vorbei. »Die Göttin hat meine Hand geführt. Mehr kann ich dazu nicht sagen.«

»Das hier ist nicht Eliantés Land«, sagte er aufgebracht. Inzwischen schimmerten wieder die ersten Lichtpunkte durch die Wandverkleidung, gleich würden sie das schicksalhafte Zimmer erreichen, in dem das bleiche Mädchen saß. »Die Jägerin hat in Bissanty nichts zu sagen.« Ein Lichtstrahl fiel in seine eisgrünen Augen und auf sein blasses, rußstreifiges Gesicht. Er wirkte bedrohlicher denn je, ein gespannter, todbringender Bogen, der leibhaftige Sha Muira-Dolch, der Llara zur Seite stand.

Gaultry hielt die Luft an. Wenn sie ihm nicht sofort etwas entgegensetzte, würde er merken, dass er ihr Angst machte, und das wollte sie auf keinen Fall.

»Wie kommst du darauf, dass ich die Jägerin meine?« Gaultry trat einen Schritt in seine Richtung und zwang ihn dazu, zu ihr aufzublicken. »Was bringt dich zu der Annahme, dass nur die Großen Zwillinge aus mir sprechen?«

Tullier klappte den Mund auf, aber es kam kein Ton heraus.

»Ein Mann ist heute unter meinen Händen gestorben«, sagte Gaultry direkt. »Aber ich bin keine Mörderin – weder von Natur aus, noch hat man mich dazu erzogen. Ich will gar nicht behaupten, dass ich wüsste, warum ausgerechnet ich dazu ausersehen war, dem Mann das Genick zu brechen. Aber das Mädchen hat Llara um Hilfe angefleht, und ich würde sagen, dass Sie sie erhört hat.«

»Ich habe mein Leben Llara geweiht«, erwiderte Tullier. »Mich hätte Sie zuerst angesprochen –«

»Mag sein«, meinte Gaultry, die langsam die Geduld verlor. »Vielleicht hat sie gedacht, dass deine Art, mit dem armen Mädchen umzugehen, nicht das Richtige gewesen wäre.«

Jetzt wurde Tullier blass vor Wut. »Ihr seid immer so sicher, dass Euch die Götter vorziehen –«

Gaultry machte eine müde Handbewegung. »Hör auf, Tullier!«, sagte sie. »Darüber will ich mich wirklich nicht mehr mit dir streiten –«

»Ihr könnt nicht jedem armen Teufel helfen.«

»Das will ich auch gar nicht«, sagte Gaultry. »Begreif doch endlich, Tullier: Ich bin kein Krieger. Wenn ich das da aus freiem Willen getan hätte, wäre ich jetzt tot und Columba auch.«

Das brachte ihn fürs Erste zum Schweigen, auch wenn es den Streit nicht beilegen konnte.

Das Mädchen hatte sich nicht von der Stelle gerührt, seit sie es verlassen hatten. Schwachsinnig hatte Tullier sie genannt. Der teilnahmslose Blick führte Gaultry erneut die Ungeheuerlichkeit ihrer Tat vor Augen. Wieder sah sie den Rücken des Mannes vor sich, der sich unter ihren Schwerthieben aufbäumte.

Wie hatte sie nur annehmen können, dass die Große Llara sich die Mühe gemacht hätte, ihr die Hand zu führen, um dieses leblose Bündel Haut und Knochen zu retten?

Tullier hatte allen Grund, ungehalten zu sein. Die Sharif hatte immerhin eine beeindruckende Willenskraft an den Tag gelegt, als sie ihr zu Hilfe gekommen waren. Tollkühn hatte sie sich in die schwarzen Fluten des Hafens von Bassorah gestürzt, wild entschlossen, es bis ans Ufer zu schaffen.

Dieses Mädchen hier hatte keinerlei eigenen Willen. Apathisch kauerte es in dem Sessel, die dünnen Ärmchen um den mageren Leib geschlungen, und wartete, dass ihm jemand sagen würde, was es tun sollte. Die ganze Zeit über, während Gaultry und Tullier sich mit dem Leichnam abgemüht hatten, war sie nicht einmal auf die Idee gekommen, wenigstens ihre Kleider in Ordnung zu bringen oder die Kampfspuren zu beseitigen, die noch immer im ganzen Zimmer zu sehen waren.

»Weißt du überhaupt, was eben passiert ist?«, fragte Gaultry sie. Als sie die Schulter des Mädchens berührte, merkte sie, dass die unnatürliche Reglosigkeit nicht einfach auf den Schock zurückzuführen war. Die Tränen auf ihren Wangen waren getrocknet, und ihr Gesicht war so ausdruckslos, als wären die soeben erlebten Schrecken bereits in ihrem Bewusstsein ausgelöscht. Verwundert kniete Gaultry sich neben sie und hielt ihre Hände. »Weißt du, was passiert ist?«

»Ich hab's Euch ja gesagt«, meinte Tullier und beseitigte zügig die Blutspuren auf Fußboden und Bett. Er riss das obere Bettlaken herunter und packte es auf den immer größer werdenden Stapel, den sie in dem Hohlraum verstecken mussten.

»Sei still«, sagte Gaultry und versuchte sich zu konzentrieren. »Ich hab sie gefragt, nicht dich.« Columbas dunkle Augen starrten mit leerem Blick durch sie hindurch, und Gaultry fragte sich schon, ob diese Erstarrung womöglich irgendeinem seltsamen Fatalismus entsprang, der das Mädchen dazu bewog, das Ganze als gottgegebenes Schicksal hinzunehmen.

Und doch hatte sie geschrien und Llara angefleht, sie zu retten, als der Mann ihr das Messer an die Kehle gesetzt hatte. Es musste also doch irgendeinen Widerstand in ihr geben.

Es fiel ihr schwer, freundlich mit Tullier umzugehen, der ungeduldig hinter ihr stand und darauf wartete, dass sie fertig wurde.

»Ich habe ein paar Kleider für dich«, sagte sie zu Columba. Das Mädchen rutschte verlegen auf dem Stuhl herum. »Es sind Männerkleider, aber sie sind besser als das, was du anhast.« Die Vorderseite des Kleides war blutverschmiert. »Soll ich dir helfen, sie anzuziehen?«

Die dunklen Augen richteten sich auf Gaultry, als müsse der Verstand in dem weißhaarigen Schädel erst mühsam und aus weiter Ferne seinen Weg zu Gaultry finden. »Danke –« Die Finger umklammerten Gaultrys Hand fester. Es war nur ein Flüstern, ein scheues Zirpen. »Ja. Danke.«

»Wo sind die Sachen, die ich für Martin mitgenommen habe?« Als sie sich zu Tullier umdrehte, zuckte das Mädchen plötzlich zurück. Gaultry fuhr verblüfft herum, und eine Erinnerung blitzte in ihr auf. Einen Moment lang versank das Schlafzimmer vor ihren Augen, und sie war wieder zu Hause im Wald von Arleon und versuchte, im Geiste einen wilden Vogel zu jagen und seine Lebensenergie einzufangen.

Columba stand unter einem starken Zauber. Es war nicht einfach nur der Sklavenbann der Bissantiner, sondern etwas, das Gaultry besser kannte, etwas, das wie ein Schatten auf der Seele des Mädchens lag. Und doch schien dieser Zauber tief in ihr verschüttet zu sein.

»Hier!« Tullier hatte die Sachen zu Tage gefördert und warf sie ihr geräuschvoll vor die Füße. »Beeilt Euch! Wir müssen hier weg sein, bevor jemand an die Tür klopft.« Er raffte das Bündel mit dem Laken zusammen und stopfte es irgendwo hinter die Wandverkleidung. Dann kam er zurück, wusch sich die Hände in der Waschschüssel, schüttete den Inhalt ebenfalls in den Hohlraum, wischte die Schüssel trocken und stellte sie wieder auf den Toilettentisch.

»Kannst du dich allein umziehen?«, fragte Gaultry das Mädchen.

Columba warf Tullier einen scheuen Blick zu, und ihre Augenlider flatterten ängstlich.

Gaultry drehte sich um. Tullier ging ihr langsam auf die Nerven. »Warte draußen!«

Der Junge streifte sie mit einem verächtlichen Blick, tat aber, was sie gesagt hatte.

»Los!« Gaultry sah das schmächtige Geschöpf streng an. »Mach schon, Columba! Wir wollen dir nur helfen.«

Columba starrte sie an, als überstiegen Gaultrys Worte ihr Begriffsvermögen. »Helfen?«, sagte sie. Und wieder sah Gaultry das gejagte Vögelchen in ihr flattern, eine Taube, die man als Köder für einen Falken an einen Strick gebunden hat.

»Columba, was ist das für ein Zauber –« Noch während sie die Frage aussprach, griff ihr Geist nach dem Vogel und versuchte dem Schatten, der auf der Seele des Mädchens lag, auf die Spur zu kommen. Das Mädchen zog den Kopf ein, als es Gaultrys Vorstoß spürte.

Dann zog sie sich das Kleid über die Schultern hinab, und unter der Oberfläche des Vogels sprang Gaultry ein zweiter Zauber an.

Das prunkvolle Schlafgemach drehte sich vor ihren Augen. Gaultry fuhr zurück, als sich der Zauber wie eine seidene Schlinge um ihren Hals legen wollte, doch nicht schnell genug, um es zu verhindern. Ein schwüler Duft, irgendetwas zwischen Blüten und Moschus, stieg ihr in die Nase, nahm ihr den Atem, und auf einmal konnte sie nichts mehr sehen als den gebückten Umriss von Columbas magerem Leib, kaum verhüllt von dem billigen Fähnchen.

Ein Teil ihres Inneren war gegen den Übergriff gewappnet, und auf diesen verlegte sie sich jetzt und versuchte, das Gespinst von Verwünschungen aufzuräufeln, in dem der geheimnisvolle Kern des Mädchens eingesponnen war. Dort spürte sie etwas, woran sich die Jägerin in ihr festhalten konnte. Etwas wie sanftes Flügelschlagen, die geistige Gestalt eines Tieres, so vertraut, als sähe sie es durch ein Dickicht von Zweigen und Gebüsch. Gaultrys Geist griff danach, und ihr war, als berühre sie etwas Warmes, Weiches –

Der Umriss des blassen Mädchens wurde schärfer. Sie hatte das Kleid abgestreift. Ein unbehagliches Kribbeln lief Gaultrys Rückgrat hinab, als Columbas betörende Schönheit ihre Sinne erfasste.

Unter dem zerlumpten Kleid steckte der Körper einer verführerischen Frau. Jetzt erst sah Gaultry die bezaubernde Anmut der schlanken Gestalt. Ihre Haut war makellos glatt, und das silbrig weiße, schimmernde Haar floss in sanften Wellen über die Schultern. Sie wirkte ätherisch wie eine Elfe, und ihre Bewegungen, als sie sich jetzt entkleidete, waren aufreizend. Trotz der Prellungen an Armen und Hals, der hässlichen roten Narbe über dem Brustkorb und der blutigen Schramme an ihrer Kehle zog sie Gaultry magisch an. Die junge Jägerin verspürte eine bisher ungekannte Erregung. Wärme durchflutete ihren Körper. Über alle Vernunft hinweg wollte sie Columba an sich drücken, ihre blasse Haut streicheln, die Lippen des Mädchens mit Küssen bedecken, sie besitzen –

»Hier sind deine neuen Kleider«, sagte Gaultry schroff. »Zieh sie an! Du wirst sie dir in dem engen Durchgang schmutzig machen, aber später kannst du dich nicht noch mal umziehen.« Sie war absichtlich unfreundlich, denn sie wollte die Frau auf jede nur mögliche Weise von sich stoßen. Sie warf ihr die Sachen vor die Füße und machte kehrt, denn der Anblick des Bettes, die Enge des Raumes und der betörende Duft von Columbas Haut waren ihr unheimlich.

Das war nicht Columba selbst, sagte sie sich nachdrücklich. Was da so massiv auf ihre Sinne einwirkte, sollte lediglich ihre

Aufmerksamkeit von dem flüchtigen gefiederten Wesen ablenken. Doch die sinnliche Verlockung zermürbte sie noch immer. Um einen Schutzschild dagegen zu errichten und ihre Angst zu verbergen, begann Gaultry jetzt vor sich hin zu plappern. »Tullier sagt, du bist eine Bann-Sklavin«, meinte sie. »Und gar keine richtige Dienstmagd.«

Aber warum dann dieses mächtige Zaubergespinst? Und warum der eisige Stich, der Gaultrys Hand dazu gezwungen hatte, sie zu beschützen?

Um irgendetwas zu tun, riss sie Columba das verdorbene Kleid aus der Hand und bezwang den Impuls, mit den Fingern über den Hals des Mädchens zu streichen. »Keine richtige Dienstmagd«, wiederholte sie unbeirrt. Der Zauber, der die Frau gefangen hielt, war heimtückisch wie die Brandung, die den Strand mitriss. Sosehr sie sich auch dagegen wehrte, sie konnte nicht umhin, erneut hinzusehen, wie sich die Frau drehte und wand, während sie die gestohlenen Sachen anzog.

Ohne von Gaultrys Blicken Notiz zu nehmen, bückte sich Columba jetzt, um die Hose anzuziehen. Als sie die zu langen Hosenbeine aufkrempelte, spannte sich die Haut über ihren Schulterblättern, und man konnte die Flecke sehen, wo ihr Peiniger zugepackt hatte.

Mit einem Mal bemerkte Gaultry, dass dort etwas fehlte. »Tullier!«, rief sie und hatte alle Mühe, ihre Stimme im Zaum zu halten. Sie machte zwei Schritte auf die Öffnung in der Wand zu und rief erneut nach ihm. »Tullier! Sie hat kein Sklavenbrandmal!«

Der Junge steckte den Kopf ins Zimmer. »Sie ist aber eine Sklavin«, sagte er unwirsch. »Sie muss eins haben.«

Inzwischen hatte Columba das Hemd angezogen. Der Schimmer des blauen Samtes passte gut zu ihrer hellen Haut. Zu gut für Gaultrys Geschmack. Sie musste an sich halten, als sie sie noch einmal die Schulter entblößen ließ, um Tullier zu zeigen, dass sie keine Narbe trug.

»Wo ist das Brandzeichen?«, fragte er und nahm Columba den

Hemdzipfel aus der Hand, um ihren Rücken wieder zu bedecken. Dann hob er schnuppernd die Nase. »Was ist das für ein Geruch?«

»Welcher Geruch denn?«, fauchte Gaultry, der es peinlich war, zu sehen, wie wenig ihn die Elfenbeinhaut der Frau beeindrucken konnte.

»Es riecht nach Moschus.«

»Es ist irgendein Zauber«, sagte sie widerwillig. Wenn Tullier die sinnliche Ausstrahlung der Frau nicht wahrnahm, hatte sie auch keine Lust, es ihm zu erklären. »Du hast gesagt, dass ihr so etwas wie heute Nacht schon öfter passiert ist. Kein Wunder. Sie hat etwas an sich, was einen ganzen Mönchsorden brünstig machen würde.«

»So?« Seine Gelassenheit ließ sie beinahe aus der Haut fahren.

»Sag mal, Tullier? Was könnte einen Hexenmeister dazu bewogen haben, sich mit dieser Frau zu befassen?«

»Die Laune eines durchreisenden Gastes vielleicht.«

»Das genügt mir nicht.« Sie wurde wieder wütend. »Ich sagte, es ist ein starker Zauber –«

»Piron!« Ein hastiges Klopfen an der Tür unterbrach ihn. Jemand rüttelte am Knauf und begann fluchend gegen die Tür zu hämmern, als er merkte, dass sie verschlossen war. »Piron, lass mich rein!«

Wieder Fluchen. Dann wurde mit Schlüsseln herumhantiert und jemand versuchte, das Schloss zu treffen.

Wie ein Mann packten Gaultry und Tullier das blasse Mädchen und schoben es hastig in den Geheimgang. Er schaffte es gerade noch, das Paneel einzusetzen, da flog drinnen die Tür auf, und der Knauf schlug krachend gegen die Wand.

Der Kahlkopf stolperte taumelnd hinein. »Piron!«, rief er ausgelassen. »Warum hast du mich allein da unten sitzen lassen?«

»Er ist betrunken!«, flüsterte Gaultry.

»Was Ihr nicht sagt!« Tullier hatte sein Messer gezückt, rammte es in die Feder des Paneels und brach sie ab, sodass man den Mechanismus nicht mehr öffnen konnte.

Der Trunkenbold konnte sich kaum noch auf den Beinen halten und war völlig mit sich selbst beschäftigt. Er angelte nach der Tür und ließ sie zuknallen, was ihn sichtlich erheiterte. Der Lachanfall brachte ihn fast aus dem Gleichgewicht. Er kniff die Augen zusammen und warf seinen Mantel zu Boden. »Piron!«, rief er erneut und zerrte an den Bändern seines Hosenbundes. »Wo hast du dich verkrochen?« Er schüttelte die Stiefel von seinen Füßen und schleuderte sie unters Bett. »Piron, Piron, wo bist du bloß?« Es war mehr das Lallen eines Betrunkenen als eine echte Frage.

Er torkelte zu den Kerzenhaltern an der Wand hinüber und wollte die Kerzen auslöschen. »Llara verdammich!« Er hatte sich die Finger verbrannt. Nachdem er sie mit der Zunge angefeuchtet hatte, versuchte er es noch einmal, diesmal mit Erfolg. Dann polterte er zu der Lampe auf demTisch neben ihm und erstickte auch noch das letzte Licht im Zimmer. Völlige Dunkelheit umfing die drei hinter der Wandverkleidung. Draußen brabbelte der Trunkenbold unzusammenhängende Worte vor sich hin, während er auf das Bett zustolperte.

Die plötzliche Enge und Finsternis war nervenaufreibend. Columbas Atem ging stoßweise, als wäre sie einer Panik nahe. Gaultry streckte im Dunkeln die Hand aus, um sie zu beruhigen, dabei streiften ihre Finger die Lippen des Mädchens, und eine Welle puren Lustempfindens schoss durch ihren Körper bis in die Lenden hinab. Sie fuhr zurück und stieß gegen Tullier.

Der Zauber, der Columba in seinen Fängen hielt, lauerte unmittelbar unter ihrer Haut. Wenn er geweckt wurde, konnte niemand das Mädchen berühren, ohne dass unwillkürlich eine starke Erregung in ihm ausgelöst wurde. Gaultry lehnte sich gegen die Wand, um wieder zu sich zu kommen. Nach einer Weile spürte sie Tulliers Hand auf ihrer Schulter wie eine leise Frage. Dankbar griff sie danach. Fast ein Monat war inzwischen vergangen, und nun konnte sie endlich seine Hand nehmen – wenn er gerade nicht schwitzte.

Das ist der Fluch von Bissanty, dachte sie finster. Jede einfache

Berührung war mit Bannsprüchen und starren gesellschaftlichen Schranken vergiftet. Was war nur mit den Bissantinern los, dass sie so darauf erpicht waren, diesen Fluch immer wieder fortzupflanzen? Hatte der Kaiser so wenig Selbstvertrauen, dass er seine Untertanen unentwegt der Giftprobe aussetzen musste, um ihnen immer wieder vor Augen zu führen, dass es Dinge gab, die Llara nur ihm und seiner Familie zukommen ließ?

Sie hätte zu gern gewusst, wie viel es Tullier bedeutete, dass er im Dunkeln die Hand ausstrecken und ihr so zu verstehen geben konnte, dass sie es jetzt wagen konnten, sich wieder auf den Weg zu machen. Vorsichtig zog er sie in die Richtung, in der sie wieder in den Hauptgang gelangen würden.

Sie drückte wortlos seine Hand und folgte ihm bereitwillig.

# 17

Columba trottete gehorsam mit ihnen durch das Labyrinth der Gänge. Tullier ging eilig voraus, als wolle er die verlorene Zeit wieder aufholen. Gaultry bildete die Nachhut und hatte alle Mühe, sich nicht vom Anblick des geschmeidigen Rückens vor ihr aus der Ruhe bringen zu lassen.

Columba bewegte sich so behende in dem engen Hohlraum, dass Gaultry ihr das Bündel mit den beiden Schwertern in die Hand drückte, denn sie war es Leid, sich dauernd an den rauen Steinen zu stoßen, weil sie die größte von den dreien war. Nachdem sie durch ein Loch im Fußboden eine schon ziemlich brüchige kurze Leiter hinabgestiegen waren, landeten sie in einem engen Raum an der Kreuzung zweier Gänge, der von einem Flecken Kerzenlicht erhellt wurde, das durch zwei hoch angebrachte Paneele sickerte.

»Sind wir bald da?«, flüsterte Gaultry gereizt über Columbas Kopf hinweg. »Ich hab's satt, dauernd den Kopf einzuziehen.«

»Ja. Seht Ihr denn nicht, wo wir sind? Hier waren wir schon, bevor wir in den Lagerraum gegangen sind.«

Die Gänge sahen alle so gleich aus, dass Gaultry sich nicht mehr auskannte.

Das hübsche Gesicht der Sharif wirkte froh und erleichtert, als sie das letzte Wandpaneel aufstießen und wieder in ihr Zimmer traten. *Endlich!* Als sie Columba erspähte, wurde ihr Blick misstrauisch. *Wer ist das?*

»Das ist Columba«, sagte Gaultry. »Sie kommt vielleicht mit zu Dunsanius' Furt.« Tullier, der sie besser verstanden hatte als die Sharif, bedachte Gaultry mit einem missbilligenden Blick.

»Co-lum-ba?«, wiederholte die Sharif irritiert. *Sie ist ja nur Haut und Knochen. Was sollen wir denn mit so einer?*

»Columba«, sagte Gaultry noch einmal, ohne auf den Einwand einzugehen. Es genügte schon, dass Tullier ihr ständig Vorhaltungen machte. »Das ist ein bissantinisches Wort. Es bedeutet Taube.« Sie erzeugte im Geiste ein Bild, das die Sharif erkennen würde.

*So wie Issachar, der Falke?*

*Nicht wie Issachar* – Während Gaultry den Kopf schüttelte, streifte eine flatternde Bewegung ihr geistiges Auge. Columba mit eingezogenem Kopf, die Augen niedergeschlagen. Ein wilder Vogel. Eine weiße Taube. Erschrocken sah Gaultry die Frau an. Doch die Erscheinung war bereits verflogen, und sie sah nur noch ein Häufchen Elend vor sich.

Allerdings war ihr das auch lieber.

»Columba.« Sie ließ sich den Namen langsam auf der Zunge zergehen. »Mit wie vielen magischen Schichten hat man dich belegt? Bis jetzt spüre ich erst zwei.«

Das blasse Mädchen nestelte an dem Bündel herum. »Kann ich das jetzt hinlegen?«, fragte sie schüchtern.

»In Llaras Namen« – Gaultry machte einen Schritt auf sie zu – »und bei den Großen Zwölf, sag mir, was dich in diesem Haus festgenagelt hat? Wer hat dich dazu verflucht?«

Die dunklen Augen hefteten sich auf das Gesicht der Jägerin. Ihre zarten Finger krallten sich in den Stoff des Bündels. Aber sie konnte Gaultrys Blick nicht lange standhalten. »Ich habe mich selbst verflucht«, gestand sie und ließ den Kopf hängen.

»Das glaub ich nicht«, sagte Gaultry. »Das kannst du gar nicht.«

»Ich war früher –«

*Worüber redet ihr?* Die Sharif kam näher und nahm Columba das Bündel aus der Hand. *Da sind ja Schwerter drin – wo warst du mit Tullier?*

Columba nutzte die Unterbrechung und zog sich ans Fenster zurück, wo sie die geschlossenen Läden anstarrte, während sie sich aufgeregt die Hände rieb.

»Hör auf damit!«, fuhr Gaultry sie an, denn sie hatte Angst, das könnte den Sinnlichkeitszauber wieder heraufbeschwören. Dann wandte sie sich an die Sharif. *Dieses Haus ist voller Perverser. Wir machen uns auf den Weg, bevor sie wieder auf sind. Und diese Frau kommt mit, wenn wir vorher noch etwas aus ihr herausbekommen.*

*Die Frau ist so kalt, dass ich mir vorstellen könnte, sie hat gar keine Seele,* erwiderte die Sharif ungewöhnlich feindselig. *Nicht wie dein Tullier. Bei dem schlägt wenigstens ein Herz unter seinem zornigen Panzer. Ich konnte die Leere in ihr gleich spüren, als sie hereinkam.*

*Verschwende deine Zuneigung lieber nicht an sie.*

*Sie ist verzaubert,* gab Gaultry zurück. *Den Göttern tut sie Leid.*

*Mir nicht.*

»Was redet ihr da?« Diesmal war es Tullier, der sie unterbrach. Gaultry, die sich jetzt von zwei Seiten bedrängt fühlte, hob beschwörend die Hände.

»Seid doch still, alle beide! Columba muss mir ein paar Fragen beantworten.« Der betrübte Blick, den die beiden jetzt tauschten, machte sie erst recht wütend.

Da kam ihr das wehrlose Mädchen gerade recht, um sich abzureagieren. »He, du!«, fuhr Gaultry sie an. »Hör auf mit den Ausreden und sag mir, wie du in dieses Haus gekommen bist!«

Columba zuckte verängstigt zusammen. Aber glücklicherweise verschlug ihr Gaultrys Ton nicht die Sprache. »Man hat mich hergebracht, um den Schrein meiner Mutter zu hüten. Ihr Grab war in Llaras Namen dazu bestimmt, von einer bewacht zu werden, die rein ist. Rein an Leib und Seele. Und das war ich einst – ich war die Richtige dafür. Aber ich habe ihren Schrein entweiht.«

»Was für einen Schrein?« Gaultry griff gierig nach der einzigen konkreten Information in dem ganzen Gestammel. »Meinst du den alten Tempel oben an der Straße?«

Columba wurde kreideweiß. »Den da? Oh, nein, ich meine die Katakombe – hier im Haus.«

»In diesem Haus?« Gaultry sah Tullier fragend an.

»Sie ist nicht ganz richtig im Kopf«, meinte er. »Hier gibt es keine Katakombe.«

»Ist sie vielleicht unter dem Geheimgang verborgen?« Sie drehte sich wieder zu Columba um. »Man kommt durch die Hohlräume in den Wänden dorthin, stimmt's?«

»Es ist ein geheimer Ort«, sagte das Mädchen. »Ich kann doch nicht –«

»Du kennst dich aus in diesen Gängen«, drang Gaultry weiter auf sie ein. »Ich habe es gesehen an der Art, wie du dich bewegt hast.«

»Aber es waren keine Spuren im Staub«, widersprach Tullier. »Schon damals nicht, als ich hier wohnte. Und jetzt auch nicht.«

»Columba war ja auch schon so, als du herkamst«, erinnerte ihn Gaultry. »Wenn sie jemals dort drinnen war, dann muss das vor deiner Ankunft gewesen sein.«

*Ein Höhlenwesen,* mischte sich die Sharif ein. *Ein weißer Skorpion, der nie ans Licht kommt.*

Gaultry wusste zwar nicht, was ein Skorpion war, aber sie hörte am Tonfall der Wüstenfrau, dass der Vergleich nicht gerade schmeichelhaft war.

Es war eine anstrengende Nacht gewesen. Gaultry ging hinüber zu der Waschschüssel und tauchte die Hände hinein, um ein wenig Zeit zu gewinnen. Ein Schälchen Schmierseife und ein Handtuch befanden sich in Reichweite. Sie nahm beides und wusch sich damit das Gesicht. Verblüfft starrte sie auf die schwarzen Rußspuren, die dabei im Handtuch zurückblieben. Sie sah Tullier an. Er war ebenfalls ganz schmutzig. Columba dagegen war makellos sauber – wenn man einmal von den blauen Flecken absah.

»Sieh mal«, sagte sie. »Tullier und ich sehen erbärmlich aus, aber sie ist immer noch ganz sauber und hat kaum ein Stäubchen abbekommen, obwohl sie die ganze Zeit das Bündel geschleppt hat.«

»Ich habe früher den halben Tag in diesen Geheimgängen zugebracht«, gestand Columba.

Tullier gab einen ungläubigen Laut von sich.

»Dann ist der Schrein also dort drinnen?«, fragte Gaultry hartnäckig und warf dem Jungen gleichzeitig einen warnenden Blick zu.

»Ja. Aber er ist verschlossen. Schon lange. Schon bevor der da ins Haus kam.« Tullier trat nervös von einem Bein aufs andere. »Seit mich der Fluch traf, ist mir das Grab meiner Mutter versperrt.«

»Kannst du uns wenigstens zeigen, wo es ist?«, fragte Gaultry.

Columba zuckte zusammen. »Ich kann nicht hingehen. Ich würde es verunreinigen.« Sie vollführte mit der Handkante das Zeichen des Blitzes. »An mir ist nichts mehr rein, weder mein Herz noch mein Leib ...«

Gaultry sah Tullier an. »Wovon redet sie?«

»Na, was meint Ihr wohl?«, erwiderte Tullier sarkastisch. »Piron war schließlich nicht der Erste, der es mit ihr getrieben hat. Was könnte denn nach so einem Leben noch rein sein an ihr?«

»Zumindest ihr Herz könnte noch unberührt sein – die Sharif ist jedenfalls der Meinung, sie ist völlig kalt und gefühllos.«

*Ihre Seele ist kalt*. Die Sharif, die der Unterhaltung nur in groben Zügen gefolgt war, nickte.

Columbas Blick flackerte nervös, als spüre sie die unausgesprochene Abneigung.

»Ich will wissen, was das für ein Schrein ist«, beharrte Gaultry. »Da könnt ihr sagen, was ihr wollt. Der Zauber, der diese Frau umgibt, erinnert mich an irgendetwas, und wenn ihr beide mal eine Minute still wärt, würde es mir wahrscheinlich wieder einfallen.«

»Aber wenn Columba nun mal nicht hineingehen kann –«, fiel ihr Tullier ins Wort.

»Sie kann uns zumindest den Weg zeigen«, unterbrach ihn Gaultry. »Dann können wir allein weitergehen. Ich finde, das ist wichtig. Es muss etwas zu bedeuten haben. Eine geheime Grabstätte ist immer etwas Bedeutsames. Streng doch mal ein bisschen deinen Grips an, Tullier! Wenn der Seeprinz von so einem Versteck gewusst hat, als er dieses Anwesen erwarb, was meinst du wohl, wen er dort begraben haben könnte?«

Das Gesicht des Jungen wurde bleich unter all dem Staub und Schmutz.

»Also, Columba, du wirst uns den Eingang zum Grab deiner Mutter zeigen«, sagte Gaultry bestimmt. »Du hast nichts zu befürchten. Niemand wird dich dazu zwingen, hineinzugehen.«

Sie griff nach der Schulter der Sharif. *Unter den Geheimgängen ist ein Grab versteckt,* ließ sie sie wissen. *Es könnte sein, dass der Seeprinz – Tulliers Vater – dort seine Frauen begraben hat. Wir müssen es uns ansehen, bevor wir uns auf den Weg machen. Columba wird uns zeigen, wo es ist.*

*Dann muss ich also doch noch durch dunkle Ritzen kriechen wie ein Skorpion,* meinte die Sharif vorwurfsvoll.

*Du kannst auch hierbleiben.*

*Und dich und Tullier mit diesem Wesen allein lassen?* Sie schnaubte verächtlich. *Wohl kaum.*

*Du kannst es dir aussuchen –*

»Diesmal ich komme mit«, erklärte sie Tullier. »Und du –« Sie drehte sich zu Gaultry um. »Du mir zeigst diese Waffen.«

Gaultry, die bemerkte, dass die Frau fest entschlossen war, wickelte die beiden Schwerter aus.

Die Sharif zog das eine aus der Scheide, mit dem Gaultry Piron getötet hatte. In ihren kampfgestählten Händen wirkte es zierlich. Prüfend fuhr sie mit den Fingern die flache Seite entlang. Sie hatten die Klinge sauber gemacht, aber irgendetwas veranlasste die Frau, Gaultry scharf anzusehen, als wüsste sie, dass noch vor kurzem Blut daran geklebt hatte. Die junge Jägerin zuckte die Achseln, sie war es Leid, Erklärungen abzugeben.

*Such dir eins aus. Tullier und ich müssen noch einmal hineingehen. Ich würde dich gern mitnehmen, wenn du mit der Dunkelheit und Enge klarkommst, aber ich will kein Gejammer mehr hören.* »Tullier«, fügte sie laut hinzu. »Wenn uns Columba zeigen kann, wo sich dieser Schrein befindet, gehen wir hier nicht weg, ohne ihn uns angesehen zu haben.«

Ihr Weg führte sie tief hinab bis zu den Fundamenten des Hauses. Der Steinboden ging in Erdreich über, und die Decke wurde gefährlich niedrig. Gaultry musste wieder die ganze Zeit über den Kopf einziehen, und die Sharif, die kreuzunglücklich, aber fest entschlossen aussah, kroch beinahe auf allen vieren. Da es hier unten keine durchscheinenden Wandverkleidungen mehr gab, konnten sie zwei Kerzen anzünden. Die flackernden Lichter warfen gespenstische Schatten auf die unebenen Wände. Von allen Seiten lastete das dumpfe Gewicht der Erde auf ihnen, und die staubige Luft, die sich schwer auf ihre Lungen legte, verstärkte die bedrückende Atmosphäre noch. Gaultry hatte das Gefühl, meilenweit von zu Hause entfernt zu sein. Beschämt stellte sie fest, dass ihr Tulliers zweifelnder Gesichtsausdruck eine Beruhigung war. Obwohl sie an keiner sichtbaren Tür oder Ecke vorbeikamen, legte der Junge auf einmal die Hand an die raue Steinmauer und zog sie gleich darauf erschrocken zurück.

»Hier war ich noch nie«, flüsterte er. »Es ist uralt. Jahrhunderte älter als alles da oben.«

Columba, die vorausgegangen war, blieb stehen. Im Gegensatz zu Tullier war ihr Gesicht ein Buch mit sieben Siegeln. Das Licht der Kerze in ihrer Hand fiel auf ein paar schmale, unverkleidete Stufen, die steil abfallend in den lehmartigen gelben Boden gehauen waren. Darüber wölbte sich ein altertümlicher halbrunder Bogen, der grob aus dem blassroten Gestein herausgemeißelt war.

»Von hier ab müsst ihr allein weitergehen«, sagte sie und trat beiseite, um sie vorbeizulassen. »Ich darf dort nicht hinein.«

»Ist es ein Zauber, der dich daran hindert?«, wollte Gaultry wissen. »Oder dein eigenes Versprechen?«

»Nur die Reinen dürfen die Katakombe betreten«, intonierte Columba tonlos.

»Das ist nicht sehr aufschlussreich«, sagte Tullier streng. »Sag uns, was dich zurückhält!«

Das Mädchen blinzelte und sah ihn verwirrt an. »Ich weiß nicht«, sagte sie. »Ich weiß nur, dass ich nicht an diesem Bogen vorbeikann.«

»Wir könnten dich dazu zwingen«, meinte der Junge, »und feststellen, ob du dort wirklich etwas zu befürchten hast.«

»Hör auf, Tullier!«, sagte Gaultry. »Warte hier auf uns, Columba!«

»Es wird ihr gar nichts anderes übrig bleiben«, meinte Tullier. »Wir nehmen ihre Kerze mit.« Er wand sie ihr aus den Fingern.

»Nimm nur«, sagte Columba. »Ich brauche sie nicht.«

*Sie findet sich auch im Dunkeln zurecht.* Die Sharif legte die Hand auf die Schulter des Mädchens und drückte sie gegen die Wand. *Wozu ihr erst die Kerze wegnehmen?*

Tullier fuhr herum und sah Gaultry entgeistert an. »Ich kann sie hören!«, sagte er. »Sie kann Columba auch nicht leiden.«

»Na großartig«, meinte Gaultry gereizt. »Jetzt habt ihr beiden ja endlich etwas Gemeinsames. Sie kann sich nur mit denen im Geiste verständigen, mit denen sie einer Meinung ist.«

*Ich bleibe hier und passe auf sie auf,* erklärte die Sharif. *Lasst mir eine Kerze hier, und geht allein weiter.*

»Bitte sehr«, sagte Gaultry, irritiert von der stoischen Gelassenheit, mit der die Sharif Tulliers neue Fähigkeit aufnahm – so als hätte sie bereits damit gerechnet. Sie nahm Tullier die Kerze weg und drückte sie der Sharif in die Hand. »Ich schätze, es wird nicht lange dauern.«

Zwölf steile Stufen führten hinunter in einen Gang mit einer niedrigen, gewölbten Decke, die von dicken Pfeilern gestützt wurde. Zu beiden Seiten der Treppe befand sich in Nischen zwischen den Pfeilern jeweils ein marmorner Sarkophag. Auf dem einen ruhte ein steinerner Löwe, auf dem anderen eine weibliche Figur mit Eulenaugen und einem auf der Brust eingemeißelten Halsband aus vier Ringen.

»Das sieht hier so alt aus, als stamme es aus den Zeiten der Gründung Tielmarks.« Gaultrys Stimme war nur ein Flüstern.

»Es ist viel älter«, schnaubte Tullier.

»Ich meine nicht die Gründung des freien Tielmark.« Sie starrte die steinerne Frau an. »Ich meine die Zeit, als es seine ersten Grenzen bekam, zu Beginn des Kaiserreiches. Es gibt noch überall in Tielmark Ruinen aus dieser Zeit. Nicht wie das Aquädukt, das wir in Bellaire gesehen haben. Viel älter.« Sie sah Tullier an und suchte nach Worten, um ihm das seltsame Gefühl zu erklären, das sie beim Anblick der Figur beschlich. »Zu Hause in Tielmark habe ich im Wald von Arleon gelebt, ganz in der Nähe dessen, was du vermutlich als die alte Reichsgrenze bezeichnen würdest.«

»Ich weiß«, sagte Tullier. »Corbulo hat es mir erzählt.«

Gaultry nickte. Es überraschte sie nicht, dass es sich herumgesprochen hatte. Dann erschauerte sie plötzlich bei dem Gedanken daran, wie sie sich doch verändert hatte. Noch vor einem Monat hätte sie sich darüber gewundert. Sie hatte nicht sehr lange gebraucht, um zu begreifen, wie eng Tielmarks Politik mit der von Bissanty verflochten war.

»Das Land entlang der Grenze ist fast vollständig bewaldet. Dichter grüner Wald, um die Bauern im Süden vor dem Land jenseits der Grenze zu schützen.« Sie fuhr mit den Fingern um die Eulenaugen herum. »Als die Bissantiner noch dort herrschten, sicherten sie die Grenze mit großen Steinpfeilern. Alte Steine aus Bissanty mit eingemeißelten Gesichtern, so wie das dieser Frau hier. Der Wald hat sie mit der Zeit überwuchert, aber manchmal stößt man noch auf den einen oder anderen davon. Einmal war ich auf der Jagd und wäre beinahe über so einen Stein gestolpert. Es war die gleiche Figur wie diese Frau, mit vier Ringen und solchen Eulenaugen. Zu Hause habe ich meiner Großmutter davon erzählt, und obwohl es schon spät war, wollte sie den Stein unbedingt noch sehen. Aber irgendwie konnte ich ihn nicht wiederfinden. Der Baumstamm, der sich drum herum gebildet hatte, war fast sieben Fuß dick.« Sie sah ihn wieder vor sich und wunderte sich über dieses Rätsel. »Wir haben schließlich einen Baum gefunden, der so aussah, aber der Stein war nicht da. Wir haben ihn nie wiedergesehen.«

»Eulen bedeuten Weisheit«, sagte Tullier.

»Deshalb wollte meine Großmutter wahrscheinlich auch, dass ich nach dem Stein suche«, meinte Gaultry wehmütig.

Sie ließen die Eulenfrau hinter sich und gingen weiter. Die ganze Wand entlang waren in einzelnen Nischen noch weitere Sarkophage aufgereiht. Die alten Pfeiler, die sie trennten, waren mit lehmverstärkten Schilfmatten verputzt und wanden sich in Schlangenlinien auf beiden Seiten bis in die entferntesten Bereiche des Ganges, der im Dunkeln lag.

Als Gaultry die letzte Biegung umrundet hatte, blieb sie auf einmal stolpernd stehen.

»Was jetzt?«, grunzte Tullier, der ihr folgte.

Der Gang endete abrupt in einem grobangelegten Gelass mit abgerundeten Ecken. Die Wände waren aus nacktem gestampftem Lehm, ohne die Schilfmattenverstärkung, die sie zuvor gesehen hatten. Die dunkelbraune Oberfläche war direkt aus dem groben Erdreich herausgearbeitet und nur notdürftig geglättet. Gaultry hatte so etwas erst einmal in ihrem Leben gesehen – in einer kleinen Höhle, die ihre Großmutter einzig und allein mit Hilfe ihrer starken Zauberkräfte in den Berghang gehauen hatte.

»Dieser Raum ist höchstens zehn oder zwanzig Jahre alt«, flüsterte sie. »Irgendjemand hat die alte Rückwand der Katakombe durchbrochen.«

Dieser Jemand hatte einen versteckten Platz für einen Sarg gebraucht. Die hintere Wand barg eine tiefe, aber schmucklose Nische, die als einzige Verzierung ein Blitz aus inzwischen angelaufener Silberbronze krönte.

Es roch dumpf nach altem Räucherwerk und Erde. Mehr denn je bedrückte Gaultry das Gewicht des Erdreichs über ihrem Kopf. Nur ein Zauber allein konnte die Decke, der jegliche Abstützung fehlte, vor dem Einsturz bewahren. Beim Gedanken an Columbas Hinweis, dass die Krypta nur den reinen Seelen zugänglich war, blieb sie wie angewurzelt auf der Schwelle stehen. Große Jägerin, hilf mir!, dachte sie. Das konnte alles Mögliche bedeuten. An Tulliers unsicherem Blick merkte sie, dass er dasselbe dachte. Um ihn nicht noch unsicherer zu machen, rang sie sich ein aufmunterndes Lächeln ab.

»Jetzt werden wir gleich feststellen, was eine reine Seele ist.« Sie atmete tief durch, heftete ihren Blick fest auf den Sarkophag und ballte die Hände zu Fäusten. So gewappnet trat sie über die Schwelle.

Die Reaktion war prompt, aber nicht dramatisch. In einer goldenen Schale, die auf einem Brett in der Mitte der Nische stand, flammte ein helles Licht auf, das die gesamte Grabkammer erleuchtete. Gaultry erschrak, dann merkte sie, dass es ihr nichts tun würde, und stieß die Luft aus, die sie vor Angst, ihr würde die Decke auf den Kopf fallen, angehalten hatte.

»Es hat mich gespürt.« Sie drehte sich zu Tullier um. Ihr Herz schlug wie wild, ohne dass sie hätte sagen können, ob es die Angst oder der Zauber war. »Aber ich glaube, es verzeiht mir mein Eindringen. Jetzt bist du dran.«

»Ich bleibe lieber hier stehen«, meinte der Junge skeptisch.

»Warum wollt Ihr mich auf die Probe stellen? Ich weiß nicht einmal, was Ihr eigentlich sucht.«

»Sehr vernünftig«, meinte Gaultry stirnrunzelnd. Sie war überzeugt, dass sie Tullier inzwischen gut genug kannte, um beurteilen zu können, wann er in Gefahr war. Sein Zögern fasste sie als Misstrauen auf. »Aber du lässt mir nicht die Decke auf den Kopf fallen, oder? Na schön. Dann bleib, wo du bist.«

Sie wandte sich um und ging weiter in den Raum hinein. In der Nische stand hinter der Schale ein kurzer, wunderschön verzierter Sarg. Anders als die steinernen Sarkophage, an denen sie bisher vorbeigekommen waren, bestand dieser vollständig aus dunklem, mit der Zeit hart gewordenem Holz, dicht besetzt mit Edel- und Halbedelsteinen wie Karneol, Malachit und Lapislazuli sowie vielen purpurroten Steinen, die Gaultry noch nie gesehen hatte. Sie nahm an, dass sie irgendetwas mit dem Herrscherhaus zu tun hatten.

Sie trat näher heran und erwartete, in der leuchtenden Schale entweder eine richtige Flamme oder ein magisches Feuer zu sehen.

Stattdessen ging das Licht von einer kleinen Figur aus, die inmitten durchsichtiger Flüssigkeit am Boden der Schale lag. Sie war nicht größer als ein kleiner Finger, eine silbrige Gestalt, halb Frau und halb Vogel.

»Das ist eine Seelenfigur«, sagte Gaultry, die das verschrumpelte Ding sofort wiedererkannte. Vorsichtig neigte sie die Schale ein wenig, sodass Tullier die Figur auch sehen konnte. Das Metall fühlte sich kalt an trotz der Flamme darinnen. Sie erschauerte. Die Seele ihrer Schwester war in solch einer Figur gefangen gewesen, und die ihres Prinzen ebenfalls. Und um ein Haar auch noch ihre eigene. Ihre Nackenhärchen stellten sich auf. »Columbas Seelenfigur.«

»Was ist das?«

»Weißt du das nicht? Der Kanzler, den Sciuttarus nach Tielmark geschickt hatte, um den Prinzen zu entmachten, hat welche benutzt. Er konnte sie zwar nicht selbst herstellen, aber er verstand es, mit seinen Zauberkräften eine Seele hineinzubannen.« Die glitzernde Figur lag mit dem Gesicht nach oben da, den Mund zu einem gequälten Oval geformt. »Es gibt einen Hexenmeister in Bissanty, der einen Weg gefunden hat, die menschliche Seele außerhalb ihres Körpers gefangen zu halten«, sagte Gaultry finster. »Das ist eine Seelenfigur. Ein Aufbewahrungsort für menschliche Seelen. Es ist ein Mittel, sie zu beherrschen.«

»Aber die Figur sieht doch gar nicht wie ein Mensch aus«, meinte Tullier. »Sie hat ja Flügel wie ein Vogel.«

»Sie kann gar nicht ganz menschlich aussehen«, erklärte Gaultry. »Die Hälfte von Columbas Seele ist nämlich mit der Hälfte einer Vogelseele vertauscht worden. Der Hexer, der das getan hat, muss vorher an Vögeln geübt haben. Und dann an etwas, das ein Tier war, aber auch ein bisschen ein menschliches Wesen. Später hatt er dann nicht einmal mehr das kleinste bisschen von einem Tier gebraucht, um die Seele eines Menschen zu erbeuten.«

»Woher wisst Ihr das alles?« Tullier starrte sie von der Türschwelle aus verblüfft an.

»Ich weiß es nicht, aber ich kann es mir zusammenreimen aus allem, was ich in Tielmark erlebt habe, und aus dem, was mir Issachar Dan in Prathe Lendras Haus erzählt hat. Der Hexer, der Issachars Seele mit der eines Falken gepaart hat, hat diese auch von dessen Körper getrennt. Es muss derselbe Mann sein, der das hier mit Columba getan hat. Die Technik ist dieselbe – und denk dran, was wir in dem Tempel gesehen haben: Falke und Taube – das sind Issachar und Columba.«

»Eine menschliche Seele von ihrem Körper zu trennen, ist unmöglich!«

»Das sollte man annehmen«, pflichtete Gaultry ihm bei. »Aber ich habe es mit eigenen Augen gesehen. Es hat selbst beim Prinzen von Tielmark funktioniert. Zum Glück kann man den Vorgang wieder rückgängig machen.«

Tullier fiel es schwer, das zu akzeptieren. »Das glaube ich

nicht«, sagte er. »Jedenfalls glaube ich nicht, dass so etwas in Bissanty passiert. Llara würde das niemals zulassen.«

Als Gaultry versuchte, die Figur an sich zu nehmen, stieß sie auf einen fettigen Widerstand. Der Zauber lag in vielen Schichten übereinander. Das Fett quoll über ihre Finger und verströmte einen ranzigen Geruch, aber ihre Hand konnte die Oberfläche nicht durchdringen. Eine unsichtbare Barriere hinderte sie daran, nach der Figur zu greifen. Sie nahm die Schale von dem Brett herunter. Die Flüssigkeit schwappte in einem einzigen zähen Klumpen hin und her und gab eine neue Wolke des widerlichen Gestanks ab. Aber es gelang ihr weder, sie auszuschütten, noch an die Figur heranzukommen. »Warum sagst du, Llara würde es nicht zulassen?«, fragte sie und stellte die Schale wieder zurück.

»Ihr sagt, Ihr habt diesen Zauber in Tielmark gesehen. Gehörten die Hirschknaben, die ich am Tisch des Prinzen abgeliefert habe, auch dazu?«

»Ja. Und nur die Großen Zwölf wissen, was von ihren Seelen noch übrig war. Ich konnte nur deshalb spüren, dass sie Menchen waren, weil ich das Machwerk ihres Verursachers vorher schon einmal gesehen hatte.«

»Das war nicht Llaras Werk«, sagte Tullier siegessicher. »Ich war dabei, als Corbulo den Zauber über sie verhängt hat. Ich weiß genau –«

»Was meinst du damit?«

»Es war der Zauber der Jägerin. Eurer Göttin. Das habt Ihr doch selbst gesagt, als Ihr den Dolch gesehen habt, der ihn beinhaltete. Ihr habt gesagt, dieser Zauber käme von der Jägerin als Mutter, der man dieses Opfer darbrächte.«

Gaultry starrte ihn an und dachte an die finstere Nacht zurück, die sie gemeinsam in dem Wirtshaus in Tielmark verbracht hatten: Corbulo tot, Mariette verwundet, sie selbst und Tullier, wie sie Corbulos Habseligkeiten durchsucht hatten. »Der beinerne Dolch hat die Vanderive-Knaben verwandelt?«

Tullier nickte. »Es war also nicht Llaras Werk.«

»Ich weiß gar nicht, warum du so darauf herumreitest, Tullier. Findest du Seelenspaltung so erschreckend? Das verstehe ich nicht. Du sagst doch, du warst selber dabei, als Corbulo die Knaben verzaubert hat. Dann warst du doch an dieser Schändung beteiligt.

Meine Jägerin würde so etwas auch nicht veranstalten«, fügte sie trotzig hinzu. »Der Prinz von Tielmark ist Ihr Schützling. Sie würde ihm niemals Schaden zufügen. Und an diesem Abend im Wirtshaus –.« Sie versuchte krampfhaft, sich an das zu erinnern, was sie damals gesagt hatte. »Ich bin sicher, dass ich nicht behauptet habe, es wäre Eliantés Zauber. Diese zerbrochene Spirale – das war vielleicht Elianté. Aber die Spirale war mit Silber und Schwarz umwickelt, und das sind Tarrins Farben!«

»Verteidigt nur Eure Göttin«, meinte Tullier. »Ich habe das nicht nötig.«

»Sag das noch einmal, nachdem du es gewagt hast, diesen Raum zu betreten«, spöttelte Gaultry. »Mein Herz und mein Gewissen sind rein. Ich beweise mein Vertrauen durch Taten, nicht nur durch große Worte.«

Das brachte ihn ins Stottern, und ihm fiel keine passende Antwort mehr ein. Gaultry drehte sich um und starrte auf den Sarg. Nur Tullier nicht mehr ansehen.

Aus der Form schloss sie, dass man den Leichnam mit angezogenen Knien hineingelegt hatte. Diese Bestattungsart hatte sie schon gesehen, auch wenn es in Tielmark normalerweise nicht Sitte war. Die Einlegearbeit war von großer Kunstfertigkeit. Von Blumen umrankte winzige Masken, wie sie sie über dem Eingang des kaiserlichen Hoftheaters in Bassorah gesehen hatte, lachende und weinende Gesichter. Sie betrachtete das Rankenmuster unter den Blüten genauer.

Es waren Buchstaben. L-U-K-A-P-A-L-L-I-A, dahinter ein paar Blüten, und dann noch einmal der Name.

»Columba ist Luka Pallias Tochter«, keuchte Gaultry und fuhr mit der Hand über den kühlen Sargdeckel. Sie drehte sich wieder zu Tullier um. »Columba ist deine Halbschwester.«

Tullier wurde blasser, als sie ihn jemals zuvor gesehen hatte. »Sie ist die Haushure!«, zischte er. »Das ist ekelerregend!«

»Sie war nur eine Schachfigur höherer Mächte«, sagte Gaultry. »Glaubst du etwa, es hat ihr Spaß gemacht?«

»Wahrscheinlich«, sagte Tullier aufgebracht. Er stand noch immer auf der Türschwelle. »Das hat es wohl.«

Irgendetwas in seiner Stimme ließ Gaultry aufhorchen. »Was meinst du damit, Tullier, was ist ekelerregend?« Sie musterte den Jungen eingehend. Seine Augen waren weit aufgerissen und zeigten irgendetwas zwischen Angst und Trotz. »Du hast ihr zugesehen, nicht wahr? Durch die Wandverkleidung der beiden Schlafzimmer hindurch. Bist du jemals auf die Idee gekommen, dass ihr das nicht recht sein könnte?«

»Sie ist abgrundtief verdorben! Sie hat es ja geradezu darauf angelegt!«

»Sie steht unter einem Bann, Tullier«, sagte Gaultry steif und konnte nicht verhindern, dass sie die Stimme erhob. Es war gut, dass die Wände hier so dick waren, denn sie schrien sich jetzt regelrecht an. »Es war deine Schwester, der du da zugesehen hast!«

»Ihr irrt Euch!«, schrie Tullier, und Tränen liefen ihm über die Wangen, saubere Tränen, die helle Spuren in seinem rußverschmierten Gesicht hinterließen. »Sie hat es freiwillig getan! Sie hat es so gewollt!«

»Erniedrigung?«, schleuderte Gaultry ihm entgegen. »Vergewaltigung? Große Jägerin, steh mir bei, ich schätze, sobald dem armen Ding Brüste wuchsen, konnte dein Vater ihren Anblick nicht mehr ertragen!«

»Sie wollte es so!«, schrie Tullier außer sich vor Zorn. »Und sie will es immer noch! Ich habe es genau gesehen! Sie hatte es sogar auf Euch abgesehen, blutverschmiert, wie sie war. Erzählt mir bloß nicht, Ihr hättet es nicht gespürt.« Das Letzte war ein eindeutiger Vorwurf.

Gaultry sah ihn scharf an. »Ist das dein Problem?«, wollte sie wissen. »Ich dachte, du hättest es nicht gemerkt. Aber das hast du sehr wohl. Selbst ohne zu wissen, dass es deine Schwester war, konntest du den Gedanken nicht ertragen, dass dein reines Sha Muira-Blut jemanden begehren könnte, den du verachtest. Konntest es nicht ertragen, dich nicht mehr unter Kontrolle zu haben. Ist es dir jemals in den Sinn gekommen, dass daran irgendetwas verkehrt sein könnte? Etwas Unnatürliches, das über das normale Schamgefühl hinausgeht? Hast du dich das niemals gefragt? Ist es diese vermeintliche Schwäche, die dich an Llaras Liebe zweifeln lässt?«

Mit einem Satz war Tullier bei ihr und schlug sie ins Gesicht. »Wie könnt Ihr es wagen!«

»Du bist ein junger Hitzkopf.« Sie hielt sich die Wange und trat ein Stück zurück. Sie würde sich hüten, zurückzuschlagen. Im Nahkampf war sie Tullier nicht gewachsen. »Denken und Handeln liegen nicht so weit auseinander, wie du denkst.« Sie warf einen ängstlichen Blick zur Decke hinauf. Die Atmosphäre der Grabkammer hatte sich verändert. Lag das an Tullier?

»Seht doch!« Tullier fuhr herum. »Seht sie Euch an! Sie ist es, die Unrecht hat, nicht ich!«

Trotz ihrer früheren Bedenken stand Columba jetzt im Eingang und starrte sie mit weit aufgerissenen Augen an. Sie war blasser denn je. Gaultry schluckte. »Wo ist die Sharif?«, fragte sie, und ihr Mund war plötzlich wie ausgetrocknet.

»Es ruft nach mir!«, wimmerte das Mädchen. Ihre Kleider waren schmutzig, und sie hatte sich die Hände und Knie aufgerissen, als wäre sie auf allen vieren gekrochen. »Ach, jetzt bin ich verloren! Es ruft nach mir!« Nun, da sie der Quelle ihrer Leiden so nah war, glühte ihre Elfenbeinhaut förmlich, und ihr silbrig weißes Haar war eine einzige leuchtende Wolke, die sich über ihre Brüste und ihre ausgestreckten Arme ergoss. Wortlos stand sie mit offenen Armen vor dem Jungen und der Jägerin. »Ach, helft mir doch!«

»Da!«, brüllte Tullier. »Da seht Ihr's!«

»Was denn?«, rief Gaultry. »Ich sehe nur eine Frau, die unter einem mächtigen Zauber steht!« Wütend hob sie die Hand.

Hinter ihr flammte das Öl in der goldenen Schale auf.

Columba schrie auf und fiel auf die Knie. Zwei Mächte schienen in ihr um die Vorherrschaft zu kämpfen, die eine wollte, dass sie die Grabkammer betrat, die andere wollte sie daran hindern, den Fuß über die Schwelle zu setzen. »Ach, Göttin, hilf mir doch!«, wimmerte sie.

»Na los!«, rief Tullier höhnisch. »Helft ihr doch! Schlagt mich doch, wenn Ihr wollt!«

Gaultry, die ihm mit hocherhobener Hand gegenüber stand, merkte, wie die Luft schwül wurde. Unwillkürlich schaute sie nach oben. Der Zauber, der die Decke abstützte, pulsierte und schwankte. Er verformte sich, löste sich auf und stieß einen gestaltlosen Schrei derAngst und Verzweiflung aus.

*Ach, Göttin, hilf mir!* Columbas Worte hallten von den Wänden wider und ließen sie erzittern. Eine Erinnerung blitzte auf: Der weiße Vogel, die kleine Taube, die in Lloras Tempel im Lichtkegel flattert.

Tullier merkte nichts von der Erschütterung – oder es kümmerte ihn einfach nicht. »Gebt ihr doch die Hilfe, die sie will«, sagte er spöttisch. »Gebt ihr einfach eine Kerze oder Euren Schwertknauf, wenn Ihr schon nichts anderes für sie habt.«

Gaultry fuhr zu ihm herum. »Du!«, fluchte sie. »Du bist noch zu jung, um das alles zu verstehen, und doch alt genug, dass du es besser wissen solltest.« Sie packte ihn bei den Schultern und schüttelte ihn heftig. »Ich habe dir schon einen Monat meines Lebens gegeben, und du verstehst immer noch nichts! Dass du noch am Leben bist, hast du mir zu verdanken und der Liebe meiner Schwester Mervion, die den Zauber bewirkt hat, der es mir ermöglicht, meine Seele mit dir zu teilen!«

Ein goldener Energiestoß entlud sich zwischen ihnen. Gaultry keuchte. Die fehlende Hälfte ihrer *Glamour*-Seele strebte auf sie zu. Tullier, der das ebenfalls spürte, stieß einen Schrei aus, als wäre etwas in ihm zerrissen. »Nehmt sie doch!«, schrie er schluchzend. »Wenn Ihr diese Hure so liebt, dann nehmt sie, und lasst mich sterben!«

»Große Eliantė, du bist ja eifersüchtig. Warum denn bloß?«

Auf einmal hatte Columba den Bann durchbrochen, der sie zurückgehalten hatte, und stand zwischen ihnen. Sie krümmte sich vor Schmerzen oder vor Lust oder einer Mischung aus beidem. Ihr schlanker Nymphenkörper, die seidenweiche nackte Haut und die dunklen Glutaugen schienen überall zu sein, und Wahnsinn flackerte in ihnen auf. »Helft mir!«, jammerte sie mit bebender Stimme. »Helft mir doch!«

Gaultry hörte sie kaum. Tulliers rechte Hand war in die ihre gekrallt. Ein Kanal hatte sich zwischen ihnen geöffnet. Ein Kanal, der die Bande bedrohte, die Mervion angebracht hatte. »Tullier!«, schrie sie ihn an. »Lass los!«

Aber der Junge weinte nur noch heftiger, und große, kristallklare Tränen liefen ihm über die Wangen. »Ihr hasst mich! Ihr hasst mich!«, kreischte er.

Es war zu spät. Vor ihren Augen verschwamm alles in goldenem Licht, und die dunkelbraunen Wände der Grabkammer versanken im Nichts. Die andere Hälfte ihrer *Glamour*-Seele wallte ihr in einer leuchtenden Gloriole von Licht und Energie entgegen, die ihr die Sinne benahm. Einen Moment lang war ihr, als würde etwas Purpurnes hinterherjagen und versuchen, die Erscheinung wieder einzufangen und den Zauber wieder herzustellen, dann war diese Kraft plötzlich wieder verschwunden. Sie spürte nicht, wie sich Columbas dünne Ärmchen um ihren Hals legten, nahm nicht den süßen Duft ihres von Verwünschungen heimgesuchten Körpers wahr. Das Einzige, was sie spürte, war Tulliers Griff und die Kraft, die durch seine Hand auf sie überging. Gewaltsam öffnete sie die Augen und sah seine hellen Augen vor sich.

Das Gletschergrün schwamm in Tränen der Verwunderung.

Nun, da der Zauber ihn verließ, spürte er zum ersten Mal seine ganze Kraft. Bisher hatte er gar nicht richtig gewusst, was *Glamour* wirklich war. Er hatte ihr nicht geglaubt, wenn sie ihm erzählt hatte, was für Kräfte ihn am Leben hielten. Erst in diesem Augenblick, als das goldene Feuer aus ihm herausströmte, bekam er eine Vorstellung davon. Gaultry fing an, hysterisch zu lachen. Das Gift in seinem Körper musste wahrlich ein schlimmes Gängelband gewesen sein, wenn er bis jetzt kein Gefühl für ihre *Glamour*-Kraft gehabt hatte.

Dann verlor sich auch dieser Gedanke, und sie spürte nur noch den Zauber, der durch ihren Körper flutete. Seufzend genoss sie das köstliche Gefühl der Verschmelzung, als sich die beiden Hälften ihrer *Glamour*-Seele wieder vereinten. Viel zu schnell war es vorüber, das goldene Licht erlosch, und sie konnte wieder richtig sehen.

Columba hatte ihr die Arme um den Hals gelegt, ihr weicher Körper presste sich an sie. Gaultry betrachtete den vollendeten Schwung ihres Rückens. Das Mädchen war schön. Doch diese Schönheit war ihr nicht gut bekommen.

»Die Taube«, sagte Gaultry zärtlich.

Tullier warf ihr einen Blick zu, der sagte, dass er sich betrogen fühlte, und ließ ihre Hand los.

»Columba«, sagte Gaultry, diesmal sehr bestimmt, während sie Tulliers Kummer auszublenden versuchte, um ihre Kräfte zu sammeln – die Kräfte, die sie viel zu lange entbehrt hatte. »Es wird Zeit, dass du wieder du selbst wirst.«

»Was habt ihr vor?«, sagte der Junge. »Ihr könnt Euch doch den Göttern nicht in den Weg stellen! Diese Frau ist verflucht! Die Götter haben sie verflucht!«

Gaultry drehte sich um, ohne das Mädchen abzuschütteln. Sie nahm die goldene Schale in die Hand. »Die Götter nicht!«, sagte sie selbstbewusst. Sie war jetzt ein Wehrturm, ein Blitzschlag, ein Pfeil aus dem Köcher der Götter. »Der Fluch stammt von einem Hexer, und man kann ihn rückgängig machen. Mit meiner und Mervions Kraft. Ich rufe die Großen Zwölf an, mir dabei zu helfen, dass diese Frau wieder heil wird!«

Mit einem Ruck ballte sich die *Glamour*-Kraft in ihr zusammen und entlud sich in einer Stichflamme.

Sie nahm die Seelenfigur aus der goldenen Schale. Der Ölklumpen zerbarst in eine blaue Flamme, die an ihrem Handgelenk emporzüngelte. Ohne sich darum zu kümmern, drückte sie Columba das fingerlange Stück Silber in die Hand.

Funken stoben, dann erloschen die Kerzen und das Licht in der Schale, und es war stockfinster in der Grabkammer.

Vor Gaultrys Augen flammte einen Augenblick lang ein Bild auf:ein schwarzer Falke und eine weiße Taube, die sich in einer spiralförmigen Bewegung zusammen in die Lüfte erhoben.

Dann zersprang auch diese Erscheinung, und Gaultry versank endgültig in Finsternis.

# 18

Gaultry erwachte mit steifen Gliedern, das Gesicht in den Händen vergraben und den Kopf in ein Samtkissen gedrückt. Der Boden aus lackierten Holzbrettern unter ihr schwankte und holperte beängstigend. Als sie die Augen aufschlug, stellte sie fest, dass irgendjemand sie in eine Kutsche gelegt hatte. Unmittelbar vor ihrer Nase befand sich ein Paar muskulöser Waden.

Die Sharif.

Gaultry wälzte sich auf den Rücken. »Wo sind wir?« Das Letzte, woran sie sich noch erinnern konnte, war das Gefühl eines überwältigenden Kraftstromes, als die andere Hälfte ihrer *Glamour*-Seele zu ihr zurückgekehrt war, und die Hoffnung, die in dem Moment in ihr aufgekeimt war, dass sie jetzt wieder vollständig und Columba wieder sie selbst würde. Diese beiden Wünsche hatten sich zu einem ungeheuren Zauber zusammengeballt. »Da war eine Taube«, sagte sie laut. »Und ein Falke. Sie sind zusammen davongeflogen.«

Ihre Kehle war rau und wie ausgetrocknet. Alle Glieder taten ihr weh, als hätte sie jemand windelweich geschlagen. Als sie sich die Augen reiben wollte, sah sie entsetzt, in welchem Zustand sich ihre Hände befanden. Unter sämtlichen Fingernägeln war ein dunkler Rand. Ihr eigenes Blut, so als habe das Nagelbett dem inneren Druck nicht standhalten können.

In auffallendem Kontrast zu ihrer jämmerlichen Verfassung war das Wagendach von innen kunstvoll mit einem blauen Himmel bemalt, der von bunten Schmetterlingen wimmelte. Die Wölkchen im Hintergrund ließen neckische Gesichter erkennen. Die Götter, die aus himmlischen Höhen herabschauten. Der Zeitvertreib eines Höflings, der sich über eine ewige Wahrheit lustig machte. Wer wusste schon, ob – und wann – die Götter die Menschen beobachteten?

»Wo sind wir?«,fragte sie erneut und versuchte hustend, sich aufzurichten. »Wie sind wir aus der Katakombe herausgekommen? Und wem gehört dieses Spielzeug hier?«

Die Holzrahmen der Sitze waren reich vergoldet. Dunkelrote Seidenvorhänge flatterten in den offenen Fenstern. Das Ganze war von so erlesener Zierlichkeit, dass es wohl kaum einen größeren Gegensatz zu den primitiven Lehmwänden der Krypta hätte geben können, die Gaultry gerade eben noch vor Augen gehabt hatte.

Die Sharif saß allein in Fahrtrichtung und hatte die Beine von sich gestreckt. Lächelnd nickte sie Gaultry zu, ein wahres Bild der Zufriedenheit.

*Dummkopf*. Die entspannte Körperhaltung der Frau täuschte über ihren Ärger hinweg. *Du hättest mich wirklich warnen können!*

*Was?* Gaultry presste die Handflächen gegen die Schläfen und versuchte, den geistigen Angriff abzuwehren.

*Warum hast du mich mit ihr allein gelassen? Du hättest mir sagen müssen, dass sie heiß war wie ein Wiesel auf Brautschau.* Die Sharif, der man ihren Unmut nach wie vor nicht ansah, machte eine Kopfbewegung über Gaultry hinweg und lächelte verächtlich. *Da wo ich herkomme, gibt es Bezeichnungen für so eine.*

Columba saß auf dem gegenüberliegenden Sitz. Sie war in die Ecke gekauert, und ihr Gesicht wirkte verändert. Ihre dunklen Augen schienen einen tieferen Glanz zu haben, seit ihre Seele zu ihr zurückgekehrt war, aber gleichzeitig waren sie von neuer Schwermut getrübt. Sie wirkte jetzt viel reifer und bekümmerter und sah gleichzeitig zerbrechlicher und tatkräftiger aus.

*Glaubst du immer noch, dass ihre Seele kalt ist?*

Die Sharif machte eine ungeduldige Handbewegung. *Viel schlimmer. Du hast dir eine Feindin geschaffen. Und Tullier – warum hast du ihn jetzt schon freigegeben? Columba zuliebe? Das war ein schlechter Tausch.*

*Tullier!* Wie geht es ihm? Der Junge saß neben Columba und drückte sich in die andere Ecke des Sitzes. Sein Blick war starr aus dem Fenster gerichtet, obwohl er genau wusste, dass sie wach war.

*Wo sind wir?* fragte Gaultry noch einmal.

*In der Kutsche des Mannes, den du gestern Nacht umgebracht hast. Im Haus denken sie, dass er bei uns ist. Und hier denken seine Diener, er wäre immer noch dort. Gut eingefädelt, das Ganze.*

*Wie habt ihr das hingekriegt?* Sie erinnerte sich daran, dass Tullier die Sharif auf einmal hatte verstehen können. *Könnt Ihr immer noch miteinander reden?*

Die Sharif zuckte die Achseln. *Der redet doch gar nicht, der widerspricht doch immer nur. Aber Andion hatte ein Einsehen und hat uns gerade noch rechtzeitig diese Möglichkeit gegeben, bevor du in Ohnmacht gefallen bist. Wir mussten dich ja da wieder rausholen, und ohne Verständigung wäre das ein Kunststück gewesen.*

*Dein Tullier ist eifersüchtig,* fügte sie noch hinzu. *Er hätte uns glatt beide da drin gelassen, wenn er uns nicht gebraucht hätte, um dich in Sicherheit zu bringen.*

Sie hatten sie also durch das ganze Labyrinth geschleift. Kein Wunder, dass sie sich wie zerschlagen fühlte. Sie rieb sich die wunden Ellbogen und rappelte sich mühsam hoch, bis sie neben der Sharif saß. *Eifersüchtig?* fragte sie verdutzt.

*Stell dich nicht so dumm!*Die Sharif sah sie verächtlich an. *Er verdankt dir sein Leben. Ein Leben, das er nie hatte, so lange er ein Sha Muira war. Er würde uns alle beide umbringen, um dich sein eigen zu nennen.*

*Das glaube ich nicht,* sagte Gaultry. *Mich kann er genausowenig ausstehen wie euch.*

*Wir sind nicht so hübsch wie du,* meinte die Sharif und reckte sich hoch auf. *Wir haben ihn nicht von seinen endlosen Schmerzen befreit. Er hatte nicht gewusst, dass es ein Leben ohne diese Schmerzen überhaupt gibt. Die eigentliche Bedeutung von Sha Muira ist Schmerzensträger. Man bringt ihnen bei, dass der Schmerz nicht existiert und dass der Tod eine Erlösung ist –*

*Sein Glück, dass er nicht versucht hat, euch im Stich zu lassen,* meinte Gaultry. Sie wollte nicht über Tulliers Vergangenheit nachdenken. Das war zu deprimierend, zu befremdlich. *Aber das heißt noch lange nicht, dass er eifersüchtig ist.*

*So naiv kannst du gar nicht sein,* sagte die Sharif grimmig. *Bei deiner Kraft und deinen Fertigkeiten –*

*Darüber können wir später noch reden,* fiel ihr Gaultry ins Wort. Sie wandte sich zu Tullier um. »Wie ich sehe, bist du noch am Leben.« Er hatte sich das Gesicht abgewischt, nachdem sie aus der Krypta heraus waren, aber das Bild der glasklaren Tränen auf seinen Wangen stand ihr immer noch vor Augen. »Auch ohne *Glamour*-Seele.« Der Junge rutschte ein wenig auf seinem Sitz hin und her, aber er zuckte nicht mit der Wimper. »Und du auch«, sagte sie zu Columba. »Wie geht es dir?«

Tulliers Halbschwester schlug die Augen nieder. »Was meinst du wohl, *Glamour*-Hexe? Als wir das letzte Mal miteinander geredet haben, hatte meine Qual wenigstens einen Sinn. Aber jetzt – was habe ich denn jetzt noch?«

»Du hast deine Seele wieder«, sagte Gaultry gereizt. »Der Fluch ist gebrochen.«

»Früher dachte ich, die Götter hätten mich verflucht. Jetzt weiß ich, dass es nur ein Mensch war, der mich ausgenutzt hat.«

»Was meinst du damit?«

»Ich bin Siri Caviedos Tochter«, erwiderte die Frau, und ein Anflug von Stolz schwang in ihren Worten mit. »Einst floss das Herrscherblut in meinen Adern, so stark wie eine zweite Seele. Das war schon etwas wert, meinst du nicht? Aber ich habe freiwillig darauf verzichtet. Und zum Dank dafür habe ich nur einen falschen Götterfluch bekommen.« Sie kauerte sich wieder in ihren Sitz, nichts als ein Häufchen Elend. Jetzt, da der Verführungszauber gewichen war, wirkte ihre zarte Schönheit wie eine Strafe.

»Wer hat dir gesagt, es wäre ein Götterfluch?«, wollte Gaultry wissen.

»Kannst du dir das nicht denken?«

»Der Hexer, der auch Issachar Dan verflucht hat?«

»Kann schon sein.« Columba starrte aus dem Fenster und schürzte die Lippen.

»Wo fahren wir hin?« Gaultry wandte sich ab. Es bedrückte sie, dass ihr Eingreifen das Elend des Mädchens eher verschlimmert als gebessert hatte. Beschämt über ihren verwahrlosten Zustand, kratzte sie an dem Blut unter ihren Fingernägeln.

»Nach Dunsanius' Furt«, antwortete Tullier. Als sie ihn erstaunt ansah, redete er weiter. »Mit einer Kutsche braucht man weniger als einen Tag. Wir hatten nur die Wahl: zu Fuß gehen oder so.« Er verschränkte nervös die Hände ineinander. »Heute Morgen war der Sturm vorbei. Wir sind kurz nach Tagesanbruch losgefahren, als die Gäste und der Hausherr noch schliefen. War das richtig so?«

»Ist uns irgendjemand gefolgt?«

Tullier missverstand ihre Frage als Kritik. »Woher soll ich das wissen? Ich hab bloß versucht, mir vorzustellen, was Ihr an meiner Stelle tun würdet. Man kann schließlich nicht an alles denken. Als das magische Feuer erloschen war und ich endlich meine Kerze angezündet hatte, konnte ich Euch mit nichts wach kriegen. Aus Eurer Nase, Euren Ohren, Euren Nägeln, überall kam Blut. Und die da –« Er deutete auf Columba. »Die hat gejammert, als hätte sie den Verstand verloren. Ich war froh, als ich Euch endlich aus der Katakombe herausgezerrt und die Sharif wiedergefunden hatte. Wenn uns niemand gefolgt ist, dann nur, weil noch keiner nüchtern genug war, um sich für den Lärm zu interessieren.«

»Sie hat etwas anderes verloren«, sagte Gaultry leise und versuchte, den unausgesprochenen Vorwurf abzuwehren, der von Columbas trauriger Gestalt ausging. Dann sagte sie lauter: »Das hast du gut gemacht!« Doch es klang wenig überzeugend. Kein Wunder, dass Tullier sich überfordert fühlte. »Ich bin wirklich beeindruckt, dass du uns allesamt in Sicherheit gebracht hast. Danke!«

Tullier streifte die Sharif mit einem misstrauischen Seitenblick. »Es war gar nicht so einfach«, sagte er. »Was hat sie Euch erzählt?«

»Sie ist froh, dass ihr beide euch jetzt verständigen könnt. Das hat ihr sehr bei eurer Flucht aus Fructibus Arbis geholfen.«

»Da hat sie Recht«, räumte Tullier ein. »Sie hat mir bei der ganzen Sache ziemlich geholfen.«

Draußen erscholl jetzt ein Kommando, und die Kutsche verlangsamte ihre Fahrt. Ein Diener klopfte gegen den Verschlag und steckte den Kopf zum Fenster herein. »Die Straße steht unter Wasser, Herr«, sagte er zu Tullier, ohne die anderen eines Blickes zu würdigen. »Der Kutscher sagt, wir kommen durch, aber wir müssen langsam fahren.«

»In Ordnung«, sagte Tullier, und seine Stimme klang wie immer, wenn er mit Dienstboten redete, kühl und selbstbewusst. »Macht weiter, wie ihr könnt!« Der Diener tippte sich ehrerbietig an die Stirnlocke, und sein Kopf verschwand wieder.

Eine Zeitlang herrschte Schweigen im Wagen, und die vier lauschten der Debatte auf dem Kutschbock, dem Peitschenknallen und dem Platschen, mit dem die Pferde das Gefährt durch die Fluten zogen. Nachdem sie anfänglich gut vorankamen, verlagerte die Kutsche schließlich unaufhaltsam ihr Gewicht auf die beiden linken Räder.

»Nimm die rechte Straßenseite!«, rief jemand auf dem Kutschbock so gellend, dass sie es bis in den Innenraum hörten. Gaultry und die anderen versuchten das Gleichgewicht wieder herzustellen, indem sie so weit wie möglich nach rechts rückten – ohne Erfolg. Ein paar Meter weiter kam das Gefährt schließlich vollends zum Stehen.

»Wir stecken fest«, sagte Columba tonlos. Es hörte sich an wie eine moralische Zurechtweisung.

»Lass ihnen ein bisschen Zeit«, erwiderte Gaultry.

Sie saßen in ihre Polster zurückgelehnt da und warteten ab, während der Kutscher mit den beiden Dienern zusammen versuchte, das Gefährt wieder flott zu machen. Nach einiger Zeit hörte man statt der anfänglichen Anfeuerungsrufe Peitschenknallen. Die Kutsche ruckte, ohne jedoch vom Fleck zu kommen. Gaultry, die das Geräusch nervös machte, sprang auf und steckte den Kopf zum Fenster hinaus.

Das Gespann bestand aus drei gleichen, kohlrabenschwarzen Pferden, einem Leittier und einem Paar dahinter. Der Kutscher stand bis über die Knie im schlammigen Wasser und schlug wie wild auf das Leitpferd ein.

»Aufhören!«, rief sie. Der Kutscher drehte sich um und starrte sie entgeistert an, als habe er eine Wahnsinnige vor sich.

»Vergesst nicht, dass Ihr meine Sklavin seid«, meinte Tullier. »Außerdem habe ich ihnen erzählt, Ihr wärt krank und wir müssten Euch so schnell wie möglich nach Dunsanius' Furt bringen. Die Mönche dort sind bekannt für ihre Heilkünste.« Gaultry warf ihm einen kurzen Blick zu. Er lachte zwar nicht, schien sich aber dennoch über ihre ungewollte Entgleisung zu amüsieren. »So hatten wir wenigstens einen Grund, auf die sofortige Abreise zu drängen, anstatt wie vernünftige Leute erst das Zurückgehen des Wassers abzuwarten. Ihr spielt Eure Rolle allerdings nicht sehr überzeugend.«

»Das war schlau«, sagte Gaultry, die froh war, dass er überhaupt wieder mit ihr redete. Aber warum hatten die Bissantiner Martin zu den heilkundigen Mönchen geschickt? »Du hättest es mir aber rechtzeitig sagen sollen.«

»Sagt ihnen, ich wünsche nicht, dass sie die Pferde schlagen!« Sein Blick fiel auf Columba. »Wir tun so, als hätten sie mich missverstanden und Columba ist die Kranke.«

Gaultry steckte wieder den Kopf aus dem Fenster und winkte dem Kutscher zu. »Der Herr will, dass wir erst aussteigen, damit die Kutsche leichter wird!«, rief sie ihm zu. »Wartet, wir kommen hinaus und helfen euch!« Sie zog sich die Stiefel aus und krempelte die Hosenbeine auf. *»Wir müssen mithelfen«,* sagte sie zu der Sharif. *Zieh die Schuhe aus!*

Sie stieß den Wagenschlag auf. Sie befanden sich in einer Senke zwischen zwei sanften Anhöhen. Die Kutsche stand mitten in einem dunklen Tümpel, aus dem Erdklumpen und die Spitzen von sturmzerzaustem Sumpfgras hervorragten. Die Markierungssteine waren gerade noch zu erkennen. Als sie sich umschaute, stellte sie fest, dass sie schon gut die Hälfte der Überschwemmung hinter sich gelassen hatten, bevor sie steckengeblieben waren.

Die Regenwolken hatten sich nach Norden verzogen, aber am Himmel türmten sich noch immer dichte Wolken.

»Du bleibst hier«, sagte sie zu Columba, als hätte diese sich erboten, ihnen zu helfen. »Die Sharif und ich machen das schon.« Sie versuchte, nicht daran zu denken, dass das Mädchen ohnehin nicht reagierte.

Die Sharif warf einen finsteren Blick auf die dunklen Fluten. *Schon wieder Wasser! Geh du zuerst und zeig mir, wie tief es ist!*

»Keine Angst«, sagte Gaultry, als sie hineinstieg. Das Wasser war warm und voller braunem Schlamm. Vorsichtig machte sie einen Schritt vorwärts. Die Strömung war harmlos und das Straßenbett darunter anscheinend fest. »Komm!«Sie winkte der Sharif zu und platschte ein bisschen herum, um ihr zu zeigen, dass alles in Ordnung war. »Es ist noch nicht mal kalt.«

Die Sharif und Tullier tauschten einen Blick und, wie Gaultry vermutete, auch ein paar Worte. Dann drehte sich die Ardanäerin zu ihr um und grinste. *Geh noch ein bisschen weiter! Du willst immer gleich, dass jeder mitmacht, ohne überhaupt zu wissen, was ihn erwartet.*

»Alles in Ordnung«, sagte Gaultry stirnrunzelnd. Sie fragte sich, ob es ihr gefiel, dass die beiden jetzt Geheimnisse vor ihr haben konnten. *Es passiert dir nichts.* Zum Beweis machte sie zwei Riesenschritte und stellte fest, dass der Untergrund doch weicher war, als sie gedacht hatte. *Am besten bleibt man natürlich dicht neben der Kutsche –*

Auf einmal waren ihre Füße in der Schlammrinne gelandet, in der das Gefährt feststeckte, und sie versank bis über die Knie im Morast. Bei dem Versuch, wieder trockeneren Boden unter die Füße zu bekommen, rutschte sie erneut aus und wurde nur noch nasser. Die Sharif oben auf den Stufen fing an zu lachen. *Von wegen alles in Ordnung!Du solltest mal dein Gesicht sehen!*

»Kein Problem für dich lange Latte«, knurrte Gaultry, als sie endlich ihr Gleichgewicht wiedergefunden hatte. *Komm schon, wir wollen hier nicht den ganzen Tag lang herumstehen!*

Immer noch grinsend tastete sich die Sharif vorsichtig an der Seitenwand entlang.

»Ihr könnt jetzt wieder ziehen!«, rief Gaultry den Männern zu. »Wir schieben von hinten.«

Als sie hinter der Kutsche standen, sahen sie sofort, wo das Problem lag. Die beiden linken Räder hatten sich tief in die Rinne eingegraben, in die Gaultry gestolpert war. Die Anstrengungen der Männer vorn bei den Pferden hatten nur dazu geführt, dass sie sich noch weiter im Kiesbett der Straße verkeilt hatten. Während die Sharif das Gefährt sanft schaukelte, griff Gaultry beherzt ins

Wasser und versuchte, eine Handvoll Kies nach der anderen unter die beiden Hinterräder zu stopfen. Nach einer Weile wurde ihre Anstrengung belohnt. Die Räder trafen auf eine Ladung Kies, dann auf noch eine, und die Kutsche arbeitete sich Stück für Stück aus dem Schlamm hinaus. Mit einem plumpen Ruck griffen die Räder wieder, und das Gefährt wurde langsam, aber sicher schneller, während das Wasser nach allen Seiten spritzte. Der Kutscher schwang die Peitsche, um den beiden Frauen keine Gelegenheit zum Einsteigen zu geben, solange er noch befürchten musste, jeden Augenblick im nächsten Schlammloch stecken zu bleiben.

Während sie der davonfahrenden Kutsche und den erleichtert wiehernden Pferden nachschaute, wurde Gaultry plötzlich das Herz schwer. Irgendwie erinnerte sie die unbekümmerte Art, mit der sich die Tiere in Bewegung setzten, daran, dass Tullier jetzt nicht mehr an sie gebunden war.

Trotzig stieß sie die Fußspitze in den Schlamm. So ähnlich war es ihr ergangen, als Martin ihr gesagt hatte, dass er seinen Bann los wäre – als wolle sie sich lieber nicht darauf verlassen, dass er auch so zu ihr halten würde. Warum zweifelte sie so daran, dass er es täte?

Wenn sie so darauf erpicht war, andere zu beherrschen, wie konnte sie sich dann eigentlich über Sklaverei und Bannsprüche aufregen?

Während sie der Kutsche nachschaute, versuchte sie sich klarzumachen, dass sie und Mervion Tullier nur mit dem Zauber belegt hatten, um sein Leben zu retten, aus keinem anderen Grunde. Jetzt, da dieser Grund weggefallen war, gab es keine Rechtfertigung mehr dafür, ihn an sich zu binden. Tatsächlich hatte er ihr oft genug vorgehalten, dass seine Hilfeleistungen erzwungen wären. Wie konnte sie diese Anschuldigung weiterhin empört von sich weisen, wenn sie seine neugewonnene Freiheit in Wirklichkeit bedauerte?

Als Tullier sie gefragt hatte, ob er nicht auch in Tielmark bei ihr bleiben könne, war ihr diese Frage seltsam erschienen.

Nun musste sie sich eingestehen, dass sie in diesem Augenblick einfach nicht hatte wahrhaben wollen, dass er möglicherweise gern bei ihr war. Ihre Wangen glühten. Kein Wunder, dass er so wütend gewesen war! Zuerst hatte sie ihm immer Vorträge gehalten, dass er nicht ihr Eigentum sei, und dann hatte sie sich nicht vorstellen können, dass er auch aus freien Stücken zu ihr halten könnte.

Was mochte jetzt in ihm vorgehen? Nun war er das Sha Muira-Gift endlich los, aber dafür musste er sich mit der noch schwerwiegenderen Bürde seiner Herkunft auseinandersetzen. Sein Vater hatte drei Söhne geopfert, um seinen Plan zu verwirklichen. Wenn das ans Licht käme, würde Tullier die ganze Wucht von Sciuttarus' Zorn treffen. Und ganz gleich, ob Llara es so gewollt hatte oder nicht, Gaultry bezweifelte stark, dass der Kaiser seinen Thron freiwillig abtreten würde.

Die Kutsche ratterte jetzt wieder über trockenen Kies, und der Kutscher zügelte die Pferde und winkte den Frauen zu, sich zu beeilen. Tullier streckte den Kopf zum Fenster heraus, sah die beiden im Wasser herumwaten und grinste breit. Dann sagte er irgendetwas zum Kutscher, und dieser brach in solches Gelächter aus, dass seine Schultern zuckten.

»Ich hätte es nicht tun sollen«, murmelte Gaultry verdrossen vor sich hin. »Es nützt Tielmark nichts, wenn Tullier jetzt auch noch in die Spielchen des Kaiserhofes verwickelt wird. Ich hätte ihn erst freilassen sollen, wenn wir Martin gerettet haben.« Nicht, dass ihr dadurch allerdings ihr schlechtes Gewissen erspart worden wäre, dachte sie.

»Gotri?«, sagte die Sharif, die spürte, dass irgendetwas in ihr vorging.

»Schon gut«, sagte sie und versuchte, ihre Gedanken für sich zu behalten. *Schon gut. Ich mag die Taubenfrau auch nicht.*

*Ihre Seele ist verdorrt,* nickte die Sharif.

Gaultry schüttelte den Kopf. *Du tust ihr Unrecht,* widersprach sie. *Sie leidet unter dem, was ihr ein Hexer angetan hat. Ihre See-*

*le ist mit einem Tier gekoppelt. Irgendwo gibt es eine Taube mit einer halben Frauenseele.*

*Wirklich?* fragte die Sharif erstaunt. *Warum ist Tullier auf so ein Wesen eifersüchtig?*

*Das weiß Elianté besser als ich. Oder Llara. Warum sollte er auf Columba neidisch sein?*

*Er sagt, Llara hat dich dazu bewegt, ihr das Leben zu retten.*

Gaultry zuckte die Achseln. *Er zweifelt daran, dass ihn seine Donnergöttin liebt. Dafür kann ich nichts. Wenn Llara es für richtig gehalten hat, Columba zu retten, dann heißt das ja nicht, dass Sie sie mehr liebt als ihn – nur, dass sie in dem Moment Ihre Hilfe brauchte.*

Schweigend wateten sie zurück zur Kutsche.

Tullier lehnte zur Begrüßung in der offenen Tür. »Gut gemacht!«, sagte er. Die Sharif nahm es als Lob auf und nickte. Sie kletterte an ihm vorbei und setzte sich wieder auf ihren Platz. Gaultry, die ein paar Schritte hinter ihr kam, zögerte.

»Ihr seht müde aus«, sagte Tullier und streckte ihr die Hand entgegen.

»Ich bin ziemlich schmutzig«, meinte Gaultry und sah ihm geflissentlich in die Augen. »Das war ein hartes Stück Arbeit.« Sie dachte an das, was die Sharif eben gesagt hatte, und wusste nicht recht, ob sie ihn anfassen sollte. »Ich will mich erst ein bisschen sauber machen, bevor ich einsteige.«

»Vergesst den Schmutz!«, sagte er schroff. »Ich habe so lange auf diesen Moment gewartet. Kommt schon!«

Sie betrachtete seine ausgestreckte Hand mit den schlanken Fingern und dem kräftigen Handgelenk. Für ihn hatte sich jetzt alles verändert. Und dafür war sie verantwortlich. Sie hatte sich immer gefragt, was der Junge tun würde, wenn er erst seine Fesseln abgestreift hätte. Die Hand, die er ihr nun entgegenstreckte, war zumindest ein Teil der Antwort.

Diese Kleinigkeit konnte sie ihm nicht abschlagen. Seufzend reichte sie ihm die Hand und ließ sich hinaufhelfen.

Inzwischen war es Mittag. Die Kutsche hatte an einem Gehöft am Wege Halt gemacht, es war ein gottverlassener, verwahrloster Fleck auf einem höhergelegenen Plateau. Die Diener tränkten die Pferde an der Pumpe, während Tullier und die Sharif ins Haus gingen, um ein wenig Proviant zu besorgen. Gaultry blieb mit Columba draußen im Hof. Es war das erste Mal, dass die beiden allein waren.

Beklommenes Schweigen breitete sich zwischen ihnen aus. »Wollen wir uns nicht ein bisschen die Beine vertreten?«, schlug Gaultry vor, die das Herumstehen nervös machte.

Ein festgestampfter Trampelpfad führte vom Hof aus zur Kuppe eines kleinen Hügels auf der anderen Straßenseite. Von weitem sahen sie die kleinen Gestalten der Diener hin- und herlaufen und die Pferde wechseln. Die Anhöhe, auf der sich das Gehöft befand, war der Anfang einer Hochebene. Spärliche Weizenfelder stiegen sanft über dem weiten Sumpfgebiet an, das sie soeben weit im Osten hinter sich gelassen hatten.Ausgetretene Wege, die im Zickzack den aufgeschütteten Damm der Hauptstraße durchkreuzten, folgten den Konturen des Landes.

»Es ist so leer«, sagte Gaultry und starrte auf die öde Flur der Felder und Sumpfgebiete. »Ich hatte mir Bissanty nie so groß und leer vorgestellt.«

»Du verstehst das nicht«, sagte Columba. »Hier ist der Sumpf noch ein bisschen salzig, aber die ganze Ebene ist voller Reis. Zur Erntezeit wimmelt es hier von Menschen.« Ein undefinierbares Gefühl schwang in ihren Worten mit. Gaultry konnte nicht sagen, ob es Sehnsucht oder Schmerz war. »Als ich noch ein Kind war, kamen die Bauern zum Gutsherrn und baten ihn darum, ihre Reisharken an mir reiben zu dürfen. Das war vielleicht ein Aufmarsch. Sie haben behauptet, ich wäre gesegnet, weil ich zur Wächterin meiner Mutter auserkoren war, und deshalb würde ich ihnen Glück bringen. Dann zogen sie hinaus und brachten die Ernte ein, und die anderen Gutsbesitzer hier in der Gegend staunten über die Mengen, die sie heimbrachten, und erhöhten die Abgaben. Schöne Zeiten waren das. Sie sind natürlich längst vorbei. Die Bauern sind schon lange nicht mehr zu mir gekommen.«

»Warum denn nicht?«

»Die Leute merken eben, wenn sich das Herrscherblut verliert.«

Gaultry verstand kein Wort. »Du hast nur gesagt, dass sie das ihren Herren gegenüber behauptet hätten. Sie wussten, dass es eine gute Erklärung war. Nein – in Wirklichkeit haben sie mich verehrt, weil von dem Tag an, als der kleine Tullier geboren wurde, das Herrscherblut in meinen Adern floss. Deshalb wollten sie, dass ich ihre Ernte segne.« Ihr Blick, der über die wasserüberflutete Ebene geschweift war, blieb auf einmal an einem entfernten Hügel hängen. »Ach, Llara«, wimmerte sie, und der Stolz, der eben noch kurz in ihr aufgeflackert war, schien wie weggeblasen zu sein. »Werde ich denn nie wieder Frieden finden? Ist es denn schon zu viel, dass ich meine Vergangenheit geliebt habe?«

»Was ist da?« Gaultry konnte nicht erkennen, worauf der Blick der anderen gerichtet war.

»Da!«, sagte Columba. »Sieh doch!«

Ganz hinten in der Ferne, über den Sümpfen, wo sie hergekommen waren, brach jetzt die Sonne durch die Wolken, und ein einzelner Strahl fiel auf den Hügel herab. Einen Augenblick lang leuchtete auf seiner Kuppe eine Gestalt auf, um die herum sich im Gras etwas zu bewegen schien, das vielleicht Ziegen sein mochten, dunkelbraun wie die ganze Landschaft. Gemeinsam starrten die beiden Frauen auf diesen Punkt in der Ferne.

Dann wurde der Sonnenstrahl wieder von den Wolken verschluckt, und die einsame Ziegenhirtin war verschwunden.

»Was war das?«

»Die Moorhexe«, antwortete Columba. Ein Windstoß fuhr durch ihr bleiches Haar und entblößte ihr Gesicht. Ihre Augen waren hart, dann verzog sich ihre Miene angstvoll. »Vielleicht hat sie gemerkt, dass mich jemand befreit hat, und jetzt erwarten mich neue Qualen.«

»Wie kommst du darauf?«

»Sie hat die Sonne hervorgelockt, damit wir wissen, dass sie da ist.«

Gaultry sträubten sich die Nackenhärchen. »Woher sollte irgendjemand wissen, was ich getan habe?«

»Es geht hier nicht um dich«, erwiderte Columba verächtlich. »Sondern um mich. Wenn mich auch das Herrscherblut verlassen hat, so kennt mich die Erde vielleicht ja trotzdem noch und spürt meine Veränderung. Und wenn es die Erde merkt, dann merkt es so eine Moorhexe auch.« Sie drehte sich zu Gaultry um und sah sie an, eine Augenbraue hochmütig angehoben. »Hattest du denn gar keine Ahnung, wem du da geholfen hast? War das wirklich reines Mitleid?«

»Nicht der schlechteste Grund, eine arme Seele zu retten. Aber das war es nicht«, sagte Gaultry und presste die Handflächen gegeneinander. Die Stimmungsschwankungen der anderen gingen ihr auf die Nerven. Sie verspürte keinerlei Lust, dieser Frau zu erklären, dass Llara ihre Hand geführt hatte. »Als ich deine Seelenfigur zerstört habe, wusste ich, dass du Tulliers Schwester bist«, meinte sie vorsichtig. »Und Luka Pallias Tochter.«

»Du hast dich ziemlich ungeschickt dabei angestellt«, sagte Columba verdrossen. Dabei breitete sie die Arme aus, und wieder sah Gaultry die geisterhafte Taubenseele in ihr. »Ungeschickt und langsam. Du weißt mehr, als du sagst, Orchideenfrau. Du hast mir schon mehr von dir verraten, als ich dir.«

»Meine Rhasankarte«, stotterte Gaultry. »Woher weißt du das?«

»Wir sind bald in Dunsanius' Furt«, sagte Columba, als wäre das eine Antwort. »Willst du dort nach deinem Schwarzen Wolf suchen?«

Gaultry starrte sie verblüfft an. »Du weißt von unserer Rhasan-Sitzung?«

»Ich frage mich wirklich, ob du wusstest, was du tust, als du mich befreit hast. Hättest du dich dann überhaupt so weit mit mir eingelassen? Jetzt weiß ich von deinen Rhasankarten, und ich weiß auch, dass du die meinen kennst. Was dachtest du denn, was du in dem verfallenen Tempel gesehen hast?«

»Die Taube und den Falken?« Als sie die Worte aussprach, setzten sich die einzelnen Teilchen plötzlich zusammen. Columba und Issachar. Das war es, was ihr die Erscheinung hatte zeigen wollen. Wie Martin und Gaultry hatten Columba und Issachar ihre Karten gezogen, und das hatte ihre Wege miteinander verknüpft. Aber nach Columbas Gesichtsausdruck zu schließen, hatte ihr die Verbindung mehr Leid als Freude gebracht.

»Rhasankarten kann man auf ganz verschiedene Weise auslegen«, sagte Gaultry, die krampfhaft nach einem positiven Aspekt suchte. »Die Taube ist ein Sympol der Stärke.«

Columba machte gereizt das Zeichen der Donnergöttin. »Das hat man mir schon einmal weismachen wollen«, sagte sie. »Aber es war eine Lüge. Die Taube ist nur ein Opfervogel. Und mich haben sie auch geopfert. Sieh mich doch an, Jägerin aus Tielmark! Ich bin in das Herrscherblut hineingeboren. Weißt du, was das bedeutet?«

»Woher sollte ich das wissen?«, meinte Gaultry treuherzig. »Man hat mir gesagt, es ist so etwas wie eine zweite Seele – was weiß ich.«

»Nein.« Columba breitete erneut die Arme aus. Ein silbernes Licht flackerte auf, so als hätte Llara sie kurz berührt, und Gaultry hatte verschwommen den Eindruck eines Leerraums im Brustkorb der anderen, einer klaffenden Lücke, wie sie selbst sie empfunden hatte, als ihr noch die Hälfte ihrer *Glamour*-Seele fehlte. »Das sollte es eigentlich sein. Und das war es auch einmal. Aber ich habe diese Seele aufgegeben und Erniedrigung und einen strengen Fluch in Kauf genommen. Alles nur, weil ich den Schwur gebrochen habe, die Ruhestätte meiner Mutter zu bewachen, und weil man mir weismachen wollte, die Götter verlangten als Buße dafür meine völlige Unterwerfung. Aber dann bist du gekommen, *Glamour*-Hexe, und hast den Fluch aufgehoben. Und jetzt merke ich auf einmal, dass alles umsonst war.«

»Wo ist dein Götterblut jetzt?«, fragte Gaultry.

»Bei meinem Bruder.« Als sie Gaultrys entgeisterte Miene sah, lachte sie hämisch. »Nicht dein kleines Sha Muira-Hündchen, falls du das dachtest. Nein. Bei meinem Bruder Lukas.«

»Luka Pallias Sohn?«

»Wer denn sonst? Und jetzt sehe ich auch, was er getan hat.« Columba trat dicht an Gaultry heran, sodass diese gezwungen war, der anderen tief in die gepeinigten Augen zu schauen. Das Flattern des Vogels, das sie dort wahrnahm, ließ sie erschrocken zurückweichen. »Lukas hat eine Kartenlegerin bestochen, mich an Issachar Dan, den Falkenmenschen, zu binden. Damit war ich Wachs in seinen Händen.«

»Das funktioniert so nicht«, sagte Gaultry, die daran dachte, wie viel Energie Tamsanne hatte aufbieten müssen, um nur eine einzige Rhasankarte zu sehen. »Man kann nicht bestimmen, welche Karte jemand ziehen soll. Wer das versucht, den bestrafen die Rhasankarten.«

»Verfluchte Rhasankarten!« Columba raufte sich die bleichen Haare an den Schläfen, als wolle sie sie sich ausreißen. »Und die Moorhexe, die sie uns gelegt hat – sie hat uns alle ins Verderben gestürzt. Sie hat uns vorgegaukelt, es wäre nur ein Spiel. Dieses Spiel hat meinen Bruder in ein Ungeheuer verwandelt!«

Gaultry starrte sie ungläubig an. »Du hast mit den Rhasankarten gespielt?«, fragte sie fassungslos. »Du, die sich so ihres Herrscherblutes rühmt? Hat dir denn niemand gesagt, wie gefährlich das ist?«

»Wir haben alle damit gespielt, nicht nur ich!«

Gaultry verstand nicht, warum die Frau so wütend war, es sei denn, sie hatte von der Gefahr gewusst und sie ignoriert. Sie überlegte, was sie sagen sollte. »Erzähl mir, wie das passiert ist!«

»Das kann ich machen – wenn du allerdings vorhast, etwas gegen Lukas zu unternehmen, wird dir das wenig nützen. Wenn du aber genau wissen willst, wie ich zu der halben Tierseele gekommen bin –«

»Ja, das will ich«, sagte Gaultry. »Wie kann denn irgendjemand außer einem Gott die Seele eines Menschen spalten?«

»Das will ich dir sagen. Auch wenn du mein Leben endgültig ruiniert hast.

Es war nie ein Geheimnis, dass ich der Spross des Seeprinzen war, trotzdem hatte ich ein ruhiges Leben in Fructibus Arbis. Nur die niedrigsten Bauern machten irgendein Aufhebens um mich, aber wer schert sich schon um einen Bauern. Ich habe mich um das Grab meiner Mutter gekümmert, und das war alles. Außer dass Lukas jeden Sommer zu Besuch kam. Manchmal mit seinen Freunden, manchmal allein. Das war natürlich immer die schönste Abwechslung in meinem Leben.« Gaultry sah die Szene leibhaftig vor sich. Columba verstand sich gut aufs Geschichtenerzählen, und man merkte ihr beim Zuhören das Komödiantenblut ihrer Mutter ebenso an wie das Herrscherblut ihres Vaters.

»In dem Sommer, in dem ich erwachsen wurde«, fuhr sie fort, »war alles anders als sonst. Lukas kam einen Monat später als erwartet, und als er endlich da war, konnte man ihm zu Hause nichts recht machen. Er suchte nur ständig nach neuen Zerstreuungen. Dann kam diese Moorhexe und erbot sich, uns die Karten zu legen.«

»Wer war das?«

»Eine Streunerin. Sie hatte Ziegen«, sagte Columba und breitete die Hände aus. »So wie die vorhin im Sonnenstrahl – da und doch nicht da. Wir wussten nie, wann sie auftauchen würde. Sie ging den ganzen Monat lang in Fructibus Arbis ein und aus und erzählte uns Geschichten über Averios, die Lanai und Tielmark. Grenzen gab es nicht für sie. Sie behauptete, sie könne unsere Zukunft voraussehen, auch ohne ihre Karten.

Noch ehe der Monat vorüber war, hatte sie Lukas überredet. Er ging mit ihr ins Moor und ließ sich von ihr die Karten deuten. Und als er wiederkam, war er ganz aufgeregt. Seine Karte hatte ihm Dinge prophezeit, die über Generationen hinweg nicht vorhanden gewesen waren, Macht, sogar Göttlichkeit. Ich habe nur gelacht und ihm kein Wort geglaubt. Aber dann hat er mir gezeigt, wie das gehen würde.

Unser Vater hatte seine Söhne unterschlagen und sich unrechtmäßig das Herrscherblut angeeignet. Lukas hatte seine zweite Seele immer dazu benutzt, Zauberkunststücke zu vollführen. Jetzt zeigte er mir, dass er auch noch mein Götterblut an sich reißen konnte, um seine Zauberkräfte ins Unermessliche zu steigern. Seit Clarin, dem *Glamour*-Prinzen, hatte es keinen Menschen mehr gegeben, der die Macht dreier Seelen auf einmal in Händen hielt – und noch nie hatte einer diese Macht in Magie verwandelt.

Lukas hat diese neuen Kräfte dazu missbraucht, die Seele von Lord Issachar Dan zu spalten. Oh, Llara, das war schrecklich! Issachar wollte nicht glauben, dass er es konnte. Er war ein doppelter Dummkopf: erstens weil er an der Macht meines Bruders zweifelte und zweitens, weil er das vermeintliche Spiel mitspielte.«

Ein Windstoß fuhr Gaultry über die Wange, als wäre etwas Unsichtbares an ihnen vorübergezogen. Erschrocken schaute sie sich um. Die Landschaft um den kleinen Hügel herum war nicht mehr zu sehen, der Himmel hatte sich verfinstert. Das Gehöft auf der anderen Straßenseite wirkte meilenweit entfernt. Sie sah die winzigen Gestalten von Tullier und der Sharif, die hinter dem Bauernhaus auftauchten, als befänden sie sich hinter der Grenze in einem fremden Land.

»Was hat Issachar Dan nach Fructibus Arbis geführt?«, fragte Gaultry mit belegter Stimme.

»Er zählte zu den Gästen des Hauses. Lukas hatte ihn zusammen mit ein oder zwei anderen Edelleuten zur sommerlichen Jagd eingeladen. Das war nichts Ungewöhnliches. Man erging sich dort ständig in irgendwelchen Zerstreuungen. So hat er Issachar dazu gebracht, sich auf die Sache mit dem Falken einzulassen. Er hat so getan, als wäre es nur ein Spiel.

Als Issachar merkte, was mein Bruder getan hatte, hätte er ihn am liebsten auf der Stelle niedergestochen – aber Lukas hielt Fontin, den großen Falken, in der Hand, in dem die Hälfte von Issachars Seele gefangen war, und so konnte Issachar ihn nicht angreifen. Da wollte er das Schwert gegen sich selbst richten, als er sah, wie leichtfertig er mit seinem größten Schatz umgegangen war, aber Lukas beruhigte ihn mit dem Versprechen, alles würde wieder gut, wenn er nur zu der Moorhexe ginge und sich die Karten legen ließe. Er hat mich mitgeschickt, um Issachar Gesellschaft zu leisten, wie er sagte, und damit ich aufpassen solle, dass auch alles mit rechten Dingen zuginge. Ich habe seine Anweisung befolgt – ohne dass ich je die Absicht gehabt hätte, ebenfalls eine Karte zu ziehen. Meine Zukunft war am Grab meiner Mutter, das brauchte mir nicht erst eine Rhasankarte zu sagen. Ich bin gar nicht auf die Idee gekommen, dass mein Bruder ganz bestimmte Absichten hatte, als er mich mit Issachar losschickte.«

Gaultry konnte sich das Ganze nur zu gut vorstellen: den dunklen, falkengleichen Krieger und das blasse, zierliche Mädchen, gerade eben an der Schwelle zur Frau. Wie die beiden ins Moor hinauszogen zu der Hexe mit den Wahrsagekarten. Karten, die göttliche Macht in sich bargen.

»Ihr habt sie in Llaras altem Tempel getroffen«, vermutete sie.

Columba nickte. »Sie hatte schon auf uns gewartet. Eine alte Frau, so dürr wie Reisig. Als sie uns kommen sah, hatte sie bereits zwei Karten in der Hand, bevor wir ihr überhaupt sagen konnten, was wir von ihr wollten. Meine war die mit den Tauben. Zwei weiße Vögel, die auf der Schneide eines Schwertes stehen, und das Blut tropft von ihren Füßen. Aber Issachars –« Sie schüttelte den Kopf. »Das brauche ich dir nicht zu erzählen. Du weißt, was es heißt, sich mit einem Mann zusammen die Karten deuten zu lassen. Zuerst war es eine wunderbare Offenbarung.«

»Ich glaube, ich weiß es«, meinte Gaultry verlegen. »Aber ich verstehe nicht, warum du dich damit gegen deine Mutter versündigt haben solltest.«

»Da vielleicht noch nicht«, meinte Columba grimmig. »Aber dann hat sie noch eine dritte Karte gezogen, die uns gesagt hat, was wir tun sollten. Es waren die Liebenden.« Schaudernd schlang sie die dünnen Ärmchen um ihren Leib. »Ich kann dir nicht beschreiben, was für eine Gewalt diese Karte in sich trug. Kein Mensch auf der Welt hätte sich dieser Kraft widersetzen können.«

»Also habt ihr euch geliebt?«

Columba lachte spöttisch. »Gleich dort an Ort und Stelle, sobald die Hexe fort war. Lukas kam herein, noch ehe wir fertig waren. Sein Zorn war hehr und gerecht. Er hatte seinen kleinen Sperlingsfalken fliegen lassen und hielt eine lebendige Taube in der Hand. Er unterwarf mich sofort seinem Willen, band meine Seele an den Taubengeist und zwang mich dazu, ihm mein Herrscherblut zu überlassen. Und es schien eine gerechte Strafe zu sein, denn Lukas strahlte nur so vor überirdischer Hoheit. Es war nicht schwer, ihm zu glauben, dass die Götter aus seinem Mund sprächen.«

»Das war gelogen«, sprudelte Gaultry hervor.

»Allerdings«, sagte Columba. »Er hatte einen Vorgeschmack bekommen, als er Issachar mit meiner Hilfe in Fesseln legte, und nun wollte er nie wieder auf mich angewiesen sein, sondern allein über diese Macht verfügen. Immerhin war er wenigstens so freundlich, mich in dem Glauben zu lassen, dass ich mit meinen Leiden mit der Zeit meine Schuld abtragen würde. Jetzt habe ich nicht einmal mehr diesen Trost.«

»Wir fahren jetzt nach Dunsanius' Furt«, sagte Gaultry. »Dein Bruder ist dort –«

»Vielleicht erlöst mich das ja aus diesem Albtraum. Du hast zwar seinen Fluch gebrochen, das ist wahr. Aber das war aus der Ferne. Er hat die Macht, ihn wieder heraufzubeschwören.«

»Nicht, wenn ich ein Wörtchen mitzureden habe«, sagte Gaultry steif. »Ich werde nicht zulassen, dass er dich noch einmal damit belegt.«

»Auch nicht, wenn ich es so will?«

»Du willst es ja gar nicht«, sagte Gaultry. Die monotonen Wiederholungen der anderen zerrten an ihren Nerven. Als ob etwas wahr würde, indem man es immer wieder aussprach. »Als Piron das Messer zückte, hast du Llara angefleht, dich zu retten. Wie kannst du es wagen, daran zu zweifeln, dass Sie dich erhört hat?«

Eine Zeit lang herrschte Schweigen. Columba liefen Tränen über die Wangen. So wie Tullier, als Gaultry ihm begegnet war, schien sie nicht zu wissen, wie viel diese Tränen verrieten.

»Du kannst mich nicht retten«, sagte das Mädchen. »Lukas wird deine Seele in Stücke reißen, wenn du ihm zu nahe kommst. Er war schon vorher sehr mächtig. Stell dir doch einmal vor, was er in all den Jahren dazugelernt hat!«

»Ich habe Angst vor ihm«, räumte Gaultry ein. »Aber das wird mich nicht davon abhalten.«

»Glaubst du etwa, deine *Glamour*-Seele könnte dich schützen?«

Gaultry sah sie kühl an. »Du weißt doch, dass Martin Stalker in Dunsanius' Furt ist. Dein Bruder verschwendet inzwischen keine Zeit mehr mit Tieren. Anscheinend glaubt er, dass er über jede menschliche Seele verfügen kann. Er hat nicht einmal vor meinem Prinzen Halt gemacht. Und vor meiner Schwester auch nicht. Und wenn er dasselbe mit Martin getan hat, dann werde ich dafür sorgen, dass es ihm noch Leid tut.«

Columba gab ihren Blick ebenso kühl zurück. »Ich warne dich: Du hast nicht die Kraft, dich ihm in den Weg zu stellen. Ich habe die Grenzen deiner Macht gesehen, als du in den Katakomben meine Seelenfigur zerbrochen hast. Lukas ist mein Zwillingsbruder, und ich sage dir, du kannst ihn nicht besiegen.«

Gaultry lief es kalt den Rücken herunter. »Ihr seid Zwillinge?«, stammelte sie.

»Ja, Zwillinge. Deshalb kenne ich dich auch besser, als du denkst, *Glamour*-Hexe. Ich hatte, genau wie deine Schwester, das Pech, die Schwächere zu sein. Du und Lukas, ihr seid euch ähnlich. Ihr denkt alle beide, es wäre euer gutes Recht, den anderen auszusaugen.«

»Das würde ich nie mit Mervion tun!«

»Nein?«, meinte Columba. »Und was ist das hier?«

Sie zog die Seelenfigur aus dem Ärmel, die Gaultry in Luka Pallias Krypta gesehen hatte.

Damals hatte sie die Gestalt einer Taube gehabt, die mit einer Frau verschmolzen war. Nun erinnerte nichts mehr an die Taube, und die Hälfte der Figur war ein formloser Klumpen. Die andere Hälfte war noch immer deutlich als Frau zu erkennen. Sie hatte langes goldblondes Haar und eine anmutig geschwungene Schulter –

»Was ist das!« Sie wusste es im selben Moment, als sie Columba die Figur aus den Händen riss.

Es war eine halbe *Glamour*-Seele. Die Hälfte von Mervions *Glamour*-Seele.

Voller Entsetzen dachte Gaultry an das Festmahl des Prinzen zurück, als sie Mervion gebeten hatte, ihr zu helfen, Tullier zu retten. Sie hatte ihre halbe *Glamour*-Seele angeboten, wenn Mervion sie nur in ihn einpflanzen würde. Und als ihre Schwester gezögert hatte, hatte sie darauf bestanden, in der festen Überzeugung, dass sie das Recht dazu habe, denn sie hatte befürchtet, dass der Junge sonst vorher sterben könnte.

Sie hatte nicht gewusst, dass mehr Kraft nötig war, um das Sha Muira-Gift unwirksam zu machen, als sie allein aufbringen konnte.

»Das habe ich nicht von Mervion verlangt«, sagte sie bestürzt. »Sie hätte mir ja sagen können, dass ich zu viel erwarte!«

»Ja«, nickte Columba. »Das hätte sie tun können. Aber sie hat dir stillschweigend ihre Kraft gegeben, genauso wie ich nicht mit meinem Bruder darüber diskutiert habe, als er verlangt hat, dass ich ihm mein Herrscherblut überlasse, als Wiedergutmachung für meine Verfehlungen. Du bist die Stärkere. Wie hätte sie dir irgendetwas verwehren können?«

»Die Stärkere?« Gaultry lachte nervös und versuchte, das Grauen zu verbergen, das in ihr aufstieg. »Wohl kaum. Mervion war längst fort aus dem Wald von Arleon und am Hof des Prinzen, bevor ich auch nur mutig genug war, mit den Bäuerinnen aus der Umgebung um den Preis für die Eier zu feilschen.«

Columba nickte und wich keinen Deut von ihrer nervtötenden Selbstsicherheit ab. »Ganz recht. Ein vergeblicher Versuch, noch rechtzeitig zu entkommen, bevor du ihr den besten Teil ihrer Seele und ihrer Zauberkräfte stehlen würdest.«

Die kleine Figur in Gaultrys Hand war kalt, so kalt, dass es weh tat. »Das glaube ich nicht!« Sie schloss die Augen und umklammerte die Figur noch fester, ohne sich um den brennenden Schmerz zu kümmern. Hinter ihren Lidern zogen Bilder vorüber. Ihre Schwester, schön und konzentriert. Die Stimme ihrer Schwester in ihrem Kopf, während sie Tullier als schwarzes Hündchen vor sich sahen. *Du weißt nicht, was du da verlangst*, hatte Mervion zu ihr gesagt.

Es war eine Warnung gewesen. Sie aber hatte die Warnung überhört und Mervion dazu gezwungen, ihr Werk zu vollenden.

Doch während diese Bilder noch einmal an ihr vorbeizogen, wurde ihr plötzlich klar, dass sie noch eine tiefere Wahrheit bargen.

Sie öffnete die Augen. Die Figur in ihrer Hand schmerzte nicht mehr. »Du irrst dich«, sagte Gaultry und sah der Bissantinerin tief in die dunklen Augen. »Aber ich mache dir keinen Vorwurf daraus. So wie ich nicht verstehe, was in Bissanty vor sich geht, kannst du auch die Tielmaraner nicht verstehen. Ich bin nicht wie dein Bruder. Wenn ich meiner Schwester versehentlich mehr abverlangt habe, als sie zu geben gewillt war, so habe ich es jedenfalls nicht getan, um meine eigene Macht zu stärken.

Was ich getan habe, war kein Akt der Willkür. Ich habe es getan, um einem Jungen zu helfen, der entsetzliche Qualen litt. Trotzdem werde ich meine Schuld bei Mervion wieder gutmachen, wenn ich wieder in Tielmark bin.« Sie hielt die Figur fest umfangen und genoss die Wärme, von der sie wusste, dass es die Liebe ihrer Schwester war.

»Mervion hätte es mir sagen können. Wenn sie es nicht getan hat, dann deshalb, weil sie befürchtete, es könnte mich in meinem Entschluss schwanken lassen. Ich hätte mich dafür entschieden, ihre Kraft zu schützen, anstatt sie zu opfern, um Tullier zu retten. Sie hatte keine Angst davor, mir ihre Kraft zur Verfügung zu stellen, denn sie wusste genau, dass ich sie niemals missbrauchen würde.

Meine Schwester hat mir vertraut, und ich werde ihr dieses Vertrauen voll und ganz zurückzahlen.«

Sie drehte sich um, denn sie spürte plötzlich, dass da noch jemand war. Tullier stand hinter ihr und hörte zu. Sie fragte sich, wie lange er das wohl schon tat.

»Die Kutsche ist fertig«, sagte er. »Und der Bauer hat uns etwas zu essen mitgegeben.«

»Wir müssen uns auf den Weg machen«, sagte sie zu ihm. »Ich habe ein paar beunruhigende Dinge erfahren. Es ist wichtiger denn je, dass wir Martin so bald wie möglich finden und nach Tielmark zurückbringen.«

»Was ist das?«, fragte Tullier und zeigte auf die Seelenfigur.

»Das Sha Muira-Gift in deinem Körper war sehr stark, Tullier. Es war mehr als meine halbe *Glamour*-Seele nötig, um es in Schach zu halten. Das hier – das war ein Geschenk meiner Schwester, um dich zu retten.«

»Hat sie es Euch gestohlen?« Er warf Columba einen unfreundlichen Blick zu. »Ich habe gesehen, wie sie das Ding in der Katakombe aufgehoben hat.«

Gaultry schüttelte den Kopf. »Nein, Tullier. Du solltest ihr dankbar sein. Sie hat es nur in Sicherheit gebracht. Sie wusste, dass sie es brauchen würde, um mir etwas klar zu machen. Elianté und Emiera sei Dank, dass es nicht das war, was sie sich vorgestellt hatte.«

»Was war es dann?« Er warf Columba erneut einen feindseligen Blick zu.

»Meine Schwester liebt mich. Und ich muss darauf achten, dass sie für diese Liebe nicht zu viel opfert.« Sie barg die kleine Figur sorgsam im Brustausschnitt ihres Hemdes. »Wahrscheinlich ist das eine Erkenntnis, zu der sich die Leute hier in Bissanty nicht allzu häufig durchringen.«

# 19

Am späten Nachmittag ließ die Kutsche die Hochebene mit den Gehöften hinter sich und gelangte erneut in sumpfige Niederungen. Das Moor war hier weniger ausgedehnt und immer wieder unterbrochen. Die letzten Reste der Salzmarschen lagen hinter ihnen. Hier überwucherten Laubbäume und Gebüsch die Bergrücken, die über das ganze Land verstreut lagen, und lang gezogene Erdhügel gingen von der Hochstraße aus und erweckten den Anschein, als würde das Land zumindest hier und da bebaut. Ungefähr jede Meile einmal rumpelte die Kutsche durch einen kleinen Weiler mit raffiniert konstruierten Häusern aus mit der Zeit nachgedunkelten Schilfmatten, viele davon gegen die Sturmböen abgedichtet. Als sie daran vorbeifuhren, kam es Gaultry so vor, als würden ihnen hinter den Fenstern alte, abgehärmte Gesichter mit derselben stumpfen Teilnahmslosigkeit nachstarren wie die Straßengören in Bassorah. Als sie Tullier darauf ansprach, erinnerte er sie daran, dass in Bassorah Soldaten aus dem ganzen Land dienstverpflichtet waren. »Die einzelnen Gegenden schicken abwechselnd Leute in die Hauptstadt. Die Männer bringen ihre Familien mit, es bleiben nur diejenigen daheim, die nicht reisen können. – Das ist weniger schlimm, als Ihr denkt«, fügte er hinzu, als er ihre Miene sah. »Der Sold ist gut, und die wenigsten müssen jemals in den Kampf ziehen. Meist verbringen diese Bauernfamilien drei Monate in Bassorah oder einer anderen Grenzstadt, lassen es sich gutgehen, und hin und wieder machen die Männer ein paar Kampfübungen. Wenn sie Glück haben, ist es fast wie ein ausgedehnter Urlaub.«

Das hörte sich nicht gerade unangenehm an, und doch erfüllten die leeren Bauernhäuser Gaultry ebenso mit Wehmut wie die verlassenen Reisfelder. Es war so ganz anders als das Leben und Treiben, das sie aus Tielmark kannte.

Die Sonne berührte schon den Horizont, als der Kutscher erneut einen Halt ankündigte. Einer seiner dürren Lakaien klopfte an die Tür. »Wir haben den Locatus erreicht«, sagte er zu Tullier und tippte sich ehrerbietig an die Stirnlocke. »Da vorn ist Dunsanius' Furt. Aber es steht alles unter Wasser. Wollt Ihr zu Fuß zum Kloster hinübergehen oder lieber in der Poststation warten, bis der Weg wieder frei ist?«

»Meiner Frau geht es noch nicht viel besser«, erklärte Tullier und warf einen kurzen Blick auf Columba. »Aber es wird schon Nacht, und vielleicht ist es schon zu spät, um jetzt noch Aufnahme zu finden. Lauf zur Poststation hinunter und erkundige dich, wie spät man in dem Gotteshaus noch um Einlass bitten kann. Ich werde anschließend entscheiden, was wir tun.«

Der Mann machte eine knappe Verbeugung und verschwand wieder.

Nachdem sie Columba gesagt hatte, sie solle sitzen bleiben, stieg Gaultry, gefolgt von Tullier und der Sharif, aus, um sich ein wenig die Beine zu vertreten.

Sie standen etwas oberhalb der Postkutschenstation an der Straße. Von der Anhöhe aus hatten sie einen guten Blick auf das flache, weitläufige Gebäude mit seinem penibel hergerichteten Hof und den Lakai, der den Abhang hinabrannte, um sich Tulliers Frage beantworten zu lassen. Einen Moment lang fragte sich Gaultry, warum der Kutscher nicht näher herangefahren war, doch als sie genauer hinsah, war ihr alles klar. Sie waren bei weitem nicht die Einzigen, die von der Überschwemmung aufgehalten wurden. Im Hof ballte sich ein ganzes Knäuel von Gefährten zusammen, angefangen vom schlichten Ponykarren bis zu einer Kutsche, die fast ebenso kostbar vergoldet war wie die ihre. Einige davon sahen aus, als würden sie dort schon so lange kampieren, wie der Regen andauerte, also mindestens seit zwei Tagen. Der Kutscher hatte es ihnen offensichtlich selbst überlassen wollen, ob sie sich auch noch in dieses Gedränge begeben wollten.

Vorn versperrte ein schmutzig-braunes Gewässer die Straße, das nur halsbrecherisch über eine Brücke aus schmalen Holzplanken zu überqueren war. Der Fluss war in beiden Richtungen über die Ufer getreten und hatte die Flussniederungen stellenweise in einen reißenden Strom verwandelt. Auf der anderen Seite befand sich vor niedrigen braunen Hügeln, die sich endlos fortsetzten, eine keilförmige, von Zypressen abgeschirmte Erhebung. Im Gegensatz zu seiner Umgebung wirkte dieser Flecken durchaus gepflegt, das Gras unter den Bäumen war sauber gemäht und geharkt und das Buschwerk bis hinab zu den reißenden Fluten ordentlich beschnitten. Dort unten verrieten ein überflutetes Bootshaus und ein verlassener Schuppen dem Betrachter, wo normalerweise das Ufer begann.

Oben auf dem Hügel lugten zwei Zwiebeltürme über die Baumwipfel. Darunter schimmerten die roten Backsteinmauern der Türme und eine Anzahl einfacherer Gebäude mit roten Ziegeldächern durch das Grün des Zypressengürtels hindurch.

»Das ist das Kloster«, meinte Tullier. »Und was nun?«

Gaultry ertappte sich dabei, dass sie wie hypnotisiert auf die angeschwollenen Wassermassen starrte. »Dieser Fluss speist den Locatus?«, fragte sie, als ihr die Worte des Dieners wieder einfielen. Die Urkräfte dieses Wasserlaufes waren fast unheimlich, ganz anders als die trägen Fluten in den Salzsümpfen. »Elianté steh mir bei, wie breit muss dann erst der Locatus sein!« Dieser mächtige Strom mündete kaum einen Tagesmarsch von Tielmarks Grenze entfernt ins Meer – was sich in einer der größten Schlachten Brierns des Kühnen gegen das Kaiserreich vor zweihundert Jahren als Nachteil für Tielmark erwiesen hatte.

Beklommen ließ sie den Blick über das Meer auf die Anhöhe dahinter schweifen. Endlich hatten sie ihr Ziel erreicht. Irgendwo da oben hielten sie Martin gefangen – Martin, ihren schwarzen Wolf, den zu retten sie sich auf die Fahne geschrieben hatte. Der Lakai war jetzt im Hof der Poststation verschwunden, und sie schämte sich ihres heimlichen Wunsches, er möge mit der Nachricht zurückkommen, dass das Kloster nachts geschlossen und die Furt unpassierbar war, sodass sie warten müssten. Sie schauderte, als ihr die Ironie des Ganzen bewusst wurde. Martins Gott war Allegrios Rex, der Wassergott. Er hätte sich nicht vom Anblick der aufgewühlten Fluten entmutigen lassen. Unwillkürlich nahm vor ihrem inneren Auge ein Plan Gestalt an. »Ist der Locatus bei dieser Überschwemmung befahrbar?«

»Das hängt davon ab, wer das Boot steuert.«

In ihren Augen war es unmöglich. »Und dieser Fluss hier?«

»Dafür gilt dasselbe.«

Beim Anblick der gefräßigen Strömung, die erbarmungslos an den Flussufern genagt hatte, drehte es Gaultry fast den Magen um. Und der Locatus, der von diesem und anderen Flüssen gespeist wurde, war mit Sicherheit noch viel ungnädiger.

Aber auch die Bissantiner fürchteten das Wasser. Das hatte sie daran erkannt, wie sie sich in den Dörfern und Poststationen verbarrikadierten, während die Große Donnergöttin die himmlischen Schleusen öffnete. Wenn sie es schafften, Martin zu befreien, wäre der Fluss wahrscheinlich ihr bester Fluchtweg.

Oder vielmehr ihr einziger. Welchen Weg konnten sie denn sonst noch einschlagen? Etwa nach Westen, mitten durch die Berge der Lanai? Oder zurück nach Osten nach Bassorah?

*Dieser Fluss fließt nach Süden und mündet dort in einen anderen*, sagte Gaultry zu der Sharif. *Und der fließt fast bis nach Tielmark*.

Die stattliche Frau richtete den Blick ihrer hellen Augen auf die Jägerin und lächelte beklommen. *Eine Wasserstraße? Gibt es keinen anderen Weg?*

*Es könnte der erste Schritt sein auf der Reise zurück nach Ardain*. Mehr wollte Gaultry nicht sagen, aber die Sharif, die merkte, dass sie ihr ausweichen wollte, bestand auf einer Erklärung.

*Was soll das heißen, meine Reise nach Ardain? Wie könnte ich ohne dich auf dem Wasser vorwärts kommen?*

Gaultry schluckte. Der geistige Austausch mit der Sharif war nicht gerade ideal, um die Dinge für sich zu behalten, die sie nicht preisgeben wollte – die Angst, die sie nicht einmal sich selbst eingestehen mochte. Deshalb redete sie jetzt laut mit ihr und versuchte dabei, möglichst einfache Worte zu finden. »Da oben auf dem Hügel werden wir einem Seelenräuber gegenüberstehen, einem Manne, der Seelen stiehlt, um die Macht des Kaiserreiches zu stärken. Ich bin nach Bissanty gekommen, um Martin zu befreien, dessen Seele mit dem Schicksal des Prinzen von Tielmark verbunden ist. Er darf dem Seelenräuber auf keinen Fall in die Hände fallen.

Wir sind eher hier angekommen, als ich gehofft hatte. Die Zeit ist nicht auf unserer Seite, nach allem, was in Bassorah passiert ist. Es wissen zu viele Leute, dass ich in Bissanty bin – und dass Tullier bei mir ist. Wir glauben nicht, dass uns jemand gefolgt ist, aber viele von denen, die uns bei Prathe Lendra gesehen haben, wissen, dass der Kaiser sie dafür belohnen wird, wenn sie uns zur Strecke bringen. Die Großen Zwölf haben bis jetzt die Hand über uns gehalten, und wir sind bis hierher gekommen, indem wir das Spiel von dem Edelmann mit seiner kranken Frau gespielt haben. Aber wie lange werden wir diese Tarnung noch aufrecht erhalten können? Wir können nur beten, dass sie noch so lange hält, bis wir die Klostertüren hinter uns haben.

Columba hat mich davor gewarnt, dem Seelenräuber die Stirn zu bieten. Vielleicht hat sie Recht. Wenn ich ihn nicht besiegen kann, dann gibt es immer noch einen Weg für mich – und für

Martin. In diesem Falle muss irgendjemand Mervions Seelenfigur nach Hause bringen.«

Die Sharif brauchte eine Weile, um den Sinn hinter Gaultrys Worten zu ergründen. Doch schließlich streckte sie die Hand aus und legte sie ihr auf den Scheitel. Es war offenbar eine feierliche Geste, etwas, das sie vielleicht in ihrer Wüstenheimat mit einem ihrer Krieger getan hätte. *Mein Kind*, sagte sie. *Du redest davon, deine Seele und die deines Gefährten den Göttern zu überlassen und mit eurem Tod die Sicherheit für euren Prinzen und sein Land zu erkaufen.* Sie wirkte auf einmal müde. *Das ist ein ehrenwertes Opfer. Größer als das, welches Janier für mich gebracht hat.*

Gaultry zuckte zusammen und hätte sich am liebsten abgewandt, aber die Sharif hatte ihre kräftigen Finger in ihrem Haar vergraben und ließ nicht los. »Die Versklavung von Menschen und Land hat Bissanty krank gemacht«, sagte sie laut. *In Ardain sagen wir, die letzte Reise führt uns einen Fluss des Lichts hinab zu den saftigen Weiden.*

»Was hat sie gesagt?«, wollte Tullier wissen. »Was erzählt sie Euch da alles?«

*Ich würde gern das Versprechen erfüllen, das ich Janier gegeben habe,* fuhr die Sharif fort und hielt inne, als sähe sie den stämmigen Krieger vor sich, der sein Leben für ihre Freiheit geopfert hatte. *Aber zuerst werde ich mein Versprechen dir gegenüber erfüllen.*

Tullier zupfte an ihrem Ärmel, denn es missfiel ihm, dass sie ihn von der Unterhaltung ausschloss. Die Kriegerin warf ihm einen kurzen strafenden Blick zu, und er beruhigte sich sofort. Daraus schloss Gaultry, dass sie irgendetwas zu ihm gesagt hatte.

Die beiden tauschten noch ein paar Gedanken aus. Dann drehte sich der Junge zu Gaultry um, und in seinen Augen mischten sich Wut und Verzweiflung.

»Ihr wollt also Euer Leben für diesen Mann opfern? Auch wenn er dabei ebenfalls stirbt? Habt Ihr das damit gemeint, als Ihr sagtet, dass es noch einen anderen Weg gäbe?«

»Ich kann Martin nicht lebend in den Händen der Bissantiner lassen«, erklärte sie ihm. Es so deutlich auszusprechen, verursachte ihr Übelkeit. »Es geht hier um Tielmark und nicht um ihn selbst. So war es immer. Ich bin nicht eigens nach Bissanty gekommen, nur um mir euer Land anzusehen. Ich werde dir und der Sharif nichts vormachen – und mir selbst auch nicht. Ich habe schon ein paarmal die Bannflüche dieses Hexers gebrochen, aber das heißt noch lange nicht, dass ich ihm jetzt auch das Handwerk legen kann. Allein die Großen Zwölf wissen, wie viele Leute ihn da oben unterstützen. Unsere einzige Chance liegt in dem Umstand, dass er uns jetzt vielleicht noch nicht erwartet – oder wenn doch, dass er so schnell keine Verstärkung vom Kaiser aus Bassorah erhalten haben kann.«

Während sie redete, zog sie Mervions Seelenfigur aus dem Gürtel. »Gib mir bitte deine Hand!«, sagte sie zu Tullier. Die grünen Augen blickten skeptisch, aber als sie nach seiner Hand griff, ließ er sie gewähren. »Die Kraft in dieser Figur hat meine *Glamour*-Seele in dir verankert«, sagte Gaultry. »Sie gehört meiner Schwester.« Ihre Finger schlossen sich um Tulliers, und beide hielten sie die Figur fest.

Sie konnte ihm nicht in die Augen sehen. Da war zu viel, worum sie ihn gern gebeten hätte. Um Vergeltung für den Fall, dass der Hexer sie oder Martin töten würde. Um Unterstützung. Es war einfach zu viel. Es war nicht recht, irgendetwas von ihm zu verlangen, was ihn noch weiter in dem Netz von Intrigen verstricken würde, das sein Vater einst für ihn geknüpft hatte. »Wenn ich nicht mehr in der Lage bin, das hier zu Mervion zurückzubringen, dann musst du es ihr bringen, versprich mir das bei deiner Göttin!« Sie versuchte mühsam, sich ein Lächeln abzuringen, aber es gelang ihr nicht sehr gut. »Wenn ich den Mund zu voll genommen habe, als ich mir einbildete, ich könnte Martin retten, soll sie nicht dafür büßen müssen.«

»Ich schwöre noch mehr als das!«, sagte Tullier heiser.

»Mehr akzeptiere ich aber nicht.« Gaultry versuchte vergebens, ihre Tränen zu verbergen. Der Junge schauderte, als hätte ihn etwas Ungewohntes durchzuckt.

Er wandte sich zu ihr um und hob die rechte Hand. »Bei Llara, der Großen Mutter und Donnergöttin, deren Blut in meinen Adern fließt, ich werde Mervion diese Figur überbringen. Aber, Gaultry, Ihr seid zu weit gegangen. Ihr könnt mir nicht vorschreiben, welchen Schwur ich ablegen will. Und ich schwöre Euch –« Irgendetwas würgte seine Worte ab. Seine Augen funkelten silbrig, und sein Gesicht nahm einen seltsam entschlossenen Ausdruck an. Erschrocken fuhren die beiden auseinander, Tullier noch immer mit der Figur in der Hand. »Ich schwöre Euch –«

Wieder ging ein Ruck durch seinen Körper, und die Worte blieben ihm im Halse stecken.

Gaultry erholte sich zuerst. »Tullier«, sagte sie matt.

»Ich befürchte allmählich, dass das Sha Muira-Gift nicht nur deinem Körper Fesseln angelegt hat.«

Der Junge sah aufgewühlt aus. »Ich habe es nicht geglaubt.« Er warf den Kopf in den Nacken und schaute zu den dicken Wolkenhaufen empor, die tief unter dem Himmelsgewölbe hingen. »Große Mutter, ich habe es nicht geglaubt!«

Gaultry dachte daran, was Columba ihr erzählt hatte, von den Bauern, die mit ihren Reisharken zu ihr gekommen waren, um sich ihren Segen zu holen, und dass sie nicht mehr kamen, seit sie spürten, dass ihr die Macht nicht mehr innewohnte. Das purpurne Feuer, das Tullier in der Grabkammer vor dem Gift geschützt hatte, konnte nur eines gewesen sein: das neuerwachende Herrscherblut des Jungen. Würden die Bauern von jetzt an zu ihm kommen? Und wohin brachte das den Kaiser Sciuttarus, der in Bissantys Hauptstadt auf dem Thron saß, umgeben von drei Söhnen?

»Der Pöbel vor dem Palast in Bassorah war nicht zufällig so außer Rand und Band«, sagte sie. »Die Bauern um Fructibus Arbis herum müssen gewusst haben, warum sie Columba so verehrt haben. Das fing zur selben Zeit an, als du geboren wurdest, weißt du, und es hat aufgehört, als ihr Bruder sie verhext hat. Das passt alles zusammen, wenn sie wirklich das Herrscherblut besessen hat.«

»Ich hab's gehört«, meinte Tullier. »Ich habe gehört, was Columba Euch erzählt hat. Aber ich habe es nicht geglaubt. Als ich nach Fructibus Arbis kam, war sie bereits eine der Haushuren. Woher hätte ich denn wissen sollen, wer sie wirklich ist?« Er griff sich an die Kehle, als könne er die Stelle spüren, wo ihm die Worte seines Schwurs stecken geblieben waren. »Diese – diese Kraft in mir zeigt, dass mein Vater Kaiser Sciuttarus daran hindert, einen Thronfolger zu zeugen. Aber Columbas Bruder steckt mit Sciuttarus unter einer Decke. Warum sollte der Kaiser Martin sonst nach Dunsanius' Furt schicken? Er will Tielmark unbedingt zurückgewinnen, mehr als sonst irgendetwas auf der Welt.«

»Warum sollte Luka Pallias Sohn denn eine Gefahr für Sciuttarus darstellen? Dein Bruder kann doch mit seinem Herrscherblut nichts weiter anfangen, als damit magische Experimente anzustellen. Der Kaiser hat ihn doch kastrieren lassen. Heißt das denn nicht, dass er nicht mehr als Thronfolger in Frage kommt?«

»So dumm sollte der Kaiser wirklich nicht sein!«, explodierte Tullier. »Wenn Luka Pallia mit Llaras Hilfe Zwillinge bekommen konnte, wer weiß dann, ob der Sohn dieser Missgeburt nicht am Ende doch Kinder zeugen kann. Bei der Großen Llara, das ist alles schon dagewesen. Tarrin der Weiße ist auch kastriert, aber sogar er war eine Zeit lang geheilt – von Eurer eigenen Göttin, Eliante. Man kann nie wissen!«

»Das ist keine hübsche Geschichte«, unterbrach ihn Gaultry. Tatsächlich war es eine von denen, die sie am wenigsten mochte. Der verwundete Gott Tarrin, der dazu verdammt war, durch die Länder am Meer zu wandern, hatte die Jagdgöttin zufällig bei einem Stelldichein mit ihrem sterblichen Geliebten Cyronius überrascht. Er hatte es fertig gebracht, diesen als Geisel zu nehmen, und die Göttin erpresst, ihn im Austausch für das Leben ihres Geliebten zu heilen. Elianté hatte sich gefügt, aber Cyronius nicht. Die Geschichte endete mit einer wutentbrannten Elianté, einem toten Cyronius und einem geheilten Tarrin – auch wenn sich im Laufe der Zeit die Schwäche seiner Lenden wieder einstellte. Gaultry schüttelte den Kopf und fragte sich, warum Tullier diese Geschichte überhaupt erwähnt hatte. Das alles war schon lange her. Elianté hatte Tarrin schließlich seinen Übergriff verziehen. Die Götter waren nicht nachtragend.

Solche Vergebung war nichts Besonderes – geringfügige Strafsachen überließen die Götter gern ihren Anhängern.

»Das ist doch unwichtig. Bissanty hat nun mal keine schönen Geschichten«, fuhr Tullier fort. »Und Tielmarks Freiheitsdrang hat alles nur noch schlimmer gemacht. Die Bande des Kaisers an dieses Land sind noch lange nicht zerrissen. Warum sollte Llara ihm wohl sonst immer noch fünf Söhne gewähren, wenn Sie nicht wollte, dass er Tielmark zurückbekommt? Könnt Ihr mir das vielleicht verraten?«

»Llara hat Tielmark an die Zwillingsgöttinnen abgetreten«, sagte Gaultry aufgebracht. »Es war ihr Herz-auf-Erden, der sich weigerte, diesen Umstand zu respektieren. Warum sollten nicht mörderische Söhne und ein vergiftetes Land die Strafe dafür sein, dass der Kaiser einen dreihundert Jahre alten Götterschwur nicht anerkennen will?«

Die Sharif trat zwischen die beiden. *Der Mann kommt zurück*, sagte sie warnend. *Er muss euren Streit nicht mitanhören.*

Schweigend sahen sie alle drei zu, wie der hagere Diener schnaufend die Straße heraufgerannt kam.

»Das Kloster wird erst bei Sonnenuntergang geschlossen«, rief er schon von weitem. Dann beugte er vor Tullier das Knie und brauchte einen Augenblick, um wieder zu Atem zu kommen. »Wenn Ihr Euch beeilt, habt Ihr noch genug Zeit, um hinüberzugelangen. Sie leihen Euch eine Trage für die Frau, wenn Ihr wollt. Und im Hof ist noch Platz für die Kutsche.«

»Gut«, sagte Tullier. »Dann machen wir es so.« Er machte auf dem Absatz kehrt und stolzierte auf die Kutsche zu, ohne sich darum zu kümmern, ob Gaultry oder die Sharif ihm folgten.

*Die Graue hat ihn berührt,* meinte die Sharif und fuhr sich nachdenklich mit den Fingern durch das kurzgeschnittene dunkle Haar. *Als er versucht hat, dir Gefolgschaft zu schwören, hat Sie ihn zurückgehalten.*

Gaultry nickte. *Llara ist in ihm. Sie will ihn für Sich haben. Darauf war er nicht gefasst.* Sie schaute dem Jungen nach, der sich so stolz und abweisend von ihnen entfernte, als könne er dem Problem dadurch aus dem Weg gehen. Er hätte damit rechnen müssen, überlegte sie. Seit sie in Fructibus Arbis gemeinsam das Geburtenregister gelesen hatten, hätte er damit rechnen müssen.

Die Poststation verfügte über einen geräumigen, überdachten Hof und wohlgeordnete Plätze, um Lagerfeuer zu entzünden, wenn alle Zimmer im Haus besetzt waren. Man war offensichtlich daran gewöhnt, Reisende zu versorgen, die vom Hochwasser aufgehalten wurden. Außerdem war man anscheinend auch darauf eingerichtet, jenen weiterzuhelfen, die nicht so lange warten konnten, bis das Wasser zurückging. So wurde ihnen ohne weiteres eine Trage mit zwei Dienern zur Verfügung gestellt. Kurz nachdem sie in den Hof eingefahren waren, brachte ihnen ein Lakai das Transportmittel aus Segeltuch und Holzstangen und zeigte ihnen, wie man es zusammensetzen musste.

»Wir haben schon nach den Trägern geschickt«, sagte er und trat ein paar Schritte zurück. »Sie werden gleich hier sein.«

Als Tullier protestierte, sie würden gut allein zurechtkommen, lachte der Mann nur. »Nur wenn Ihr wollt, dass Eure Lady ins Wasser fällt. Aber wir wollten unsere Trage eigentlich gern wiederhaben!«

»Ist es denn so gefährlich?«, fragte Gaultry.

Der Mann sah sie scharf an. »Der Fluss ist hier reißend«, sagte er. »Der Kaiser hätte schon vor langer Zeit eine Brücke bauen lassen, aber bei Allegrios Rex, die Götter haben es nicht gewollt, und der Herr aller Wasser ganz zuvörderst! Seine Heiligkeit –

Dunsanius höchstselbst – hat damals mit Allegrios zäh um die paar Steine verhandelt, als er das Kloster gründete. Ihr könnt diesem heiligen Manne dankbar sein für seine weise Voraussicht, ohne die ihr mindestens noch eine Woche hier festsitzen würdet, während Eure Frau langsam dahinsiecht.«

Gaultry lagen etliche Antworten auf der Zunge, doch sie schluckte sie lieber herunter.

»Dann nehmen wir die Träger«, erklärte Tullier knapp.

Nachdem sie den Kutscher und seine Gehilfen in die Küche geschickt hatten, zogen sie sich in einen stillen Winkel hinter der Kutsche zurück, um zu besprechen, wie es weitergehen sollte.

»Du musst weiter so tun, als wärst du krank«, sagte Gaultry zu Columba. »Wirst du das schaffen?«

Das Mädchen sah tatsächlich krank aus. Die dunklen Augen wirkten riesig in dem bleichen Gesicht, und sie zitterte wie Espenlaub. »Lukas wird mich sofort erkennen«, sagte sie und legte sich gehorsam nieder. Hastig zog sie sich die Decke bis zum Kinn. »Für ihn spielt es keine Rolle, ob ich krank bin oder gesund.«

»Steht er etwa am Tor und begrüßt jeden einzelnen Gast?«, fragte Gaultry gereizt.

»Sie haben natürlich einen Pförtner«, antwortete Columba, erstaunt über diese merkwürdige Frage. »Lukas steht nicht am Tor.«

»Dann ist die Gefahr gering, dass man dich erkennt, bevor du in den Krankensaal gebracht wirst. Und dann müssen wir eben sehen, was passiert. Lieg still!« Gaultry warf ihr noch eine Decke über und wickelte sie fest um den mageren Leib des Mädchens. »Wir gehen nicht dort hinauf, um deinen Bruder zur Rede zu stellen, sondern um meinen Gefährten zu retten.« Sie hatte beschlossen, Columba nichts von ihren Fluchtplänen zu verraten, aber soviel konnte sie ruhig wissen.

»Ich weiß gar nicht, warum ihr mich überhaupt aus Fructibus Arbis weggebracht habt.«

»Willst du eine ehrliche Antwort?« Gaultry stopfte den letzten Zipfel der Decke fest. »Einerseits hoffe ich, dass wir dir helfen können, dein Herrscherblut wiederzuerlangen. Vielleicht schwächt das Lukas ein bisschen für den Fall, dass es zu einem offenen Machtkampf kommt.« Ihre Stimme klang härter und weniger mitfühlend als beabsichtigt. »Das ist die eine Seite. Aber es gibt noch einen anderen Grund: Wir konnten dich doch nicht dort lassen, nachdem ich den Mann getötet hatte. Sicher hätten sie dich dafür büßen lassen. Willst du etwa behaupten, dass dir das lieber wäre?«

Columba schloss die Augen und tat so, als hätte sie Gaultry nicht verstanden. »Ich bin eine kranke Frau«, sagte sie leise, »die die Hilfe der Mönche braucht. Du solltest sanft mit mir umgehen.« Auf einmal sah sie wirklich elend aus, alle Farbe war aus ihrem Gesicht gewichen, und nur die Lippen schienen noch schwach durchblutet. »Ich bin eine Kranke, die Heilung sucht.« Gaultry starrte sie verblüfft an. Das Mädchen schien förmlich unter ihren Augen in sich zusammenzufallen. Sie wirkte völlig teilnahmslos und ganz in ihre Rolle vertieft.

Gaultry wandte sich fragend zu Tullier um. »Ist sie in Trance?«

»Die Missgeburt, die sie zur Welt gebracht hat, war Bissantys größter Schauspieler«, sagte er. »Er konnte im Handumdrehen in jede Rolle schlüpfen – das hatte nichts mit Zauberei zu tun, es war ihm angeboren. Und seine Schwangerschaft, die Mutterrolle, war die Krönung des Ganzen. Vielleicht hat sie ja etwas von seinem Talent geerbt.«

»Es ist erschreckend«, sagte Gaultry, der Columbas Anblick unheimlich war. Obwohl sie immer leidender wirkte, schien jedoch bei Gaultrys Worten ein leises Lächeln um ihre blassen Lippen zu spielen. Diese musste plötzlich wieder an die Ziegenhirtin in der Ferne denken, die Columba erst durch ihre Beschreibung sichtbar gemacht hatte. »So etwas sollte es nicht geben«, sagte sie schaudernd.

»Warum nicht?«

»Ich weiß nicht«, erwiderte Gaultry. »Solche Kräfte sollten den Göttern vorbehalten sein.« Columba sah jetzt wirklich beängstigend krank aus. »Was, wenn es auf einmal kein Spiel mehr wäre?«

»Erzählt mir bloß nicht, Ihr hättet noch nie krank gespielt, um Euch vor irgendetwas zu drücken!«, sagte Tullier lachend. »Das haben wir ja sogar bei den Sha Muira getan.«

»So jedenfalls nicht«, murmelte Gaultry. »Himmel, wo bleiben denn die Träger?«

Irgendetwas an Columbas Theater fand sie wirklich bestürzend – etwas an der Art, wie sich die Frau hinter ihrer Rolle verschanzt hatte. »Ich mache einen kleinen Spaziergang«, erklärte Gaultry. »Ich will noch einen Blick auf das Kloster werfen. Ruft mich, wenn die Männer da sind.«

Fluchtartig verließ sie den Hof und begab sich auf die offene Straße. Das Gewimmel erdrückte sie plötzlich.

Als sie dem Dunst aus Küchen- und Pferdegeruch entronnen war, fühlte sie sich schon ein wenig wohler. Dennoch konnte sie die Angst nicht unterdrücken, die sie beim Anblick des Klosters auf der anderen Seite befiel. Sie fürchtete auf einmal, dass alles, was sie unternommen hatte, seit sie aus Tielmark fort war, eine Riesendummheit gewesen sein könnte und dass es womöglich eine noch viel größere Eselei wäre, anzunehmen, sie könnte es mit ganz Bissanty aufnehmen und gewinnen.

*Ich habe nie die Götter herausgefordert,* sagte sie sich, während ihr Blick an dem größeren der beiden Zwiebeltürme hängenblieb. *Ich war nie so selbstgefällig zu glauben, ich könnte meine Zauberkräfte dazu verwenden, die Prophezeiung in meinem eigenen Interesse umzumodeln.*

Selbstgefällig. Davor hatte sie die Herzogin daheim in Tielmark ausdrücklich gewarnt. Die Herzogin, die ihre Söhne in der Schlacht für ihren Prinzen hatte sterben sehen.

*Ich weiß nicht, ob ich den Seelenräuber aus eigener Kraft besiegen kann,* dachte sie. *Was ist, wenn er allein durch Einbildung alles Mögliche geschehen lassen kann? Große Jägerin, hilf! Ich habe Angst. Aber ich kann doch Martin nicht einfach da oben im Stich lassen.*

»Die Träger sind da.« Tullier trat in ihr Blickfeld und verdeckte vorübergehend die Zwiebeltürme.

Sie nickte. »Dann gibt es keinen Grund mehr zu warten.«

Tullier und die Sharif ließen ihre Schwerter unter der Plane der Trage verschwinden. Die Sharif, die das schwerere Ende nehmen würde, wenn sie erst einmal drüben wären, legte die Griffe so zurecht, dass sie sie später gut erreichen konnte. Als sich die Blicke der beiden Frauen trafen, lächelte die Ardanäerin wehmütig.

*Wir werden es ihnen schon zeigen.*

*So weit sollte es gar nicht erst kommen*, gab Gaultry zurück. *Das ist ein Ort der Anbetung und kein Heerlager.*

Die Sharif zuckte die Achseln. *Dein Freund wird sicher bewacht. Vielleicht sogar von solchen wie ihm*. Ihr Blick ging zu Tullier.

*Sha Muira? Das verhüte Elianté!*

*Und Andion im Himmel!*

Wieder hallten Columbas Worte unangenehm in ihrem Kopf: *Du bist die Stärkere. – Nur ein vergeblicher Versuch, zu entkommen, bevor du ihre Seele stehlen würdest …*

Gaultry blickte zu den Zwiebeltürmen empor. Nicht die Stärkere, dachte sie wehmütig, aber auf jeden Fall die Dümmere.

*Ach, Mervion*, betete sie. *Bitte vergib mir! Ich werde es mir nie verzeihen, wenn ich hier versage*. Sie malte das Spiralzeichen der Großen Zwillinge in ihre Handfläche und erhob sich.

»Sind alle so weit?«, fragte sie. »Dann los!«

Tullier rief nach den Trägern. Es waren vergnügte Burschen, die sich freuten, dass sie auf diese Weise ein Extra-Taschengeld verdienen würden.

»Komisches Wetter«, meinte der Ältere und griff nach dem vorderen Ende der Trage. »Ich frag mich, was Llara davon hat, wenn Sie ihr eigenes Land so außer Gefecht setzt.« Als er merkte, dass niemand Lust hatte, sich mit ihm zu unterhalten, verstummte er wieder.

Die Straße fiel jetzt steil zum Fluss hin ab. Es ging sich schlecht auf dem vollgesogenen Kies- und Sandboden. Als sie den Rand des Hochwassers erreicht hatten, zählte Gaultry die Steine, die sie überqueren mussten. Beim zwölften gab sie es auf, denn dort würden sie noch nicht einmal die Hälfte geschafft haben. Die Holzplanken, die darüber gelegt waren, sahen wackelig aus. Sie erstreckten sich jeweils von einem Stein zum nächsten und waren mit rostigen Nägeln daran befestigt. An einigen Stellen schwappte das Wasser nur wenige Fingerbreit unter dem Holz entlang.

»Steigt das Hochwasser immer noch?«, fragte sie ängstlich. Die braune Flut klatschte gegen die Holzbretter, als würde sie diese jeden Augenblick mit sich reißen.

Der ältere der beiden Träger schaute belustigt. »Die Bretter gehen nie unter«, sagte er. »Was man allerdings von denen nicht behaupten kann, die hinübergehen, ohne einen kühlen Kopf zu bewahren. Jetzt müssen wir hintereinander gehen.« Er sah seinen Begleiter mit zusammengekniffenen Augen an. »Mit wem fangen wir an?«

»Ich gehe zuerst«, sagte Tullier. »Die Frauen kommen hinterher.«

Der Mann gab ihm ein grünes Amulett an einem Lederband. »Hängt Euch das um, Herr, und los geht's.«

Gaultry stellte beruhigt fest, dass Tullier von einem Brett zum anderen ging, ohne dass etwas passierte. Als sie allerdings sah, wie sich die Planken unter seinen Schritten bogen und wie der Schaum über seine Füße spritzte, dachte sie, es wäre vielleicht eine bessere Idee gewesen, die Sharif zuerst hinüberzuschicken. Als er die halbe Strecke zurückgelegt hatte, fing sie an sich einzubilden, dass der Fluss mit der zerbrechlichen Brücke sein Spiel trieb, indem er immer dort kleine tückische Wellen emporsandte, wo sie einen am meisten störten. Doch Tullier kam gut voran, und zuerst schienen die beiden Männer, die ihn begleiteten – einer vor und einer hinter ihm – völlig unbekümmert. Auf dem Rückweg allerdings steckte der eine schnell die Hand in seinen Jackenausschnitt, als greife er nach einem Amulett.

»Das ging ja schnell«, meinte sie, als die beiden das schlammige Ufer erreicht hatten.

Der Mann mit dem Amulett sah sie feindselig an. »Jetzt die Trage«, sagte er. »Das Wasser steigt. Wir müssen uns beeilen.«

»Es regnet nicht mehr«, sagte Gaultry. »Was soll das heißen: das Wasser steigt?«

Ohne von ihr Notiz zu nehmen, hoben die beiden die Trage an und versuchten, das Gewicht gleichmäßig auszubalancieren. Gaultry unterdrückte einen Fluch.

Diesmal spritzte das Wasser noch höher und durchnässte die Stiefel der beiden. Der Wind schien aufzufrischen. Auf halbem Wege rutschte der eine aus, und um ein Haar hätten sie Columba ins Wasser fallen lassen. Der andere rief etwas und stemmte die Trage hoch, bis sein Kamerad wieder Tritt gefasst hatte.

Gaultry dachte, sie würden daraufhin langsamer und vorsichtiger gehen, stattdessen beeilten sie sich jetzt noch mehr. Am anderen Ufer angelangt, setzten sie ihre Last nicht sofort ab. Gaultry sah Tullier verärgert mit den Armen herumfuchteln, aber seine Worte gingen im Rauschen des Wassers unter.

»Was ist denn los?«, fragte sie ungeduldig.

*Sie wollen uns nicht mehr hinüberholen.* Die Sharif, die vorsichtshalber etwas Abstand hielt, machte eine zornige Handbewegung.

»Was meinst du damit?«

»Tullier mir sagen. Er wütend.«

»Kannst du ihn denn hören?«

Die Sharif nickte kurz und versuchte, sich zu konzentrieren. »Männer jetzt Angst«, vermeldete sie. »Tullier sagen, er Sha Muira, er machen sie kommen zurück.«

Sie sahen hilflos zu, wie die beiden die Trage mit Columba im Morast absetzten und hastig wieder auf die Brücke rannten. Vorher hatten sie noch darauf geachtet, wo sie hintraten – jetzt sah Gaultry, wie eines der Bretter hinter ihnen nachgab und fast aus seiner Verankerung gerissen worden war.

*Lass sie nicht vorbei!* Gaultry trat den beiden in den Weg.

Sie wären möglicherweise einfach an ihr vorbeigerannt, aber ein Blick auf die Sharif bremste ihren Schritt bereits in zwanzig Fuß Entfernung vom Ufer.

»Aus dem Weg!«, rief der Hintere.

Gaultry starrte auf die brodelnden Fluten und wusste nicht, was sie tun sollte. Jeder heftige Disput würde mit Sicherheit die Aufmerksamkeit der Mönche oben auf dem Hügel erregen. »Wir können den Herrn nicht allein lassen«, sagte sie in der Hoffnung, das würde sie erweichen. »Ihr müsst uns auch hinüberbringen.«

Sie hasste es, so zu betteln, aber der vordere der beiden – der ältere, der zuvor mit ihnen geredet hatte – trat verlegen von einem Bein aufs andere. »Muss ein ganz schön harter Brocken sein, euer Herr«, meinte er. »Aber ihr müsst trotzdem bis morgen warten. Heute kommt nicht mehr in Frage.«

»Nützen die Amulette denn nichts?«

Der Mann lachte verächtlich. »Dieser Fluss ist stärker als so ein Glasscherben. Und jetzt lass uns vorbei!«

»Dann gehen wir eben allein«, erklärte Gaultry. »Und wenn eine von uns ausrutscht, wird euch ihr Tod bis ins Grab verfolgen.« Sie versuchte, ihre Stimme bedrohlich klingen zu lassen, aber der Mann schüttelte nur den Kopf.

»Da soll mich doch Llara … Was gehen mich eure Verpflichtungen eurem Herrn gegenüber an! Wenn ihr unbedingt für ihn euer Leben aufs Spiel setzen wollt, ist das eure Sache.« Sein Begleiter flüsterte ihm irgendetwas ins Ohr, aber er schüttelte noch immer den Kopf. Dan sah er Gaultry an. »Hier ist mein Amulett, und Tonio gibt seins der großen Frau. Mehr kann ich euch nicht anbieten.«

»Dann kriegen wir aber noch einen Schilling als Pfand, bis ihr sie zurückbringt!«, meinte der andere patzig.

Aus irgendeinem Grunde fand Gaultry das komisch. »Bei den Großen Zwölf, das ist ein Wort!« Sie nickte der Sharif zu, ihn vorbeizulassen.

Der vordere der beiden entspannte sich sichtlich. Er trat von der letzten Planke herunter und sah beinahe aus, als würde er lächeln. Als sich der andere gereizt an ihm vorbeidrängeln wollte, legte er ihm beruhigend die Hand auf den Arm. »Wir haben's hinter uns, Tonio.« Dann nestelte er in seiner Jacke herum und zog einen blauen Glasscherben an einer schwarzen Schnur hervor. Als er Gaultry das Amulett hinhielt, funkelte es im Abendlicht. »Mit Dunsanius' Segen werdet ihr's schon schaffen«, meinte er. »Aber seht euch mal den Fluss an!Kein Wunder, dass Tonio und ich für heute genug haben.«

Gaultry förderte ein Geldstück zutage und gab es ihm. »Es ist euer Fluss«, sagte sie. »Ihr kennt euch damit besser aus als ich.«

Der Mann grinste und forderte den anderen mit einer Handbewegung auf, der Sharif sein Amulett auszuhändigen. Dann steckte er die Münze in seine Geldbörse. »Ihr seid mutig«, meinte er zuversichtlich, »und werdet's schon schaffen. Der große Allegrios lässt euch bestimmt nicht imStich. Und dann könnt ihr da oben eure Sache erledigen. Seine Hochwürden soll ja zurzeit nicht ganz auf der Höhe sein«, fügte er hinzu. »Wie man hört, liegt er schon seit Tagen von Kopfweh geplagt zu Bett. Bei Gregorius war das ganz anders – der hat sich noch selbst um jeden gekümmert, der bei ihm ein und aus ging. Bei dem da könnt ihr euch glücklich schätzen, wenn ihr ihn überhaupt zu Gesicht be kommt.«

»Das reicht«, fiel ihm Tonio insWort. »Jetzt überlass sie dem Unmenschen, der ihr Herr ist.«

»Mögen euch die Großen Zwölf segnen«, sagte Gaultry zu dem Älteren. »Und danke für eure Hilfe!« Sie trat zurück und sah sich die beiden an, wie sie da nebeneinander am Ufer standen. Sie sahen sich ziemlich ähnlich. Vielleicht Brüder, mit den gleichen Gesichtszügen, dem gleichen breiten Kreuz und den gleichen kräftigen Armen, wie geschaffen, um schwere Lasten zu tragen. Der eine lächelte, der andere blickte finster drein. Der gute Bissantiner und der böse. Das Einzige, was sie voneinander unterschied, war die Art, wie sie mit ihrer Angst fertig wurden.

Sie wandte sich zu der Sharif um. *Bist du bereit?*

Die Frau befühlte ihr Amulett – einen vom Wasser rundgeschliffenen Kiesel mit einem Loch für die Lederschnur – dann hängte sie es sich um den Hals. *Nein. Aber ich werde dir auf dem Fuße folgen.*

Die ersten Bretter waren am einfachsten. Das Wasser war hier noch seicht, und die Spitzen der Grashalme, von der Strömung umgebogen, schimmerten beruhigend dicht unter der Oberfläche. *In Tielmark gibt es eine Zauberin*, sagte Gaultry zu Sharif, *die könnte das ganze Wasser dazu bringen, dass es uns trägt.* Natürlich war das hier etwas ganz anderes als der beschauliche Teich von Martins Großmutter, aber das brauchte die Sharif ja nicht zu wissen.

*Mir genügt ein Schlammloch*, meinte die Sharif, *eine Kiste voll Sand und ein dünner Stoff zum Darüberspannen. Das ist genug Wasser für meinen Geschmack.*

Über den Grashalmen wurde das Wasser jetzt tiefer und dunkler. Gaultry starrte auf die verwitterten Holzplanken unter ihren Füßen und versuchte, ihren Blick auf etwas anderes zu konzentrieren als die reißenden Fluten. Seit sie in Bassorah das Sklavenschiff verlassen hatten, hatte sie nicht mehr so viel Holz auf einmal gesehen, fiel ihr dabei plötzlich auf. Als Kind der Wälder von Tielmark war ihr das bisher gar nicht so außergewöhnlich vorgekommen.

»Wo kriegen sie eigentlich das Holz her?«, fragte sie laut. Es war ausgezeichnetes Hartholz. Ein Baum, den sie nicht kannte. Sie wünschte sich, sie hätte die Träger gefragt. Jetzt war es zu spät.

Die Frage der Sharif war nur ein leises Flüstern in ihrem Kopf. *Was ist?*

*Gotri, der Mann hat doch gesagt, uns würde nichts passieren. Aber was würde er wohl dazu sagen, Gotri?* Sie zeigte den Fluss hinauf.

Dort oben trieb ein riesiges Knäuel Buschwerk im Wasser und kam immer näher. Irgendetwas wie ein Strick hielt es zusammen. »Es trifft uns nicht«, sagte Gaultry, deren Blick die Strömung abschätzte. »Aber, Göttin steh mir bei – wenn es die Brücke einreißt! Tullier wäre erledigt!« *Lauf!* befahl sie der Shari. *Wir müssen vorher drüben sein!*

Die Planken wurden immer schlüpfriger. Sie nahm undeutlich wahr, dass Tullier ihr vom anderen Ufer aus etwas zurief, spürte die Sharif hinter sich, die auf ihre Zielsicherheit vertraute, aber sie raste blindlings vorwärts, nur die drohende Gefahr vor Augen. Das nächste Brett stand gefährlich schräg – der Stein, auf dem es befestigt war, ragte weiter aus dem Wasser als die anderen – und bot weniger festen Halt denn je. Sie stolperte und versuchte, den Schwung aufzufangen und weiterzulaufen, damit die Sharif nicht auf sie auflief. Als sie in die Knie ging, spritzte ihr ein Schwall Wasser ins Gesicht. Sie spürte die Hand der Sharif an ihrer Schulter, die ihr aufhelfen wollte, dann war sie wieder auf den Beinen und rannte weiter. Doch im nächsten Moment rutschte sie erneut ab und stieß einen Schrei aus, als ihr ausgestreckter Fuß ins Leere trat. Jetzt konnte sie nichts mehr retten –

»Gaultry!« Tullier packte sie am Ärmel. »Was ist passiert?«

Sie war zwar noch nicht am anderen Ufer, aber sie hatte es immerhin bis ins seichte Wasser geschafft. Von der Strömung zerzauste Grashalme klatschten gegen ihre Fußknöchel. Sie stand bis über die Knie im Wasser. »Ich weiß nicht«, sagte sie benommen. »Sag du's mir.«

»Das Gestrüpp – eine Welle hat es auseinandergerissen, kurz bevor es dich treffen konnte.«

Gaultry sackte in sich zusammen und hielt sich an dem Brett fest. Sie war zu aufgewühlt, um sich aus eigener Kraft aus dem Wasser zu ziehen. Ihr Blick fiel auf den hoch emporragenden

Stein, an dem sie gestolpert war. Dort musste das Gestrüpp abgeprallt sein. »Vielleicht ist dort ein Stein unter Wasser«, meinte sie. »Ich wüsste nicht, was uns sonst gerettet haben könnte.«

»Es war eine Welle«, wiederholte Tullier beharrlich. »Kein Stein.«

»Wenn du es sagst.« *Was meinst du?* fragte sie die Sharif.

*Ich habe nur deinen Rücken gesehen.* Die Ardanäerin reichte ihr die Hand. *Ich helfe dir.*

Gaultry griff nach der Hand und ließ sich auf die Planke emporziehen. »Wo ist Columba?«

»Spielt immer noch die Kranke.«

Das Mädchen hatte sich nicht von der Trage weggerührt. In ihre Decken gewickelt hatte sie das Ganze beobachtet, lediglich auf die Ellbogen gestützt. Gaultry wusste nicht, ob sie darüber froh oder wütend sein sollte. »Naja, wenn uns irgendjemand aus dem Kloster zugesehen hat, ist unsere Geschichte wenigstens noch nicht aufgeflogen«, meinte sie.

Tullier und die Sharif warteten, bis sie ihre Schuhe ausgeleert und das Sumpfgras aus ihren Kleidern gepflückt hatte. Sie hatte sich an dem scharfkantigen Stein die Hände aufgerissen, und das Amulett desTräges hatte eine Schramme über dem Brustkorb hinterlassen. »Hast du mich beschützt?«, fragte sie seufzend, während sie das Glasstückchen und ihre Hände im Wasser abspülte. »Hast du mich beschützt, Allegrios Rex? Ich hoffe es, um Martins willen.«

Dann steckte sie das Amulett in ihre Gürteltasche, wo es sie nicht kratzen konnte. »Lasst uns gehen«, sagte sie. »Es wird dunkel, ehe wir es merken.«

Zusammen mit der Sharif hob sie die Trage auf, und dann machten sie sich alle auf den Weg, den geharkten Pfad zum Klostertor hinauf.

Das Torhaus bestand aus denselben rosaroten Backsteinen wie die äußere Mauer, mit einem Grasdach auf dem Türmchen zu beiden Seiten. Das Tor war aus kunstvoll geschnitzten Pfosten zusammengesetzt – mehr Holz, als Gaultry jemals an einem Gebäude gesehen hatte, seit sie Bassorah hinter sich gelassen hatten. Der Torwächter, ein dickbäuchiger Mann in einer dunkelgrauen Mönchskutte, stand hinter dem Gitter und sah zu, wie die beiden Frauen die Trage mühsam den Berg hinaufschleppten, Tullier im Schlepptau.

»Die Herrin segne Euch!«, rief er diesem zu, als sie näher kamen.

»Wir bitten um Aufnahme für eine arme Seele«, gab Tullier zurück, und es klang eher wie eine Floskel.

»Das Haus ist voll.«

»Piron Aldinus schickt seine Frau, die der Heilung bedarf«, sagte Tullier. »Man wird ihn nicht abweisen.«

Er hatte Gaultry vorher gesagt, dass es gewisse Aufnahmeformalitäten gab, die man befolgen musste, um nach einigem Hin und Her Einlass zu finden. Jetzt hörte sie nur mit halbem Ohr zu und ließ währenddessen ihren Blick an dem Torhüter vorbei über das unregelmäßige Viereck des Hofes schweifen. Es war ein behagliches Plätzchen, das auf allen vier Seiten von Gebäuden eingerahmt war, zwei davon mit überdachter Loggia. Am anderen Ende, ein wenig zur Rechten, befand sich ein kreisrunder Tempel unter dem größeren der beiden Türme des Gebäudekomplexes. Sie konnte die Eingangstür sehen, die von der geschnitzten Figur eines Mannes mit einem Horn in der Hand gekrönt wurde. Im Abendlicht mit seinen langen Schatten wirkten die rosaroten Gebäude friedlich und erhaben. Einen Augenblick lang vermeinte sie die zahllosen Gebete zu hören, mit denen man hier seit Jahrzehnten Menschen geheilt hatte.

Der Wind hatte sich vollständig gelegt. Der Zypressengürtel bot einigen Schutz, aber das war es nicht allein. Von diesem Boden ging eine solche Stille aus, dass man den Eindruck gewann, der Torhüter und Tullier, die noch immer Förmlichkeiten austauschten, wären das einzige Lebendige weit und breit.

Doch der Eindruck täuschte. Selbst von ihrem Standort aus konnte sie die Mönche sehen, die gesenkten Hauptes und mit raschelnden Gewändern durch die östliche Loggia huschten. Und dennoch –

Ihr Blick fiel auf einen einzelnen Sperling, der sich in dem Schnitzwerk des Tempels niedergelassen hatte, in der Vertiefung, die den Schlund des Götterhornes darstellte. Es war der erste Vogel, den sie sah, seit sie die Furt überquert und den Klosterberg erklommen hatten.

Die Stangen der Trage ruckten in ihren Händen. Sie sah sich um und merkte, dass die Sharif versuchte, sie auf sich aufmerksam zu machen. *Los!* drängte die Frau.

»Wach auf!« Tullier hörte sich verärgert an. Das Tor stand jetzt offen. Er sagte es offenbar nicht zum ersten Mal.

»Wach auf!«

Der Sperling. Es war ein Männchen mit geflecktem Gefieder. Gaultry stolperte vorwärts und merkte kaum, wie sich das Tor hinter ihnen schloss, so sehr konzentrierte sie sich auf den Vogel. Sie suchte mit den Augen den Hof ab und überlegte. Aus dem Inneren der Loggia schauten ihnen sanftmütige Gesichter zu, höflich interessiert, aber nicht neugierig.

»Da rüber nach links«, sagte Tullier. »Durch den Bogengang geht es zum Schlafraum.«

Der Bogengang führte in ein morastiges Karree, den Wirtschaftshof des Klosters. Gaultry machte einen Schritt in diese Richtung, dann drehte sie sich, fast ohne darüber nachzudenken, wieder zu dem Sperling um. »Wartet mal –«

Das Gefühl durchflutete sie wie ein wärmendes Kaminfeuer. Zum ersten Mal, seit ihre *Glamour*-Seele neu erwacht war, erhob sich in ihrer Brust wieder der glockenhelle Klang der Kraft. Ein grimmiges Glücksgefühl ergriff von ihr Besitz, und sie bedauerte nicht mehr im Mindesten, dass sie Tullier seine Freiheit zurückgegeben hatte. Er war am Leben – und sie war wieder ein Ganzes. Sie griff im Geiste nach dem Sperling, und es fiel ihr so leicht, als würde sie eine Schlinge auswerfen. Der kleine Vogel antwortete ihr mit einem jämmerlichen Zwitschern. Doch sie wusste, er fürchtete sich nicht vor *ihr. Er wehrte sich nicht gegen ihren Zugriff.* Doch sie spürte sein zerzaustes Gefieder, sein ganzes Elend –

Dann sah sie den silbernen Falken vor sich, der ihn erbarmungslos verfolgt und in dieses Versteck getrieben hatte.

»Tullier!« Sie packte ihn beim Arm und setzte die Trage ab. »Nicht da entlang!Nimm dein Schwert!«

Während Tullier sich noch zu ihr umdrehte und gerade aufbrausen wollte, tauchte ein Trupp bewaffneter Männer im Bogengang auf.

In ihrer Mitte Lord Issachar Dan in einer silbergrauen Rüstung. Ein kleiner Falke saß auf seiner Schulter und zischte böse. Das war es also, was den Sperling so erschreckt hatte.

Die Stürme, die über die Sümpfe hinweggefegt waren, hatten Issachar und seinen stählernen Adler nicht aufhalten können.

»Gaultry Blas.« Er gab seinen Männern ein Zeichen, sich zu verteilen. »Es wäre klüger gewesen, wenn du nach unserer letzten Begegnung nach Hause gegangen wärst.«

Gaultry wich einen Schritt zurück und spürte, wie Columba hinter ihr verzweifelt versuchte, sich aus ihren Decken herauszuwinden. Sie zog ihr Messer. »Ein Kloster sollte eigentlich ein Ort der Andacht und des Friedens sein«, sagte sie.

Issachar lachte. »Jetzt bist du schon einen Monat lang in diesem Lande unterwegs und kennst die Bissantiner immer noch nicht. Andacht gibt es hier höchstens vor dem Altar.« Er winkte dem Hünen zu, der neben ihm stand. »Du nimmst den Jungen. Und ihr beiden« – er zeigte auf zwei andere – »ihr schnappt euch die große Frau.«

»Es sind insgesamt vier!«, rief eine Stimme von hinten. »Wer ist der vierte?« Hinter der Mauer von Soldaten tauchte jetzt eine schmächtige Gestalt im Bogengang auf.

Columbas Bruder.

Die Soldaten traten zurück, um ihm Platz zu machen.

Lukas Caviedo war eine strahlende Erscheinung. Seine Augen glänzten silbrig, und auch seine Haut leuchtete von innen wie Silber. Die Vorderseite seines Gewandes zierte eine Stickerei: ein dunkler Kreis, umgeben von Weiß und Silber. Die Mondfinsternis. Das Zeichen des Kastratengottes, Tarrin des Weißen, in seiner Gestalt als Erdtrabant.

Lukas war das Abbild eines Menschen, der sich für einen zur Erde herabgestürzten Gott hielt. »Meine lieben Gäste!«, sagte er übertrieben herzlich. »Willkommen in Dunsanius' Haus! Es sieht ganz so aus, als müsste ich an meinem Tisch ein Gedeck mehr auflegen lassen.«

Issachar trat vor. »Eure Waffe!«, sagte er grinsend zu Gaultry. »An der Tafel meines Herrn gibt es keine Messer.« Als sein Blick auf Columba fiel, riss er ungläubig die Augen auf.

»Ihr habt doch gesagt, sie wäre tot!« Er fuhr heftig zu Lukas herum. »Ihr habt es beim Grab Eurer Mutter geschworen!«

»Die Columba, die Ihr kanntet, ist auch tot«, meinte dieser ungerührt und hob beschwichtigend die Hand. »Was macht es schon, dass ihr Körper noch herumläuft?«

»Halunke!« Ohne zu überlegen, stürzte er sich auf Lukas, doch dieser wich ihm mit einem anmutigen Schritt aus und legte die Fingerspitzen aneinander, sodass seine Hand aussah wie eine Klaue.

Der Zauber, den er auslöste, war stark genug, um die Luft zwischen ihnen zu vernebeln. Issachar schwankte, als hätte man ihn geohrfeigt, breitete schützend die Arme aus wie Schwingen, und sein Mund öffnete sich zu einem krächzenden Schrei.

Als er sich wieder zu Gaultry umdrehte, war nicht der leiseste Schimmer von Menschenverstand in seinen Augen zu erkennen, nur die Raserei eines in die Enge getriebenen Raubtiers. Er zog den Kopf ein und scharrte mit den Füßen im Gras – dann, auf einmal, nahm sein Gesicht wieder menschliche Züge an.

Schweißtropfen standen dem finsteren Lord auf der Stirn, aber er hatte seine Fassung wiedergewonnen.

»An der Tafel meines Herrn gibt es kein Messer«, wiederholte er, als wäre nichts geschehen, und hielt Gaultry die Hand hin.

Gaultry, der nichts Besseres einfiel, händigte ihm ihre Waffe aus und forderte Tullier und die Sharif auf, es ihr gleichzutun. Dieser Übermacht waren sie nicht gewachsen, und so mussten sie wohl oder übel das Spiel fürs Erste mitspielen. Tullier warf ihr einen wütenden Blick zu und gab den Schwertern unter der Decke einen Fußtritt, sodass einer der Tempelmänner sie aufheben konnte.

»Der Prinz von Tielmark entbietet Euch seinen Gruß!«, sagte Gaultry und machte eine leichte Verbeugung in der Absicht, der veränderten Situation das Beste abzugewinnen. »Wie Ihr Euch sicher denken könnt, schickt er mich her, um seinen Gefolgsmann heimzuholen.«

Lächelnd neigte Lukas Caviedo sein schimmerndes Haupt. »Gerade noch rechtzeitig«, erwiderte er. »Aber zuerst müsst Ihr Euch an der Gastfreundschaft dieses Hauses gütlich tun. Habt Ihr schon gegessen? Nachdem Ihr schon so lange unterwegs seid, habt Ihr doch sicher Hunger.«

»Kann man Eurem Fleisch denn trauen?«, fragte Gaultry scharf. »In Anbetracht des Bratens, den Ihr meinem Herrn geschickt habt, wohl kaum.«

Zu ihrer Überraschung fing Lukas an zu lachen. »Die Vanderive-Knaben? Nein – hier gibt es einfach nur Honig und Getreide. Speisen aus dem Goldenen Zeitalter, für die Götter gemacht. Kommt und leistet mir Gesellschaft. Wir müssen essen, bevor der Sommerstern aufgeht! Wenn Ihr mir nicht traut, werde ich die Speisen selbst vorkosten.«

Es standen inzwischen noch mehr Männer hinter ihr. Zwei hünenhafte Kerle bewachten die Sharif, und Tullier wurde von schlanken, flink aussehenden Burschen flankiert. Neben ihr stand nach wie vor drohend Issachar. Nur Columba war völlig sich selbst überlassen – aber nach dem verzweifelten Blick zu schließen, mit dem ihre dunklen Augen jede Bewegung Issachars verfolgten, war klar, dass sie gar nicht daran dachte, sich zu wehren.

Das Mahl wurde in einem kleinen Hof hinter den Hauptgebäuden aufgetragen. Gaultry und ihre Begleiter saßen auf ihren Plätzen und fühlten sich hundeelend. Trotz Lukas' Einladung, mit ihm zu speisen, schien der unheimliche Tarrin-Anbeter gar nicht zu bemerken, dass keiner auch nur einen Finger rührte.

Es fand keine Unterhaltung statt. Allmählich nahm das Licht ab, die Wolken wurden durchlässiger, und die ersten Sterne leuchteten am Himmel auf. Und Lukas Caviedo saß am Kopf der Tafel und leuchtete mit ihnen um die Wette.

Es war wie ein Albtraum, und Gaultry wusste beim besten Willen nicht, wie sie es bewerkstelligen konnte, wieder daraus zu erwachen.

# 20

»Eure Anhänglichkeit an Euren Prinzen verblüfft mich wirklich.« Lukas stellte sein leeres Weinglas ab, erhob sich leichtfüßig und warf die Serviette auf den Tisch. Die Männer, die die ganze Zeit schweigend Wache gehalten hatten, wurden sofort munter. »Ihr seid ihm zwar verschworen, aber sicher verfügt Ihr über genügend Macht, um solch einen alten Schwur außer Kraft zu setzen.«

»Manche Schwüre werden mit der Zeit immer haltbarer«, erwiderte Gaultry. Sie starrte auf den Mischmasch von Körnern und Honig auf ihrem Teller, den sie nicht angerührt hatte. Columbas Bruder hatte nicht gescherzt, als er von der Götterspeise geredet hatte. Sie fragte sich, was man ihm wohl serviert hatte, denn so genüsslich, wie Lukas sein Essen verzehrt hatte, konnte sie sich nicht vorstellen, dass man ihm ebenfalls nur grobe Getreidegrütze vorgesetzt hatte. »Meine Großmutter hat ein Versprechen abgelegt, das ich in Ehren halte. Ich würde niemals das Versprechen meiner Großmutter brechen.«

Lukas nickte gelangweilt und machte eine wegwerfende Handbewegung. »Meine eigenen Familienverhältnisse sind unendlich umfangreicher«, sagte er, und sein Blick glitt zu seiner Schwester hinüber. »Aber ich verstehe Eure Ansicht.« Er machte zwei Schritte nach links, dann überlegte er es sich anders und kehrte wieder um, zurück zu Gaultry. »Und jetzt müsst Ihr mitkommen und Euch mein Werk ansehen. Ihr alle«, fügte er hinzu. Vier Männer traten vor, um die Stühle der Gäste zurückzuziehen. Gaultry sprang auf, noch ehe ihr stämmiger Lakai zugreifen konnte, und winkte den anderen zu, es ebenso zu machen. Sie sah, dass Issachar hinter Columba stand, sein Narbengesicht vollkommen ausdruckslos. Alle starrten jetzt nervös auf Lukas, als wären sie nicht sicher, worauf er als nächstes seine Aufmerksamkeit richten würde und mit welcher Wirkung.

*Er ist verrückt.* Es war nur ein zartes Wispern, als befürchte die Sharif, Lukas könnte sie sonst auch verstehen. Gaultry, die schon fast zu demselben Schluss gelangt war, nickte unmerklich. Das seltsame schweigende Mahl hatte ihre Nerven zermürbt. Lukas hatte schon die ganze Zeit über auf irgendetwas gewartet, sie wusste nur nicht genau, um was es sich handeln mochte.

Während sie ihm beim Essen zugesehen hatte, war die Nacht hereingebrochen. Als sie jetzt aufstanden, gingen zwei Männer mit Laternen vor ihnen her. Einige ihrer Begleiter wirkten nervös, als wäre ihnen das Licht unheimlich. Sie verschwanden ganz ans Ende des Zuges, der von Lukas angeführt wurde, gefolgt von einem Haufen seiner Männer, Gaultry und ihren Begleitern und noch mehr Soldaten als Nachhut.

Lukas, umgeben von seiner silbernen Aura, brauchte kein Licht, um sich zurechtzufinden. Zielsicher tänzelte er mit flatternden Gewändern voraus. Irgendwie hatte Gaultry erwartet, dass er sie in den Tempel unter dem großen Zwiebelturm führen würde, stattdessen ging er auf die riesige Holztür zu, die in den

Gang neben dem Tempel führte. Eine kleinere Tür war darin eingelassen, die Lukas jetzt aufstieß. Drinnen war es dunkel, und ein strenger Geruch schlug ihnen entgegen. Gaultry wusste sofort, dass es der Geruch von Tieren war. Die Exkremente und die Angst vieler Tiere. Die Wachen huschten nervös vorwärts, Tullier und die Sharif gingen neben Gaultry her. Sie erreichte die Tür nach der Sharif und vor Tullier. Kaum war sie drinnen, blieb sie unwillkürlich stehen. Eine Mischung aus Grauen und Faszination befiel sie.

Sie standen in einem großen Gewölbe, das in unzählige Fächer mit Kisten, Becken und Käfigen unterteilt war. Und alle waren mit Tieren vollgestopft. Seit Gaultry zum letzten Mal im Wald von Arleon gewesen war, hatte sie nicht mehr so viel Leben um sich verspürt. Einen Moment lang durchflutete sie ein köstliches Gefühl der Wärme.

Ihr Auftauchen hatte das Tier im ersten Käfig aufgeschreckt, ein drolliges Kerlchen mit gestreiftem Fell, einem langen Schwanz und geschickten Pfoten. Neugierig sprang es von seiner Sitzstange herab und klammerte sich an die Gitterstäbe seiner Behausung. Quicklebendige graue Augen mit schlitzförmigen Pupillen und eine spitze Schnauze glänzten im Licht der Laternen. Im nächsten Käfig, vier Schritte weiter, hockte eine müde aussehende Wildkatze. Dahinter irgendetwas Undefinierbares, das aussah wie ein kräftig gebautes Wiesel oder ein schlanker Dachs mit weichem Fell.

Entzückt von dem gestreiften exotischen Geschöpf mit den klugen Augen streckte Gaultry unwillkürlich ihre magischen Sinne nach ihm aus. »Ist es aus Bissanty?«, fragte sie Tullier, während sie in ihrem Innern einen Kanal öffnete.

»Nein –«

Der Geist des fremden Tieres wand sich und versuchte sie zu beißen. »Es ist sehr klug!« Sie spürte deutlich seine Wut und seinen Freiheitsdrang und genoss das vertraute Gefühl von Geben und Nehmen und gegenseitigem Kennenlernen, während sie versuchte, ihren Willen in dem fremden Wesen zu verankern. Die

Vorstellungswelt dieses Tieres war voll von Bildern eines fremdartigen Waldes mit ausladenden Bäumen, deren große Blätter ein dichtes grünes Dach bildeten, und mit ungewohnter Sonnenglut. Dumpf und geheimnisvoll spürte sie seine Erinnerung daran. Trotz seiner Klugheit musste es von Natur aus ein friedliches Tier sein. Ein Honigfresser und Klettermaxe. Doch jetzt machte seine panische Angst auch den leisesten Annäherungsversuch zunichte. Verblüfft weitete sie den Verbindungskanal aus und schickte noch mehr Kraft hindurch. So ein kleines, zartes Tier konnte ihr doch nicht standhalten.

Da stieß sie plötzlich auf ein Hindernis. Das Tier war mit einem starken Bann belegt, an dem ihre Zauberkraft abprallte. Jetzt spürte sie das durchlöcherte Gespinst von Verwünschungen und magischen Energien, so zart, dass sie es zuerst gar nicht bemerkt hatte. Als sie feststellen wollte, ob sie das Tier befreien konnte, streifte sie einen Faden des Netzes, dem ihre Aufmerksamkeit mehr Substanz verliehen hatte – und fuhr zu Tode erschrocken in ihren eigenen Körper zurück.

Das pulsierende Gespinst, das den Geist des Tieres gefangenhielt, bestand aus einem Teil einer menschlichen Seele, die man in einzelne Stränge zerrissen hatte.

»Die Götter müssen taub und blind sein«, sagte Gaultry lauter als beabsichtigt. »So etwas müsste doch verboten sein.«

»Vorwärts!«, sagte der Mann hinter ihr. »Bewegt Euch!Hinter dem Erleuchteten her.«

»Was ist?«, flüsterte Tullier und versuchte, mit ihr Schritt zu halten.

Doch sie schüttelte nur den Kopf.

Käfige. Nichts als Käfige. Lukas führte sie weiter, den Mittelgang hinunter. Sie kamen an geräumigen und engen, robusten und zerbrechlichen Käfigen vorbei. Auf der einen Seite war eine riesige Voliere, in der es von farbenprächtigen Vögeln wimmelte. Dahinter ein Becken mit Schlangen. Große und kleine, aufgeweckte und stumpfsinnige Tiere – Gaultry hätte nie gedacht, dass es eine solche Vielfalt auf der Welt gab. Winzige Äffchen klammerten sich kreischend an die Gitterstäbe eines hohen Käfigs. Ein trauriger Hirsch, den man in einen viel zu kleinen Käfig gesperrt hatte, versuchte sich notdürftig hinter ein paar abgestorbenen Zweigen zu verstecken. Weiter hinten stand ein Käfig voller Ratten, die mit gelben Zähnen hoffnungslos an dem Drahtgitter herumnagten. Gaultry sah sich entsetzt um. Es konnte doch wohl nicht jedes dieser Lebewesen eine gefangene Menschenseele bergen?

»Sagt schon!«, meinte Tullier. »Was schaut Ihr so?«

Im nächsten Käfig saßen zwei Bären. Gaultry bemerkte es sofort. »Siehst du diese Bären hier? Sieh dir mal die beiden Männer an, die die Sharif bewachen!«

Die Ähnlichkeit war verblüffend. Tulliers Miene verfinsterte sich, und für einen Augenblick griff er nach ihrer Hand. »Wie viele sind es?«, fragte er. »Alle?«

Gaultry ging schneller und versuchte, in jeden Gang hineinzuschauen und die größeren Käfige zu inspizieren. Wo hatte Lukas die großen Raubtiere versteckt?

»Sind es alle?«, wiederholte Tullier und stieß gegen ihren Ellbogen. »Sind sie alle mit menschlichen Seelen verbunden?«

»Alle nicht.« Gaultry blieb am Ende des Ganges stehen und ihr Herz war schwer. »Der da nicht.«

Es war ein mageres schwarzes Hündchen mit spindeldürren Beinen, die viel zu lang waren für seinen Körper. Als es merkte, dass sie es ansah, drückte es sich ängstlich an die Rückwand seiner Kiste.

»Der Hund?«, fragte Tullier, der überhaupt nichts mehr verstand. »Er wirkt ziemlich verloren unter all den Exoten. Was macht er hier?«

»Er wartet auf jemanden, dessen Seele sein Ebenbild ist«, flüsterte Gaultry. Wie hatte Lukas so genau das Bild auffangen können, das sie nur ganz kurz heraufbeschworen hatte, als sie Mervion dazu bewegen wollte, Tullier zu helfen? Von der Augenfarbe einmal abgesehen – die des Hündchens waren dunkelbraun –

entsprach das magere Geschöpf haargenau der Vorstellung, die sie sich damals von Tullier gemacht hatte.

Lukas stand jetzt auf der ersten breiten Stufe einer Wendeltreppe. Neben der Treppe befand sich ein großer Käfig, in dem fünf stolze Schwäne zusammengepfercht waren. »Diese Prachtstücke sind mein ganzer Stolz«, sagte er mit einer weitausholenden Armbewegung. Dabei war sein Blick auf Gaultry geheftet. Irgendetwas an ihrer Miene brachte ihn zum Lächeln. »Aber ich sehe schon, sie gefallen Euch alle. Das trifft sich ausgezeichnet.«

Die Schwäne waren wunderschön. Gaultry mochte Schwäne nicht besonders. Sie fand sie launisch und angriffslustig und hielt nicht viel von dem walnussgroßen Gehirn, das diese mächtigen Körper beherrschte. Aber sie sahen schön aus. Diese hier waren weiß, und ihr Gefieder schillerte golden. Vier von ihnen – Männchen, wie sie vermutete – krönte eine schwarze Federhaube. Der größte sah besonders angriffslustig aus. Er zischte böse, als Lukas mit der Hand über die Gitterstäbe fuhr, sodass er sie hastig wieder zurückzog. Das Weibchen hatte anstelle der Federkrone einen goldenen Fleck am Halsansatz.

»Gaultry«, sagte Tullier leise. »Das sind Kronenschwäne. Nur der Kaiser und seine direkten Blutsverwandten dürfen sie besitzen.«

»Aber Lukas ist der Stellvertreter des Kaisers«, meinte Gaultry. »Warum hätte man Martin sonst zu ihm schicken sollen?«

»Er spielt vielleicht seinen Stellvertreter, aber wenn ihn Sciuttarus mit diesen Vögeln erwischt, wird er den Schein nicht mehr lange aufrechterhalten können.«

Lukas stieg jetzt die Treppe hinauf. Er schien von ihrer Unterhaltung nichts mitbekommen zu haben. Die Wachen hinter ihnen drängten sie ungeduldig vorwärts. Gaultry warf einen Blick auf sie und vermutete, dass mindestens zwei davon – ein kleiner braunhaariger und ein stämmiger Mann mit grünen Augen – mit irgendeinem Tier in einem der Käfige zusammengeschweißt war, einem bösartigen, aber feigen Tier.

Sie blieb kurz an dem Schwanenkäfig stehen und schaute hinein. Das stolze alte Männchen zischte. Neben ihm standen drei jüngere und ein kleines Weibchen. Es fiel ihr nicht schwer, sich vorzustellen, welches dieser drei Männchen für Pallidonius vorgesehen war, den eitlen jungen Prinzen, den sie auf Prathe Lendras Gesellschaft gesehen hatte. Diesem Schwan sah man an, dass er mit seinem Vater um die Vorherrschaft im Käfig streiten und sich damit brüsten würde.

In den Wänden der Treppe, deren Stufen von zahllosen Mönchsgenerationen ausgetreten worden waren, befanden sich kleine, unregelmäßige Nischen. Gaultry wurde blass. Sie bargen leere Seelenfiguren: ausdruckslose grauschwarze Klumpen, die darauf warteten, eine menschliche Seele in sich einzuschließen. Dann schüttelte sie sich und bezwang ihre Panik.

Lukas hatte das Ganze bewusst inszeniert, um sie zu erschrecken, und möglicherweise war ihm das auch gelungen. Das hieß aber auch, dass er nicht ganz so selbstsicher oder wahnsinnig war, dass er es nicht für nötig gehalten hätte, auf ihre Angst zu setzen – und das war vielleicht ein kleiner Hoffnungsschimmer. Wenn nicht, dann konnte sie nur hoffen, dass sie alle seinen teuflischen Plan überleben würden.

Sie wagte es nicht, sich nach Tullier, der Sharif oder Columba umzusehen. Es war ihre Schuld, dass sie in diese Situation geraten waren, und dieser Gedanke bedrückte sie am meisten. Schließlich hatte sie ihnen nicht das Leben gerettet, nur damit dieses Ungeheuer sie zu seinen Haustieren machen konnte.

Vorn trat Lukas jetzt durch eine Tür mit einem Spitzbogen. Als Gaultry ihm folgte, fand sie sich im Domkapitel wieder – einem runden Raum unter dem kleineren der beiden Zwiebeltürme, der rundherum mit steinernen Bänken ausgestattet war. Heute Abend war er allerdings für einen anderen Zweck vorgesehen. Auf dem Steinfußboden waren seidene Tücher ausgebreitet. Die Luft war weihrauchgeschwängert, und drei feierlich dreinblickende Männer hockten unter der Reihe von schmalen Fenstern an der Wand und spielten sehr leise auf drei verschiedenen Flöten.

Gaultry erschauerte. Es klang wunderschön, aber sie war sicher, dass mindestens einer der drei mit einer Spottdrossel gekreuzt war, denn in seinen Tönen schwang unüberhörbar dieselbe Trauer mit, die sie vor vielen Jahren einmal gehört hatte, als sie ein Vogelweibchen gefunden hatte, das auf seinem zerstörten Nest saß und seinen toten Gefährten beklagte.

Lukas schien davon nichts zu merken. Nachdem man Gaultry und die anderen zur gegenüberliegenden Wand gescheucht hatte, schritt er ruhelos das große Rund des Raumes ab.

Endlich blieb er vor Gaultry stehen.

Obwohl er und Columba Zwillinge waren, sahen sie sich nicht besonders ähnlich. Lukas überragte seine Schwester um die Breite einer Hand. Während man Columba ihre Empfindungen selten sofort ansah, bewegten sich die dunklen Augen ihres Bruders unentwegt und verrieten seine ständige innere Unruhe. Schließlich nahm er eine gebieterische Haltung an und drehte sich zu Gaultry um.

»Wie gefällt Euch mein Willkommensgeschenk?«, fragte er sie so plötzlich, dass sie zusammenfuhr. Sie hatte angenommen, dass er den schmalen Fenstern seine Aufmerksamkeit schenkte, aber nein, auf einmal war sie auf sie gerichtet.

Ihr Magen krampfte sich zusammen. »Welches Geschenk?«

»Die Musikanten. Ich habe sie extra für Euch angefertigt. Hier –« Er fuhr herum. »Wollt Ihr noch mehr? Seht her! Ich kann noch mehr davon machen.«

Seine langen nervösen Finger griffen nach der Kehle der Sharif. Er tat so, als wäre es ihm gerade erst eingefallen, aber Gaultry, die vor Schreck aufschrie, sah, dass auch dieser Auftritt sorgfältig geplant war, um die Spannung zu steigern. Hinter der Sharif waren Männer postiert, die verhindern sollten, dass sie sich losriss oder ihn angriff. Zwei andere zerrten ein Tier die Treppe herauf, das wütend knurrte und fauchte. Das Ganze lief so schnell und reibungslos ab, als müsse es so sein, als wäre es so unvermeidlich wie die Ausführung eines göttlichen Befehls, nur dass dies hier der eiskalten Berechnung eines Menschen entsprang, der dafür gesorgt hatte, keinen Ausweg offen zu lassen. Columba hatte sich geirrt, als sie gesagt hatte, die Geschichte, wie sie ihr Herrscherblut eingebüßt habe, wäre völlig sinnlos. Es war die wohlüberlegte Tat eines Mannes gewesen, der nicht gern etwas den Göttern überließ – und schon gar nicht dem Zufall.

Das machte allerdings auch nicht besser, was als nächstes geschah. Die Sharif kreischte vor Wut und sackte dann zusammen. Das Tier schoss zur Tür herein, eine gelblich braune, rasende Fettkugel, deren Raserei bald in ein klägliches Miauen überging. Es war ein riesiger weiblicher Wüstenlöwe.

*Was hat er gemacht?* rief Gaultry lautlos.

Die erste Reaktion der Sharif war eine Art Jaulen, das Gaultry durch Mark und Bein ging. Sie prallte zurück und hielt sich unwillkürlich die Ohren zu.

»Stellt sie auf die Beine!«, sagte Lukas gereizt und zeigte auf die ausgestreckt am Boden liegende Wüstenfrau. »Was ist daran so schrecklich?« Er war sichtlich verstimmt, weil etwas nicht so verlaufen war, wie er es geplant hatte. »Es ist immer dasselbe mit den großen Raubtieren«, sagte er verdrossen zu Gaultry, während er sich bückte und die Sharif am Kinn packte. »Los, steh auf, du Närrin!« Und dann wieder zu Gaultry: »Sie sind unberechenbar, müsst ihr wissen, aber wenn sie erst einmal unter dem Bann stehen, leisten sie einem ausgezeichnete Dienste.«

Gaultry stand nur wenige Schritte von dem jammernden Tier entfernt. Sie bückte sich, um es zu beruhigen, und spürte in den benommenen, verängstigten Geist hinein. Lieber wollte sie sich damit beschäftigen, als darüber nachzudenken, über wie viel Macht dieser Mann hier verfügte. Wer war sie eigentlich, dass sie in Betracht gezogen hatte, es mit ihm aufzunehmen, und wer war unter diesen Umständen wahnsinnig zu nennen?

Sie schob den Gedanken beiseite und konzentrierte sich auf

die Raubkatze. Inwendig war sie wie der gestreifte Honigfresser: Fetzen einer vor Zorn lodernden Seele, die sie unschwer als die der Sharif erkannte, wanden sich um die ausgefransten Ränder der eigenen Hälfte, die dem Tier verblieben war. Das umgekehrte Bild dessen, was in der Sharif vorgegangen sein musste. Aber was hielt das Tier zurück? Lukas hatte ihnen einen gehörigen Schrecken eingejagt, aber die Raubkatze war äußerst lebendig und wütend, ebenso wie die Sharif. Warum vereinten sich die beiden Seelenteile nicht in ihrer Wut zu einem Geschoss gegen den Mann, der ihnen das angetan hatte?

Das Tier beruhigte sich ein wenig unter ihrer Berührung. Es hörte unvermittelt auf mit seinem kläglichen Gewinsel. Gaultry, deren Hände warm wurden in dem dicken Fell seines Genicks, ertappte sich dabei, wie sie verblüfft in gelbe Schlitzaugen starrte – Augen, in denen sie genügend Intelligenz wahrnahm, um davon auszugehen, dass das Tier einen Gutteil von dem verstand, was mit ihm geschah. Es starrte sie ebenfalls an und haderte noch mit seiner Situation. Noch fehlte ihm die Kraft aufzustehen. Gaultry spürte, wie sie beim Blick dieser Augen errötete. Katzen waren die Tiere, deren sie sich immer am wenigsten gern bedient hatte – und sie hatte noch nie im Leben eine so große und schöne gesehen. Unter dem Blick dieser Augen fühlte sie sich mindestens so schuldig an ihrer Misere, wie es Lukas war. Aus den Bildern im Kopf des Tieres wusste sie, dass es so etwas wie ein Wüstenpanther war. So ein Tier hatte sie bisher nur in dem Bestiarium ihrer Großmutter gesehen.

*Glamour*hexe – Kaum wahrnehmbar streifte das Wort Gaultrys Sinne. Sie schaffte es mit Mühe und Not, nicht vor Schreck zusammenzuzucken, aber es war tatsächlich die Raubkatze gewesen, etwas unbeholfen zwar, aber doch deutlich zu verstehen. Mit einem leisen Unterton, der an die Stimme der Sharif erinnerte. *Sieh her–*

Es war nur ein winziger Augenblick, gerade lang genug, dass Gaultry verstand, was man ihr zeigen wollte.

Lukas hatte die Katze nur lose im Griff. Er hatte nur eine dünne, nachlässig geknüpfte magische Leine von außen um das Bündel der beiden Seelen gewickelt. Zwar behielt er sie im Auge, und wenn einer von beiden, die Katze oder die Sharif, aufmuckten, konnte er die Leine anziehen und sie beide außer Gefecht setzen. Aber der Zauber war dürftig und unzureichend für so ein großes, stolzes Tier.

Kein Wunder, dass er diese Raubtiere unberechenbar fand. Kein Wunder, dass seine Menagerie so viele Vögel enthielt. Ein kluges Tier würde sofort an dieser Leine zerren und seine Haltbarkeit auf die Probe stellen. Vielleicht konnten sie sich nicht befreien, aber sie konnten immerhin die Fäden so weit lockern, dass er sie nicht so schnell wieder außer Gefecht setzen konnte und sie für Augenblicke ihren eigenen Willen hatten. Gaultry blickte erstaunt auf Lukas' Rücken. War ihm überhaupt klar, was er riskierte? Der Zauber war geradezu lächerlich schwach – nicht viel mehr als das Seelenspalten. Er war nicht eigens auf sein Opfer zugeschnitten. Lukas hatte sich nicht einmal die Mühe gemacht, ihn namentlich für die Raubkatze zu bestimmen. Man hätte ihn auch für jedes andere Raubtier verwenden können.

»Das ist wahrhaftig ein Geschenk«, sagte Gaultry jetzt, während sie den Kopf der Raubkatze losließ und sich wieder erhob. Dieser Mann benutzte Tiere nach Belieben, ohne sie überhaupt zu verstehen. Sie fragte sich, was wohl dabei herausgekommen wäre, wenn er Issachar damals mit so einer Raubkatze gekreuzt hätte und nicht mit einem Falken. Und Columba – Tauben hatten eine gewisse sture Brutalität an sich. Sie konnten sich gegenseitig in ihrem Taubenschlag totpicken, aber sie waren nicht besonders klug, und sie waren zufrieden mit einem kleinen Käfig. Sie konnte sich vorstellen, dass Columba nicht so lange in Fructibus Arbis ausgeharrt hätte – nicht einmal unter dem Verführungszauber –, wenn Lukas sie mit einem Vogel gekreuzt hätte, der sich weniger bereitwillig einsperren lässt. Auf der Rhasankarte saß die Taube auf der scharfen Kante eines Schwertes, und das Blut tropfte von ihren Füßen. Wie Columba, die noch immer auf dem Anwesen ihres Vaters ausgeharrt hatte, nachdem man ihr das Herrscherblut gestohlen hatte. Aber Gaultry nahm an, dass Lukas die Taube genommen hatte, weil Columba bereits ihren Namen trug und weil die Moorhexe diese Karte für sie gezogen hatte, nicht weil er sich irgendwie darüber im Klaren gewesen wäre, dass dieser Vogel das passende Wesen hatte.

»Gefällt es Euch?« Lukas tänzelte wieder auf sie zu und versetzte der Löwin einen vorsichtigen Klaps auf die Schulter. »Wenn es Euch gefällt, dann müsst Ihr Euch bei mir bedanken.« Er drehte den Kopf und hielt ihr seine leuchtende Wange hin.

Er wollte tatsächlich einen Kuss. Gaultry zählte die Wachen durch – ein volles Dutzend – und kam zu demselben Schluss wie vorher.

Rasch ging sie zu ihm hinüber und streifte ihn kurz mit den Lippen.

Es brannte wie Feuer. Seine leuchtende Haut war wie glühendes Metall. Sie schrie auf und wollte den Kopf zurückziehen, aber er packte sie im Genick und presste seine Lippen auf ihren Mund. Einen schrecklichen Augenblick lang spürte sie das ganze Gewicht seines fiebernden Gehirns, seines außer Kontrolle geratenen Körpers. Dann fand sie ihre Kraft wieder und riss sich los, dabei presste sie die Hand auf die versengte Haut ihres Mundes.

»Es geht los!«, kreischte er aufgeregt. »Es geht los!«

»Rühr sie nicht an!« Auf einmal stand Tullier zwischen ihnen und packte seinen Bruder an der Gurgel.

»Tullier!« Gaultry versuchte, ihn aus Lukas' Blickfeld wegzuziehen. »Das ist zu gefährlich!«

Doch keiner der beiden nahm Notiz von ihr.

»Ich wollte schon immer Herrscherblut verarbeiten«, sagte Lukas. »Und jetzt habe ich den letzten Spross meines Vaters zum Üben hier.«

An der Tür stand jetzt ein neuer Mann mit dem mageren Hündchen auf dem Arm. »Bastard!«, schrie Gaultry, um Lukas von Tullier abzulenken. »Das war alles geplant. Eure Mutter war eine Theaterschlampe, und Ihr seid genau wie sie!«

Lukas, der jetzt ganz auf seinen Bruder konzentriert war, schien sie gar nicht zu hören.

Als Tullier in die Knie ging, dachte Gaultry, alles wäre aus. Das Hündchen fiepte vor Angst, Tullier schrie auf –

Auf einmal ließ Lukas Tulliers Kehle los und schüttelte erschrocken seine geschmeidigen Finger aus. Zum ersten Mal verlor er die Fassung. »Was hast du getan?«, kreischte er. »Du dummes Weib, was hast du mit ihm angestellt? Was hast du mit diesem lächerlichen Bündel Haut und Knochen zu schaffen?«

Tullier stolperte auf Gaultry zu. »Ich wollte nicht –«, hob er an und warf ihr einen schuldbewussten Blick zu. Dann griff er an seinen Gürtel, wo er Mervions halbe *Glamour*-Seele verstaut hatte. An der Art, wie er sie anfasste, konnte Gaultry sehen, dass die kleine Seelenfigur wieder leer war, dass ihre *Glamour*-Kraft wieder auf Tullier übergesprungen war. Irgendwie hatte sie ihn auch diesmal wieder beschützt. Aber darüber konnte sie jetzt nicht nachdenken, denn Lukas war im Begriff, sich auf sie beide zu stürzen.

Er hatte jetzt alle Verbindlichkeit abgelegt, und sein Gesicht war wutverzerrt. »Ihr macht mir keinen Strich durch die Rechnung!«, schrie er. Das Hündchen jaulte vor Angst. Die Musikanten drückten sich an die Wand. Selbst die Wachen sahen erschrocken aus. Gaultry stand neben Tullier, der Sharif und Columba, die Raubkatze zu ihren Füßen, und wusste nicht, was sie tun sollte. Sie rief das Hündchen zu sich und brachte es zur Ruhe. Alles, was sie dafür tun musste, war, einen kleinen Kanal zu öffnen, und schon kam es angelaufen. Sie tätschelte es nervös. Es schien ihr, als gähne um sie herum ein Abgrund. Sie konnte nur hoffen, dass sie rechtzeitig sehen würde, wo der Rand war.

»Wie könnt Ihr behaupten, dass ich Euch einen Strich durch die Rechnung mache, wenn ich gar nicht weiß, was Ihr vorhabt«, stieß sie mühsam hervor. Das brachte ihn nur noch mehr auf.

»Ich wollte dir keine Angst machen«, zischte er. »Ich weiß, was vernünftig ist, und wollte dir keine Angst machen. Aber jetzt sehe ich, dass es nicht anders geht.« Er winkte mit der Hand, und zwei seiner Männer öffneten rasch einen Fensterladen oberhalb der Bänke des Domkapitels und traten wieder zurück.

Das Fenster lag hoch an der Tempelwand dicht unter dem großen Zwiebelturm. Lukas bedeutete Gaultry, hinauszusehen. Sie ging hin, das Hündchen auf den Fersen, und schaute hinaus.

Der Tempel mit seiner mächtigen goldenen Kuppel war schwach erleuchtet. Sie kniff die Augen zusammen und versuchte, die Dunkelheit zu durchdringen. Die bemalten Wände waren kaum zu sehen, aber sie konnte den Altar erkennen: ein großer Kreis, weiß in schwarz in weiß. Zwei Gestalten waren an den Altar gekettet:ein Mann und ein Wolf.

Der Mann schaute kaum hoch, als sie das Fenster öffnete. Der Wolf rührte sich nicht. Zuerst erschreckte sie diese Reglosigkeit, doch dann sah sie, dass die beiden so aneinandergefesselt waren, dass es den einen ins Fleisch schnitt, wenn sich der andere bewegte. So hatten sie Burgfrieden geschlossen und schienen einigermaßen bequem zu stehen.

»Sieh dir das an«, sagte Lukas höhnisch. »Der wilde Mann und das wilde Tier!So hätte ich es auch gemacht, auch ohne Rhasankarten!«

Gaultry und Martin sahen sich an. Sie glaubte, es müsse ihr das Herz zerreißen. Er war von der Taille aufwärts nackt. Schultern und Rücken waren von schrecklichen Brandwunden gezeichnet. Er sah verwildert aus, und ein Auge war blutverkrustet unter der aufgeplatzten Braue. Aber als er sie ansah, spürte sie irgendwie, dass er lächelte. Offensichtlich erquickte es ihn, sie zu sehen.

Sie schaute weg. Es würde ihnen beiden nicht gut tun, wenn sie ihre Gefühle verriete. Sie betrachtete den Wolf, und seine klugen Raubtieraugen blickten sie ruhig und gelassen an.

»Du wirst mir gehorchen!« Lukas legte ihr die Hand auf die

Schulter. Tullier fauchte, aber die beiden Wachen hielten ihn fest, sodass er sich nicht rühren konnte. »Ich habe die Trumpfkarte in der Hand, das Pfand, das dich gefügig macht!«

Gaultry starrte ihn an, die glühende Silberhaut, die irren Augen und die nervöse Spannung, die seinen Körper umtrieb. »Ihr glaubt, Martin wäre mein Cyronius? Und dass ich die Eliantè spiele, die Euch wieder zu Eurer Manneskraft verhilft?«

Lukas nickte. »Siehst du?«, sagte er. »Du weißt schon, was du zu tun hast.«

Sie blickte noch einmal in den Tempel hinab. Der Wolf sah sie noch immer an – vielleicht tat Martin dasselbe, sie durfte es sich nicht noch einmal erlauben, seinem Blick zu begegnen. Sie öffnete einen Kanal und spürte den mächtigen Umriss des Raubtiergeistes. Nachlässig herausgerissene Fetzen von Martins Seele waren darumgewickelt. Darunter das noch gröber geformte magische Gespinst, mit dessen Hilfe Lukas das Tier beherrschte. Der Wolf hatte die Bänder schon ein wenig verschoben, sodass sie ziemlich locker saßen.

»Große Jägerin, steh mir bei!«, sagte Gaultry. »Ich bin Euch ausgeliefert.«

»Dann beug dich meinem Willen!«, sagte Lukas. »Auf die Knie«

Am liebsten hätte sie ihn geschlagen. Stattdessen bezwang sie sich und fiel auf die Knie. Der Kanal zu dem Wolf war noch immer offen. Als Lukas einen triumphierenden Krächzer von sich gab, machte sie sich ans Werk. Martins Seele war ihr so vertraut. Es war eine Kleinigkeit, den Wolf davon zu befreien und dann das dürftige magische Gespinst mit einem kurzen Aufflackern ihrer Kraft dem winselnden Geist des Hündchens überzustülpen, das zu ihren Füßen Zuflucht gesucht hatte.

Lukas, der seinen Dienern Befehle erteilte, schaute einen Moment lang irritiert hoch. Das Hündchen winselte, als ziehe ihm etwas den Brustkorb zusammen. Gaultry schlug das Herz bis zum Halse, und sie wartete nur darauf, dass der Wahnsinnige entdecken würde, was da vor sich ging. Aber Lukas schüttelte nur zerstreut den Kopf, rieb sich die Wange und rief nach einem weiteren Diener.

Gaultry streichelte das Hündchen und beobachtete ihn aus zusammengekniffenen Augen.

Vielleicht besaß er die Macht, ihre Seele zu Brei zu zermalmen. Doch das kümmerte sie nicht. Eines hatte sie ihm immerhin voraus.

Sie kannte den Unterschied zwischen einem Wolf und einem Hund.

Wenn Lukas das nicht tat, so konnte ihm dieser Umstand leicht zum Verhängnis werden.

Sie sah zu, wie Lukas seine Vorbereitungen traf und fragte sich, wie lange Martin und der Wolf brauchen würden, um sich zu befreien. Sie hoffte nur, dass es nicht zu lange dauern würde.

# 21

Lukas ließ jetzt von seinen Männern ein Bett zurechtmachen. Mit einer weichen Matratze, seidenen Bezügen und unzähligen Decken. Gaultrys Blick fiel an Tullier und der Sharif vorbei auf Columba und den hinter ihr stehenden Lord Issachar. Sie fand es ekelerregend, dass sie alle zuschauen sollten, aber sie nahm an, Luka Pallias Sohn brauchte immer ein Publikum.

Als Lukas aufschaute und merkte, wo sie hinsah, grunzte er verächtlich. »Ich hätte die Moorhexe holen sollen, damit es eine ebenso starke Verbindung wird wie bei den beiden!«

»Das ist eine ganz andere Geschichte«, sagte Gaultry, der übel war. »Und ich beherrsche dieses Spiel auch nicht so wie Ihr. Ich kann nicht mehrere Rollen auf einmal spielen.«

»Das ist eine angeborene Fähigkeit«, sagte er, und es hörte sich nicht einmal an, als würde er es ironisch meinen. »Aber ich glaube sowieso nicht, dass Ihr irgendwie an dem traurigen Ausgang dieser Liebesgeschichte teilhaben wollt.«

Issachar quittierte ihre Worte mit einer unwirschen Geste. Seine Bewegungen waren neuerdings schwerfällig, als hätte ihn die ganze Zeit über irgendetwas in der Schwebe gehalten, wohingegen ihn jetzt auf einmal die volle Erdenschwere erreichte. Columbas zarte, bleiche Gestalt wirkte noch zerbrechlicher neben seiner massigen, finsteren Erscheinung. Einen Augenblick lang trafen sich die Blicke der beiden, und zum ersten Mal, seit Lukas ihn im Hof außer Gefecht gesetzt hatte, ließ Issachar es geschehen. Es sah aus, als würden sie einander neu kennen lernen nach all den Jahren der Trennung.

Dann schüttelte er kaum merklich den Kopf und wandte sich ab. Columba wurde kreidebleich. Sie gab keinen Mucks von sich, aber langsam füllten sich ihre Augen mit Tränen.

»Ihr braucht mich hier ja wohl nicht mehr«, sagte Issachar jetzt kalt zu Lukas. »Ich eigne mich nicht zum Bettenmachen.«

Lukas, dessen Blick gerade auf einem neuen rotseidenen Betttuch ruhte, nickte nur. »Schickt Chlymas herauf. Er kann an Eurer Stelle hierbleiben.« Er sah sich kurz um. »Aber schnell. Ich brauche zwölf Zeugen.«

Issachar nickte und verschwand durch die bogenförmige Tür zur Treppe.

»Was habt Ihr damit gemeint, Ihr hättet die Moorhexe holen sollen?«

Lukas warf Gaultry einen ungeduldigen Blick zu. »Soll ich sie rufen? Wir haben keine Zeit mehr. Der Sommerstern geht schon auf – seht doch aus dem Fenster, wenn Ihr's nicht glaubt. Sie kann ein andermal kommen mit ihren Karten und Gräsern und Ziegen.«

Gaultry wusste zwar nicht, wovon er redete, aber sie trat dennoch ans Fenster. Der Rahmen war eng – schmaler als eine Kopfbreite. Es zeigte nach Osten in den Hof und zum Fluss. Aus dieser Entfernung lag der noch immer angeschwollene Wasserlauf als glattes graues Band unter dem wolkenverhangenen Himmel. Dahinter sah man die Lichter der Poststation und weiter hinten auf der Hochebene noch weitere verstreute Lichter. Kein einziger Stern war zu sehen. Unten im Hof standen zwei Soldaten. Sie sahen nicht aus wie Mönche – eigentlich sah keine der Wachen, die Lukas auf sie angesetzt hatte, wie ein Mönch aus. Gaultry fragte sich, was die Klosterbrüder wohl von den bizarren Veranstaltungen ihres Ordensleiters, seiner merkwürdigen Erscheinung, seiner Menagerie und seinen eigenartigen Gefolgsleuten halten mochten. Einer der beiden Soldaten schaute zu ihr herauf und sah sie im Rahmen des Fensters. Sie schaute zurück und musterte neugierig das massive Schwert, den dunklen Brustpanzer und schließlich den gestreiften Schwertgurt, den er lose über der Brust hängen hatte. Dann wandte sich der Soldat ab und trottete quer über den Hof davon.

»Ich sehe keine Sterne.«

»Sie sind aber da. Der Sommerstern ist da.« Irgendetwas in seiner Stimme ließ sie herumfahren. Lukas lag wie hingegossen auf dem Bett. Er hatte ein dünnes silberfarbenes Gewand angelegt, das in der Taille nur lose von einer Seidenkordel zusammengehalten wurde. An der Kordel hingen zwei goldene Kugeln, gerade eben groß genug, um in seine Hand zu passen. »Wo bleibt Chlymas?«, fragte er gereizt. »Warum hat ihn Issachar noch nicht heraufgeschickt?« Er machte eine ruckartige Körperbewegung, und die Kugeln klirrten aneinander.

Gaultry starrte gebannt auf die hingestreckte Gestalt. Sein Aufzug beeindruckte sie. Die Vorstellung, mit ihm zusammen in diesem Bett zu liegen, widerte sie an, aber sie hatte keine Angst davor, wie er es vielleicht annahm. Sie war eine Hexe – niemand konnte sie gegen ihren Willen nehmen –, außerdem war Lukas schließlich kastriert, ganz gleich, welche Rolle er in diesem Spiel zu übernehmen gedachte. Er konnte sich noch so sehr anstrengen, er würde doch nicht zum Ziel kommen. Ihre größte Sorge war, dass sie damit womöglich seinen Zorn erregen würde.

Sicher wollte er nichts weiter, als hier mit ihr zu posieren und so zu tun, als wären sie Götter. Sie glaubte nicht, dass er wirklich die Götterspeise zu sich genommen hatte. Und sie glaubte auch nicht, dass sie seine verstümmelte Männlichkeit wiederherstellen konnte.

Doch dann erschauerte sie und fragte sich, ob sie da eigentlich so sicher sein konnte. In der Prinzennacht, als Benet von Tielmark seine Frau genommen hatte, waren vor ihren Augen zwei Priesterinnen umgekommen, weil der Verräter Heiratikus ihnen weisgemacht hatte, sie könnten bei der rituellen Hochzeitszeremonie die Großen Zwillinge spielen. Ihr Hochmut war grausam bestraft worden. Als die Großen Zwillinge leibhaftig auf die Erde gekommen waren, um den Schwur des Prinzen entgegenzunehmen, waren Sie in die Körper dieser törichten Frauen gefahren und hatten diese in Stücke gerissen, während Sie sich manifestiert hatten. Diese Frauen hatten geglaubt, dass sie ungestraft in die Rolle der Götter schlüpfen könnten – und diese Annahme hatte sie das Leben gekostet. Gaultry sah noch immer ihre ungläubigen Gesichter vor sich, als sie starben.

Nun wurde ihr klar, dass hier in diesem düsteren Domkapitel, während draußen der Sommerstern aufging, etwas ganz Ähnliches geschah. Sie selbst wusste nur zu gut, dass das Ganze nur ein Spiel sein konnte, aber Lukas meinte es ernst. Er redete sich ein, dass der Gott Tarrin in ihm zum Leben erwacht wäre. Gaultry dachte an den Augenblick hinter der Kutsche zurück, als Columba vor ihren Augen verfallen war. Hinterher war sie tatsächlich krank gewesen, außerstande, aus ihrer Trage zu klettern, als man sie am Ufer abgesetzt hatte. Und jetzt versuchte ihr Bruder, das Auge der Götter auf Gaultry zu lenken.

Sie leckte sich nervös die Lippen. Vielleicht hatte sie ja Recht, und es war harmlos, die Rolle von Göttern zu spielen. Aber vielleicht besaß Lukas in seiner Verblendung genügend Macht, um die Götter auf sie herabzubeschwören. Seine Mutter hatte solche Fähigkeiten besessen. Luka Pallia hatte es fertig gebracht, seinen männlichen Körper schwanger werden zu lassen. Was wäre, wenn sein Sohn diese Kräfte geerbt hätte und sie durch sein Herrscherblut noch verstärkt worden wären?

Wieder stand ihr das Bild der Priesterinnen vor Augen.

*Elianté*, betete sie im Stillen. *Dieser Mann in der Maske des Tarrin will bei mir liegen, und ich soll Deine Stelle einnehmen. Bestärke mich! Sag mir, dass ich damit keine Gotteslästerung begehe!*

»Ich kann nicht!«, brach es aus ihr heraus. »Es ist zu gefährlich!« An der gegenüberliegenden Wand traten die Sharif und Tullier nervös von einem Bein aufs andere und musterten die Wachen, die neben ihnen standen.

Lukas stützte sich auf die Ellbogen. Seine Stimme klang bestimmt. »Du hast keine Wahl. Wenn du nicht mitspielst, passiert deinem Liebsten dasselbe wie Cyronius! Ein Schwert durch seine Kehle und dann in seine Eingeweide.«

Gaultry starrte ihn an. »Viel hat es Tarrin, dem Schlappschwanz, ja nicht genützt.«

Mit einem Satz sprang Lukas aus dem Bett und stürzte sich auf sie. Einen Moment lang rangen sie miteinander, während er ihr seine Kraft entgegenschleuderte wie einen flammenden Vorhang, der sie einhüllte. Gaultry, die schon darauf gewartet hatte, schlug sofort zurück. Aber sie zielte nicht auf Lukas selbst, sondern auf die hundert glitzernden Fäden, die ihn unsichtbar mit seiner Menagerie verbanden, und durchtrennte sie wie mit einer Sense. Er stand da wie angewurzelt und sah sie mit wutverzerrtem Gesicht an – ganz und gar nicht mehr göttlich erhaben. »Das war Fontin«, sagte er kalt. »Und andere, die ich in diesem Moment bei mir haben wollte. Jedenfalls nicht Euer wolfsherziger Geliebter. Also kann ich Eure Unverschämtheit auch bestrafen –« Mit einer ruckartigen Handbewegung zog er einen unsichtbaren Verbindungsfaden straff.

Das Hündchen, das vor Lukas an die Wand geflüchtet war, reagierte mit einem schrillen Schmerzenslaut. Lukas drehte sich zu ihm um, verblüfft zunächst, doch dann, als das Tier sich flach hinlegte und verzweifelt die Schnauze am Boden rieb, als würde sie brennen, begriff er, was passiert war. Seine silberne Aura strahlte mit frischer Energie. »Nicht schlecht!« Er lachte. »Ihr habt den Wolf mit dem Hündchen vertauscht. Die Moorhexe hat also nicht gelogen, und ich werde geheilt!«

Mit einem enttäuschten Aufschrei holte Gaultry noch einmal zum Schlag aus. Die magische Leine zu dem Hündchen zerriss, und das verängstigte Tier sprang auf und stolperte davon. Aber sie hatte es noch nicht geschafft, auch die Verbindung zur Sharif und zu der Raubkatze zu kappen, und Lukas, der sofort ihre Absicht erriet, errichtete schnell einen Gegenzauber, entzog die Überreste dieser Bänder ihrem Zugriff und sicherte sie mit einem neuen Schub silbriger Energie.

»Nicht so eilig!«, gluckste er. »Wir müssen doch auf den letzten Zeugen warten –«

In diesem Augenblick kam von draußen ein ohrenbetäubendes Krachen, lauter als ein Donnerschlag. Silbernes Licht blitzte in den schmalen Fenstern auf, und auf einmal war der Himmel über dem Hof voller Regen und Sturm. Noch ein zweiter Schlag, und dann hörte man ein unangenehm lautes Knistern wie von einer Reihe von Explosionen. Beißender Rauch drang durch die Fenster und verdrängte die Weihrauchschwaden des Domkapitels.

»Issachar!«, rief Lukas wutentbrannt, und sein Kopf fuhr suchend hin und her. »Was hat er vor?« Er sah sich nach den übriggebliebenen Wachen um. »Bleibt, wo ihr seid! Lasst sie nicht aus den Augen!« Dann raffte er sein Gewand bis über die Knie und rannte zur Treppe. Seine Männer schauten ihm hinterher und tauschten unruhige Blicke aus.

Gaultry, dankbar für die Verschnaufpause, wartete, bis Lukas die unterste Treppenstufe erreicht hatte. Dann wandte sie sich zu der Raubkatze um und durchtrennte mit einem plötzlichen zielsicheren Energiestoß das Band, das sie in Bann hielt.

Sie brüllte wütend auf und stürzte sich auf den Mann, der unglückseligerweise neben ihm stand. Der verschenkte auch die letzte Chance mit dem Versuch, das Schwert aus der Scheide zu ziehen. Als er wie erstarrt dem Tod ins Auge sah, reagierten die anderen. Die beiden an der Tür nahmen die Beine in die Hand. Tulliers Bewacher warfen ihn zu Boden. Die Sharif entwaffnete blitzschnell wie ein Raubtier den Mann zu ihrer Linken und stieß ihm die Klinge in die Schulter.

Die Bärenmänner standen neben Gaultry. Der eine packte sie mit seinen fleischigen Pranken und hielt sie fest. Gaultry stöhnte auf und revanchierte sich, indem sie einen Kanal öffnete, durch den sie tief in sein Inneres eintauchen konnte. Wie erwartet, fand sie dort den Klumpen seiner zerrissenen Seele, umwunden mit den Streifen des Bärengeistes. Bären waren unkompliziert – dumm und jähzornig. Ein wenig unbeholfen vor Eile wickelte sie die Bärenstränge ab und ballte sie wieder zusammen, sodass sie die Kraft hätten, wieder zu ihrer anderen Hälfte, irgendwo da unten in den Käfigen, zurückzufinden. Keinen Augenblick zu früh spürte sie, wie der Griff des Mannes, der sie festhielt, erschlaffte.

Tullier war inzwischen wieder auf den Beinen. Er hatte es geschafft, einen seiner Angreifer zu töten, und dessen Schwert an sich genommen. Die Sharif schlug gemeinsam mit der Raubkatze einen anderen in Richtung Treppe in die Flucht und tötete einen weiteren, der sich nicht schnell genug in Sicherheit brachte.

Jetzt waren noch drei Männer übrig, die mit einem Tier verbunden waren – vier, wenn man den Bärenmann mitzählte. Irgendetwas stimmte nicht mit ihnen. Der eine wälzte sich am Boden, so wie zuvor das Hündchen. Zwei andere zitterten am ganzen Leibe, und der Bärenmann schrie vor Angst.

»Die Menagerie steht in Flammen!«, rief jemand von unten herauf. Das beendete die Kämpfe abrupt.

»Lasst sie laufen!«, sagte Gaultry. Inzwischen hatte es noch einen Toten gegeben, aber jetzt rannte alles zur Treppe, die Männer rutschten auf den Blutlachen aus und fielen vor lauter Hast übereinander.

Eilig lief Gaultry zu dem Fenster hinüber, von wo aus man in den Tempel hinabsehen konnte. Fast hätte sie aufgeschrien, denn im Halbdunkel sah sie, dass der Altar jetzt leer war. Martin und der Wolf waren verschwunden. Bedeutete das, dass sie frei waren, oder war es ein schlechtes Zeichen?

*Was nun?* fragte die Sharif.

»Nach unten!«, sagte Gaultry. »Das ist der einzige Weg nach draußen.« Sie schaute sich im Raum um. Die Vogel-Musikanten kauerten an der Wand unter den Fenstern zum Hof, als wollten sie durch diese davonfliegen. Rasch lief sie zu ihnen hinüber und zog den einen am Arm. »Kommt mit!«, sagte sie. »Die Treppe ist der einzige Weg nach draußen.«

Dann erregte eine Bewegung unten im Hof ihre Aufmerksamkeit, und sie ließ den Flötenspieler wieder los. Dort unten wimmelte es von Männern mit gestreiften Schwertgurten. »Tullier!«

»Wir können ihnen nicht helfen«, sagte dieser. Er stand schon an der Tür und wartete ungeduldig auf sie. »Es sind Lukas' Männer. Lasst sie, wo sie sind, Gaultry. Wir müssen hier raus!«

»Nein – komm her, Tullier! Was sind das für Männer?«

Widerwillig kam er zu ihr. Doch als er hinunterschaute, veränderte sich sein Verhalten schlagartig. »Große Llara!«, rief er erschrocken. »Das ist die kaiserliche Garde.«

»Nicht welche von Lukas' Männern?«

»Nein. Die da müssen uns schon von Bassorah aus gefolgt sein.«

»Wie sind sie denn über den Fluss gekommen?«

Auf diese Frage wusste Tullier auch keine Antwort.

Das Feuer tobte bereits auf der Treppe. Das Dach der Menagerie stand in Flammen, und brennende Strohklumpen regneten auf die Käfige. Am anderen Ende des Ganges standen die großen Türen offen und verursachten einen verheerenden Luftzug, der den Brand zusätzlich anfachte. Draußen im Regen, der das Feuer kaum einzudämmen schien, war eine Schlacht zwischen Männern mit gestreiften Gurten und Soldaten und Priestern in Mönchskutten entbrannt.

Die Bärenmenschen versuchten, rasend vor Schmerz, die Tür des Bärenkäfigs aufzureißen, der von einem brennenden Strohklumpen getroffen worden war. Während Gaultry noch überlegte, was sie tun sollte, sah sie Columba.

Die Frau war die ganze Zeit über fast unsichtbar gewesen. Nun starrte sie wie gebannt in die Flammen und wirkte irgendwie hilflos. Gaultry schluckte. Irgendwo mitten in dem zunehmenden Inferno saß eine Taube in einem Käfig, hypnotisiert von den zuckenden Lichtern.

»Mach die Käfige auf!«, befahl sie Tullier. *Mach die Käfige auf!* sagte sie zu der Sharif. »Das sind gleichzeitig Menschen und Tiere. Wir können sie nicht einfach so sterben lassen. Seht euch Columba an – und die Bären – wir können sie nicht dem Feuer überlassen!«

Tullier sah sie an, seine Augen schienen ihrem Gesicht ablesen zu wollen, ob er sie noch umstimmen konnte, doch dann lief er achselzuckend zu dem Bärenkäfig und öffnete den komplizierten Verschluss. Die Bären schossen wie der Blitz ins Freie, mitten zwischen die Kämpfer. »Los, weiter!«, rief Tullier. »Lassen wir sie alle raus, das Tohuwabohu kann uns nur recht sein!«

Gaultry machte einen Satz zu den Schwänen hinüber und klappte den Deckel des Behältnisses auf. Ohne sich umzusehen, ob sie davonflogen oder ängstlich in der Ecke hocken blieben, rannte sie weiter. Das hier waren nur Vögel – sie war ziemlich sicher, dass jedes Tier, das eine menschliche Seele in sich trug, genügend Vertand besitzen würde, um sich in Sicherheit zu bringen.

*Ich nehme diesen Gang,* teilte ihr die Sharif mit. *Nimm du die andere Seite.* Sieh nach den Raubtieren – die meisten von Lukas' Männern waren mit Raubtieren gekreuzt.

Zwischen den Käfigen war es schrecklich. Sie stieß gegen eine Kiste, und als sie nach unten schaute, war es der Rattenkäfig. Sie tastete nach dem Riegel und klappte den Deckel auf. Vier von den

Hundert schienen genau zu wissen, wohin sie gehen mussten, und liefen voraus, der Rest hinterher. Andere Tiere waren eher verängstigt und fanden sich nicht so gut zurecht. Gaultry versuchte, die Verbindung zu ihnen offenzuhalten und ihnen zu helfen, doch das wurde zunehmend schwieriger, während ihr der Rauch ins Gesicht wehte und jeden Augenblick brennendes Stroh vom Dach herabfiel. Sie befreite zierliche Rehe, Füchse und vier Käfige voller Vögel. Den Letzten begrub ein brennender Strohballen unter sich, noch ehe alle Insassen entflohen waren.

Überall kreischten Tiere vor Angst und Schmerz. Irgendjemand – vielleicht war es Tullier – öffnete die große Voliere, und unzählige Vögel schwirrten hinaus. Einige davon waren allerdings so verwirrt, dass sie mitten in die Flammen flogen.

Als Gaultry einen Käfig öffnete, in dem eine gestreifte Katze saß, drückte sich etwas Weiches gegen ihren Knöchel – Tulliers Hündchen. Es war ihnen aus dem Domkapitel nachgelaufen und hatte beschlossen, bei ihr zu bleiben.

»Dummkopf!«, schimpfte sie. »Mach lieber, dass du hinauskommst!« Doch das Hündchen hörte nicht auf sie.

Sie hatte jetzt fast das Ende des Ganges erreicht. Vier Käfige standen noch in Regalen vor ihr. Mäuse in dem einen, und in dem anderen eine Schildkröte. Sie lachte verzweifelt auf. Die Schildkröte hatte keine Chance. Sie konnte nicht alle retten. Höchste Zeit für den Rückweg. Sie fuhr herum –

Hinter ihr stand Lukas und versperrte ihr den Weg. Sein wallendes Gewand war rußgeschwärzt, und er sah sie wutentbrannt an. Diesmal verschwendete er keine Zeit mit langen Vorreden, sondern stürzte sich sofort auf sie. Die geballte Kraft aus seinem Herrscherblut und dem von Columba sowie seiner eigenen Seele stürmte auf sie ein.

»Ich bin Tarrin!«, zischte er. »Du wirst jetzt die Göttin für mich spielen, und ich werde zwischen deinen Schenkeln Heilung finden!«

»Gar nichts seid Ihr!«, fauchte sie zurück, als er sie gegen ein

Metallgestell stieß. »Nur ein kleiner Junge, der sich als Gott verkleidet hat. Ihr habt ja nicht mal Ehrfurcht vor den Gebeten Eurer Mutter.«

Erstaunlicherweise herrschte ein gewisses Gleichgewicht der Kräfte zwischen ihnen. Lukas' Zauber schien ihr nichts mehr anhaben zu können. Nachdem sie alle Angst vor dem Feuer und den wahnsinnigen Schreien der Tiere um sie herum aus ihrer Wahrnehmung verdrängt hatte, wurden ihr langsam die Farben ihrer Auseinandersetzung bewusst. Seine Kraft war weiß und purpurn, ihre *Glamour*-Kraft golden, der Zauber, den sie von den Großen Zwillingen bezog, grün. Und um all das herum wand sich ein leuchtendes Silberband.

Ihr Herz machte einen Luftsprung. Llara Donnerkeil hatte nicht vergessen, was Sie ihr schuldig war.

Einen Augenblick lang vergaß sie vor lauter Freude fast ihren Gegner. Dann spritzte ihr ein Schweißtropfen ins Gesicht, und sie merkte, dass Lukas mit geröteten Wangen dicht vor ihr stand. Sie spürte, wie sich die goldenen Kugeln, die an seinem Gürtel baumelten, kalt gegen ihren Bauch drückten.

»Genau so hatte ich es mir vorgestellt«, keuchte er triumphierend und presste sie gegen den Schildkrötenkäfig, sodass ihr die Kante ins Kreuz schnitt. »Im Herzen des Feuers, dem Haus der Götter. Hier geht kein Tropfen unserer Magie verloren. Und nun kann ich mich an dir wieder als Mann erweisen, wie es sich gehört.«

Erschrocken merkte Gaultry, dass sie ihm trotz aller magischen Ebenbürtigkeit an Körperkraft unterlegen war. Normalerweise hätte er keine Chance gehabt, sie gegen ihren Willen zu nehmen, schließlich war sie eine Hexe, und eine Hexe wusste sich immer gegen derlei Übergriffe zu schützen. Im Augenblick aber brauchte sie jedes bisschen ihrer Zauberkraft, um das Gleichgewicht ihrer Magie aufrecht zu erhalten, sodass nichts übrig war, um sich seiner körperlichen Gewalt zu erwehren. Ein Teil von ihr schien von hoch oben ihren Ringkampf fast unbeteiligt zu beobachten. Lukas quetschte sie gegen das Regal, hieb ihr erst einmal, dann noch einmal in den Bauch und riss ihr die Kleider vom Leib. Sie versuchte, sich auf die magische Kraftprobe zu konzentrieren und sich einzureden, dass ihr Körper nicht existent wäre, dass es nichts bedeutete, als er gewaltsam ihre Beine spreizte, ihr voller Verzückung in den Hals biss und triumphierend aufschrie, als er spürte, wie sich zum ersten Male die strotzende Manneskraft zwischen seinen Lenden regte.

»Lass sie los!«

Lukas schaute sich um. Es war Tullier. In der einen Hand hielt er den schmalen Stift, mit dem er die Käfige geöffnet hatte, die andere war leer. »Was willst du hier, Hündchen?«, fuhr ihn Lukas an. »Misch dich nicht in Dinge ein, die du noch gar nicht verstehst!«

Die grünen Gletscheraugen wurden schmal. »Ich verstehe sehr gut, was hier vorgeht. Lass sie los!«

»Du hältst mich nicht auf!«, keuchte Lukas. Er wälzte sich über Gaultry, und sie spürte angewidert, wie die goldenen Kugeln zwischen ihre Beine glitten. Sie versuchte sich ihm zu entwinden, aber er bohrte ihr die Finger in den Hals, sodass sie sich nicht bewegen konnte. »Du bist nur geboren, um mir das Herrscherblut zu verschaffen! Du hast deinen Zweck erfüllt. Warum sie dich am Leben gelassen haben, weiß ich wirklich nicht. Sie hätten dich mit den anderen zusammen umbringen sollen!«

Tulliers Gesicht wurde finster. »Das interessiert mich alles nicht. Ich will nur, dass du sie loslässt.«

Lukas runzelte ungeduldig die Stirn. Vielleicht merkte er, dass ihn seine neugewonnene Manneskraft wieder verließ, vielleicht dachte er wirklich, dass Tullier nur aufschnitt. Als Gaultry in seine schwarzen Augen blickte, fand sie endlich trotz aller Anstrengung, die ihr der ungeheure magische Kampf abverlangte, die Kraft zu schreien.

Tullier hob die Faust und richtete sie auf Lukas' Rücken. Durch den Schleier ihrer Tränen sah Gaultry, wie seine Hand zuckte. Im nächsten Moment schoss aus seinem Ärmel einer der Dolche hervor, die sie aus dem Lagerraum seines Vaters mitgenommen hatten. Die Edelsteine an seinem Griff funkelten grimmig im Feuerschein. Lukas' bäumte sich auf, als die schlanke Klinge sich in seinen Rücken bohrte. »Du lässt sie los!«, sagte Tullier und lief schnell zu ihm hin, um ihn von ihr fortzureißen.

Lukas versuchte noch, Tullier abzuwehren, aber seine Kräfte ließen bereits deutlich nach. »Verdammter Bastard!«

Tullier packte den Dolch und stieß ihn seinem Bruder noch tiefer ins Fleisch. »Ich habe nicht umsonst zwölf Jahre Sha Muira-Ausbildung hinter mir«, sagte er. »Du bist so gut wie tot.« Er zog den Dolch wieder heraus. »Aber es wird länger dauern, als dir lieb ist.«

Gaultry, die am Boden kauerte, spürte, wie ein Strom purpurner und weißer Kraft von ihr abfiel. Tullier, der den sterbenden Hexer nicht aus den Augen ließ, half ihr auf. »Auf der rechten Seite ist das Dach schon eingebrochen«, meinte er. »Höchste Zeit für uns. Wir können hier nichts mehr tun.«

»Ihr habt schon viel zu viel getan!« Es war Columba. Ihre eine Hand hielt eine Taube umklammert, deren weißes Gefieder rußbefleckt war. Hinter ihr standen Martin und die Sharif, begleitet von dem Wolf und der Raubkatze. Luka Pallias Tochter bahnte sich ihren Weg nach vorn, kniete neben ihrem Bruder nieder und nahm seine Hand. »Das ist mein Zwillingsbruder!«, rief sie. Dann beugte sie sich vor und sah ihm ins Gesicht. Lukas schien sie zu erkennen, seine Hände griffen kraftlos nach ihr, und irgendetwas spielte sich unausgesprochen zwischen ihnen ab. Columbas Gesicht zeigte ungläubiges Staunen. »Du willst mein Leben?«, fragte sie.

Lukas bewegte sich leicht, und die goldenen Kugeln, die jetzt rußverschmiert waren, schlugen gegeneinander und rutschten von seinem Schoß. »Ich trage das Blut der Großen Llara in mir.« Er sprach schleppend. »Ich werde Kaiser sein, ich werde ein Gott sein …«

Columbas Finger schlossen sich um seine Hand. Selbst im rötlichen Schein des Feuers wirkten die beiden Hände sehr weiß. Die von Lukas blutleer, wenn auch noch immer silbrig glänzend, Columbas unnatürlich blass. »Ein Gott hätte mich niemals dazu gezwungen, einen Liebhaber zu nehmen«, zischte sie, und eine Wolke von Schwefelgeruch stieg auf, als würde zwischen ihnen etwas brennen. »Ein Gott hätte mich niemals zur Hure gemacht und ins Elend gestürzt. Du hattest meine Kraft ja schon, das hättest du nicht zu tun brauchen.« Mit letzter Kraft versuchte Lukas, ihr seine Hand zu entziehen. Blut, tiefschwarzes Purpurblut tropfte zwischen ihren verschränkten Händen heraus. Columbas Herrscherblut kehrte zu ihr zurück.

»Du tötest ihn noch schneller«, sagte Tullier. »Llaras Blut ist das Einzige, was ihn noch am Leben hält.«

Columba errötete heftig und umklammerte die Hand ihres Bruders noch fester. »Umso besser!«, rief sie verzückt. »Er stirbt sowieso. Er braucht es nicht mehr! Er geht nicht zu Llara ein, sondern zu Achevell, in die ewige Verdammnis!«

Nun trat Martin, der sich bis jetzt im Hintergrund gehalten hatte, hinzu und zog sie weg. »Sei nicht so gierig!«, sagte er. Seine Hände waren blutverschmiert und von tiefen Schrammen überzogen. »Nimm deinen Teil und nicht mehr!«

»Ich habe ein Recht darauf!«, sagte Columba schroff und ohrfeigte den Recken, damit er sie losließe – und ihre Handfläche war makellos weiß. »Lasst mich in Ruhe!Ihr wisst ja nicht, was ich gelitten habe. Ich bin eine Prinzessin. Jetzt bin ich an der Reihe, die Macht zu kosten. Ihr glaubt wohl – Eure *Glamour*-Hexe glaubt wohl, sie hätte mir einen Gefallen getan. Aber ich bin das Herrscherblut. Ich fühle mich nicht in Eurer Schuld!«

»Na schön«, sagte Martin und zerrte die schmächtige Frau mühelos hinter sich her. »Das heißt aber nicht, dass ich zusehe, wie du dich an seiner Kraft labst. Bissanty wird auch weiterhin ohne einen doppelblütigen Thronerben auskommen.«

»Du Tielmaraner Schweinehund!« Columba krallte ihre Finger in die Wunden auf seinen Händen, um ihn abzuschütteln. »Lass mich los! Sonst ist es zu spät.«

Gaultry, die versucht war einzugreifen, wich einen Schritt zurück, als sie die Verbissenheit in Columbas Gesicht sah. »Columba«, sagte sie. »Beruhige dich!Dein Bruder stirbt.«

Columba riss sich von Martin los und fuhr zu ihr herum. Einen Moment lang standen sich die beiden Frauen gegenüber, und Columba wirkte unentschieden und ratlos. Dann hatte sie einen Entschluss gefasst. »Wache!«, kreischte sie. »Hilfe! Die Spione aus Tielmark sind da!«

Doch es half ihr nichts. Sie steckten mitten im Flammenmeer der brennenden Käfige, und niemand hörte ihr Geschrei. Gaultry betrachtete das Mädchen und dachte daran, wie zart und hilflos sie ausgesehen hatte, als sie sie aus den Pranken ihres Vergewaltigers gerettet hatten. Und sie stellte sich vor, welche Macht diese Frau an sich reißen konnte, wenn sie es jetzt ihrem Bruder gleichtäte und sich womöglich bis zur Göttin aufschwingen würde. »Llara hat dich einmal durch meine Hand gerettet«, sagte sie und blickte auf Columbas ungerührtes Gesicht herab. »In diesem Moment hat mir die Göttliche Herrscherin vieles klar gemacht, und jetzt weiß ich, dass ich es nicht zulassen kann, dir so viel Macht zu überlassen. Sie hat mich zu deinem Richter gemacht, und ich glaube, du bist schlecht und wirst mit deinem Herrscherblut nur Unheil anrichten. Ich habe nicht die Kraft oder den Willen, dich zu töten, aber ich kann deine Macht wenigstens auf diese Weise einschränken.« Blitzschnell zog sie Columba die Taube aus der Tasche, wo diese sie verstaut hatte, um ihrem sterbenden Bruder wie ein Vampir sein Blut auszusaugen.

»Große Jägerin Elianté!«, intonierte Gaultry. »Nimm dieses Opfer an!« Und mit einer jahrelang bei ihrer Großmutter geübten schnellen Handbewegung drehte sie der Taube den Hals um. »Die Hälfte deiner Seele für die Götter, Columba, und die andere Hälfte von diesem armen Vogel. Das ist die Strafe für deinen Verrat.«

Nun begann Columba, hohe, spitze Schreie auszustoßen. Es lag etwas Theatralisches darin, was die junge Jägerin allzusehr an Lukas' Auftritt erinnerte. Gaultry streifte sie mit einem kurzen, feindseligen Blick. »Ich hätte versucht, dir zu helfen«, sagte sie. »Aber ich werde Tielmarks Zukunft nicht damit aufs Spiel setzen.«

Inzwischen war ihr Gang bereits von Flammen umgeben. Gaultry bezweifelte, dass das Dach noch lange standhalten würde. Vorsichtig legte sie Martin die Hand auf den Arm. »Wir müssen hier raus«, sagte sie.

Martin nickte. »Lass uns nicht durch den Hof gehen. Dort wimmelt es immer noch von Soldaten. Im Tempel gibt es eine unbewachte Tür. Da können wir hinausgehen.« Er stieß Lukas' Leichnam mit der Fußspitze an und warf einen kurzen Blick auf Columba, die wimmernd an der Wand kauerte. »Wir sollten sie lieber töten«, meinte er.

Gaultry aber schüttelte den Kopf. »Das geht nicht. Ich habe es geschworen. Aber die unabänderliche Bindung an den Taubengeist – das wird sie mehr schwächen, als wir es uns vorstellen können.«

Martin nickte befriedigt, dann bückte er sich und riss Lukas die goldenen Kugeln vom Leib, um sie tief in die Flammen zu werfen, da wo sie am höchsten emporloderten, über einer Reihe von aufgebrochenen Käfigen. »Als ich dich vorhin da oben am Fenster gesehen habe, habe ich auch etwas geschworen«, sagte er grimmig. »Und eben habe ich meinen Schwur erfüllt.«

Lukas war ein Narr gewesen. Er hatte geglaubt, Martin wäre ein Wilder, der an einen noch wilderen, nämlich den Wolf, gebunden war. Einen Moment lang lehnte sie ihren Kopf an Martins Arm, um ein Schmunzeln zu verbergen. Lukas hatte keine Ahnung von Wölfen gehabt. Ihren Feinden gegenüber waren sie wild, aber sie taten alles, um ihr Rudel zu beschützen.

»Es ist höchste Zeit«, sagte Martin. »Ich nehme an, die beiden da kommen auch mit?« Er sah Tullier und die Sharif an. Tullier schielte missmutig auf den Arm, den er um Gaultrys Schulter gelegt hatte, aber er hielt vorsichtshalber den Mund.

»So ist es«, meinte Gaultry. *Wir gehen,* ließ sie die Sharif wissen.

*Nehmen wir die schreckliche Frau nicht mehr mit?* fragte diese erstaunt.

*Ihr Schicksal ist mit dem dieses schrecklichen Landes verknüpft,* gab Gaultry zurück. *Ich kehre jetzt zurück nach Tielmark. Sie geht mich nichts mehr an.*

Eine einsame Gestalt schaute ihnen nach, das weiße Haar vom Regen durchnässt, was ihr schönes Profil noch deutlicher hervortreten ließ. Er sah ihnen zu, wie sie über den Hof huschten und an der Gartenmauer entlang zum Fluss hinunterschlichen. Das war klug, dachte er. Die kaiserliche Garde würde nicht vermuten, dass sie wieder zum Fluss zurückkehrten. Sie würden die Straßen in Richtung Westen nach ihnen absuchen. Der Seeprinz schmunzelte. Er würde der Garde mit Vergnügen dabei behilflich sein, auch wenn er hier nicht der Befehlshaber war. Zu dumm, dass Sciuttarus ihm untersagt hatte, mehr als eine Handvoll seiner Männer mitzubringen – wo sie so nützlich gewesen wären bei der Verfolgung der Tielmaraner auf ihrer Flucht nach Süden den überfluteten Fluss entlang. Er freute sich schon richtig darauf, seinem kaiserlichen Neffen zu erzählen, wie leicht sie die Spione hätten einfangen können, wenn er nur mehr von seinen eigenen Leuten bei sich gehabt hätte, die sich mit Hochwassern so gut auskannten.

Dann sah er sich wieder das Durcheinander im aufgeweichten Hof an. Blutende, verängstigte Tiere stießen mit Mönchen und besiegten Kriegern zusammen, die sich in der Loggia drängten auf der Suche nach einem trockenen Plätzchen. Der Sturm hatte endlich begonnen, dem Feuer den Garaus zu machen, und der letzte Mönch hatte sich ergeben. Ein großer Teil des Klosters lag in Trümmern, und es würde viele Monate dauern, bis die Herberge von Dunsanius' Furt wieder Gäste aufnehmen konnte.

Sein Knappe kam jetzt nervös und diensteifrig durch die Pfützen gestapft. Er hatte Angst, sein Herr könnte erzürnt sein, weil alles schief gegangen war. »Was werdet Ihr dem Kaiser sagen, Euer Hoheit? Sie können die Spione aus Tielmark nirgends finden.«

»Wir sagen ihm die Wahrheit«, meinte der stattliche Prinz grinsend, und seine Zähne leuchteten in der Dunkelheit ebenso weiß wie sein Haar. »Der Seeprinz ist mit seinen Männern ausgezogen, um seinen eigenen Sohn zur Strecke zu bringen. Er hat sein Vorhaben erfolgreich abgeschlossen, in ewiger Treue zu seinem Kaiser.«

Über ihnen teilten sich die Wolken gerade so weit, dass sie einen Blick auf den Mond werfen konnten. Die abnehmende Scheibe war umgeben von einer fahlen weißen Korona – Tarrins Hoheitszeichen. Obwohl keinem an Bord der Anblick entging, sagte niemand ein Wort, denn sie waren alle nicht ganz sicher, ob das ein gutes oder ein schlechtes Vorzeichen war.

Sie hatten noch im Bootshaus miteinander gestritten und dann noch einmal, als sie sich das Boot ausgesucht, es ausgeschöpft und auf den reißenden Fluss hinausmanövriert hatten. Nun waren sie alle zu müde zum Streiten.

Gaultry und die Sharif kauerten am Bug, die Raubkatze hatte sich zu Füßen der Kriegerin zusammengerollt. Tulliers Hündchen kuschelte sich an Gaultry, die Nase in ihrer Achselhöhle verborgen, auf der Suche nach Wärme und einem erholsamen Schlaf. Es hatte Tullier herbeigeholt und tapfer den Flammen und brennenden Dachstücken getrotzt, um ihm den versteckten Gang zu zeigen, wo Lukas über Gaultry hergefallen war. Allein damit hatte es sich seine Rettung verdient.

Was den gestreiften Honigfresser, das pelzige Äffchen und den farbenprächtigen Singvogel anging, die ebenfalls hinter ihnen hergelaufen waren, war sie da nicht so sicher. Bei ihrem hektischen Rückzug den Abhang hinunter, bei dem sie sich in der

Dunkelheit allerhand Schrammen und Beulen zugezogen hatten, war ihr der Zuwachs gar nicht aufgefallen. Sie hatten das Äffchen und den Honigfresser erst bemerkt, als sie bereits im Boot saßen und mitten auf dem Fluss waren und die beiden ein lautstarkes Gezänk darüber vom Zaun gebrochen hatten, wer das kleine Eckchen unter dem Vordersitz beziehen durfte. Vielleicht konnte sie die beiden später auch nach Hause schicken, so wie die Sharif.

Martin und Tullier am Heck des Bootes stritten sich noch immer – vermutlich über den Kurs des Bootes. Gaultry fand die Geräuschkulisse irgendwie beruhigend. Wenigstens das war nicht ihr Problem. Hier hatte sie keinerlei Erfahrungen. Wenn sie den Locatus erreicht hatten, würde sie vielleicht noch einmal aufstehen und das eine Ruder übernehmen. Vorläufig war sie jedenfalls froh, dass sie einfach nur zusehen konnte.

Wenn sie Martin ansah, war sie müde und glücklich zugleich. Wenigstens in diesem Falle war ihnen ein weiterer Gast erspart geblieben, denn der Wolf hatte sich kategorisch geweigert, mit der Raubkatze zusammen ins Boot zu steigen. Gaultry hatte nicht mehr die Kraft gehabt, mehr als das eine Paar zu trennen, und die Vernunft hatte für Martin gesprochen, weil der Wolf ein Tier aus Bissanty war und es keine Notwendigkeit gab, ihn mit auf die Reise zu nehmen. Und natürlich war es auch ihr Wunsch gewesen, ihn zu befreien.

Der Akt seiner Befreiung war gar keine so einfache Sache gewesen. Sie hatte nicht nur Erleichterung empfunden, als sie seinen Körper berührt und dabei genau gewusst hatte, dass er sie begehrte und sie ihn ebenfalls. Seine Sorge, er könnte zu kalt sein, um zu lieben – an einem bestimmten Punkt seiner Probe hatte er aufgehört, sich selbst damit zu quälen. In diesem Augenblick, als sie an ihn gepresst dagestanden und nach einem Zipfel seiner Seelenstreifen und einem Zipfel des Wolfsgeistes getastet hatte, war der kalte Boden von Bissanty unter ihren Füßen warm geworden. Martins Blut war mit Tielmark verbunden wie ihr eigenes, und seine Berührung hatte sie Bissanty vergessen lassen. Seine Schultern waren grausam verbrannt von dem gescheiterten Sklavenbann. Als sie in seine Seele hineingespürt hatte, war ihr klar geworden, warum es nicht geklappt hatte. Martins Blut war bereits an Tielmark gebunden.

Als sie ihr Werk vollendet hatte, war der Wolf scheu zwischen den Bäumen verschwunden und hatte Martin groß und kräftig zurückgelassen, der gleich wieder angefangen hatte, über den Kurs zu diskutieren. »Das ist deine Sache, nicht meine«, hatte sie gesagt und war erleichtert gewesen, endlich einmal nicht die Verantwortung zu tragen.

Ein Gedanke ging ihr im Kopf herum. Gaultry griff in ihre Gürteltasche und holte die blaue Glasscherbe hervor, die ihr der Träger gegeben hatte. Sie hatte sich gleich über die merkwürdige Form gewundert, aber als ihr der Mann das Amulett ausgehändigt hatte, war keine Zeit für Fragen gewesen. Behutsam hielt sie es zwischen den Fingern und sah zu, wie es im Mondlicht funkelte. Es erinnerte sie an irgendetwas – aber sie war zu müde, um darüber nachzudenken.

»Ich verstehe nichts von Wassermagie«, murmelte sie leise, während ihr Blick auf ihm ruhte. »Aber da war etwas Seltsames, als ich die Wunden deiner Seele geheilt habe, Martin. Ich glaube, Lukas war nicht der Erste, der dich so tief verletzt hat.«

Sanft glitt sie in den Schlaf hinüber und verschloss gnädig die Augen vor den eifersüchtigen Blicken, mit denen Tullier Martin durchbohrte, während er vorgab, mit ihm über den Kurs ihrer Fahrt zu diskutieren.

# Coda

Als Mariette in die Gemächer der Herzogin hineinplatzte, saß ihre Großmutter gedankenverloren am Fenster, eine Hand in ein Becken aus reinstem weißem Marmor getaucht. Sie schaute kaum auf. »Ach, du bist es«, meinte sie nur. »Gibt es etwas Neues?«

»Ja.«

»Nun, ich habe auch eine Neuigkeit für dich«, sagte die alte Frau missbilligend. »Ich schätze, sie wird dich mindestens ebenso sehr interessieren. Aber, du liebe Güte, deshalb komme ich trotzdem nicht in dein Zimmer gepoltert, dass der Putz von den Wänden fällt.«

Die junge Frau sah ihre Großmutter erstaunt an. Noch heute Morgen war die Herzogin von Melaudiere wohlauf gewesen, nun wirkte sie beinahe krank. Mariettes Blick fiel nervös auf das Becken, in dem die Hand ihrer Großmutter hin- und herfuhr. Die alte Frau hatte seit Tagen krampfhaft versucht, ein Fenster nach Bissanty zu öffnen. War sie so missgelaunt, weil es ihr wieder nicht gelungen war oder weil sie etwas Unerfreuliches gesehen hatte?

»Martin sollte lieber zusehen, dass er wieder nach Tielmark kommt«, sagte sie forsch. »Ich habe etwas mit ihm zu besprechen.« Zum Beispiel, dachte sie grimmig, die Entscheidung, die sie in Bellaire gefällt hatte, während sie eine Woche lang mit den Ärzten gekämpft hatte, die ihr am liebsten die halben Eingeweide herausgeschnitten hätten, um sie zu retten. Sie hatte keine Lust gehabt, als Krüppel mit einer Bettpfanne am Gürtel herumzulaufen und sich zum Gespött der Leute zu machen. Diese Erkenntnis hatte sie gründlich verändert. Es gab noch andere Möglichkeiten, sich als Krüppel zu fühlen. Ohne Seafrieg und in dem Bewusstsein, dass sich diese Provinz in den falschen Händen befand, würde sie nie wieder ein ganzer Mensch sein. Um das zu ändern und ihr Geburtsrecht zurückzuerlangen, musste sie mit der Exfrau ihres Bruders um den Titel kämpfen, den Martin ausgeschlagen hatte.

Das würde Martin gar nicht gefallen. Aber ihr Bruder hatte bereits das Schwert seines Vaters zerbrochen. Sie konnte nicht untätig zusehen, wie er auch noch Seafrieg ruinierte, indem er es einer Frau und einem Kind überließ, die nicht damit umgehen konnten.

Im Übrigen hatte sich Helena ihr gegenüber ausgesprochen rücksichtslos benommen.

Sie lachte grimmig bei der Vorstellung, wie sie sich in der bevorstehenden Schlacht dafür rächen würde. Aber darüber konnte sie ein anderes Mal nachdenken. Seafrieg war schwach. Es brauchte jemanden wie sie. Aber es gab andere Teile von Tielmark, die noch schwächer waren und mit denen man sich zuerst befassen musste. »Sag schon«, meinte Mariette und ging zum Fenster hinüber. Die Gemächer der Herzogin waren die schönsten im ganzen Prinzenpalast mit einem weiten Blick über die Klippen aufs Meer hinaus. »Hast du etwas von Martin gehört? Ich dachte, du hattest sie alle aus den Augen verloren, seit sie in Bassorah an Land gegangen sind.«

»Heute Nachmittag habe ich zum ersten Mal wieder etwas gesehen«, sagte die Herzogin. »Ich dachte, ich probiere einmal etwas Neues aus.«

»Und es hat funktioniert?«

»Besser, als ich erwartet hatte.«

Irritiert von der Gleichgültigkeit ihrer Großmutter, warf Mariette einen verstohlenen Blick in die Brunnenschale. Sie hatte keinerlei Talent zum Hellsehen – keines von Melaudieres Enkelkindern besaß solche Fähigkeiten. Vielleicht hatte irgendetwas von Seiten des alten Herzogs das verhindert – in Mariettes verschwommenen Kindheitserinnerungen war er immer ein äußerst nüchterner Mensch gewesen, der nur seiner Ehre und dem Kriegsdienst lebte. Allerdings gab es Zeiten, da sah sie bei einem Blick in einen der Brunnen ihrer Großmutter schwache Schatten auf der spiegelnden Wasseroberfläche, so wie man sie an einem sonnigen Tag sieht, nachdem man die Augen geschlossen hat. Oder sie konnte wenigstens den Spiegel erkennen, in den sich das Wasser verwandelte. Vielleicht schlummerten also auch in ihr diese Fähigkeiten. Heute jedoch, im trüben Abendlicht, das spärlich durchs Fenster hereinfiel, war das Wasser ganz durchsichtig. Und doch – sie beugte sich über den Rand und sah genauer hin. Ein Metallstückchen ruhte am Boden der Schale. Es schimmerte noch immer schwach blaugrün.

»Hast du etwa alle Stücke von Vaters Schwert aufgehoben, nachdem Martin es zerbrochen hat?«

Als die Herzogin sah, worauf der Blick ihrer Enkelin gefallen war, zischte sie verärgert und wurde wieder etwas gesprächiger. »Natürlich, was glaubst du denn? Ich bin eine geschlagene Stunde auf den Knien herumgerutscht, um jeden einzelnen Splitter einzusammeln. Du ahnst ja nicht, was für Kräfte dieser Waffe innewohnten.«

»Kein Wunder«, sagte Mariette spitz, »dass ihr beide beschlossen habt, sie nicht an mich weiterzureichen, und dass sie das Einzige war, was er nicht zurückgewiesen hat.«

Die Herzogin stand abrupt auf. »Martin konnte das Schwert nicht weggeben. Ich hatte gute Gründe dafür.« Ohne ihre Worte noch weiter auszuführen, fischte sie das Metallstück aus dem Wasser, trocknete es an ihrem Ärmel ab und steckte es in eine verborgene Tasche. »Beschäftige dich lieber mit erfreulicheren Dingen. Martin und Gaultry sind auf dem Heimweg nach Tielmark«, verkündete sie. »Sie sind bereits in der Obhut von Allegrios Rex – Llaras Kinder können ihnen nichts mehr anhaben, sie sind jetzt sicher in den Armen des Wassergottes. Fürs Erste ist Tielmarks nördliche Grenze also sicher.«

»Grandmère!« Mariette fiel der alten Frau erleichtert um den Hals. »Warum hast du das nicht gleich gesagt?«

»Und jetzt erzähl mir deine Neuigkeiten«, sagte die Herzogin und erwiderte die Umarmung. Mariette merkte, dass sie das Thema wechseln wollte.

»Hm, ja –« Mariette runzelte die Stirn. »Ich habe eine Menge zu erzählen, das wenigste davon sind gute Nachrichten. Tamsanne aus dem Wald von Arleon ist gerade hier eingetroffen.« Ihre Großmutter hatte ihr einmal erzählt, dass die Großmutter der Blas-Zwillinge die mächtigste Überlebende der Geheimen Brut sei und sie war sich nicht sicher, wie sie diese Nachricht aufnehmen würde. »Das heißt, dass der Prinz es geschafft hat, auch noch die letzte von euch an den Hof zu holen.«

»Richielle fehlt noch«, meinte die Herzogin.

Mariette zuckte die Achseln. Über Richielle hatte es bei Hofe viel Gerede gegeben. Als sich die Geheime Brut vor fünfzig Jahren zusammengetan hatte, war Richielle schon alt gewesen. Die Herzogin gehörte zu einer kleinen Handvoll Leute, die es für möglich hielten, dass die Frau immer noch am Leben war. »Seit fünfzig Jahren hat kein Mensch in Tielmark die Ziegenhirtin mehr zu Gesicht bekommen«, sagte sie. »Wenn sie überhaupt noch lebt, dann gibt es sicher keine Möglichkeit, ihr mitzuteilen, dass der Prinz nach ihr verlangt.«

»Richielle würde es wissen«, gab die Herzogin zurück und streifte die Brunnenschale mit der Fußspitze. »Sie besaß zwar nicht meine Gabe der Hellsichtigkeit, aber sie hatte etwas anderes. Sie war ein Teil dieses Landes, mehr als jede andere von uns. Sie würde es spüren, wenn der Prinz sie sehen will.«

»Sogar bis ins Grab?«

Die Herzogin von Melaudiere sah ihre Enkelin scharf an. »Vielleicht sogar so weit. Aber Richielle musste immer das letzte Wort haben. Wenn sie wirklich herkommt, dann kannst du sicher sein, dass sie als Letzte hier eintrifft. Und schließlich sind Martin und die kleine Gaultry noch nicht hier.«

Wieder zuckte Mariette die Achseln. Wenn ihre Großmutter an ihren Phantasien festhalten wollte, war das ihre Sache. Das Land musste sich auf schlimmere Dinge gefasst machen. »Die letzte Nachricht ist am schlimmsten. Du hast dir Sorgen gemacht, dass wir einen König bekommen könnten. Nun, es gibt einen

König in Tielmark. Aber er ist weit weg an der westlichen Grenze, sein ganzer Körper ist mit roter Farbe beschmiert, und er schleudert seine Speere unentwegt auf die besten Truppen von Haute Tielmark.

Die Bissantiner haben heimlich ihr halbes Heer in die Berge geschickt. Sie haben die Felder der Lanai bis in die tiefsten Schluchten hinein niedergebrannt, weiter als je zuvor in den letzten zwanzig Jahren. Der Bergkönig von Lanai hat seinem Volk neues Ackerland versprochen. Deshalb ist er mit seinen Kriegern von den Bergen herabgestürmt und in Haute Tielmark eingefallen.«

Zu Mariettes großer Überraschung brach die Herzogin in schallendes Gelächter aus.

»Ich finde das überhaupt nicht komisch«, sagte die junge Frau gereizt. »Vergiss nicht, dass ich in diesem Sommer mit den restlichen Truppen nach Westen ziehe.«

Die Herzogin hörte ebenso plötzlich auf zu lachen, wie sie begonnen hatte. »Mariette«, sagte sie jetzt. »Glaub mir, ich finde auch kein Vergnügen am Krieg. Aber dafür an den ersten Geburtswehen unseres freien Landes. Was ist im Vergleich dazu schon ein kleiner Krieg?«

Mariette sah ihre Großmutter an und seufzte. Hoffentlich weißt du, wovon du redest, dachte sie. Du – und die gesamte Geheime Brut mit ihrer Zauberei. Ihr habt euch schon einmal geirrt. Ihr Blick fiel durch das hohe Fenster auf den Meereshorizont in der Ferne, und dieser letzte Gedanke erschien ihr ganz und gar nicht beruhigend.

BLANVALET

# TARA K. HARPER
# DAS REICH DER KATZEN

»Großartige Fantasy!« *Anne McCaffrey*

Die Feuertänzerin
24883

Der Puma
24882